# 母亲

徐 铎◎著

时代出版传媒股份有限公司
安徽文艺出版社

图书在版编目（CIP）数据

母亲/徐铎著.—合肥：安徽文艺出版社,2018.1
ISBN 978-7-5396-5725-7

Ⅰ.①母… Ⅱ.①徐… Ⅲ.①长篇小说－中国－当代
Ⅳ.①I247.5

中国版本图书馆CIP数据核字(2016)第089371号

| 出 版 人：朱寒冬 | 特邀编辑：温 溪 |
| --- | --- |
| 责任编辑：张妍妍 | 装帧设计：徐 睿 |

出版发行：时代出版传媒股份有限公司　www.press-mart.com
　　　　　安徽文艺出版社　www.awpub.com
地　　址：合肥市翡翠路1118号　邮政编码：230071
营 销 部：(0551)63533889
印　　制：合肥锐达印务有限责任公司　(0551)62827094

开本：710×1010　1/16　印张：29.25　字数：500千字
版次：2018年1月第1版　2018年1月第1次印刷
定价：58.00元

(如发现印装质量问题，影响阅读，请与出版社联系调换)
版权所有，侵权必究

# 目　录

001 / 第一章
007 / 第二章
013 / 第三章
021 / 第四章
029 / 第五章
037 / 第六章
042 / 第七章
050 / 第八章
059 / 第九章
067 / 第十章
074 / 第十一章
082 / 第十二章
090 / 第十三章
098 / 第十四章
105 / 第十五章

112 / 第十六章
120 / 第十七章
126 / 第十八章
134 / 第十九章
141 / 第二十章
150 / 第二十一章
161 / 第二十二章
168 / 第二十三章
176 / 第二十四章
182 / 第二十五章
189 / 第二十六章
199 / 第二十七章
211 / 第二十八章
222 / 第二十九章
231 / 第三十章

240 / 第三十一章
249 / 第三十二章
261 / 第三十三章
271 / 第三十四章
281 / 第三十五章
289 / 第三十六章
298 / 第三十七章
309 / 第三十八章
319 / 第三十九章
330 / 第四十章
339 / 第四十一章

346 / 第四十二章
354 / 第四十三章
366 / 第四十四章
377 / 第四十五章
387 / 第四十六章
397 / 第四十七章
404 / 第四十八章
414 / 第四十九章
422 / 第五十章
432 / 第五十一章
441 / 第五十二章
449 / 第五十三章

# 第一章

　　1933年,许英莲出生在山东莱州一个名叫东周亭的小村子。他们家有六亩薄地,一头毛驴,几代人都是守本分的种地农民。许英莲的爷爷是个乡村厨师,大锅饭做得好,逢上村里人家有个红白喜事,他都去掌勺上灶给人家做席。父亲许顺来十六岁就闯关东来到了金河县城,站拦柜学生意当学徒。母亲王月娥贤惠能干,她生下了许英莲和弟弟许文书,就再也没有生养。许顺来相貌堂堂,王月娥贤惠聪明,女儿许英莲也是天资聪慧,天生丽质,鹅蛋脸形,眉清目秀,上翘的鼻子,小巧的嘴巴,长得没有丁点缺陷,村里人都管她叫小俊闺女。

　　20世纪30年代,虽然清王朝早就倒台了,可在山东莱州乡下,女人包小脚的习俗依然盛行。许英莲小时候也包过脚,只是包上以后,走起路来别扭而疼痛,背过家里人的眼睛,她便把缠在脚上的包脚布偷偷地解开了。后来,王月娥发现,闺女的脚并没有小,反而越包越大,她也急了,闺女长成了大脚,以后怎么出门子嫁人哪?于是,不管闺女愿意不愿意,她都逼着许英莲缠脚。

　　七七事变后,日本人入侵山东,日本鬼子天天到村子里来烧杀抢掠。老百姓成了惊弓之鸟,锣声一响,村里的男女老少就往村外的山沟里跑。三寸金莲的女人哪里跑得动?遭殃的都是小脚女人,不是被奸就是被杀。从那以后,东周亭的人再也不强迫自己家的姑娘包小脚了。因为战争,许英莲再也没有缠过包脚布。

　　1941年,是日本鬼子对所有的抗日根据地扫荡最为疯狂的一年。这一年,山东也遭了灾。六亩薄地要养活一大家子人,很是艰难。许顺来做出了一个决定,他要带着老婆孩子离开老家闯关东。

许英莲却不想离开老家,不仅仅是因为她舍不得老家的山林河套、老家的亲人、村子里的小伙伴,更是因为在她的心里,已经装进了一件挺神圣而又神秘的事情……

不久前,村长来到许英莲家,通知他们家必须要把狗给打死。许英莲家养了一只老黑狗,家里人吃不饱肚子,也没舍得丢弃它,老黑狗已经成了家中的一员,成了许英莲的伙伴儿。上山拾草,下田耕地,老黑狗都能给她壮胆。去年,王月娥的后脊梁上生了一个痈,许英莲天天晚上要给娘熬药。因为药味很是浓重,只能到后院子里去熬药。没有人陪着许英莲,只有老黑狗天天晚上不离左右地陪伴着她。许英莲对老黑狗的感情不仅仅是这些,反正她不能让别人伤害他们家的老黑狗。

村长的态度却很坚决,不管是谁家的狗,必须打死。原因只有一个,因为咱们的抗日武装工作队只能在晚上活动,只要武工队一活动,狗就会叫起来,狗一叫,汉奸狗腿子就会向日本人通风报信,对武工队开展对敌斗争十分不利。所以,武工队做出了一个决定,必须把村里的狗全部打死。

村长和武工队员们来到许英莲家牵狗的时候,许英莲死死地拉着牵狗的绳子,就是不肯松开手。还是家里的老爷爷出面跟孙女说:"留下老黑狗,就是帮日本鬼子的忙。八路军武工队是咱们自己人,你能看着咱们八路军吃亏吗?"

许英莲大哭起来,抹着眼泪松开了手。这事,给武工队长杨清风留下挺深的印象,一个小姑娘,不仅重感情,而且有胆量,她敢与村长对抗,敢不让别人伤害自家的狗。为了打击日本鬼子的嚣张气焰,武工队决定端掉日本人在镇上的据点。要打一个有把握之战,武工队决定事先对据点做一个侦察。为了能更好地完成任务,杨队长和侦察员想再带一个小孩子做掩护。杨队长一下子就想到了那个不让他们打狗的小姑娘,这个小姑娘有胆量,遇到事情不会发慌。

村长找到了许英莲,把事情一说,她痛痛快快地答应了。侦察员把手枪藏在大白菜的心里,然后把许英莲抱到了驴背上,借着赶集,很容易就进到敌人的据点内。完成了侦察任务,走出据点时,却引起了敌人的怀疑。这俩人带着孩子是来卖菜的,可他们的筐里为什么还装着白菜往回走?于是,敌人从据点里追赶出来。侦察员一看不好,立刻从白菜心里抽出了手枪,将驴背上的筐子扔掉,然后将许英莲抱到了驴背上,一个掩护,一个带着孩子撤退。事前他们就有安排,一定要保证孩子的安全,宁肯自己牺牲,也不能伤着孩子。侦察员让许英莲紧紧地趴在驴背上,不要往回看,让毛驴撒开蹄子跑。枪嗖嗖地从耳边飞过,杨清风和侦察员,还有小村姑许英莲完好无损地完成任务回来了。

这次侦察,虽然许英莲没有做什么,但给杨队长留下了深深的印象。事后,他问许英莲:"你害怕不害怕?"许英莲说:"身边有八路军,我不害怕。"杨队长问:"下次还让你去做掩护,你还敢不敢去?"许英莲说:"打小日本,这有什么不敢的?"

许英莲要跟着家里人闯关东去了,连杨队长也有点舍不得她走。

爹妈打点好了行装,带着许英莲和许文书,到龙口坐船,一夜间就从山东来到了关东。在船上,为了防备晕船,王月娥还买了几个莱阳梨。因为船大,没有风浪,没有人晕船。可在船上,王月娥拿出梨来,只给儿子许文书吃,没有让许英莲吃。山东老家的传统,那就是重男轻女。吃不到梨子的许英莲装出晕船的样子,紧紧地皱着眉头,想骗得娘的一点同情心,想讨口梨吃。可是,娘却看透了她的那点小聪明,根本不理睬她。

关东已经被日本人侵占,过关卡的时候,许顺来让日本人给扣住了。一个理由,手上没有老茧,不是种地的庄稼人。不是老实本分的庄稼人,关东也不收留。没有办法,许顺来只能在码头上帮着把头白出力干活,尽量让手掌上磨出老茧来,以便能够通关。

一家人来到关东,许顺来不想在大连市内安家落户,要安家也要到金河县去。金河县有山东老乡,金河县城也祥和,民风古朴,从古到今,无大灾大难。一家人来到了金河县,租房子住下。折腾了这几天,从老家带来的吃的已经消耗殆尽,王月娥求遍了九家山东老乡,才借到了一瓢苞米面,给全家人做了一顿饭吃。

许顺来从前在山东做的也是小买卖,走乡串屯卖布。他还要重操旧业,到乡下去卖布。儿子到了读书的年龄,无论如何也要让儿子进学堂读书。闺女呢,只能委屈她了。虽说金州也有女子学校,可刚刚从山东来,一贫如洗,不可能供两个孩子读书。只能让闺女干活挣钱,帮着养家糊口。不到十岁的孩子能干什么？工厂招工，童工年龄也要十三岁以上，她还是个小姑娘，人家不要。

开馒头铺的赵经刚托人情，给许英莲找了一户雇用使唤丫头的人家。这户人家的主人叫王华生，是大名鼎鼎的刑事巡捕。为了能在大连地区强化日本人的殖民统治，日本人建立了一整套军、警、宪机构，即军队、警察、宪兵系统。一个刑事巡捕，他的手下有跑包的，有跑腿的，还有拿片子的。拿片子的拿的还不是王华生本人的名片，他拿的是王华生手下狗腿子的名片，到处招摇撞骗。反正一个巡捕，要有上百人在他身前身后转，为他服务，充当汉奸狗腿子的角色。

王华生也是山东人，赵经刚把许英莲带进他的家门，他见是一个十岁的黄毛丫头，有点不愿意，这么小的孩子，她能干什么呀？

赵经刚说，老话说得好，鼻涕鬼儿出好汉，黄毛丫头做好饭。

许英莲害怕人家不要她，她说："大叔，我什么都能干，还会做饭，收下我试试，如果我干得不好，你再把我赶出门去也不迟。"

王华生的老母亲却一眼看中了许英莲。"这孩子，俊俏伶俐也懂事，我喜欢上她了，留下她吧。"老太太发话了，"这孩子不用能干活，咱们家里也用不着下地种庄稼，也用不着挑水打担，哪里来的重活？让这闺女侍候我就行啦。"

老太太一句话，许英莲就留在了王华生家了。王华生虽然是个巡捕，但是他不张扬。他们家住在一座小院落里，日子过得也不铺张。穿的是布衣，也不是绫罗绸缎。吃的也是五谷杂粮，只有老太太一个人天天吃细粮。王华生是个孝子。他不让许英莲干别的，只要侍候好了老太太，她也就完成了分内的事情。老太太不是苛刻之人，她喜欢许英莲是发自肺腑的。没事时，她就端量许英莲，瞅啊瞅的，瞅了半天，她就会说："你这闺女，赶明儿准是个美人儿。可惜呀，你是生了小姐的身子，却摊上了一个丫鬟的命。"

老太太喜欢许英莲，吃饭时，老太太没有牙，嚼不动馒头皮，就把馒头皮给揭下来，让许英莲吃。吃大米饭的时候，老太太把糊锅巴也给许英莲吃。老太太还说了："赶明儿，你出落成了美人儿，那身价可就不一样了。记住了，女人要改变自己的命，就要嫁一个有钱有势的男人，嫁给当官当将的爷们。怎么说呢？哪个女人不想有个好相貌？可有几个女人生得了好相貌？自古以来，生了好相貌的女人也未必有好命。你说你要生在一个富贵人家，你能到我家里来当丫头吗？"

让老太太说得,许英莲也偷偷地对着镜子照了又照,她没觉得自己有多么的好看。她经常能听到人们念叨的一句话,闺女十八变,越变越好看。一个女人,长到了十八岁就要嫁人,成家过日子。什么是过日子? 就是生孩子,就是穿衣吃饭。家里有公婆的,还要伺候公婆。平时没事时,老太太就跟许英莲唠唠家常。老太太叮嘱许英莲,生在一个什么样的家庭你无法选择,嫁给一个什么样的人,这也要看你的命。男怕选错行,女怕嫁错郎。只要嫁了一个好男人,就会幸福一辈子。嫁错了男人,要倒霉一辈子。

许英莲在王华生家干满了一个月,王华生给了她两块小银洋。小银洋是日本人的钱,比中国的袁大头值钱,一块大洋只能兑换七成的小银洋,一块小银洋能买到一袋子四十斤重的"宝船牌"洋面。没想到,老太太又偷偷地塞给了许英莲一块小银洋,老太太叮嘱她:"把钱塞进袜子腰里,世面不平安,别让人家给抢了去。赶紧回家吧,给你爹妈送钱去。"

许英莲拿着钱回到家里,王月娥买了二斤核桃酥,让许英莲给赵经刚送去。"这事,亏了你四大爷,要不是他的人情面子,你怎么能到这么好的人家当丫头?"

在许英莲的记忆当中,从小到大,她就没有穿过袜子。自从进了王家,自从当了老太太的丫头,她头一回脚上穿了袜子。虽然不是新袜子,是人家穿过的,可总算穿了袜子。老太太喜欢听戏,经常给她讲一些戏里的故事。什么《杨八姐游春》《鞭打芦花袄》《马前泼水》《穆桂英挂帅》,老太太看过的戏也真多。虽然许英莲没有上学校读书,但是,从王家老太太那儿,她也受到了不少的熏陶。

金河县城是个出汉奸的地方,不少门庭显赫的大户人家都与日本当局有些关系。许英莲家住在阎家弄,阎大臣的宅院就在这条街上。阎大臣是伪满洲国司法大臣,据说金河县城里一半的房产属阎姓所有。所以金河县城一直流传着"阎半城,曹半坡,划拉划拉不如老夏家一半多"的说法。

金河城里很少有人见过阎大臣。许英莲来到金河的第二年,阎大臣的母亲去世了,阎大臣是个孝子,不仅要回家奔丧,而且出殡的时候要为母亲扛灵幡。很多人都想目睹阎大臣的尊容。等到出殡那天,许英莲也挤在人群当中,等着看一眼阎大臣长得什么样子。有钱有势的人家出殡时,为了烘托气氛,会朝地上撒一些铜钱,让大人孩子去哄抢。而阎大臣,朝地上扔的是雪白的小馒头。许英莲还拾起了一个雪白的小馒头,带回了家里。许英莲亲眼看见了阎大臣,只见他方头大脸,一脸的威严,微微地低着头,稳重如山,看不出他的喜怒哀乐。

许英莲问旁边的叔叔大爷:"都说阎大臣是个孝子,他娘死了,他为什么不哭啊?"

叔叔大爷们告诉她:"昨天回家奔丧的阎大臣,在他亲娘的灵前哭得死去活来。可在大庭广众之下,他要保持着他的尊严。"

阎大臣的名字叫阎传绒,祖上随努尔哈赤起兵,直到他祖父那代,才官至兵部侍郎。凭借家族的势力,他才有机会出国留洋。他毕业于日本东京帝国大学法律系,如今,他是伪满洲国的重臣,他的娘死了,轰动了整个金河县城。来到金河城让许英莲也开了眼界,原来世界是这个样子。有钱有势的人可以朝地上撒小馒头,平时,老百姓苞米面都吃不饱,哪里能吃上这样雪白的小馒头?

许顺来一家在金河县城安下了家,度过了最为艰难的日子,应该归功于他的女儿许英莲,她为家里挣来了第一笔钱,他们不仅能安身立命了,儿子也能上学读书了。听女儿说起王华生家的老太太,王月娥跟许顺来商量,咱们也要感老太太的人情。王月娥在老家跟着公爹学过厨艺,也做得一手好饭菜。她亲手给王家老太太包了三鲜饺子,五花肉、鲜虾仁,还有头刀韭菜,煮熟了饺子,让许英莲趁热带给老太太尝尝。

老太太一边吃着饺子一边夸奖:"你娘做得一手好活儿,你看她包的饺子褶上,连道手指纹也没留下,好手艺呀。"

许英莲说:"我妈做饭的手艺,是跟我爷爷学的。"

老太太说:"怪不得你这么能干,你们家穷,可是家风好。咱们山东人,一辈传一辈,就是这样过下来的。好闺女,我要有你这样一个孙女,该多好啊!"老太太希望许英莲能喊她一声奶奶,可小姑娘却没叫,只是笑了一笑,但她心里把老太太当奶奶看待。

# 第二章

许英莲永远也不会想到,三年过后,在金河县,她能遇到杨队长。

许顺来不认得杨队长,王月娥却认得杨队长。在金河县城,她看见这个专门跟日本人斗的武工队长,王月娥惊讶得嘴巴都合不拢了。她说:"杨队长,你怎么来了?"

杨队长笑了:"你们能来,难道我就不能来吗?"

王月娥问:"你是怎么找到我们家的?"

杨队长说:"金河县城就这么大,山东人这么多,而且又都是胶东的,我打听一个人打听不到,打听两个人打听不到,等到打听到第三个人的时候,就打听到了你们家。"

王月娥说:"你的胆子也太大了,小鼻子可是杀共产党武工队员的。"

杨队长说:"小鼻子快要完蛋了,要不了多久,这关东就归咱们共产党了。我来金河,就是打前站的,为了我们接管金河县做好准备。"

杨队长来到金河的第二年即是1945年,美国舰队已经封锁了大连到日本的海上航线,天天都有B29重型轰炸机在天上轰炸日本船只,包括陆地上日本人的重要军事设施。

杨队长这天来许顺来家,想要见一见许英莲。许顺来到王华生家里,把闺女叫回了家。见到许英莲,杨队长真的不敢认了,这就是从前乡村的那个黄毛丫头吗?许英莲却认得杨队长,她真的没有想到会再见到杨队长,她高兴地叫了一声:"杨队长……"

杨队长说："你可不要在外人面前叫我杨队长,我现在的身份跟你爹一样,是个货郎。"

日本人垮台之前,山东根据地已经向东北地区派出了不少的军队和干部,他们已经乘船北上,为建立东北根据地做准备。杨队长也肩负着进军东北的使命,他这次来找许英莲,就是想了解一下汉奸王华生的动向。

许英莲说,王华生在外面办完了差事,回到家里,在他娘的跟前,他就是一个孝子。天天晚上,临睡觉前,他都要先到娘的屋子里去看一看,伸手摸一摸娘的褥子下面的炕热不热,直到他娘睡着了,他才回到自己的屋里睡觉。

杨队长告诉许英莲,苏联红军已经与日本的关东军在东北开战了,战争打响以后,不少的汉奸纷纷寻找后路。在伪满洲国当财政大臣的金河人韩云阶不久前从长春回到了金河老家,躲在家里装病,不久便向外界宣称他病死了,全家人披麻戴孝给他出殡安葬,什么办得都如同真事一样。金河人也以为这位大臣病死了,可谁也没有想到,韩云阶本人却化装后,偷偷地逃到了日本,又从日本乘船,径直逃往了美国。这些汉奸卖国贼,如果不是他们里通外国,出卖中国人的利益,小小的日本也不可能侵略大中华。在日本人倒台的前夜,不仅要控制大汉奸,也不能放过像王华生这样的小汉奸。

许英莲还是有些于心不忍,因为王家待她不薄,每每到了月底,就会一分不少地把工钱给她。而且那个老太太,待她像待亲生孙女一样。在王家已经有几年了,说没有感情,那真的不现实。来到王家当用人,她也就想好了,一定要忠实于主人,不能干对不起主人的事情。

杨队长似乎看出了许英莲的心事,他说:"你只要及时地把王华生的动向告诉我,你也就完成了任务。记住了,随时跟我联系。"

那时候,王华生还真没想到外逃,因为国民党也派接收大员来到了东北,准备接管大连。国民党建立了县党部,王华生摇身一变,从日本巡捕,又成了国民党党员,而且一下子就是个正团级。

日本人投降后,共产党一下子就控制了金河城,杨队长也公开了身份,杨清风担任东北坊的坊长。没有外逃的王华生也给抓了起来,关进了大牢。王家人一夜之间不知道去了哪里。许英莲有点舍不得王家老太太,她也不知躲到什么地方去了。

时隔不久,传出消息,王华生要被处决了。

刑场就设在西海头,不少从前曾经替日本人卖命,做过坏事的汉奸走狗都要被枪毙。一个改朝换代的时代到来了,七七事变,八一五光复,中国人总算自己当家做主了。

枪毙王华生他们那天,一大早,衙门里就传出了一阵又一阵低沉的法号声。法号声告诉金州人,今天,要有人犯的死期到了。人们纷纷拥到了东街和西街上,等着那些被押解出来的死刑犯。许英莲也挤在人群当中,她想看一看王华生,还有那些死到临头的汉奸。

时辰一到,衙门的大门打开了,十来个身上穿着红土布囚服的犯人给押了出来。走在前面的那个人,就是王华生。他的表情挺平静的,不像其他犯人,吓得两条腿已经不听使唤,自己走不了路,而是由行刑的人拖着行走。路过一家店铺时,掌柜的大声吆喝着:"喝口酒再上路吧。"

这是沿街店铺的规矩,人要上路了,不管他生前做过什么坏事恶事,都要给他一口酒喝,给他一口肉吃。王华生喝了酒,旁边一家肉铺让他吃一口猪头肉:"吃吧,到了阴曹地府,别当饿死鬼。"

王华生的眼睛一直在人群当中寻找着什么,他一路走,一路看着。来到了西海头刑场,他终于看到了想看到的那个人——他的亲娘……王华生大声喊着:"娘啊……儿不孝,儿不能给你养老送终了……娘啊,儿子不孝……"

老太太不顾一切地扑上前来,她想跟儿子再说几句话。可是,刑警拦住了老太太。老太太已经不顾死活了,她也想好了,儿子死了,她也要跟自己的儿子死在一起。

一列犯人跪下了,一阵枪声响过,王华生也倒在了血泊之中。验尸官补过枪后,众人都凑到跟前看热闹,老太太扑到了跟前,她抱着儿子的尸体,无法忍受巨大的悲痛,也气绝身亡了。许英莲也很伤感,王华生罪有应得,她有点舍不得老太太。回到家里,许英莲心里仍然很难过,她跟爹说:"我们要不要去给王家母子收尸?"

王月娥说:"这世道,哪有人敢去给他收尸?弄不好,别人会以为咱们跟他是一伙的。"

许顺来也跟闺女想到了一块儿,他也琢磨着给王华生收尸的事。王华生是个巡捕,他是做了不少的坏事,但对他们老许家,他还是有恩的。不仅仅是因为他收留了许英莲在他们家当丫头,更是因为他对整个许家做过一件有恩的事情……

　　前年,许顺来的一个本家兄弟来到金河城,跟许顺来借钱。这人名叫许顺才,是许顺来的一个堂兄。因为他不务正业,天天喝酒赌钱,许顺来就没有理睬他,没有借钱给他。结果,他没有想到,自己引祸上身,许顺才走进了宪兵队告密,说许顺来私通八路,在金河城秘密为山东根据地的八路军筹集钱款购买药品,通过水路运到山东。

　　日本人最忌讳的就是私通八路,许顺来当天就给抓进了宪兵队。日本宪兵,可是天皇的亲兵,见官大一级。只要抓进了宪兵队,案子可就大了。没有办法,王月娥母女想到了去找赵经刚,赵经刚想到了王华生。王华生也多少了解许顺来这个人的情况,一个老实本分的山东人,他不可能给八路军筹集军火药品。真的是给他扣上了这个罪名,那他必死无疑。王华生觉得确实有小人陷害许顺来,他也看在许顺来的闺女给自己的老娘当丫头的面子上。于是,他亲自作保,把许顺来从大牢里保了出来。如果不是王华生保他,许顺来真的会让本家堂兄弟陷害致死。凭着这一条,也应该去给他收尸。

　　许顺来打好了主意,他约上了几个老乡,想趁着风高月黑,去把王华生母子掩埋了。等到他们带着镐头和铁锹到了刑场,尸体已经不见了。空气当中弥漫着一股血腥气味,会不会是狼把尸体拖到野地里吃了?十多具尸体,狼一下子也吃不完。肯定有人在他们到来之前把尸体拉走了:"咱们回去吧,别让孤魂野鬼的魂儿扑到咱们身上。有这份心,已经可以了。想想白天那场面,一颗枪子就要了一个大活人的命,真的太可怕了。这也是王华生罪有应得,自古以来,挎刀背枪的到头来都不会有好下场。"

　　许英莲心里放不下的,还是王家老太太,她舍不下这份情意。

　　许顺来说:"这事过去了,往后也不要再提了。从前是中国人日子不好过,如今是日本人的日子不好过。他们要回国了,家里的东西都贱卖了。苏联的骚鞑子天天闯进日本人的家里,不是抢东西就是奸淫人家的女人,也没有人管。"

　　王月娥说:"我刚才说了,这就是报应。在山东老家,只要日本鬼子扫荡的时候,闯进村子的鬼子兵见东西就抢,见了男人就杀头,见了女人就强奸。临走的时候,放一把火,烧了你的房子。他们要多坏,就有多坏。轮到他们遭报应了,活该倒霉。"

金河城里一批罪大恶极的汉奸反革命给枪毙了之后,城里治安秩序好了很多。共产党控制了局面。杨清风这天又来到了许英莲的家。

杨清风说:"要在山东老家,英莲应该到妇救会工作了。如今,不给人家当丫头了,你有没有想过,应该干点什么?"

许英莲一下子想到了念书,她向杨清风说了自己的心愿。

杨清风说:"咱们共产党从来都提倡男女平等,你要在山东老家,早就进识字班了。你现在进学堂念书,恐怕年龄大了。咱们坊上办了扫盲夜校,你可以到夜校去读书识字,还能学习时事和政治。你这么年轻,不能待在家里。日本人垮台了,多少工作需要有人做。走出家门,努力学习,积极工作,迎接新中国。"

许英莲兴奋起来:"杨书记,我能跟你们一起工作,这是真的?"

杨清风说:"是真的,从明天开始,你就到扫盲班去。"

许英莲到扫盲班去认字,许顺来两口子也愿意,因为他们觉得亏欠了闺女。

许英莲是个读书的材料,来扫盲班的学员大都也是年轻的妇女。讲台上的那位小先生也就二十岁出头的样子,他也是从山东来到东北的,他叫郭扬,参军前读过中学。他教给大家"上下来去,前后左右,爹妈亲人,兄弟姐妹,马牛羊,鸡鸭鹅……"。她一学就会,而且会写,一笔一画,她很有天分,写出的字间架结构真漂亮。郭扬教师对这个上课认真听讲、用心学习的许英莲印象很好。她不但学习用心,放学以后,她总是主动留下来,帮助打扫整理教室。郭扬要在班里选一个班长,他心里想让许英莲当选,有几个年龄大的女学员却想让那个白大娘们当班长。那个白大娘们上课时也喜欢叼着烟卷,郭扬对这种女人没有好印象。白大娘们身上沾染了太多旧时代的恶习,让她当班长,会给扫盲班带来不好的风气。为什么会有人选白大娘们?因为这个人生了一张臭嘴,她要恶心起人来,什么谎言都能编造出来。很多人并不是佩服她,而是害怕她。你想想,一个连脸皮都不要了的女人,她什么事情做不出来?郭扬让大伙无记名投票选班长,因为许英莲热爱学习,而且学习成绩也一直是班里最好的,她总是能得到老师的表扬,大多数同学把票投给了许英莲,许英莲也顺理成章地当选了班长。第一项工作,许英莲做了一块值日牌,把学员们编成了值日小组,每天轮流打扫卫生。金河城里每个大院,都有值日牌,每家每户的户主名字写在一个木头牌上,挂在大门口,邮递员看了牌子,就会把信送到每家每户。大院里打扫卫生也有规矩,每家每户,也要照着牌子上的顺序轮流。秩序就是规矩,有了规矩,大伙就要遵守。

白大娘们提出来了,这套方法是日本人留下来的,咱们不应该照着日本人的规矩做。

郭扬却说,没有规矩,不成方圆。好的规矩,不应该抛弃,而是学习继承。

扫盲班的妇女分成了两派,同学们大都站在了许英莲一边,白大娘们也只好忍气吞声,她在寻找着机会,想好好地整治一下这个黄毛丫头。

下课以后,白大娘们果然不依不饶,她说许英莲在王华生家当过丫头,这个汉奸也给了她家不少的好处。日本人垮台了,她又巴结上了共产党。

许英莲说:"白玫瑰,你我都是穷苦人,如果我们都读过书,我们也不会参加扫盲班。至于我在谁家当过丫头,这是生活所迫,我相信,没有人不想体面地当女人,从前的伤疤不好揭,不是痛在皮肉上,而是痛在心上。想想以前,你就不痛吗?"

郭扬向杨清风汇报工作时,对于这个年龄不大的许英莲大加赞赏。她人聪明,也有组织能力,天生就是一块当干部的材料。

杨清风说:"咱们坊上人手不够用,你可以适当地交给她一些任务,让她锻炼锻炼。这个孩子的素质不错,咱们也要培养她。"

郭扬说:"可惜,就是年轻了。"

杨清风说:"十四岁了,过年就十五了,刘胡兰牺牲的时候,也就十五岁。有志不在年高,自古英雄出少年嘛。通过扫盲班,给组织培养几个女干部,你功不可没。"

郭扬说:"我的真实想法是,许英莲如果再大几岁,我真的想娶她当媳妇……从前,我真的没想过个人的婚姻问题,自从遇见了许英莲,我有点动心了。"

杨清风说:"你要有真心,那你就耐心地等上几年,等到她长成了大姑娘,你再娶她当新娘。不过,我可要嘱咐你,眼下可是关键时期,你可不要做出什么过格的事情。咱们共产党刚刚立足,威信也刚刚建立,你与许英莲有个什么风言风语,影响不好。"

郭扬说:"放心吧,我就跟首长说说心里话。"

# 第三章

许英莲她们这个扫盲班就要毕业了,许英莲是班上识字最多的学生,她已经能认识一千多个字,会读,会写,会用。大家有一个共同的心愿,毕业时,举行一个典礼。从文盲到一个有文化知识的人,她们用了仅仅一年时间。郭扬老师也答应他的学员们,一定要举办一个隆重的毕业典礼,借着典礼,让更多的人走进扫盲班,学文化,懂道理,知道天下事。

万万没有想到,在毕业典礼举行的前夜,郭扬在执行一次接送机要文件的途中,让反革命分子给暗杀了。那年,他刚刚二十岁。听到这个噩耗,许英莲她们都痛哭流涕,伤心至极。

杨清风把郭扬的遗物——一支自来水笔送给了许英莲。他没有告诉她郭扬生前的遗愿,他想让许英莲接过郭扬同志没有完成的任务,继续将扫盲班办下去。扫盲班的意义已经不仅仅是教妇女和文盲们认字了,而是起到了发动群众,向人民群众灌输新思想的作用。

许英莲有点不敢相信,她说:"我能行吗?"

杨清风说:"你没干,怎么知道就不行？郭扬同志刚刚参加革命的时候,他就是个中学生。几年时间,他成了一名战士,一名共产党员……你没有看到他牺牲时的情景,他睁着眼睛,他心里惦记着没有完成的任务……"

许英莲接受了杨坊长交给她的任务,继续办下去的扫盲班也扩大了范围,只要能走出家门的妇女,不管她的年龄多大,只要她想学习认字,只要她有热情,就鼓励她到扫盲班来。基层党组织的一个任务就是尽快地让刚刚被解救出来的人民群众提高觉悟。许英莲一边教妇女们认字，一边给她们读报讲时事。通过这种方式，把妇女们组织起来，帮助党组织完成一些任务。因为有时候工作太忙了，许英莲想向杨清风汇报工作也没有机会，她只好采用文字汇报的形式，把自己要说的话写在纸上，把纸条留在杨清风的桌子上，他看到了纸条上的字，就知道她要说什么事。他对许英莲也如此，见不到面，就派通讯员把命令写给她。

已经是深夜了，杨清风才看到了许英莲写的纸条。她要汇报的工作都写在了上面。纸条上的字虽然有些稚嫩，一个扫盲班出来的学员，能把字写到这个程度，已经相当可以了。为了显示自己的成熟，许英莲还写了几个连笔字。此时此刻，杨清风又想起了牺牲的郭扬……等到新中国成立，等到许英莲长成了大姑娘，他一定会为郭扬和许英莲做媒，让他们能结为夫妻。他真的就是看着许英莲长大的，从山东老家，到了关东金河城，一个黄毛丫头渐渐地出落成了漂亮的大姑娘。支书苏大姐把自己的一件列宁装送给了许英莲，让她脱下身上的土布衣服，换下了扭裆裤子，把头上的辫子剪成了短发，她真的一下子就英姿飒爽起来了。

东北坊缺一个妇女主任，上级也无干部可派。许英莲这两年风风火火一心扑在了工作上，而且不拿一分钱的报酬，全是尽义务。她无怨无悔，无私地奉献着。苏大姐提议，就让许英莲担任妇女主任。杨清风担心，许英莲过了年才十六岁，太年轻了，她能胜任这个工作吗？苏大姐却充满了信心："经过这两年的锻炼，许英莲真的成熟了，东北坊的妇女工作在她的领导下，无论是扫盲，还是支前，监督敌对分子，都是全区的先进。这些成绩的取得，都与许英莲有关。现成的干部你不用，你指望着上级下派，是不是人在眼前你不识呀？"杨清风还是觉得许英莲太年轻了："如今真的不比战争年代了，许英莲毕竟是一个未结婚的大姑娘，她能当好妇女主任吗？"苏大姐想出了一个主意，那就是让所有的妇女们投票选举妇女主任。这倒是个好主意，只要妇女同志们拥护许英莲，那就让她当这个主任，她也就能把广大妇女同志们领导好。

投票选举那天，参加大会的都是妇女。选举开始时，杨清风还有些担心，可到了听监票人唱票的时候，杨清风的心才放了下来，几乎众口一词，念的都是许英莲的名字。十六岁的许英莲也就理所当然地当选了坊上的妇女主任。

杨清风在大会讲话时，叮嘱许英莲："以后，你肩膀上的担子更重了，不仅你一个人要进步,你要带领着姐妹们共同进步。经过这两年的锻炼,你也获得了姐妹们的信任,也获得了组织上的信任,我相信,你能把妇女工作做好。"

闺女一天到晚在外面忙碌,家里家外一点也指望不上她,王月娥虽然嘴上经常嗔怪闺女,可她心里也愿意让闺女在外面闯荡。他们家多少辈子也没有人在世面上抛头露面,过惯了平民百姓的日子。闺女当了妇女主任,王月娥走在街上,经常会有人主动跟她打招呼。有的街坊邻居也经常当着王月娥的面夸奖许英莲,不是夸她当了妇女主任,而是夸她越出落越美丽。没有想到,他们两口子竟然生养了这样一个俊美闺女。瞧许英莲那模样,活脱脱一个皇宫娘娘模样的美人坯子。

自己的闺女,自己并没有在意,当别人夸奖许英莲时,再细细端量自己的亲生闺女,王月娥也欣喜地感觉到了,自己的亲生闺女真就是一个美人坯子。

晚上临睡前,老两口唠叨起家事,王月娥就说到了闺女。"都说女大十八变,咱们家闺女才十六,她就成了城里的一枝花,而且是名花。自己的闺女,我从来也没有在意,人家都在说咱家闺女,我才觉得人家说的不是假话。英莲是个美人坯子。"

许顺来说:"不管她是个美人,还是个丑人,反正早晚她都要嫁人。丑女才是家中宝。"

王月娥哼了一声:"丑女人是家中宝,可所有的男人没有愿意娶丑媳妇的,哪个男人不喜欢美女?幸好没在老家给她定下娃娃亲,咱闺女可要好好地找个婆家。"

许顺来心里早就盘算过这件事,闺女大了,不能让她待在家里,让她早早地出门子,找个合适的人家。许顺来把自己的想法告诉了赵经刚,赵经刚也赞成他的想法:"如果遇到了合适的小伙子,我一定为咱们家的闺女做媒。"

1949年,许英莲十七岁了。赵经刚给许英莲做媒,小伙子名叫邓仁修,山东人,是印刷厂的工人。小伙子没有妈,有一个父亲。他有一手好技术。缺点就是个头矮了一点。

许顺来也关心邓仁修家的门风,闺女找婆家,要找个门风正、根底好的人家。

赵经刚也打听邓仁修家的根底,人家是书香门第,邓仁修的祖父就是山东莱阳的秀才,而且邓家门里出了四个秀才,在当地很有名气。只不过,邓仁修

第三章

的父亲邓元阶是块荒料,是个酒徒,除了喝酒,他还喜欢赌钱。他只管自己,从来也不顾儿子。

许顺来听到这里,他心里就有点疙疙瘩瘩的,他对酒鬼老邓头也有所耳闻,只要睁开眼睛,他就要喝酒。许顺来滴酒不沾,他对喝酒的人没有什么好感。

赵经刚说:"邓家父亲不怎么样,儿子却是个好儿子,人家一心扑在学技术上,年岁不大,可邓仁修已经成了印刷厂的技术大拿。我给咱家闺女做媒,我可不会拿着闺女的婚姻当儿戏。咱们选女婿,就像买猪一样,咱们买猪,咱们也不买圈,只要人好,我看就行。"

许顺来也想开了,男怕选错行,女怕嫁错郎。从前在乡下过日子,只要会种地,日子就能过下去。到了城里,咱们平民百姓,别指望着大富大贵,只要有技术,会手艺,就能挣饭吃。他这辈子最后悔的就是没学一门技术。

见面就在媒人赵经刚的家里。走进门来的邓仁修个头也太矮小了,他跟许英莲的个头一样高。邓仁修的面相也不英俊,许英莲对这个年轻人一点好感也没有。当时给人留着面子,等到人走了以后,许英莲摇了摇头,算是拒绝了。当时躲里屋的王月娥也看了邓仁修。她也没看得入眼,闺女不愿意,她更是不愿意。

可是,邓仁修却一眼看中了青春貌美的许英莲,当天晚上,他一夜没有合上眼睛。当媒人转来了女方没看好他的意思,他也不意外。他想好了,他一定要娶这个姑娘。

就在许英莲拒绝了邓仁修的第二天,一位很有风度的老人走进了许顺来的家。走进门来老人自我介绍:"我姓金,名平三,是印刷厂的东家,今天特地来登门拜访,请赏个脸吧。"

听到金平三的名字,许顺来挺惊讶的,金平三可是金河城里的一位了不起的人物,他是工商界的前辈,而且是个开明绅士,没有想到,这样的上层社会的人物竟然能走进他一个平民百姓的家门。许顺来有些受宠若惊,他连忙给金先生让了座,斟上茶水。

金先生也不掩饰,他就直说了来意,邓仁修是他们家的伙计,在他们家从学徒到现在已经整整十年了。金先生说,他一辈子没有替人做过媒,但是,他听说了邓仁修与许英莲俩人的事,老先生忍不住要替他们家的伙计说几句话。

人不可貌相，海水不可斗量，邓仁修貌不出众，当初，他也没看好这个小伙计。可是，渐渐地他发现，这个邓仁修比其他所有的伙计都聪明，别人修不好的机器，到了他的手里，折腾一会儿，他就能摆弄好。小伙计的人品也好，为人诚实，别人藏奸耍猾时，他一个人闷着头干活。有时候机器出了毛病，换给别人，肯定会花钱买零件，而他能修理就修理，给东家省了不少的钱。他现在是工厂里技术最好、级别最高的技工。金先生说，得知邓仁修与许英莲见过面，两个年轻人都是好孩子，看着这桩姻缘难成，他就是有点心有不甘。能不能让这两个年轻人再见见面，再互相了解一下？

许顺来答应了金先生，让闺女再跟邓仁修谈谈。临出门的时候，金先生对许顺来说："邓仁修弟兄一个，没有老妈，只有一个爱喝酒的老父亲。他们邓家在山东莱阳，虽然不是望门贵族，那也是大名鼎鼎的书香门第。闺女嫁给邓仁修，不会吃亏。再说，你闺女是妇女主任，人家邓仁修在工厂也是团支部书记，人家也是个进步的积极分子。"

许英莲与邓仁修在老人们的撮合之下，又见了一面。许英莲心里也搁不住事，她说她不嫌别的，就是邓仁修的个头太矮小。说到个头矮，也勾起了邓仁修的伤心往事……娘生下他，在月子里，娘就患了产后风一命呜呼。爹也不管他，他是靠着吃姑姑的奶水长大的。人家姑姑也有自己的孩子，喂饱了自己的孩子，能给他喂口奶吃，已经算他命大了。他饥一顿饱一顿的，他能发育得好吗？能长得高吗？

邓仁修一番讲述，让许英莲的心软了。邓仁修也看出了许英莲生着菩萨心肠，他露出了自己的脖子，脖子上有一块伤疤。五六岁那年，父亲把他从山东老家带到了金河。正是求学的年龄，父亲把他送进了小学堂。因为学校路远，要路过一片庄稼地，父亲天天尽可能地去接他。有一天，父亲喝醉了，用自行车驮着他往家走。路过那片玉米地时，地里的玉米已经收割了，垄台上只剩下玉米根茬子。庄稼地里坑洼不平，自行车轮子颠簸了一下，将他从后座上颠了下来。一根锋利的玉米根茬刺进了他的脖子，他喊也喊不出来，也挣脱不了。父亲回到了家里，往后面一看，才知道儿子掉到了半路上，他又折回去寻找，这才将儿子从玉米根茬上拔了下来。儿子脖子上的伤口血流不止，路过一座破庙，他就用香炉里的香灰，按在伤口上止住了血水。后来，脖子化脓了，一直溃烂，烂掉了半块下颌骨，才愈合了。

许英莲听着心里隐隐作痛,这个父亲,心也太粗了,怎么能这样对待孩子……

邓仁修说,小学毕业后,他本来应该再读中学,因为他是班上成绩最好的学生。可是,父亲不再管他了,让他自己去当学徒,养活自己。没有办法,他只能辍学,去当了学徒。如果他能读书读到现在,他肯定不是工人,而是大学生了。

邓仁修让人伤感的人生一下子就感化了许英莲。他也看出来了,这个年轻的女孩子骨子里具有母性的同情心,第二次见面,邓仁修把一个用了"许英莲印"的铅字模做成的印章送给了许英莲当礼物。

印章做得精致,许英莲爱不释手,一个劲地夸赞邓仁修手巧。

邓仁修与许英莲的亲事许多人都不看好,工厂里的师兄弟们几乎都用嘲笑的目光看待邓仁修。不信走着瞧,想娶许英莲,邓仁修真的是癞蛤蟆想吃天鹅肉。邓仁修却在心里暗暗发誓,他一定要娶许英莲当媳妇,不达目的,誓不罢休。许英莲是个美人,还是妇女主任,看着挺高挺远,其实,她也是个普通而又善良的女性。邓仁修用自己的苦难经历一下子博得了她的同情心,他们俩有了一个良好的开端。邓仁修最最看重的,并不是许英莲的美丽,而是她的善良。她是一个有同情心的姑娘,能娶这样一个姑娘,老天爷对他开恩了。

许英莲跟苏大姐说起了自己要出门子这件事,苏大姐有些吃惊,那年月,闺女不能等到过了二十岁再出门子,一定要在十七八岁的时候嫁出去了。许英莲要嫁人了,这让她有些始料不及。本来她想等到新中国成立以后,她出面做媒,让许英莲嫁一个革命干部,或者是部队干部。听说她要嫁的就是一个普通工人,苏大姐真的替她惋惜。不过,事到如今,苏大姐也不好再说什么,宁拆一座庙,也不毁一桩婚。能成全人家则成全人家,千万不能说三道四。杨主任知道了许英莲要嫁人的事情,他也愣住了,事情太突然了,他们在支部会上已经决定将许英莲作为党的积极分子来培养了,她才十七岁,是不是嫁得太早了点?

苏大姐说:"积极分子与结婚不矛盾,共产党员也不是不谈恋爱不结婚,是我们的思想有矛盾,觉得英莲这样年轻就嫁人了,有点草率,或者说对待自己以后的人生态度有点不负责任。"

杨清风说:"也不知道许英莲要嫁的这个人人品怎么样。"

苏大姐说:"我打听过了,邓仁修是个挺不错的年轻人,是工厂的团支部书记,还是工厂工会的积极分子。人品没有问题,相信他也会对许英莲好。"

邓仁修和许英莲要结婚了,这事并不是许英莲着急,而是邓仁修,他害怕夜长梦多,早早地把生米煮成熟饭,他也就放心了。两个年轻人见了两面,说了些家常生活琐事,在很短的时间里就订下了终身大事。邓仁修把自己要结婚的事情告诉了父亲,邓元阶从怀里掏出了一把钱,扔给了儿子,他说:"男大当婚,女大当嫁。别看我只有你一个儿子,但是,我也不能管你,我把钱给你,你自己掂量着操办吧。告诉我你结婚的日子。"

邓仁修说:"爹,你也不问一问,你的儿媳妇姓甚名谁?"

邓元阶这时才问:"她是谁家的闺女?"

邓仁修说:"她叫许英莲,是许顺来家的闺女。她现在是坊上的妇女主任。"

许英莲,邓元阶听说过这个名字,也见过这个闺女,人长得俊呢。他有点不相信:"你真的要娶老许家的闺女当媳妇?"

邓仁修说:"是她。爹,你的儿子真的娶了金河城里最俊美的姑娘当媳妇。"

邓元阶说:"你倒是给自己争了口气,可你也别忘了,丑媳妇是家中宝,而俊女人就是祸水。没有人勾引丑媳妇,可你娶了俊媳妇,心怀不轨的男人们都会惦记着她。"

邓仁修说:"爹,人家许英莲为什么肯嫁给我?她图我什么?她就是一个心地善良的姑娘,她同情我,甚至怜悯我,才委身于我。她是个好闺女。"

邓元阶意味深长地叹了口气,他说:"你爹我一辈子一身臭毛病,好喝酒,好赌钱,但你爹有一个长处是所有男人不具备的,你爹我不好女色。你听说过你爹逛窑子玩女人的传言吗?没有,我一辈子不好色。我要好色,你娘不在了,我早就续弦了。儿啊,娶了许英莲,你走了桃花运,但愿你这桃花运能走到底。"

邓仁修与许英莲的婚事能成为现实,他的师兄弟们大吃一惊,说是癞蛤蟆想吃天鹅肉,看来这小子真的要吃到天鹅肉了。邓仁修能把许英莲娶到手,也是咱们印刷厂的骄傲。所以,这个婚事一定要好好地操办一下。

最让邓仁修为难的一件事,那就是结婚的房子没有着落。想现盖现买房子都不行,只有现借或者租两间房子,把婚事给办了再说。邓仁修跑遍了半个金河城,也没能租到像样的房子。正急得抓耳挠腮时,二师兄李河深出了一个主意:"既然东家金平三能亲自给你保媒,你们俩的亲事成了,你也应该去告诉老先生一声。他是个开明绅士,相信他知道了你没有新房做洞房,他还会出手相助的。"

事到如今,也只有硬着头皮去撞撞大运了。也别说,邓仁修去找金平三的时候,恰恰金平三的心情很好,他刚刚跟城里的画兰高手邹明西学画兰草,而且画成了手,一连几幅兰草画下来,连邹明西都夸他有悟性,而且有灵性。

听邓仁修说,他与许英莲的婚事成了,金平三更是心花怒放,成人之美,积善积德。听说这一对新人结婚没有房子,老先生当即就拍了桌子:"房子不成问题,你想尽快办喜事,咱们金家大院别的不敢说,拿出两间房子给你们俩做洞房,再简单不过。"金先生说到做到,就在金家大院的正房,把西头的那两间房子腾出来,给邓仁修和许英莲做了新房。

邓仁修说:"金先生,我会永远记着你的恩情,连我的亲生父亲对我的婚事都不闻不问,而你对我就像对自己的亲儿子一样……我要终生报答你老人家。"

金平三说:"我不图你的报答,我也是为自己行善积德。人这辈子,不图好生,但求一个善终。你们结婚那天,我给你们俩当证婚人。"

邓仁修高兴得简直要晕死过去:"那可是太好了,有老先生这样的长辈给我们证婚,我们俩会幸福终身的。"

趁着高兴劲,金平三挥毫泼墨,画了春夏秋冬、梅兰竹菊四幅条屏,当作结婚礼物,送给了邓仁修。邓仁修感动得不知说什么才好:"金先生,你真的是我们的贵人啊!"

## 第四章

只要想到过不多天,许英莲就要结婚了,杨清风的心里总是出现郭扬的身影。这个不幸的小伙子,他时运不济,早早地牺牲了。如果郭扬活着,相信许英莲一定会嫁给郭扬,而不是邓仁修。

苏大姐前来征求杨清风的意见:"许英莲是咱们的妇女主任,她要结婚了,咱们不能一点表示也没有吧?"

杨清风说:"这个任务交给你了,你是女同志,你也知道该送点什么东西给许英莲当作结婚纪念物。"

苏大姐拿出了两面小圆镜,她说:"这是从汉奸反革命的家里抄来的,我看着挺漂亮的,就收了起来,没舍得砸碎它。就把这两面小镜子送给英莲吧,你觉得怎么样?"

杨清风说:"镜子倒是不错,可是,它毕竟不是新物件,都说结婚讲的是新,送她的结婚礼物最好是新东西。这些汉奸家里的东西,都沾染了反动气息,会不会给咱们英莲带来晦气?"

苏大姐不高兴了:"革命这么多年,你居然还是封建迷信分子。有明白人看过了,说这镜子是水晶镀了水银,而且镶的纯银,不是一般的物件。它是能给英莲带来好运的。"

邓仁修与许英莲结婚的日子选在了农历六月六,民间有说法,六月六,看谷秀,一口饽饽一口肉。1949年是个好年头,地里的高粱和玉米长得如同正值青春好年华的姑娘小伙子。这一天,金家大院喜气洋洋,左邻右舍的街坊邻居们、亲戚朋友们，能来的都来了。杨清风没来，苏大姐代表他来了，她把那两面小镜子作为礼物送给了邓仁修和许英莲。希望他们的婚姻像水晶一样纯洁长久。

邓仁修一心一意要将婚礼举办得隆重而热烈，他本想举办一个西式婚礼，金河城里有俄罗斯马车，还有西洋婚礼殿堂，一对新人可以穿着西装，披着婚纱走进这个神圣的殿堂。许英莲的父母不同意搞西式婚礼，"还是坐着花轿，从老许家把闺女抬着，走进你们老邓家，咱们是山东人，按山东老家的规矩办喜事。"

许英莲结婚时，弟弟许文书刚刚读到中学。姐姐走进了她的新房，弟弟要给姐姐的新房钉上门帘。钉门帘要用秤砣来钉，钉上门帘后，身为姐夫的邓仁修要给自己内弟钱，作为酬谢。邓仁修递给许文书两块钱，作为答谢。

许文书叫了一声姐夫："你以后好好待我姐。"

邓仁修拍了拍他的肩膀："文书你放心，我会对你姐好一辈子。"

婚礼的司仪高声喊着："请金平三先生来为新人证婚。"

金平三激动得手有些发抖，他说："我这辈子三个儿子，三个闺女，他们结婚和出嫁的时候，我心里什么心情，此时此刻，我的心情如同那时候一样，邓仁修就像我的亲儿子一样……我没有为我的儿女证婚，我却要为邓仁修和许英莲证婚，有情人终成眷属，他们的梦想成真了。我相信，今天来赶这一对新人人情的所有人都愿意当你们的证婚人，因为他们见证了你们俩的幸福时刻。在此我祝愿你们俩，结婚以后，能够互敬互爱，互相体谅，互相帮助，共同进步，早生贵子，恩爱一生，白头偕老。"

婚礼的程序结束以后，人们就进入了吃喜酒的过程，男人们都推杯换盏，频频敬酒。邓仁修请来了金河城的馆子里最好的大师傅掌勺，做出的菜肴味道很是地道。女宾们坐在桌前，上来一道菜，她们谁也不吃，而是把菜肴打包分掉，每人一份，除了汤菜不能打包，女人们喝掉之外，所有的菜统统打包，带回家去，给老人，给孩子吃。这是一个延续了多年的习俗，女人们不是来吃喜酒的，而是来打包的。

婚礼宴会正在进行时，谁也想不到的事情发生了，一堆浓重的乌云从东北方向飘来，飘到金河城的上空时，一场瓢泼大雨从天而降，金家大院顿时乱了套，谁也顾不上吃席喝酒了，纷纷躲进了屋子里，躲得慢的，都给淋成了落汤鸡。因为要招呼客人，新郎和新娘子被淋得狼狈不堪。本来铮晴瓦亮的天，怎么就一下子来了雨水。酒席进行不下去了，人们只好纷纷离席了。滂沱大雨浇得金家大院一片狼藉，喜洋洋的心情一下子让雨水浇得冰凉。男人们也顾不上再喝酒了，女人们也顾不上打包了，大家纷纷地告辞了。

邓仁修的大师兄周有贤他们没有走，他们还惦记着闹闹新房，趁这个机会跟美丽的新娘子逗逗乐子。过了这个村，就没有那个店了。结婚三天，不分老少，没有大小。什么话都可以随便说的，动手动脚，也没有人责怪你。为了能好好地闹闹洞房，周有贤他们几个又特地多喝了些酒，借着酒劲，什么话也说得出口，什么事情也做得出来。他们没有吊一只苹果让一对新人用嘴去咬，他们把一块糖果放进了许英莲的衣领子里面，让邓仁修伸进手去摸。

在此之前，还没有哪个男人动手碰过许英莲，出嫁的前夜，娘也叮嘱过她，在闹洞房的时候，尽管不高兴，也不能在脸上表现出来。不知是谁把糖果塞进了她的衣领，让邓仁修伸手摸糖果的时候，她本能地往后退缩着。邓仁修向她眨了眨眼睛，她也不明白，他是什么意思。在众目睽睽之下，邓仁修并没有把手伸进她的衣领，而是象征性地，探一下手然后朝着大伙一扬手："你们看，我把糖果摸出来了。"

原来邓仁修事先在手心里握了一块糖果，像变戏法一样，骗过了大伙的眼睛。这时候，周有贤提议，让邓仁修和许英莲讲一讲他们俩是怎么相识的，在这个过程中，有没有亲过嘴，有没有做过见不得人的事情。

就在这时，不知是谁把放在躺箱上的小镜子碰到了地上，砰的一声，小圆镜打碎了。这时候，新房里的空气一下子凝滞了。谁都知道，新婚之日，最忌讳的事情莫过于打碎了什么东西，打碎了镜子更是不吉利的征兆。许英莲一看，苏大姐和杨主任他们送她的礼物给打碎了，她心痛极了，蹲在了地上，捡拾着镜子的水晶碎片。

二师兄李河深示意大伙，到此为止吧，别再闹了。虽然是大喜日子，可发生了这样的事情，新娘子真的有些不高兴了。可不是吗，把人家陪嫁东西给打碎了，而且打碎的是镜子，镜子碎了不吉利。大伙也很知趣，纷纷告辞了。周有贤临出门的时候，还朝着邓仁修做了个鬼脸，并且小声地说，你小子可要悠着一点，可别让美丽的小娘子把你的骨髓给榨干了。

闹洞房的人走了，新房里面只剩下了他们一对新人。邓仁修帮着许英莲收拾地上的水晶镜片。他安慰新娘子:"别不高兴了,今天是咱们俩的大喜日子,别因为一面小镜子,让大伙面子上都挂不住。别噘着嘴,能拴住一头毛驴了。"

许英莲说:"平时瞧着你的师兄弟,一个个都像个正人君子似的,可闹洞房的时候,怎么都像变了一个人似的,什么话也说得出来,什么事情也做得出来。"

邓仁修说:"大喜的日子,咱们高兴,来感咱们人情的人也高兴。别想这些事了,都过去了,咱们收拾一下,也该睡觉了。都过半夜了,真的不早了。"

炕上本来铺好了一床被子,许英莲又铺下了一套被褥。她连衣服也没脱,直接钻进了被子里面。等到邓仁修走过来时,她把灯给关了。邓仁修心里暗暗发笑,真是个不谙世事的姑娘。他坐到了炕沿上,把戴在她头上的绢花给摘了下来。还是头一次有男人的手触碰她的头发,她的心微微地颤抖了一下。邓仁修的手又替她把耳环摘了下来:"摘下吧,戴着耳环,不小心会把耳朵给扎出血来的。"邓仁修的手很轻,也很到位,他那两只摆弄小小铅字模的手灵巧地解下了她的那对耳环。他的手伸到了她的衣领口,解开了她脖子下面的那颗纽扣儿。纽扣解开了,他还要解下一个纽扣……

许英莲挣脱了邓仁修的手,她朝被窝里面缩去,其实她能躲避的空间很小,没有什么地方可以躲避,索性坐起身来,把被子裹在身上,紧紧地包裹着,警惕地看着邓仁修。

邓仁修没有鲁莽行事,他也没有点亮灯,他压低声音说:"英莲,我能看得出来,你真的是个纯洁忠贞的好姑娘。从今天开始,你再也不能跟爹妈生活在一起了,而是跟你的丈夫生活在一起。说心里话,从我懂事的时候起,我就天天盼哪盼的,什么时候,能有自己的亲人跟我在一起做伴。盼了那么多年,今天总算盼到了。今天,我真的高兴,我一个人孤独了这么多年,从今天开始,我有了自己的伴,也有了自己的亲人。更让我高兴的是,我把金河城里最美丽的许英莲娶进门来,成了我的媳妇……"

许英莲的脸红了,她什么也说不出来。对于男女之事,她似乎处于懵懂状态,因为从来也没有人跟她说起过这件事。她从来也没有与一个男人单独在一起,从今天开始,她要跟这个邓仁修睡在一起、吃在一起了。对于今天晚上接下来要发生的事情,她也做好了准备,一个女人必须要接受的……

邓仁修慢慢地靠近她,他虽然瘦小,可他毕竟是个男人,她几乎听到了他的心跳,她的心跳得也厉害,如果不是紧紧地闭着嘴,那心脏似乎要从嘴里蹦出来。他伸出了双臂,轻轻地把许英莲揽在了怀里,他的动作很轻,很害怕触及什么,他将她抱在怀里,轻轻地抱着,但是,他却越抱越紧。他喃喃地说着:"咱们第一次见面后,听说你不愿意嫁给我,我躲在被窝里偷偷地哭了整整一个晚上,第二天,我的眼睛都哭肿了。"

许英莲说:"你真的哭了?"

邓仁修说:"老天爷给我做证,没有什么比这更让我伤心的了。也许我的真情感动了金先生,他才出面给我说情。英莲,咱们能结成夫妻,这是老天爷对我的恩赐。老天爷看我吃苦吃得太多了,连它都可怜我了,才把金河城最美丽、最善良的姑娘送给我当媳妇了……"

邓仁修轻轻地吻着许英莲的脖子,吻着她的面颊,他的手轻轻地解着她的纽扣。她的手握住了他的手,可他的手坚定地停留在那儿,十分固执,不想离开。僵持了一会儿,许英莲似乎没有力量再与他僵持下去,败下阵来。她还有一层防护铠甲,她亲手做的那件贴身穿的小马甲。她也记不清从什么时候起,胸前的那对青涩果子一般的小乳房不再安生了,渐渐地变成了两只小白兔,只要她一跑跳,小白兔也会跳跃。为了让小白兔老实一点,她用自己缝制的那件小马甲紧紧地包裹小白兔,紧紧地束缚着它们,让它们驯服。在小马甲上面,她没有钉上扣子,而是缝上了小小的挂钩,紧紧的小挂钩不会轻易解开。

邓仁修的喘息已经有些急促,可他还是有条不紊地解着马甲上的挂钩。多么光洁的皮肤,多么柔软而富有弹性的肌体,许英莲不仅生着美丽的脸庞,她也生着美丽的身段,她的头发乌黑柔软,她的身体每一个部位似乎都经过了上帝的精心计算,错落而有致。这时,许英莲却把自己的眼睛捂住了,她平生头一次将自己的身体展现在一个男人面前,任人观赏。他紧紧地抱着她,不停地吻她,从头到脚地吻她,就像一条获得了猎物的蛇一样,缠绵而柔情。终于,她坚持不住了,她那紧绷绷的身体松弛了,她瘫软在他的面前。

邓仁修紧紧地抱着许英莲,轻轻地安慰着她:"对不起,我弄痛你了。"

许英莲也紧紧地搂着他的脖子,她想说什么,可她没说出来。

两具肉体紧紧地贴在了一起,两个年轻的生命紧紧地连在了一起。邓仁修说:"英莲,以后,我会好好地待你,我虽然不富有,但我一定要让你过上幸福的生活。不仅让你当一个幸福的女人,我也要让你当一个母亲,我们俩生他几个孩子,有男孩儿,也有女孩子。我努力工作,争取当上八级工匠。"

许英莲说:"我如果要图什么权贵和富豪,我也不会嫁给你。我就想过平安幸福的日子,从没有想那么多。我看着你可怜,我看着你手巧,人说心灵才会手巧。我愿意跟你在一起过一辈子,当一辈子夫妻,就像那对鸳鸯……"许英莲指着绣在门帘上的那对鸳鸯。

邓仁修与许英莲的人生第一次同房,以许英莲的破身,邓仁修的泻身而告终。许英莲从自己的身子底下抽出了一条洁白的毛巾,上面已经沾染了她的贞洁鲜血,如同一朵鲜红的红梅花,绽放在洁白的雪地里。

邓仁修知道,这是他的女人在向他昭示自己的纯洁和忠贞。他告诉她,他也是平生第一次。跟师兄们学徒时,他就发过誓,这辈子他不喝酒,不赌钱,也不搞女人。出徒以后,师兄们经常到半掩子门去找女人,拉他多少次,他都没有下水。今天,在他的新婚之夜,他也可以坦荡地告诉自己的妻子,他也是纯洁的。第一次泻身,他也感觉到他的下身有些隐隐作痛。他悄悄地把这种感觉告诉了许英莲。许英莲听妈说过,男人跟女人一样,第一次做这事,如果是个真童男子,事后,他会跟女人一样,也会有痛感。

在这个人生最美好的夜晚,邓仁修和许英莲如鱼得水,如胶似漆,直到东方的天边露出了一抹灰白,直到从城外传来了公鸡打鸣声,他们才互相搂抱着,进入了另一个美好世界……

许英莲先从梦中醒来了,她想早点起来,她要开始做家庭的主妇了,她要给丈夫做饭,以后有了孩子,她也要给孩子们做饭。她刚刚爬起身来,披上衣服时,邓仁修伸出手,又把她按回了被窝里。他说:"再睡一会儿吧,良辰美景,我们应该尽情地享受。"

许英莲说:"再睡一会儿,太阳就要照屁股了。起早起惯了,天一亮,我就躺不住。"

邓仁修说:"我从小就起早,学徒时更是起早,没有人让你睡懒觉。我们一块起来。"

许英莲在屋里做饭,邓仁修到外面打扫院子。

刚刚打完太极拳的金先生看到了这小两口新婚第一天的新生活,连连点头赞许:"好啊,就凭这一点,你们小两口以后的日子不会过不好。两个心性灵秀的人,两个勤劳肯吃苦的人凑到一块儿,真的是天作地合之美,琴瑟之谐呀。"

他们两个听了金先生的夸奖,也都有些不好意思。今天,正是许顺来和王月娥来女婿家"望发"的日子。当地人的规矩,婚后第二天,岳父和岳母要来到女婿家,看一看女婿的家境。所谓的望发,就是期望着女儿和女婿家发财,能过上好日子。

听说女儿和女婿大喜的日子遭遇了滂沱大雨,许顺来的心情也不太好。他和老伴到女婿家来,顺道给亲家公邓元阶带了两瓶酒。走进金家大院,这座院子一点也不比阎举人的大院逊色。金先生能把上屋两间房子腾出来给邓仁修做新房,老先生真的待他不薄。院里的甬路上面铺着方砖,空地上种植着各种花卉。因为金先生喜欢画画丹青,他也特地种植了一些奇花异草。

看见许顺来两口子到女婿家来了,金先生特地过来跟他们寒暄了几句。话题还是没离开这一对年轻人的喜事,金先生说:"喜事办得好啊,来感人情的,把整个院子都坐满了,那场面,真的是喜庆。"

许顺来说:"美中不足的是下雨了。"

金先生说:"下雨好啊,雨水可是财呀。咱们北方人结婚时不喜欢老天爷下雨,可是南方人结婚时,盼着老天爷下雨呢。"

正说着话的时候,邓元阶也回来了。今天亲家到儿子的门上,他这个当老公公的能不照面吗?四位老人到齐了,邓仁修和许英莲没有让他们离开,让他们坐在一起,再喝一遍他们的喜酒。

新房的墙壁上挂着金先生给邓仁修和许英莲画的春夏秋冬四幅条屏,春天是牡丹花,夏天荷花,秋天是菊花,而冬天是梅花。

几杯酒下肚,邓元阶也感叹起来:"我父亲,我们老邓家的老辈子人,都是丹青书法高手,连我们邓家的女人,也都能画几笔,写得也不错。唉,到了我这辈子,什么都让我就着酒给喝进了肚子里。我念了整整八年书啊,如果仁修他读了我这么多的书,他必定会读大学念大书,他肯定不会是个工人。可惜,这书让我白读了。"

金先生说:"所以,你对你的这个儿子格外高看一眼,他这辈子也许不行,但我相信,你们老邓家会后继有人的。因为你们家的遗传根子在那儿,你们老邓家门里,总会有人出人头地的。"

许顺来说:"没有你金先生,他们两个年轻人的喜事也办不了那么圆满。邓仁修虽然是个苦孩子,可他遇到了你这位贵人,我们英莲也遇到了贵人。我倒是没有那么高的念想,我就想着自己这辈子能健康平安,儿女也能健康平安。大人孩子旺旺兴兴的就好。"

金先生说:"元阶兄弟,你儿子娶了英莲这么好的媳妇,你心里高兴是吧。"

邓元阶说:"不少人笑话我儿子,说他没有三泡牛屎高,怎么就娶了许英莲这么个好媳妇。我说,有福不用忙,没福跑断腚根肠。在儿子的婚事上,我什么心也没操。人家英莲还没过门,喜事没操办时,我的亲家母就把我今年冬天穿的棉袄棉裤给做好了,里外三新,上哪儿买去?儿子有福气,我这个当爹的也跟着沾光了。"

看着老人其乐融融,邓仁修和许英莲心里也跟着高兴。

吃过了午饭,金先生和许顺来也不喝酒,邓元阶有些醉意,他也没好意思在儿子和媳妇的新房炕上睡一觉再走,而是摇摇晃晃地离开了。许顺来和王月娥把带来的烧酒给了他,他没推辞也就收下了。王月娥问许英莲:"他们昨天晚上有没有闹洞房?"

许英莲说:"他们倒是想闹,因为晌午下的那场雨,坏了心情,洞房也没闹起来。"

王月娥问了一句:"你们俩那个了吗……"

许英莲的脸一下子红到了脖子,她只觉得脸上如同燃烧起了火焰一样烫,"他解人家的衣服,他往人家的身上靠……昨天晚上,他没睡觉,他也没让我睡觉,一直到天亮……"

王月娥笑着叹了口气:"天下的男人嘛,都是一个德行。他们就像一只鸟,一定要找个窝儿。女人呢,再有能耐的女人也要有个靠山,嫁汉嫁汉,穿衣吃饭。因为有缘分,你们俩才成了夫妻。以后,一定要好好地跟着人家过日子。男人主外,女人主内,等以后,有了孩子,你要做饭,伺候丈夫和孩子,缝缝补补做针线活,一辈传一辈,这是做女人的本分。"

## 第五章

　　邓仁修与许英莲结婚后的第三天,他们小两口回了趟娘家,这叫回门,也是老家的规矩,回了娘家,拜见父母,看望亲戚朋友。

　　新婚三天,邓仁修就上班了。许英莲收拾好家务,她也去了东北坊办事处。她穿了一件红布对襟小袄,脸上还挂着新娘子的喜气。大伙见了她,都团团将她围了起来,七嘴八舌地跟她开着玩笑:"我们以为你再不会来工作了,跟着邓仁修过你们的小日子去了。"

　　许英莲说:"怎么会呢,咱们新中国还没成立,我可不能待在家里忘了大家。"

　　几个姐妹悄悄地问许英莲:"邓仁修是不是把你捧在手心里害怕碎了,含在嘴里害怕化了?"

　　许英莲说:"哪像你们说的,山东人还是有大男子主义,别看他个头小,可他的脾气一点也不小。"

　　白大娘们一眼就看见了许英莲脖子上的一块青斑,那是邓仁修留下来的吻痕。她说:"什么样的男人见了你这样的美人,他也会碰头撒野。邓仁修真烧了高香啦。"

　　许英莲的脸红了,她不知道怎样回答。

　　白大娘们说:"瞧你,脸蛋红红的,像只刚刚下蛋的母鸡。十八岁的姑娘就是叫春的毛驴,你正好是四大欢头一欢……"

　　杨清风的到来,打断了女人们的闲谈阔论。他说:"英莲同志刚结婚就能来上班，说明她的心里惦记着工作。你们这些女同志要向英莲同志学习。我们镇压了一批反革命，可是，距离上级领导的指示，远远不够。树欲静而风不止，他们躲藏在暗地里蠢蠢欲动。我们一些地方政权的领导干部，基本上都像我一样，都是从战斗部队抽到地方工作。对于当地情况，根本就没掌握。熟悉基层情况的人，还是当地的人民群众。所以，你们要发挥你们了解情况的优势，把那些替反动的日伪政权，为国民党，为地主老财们做过事的反动分子统统揭露出来，将他们逮捕关押，让我们刚刚诞生的新政权基本稳定。"

杨清风也让苏大姐找许英莲谈话，苏大姐告诉许英莲，经过一段时间考验，组织上已经决定发展她作为入党的积极分子。听到这话，许英莲真的万分惊讶，她一直向往着能加入党组织，能成为像苏大姐、杨清风那样的人，他们都是共产党员。虽然那时候党员的身份没有公开，但她能感觉出来，他们就是共产党员。她的努力没有白费，她终于赢得了党组织的信任。

苏大姐说："以后，你要以一名共产党员的标准要求自己，不能把自己等同于一个普通群众。时时处处要发挥模范带头作用，要吃苦在前，享受在后；要不怕牺牲，要敢于斗争。以实际行动，争取早日加入中国共产党。"

在听到自己成了入党积极分子的时候，许英莲不仅仅是高兴，她内心深处油然而生一种神圣的庄严感。她就是山东乡村的一个小姑娘，从老家来到关东，给人家当使唤丫头，她从一个大字不识的丫头，成长为一个有文化的女人。她以为，她结婚以后，成为人妻了，党组织再也不会关注她了。她没有想到，党组织在时时刻刻地关注着她，关注着她的成长和进步。她也不是一个会说大话的人，她红着脸对苏大姐说："我以为，我结婚了，党组织真的不会再关注我了。"

苏大姐说："党组织从来也不会抛弃自己的同志，英莲，你怎么会产生这样的想法呢？"

许英莲真的有些难为情，她说："我以为结婚是件挺不光彩的事情，男的和女的睡在一个被窝里，还干那种不要脸的事情，想起来让人脸发红发烧，真的不好意思。我都有点不好意思走进咱们办事处了。来之前，我也想好了，你们不让我当妇女主任了，我就不当了。"

苏大姐听了哈哈大笑起来，她笑出了眼泪："你呀，英莲同志，你真的是个没长成人的女孩子。"

这一天,许英莲忙忙碌碌的,想把她结婚耽搁的几天时间给补回来,她一直忙到了很晚才回到家里。走进家门,看见邓仁修在修理收音机,她急忙换下衣服,点火做饭。她以为邓仁修会不高兴,因为她只顾忙工作,忽略了做饭这件事。

邓仁修却笑吟吟地说:"别做了,等你做好了饭,咱们俩半夜才能吃上。走,咱们俩下馆子去。也别换衣服了,就穿着列宁装,你穿什么都好看。"

许英莲说:"你不是说,咱们要节俭过日子,不要乱花钱吗?怎么想起要下馆子了?"

邓仁修说:"节俭过日子,不乱花钱,不等于不下馆子。东升楼太贵了,咱们不去,咱去吃驴肉包吧。"

许英莲说:"你是不是遇到了什么好事了?"

邓仁修说:"告诉你吧,今天,我涨工资了,我是全厂挣钱最多的,比我的师傅,比我的师兄们都高。咱们俩正是新婚燕尔,好事连连,你说,咱们能不下馆子吗?"

许英莲忍不住了,她说:"我也要告诉你一件好事……我现在成了入党积极分子……"

邓仁修瞪大眼睛:"这是真的?"

许英莲说:"当然是真的,这事能撒谎吗?"

邓仁修说:"我努力了那么多年,我也争取了好长时间,可我一直没能成为入党积极分子。你就在街道跑跑腿,做些婆婆妈妈的工作,居然走到了我的前头。走吧,今天晚上,咱们两口子好好地下顿馆子,好好地庆贺一下。英莲,我们俩成了夫妻,在此之前,有那么多人说我是癞蛤蟆想吃天鹅肉。结果,我吃着了天鹅肉。咱们俩成了真正的夫妻,有人忌妒,他们又说你是红颜祸水,说我根本养不住你。说什么,好汉无好妻,赖汉娶个娇滴滴。我已经不在意别人说什么了,我只在意我的承诺,我一定要让你过上好日子,所以,我努力工作,钻研技术,我长相不如他们,在别的方面,我一定不会落在他们的后面。"

许英莲说:"我嫁给你,嫁的是你的人品。好看不能当饭吃,我也不是那种爱虚荣的女人。我就是要让那些爱说风凉话的人看一看,让事实给他们一记响亮的耳光。"

邓仁修说:"快走吧,去晚了,人家馆子也该关门了。"

许英莲说:"我不想去了,咱们俩就吃点剩饭吧……"

这天晚上,新婚的小两口胡乱吃了点东西,早早地睡下了。许英莲跟邓仁修说了很多话,她把苏大姐跟她讲的话,也讲给了邓仁修听。"结婚不应该让人沉溺于个人生活的小天地,结婚也应该是两人共同努力工作的起点。组织上没有因为我结婚而放松对我的培养,相反,我还成了入党积极分子。全中国快要解放了,新中国也要成立了,我们有幸成为目睹新中国成立,并为它做过贡献的年轻人。"

邓仁修说:"我们在旧社会度过了自己的青春时代,我想,我们的孩子一定会生长在新社会,成为新中国的同龄人。"

许英莲说:"我们的孩子,他们的命运会比我们好,他们肯定不会吃我们那些苦。"

邓仁修忽然想起了什么,他说:"咱们生下的男孩儿像我,生下的女孩子像你……"

1949年是一个难见的好年景,粮食大丰收,地里的谷穗有一尺多长,玉米棒子有一斤多重,高粱穗子脱下籽粒,直接就能当炊帚用。老人们都说,真的要改朝换代了,老天爷才给了咱们这么好的年景。日本人完蛋了,国民党也垮台了,这大丰收的年景昭示着一个美好开始。

正值秋收时节,中华人民共和国成立了。那一天,许英莲在坊上办事处收听到了广播,而邓仁修则在工厂里听到了广播。开国大典之后,金河城沸腾了,人们纷纷走出家门,打着五星红旗,高举着彩旗,到大街上游行,庆祝中华人民共和国的诞生。从此,他们都成了共和国的公民。许英莲带领着整个东北坊的居民们,挥舞着小红旗,高呼口号:"中华人民共和国万岁!毛主席万岁!万岁,万岁,万万岁!"

白大娘们在耳朵上挂了两只小红辣椒,扭起了秧歌。她边扭边唱:"毛主席来真有福,你瞧他那两只大耳朵,就是有福的大神仙,他能给咱们老百姓带来吃穿,带来福和贵呀……"

沿街的点心铺、烧饼铺纷纷把吃的东西递到游行人们手中,让他们吃罢烧饼点心再游行。走在游行队伍前面的许英莲最引人注目,一件红上衣显得格外出眼。

县长曹世科也问起了杨清风:"那个新媳妇是你们东北坊的人?"

杨清风说:"是啊,人家还是新娘子呢。"

曹县长说:"世道真的是变了,新娘子也能在大庭广众之下摇旗呐喊了。"

金河的人们聚集在关老爷庙前广场上,齐声高唱东方红。东方红,太阳升,中国出了个毛泽东……

游行一直持续到了深夜,人们也意犹未尽。散场时,许英莲遇到了邓仁修,两个人一起往家走。不少人向这一对喜庆的年轻人投来了异样的目光,随着就是一句调侃,一朵鲜花插到了牛粪上。那年月,即便是年轻恋人走在一起,他们也要保持着距离。可听到有人这样调侃,邓仁修拉起了许英莲的手,二人肩并肩地一齐走。以前少见男人女人手拉手,新中国成立了,邓仁修也是让人瞧一瞧,新时代的新气象、新风尚。从前,他不敢告诉别人,他的媳妇是共产党的积极分子,新中国成立了,再也用不着保密了,邓仁修也自豪地告诉他的工友们,他的媳妇是共产党的积极分子。

许英莲怀孕了,这让两个年轻人都十分惊喜。他们知道,再过些日子,一个小生命就会诞生在他们这个家庭。从此,不再是他们两个人,而会增添一口人,他(她)会叫他们爸爸和妈妈。

邓仁修问许英莲:"你说,你怀的是男孩儿,还是女孩子?"

许英莲说:"我哪里会知道肚子装的是男是女。"

邓仁修说:"我希望第一个孩子是个儿子,他是家中的长子,就会继承我们的家业。"

许英莲说:"我倒希望第一个孩子是个闺女,她是妈的贴身小棉袄,长大一点,就能帮助妈干活操持家务了。等咱们再有了孩子,她还能帮助妈妈照看弟弟妹妹。"

这时的金河城里开始划成分了,邓仁修给划成了贫民,而许英莲只能跟随父亲许顺来的成分,山东老家寄来了他们家的成分证明,许顺来被划成了中农。因为家里有六亩地,所以只能划成中农。为成分的事情,许英莲还去找过杨主任,他们老家的情况,杨主任也了解。当年在山东老家日子过不下去了,才来到了关东。虽然说中农也是农民阶级,可比起贫农,中农成分还是差了一点。杨主任给她解释,正是因为家里的那六亩地,才将他们家划成了中农。贫下中农嘛,中农也是革命队伍之中的阶级。

过了不久,坊这个基层政权机关取消了,改成了街道办事处,杨清风还是街道办事处的主任,苏大姐是支部书记,许英莲还是义务干部,她担任着街道的妇女主任。他们在一起工作几年了,各项工作也开展得相当有起色。在镇压反革命运动当中,他们街道还受到了上级的表扬,原因就是杨主任政策掌握得比较到位,他们没有胡乱抓人,也没有胡乱杀人。而是重证据,重事实。一些罪大恶极分子得到惩处,而一些随大流的盲从分子则得到了政府的宽大处理。

新中国成立了,苏大姐的丈夫郭树林同志牺牲了,他牺牲在解放海南岛的战役之中。噩耗传来,苏大姐在众人面前表现得十分镇静从容,她从部队来的同志手里接过了丈夫的遗物,强忍着悲痛,只是流眼泪。等到部队的同志走了,苏大姐把自己关在屋子里,她号啕大哭起来,几乎晕死过去了。

杨主任撞开了门,他让许英莲扶起了苏大姐。他没有劝慰,他让她哭,让她流泪。如此悲愤之事,怎能让她忍在心里,哭诉出来最好。许英莲也跟着苏大姐一起流眼泪……

苏大姐替许英莲擦了擦眼泪:"你可别哭,也别伤心,这样对你肚子里的婴儿不利。"

许英莲说:"苏大姐,看着你痛心难过的样子,我也揪心,能不哭吗?"

苏大姐抹去眼泪:"大姐不哭了,你们放心吧,从参加革命那天起,咱们已经做好了牺牲的准备。只是新中国已经诞生了,在这样的美好时刻,他却牺牲了,倒在了已经解放了的共和国的土地之上,让我感到太遗憾了。因为革命工作,我和他已经有好几年没有见面了……"

在他们告辞的那一刻,许英莲从杨主任的眼睛里面似乎读到了什么。一个男人看女人的眼睛里面经常会流露出他的真实情感。这两年,她也经常能听到一些人在私下里悄悄地议论杨主任和苏大姐的关系。听到这些过耳传言,许英莲还批评过她们,不要再把自己当成家庭妇女,不要做长舌头女人,别传瞎话,别胡乱嚼舌头。杨主任和苏大姐是老革命,他们也是咱们的领导,他们只有革命的意志,他们不会有什么不正当的关系。因为苏大姐丈夫的牺牲,在这样一个特殊的时刻,在不经意间,许英莲似乎看出了他们之间的细微感情关系。不过,她也没有在意,人与人在一起时间久了,不可能不产生感情。只要是健康的、正常的感情,也不是不可以存在的。人与人要互相关心、互相帮助才是。苏大姐有难了,如果没有人帮助她、开导她,她能渡过这个关口吗……

许英莲的感觉没有错,杨清风和苏大姐来到金河地方工作没有多久,他们之间便产生了感情。想想看,孤男寡女,正值血气方刚的好年华,不产生感情才不正常。但是,他们毕竟参加革命多年,理性胜于感情,他们都远离自己的家庭和亲人,他们都用党性原则和组织纪律来约束自己。他们也都是山东人,他们更加懂得用道德来规范自己。他做到了,她也做到了。

就在新中国成立后的第一个春节,杨清风本来是想回一趟老家,去看看家里的父母,还有他的老婆和孩子。已经有两年多了,他没有与家人团聚过。可是,上级临时传达了指示,要他协助相关部门,在大连码头抓捕一批化装成日本难民,想逃到国外的日伪分子。杨清风只有留下,参与了整个抓捕行动。任务完成后,杨清风的心里空空荡荡的。

苏大姐提议:"到我们家过年吧,你一个人,我也一个人,咱们俩是同病相怜的人。"

除夕之夜,杨清风和苏大姐在她的那间小屋子里,包饺子,吃饺子,还喝了酒。杨清风平时不喝酒,那天晚上,千头万绪的难心事也都涌上了心头,他大口大口地喝酒,一直喝到了醉眼蒙眬。酒后吐真言,平时话语不多的杨清风此时此刻却是酣畅淋漓地倾诉了起来……其实苏大姐与他同龄,只是群众都管她叫苏大姐,他也这样称呼。苏大姐人长得并不漂亮,但却很文静。因为她出身于医生之家,她本人也读过中学,所以她知书达礼,也通情达理。杨清风是个工农干部,武工队长出身,他对文静的苏大姐有着格外的好感。因为都有家室,他们平时也能克制自己,以工作为先,很少谈起自己的私人生活。大年三十的晚上,借着酒意,杨清风也不知从哪里来的胆气,他把苏大姐抱在了怀里,紧紧地抱着……

苏大姐也没有挣脱。她懂得男人,她知道杨清风心里想的是什么。她能让他走进家门,两个人一起过年,背后意味非常。

杨清风流眼泪了,他说,他不害怕工作环境有多么艰险,他不害怕那些隐藏在暗地里的敌特分子。他害怕孤独,天天晚上,没有执行任务的时候,他就睁大眼睛胡思乱想。人能戒除七情六欲吗?不可能……

平心而论,那天晚上,如果杨清风做出任何举动,苏大姐都会接受,哪怕背叛自己刚刚牺牲的丈夫,她也会做下去。她是个女人,她也有内心的渴望。虽然她没有被酒醉了心,但她与杨清风在一起这些年积累下来的情感,已经足以让她为他奉献出她的一切。她心目中的一个武工队长,一个英武气十足的山东汉子,可她没有想到,就在她渴望着他占有她的时候,他却戛然而止了,他痛苦万分,他垂下了头……

苏大姐没有怪罪他的意思,她能理解他。她问他,是不是想起了老家的那个她,因为你不能在身边,是她侍候爹娘,是她为你养活孩子的,她是你的老婆……

杨清风摇了摇头,在那一瞬间,他眼前出现的并不是他的老婆和孩子,而是另一个人,就是苏大姐的丈夫老郭。他叹了口气,谁让咱是党员呢……

苏大姐感慨着:"你呀,真的是个好党员,不知算不算是个好男人……"其实,她能把一个男人请进家门来一起过年,她已经准备献出自己了。是她主动的,要犯错误,也是她犯了错误。没有办法,这个男人甚至不给她犯错误的机会。

在苏大姐丈夫牺牲以后,杨清风也动过这样的念头,他想回老家,跟自己的老婆离婚,然后名正言顺地与苏大姐结为夫妇,在一起生活。

当杨清风把自己的这个想法告诉了苏大姐之后,苏大姐淡淡地一笑拒绝了,她说:"革命成功了,新中国成立,不少革命干部跟老家的老婆离了婚,在城市里另娶一个女学生。老杨,你可千万别扔了糟糠之妻,真要这样做,我也瞧不起你,更不会跟你结婚。"

许英莲天天陪着苏大姐,苏大姐也与英莲讲起自己的丈夫。她的丈夫郭树林是个红小鬼,北上抗日,长征的途中,十八岁的他就当了营长。他们相识的那年,她还在一所小学校里教书,而郭树林已经是八路军的团长了。有一次,他们部队来到她的小学校宿营,郭树林一眼看中了这个年轻文静的女先生,把她给征服了……如今想起来,郭树林的身上有一股子匪气,那种敢作敢当的匪气,正是女人们喜欢的征服欲。

苏大姐最后悔的是,她没有为郭树林生一个孩子。可这也怨不得她,她跟他结婚以后,在一起的时间太少了。直到新中国成立了,他还在战场上拼杀,直到他牺牲在了战场之上,什么也没有为他留下……

许英莲敬佩苏大姐,在工作当中,在同志们面前,苏大姐从来也没有流露出自己内心的伤感。

## 第六章

  1950年夏天,邓仁修和许英莲结婚一年后,他们的女儿呱呱坠地了。为她接产的产婆对许英莲说,有福气的女人头一胎都生女孩儿,怎么说闺女是妈妈贴身的小棉袄呢,闺女不仅能帮着妈妈做家务,她也最懂妈妈的心事。

  邓仁修看着刚刚来到人世的女儿,她真的很像妈妈,简直就是从妈妈的那张大脸上揭下来的一张小脸。以后,他们家又会出一个小美女。

  许英莲看了一会儿,这是从她身上掉下来的肉,她看不出来孩子像谁。月子里的婴儿,脸上还带着水肿,孩子闭着眼睛,哭泣的声音就像刚刚出生的小猫。王月娥走进了屋里,许英莲叫了起来:"妈,这是我生的孩子吗?我真的有孩子了吗?妈呀,你看看孩子像谁呀?"

  王月娥说:"傻闺女,怎么不是你生的孩子,你当妈了,我的闺女,有人叫你妈了。瞧她,小脸儿多么周正,这孩子脸盘像你的地方多。你们给孩子取名字了吗?"

  邓仁修正在给自己的女儿取名字,到了他们这辈子,行"佩"字,就叫她邓佩玉吧。玉不仅是一种名贵的石头,它更是人格与品德的象征。

  邓佩玉出生的1950年,同1949年一样,也是难得一见的丰收年,乡村的场院上,农民家的院子和屋里的粮食囤子,都装满了粮食。人们想吃什么,想穿什么,市场上就有什么,物资丰厚,价钱便宜。

  邓仁修与许英莲商量一件事:"咱们举行婚礼的时候,喜宴让一场大雨给浇了,来感咱们人情的亲戚朋友谁也没有吃好喝好。一年过去了,咱们有孩子了,等到孩子满月时,咱们办一个满月宴,让亲戚朋友们再来喝酒,补上婚庆喜宴的那桩憾事。"

许英莲也有这个心愿,可她不想在孩子满月的时候请客,要请客,也要等到孩子过百日的时候,那时候,孩子三个多月了,能抱到大伙面前了,也许孩子还会笑了。再说,孩子满月正是大夏天,等到百日时,上秋了,天气也凉爽了,正是大家都有好心情之际。

就要为女儿办百日宴了,许英莲接到通知,让她到县委开紧急会议。她把孩子托付给了母亲,几乎是小跑来到县委大院,走进会场,会议已经开始了。会议很重要,是传达上级指示精神。国际形势严峻,敌对势力猖獗,让这个新生的政权面临着诸多的考验。上级指示,还是要发动群众,严密监视隐藏在暗地里的反革命分子,将那些在旧社会干过坏事的汉奸狗腿子,统统监视起来,有行动的要控制起来,必要的时候,要将他们逮捕起来,不能让他们给社会造成危害。

许英莲不能在家带孩子了,她把孩子交给了王月娥。忙里偷闲,回到娘家给孩子喂口奶。邓仁修和许英莲没请孩子的满月酒,他们也不能请百日宴了。镇反工作到了关键时刻,一场突如其来的战争在这年秋冬之际爆发了。美国鬼子和联合国军入侵了朝鲜,把战火燃到了中国的家门口。刚刚诞生的新中国面临着巨大的考验。国内的形势十分严峻,又面临着美国鬼子发动的朝鲜战争。大连距离朝鲜很近,一旦战火烧过了鸭绿江,他们刚刚得到的幸福生活就会付诸东流。于是,"抗美援朝、保家卫国"的口号喊起来了。虽然咱们不能上前线,可咱们有责任和义务,把保家卫国的工作做好。

许英莲抱着女儿来到了娘家,她想让孩子的姥姥照看一下孩子。

王月娥说:"当娘的能帮着你照看孩子,可孩子还要吃奶,你能给孩子断了奶水吗?"

许英莲急得不行,孩子吃不到妈的奶水,那可怎么办哪?

王月娥想出了一个主意,她拿出了一条背带,这是日本妇人背孩子用的背带,可以把孩子绑在妈妈的身上,可以绑到背后,也可以绑在胸前。这样既不耽搁干活,也不耽误孩子吃奶。娘儿俩用背带把小佩玉绑到了背后,试了一试,孩子紧紧地贴在妈妈的身上,不哭也不闹,饿了还有奶吃。

许英莲高兴坏了:"行,就这样了,妈,我走了。"

1950年的冬天,许英莲忙坏了,除了要发动群众为抗美援朝保家卫国捐款捐物,还要监督和挖掘那些隐藏在暗处的反动分子,还要到各家各户动员青年人参加志愿军,跨过鸭绿江,去打美国鬼子。居民委一个叫金周的年轻人报名参军了,他提出了一个要求,能不能让妇女主任亲自给他披红戴花,给他牵马,送他到火车站。有人告诉金周,许英莲一边工作,还要一边奶孩子,她太操劳了,能不能换别人?金周不愿意换别人,因为,他一直暗恋着这个美丽的姑娘。虽然她已经成了别人的新娘,可他就是有一个心愿,能在庄严而神圣的时刻,近距离地接触一下这个美丽的女人。听说了这件事,许英莲也很感动。她没有犹豫,她来到了金周的面前,替他披红戴花,扶他上马,并且牵着马缰绳,一直走到了火车站。金周感动得眼泪直流,火车就要开动的时候,他说:"许英莲,你能这样对我,我就是牺牲在异国他乡的战场上,我也会含笑九泉之下……"

许英莲说:"我要你活着回来,有爹妈等着你孝敬,美好的生活也在等待着你。所以,我不要你说那些悲壮的话。我要你活着回来……"

有一天,许英莲抽空正给孩子喂奶,喂着喂着,她靠在椅子上,合上了眼皮,竟然疲倦地睡着了。杨主任走了进来,看到这情景,他悄悄地退了出去。苏大姐走过来,杨主任示意她不要进去,"让英莲同志多睡一会儿吧。"他还忍不住感叹了一句,"英莲真的是个好同志。"

苏大姐说:"这么好的同志,我们还没有让她加入我们组织。杨主任,英莲同志是经得住考验的,我看可以发展她入党。在这样一个关键时刻,发展她入党,更有意义。"

杨主任说:"我没有意见,你这个支部书记是英莲同志的入党介绍人,找个时间,咱们召开支部大会。"

许英莲头一次参加发展党员的支部大会。参加会议那天,许英莲把背上的孩子解了下来,交给姐妹们,让她们替她看管一会儿孩子。她还特地叮嘱姐妹们:"孩子哭了,你们替我给她喂口奶吃,别打扰我开会。"

支部会上,苏大姐特地向参会的党员同志们介绍了许英莲同志的家庭出身、她本人的情况。从她参加扫盲班,一直到参加街道工作,直到如今担任妇女主任的经历,她所有表现,她的所有优点和缺点以及每个阶段她的思想情况。一五一十都列举出来,摆在了桌面上。

杨主任也让许英莲同志谈谈自己还有哪些不足,还有哪些需要改正的缺点和错误。

许英莲也敞开了胸怀,她想了很久,一直挥之不去的一块心病,就是新中国刚刚成立时的1949年,当巡捕王华生被政府正法时,她和父亲还想着给王华生收尸,原因就是因为王华生替父亲洗清了一个替八路军秘密购买和运送药品的罪名。因为她曾经在王华生的家里当过丫头,王华生的老母亲待她很好,她对这个老太太一直怀着感恩报恩的思想。因为这件事,她才产生了替这个巡捕收尸的念头,来报答他对她家的好处。

很多党员都不知道这件事,连杨清风和苏大姐也不知道这件事。既然许英莲本人说出来了,说明她对党组织是毫无保留的,连思想深层的杂念也在支部大会上说出来。这说明许英莲同志对组织的信任,对组织的诚实和坦荡。那一年,许英莲同志才十八岁,还是一个单纯善良的姑娘。事情过去了这么多年,她能主动说出来,说明她对党毫无保留。从她递交入党申请书的那一刻起,她把自己的一切完全交给了党组织。

杨清风首先表态:"我同意英莲同志加入中国共产党。我真的是看着英莲同志长大的,抗日战争时期,英莲同志还是个小孩子,她帮助我们武工队做掩护,让我们完成了任务。这两年,英莲同志的表现,大家也是有目共睹。一个人不可能没有毛病,也不可能不犯错误。我希望英莲同志通过以后的工作和学习,端正思想,修正错误,成为一名真正的共产党员。"

别的同志们也谈了自己的想法。对于许英莲的入党,也提了自己意见和想法。许英莲用自己的实际行动和表现,赢得了同志们的一致好评。但是,对于许英莲自己说的那件事,有人还是有想法的。毕竟给王华生收尸不是一般的阶级感情问题,而是敌我之间的原则问题,认为英莲同志需要再考验一段时间。

苏大姐征求了大家的意见,大伙的意见也是再考验英莲同志一段时间,苏大姐和杨清风也交换了一下意见,再考验英莲同志一段时间也好,她很年轻,多经历一些事情,对她本人也是有好处的。支部大会结束以后,苏大姐一直陪着许英莲走了很远,她怕英莲思想上有解不开的疙瘩,想再开导一下许英莲。

许英莲说:"姐,你回去吧。"苏大姐说:"你不说王华生的事,支部大会也就通过了发展你党员这件事……"许英莲说:"苏大姐,我想了很久,这事还是说出来的好,我对组织不能有任何的隐瞒,既然要入党,我也要当一名真正的共产党员。"

苏大姐说:"再努力一把,别泄劲。你要求入党已经几年了,再加一把劲。"

走在回家的路上,许英莲偷偷地哭了,背上的女儿已经睡着了,她把女儿从后背移到了前胸,把女儿抱在怀里,大步流星往家赶。

邓仁修已经下班回家了,他按照许英莲的吩咐,将印刷时切下来的边角废纸切成了细条,带回来了。家里冷冷清清的,邓仁修知道妻子又在外面忙碌了,又顾不上做饭了。他先生火点着炉子,坐上锅烧上水。一直等到水烧开了,许英莲还没回来。没有办法,他只好先和上面,擀面条。当伙计那时,因为长得瘦小,伙计们都欺负他,所有的活儿都让他干。什么烧火做饭,什么收拾屋子,他什么活儿都会干。正擀面时,许英莲回来了。她放下孩子,从丈夫手里夺过擀面杖,接着擀起面来。

邓仁修看见了妻子脸上的泪痕,他也知道,天天在外奔忙,哪里来的那么多的顺心事。于是,他想开个玩笑,想逗妻子笑一笑。于是,他说了一个谜语让许英莲猜。

许英莲说:"我猜不出来,我也不想猜。"

邓仁修说:"遇到什么事了,惹你这样不高兴。"

许英莲说:"我没不高兴,只是心里有点不好受……"

邓仁修追问着:"到底因为什么……"

许英莲想告诉他,是因为支部大会没有通过她入党的事,但终究还是没说出来。邓仁修也没有再问,他告诉许英莲,他把她要的纸条带回家来了。

许英莲说,等吃过了饭,她把这些纸条送到各家各户去,让他们把纸条贴到窗户上,美国鬼子的飞机已经飞过了鸭绿江,轰炸丹东,很多老百姓的房子都炸塌了,还炸死了不少群众。辽东半岛距离朝鲜很近,美国飞机飞到咱们这儿只需要十来分钟。那时候有句顺口溜,叫天不怕,地不怕,就怕飞机拉㞎㞎。许英莲吃过了饭,她拿起纸条子就要出门。

她去给大伙儿分纸条,让他们贴在窗户的玻璃上,上级已经传达了,只要把玻璃窗户上贴了纸条,炸弹爆炸的时候,玻璃就不会给震得粉碎,也不会形成杀伤力。

## 第七章

　　新中国成立的第二年,金河县城又弥漫着战争的气氛。县委大楼改成了战时第七医院,专门接收从朝鲜战场上转运下来的重伤员。大量的战争物资从这里运送到了朝鲜前线,中国行动起来了,连老人和孩子们也会唱那首歌:"……雄赳赳,气昂昂,跨过鸭绿江。保和平,卫祖国,就是保家乡。中华好儿女,齐心团结紧,抗美援朝,打败美帝野心狼……"

　　金河的各个单位、各个政府机关都动员了起来,每个人都投身于抗美援朝的战争当中。许英莲她们更是忙碌,白天忙碌,晚上也不闲着。

　　1951年,朝鲜战争进入了最为残酷的阶段。许英莲亲眼看到,从战场上转运到第七医院的伤员越来越多,伤势也越来越重。因为男同志人手不够用,抢救伤员的同时,许英莲她们也要担负掩埋因伤势过重而牺牲志愿军的遗体。在金河县城北虎头山上,临时开出了一块空地,专门安葬志愿军战士的遗体。

　　一天深夜,许英莲已经睡下了。因为连日劳累,她睡得很死。突然,砰砰砰,有人敲窗户。许英莲和邓仁修同时惊醒了:"谁?"

　　"是我,是苏大姐。"

　　许英莲连忙爬起身来,披上衣服走到门外:"苏大姐……"

　　苏大姐说:"快,穿好衣服,跟我走。"

　　杨主任他们几个已经等候在火车站,他的神色严肃地说:"今天晚上,我们要执行一个特别重要的任务,执行任务的同志们都是共产党员、预备党员。我要告诉同志们,一定要记住保密。现在,四个人一组,开始行动。"

从火车上闷罐车厢里抬下了几十个方形棺材，许英莲从来没有见过那种棺材。打开棺材，里面躺着的人不是志愿军战士，而是苏联的空军战士，他们双眼紧闭，面色苍白。因为这一段时间看的死人太多了，许英莲也不知道害怕了。她和别的同志一起，用水将苏联空军战士的面庞清洗干净，最后再整理一下他们的军服，然后再盖上棺材盖子。他们用车子将这几十具棺材运送到了南山脚下。上山没有路，只能由人抬着。许英莲他们抬着苏联空军飞行员的遗体，一步一步来到了苏军烈士陵园。有人已经将墓穴挖好了，他们将这些苏军遗体埋葬了。这个秘密一直保守了许多年，许多年以后，从前的那些秘密不再是秘密时，人们才知道，当年那些苏军战士，是牺牲在朝鲜战场上的苏联军人。因为不能公开参战，苏军派出了飞行员，对抗美国空军。在空战中，他们牺牲了，也不能运回国内安葬，只能安葬在距离朝鲜很近的金河县。他们的英勇事迹不能公开，只能默默地埋葬在地下。

这件事给许英莲留下了很深的印象，她亲手埋葬的那位苏军战士，多么的年轻英俊，他的脸庞一丝血色也没有，军帽下面露出了金黄色的头发，高高的鼻子显得有些稚气。安葬这些陌生战士的那天晚上，看着死者一脸孩子气的面孔，许英莲忍不住哭了起来。

杨主任本来想制止许英莲，执行这样的任务，不能哭泣。可他没有制止，他心里也挺悲伤，看着这么多牺牲的战士遗体，不管他是哪国人，一条条鲜活的生命，无声无息地被埋在了异国他乡的土地，真的让人伤感。这些苏联飞行员的身上穿的并不是苏联红军的军装，而是志愿军的军服。他们牺牲了，连身份也不能暴露。有人哭泣也好，悲伤的时刻，假如在现场的人都那么理性，一点悲伤的声息也没有，一滴眼泪也没落下，就显得有些不近人情。

当许英莲他们忙完了这一切，天色已经微微透亮了。苏军烈士陵园里，堆起了几十座新坟。杨主任带领着晚上参加行动的同志们整齐地肃立在坟墓前，脱下帽子，恭恭敬敬地向这些无名战士默哀致敬。

事后，邓仁修问起许英莲，昨天晚上执行的是什么任务。

许英莲没说，因为这是党的纪律，无论是谁，都不能向他透露。通过这件事，也给了许英莲一个心灵的震动，只有一个感受，那就是痛惜，多么年轻的战士，他们付出的是生命的代价。太可惜了，他们长眠于异国他乡的土地上，还不能暴露姓名……

在第七医院,凡是被抬进病房的伤员都是重伤员,有不少没等到医生的救治,就闭上了眼睛。因为医院的人手不够,许英莲她们也经常来支援。伤员的惨状,简直让人不忍心看下去。

那是距离埋葬苏军战士的第三天,在第七医院一间重症监护室里,许英莲看见了一个小战士。他的双眼被缠上了绷带,在重重纱布下面,这个小战士微微张开了嘴,他发出的微弱声音让许英莲听到了,他似乎在喊,饿……渴……水……

因为要手术,他们不能吃东西,也不能喝水。许英莲跑去找医生,可医生也忙得顾不上他。

女儿佩玉此时此刻啼哭了起来,孩子的哭声一下子刺激了许英莲哺乳的本能,她解开了衣襟,却并没有给女儿哺乳,而是将洁白的乳汁滴进了小战士的嘴里。小战士用生命最后时刻的一丝气力,咂吮着一位年轻而又陌生的母亲为他哺的乳,他品尝到了母亲的体温、母爱的抚慰……他渐渐地合上了眼睛,他的嘴角还挂着一缕洁白的乳汁……

这一幕,让苏大姐看在了眼里,这个从未生育过的女人也深深地感动了。她没有惊扰许英莲,许英莲是一个多么善良的女性,她用自己的母性,抚慰了这个不幸的战士。当支部大会再次讨论许英莲入党的问题,苏大姐以一个支部书记的身份,力挺她加入党组织。"英莲是个好同志,她的心地善良,性子有点软,但是,这也并非都是缺点。通过这一段时间的考验,尤其是在救护志愿军伤员的工作当中,英莲同志经受住了考验,她没有辜负我们大家的期望。在抗美援朝保家卫国当中,许英莲的工作精神受到了县委的表扬……"

本来,苏大姐想把许英莲为一位即将牺牲的战士哺乳的事迹说出来,可话到了嘴边,她给咽回去了。她知道,对于英莲的举动,也许有人不会理解。

上一次支部大会开过后,许英莲的表现,同志们也看在了眼里,大家对她加入中国共产党没有异议,一致同意,接受许英莲为预备党员。

杨主任说:"英莲同志,一个革命者,入党不是目的,要为党的事业奋斗终身,才是一名共产党员的真正目的。以后,希望你能再接再厉,为党做更多的事情,让自己成为一名真正的优秀共产党员。"

杨主任的话音刚落,同志们也纷纷向许英莲伸出手来,向她表示祝贺,"以后,大家都是同一个战壕的战友了,除了互相帮助,我们也要互相批评,共同进步。"

许英莲也表了态,她说:"从小在山东老家时,虽然不懂事,但是我知道,那时候,日本鬼子侵略我们,到村子里来就是烧杀抢掠。只要村口放哨的民兵一打锣,村里的男女老少就往村外的山沟里面跑。有的老人跑不动,结果,就死在了日本人的刀下。我目睹了共产党是怎样打日本鬼子的。从山东到关东,我看在眼里,心里也想,共产党是为老百姓的。我是个老百姓,我不想当一个普通的老百姓,我也要像一名共产党员那样,为老百姓做事。是共产党把我从一个不懂事的小姑娘,培养成了一个有文化懂道理的新时代妇女。今天,我又加入了共产党,这是我的理想和追求。就像入党宣誓的誓词里说的那样,我要为共产主义事业奋斗终身……"

支部大会结束以后,许英莲回到了家里,她的心情久久不能平静。许多往事在她眼前一幕幕地闪现,直到入了党,她才感觉生命有了意义。以后,她要更加努力工作,为党多做工作才是……

邓仁修下班了,走进家门,一眼瞧见了正在灶前烧火做饭的许英莲,他还有些纳闷:"今天太阳从西边出来啦,今天晚上你们没有开会?"

许英莲说:"我不开会,你不高兴?"

邓仁修:"你冷不丁地不开会了,我倒有些不习惯了。共产党的会,国民党的税,这可是老百姓总结出来的。"

许英莲说:"共产党开会是为了老百姓,可国民党收税是搜刮民财。"

邓仁修揭开锅盖,锅里炖的是银亮的新鲜刀鱼,焖的是黄澄澄的小米饭。他心里乐开了花,他问:"今天是什么日子? 你焖小米饭,又炖刀鱼……"

许英莲说:"你猜猜看,今天是什么日子?"

邓仁修想来想去,他都没能说对。他的双眼紧紧地盯着自己的妻子,他问了一句:"该不是你又怀上了吧……"

许英莲装作生气的样子:"你呀,就知道生孩子,还是新社会的青年呢,生着封建残余思想的脑筋。我最想要的是什么,你是我最亲近的人,你有脸说你不知道?"

邓仁修忽然想起了什么,他睁大眼睛:"你,难道你入党了……"

许英莲再也抑制不住自己的感情,她虽然没有哭出声音。可她的眼泪再也控制不住了,如同泉水一样涌了出来,朝着邓仁修点了点头。邓仁修紧紧地抱住了妻子,他深情地说:"祝贺你,你付出的努力,你所做的工作,我都看在眼里,平心而论,我应该向你学习。英莲,你真的够一名共产党员的条件。再次祝贺你……"

许英莲说:"我也谢谢你,没有你的支持和理解,也不会有我的今天。我一分钱的工资也没有,你也没有拖我的后腿。今天,我要好好地报答你。"

她伸展开身子,让自己成了一条柔软的章鱼,她舒展手臂,将丈夫的身躯紧紧地缠绕着。

邓仁修吻着许英莲,他喃喃着:"英莲,你告诉我,你以后进步大了,成了一个了不起的人物,会不会把我给抛弃了?"

许英莲说:"你呀,你怎么会有这样的想法?我嫁给了你,我就是你的女人,你的老婆。我要给你做饭,我要给你生孩子,我要给你管好这个家。以后,咱们还会添孩子,会有几个孩子,我没有别的想法,我就想当个好妈妈。在你面前,我要当个好老婆。美中不足的是,我没能为你父亲尽孝。如果爹愿意,让他回家住吧。一个人生活,没人照料不行。"

邓仁修感动得不知说什么才好,一缕泪水从他的面颊流了下来,流进了他的嘴里,他悄悄地咽下了,他品尝到了幸福的感觉……他真的太幸运了,许英莲不仅美丽,她更善良……

许英莲也正如自己说的那样,她努力工作,不是有什么野心,就是想证明自己。她想做一个好女人,对家庭,对社会有用的好女人。

1951年的年底,金州要评劳动模范,东北坊街道办事处分到一个名额。同志们一致举手,许英莲是最合格的人选。

许英莲推辞着:"我可不够劳动模范,我天天要背着孩子,一边忙工作,一边带孩子奶孩子。没给咱们东北坊街道争光,倒让人家笑话我这个妇女主任了。"

苏大姐说:"县委的朱书记都表扬你了,说你这个女同志,泼辣得像个假小子,长得像个千金小姐,可干起工作来,却像工农干部。"

杨主任说:"英莲同志,既然大伙都同意你当,你就别推辞了。要我选,我也选你。这两年,你真的付出得太多了,同志们看在眼里,记在心上,人人心里都有一杆秤,人心也是肉长的,你是名副其实的劳动模范。英莲同志,你也是咱们街道的骄傲和光荣。"

许英莲悄悄地告诉苏大姐："我恐怕又怀了孩子了,我怎么当劳动模范呀?"

苏大姐说:"傻媳妇,怀孩子怎么不能当劳模?什么时候怀上的?"

许英莲说:"我也不知道,我光听说,只要孩子吃奶,就不会怀孕。我天天给女儿喂奶,可偏偏就怀了孩子。"

苏大姐说:"怀孩子是喜事呀,大姐真的太羡慕你了……战争年代,我跟我那口子害怕怀孕,因为那时怀孕生孩子对于女人来说,是灾难。有一次反扫荡,一个带着孩子的女同志因为害怕暴露目标,害怕日本鬼子找到隐蔽在地道里的同志们,她用自己的乳房活生生地把毫无挣扎力气的孩子憋死了……后来,我们想要孩子,可就是怀不上孩子了……一个没有生过孩子的女人,她的人生是不完整的,是一个女人最大的缺憾……"

县里要召开表彰劳动模范大会,许英莲要抱着孩子去开大会。王月娥从她的怀里抱过了孩子,"参加这样的大会,你抱着孩子,多不体面。"

县委书记和县长在县招待所,请来了县城最好的大师傅,给劳动模范们做了八宝饭,做了三道饭席,宴请这些新中国成立以后诞生的第一批劳动模范。来自乡下的劳动模范,每个人奖励一匹马或者一头骡子;城里的劳动模范每人奖励一床老虎毯子。许英莲是劳动模范当中最年轻的一个,朱书记还开玩笑,他说:"许英莲也是咱们县里最美丽的劳动模范。在今天的大会上,你唱支歌子,给大伙助助兴。"

许英莲的脸红了,她说:"朱书记,我的嗓子不好,我真的唱不好。"

朱书记说:"嗓子不好,是先天条件问题,唱不唱,是你对同志们的态度问题。既然当了模范,就要事事处处起模范带头作用。"

许英莲只好硬着头皮站了起来,唱什么呢……她想起了山东老家的歌,沂蒙小调……

会场上响起了雷鸣般的掌声,朱书记一边拍着巴掌,一边走到了许英莲的跟前:"好好好……"他一连说了三声好,"你呀,人长得美丽,嗓子也亮堂。你比咱们县剧团的那个女主角长得美丽,嗓子也不比她差,你应该调到县剧团去,你肯定是个头牌名角。"

许英莲的脸红成了一块红绸子,她说:"朱书记,我哪里会唱戏,刚才是你逼着鸭子上架,我没有办法才唱的,我可演不了戏,你快饶了我吧。"

朱书记说:"你一亮嗓子,唱得那么好,还说不会唱。去县剧团是好事,能给全县人民带来更多的欢乐,那可是更大的贡献。你考虑考虑,回头,我让县剧团去考核你。这事就这样定了,你现在是劳动模范嘛,一切要服从组织安排。"

许英莲好多天一直心神不宁,她害怕县剧团来人,把她挑去当演员。其实在大会上,朱书记也是一时兴起,信口开河说让许英莲到县剧团。事后,他也问过杨清风,有关许英莲的情况。杨清风听说要让许英莲当演员,他都忍不住笑了。"能唱歌的人多了,都能当演员吗?许英莲肯定不是个当演员的材料,让她好好地当我们的妇女主任吧。你让她去当了演员,你可要再给我们派一个妇女主任来。"

既然街道不愿意放人,朱书记也没有再强求。许英莲可以当干部,她确实当不了角。

1952年,依然是个好年份,不仅农业大丰收,抗美援朝战争也停战了,交战的双方在板门店签订了停战协议,从此弥漫在东北亚上空的战争阴云总算消散了。这两年,中国人付出了多少代价,北山坡上满是志愿军烈士墓,有多少人在为支援前线而忙碌。战争结束了,人们可以呼出一口长气了。

1952年立冬那天,许英莲生下了一个大胖小子,足足八斤半重的一个大胖小子,全家人这下可高兴了。那年月,人们仍然重男轻女,生了男孩儿自然心情舒畅兴高采烈。这可遂了邓仁修的心愿,高兴得不知怎样才好,忙碌着给儿子取名字,取个什么名字才好呢……这一年,吴运铎写的《把一切献给党》问世了,邓仁修买了这本书,他想看一看吴运铎从一个工人成长为革命英雄的事迹。吴运铎被称为中国的保尔。当时苏联的保尔·柯察金已经成了家喻户晓的人物,而吴运铎也是新中国身残志坚的典型。邓仁修很为吴运铎感动,他将这本书读了几遍。他为儿子取名叫邓丕铎。铎,古代宣布法令时用的一种大铃。邓仁修是单传,他有儿子了,邓元阶也回家看孙子了。看着孩子白白胖胖的方头大脸,他心里喜洋洋的。他扔下一把钱说:"孩子满月的时候,我要美美地喝杯满月酒。"

孩子满月那天,邓仁修没有请外人,他把岳父和岳母请来了,把金平三先生请来了,内弟许文书是中学生了,他也算是座上宾。邓元阶俨然成了一家之主,有了孙子,除了高兴,还有一种神圣的自豪感,因为邓家后继有人了。邓元阶与在座的连连碰杯。许顺来滴酒不沾。金平三的酒量也不大,平时也很少喝酒,他说,喝酒的事,要量力而行,能喝多喝,不能喝就少喝,喝多了自己受罪。孩子的满月酒却是不能不喝的,三钱三的小杯子,他已经喝下了三杯了。似乎有了些醉意。他说:"从小看大,丕铎这孩子生得貌相周正,神态庄重,将来恐怕不会好养活。因为咱们不是一般的亲戚邻居,我才说这话的,别无他意,就是说日后,家里人要在这孩子身上用点心思。"

王月娥很在意金先生说的话:"能不能把话说得透彻一些,日后我们也好留神。"

金平三说:"人这一生,没有平坦大路通畅到底。人人都有灾有难,这孩子生着福相,他如果迈过了人生的这些坎,日后他是个有福气的人,是个有造化的人。"接下来他又说,"仁修脑子聪明,英莲秀外慧中,他们俩的孩子肯定错不了。"

在酒席上,许顺来说起了自己不想再做小买卖,他想进工厂,找个工作当个工人。新中国成立以后,国家有了国营商店,还成立了合作商店,小商小贩的生意越来越不好做了。

听到岳父说找工作,想当工人,邓仁修自告奋勇,他愿意帮岳父这个忙,他在工会里有很多的熟人。如今,也有不少的工厂招工人,不过,他们要的大都是技术工人。

许顺来说:"想当年,要学个手艺技术有多好,可那时,只想着学生意,只想着做生意,谁想生意不好做了,我也后悔选择错了行当。仁修啊,不管什么工厂,不管什么工种,只要能当上工人就行。我这人别的长处没有,只有一个长处,那就是肯出力干活。"

喝过了满月酒,不喝正好,一喝就高的邓元阶哼着京戏"骂一声刘表,你这个穷骨头……"摇摇晃晃地走了。

第七章

## 第八章

　　孙子降临了,邓元阶格外高兴,儿子送他出门,他给儿子扔下了一句话,让儿子转告儿媳妇,以后要多在家照顾孩子,别老惦记着妇女主任,这个破义务干部有意思吗?人哪,不能红大了,红大了就要发紫,发紫后,距离发黑就不远了。女子无才便是德。

　　邓仁修不可能将父亲的话告诉许英莲,她正哺乳孩子,不能生气上火。不过,有些话他也不能不说,这两年,她突飞猛进,但也不能不顾及别人的感受,不是她一个人想进步,很多人都想进步。你一个人一年常占四时春,让别人在什么季节里开花呀。就像一匹奔跑的马,不能一味地奔跑下去,如果不歇息一下,迟早会累死的。

　　邓仁修说得比较有策略,许英莲还是听出了话外音。她说:"我也想过,我也不是一味地要荣誉,没有想过别人的感受。可是,荣誉真不是我要的,而是组织上和同志们给我的。其实我真的退让过,杨主任和苏大姐也做我的工作,街道干部,就是义务干部,没有人跟你攀比,没有人跟你竞争。如果在一个工厂单位,或者是机关部门,那可就另当别论了。你优秀,我比你更优秀。街道这样不起眼的地方,才成全了我这样肯出力干活,又没有多少文化的女人……"

　　邓仁修觉得,妻子说得也有道理,街道工作琐碎,真就没有人愿意干。其实街道还真的很重要,它是基层的政权机关,能深入每一个院落、每一个家庭,甚至每一个人。每项工作都要有人来做,做不好都是党的事业的损失。

许英莲说:"咱们俩早就说好了,咱们虽然结婚了,但是,咱们还是年轻人,年轻人就要进步,就不能沉溺于个人的家庭小生活里面。不管别人说什么,我现在是党员了,我就要干好我的工作。如果我想三想四,我就对不起这个党员的称号。我们的孩子一天天要长大,我们做父母的就是孩子们的第一任老师,如果我们不能以身作则,我们怎么能教育好我们的孩子?"

邓仁修说:"其实我也一直努力进步,我就没有你那么幸运。我不是一个很引人注目的人,所以,我一直努力钻研的就是技术。别的方面我比不过他们,但是操作技术、修理技术,我比他们都强。我的工资高,我的奖金也高。不少工友们看着眼馋,他们不努力,反倒在背后下绊子,说风凉话。就连我们俩结成了夫妻,他们也看着心里不高兴。"

许英莲说:"我们走我们自己的路,风凉话,让他们说去吧,咱们就是要努力进步,看看他们最后还能说什么。做出了成绩,领导和群众认可,他们还有什么好说的。"

那一段日子,许英莲和邓仁修过得挺平和,他们小夫妇该怎么工作,还怎么工作,该怎么进步,他们还怎么进步。因为战争平息了,生活也渐渐地祥和了。许英莲花几分钱就能买到一斤干瘪的花生米,她喜欢吃这种花生米,她吃着香甜,奶水分泌得又多又好,孩子喂得白白胖胖,很是招人喜欢。

有一天,一个算命的瞎子从许英莲家的门外路过,一个小女孩牵着一根细竹竿,给瞎子引路,瞎子一边敲着小铜锣,一边行走在大街小巷。

王月娥想起了孩子满月那天,金先生说的话,她顿时产生了一个念头,她想把这个算命的瞎子请进家来,请他给孩子算算命。

许英莲有点迟疑,算命是封建迷信,现在正破除迷信,让瞎子算命,这不好吧……

王月娥却坚持请瞎子算命。她说:"要迷信,也是我迷信,与你无关。很多人找他算过命,都说这个亮甲店的瞎子算得很灵很准。"

瞎子请进了屋里,瞎子也摸了摸孩子的面庞,摸了摸孩子的手,听了王月娥报上来的孩子的生辰八字。瞎子掐算了一下,他说:"这个孩子难养活……"

王月娥和许英莲的心一下子提到了嗓子眼,她们不知道瞎子接下来会说出什么话来。

瞎子说:"如果这个孩子日后不成残疾,你们养不活他。"

从不迷信的许英莲简直无法容忍。王月娥拉着瞎子:"先生,你给个破解的方法吧。"

瞎子说:"没有破解的方法,这是天数已定的事情。孩子残疾了,他的命才会硬。"

瞎子走了,许英莲拉着妈的手:"妈呀,真的会这样吗?"

王月娥说:"算命、算命,瞎子也是瞎猫撞死耗子,碰上了,也就是他说对了。这事你别往心里去,信神有神在,不信泥土块,就这么回事。"

事情过去了,也就过去了。许英莲的大儿子白白胖胖的,真的招人喜欢。金平三也喜欢这个孩子,只要他在紫藤架子下面摆上茶壶喝茶的时候,他就要把邓丕铎抱到膝盖上来,让他也跟着自己品茶。老先生待这个孩子像是自己的亲孙子一样。

1954年,许英莲生下了二儿子,取名邓丕宏。

这时候,许顺来进了陶瓷厂当了工人,儿子许文书到大连商业专科学校读书了。白天,家里只剩下了王月娥一个人,她把全身心投到闺女身上,帮助闺女照顾孩子。自己的孩子少,她把爱孩子的感情放到了外孙身上。老太太有三宗宝,闺女、外孙、老母鸡。这话没说错,王月娥一心顾着闺女和外孙,家里还养着老母鸡。她整天就围着这三个活物在忙碌,一天忙到晚。到了晚上,她才急匆匆赶回家里,给丈夫做饭。

二儿子两岁那年,金河县要选举人民代表了。东北坊街道给了两个名额,其中一个候选人就是许英莲。这几年,似乎已经成了一种惯例,只要有荣誉,或者什么先进工作者,优秀妇女干部什么的,都归于许英莲的名下。她有时候也想推辞,或者回避,可领导不同意,既然人家选你,说明你够这个标准。如果选上一个标准不够的人,也是我们失职。这回选人民代表,是一件极其严肃而认真的事情,要代表人民行使权利,选举出我们的县长和副县长。所以,不是一件马马虎虎的事情。

经过选举,许英莲就当选了人民代表。参加县人民代表大会时,整个街道敲锣打鼓,给许英莲送行。许英莲胸前戴着大红花,城里没有马,也没有马车,群众用竹竿绑在了椅子上,抬着许英莲,把她给抬到了县里开大会的地方。当大伙让许英莲坐到了椅子上面的时候,许英莲死活不肯,这成何体统,这不成了旧社会的地主老财了?

杨主任坚持让许英莲坐上去,人家别的人民代表骑着高头大马坐轿子,我们街道没有这些东西,我们愿意抬着人民代表到县里去开大会。

人群当中白大娘们那些人心里可不高兴了,她们背后议论,都是女人,凭什么她许英莲事事吃香,处处得荣誉。不就是因为她长了一张好看的脸盘,主任书记喜欢她。她们咬牙切齿地诅咒着,骑驴看唱本,咱们走着瞧。让许英莲红去吧,看看她到底能红多久。

街道以及下面的居民委,有不少像白大娘们这样的女人,她们有不少从前就是妓院的窑姐,新中国成立以后,她们才从良,她们的一些做派习性,也让人难以入眼。可这类人愿意出风头,又能说会道,有些工作不依靠她们也不行。她们干工作之余,也常常会产生些副作用,比方说,在背地里说三道四,讲东家长、西家短。对于她们,杨清风和苏大姐的原则就是,可以让她们负一些责任,但是,重要的工作不能交给她们。这些女人看着许英莲总是高高在上,总是压着她们一头,她们的心里也不舒服。

东北坊街道的好事全让许英莲占了,白大娘们心里的火气难以平息。她想明白了,许英莲就是凭借她的那张脸蛋,让男人们喜欢她,从前在窑子里就是这样,谁的脸蛋长得漂亮,就会吸引男人们的眼球,就能多挣钱。想想平时杨主任对她白大娘们的态度,总是不冷也不热,总是保持着一段距离,说话也有分寸,从来不跟她开玩笑。她冷不丁地闪现出了一个念头,杨主任一定喜欢许英莲。说不定他们两个人私下里关系不正常。一个老婆在山东老家的男人,他一个人在这儿工作,一年到头也不回家,他能守得住身子吗?凭她的经验,世上没有一个能守得住身子的男人,见了女人,他们没有不产生邪念的。他们表面上都是正人君子,可他们跟女人单独相处时,什么事情都能发生。为了能将瞎话编造得更加让人相信,她还把许英莲的儿子端出来说事:"你们大伙好好地瞧一瞧,许英莲可爱的大儿子模样像谁?你说像谁?"白大娘们挺神秘的,"邓仁修又瘦又小,可他的孩子却是方头大脸,你们想想,咱们街道哪个男人长得方头大脸……"听者面面相觑,这事要是真的,那可是爆炸性的新闻。

就是这次县人民代表大会期间,从一些家庭妇女的嘴里传出了许英莲跟杨主任有男女关系的传言。苏大姐很快就听到了传言。家庭妇女传瞎话,这也是她们的通病。苏大姐通过一些妇女了解情况,她也很快摸清了,瞎话的根源就出自白大娘们。

苏大姐把白大娘们找来："白玫瑰,你是怎么知道杨主任与许英莲有男女关系?"

白大娘们也没想到苏大姐会直接问起这事,她支支吾吾地："我……不知道。"

苏大姐说："你不知道?可同志们都向我证明,这事,就是你说的。"

白大娘们想狡辩,可她无言以对。到头来,她承认,这谣言是她传出去的。

苏大姐很严肃地批评她："你必须要挽回影响,你把旧社会的习气带到了新社会,说得轻点,你是忌妒,嫉恨许英莲同志。说得重点,你是诬陷革命干部,你懂吗?凭着你造谣生事这一条,也能给你扣上一个罪名。"

白大娘们拉着苏大姐的手："苏书记,饶了我吧,我再也不传瞎话,不犯自由主义了。"

通过这件事,苏大姐也想到了一个问题,让许英莲再在街道工作下去,一个很有前途的女干部就可能毁在这里。不能让她一直在这儿工作下去了,不仅是没有一分钱的工资,她天天要与街道家庭妇女打交道,到头来,不会有什么作为。许英莲需要有一个更大的平台,让她到那里去锻炼成长,对她来说才是最好的出路。

苏大姐跟杨清风谈到了许英莲的以后,她把自己的想法告诉了杨清风。

杨清风想了一下,他也赞成苏大姐的想法："咱们不能光图了自己的工作方便,光顾着干部使用起来得心应手。英莲同志再在咱们街道待下去,恐怕她的前途也不会有多光明。你想得对,咱们是国家干部,组织分配到哪儿,咱们就要在哪儿工作。可英莲同志不一样,多少年了,她一直是个义务干部,她干起工作来,比咱们都尽心尽力。让她离开街道,哪个单位需要人,咱们推荐她一下吧。"

这事确定下来后,苏大姐找许英莲谈话,把她与杨主任的想法告诉了许英莲。

许英莲听了以后,半天没有说话,好一会儿,她才说抬起头,眼睛紧紧地看着苏大姐,她说："我是个苦孩子,可我一直挺幸运的,我遇到的人都是好人。你,杨主任,还有很多人,都是我的贵人。正是有了你们这些好人,才有了我许英莲的今天。我知道自己几斤几两,你们给了我很多很高的荣誉,从前我拼命工作,是为了报答你们。现在,我在你们身边工作,一分钱不挣,我也没有什么怨言。真的……"

苏大姐抱着许英莲的头,她说:"我们也舍不得你走,因为你是我们亲眼看着成长起来的。人长得美,心地也善良,工作能力也强,我和杨主任的意见是一致的,不能光为了我们自己,我们也到了应该为你想想的时候了。英莲同志,走出街道这个小天地,街道毕竟太小了,你应该有一个更大的舞台,施展你的能力和才华。"

许英莲紧紧地抱着苏大姐,眼泪如同泉水一样涌了出来。她哽咽着,说不出话来了。

苏大姐拍拍许英莲的肩膀,她说:"去吧,走出去,你才会知道外面的世界有多大。俗话说,树挪死,人挪活。我们把你留下来,有一天,你会抱怨我们的。我们不能让你抱怨,等到有一天,我们相遇了,你会说,感谢苏大姐,感谢杨主任,你们把我给放飞了。"

那一年,正好县百货公司需要人,公司领导看到了东北坊街道办事处的推荐信,许英莲,这可是大名鼎鼎的人物,县劳动模范、县人大代表、共产党员,又是金河县城的四大美女,百货公司如获至宝一样,把许英莲给调去了。

调令下发了,许英莲也有点措手不及。刚出社会时,是苏大姐送给她一套列宁装,她才脱下了土布衣服。这一回,要到街道以外的单位工作了,她从上到下打量了一下自己,衣服是参加县人民代表大会时穿的,裤子也是,可就是脚上的鞋子有点土,白布拉带鞋。想买双鞋子吧,手头也没有钱。钱这东西,谁有也不如自己有,就是两口子,也要隔道手。许英莲本想跟邓仁修说,她想买双鞋子,要强的她到底也没能张开嘴。许英莲把半瓶钢笔水当成染料,把白布鞋染成了蓝鞋子。看上去,还不觉得土气。第一天到百货公司报到时,许英莲脚上穿的就是这双钢笔水染成的鞋子。

百货公司的丁书记接待了第一天上班的许英莲,丁书记年过半百,头发已经花白,人也和蔼。他说:"许英莲同志,你能到我们百货公司来工作,我们很欢迎。你来了好啊,我们单位又增添了骨干力量。你是党员,我代表党总支,欢迎你的到来。"

许英莲有点不好意思,她说:"丁书记,我一直在街道当义务干部,说起来,属于没出过社会、没有正式参加过工作。能到百货公司来,你们也能接受我,我打心眼里高兴。只是,我初来乍到的,没有经验,还希望丁书记多多指教和帮助。"

丁书记把商场的几个经理找来了,他们事先也研究过了,商场鞋袜部的力量弱一些,让许英莲到那儿去当营业员,刚刚来到新单位,她需要一个熟悉的过程,至少要会算账,会卖货,会与顾客打交道。反正一切从头开始。

丁书记把许英莲交给了商场王经理,王经理十分热情地给许英莲介绍,"咱们商场在新中国成立前就有,那些小合作商店,没有办法跟咱们比。你来之前,丁书记已经跟我商量好了,让你先做一段时间的营业员,熟悉了业务之后,有了一定的群众基础,就让你担任鞋袜部的主任。鞋袜部是咱们商场一个比较落后的部门,没有党员,营业员的年龄也比较大。你来了之后,希望你能给鞋袜部带来一股新的气象。"

鞋袜部除了一名男职工老曲,剩下的几个营业员都是女性。年龄比较大的是老沈,小车比许英莲也大五岁。小温是个大姑娘,还有一个老葛。王经理给大家互相介绍了,大家对许英莲这个人名字很熟悉,老沈给许英莲拿过一件蓝色营业服,穿上去,还真精神。

许英莲说:"我是初来乍到的,什么也不知道,什么也不懂。希望大伙多多指教吧,让我尽快成为一名合格的营业员。"

同志们也都客客气气的:"什么指教不指教,只要别把鞋子给卖丢了,只要别算错了账,找差了钱,就是合格的营业员。"

进入了角色的许英莲帮着老曲上货,让老沈教她打算盘。因为平时也要操持家务,买东西要算账,加减乘除,她也不是一窍不通。不过,什么工作也不简单,鞋子的种类、鞋子的质量和产地,以及鞋子的型号,都要学习。外地有一个卖鞋的营业员,只要她看一眼你的身高,她就能准确地说出你穿的鞋子的号码。许英莲是在一篇文章里知道了这个人。她想,以后,她能成为一名这样的营业员,无论看谁一眼,就知道他穿多大号的鞋子。

许英莲进百货公司当了营业员,邓仁修很高兴。为了让妻子上班近便,他特地在南街租了两间房子,搬出了金家大院。许英莲是三个孩子的妈妈了,上班以后,她也就顾不上孩子们了。怎么办,只有把孩子扔给姥姥。王月娥等到丈夫上班走了以后,她收拾好家,就急匆匆地赶到了闺女家,帮助照看孩子。有了母亲的帮助,许英莲也放下心来,全身心地投入了工作当中。只要商场顾客少的时候,她就赶紧拿过算盘练习起来。下班以后,回到家里她也抓紧时间练习。加减乘除,半个月的时间,她基本都会打了,甚至还学会了"大扒皮除法"。在实际工作中,运用最多的,还是加减法。许英莲是个有心人,她学什么都挺快。

到了月底点库时,几个人报数,让许英莲一个人打算盘,只反复了两次,数字也就核对准了。很少表扬别人的小葛说:"英莲啊,你真的不简单,看起来,你这个劳动模范不是冒牌货,是货真价实的。"

从前许英莲在街道,虽然抛头露面,却不是在众目睽睽之下。当了营业员,她天天要接待数不清的顾客。有的顾客是来买鞋子的,有的顾客就是来瞧她这个美女的。有的是善意的,也有不怀好意的。有一天,一个年轻人就趴在柜台前,眼睛直直地盯着许英莲看,看得许英莲的脸发红,看得他自己也是口水直流。

旁边的小温看不过去了,她走过来,挡在了许英莲的面前,并且责问这个年轻人:"你不怕眼珠子掉出来呀。"

年轻人不仅不收敛,反倒把小温拨到了一边,仍然继续看许英莲。许英莲这才意识到,这个年轻人可能有点精神不正常,若不然,他不会这样不管不顾地去看一个女人。

小温气不打一处来,她要打电话给商场的保卫科。许英莲拦住了小温,她悄声说:"我看这个人精神有点不正常,来硬的恐怕对他不好。"许英莲壮了壮胆子,她不再回避他,她走到他的面前,面对面地对着他,她说:"同志,你想买鞋吗?"

那人支支吾吾地说不出什么来。

许英莲说:"告诉我,你想要双什么样的鞋子,我帮你挑。"

盯着许英莲看的男子显得十分尴尬,他有些不知所措。就在这时,一个老太太满头大汗跑进了商场,她一眼看见了她的儿子在柜台前正与女营业员对话时,才如释重负。老太太的儿子果然是个精神病患者,他就是民间所说的那种花痴病人,看见了女人,他就有点云山雾罩,也经常做出一些匪夷所思的举动,因为此事,他没少受到皮肉之苦。

老太太感激万分:"许英莲,你不但人长得美,你也是个通情达理的好女人。你没有嫌弃我儿子,而且跟他笑着说话,没有让他病情发作,我们全家人都感谢你……"

许英莲说:"他到我这儿来,我就把他看成是顾客,你放心吧,我们都会善待他的。"

20世纪50年代,人人都是鼓足干劲,力争上游,当先进。因为有闺女这个样板,许顺来在陶瓷厂也是努力工作。他没有什么技术,只能在搅拌车间当一名搅拌工。搅拌工就是力工,把陶土粉碎之后,然后再搅拌成坯料。进厂几年,许顺来一直勤勤恳恳、任劳任怨地干这份又脏又累的工作。尤其到了冬天,滴水成冰的三九天,陶土也近乎凝固了,没有办法,搅拌不匀陶土原料,许顺来脱光了脚,跳进泥堆里,用脚去踩陶土。

许顺来的表现,工厂的领导也看在眼里,车间党小组长找许顺来谈话:"你呀,应该靠近组织,要求进步。"

许顺来说:"我没想那么多,我就想着自己好好干活,要对得起自己挣的那份工资。"

党小组长说:"作为工人阶级的一员,应该有一种责任和使命。你要进步,要靠近党组织。说到底,就是应该向组织申请,要加入共产党。"

许顺来说:"我觉得自己差得很远,从来也没敢想过。"

党小组长说:"听说许英莲是你闺女,她可是你的榜样,你应该向她学习。"说罢,他还给了许顺来一本《中国共产党章程》的小册子。他说:"你回去好好读一读,读过之后,写份入党申请书给我。记住了吗?"

许顺来答应了。

# 第九章

　　许英莲的第一个月工资是三十一块钱,当她接过会计发给她的工资袋的时候,她的手有些发抖了。这辈子,除了小时候给人家当丫头,她头一次挣工资了。心里的那种自豪感、那种喜悦之情,只有她自己知道。她用工资给女儿买了一件花衣服,给大儿和二儿子都买了鞋子。回到家里,许英莲把剩下的钱给了邓仁修。

　　邓仁修说:"这钱,你自己留着吧,别光给孩子们买东西,你自己也买点穿的和用的吧。商场是个抛头露面的地方,营业员也是个出人显眼的工作,你穿戴打扮不讲究,不仅是对你自己,对顾客也不尊重。穿戴不是为自己,而是为别人。"

　　许英莲看看自己脚上那双鞋子,她咬了咬牙,给自己买了一双布帮胶底鞋。

　　小车和小温她们说:"为什么不买双皮鞋呢?你要穿上皮鞋,哪怕半高跟,会更增加你的姿色。"

　　许英莲笑了:"我真没穿过皮鞋,从小到大,一直穿的是布鞋。穿上了皮鞋,会不会磨脚,是不是有点讲吃讲穿的资产阶级作风了?"

　　同志们说:"穿衣戴帽,算不上资产阶级。一双布鞋穿不上一年,可一双皮鞋能穿几年十几年。英莲,你长得这么好看,应该穿双皮鞋,也给咱们商场长长风采。"

　　许英莲还是没舍得给自己买。商场有一双点库时剩下的皮鞋,这双鞋是纯牛皮的，里面还衬着羔羊皮，是一双质量很好的皮棉鞋，左脚是43码的，另一只是42码的，没有人要差半鞋，鞋也卖不出去，只能处理给内部职工。即使处理，仍然没有人愿意要这双鞋。这双没人要的棉皮鞋，让许英莲给买下了。她不光是图便宜，她想到了冬天里光着脚和泥的父亲，这双鞋虽然号码不一样，但表面上也看不出来，父亲也不会嫌乎。有这样一双鞋子。父亲冬天干活过后，也能暖暖脚了。细想想，自己长到这么大了，自己的孩子都生了三个了，可她却没能好好地为父亲尽一尽孝道。买双鞋子，表达一下心意吧。

到了第三个月，许英莲挣到了三十六块五毛钱的工资。来到鞋袜部之后，许英莲以自己的工作热情，带动了大伙的工作情绪。她有人气，有的人到鞋袜部来，就是想看看这位美女营业员的尊容。许英莲对任何人都是笑脸相迎，笑脸相送。顾客写来的表扬信也大都是写给许英莲的。领导在大会小会上，也总是表扬许英莲。是金子到哪里都发光，人家在街道，是好样的，来到了咱们百货商场，人家努力工作，在很短的时间内，熟悉了业务，赢得了顾客，再看看人家许英莲开发票的那笔字，哪里像是扫盲班毕业的家庭妇女。所以，大家要向许英莲同志学习，她的确不愧是劳动模范。

许英莲红了，百货公司的另一位劳动模范却不高兴了。她叫于过兰，许英莲没来之前，她应该是百货公司的红人。她的年龄比许英莲大几岁，人长得有几分秀美姿色。她也是新中国成立之后入党的，因为经常给一个五保户老人送货上门，她便平步青云，从先进工作者，一直当上了县里的劳动模范。许英莲的到来，让于过兰黯然失色不少。表面上，于过兰也没有什么言辞，也没有什么举动，但在背后，她经常打听许英莲的一些事情。除了工作上的事，也关心英莲的家庭、她的丈夫和孩子一些私事。

1957年的春节要到了，按照惯例，百货公司年年要出的表演项目是跑旱船。城里人都知道，百货公司在新中国成立以后招营业员，首先要的标准就是长相，他们把城里所有长相好的大姑娘小媳妇统统招进了百货公司。能在百货公司跑旱船的，也都是公司里的人尖子。往年，都是于过兰跑头船。今年，有人提议，要让许英莲跑头船。

说到跑旱船，许英莲根本就不会跑，她也就谢绝了大家的这份盛情。

王经理知道这事批评许英莲："你可是咱们公司的带头人，跑旱船是给全县人民群众带来欢乐喜庆的工作，你不带头，谁带头？"

许英莲说:"我真的不会跑旱船,因为我从来也没有跑过,让我上去丢丑呀。"

王经理说:"跑旱船,你一学就会,没有什么难的。又不是上台表演,就在大街上,随着喇叭鼓点,你踩着锣鼓节奏小步快走就是了。"

因为正月快要到了,天天下班以后,旱船队都要练习排演一下。许英莲进到旱船一试一走,她也一学就会了。几个吹鼓手说:"今年,咱们百货公司有了许英莲跑头船,肯定把他们那几个单位的节目统统毙掉。"许英莲坚持不跑头船,一是她刚刚学会,跑得不好,二是于过兰多年跑头船,让她许英莲跑头船,于过兰会怎么想?她不能一味地想着自己,而不顾及别人的感受。

王经理说服不了许英莲,他把丁书记搬了出来。丁书记说:"英莲同志,你别想那么多。于过兰同志也是共产党员,她这点觉悟还是有的。你要以百货公司的大局为重,同时,咱单位在春节期间出节目,也是满足全县老百姓的文化生活。如果于过兰真的有什么想法,我去做她的思想工作。一个党员,如果这点觉悟没有,那她不配党员称号。"

许英莲没有办法,只好答应跑头船。

正月十五闹元宵,是金河县城多年的传统。一连几天晚上,百货公司的旱船、皮革厂的花鼓、西门外园艺农庄的龙灯、水果公司的花篮、中长村的高跷、苏家屯的大秧歌、三里庄子的灯官老爷,都是金河人最喜欢的节目。

夜幕降临时,金河城里城外的人都拥到了南街北街上,等着瞧热闹。走在最前面的是水果公司的挑花篮,五彩缤纷的花篮里点着蜡烛,挑花篮的都是年轻的姑娘们。水果公司也有一个全县有名的美人,她也是挑着最前面的那对花篮。有人说她有些胖了,身材有点粗了,但是,却显得更丰满了。有人说,人家刚刚生了孩子,能不发胖吗?

等到看百货公司的旱船时,让人耳目一新的是,今年的头船换人了,不再是于过兰,而换了许英莲。身穿粉红色绸缎表演服装,脸上化了妆,涂抹了胭脂粉的许英莲简直就像是从天上下凡的仙女一样。人们啧啧称道,百货公司的美女,真的是一个胜过一个。

有人问:"这个跑头船的人是谁呀?"

有人回答:"连她都不认识,她是许英莲,县里的光荣榜上挂着她的大照片呢。"

"哦,怪不得瞧着眼熟呢。这个跑头船的可真棒,人长得美,跑得也好。谁要娶了这样的女人当老婆,那可真是三辈子的造化。"

"听说人家都是好几个孩子的妈妈了。"

邓仁修也带着孩子们挤在人群里面瞧热闹,听到人们的这些议论,他的心里也美滋滋的。打头阵的那个艄公头上戴着斗笠,他手里拿着一支桨,引领旱船向前行进。艄公是女扮男装,她叫大刘,也是商场的营业员,她生得膀大腰圆,像个壮汉。大刘是许英莲的好同事,她们的关系不错。看人群当中瞧热闹的来劲,大刘也分外来劲,她一步一摇,两步三摇,晃着双臂。许英莲的脚步轻盈,真有莲动下渔舟之感。挂在旱船四个角上的灯笼里面点着蜡烛,蜡烛光映照着许英莲的脸庞,看得邓仁修也暗暗地为自己庆幸,一个多么美丽的女人,人人钦慕的人是他的老婆,是他的孩子的妈妈。他真的是幸运,没有人比他更幸运了……

等到许英莲回到家里的时候,夜已经很深了。孩子们早已睡下了,邓仁修还在等待着她回来。他一直还沉浸在观看自己的老婆表演旱船的情景之中,当许英莲出现在他面前的时候,他迎上前去,紧紧地把她抱在了怀里……

这一年,全国开展了"大鸣大放",机关到处都在写大字报、贴大字报。百货公司也不例外,除了商场卖场,连食堂里也贴满了大字报。天天下班以后,都要开会读报,学习上级的精神,批判向党进攻的右派分子。商业局系统也揪出了几个右派分子,听说他们都是从旧社会过来的知识分子,平时有些对党和社会不满的言论,这回,他们都给打成了右派分子。至于许英莲她们基层单位,一直没有揪出一个右派。

有一天,许英莲得到了一个让她震惊的消息,东北坊街道的主任杨清风成了右派分子。街道的文书小孙到县里开会,路过商场时,把这个消息告诉了许英莲。

许英莲真的难以相信,这会是真的。许英莲要去看看杨主任,她想知道这到底是怎么一回事。当年的武工队长,后来的街道主任,他怎么可能成了右派分子?

小孙告诉她:"我们也不知道杨主任现在什么地方,他已经给隔离审查了。是苏大姐让我跟你说一声,让你也有个思想准备。在别人面前说起杨主任的时候,心里要有底。很可能相关的人会去找你了解情况的。"

许英莲这才想起来问:"苏大姐怎么样了?"

小孙说:"苏大姐也受了牵连,她可能也要调离街道办事处。"

不能再等了,下班以后,开过了班后会,许英莲急匆匆地去了苏大姐家。苏大姐的面容憔悴了不少,看见许英莲来了,她把英莲让进了屋里。

许英莲开门见山:"大姐,到底发生了什么事情?"

苏大姐说:"杨主任,他撞到了枪口上了,他也是让小人给害了……"

在东北坊街道,住着几个从旧社会过来的老文化人,他们能诗能文,能写会画。新中国成立前夕,国共两党在金州拉锯时,他们稀里糊涂地加入了国民党。真的就是稀里糊涂,并非他们个人意愿。镇反时,按当时的政策,他们几个老先生都属于镇压范围之内。杨主任经过反复调查研究,他确定,他们不属于反动分子,不应该镇压,于是,他对这几位老先生宽大处理,不予以追究。"大鸣大放"开始以后,有人追究起当年的这件事,又把老先生端出来说事。杨主任还是想保护这几个老先生,他们饱读诗书,满腹经纶,是金河县的一宝,是不可多得的人物。可这一回,杨主任错了,他没有看清形势,他也保护错了对象,有不少憎恨杨主任的小人在背后做了不少的手脚,他们把斗争的矛头直接指向了杨主任。正好,干部队伍中的右派分子的名额不够,他就栽倒在这上面。

许英莲说:"不管谁成了右派分子,杨主任也不会成右派的。苏大姐,你了解杨主任,你应该替他说句公道话呀。"

苏大姐说:"我跟他在一起工作那么多年,我能不了解他是个什么样的人吗?我当然要替杨清风同志申辩。可我差点也卷了进去。因为这件事,县委组织部门的同志专门找我谈话,让我务必保持清醒,务必与右派分子划清界限。恐怕不久后,我也要调离了。"

杨主任给打成了右派分子,许英莲陷入了茫然之中。她拉着苏大姐的手说:"苏大姐,真的就没有办法了吗,真的就让杨主任成了右派分子了吗?"

苏大姐说:"一个革命干部都成了右派,可想而知,我们的生活当中有多少未知的危险。英莲啊,你是一帆风顺成长起来的人,你是个性格单纯、心性善良的女人,以后,自己要多多地留意,一定要学会保护自己。想想看,连杨主任这样的人都难保自身,何况一些普通百姓。"

许英莲说:"苏大姐,我真的想见一见杨主任。"

苏大姐说:"现在,连我也见不到他,他现在被隔离审查,等到最后,会有个结论的。英莲,杨主任的遭遇,也给我们提了个醒,一定要警惕身边的小人。你现在红红火火的,肯定会有不少人憎恨你。远的不说,就是街道居民委的那个白大娘们,她跟你的母亲住在一个大院里,她就经常向我们打小报告,说你母亲家的生活过得比她家好,为什么,因为你母亲家的孩子少,为什么孩子少,从前地主富农的家里孩子才会少,她怀疑你们家可能是个漏划的地主或者富农。我们跟她解释过,许英莲家的成分是中农,这是有地方政府的证明。可她还是心有不甘。捕风捉影的话,她都敢说,而且说得理直气壮,你说可怕不可怕。"

许英莲说:"真的没想到啊,有人竟然能说出这种话来……"

苏大姐说:"我和杨主任让你离开街道,如今看来,是个英明之举。谁能想到,杨主任居然能栽在街道这湾浑水里。切记切记,要学会保护自己。"

在许英莲心情郁闷时,她没有想到,自己又怀了身孕。她把怀孕的事情告诉了邓仁修,邓仁修挺高兴的,因为他有第四个孩子了。许英莲却不想要这个孩子,想采取措施,中止妊娠。邓仁修不明白:"为什么不要这个孩子,仅仅就是为了工作?"许英莲说:"不想要这个孩子,不仅仅是因为工作。杨主任给打成了右派,我天天焦虑,心情郁闷,这个孩子来得也不是时机,我怕对孩子不好。"许英莲想到了打胎……

邓仁修说:"打胎伤害身体,还是生下来吧,既然他上了你的身,不能打掉他,他是一条小生命,也许他的到来,正是时候。"

邓仁修还是没有拗过许英莲,他没有让她到医院去做人流手术,他找了一个老中医,给她开了堕胎的药,服了药以后,还在手心和脚心外敷药物。药物已经用过了,可许英莲没有任何反应。邓仁修停用了药物,这个孩子不肯下来,说明他就是想出生,他要活着,不想夭折。"生下他吧,我们不能扼杀这个小生命。"

许英莲只能接受这个现实,许英莲一直惦记的杨主任终于露面了,他如今是反革命右派分子,已经被开除了党籍,撤销了党内外一切职务,返回原籍,劳动改造。当年北上的干部,如今,他又要沿着原路返回山东老家了。他赤条条地来,又要赤条条地走了。他如今什么都没有了,党籍公职全没了,他在临行前,来到商场去见了许英莲最后一面。

杨主任瘦了许多,也苍老了,脑门上的白头发也冒了出来。许英莲看见了杨主任,话还没说,她的眼泪就流出来了。说了一声"杨主任",她也就说不下去了。

杨清风说:"英莲呀,我已经不是主任了。我要回山东老家去了,临行前,我来跟你道个别……没把我关进监狱,已经对我网开一面了。你好好保重自己吧,英莲……"

许英莲说:"我真没想到,会发生这样的事情。杨主任,打死我,我也不会相信,你会是个右派分子。党组织是不是搞错了?"

杨清风说:"欲加之罪,何患无辞?我走了,苏大姐也离开了街道,以后,你一定要好好学习,要学会动脑子。做好本职工作以外,也要好好地生活,善待亲人,善待自己。以后,遇到什么事情,要多问几个问号。要近君子,要远小人,人生的道路上,遇到了一个小人,恐怕会让你倒霉一辈子。连你杨主任都不能幸免,你想想看,世界有多么复杂……"

许英莲说:"杨主任,我想向上级反映你的情况,我觉得你是被冤枉的,你是个真正的革命者,而怎么可能成了右派分子了呢?"

杨清风说:"英莲,听我的话,千万不要为我去找上级了,我的最后定案,也是上级做出来的。你去找他们,可能会连累到你。苏大姐她,就是因为我而受到了牵连。我也想开了,我也太累了,回老家也好,能跟自己的老婆孩子在一起过日子,也算天伦之乐吧。英莲,我走了,你一定要好好地保重你自己……"

许英莲把身上所有的钱全部掏了出来,也没有几块钱,她跑进了商场,跟所有的同事们说:"把你们身上钱统统掏出来,借我用一下。"

大伙都把口袋里的钱纷纷掏了出来,数一数,也有二三十块钱,她们把钱塞到了许英莲的手里。许英莲把钱又塞到了杨清风的手里。杨清风推辞着,不肯收下。

许英莲说:"杨主任,你收下吧,算我借给你的,你给老家的孩子买点东西。我还能替你做点什么,真的,杨主任,你这一走,还不知道能不能再回来……"许英莲说不下去了,她的眼泪如同断了线的珠子一样掉了下来,她忍不住要哭起来。

杨清风说:"我想我会回来的,因为我自己最清楚,我是共产党员,我做的事情都对得起党,也对得起自己的良心。那几个老先生,不仅是咱们金河县的大学问家,他们也是市里省里,甚至是国家的大学者。难道非要把有学问的人打成了右派分子,才是革命的好干部吗?所以,我一直也不肯认错,说我错,那我就错到底吧,历史会证明,看看到底是谁错了。是我,还是他们。"

杨清风走了,许英莲望着他的背影,她哭得很伤心,自己这辈子遇到的贵人,就是杨主任。没有杨主任,也就没有她许英莲的今天。她今天取得的一切,都是杨主任给予的。不管他犯了什么错误,她都不会与他划清界限。她冲着杨主任的背影喊了一声:"杨主任,回到老家,给我写封信来。"

杨清风回头向她招了招手。他走了,再也没有回头。

杨主任回老家不久,苏大姐也离开了街道,她调走了,调到了政法部门工作。本来她已经是正科级,因为受了杨清风的牵连,她也受到了党内严重警告和行政降级使用的处分。有些人幸灾乐祸,说许英莲如果不离开街道,她也是杨清风和姓苏的一条线上的蚂蚱,她不会有好下场。东北坊街道这下可是改朝换代了,换来一个从乡下调上来的干部任职,白大娘们那类人如同掉进了尿罐子里的萝卜缨子一样,扎撒起来了。她们组织了几个家庭妇女到县里去告状,说许英莲这个共产党员是杨清风扶植起来的,她也是个反动分子。如今,杨清风犯了错误,许英莲也应该受到处分才是。县里也没有理会白大娘们她们。

因为杨主任的事情,许英莲一连几天都惴惴不安,她一直盼着杨主任给她写信来,等了好多天,也没有信寄来。她也不知道杨主任老家的地址,她想给他写封信问候一下,连个寄信的地方都没有。好长时间过去了,她的心一直牵挂着这个曾经对她有恩的人……

# 第十章

1957年,是多事之秋。杨主任出事,许英莲心烦意乱之时,她的大儿子生病了。那年月,孩子也不那么金贵,感冒发烧,发发汗,高烧退了,病也就好了。可是这一回,孩子的高烧持续不退。邓仁修本想抱着孩子到医院去,打一针青霉素,什么烧也就退了。可孩子的姥姥王月娥凭着经验,她感觉孩子可能是出疹子,每个孩子都要过这一关,打了针,孩子的疹子可能要给憋回去,会积成更重的病症。于是,王月娥关起门窗,一心一意地照顾着生病的大外孙。整整四十天过去了,孩子的疹子终于出来了,水痘也出了。孩子的高烧退去了,全家人这才松了一口气。可是,万万没有想到,儿子再下地走路时,他的右腿已经软绵绵的,不能走路了。

许英莲和邓仁修傻眼了,会不会是孩子的筋骨出了毛病。他们夫妻俩抱着孩子来到了大连有名的骨科医生牟接骨给孩子看病。老医生认真地看了看孩子的腿,他认定,孩子的腿不能走路,不是筋骨的毛病,应该去西医看一看,牟接骨治不了这病。

两口子又来到了大连中苏医院,这个医院里有苏联专家,一位黄头发蓝眼睛的女医生给邓丕铎看了病,她说,这个孩子患的是脊髓灰质炎,也就是小儿麻痹症,是一种传染性的疾病,目前还没有什么好方法能治疗这种疾病。

许英莲哀求着,医生,孩子还小,才五岁,你给他好好地治一治吧。

女医生说,孩子已经没有生命危险了,目前的关键,应该让孩子尽快地站立起来,让他能够独立行走,这对于孩子来说才是最重要的。

许英莲和邓仁修已经有些不知所措了,医生提醒他们夫妻,可以用中医的方法试一试,中医的针灸、按摩都有一定疗效,只要有耐心,孩子一定会站立起来,而且能走路。

按照医生的吩咐,许英莲和邓仁修天天带着儿子到中医诊所,给儿子针灸,给儿子按摩。很快,儿子能走路了,开始,他扶着什么就能慢慢地走路,渐渐地,他可以不借助什么物体,也能走路,只是走路一瘸一拐的。无论孩子怎样努力,他也无法像正常孩子那样走路,更不要说跑跳。一股巨大的悲伤袭上了许英莲的心头,这意味着什么,意味着孩子从此成了残疾,多好的一个孩子,老天爷对他为什么如此残酷呢……许英莲失声痛哭起来。

邓仁修安慰着妻子,别难过了,咱们的儿子也很幸运,有多少患了这种病症的孩子性命丢了,可咱们的儿子还活着。这是不幸中的万幸。

这一年,许文书从大连商业专科学校毕业了,被分配到阜新市工作。临行前,他来看姐姐,与姐姐一家辞行。他给每个孩子都买了玩具,给刚刚生病的大外甥买的最多。得到了玩具的孩子们,高兴得不得了,舅舅的脸上也露出了笑意。

那年月,各行各业都需要人才,许文书这样刚刚毕业的中专生,也是求之不得的人才。他完全可以不服从分配,也能找到一个比较不错的工作。那个年代,人们都把自己当成了一块砖,哪里需要哪里搬。

这年冬天来得格外早,立冬过后下了第一场雪。许英莲上班以后,她给叫到了丁书记的办公室。丁书记说:"你们鞋袜部的小葛,她的丈夫被专政了,罪名是国际反革命。"

许英莲没听明白:"什么,什么国际反革命?"

丁书记说:"小葛的丈夫有反苏言论,反对苏联,就是国际反革命。小葛没来上班,你到她家去看一看,了解一下情况。回来向我汇报。"

许英莲的心里也不知是什么滋味,一场运动,让自己身边的人纷纷出事。当她赶到了小葛家的时候,她家里家外乱七八糟的,好像刚刚给抄过了一样。小葛披头散发,眼睛已经哭肿了。看见了许英莲,她紧紧地抱着许英莲,又放声痛哭了起来:"英莲啊,这下子可塌了天呀,以后这日子可怎么过呀……"

听了小葛的讲述,许英莲才知道,小葛的丈夫老许,在课堂上讲了几句对苏联不满的话,当年苏联红军出兵东北,光天化日之下就强奸妇女,并且把日本投降以后留下的大量物资都运回了苏联国内。有人将此事报告了上级,正是反右运动,正是中苏友好。老许被打成了"国际反革命",可吓死人了……

许英莲安慰小葛:"日子还要过下去,我把你家情况跟丁书记说一下。"

小葛说:"这两天,我不能上班了,我要把家里给安顿一下。孩子的爸爸出事了,亲戚朋友们离得我们老远,没有人敢沾我们家的边了。你能来看看我,我心里真的挺高兴。"

回到家里,许英莲跟邓仁修说起了小葛家的事。邓仁修说:"苏联是咱们的老大哥,想当年出兵东北,他们确实做了不少坏事。苏联老大哥的今天,就是咱们的明天。人家现在吃面包,喝牛奶。可我们呢,吃苞米面还吃不饱,副食品还不敞开供应。"

那年月,"总路线、大跃进、人民公社"三面红旗,闹得轰轰烈烈,可是,老百姓的日子却越过越紧,商场里的物资越来越紧缺。小葛上班以后,根据上级的指示,她要到农场去,这样一来,鞋袜部的人手又少了一个。许英莲她们只能多干出一个人的工作量。她本来带着身孕,忙忙碌碌的也吃不好,休息不好,她的腿已经有些浮肿了。因为一天要忙十几个钟头,她的小腿静脉曲张已经很严重了,静脉血管如同一团团的蚯蚓盘踞在腿肚子上。

邓仁修看着心疼,他让许英莲到医院去开张诊断书,休息几天。

许英莲没答应:"谁休息,我也不能休息。本来人手就少,我再休息,活谁来干。"

邓仁修想给妻子买点什么营养物品,给她补补身子。可进了商场一看,里面也没有什么东西可买。刚刚进印刷厂的于成才跟着邓仁修学徒,听说邓师傅想给怀孕的老婆买点鱼和肉之类的补品,第二天,他就把一只老母鸡扔到了邓师傅的跟前。

邓仁修连忙掏出钱来。于成才没要师傅的钱,他说:"要钱,我就不给你买了。这鸡是我们家自己养的,我没花钱,你也用不着给我钱。徒弟对师傅尽点孝心,应该的。"

邓仁修带着鸡回家时,正好遇见小葛在他们家,她已经山穷水尽了,两个孩子因为营养不良而病倒了,她是来向许英莲借钱的。许英莲把钱借给她了,把丈夫手里的鸡也塞给了小葛。

小葛千恩万谢地走了,邓仁修说:"好不容易弄到的一只鸡,想给你补身子,你倒好,说送人,就送人了。"

许英莲说:"小葛家正是最难过的时候,咱能帮一把,就帮一把吧。"

1958年正月,许英莲生下了一个男孩儿。因为营养不良,孩子细细的,瘦瘦的,啼哭的声音有些嘶哑。许英莲也不像生前几个孩子时奶水那样旺盛,孩子吃不饱,总是一个劲地哭。邓仁修也急坏了,他也不好意思再跟于成才说。于成才还是知道了这件事。第二天,他直接把鸡送到了邓仁修的家里。这让邓仁修十分感动,他本来并不喜欢于成才这个人,他一身恶习气,吃喝嫖赌,样样俱全。来到工厂没有多少天,就跟工厂里的几个女工闹得不清不白。这回,人家把鸡送到了门上,邓仁修也挺难堪,他说:"等到孩子满月,我请你喝酒。"

于成才说:"我一定来喝酒。早就听说,咱们工厂所有男职工的老婆,就数你邓师傅的老婆是个大美人。等到孩子满月,一定让师母给我炒菜,让她陪我好好地喝酒。"

孩子满月了,名字还没有取好。恰好鞍山钢铁学院的大学生们住进了邓仁修家的院子,他们是来实习的。听说这户人家刚刚生了小娃娃,正为孩子取名字的事情犯愁,大学生们也参与了给孩子取名字的行列。年轻学子就想出了个好名字,大办钢铁的年代,钢铁升帐做元帅,就叫他钢吧,邓丕钢,多有纪念意义。

邓仁修也问过于成才,家里什么背景,他想进工厂,就能进工厂,要什么东西,就能弄到手。于成才也不避讳师傅:"我什么都不是,我只有一个好爹。我爹的官儿也不大,他就是个大队支部书记。我们那个大队,靠着山,靠着海,什么山珍海味,什么鱼鳖虾蟹,要什么有什么。我爹新中国成立前就入了党,县委书记都是我爹培养的干部,当年跟我爹一起参加革命的那些人,如今都成了县里的和市里领导,靠着爹的这层关系,他一句话,我才能想进工厂就进工厂,想当工人就当工人。我就是没有水平,有水平,早就当干部啦。"

1958年的正月,因为许英莲坐月子,她没有跑头船,百货公司的旱船队一下子就失去了光彩。百货公司的旱船队因为没有许英莲,没有人围观了。街头表演结束了,大刘跑来看望许英莲,听说她又生了一个小子,她可是眼馋坏了。大刘一直想生个男孩儿,可她一连生了五个女儿,就是生不出男孩来。她半真半假地说:"英莲啊,咱们能不能来个狸猫换太子,背着你家邓仁修,用我们家的一个闺女,换你刚刚生下的这个儿子?"

许英莲说："虽然咱们是好姐妹,要换孩子,邓仁修不会答应,我也不会。"

这一年,大办钢铁搞得轰轰烈烈,家家户户把铁锅铜盆都献了出去,甚至连柜箱上面的铜合页,也都拆了下来,扔进了高炉,化成了铁水。其实那也不是什么铁水,而是废铁渣儿。老百姓叫它铁巴巴。因为没有焦炭,野地里,山坡上的大树被砍倒了,小树也被砍倒了,全都当成炼钢的燃料,树烧了不少,想想看,烧木头的温度根本熔化不了钢铁。

金河县城是一座古城,南北长二里,东西也有二里长,城墙有三丈高,城墙是由清一色的大青砖砌成的。大办钢铁的这一年,城墙砖全部拆下来砌了高炉。一座古城墙外层的青砖给扒光了,成了一座土城。可钢铁还是没能炼出来。

这一年,钢铁元帅升帐,人们都癫狂了。钢铁"大跃进",粮食也大丰收。从报纸上天天能读到,亩产千斤甚至万斤。新中国成立初期,五谷丰登大丰收的景象不见了,粮食变得金贵起来。粮食都哪儿去了。有人说,如今的麻雀太多了,粮食让麻雀们吃了。于是,人们一边大办钢铁,一边消灭麻雀。人们约定好了一个日子,在同一时间,一声号令,工人农民、机关干部、学校的学生、家庭妇女,全中国人民开始敲打锣鼓,没有锣鼓的敲脸盆、敲茶缸和饭盒,一片噪声从城里传到了乡下,从地上传到了天上。麻雀本来胆儿就小,听到这铺天盖地的噪音,麻雀们慌不择路到处乱飞,飞到哪里都是震耳欲聋的响声。有的麻雀飞到半空中已经震碎了心脏,它们纷纷从天上掉到了地上,有的掉进了海里。掉到陆地上的麻雀让人们捡起来,用黄土包了放进火里烧了吃了。麻雀那么点肉也不解馋,只能塞塞牙缝。这一年,麻雀被列入了"四害",但老鼠也是"四害",老鼠比起麻雀幸运多了,因为老鼠的生命力比起麻雀更加顽强,老鼠也比麻雀聪明,不会轻而易举地上人类的当。一夜之间,麻雀折腾得没剩下了几只,而老鼠却没见少。它依然在偷盗人类的粮食,而且越偷手段也越高明。

那时候,人们已经吃不饱肚子了。到了1959年,说是遭遇了灾荒,年景变得更加糟糕。吃米要粮票,吃肉要肉票,吃鱼要鱼票,买布要布票,就是买轴线,也要线票。

一切发生的根源,是自然灾害。因为灾害,人们时常想起新中国刚成立的那几年的丰收年景,那可真的是丰衣足食。新中国刚成立的时候,才有多少人口,1958年,全国已有六亿五千万。过了一年,家家户户都在生孩子,许英莲和邓仁修也生了四个孩子,中国恐怕超过七亿人口了。

到了年底,讨论生活救济的时候,大伙你看看我,我瞅瞅你,家家户户生活也都过得不富裕。上有老,下有小,平均每个人也就十来块钱的生活费。有的人自己生活困难不好意思说出来,可他也不愿意提别人的名字。

许英莲说:"咱们今年的困难救济,我建议给小葛吧。"

许英莲平时说话,总能得到大伙的一致赞同。可是今天,大伙没有应和她。她知道,大伙的心里有想法,肯定因为她丈夫是个反革命,所以才不想把救济金给她。

许英莲说:"咱们就事论事。小葛家的男人出事了,不错,他是反革命,可是,小葛和孩子们不是反革命,从前,他们家是两个人挣工资,生活不困难。可现在,他们全家靠着小葛一个人的工资,他们家五个孩子,小葛才挣三十六块五,算一算,他们平均每人才六块钱,我们鞋袜部没有比他们家再困难的了,我想,小葛她应该得到救济。"

于过兰听说了这件事,直接反映到了丁书记那儿。"许英莲是想讨反革命家属的好,是拿着国家的救济金送人情。"

丁书记说:"过兰同志,如果小葛必须救济,那就应该救济。咱们是新社会,是社会主义国家,不能因为家里有人犯了错误,或者是犯了罪,就要牵扯到全家。封建社会一人犯罪,株连全家;新社会,一个做事一人当。小葛的丈夫犯罪了,她和孩子没有罪。"

于过兰心里有气,她面对着丁书记,也是无可奈何。丁书记是个四平八稳的人物,他说话处事从来也不动气,甚至都不大声说话。在百货公司这么多年,他是滴水不漏,纹丝不差,想找出他的一点毛病,真的是难上加难。

于过兰有个姑舅哥哥在商业局当党委书记,她也找过这位马书记,反映丁书记的情况,马书记听了她反映的情况以后说:"老丁是个好同志,你也不想想,那么多的营业员,他能给你评上劳动模范,能让你入党,你拍拍心口窝儿想一想,你做出的贡献是比别人突出吗?不就是你们公司党支部书记老丁的一句话吗?当上了劳动模范,你工资比别人高,你荣誉也比别人多,你活着,也要让别人活着,别再鸡蛋里面挑骨头了,知足吧。"

这一年冬天,山东老家打来了电报,邓仁修的姑姑去世了。接到了电报,邓仁修痛哭流涕。这是曾经替代母亲哺乳过他的人，没能熬过灾荒年，患上了浮肿病去世了。邓仁修跟领导请假，他要回山东老家给姑姑送葬。因为不是直系亲属，领导也没有给他假期。没有办法，邓仁修想给老家寄一笔钱去，办理姑姑的后事。因为给大儿子治病，他不仅花光了积蓄，还借了别人不少钱。他东拼西凑，向车间互助会借了三十块钱，好不容易才凑得了五十块钱。他想给姑姑家多寄些钱去，他找到了父亲邓元阶。

听说自己的姐姐去世了，邓元阶没有什么表示，他说："你姑姑死了，死了也就死了。"

邓仁修说："爹，你能不能给我点钱，我寄回老家，给姑姑料理后事。"

邓元阶说："我是今朝有酒今朝醉，不管明日是和非。我没有钱，就是有钱，我也不会给别人的。别说你姑姑，就是你妈死了，我也不掏钱。"

邓仁修从岳父岳母那里借得了五十块钱，凑成了一百块钱寄回了老家，给姑姑料理的后事，山东老家来信说，因为有了他寄回的这笔钱，后事办得很体面，邓仁修的心里才得到了些许安慰。

## 第十一章

邓佩玉已经是二年级的小学生了。她在实验小学读书,实验小学是全县的重点学校,县里的干部子女都在这所学校读书,看着那些干部子女的穿戴,邓佩玉很羡慕,回家也跟爸爸妈妈要一双红色的小皮鞋。要在平时,邓仁修会答应女儿,给女儿买她想要的东西。可是,一连串的花销,让他也捉襟见肘了。花光了积蓄,还欠了外债。女儿这时候向他要皮鞋,他的心里一下子就蹿出了一股子火气。他说:"你小小的年纪,就要穿红皮鞋,不行,不能你要什么就给你买什么。"

因为是家里唯一的女孩子,邓佩玉真的是娇纵惯了,听说不给她买想要的鞋子,她来了倔脾气,饭也不吃,学也不上,坐在那里怄气。

邓仁修见这情景,也来了脾气,怄气不是吗?你给我罚站去,站到门外,什么时候不再怄气了,什么时候才不罚站。

邓佩玉也毫不示弱,她就站到了门外,噘着小嘴,跺着小脚,她要怄气到底。

下班回家的许英莲看到了门外的女儿怄气罚站,她把女儿领进了屋里。女儿甩开了妈妈的手,她说:"你答应给我买红皮鞋了?"

妈妈说:"妈答应了,你别再怄气了,小孩子不能跟大人怄气,明白吗?"

邓仁修见了,气不打一处来,他说:"你就娇惯她吧,古人有话,惯子如杀子。"

许英莲说:"女孩子跟男孩儿不一样,女儿要娇惯养活,男孩儿才应该让他吃点苦。"

邓仁修说："因为要对付饥荒,上哪儿弄钱给她买皮鞋?"

许英莲说："不用花钱,等我求鞋厂的孙师傅,让他给孩子做一双不就完了吗。"

邓仁修说："咱们欠下的是人情,难道人情不是钱吗?"

孙师傅和他们住在一条街上,他们是挺好的邻居,因为经常有业务往来,孙师傅与许英莲也熟悉了,他早就要给许英莲做一双皮鞋,她都没答应。这回,她答应了,可不是给她做,而是给自己的女儿做。女儿长得也招人喜欢,许英莲想,从前,自己小的时候,因为家里贫穷,又是旧社会,没有好吃的,也没有好穿的。轮到了女儿,她不能让女儿再像自己小时候那样。好看的女儿应该打扮得漂漂亮亮的,让孩子有一种幸福感。

邓丕铎也上学了,也是在实验小学读书。他的班主任老师姓周,班上来了一个腿脚有残疾的孩子,她就有点关注。她发现,邓丕铎十分聪明,同样认字,同样书写,他总要比同龄的孩子超出一截。他的字写得十分工整,他画画也很好,也许身体的残疾,才促使他的其他各方面都十分的优秀。周老师得知邓丕铎是许英莲的儿子,放学以后,她特地到邓丕铎家家访,邓丕铎告诉老师他的爸爸没有下班,妈妈也没有下班。

周老师才跟自己的学生说起了在课堂上不能说的话："你妈妈是个了不起的妈妈,你要好好学习,你与别的同学不一样,他们的身体棒棒的,将来当工人,当农民,他们干什么都行,可你不行,你必须要努力学习,要有一技之长,这样你才能生存,你才有希望。"

周老师一直等到许英莲下班回到家里,看见孩子的老师一直在等自己,许英莲有些不好意思。周老师来见许英莲,无非是为孩子的事,"这个孩子与别的孩子不同,他身体有残疾,如今看来,他一切挺正常的,作为家长一定要激励孩子,从小就努力上进,克服一些障碍,这样,在人生的起跑线上才不会输给他的同龄人。你儿子很懂事,我很喜欢他。"

许英莲说："直到现在孩子生病落下残疾了,我也没有在孩子身上花费多少心血和精力,说起来都有点愧疚。我一天到晚忙工作,我每天都在商场忙十个钟头以上。因为身上有个荣誉头衔,自己也逼着自己努力工作。对于孩子,真的是付出得太少了。只要他们别冻着饿着,孩子去了学校,因为学校有老师,我的心也就放下了。"

许英莲这才想起了儿子的特长,他喜欢画画,天天都画,到处画,什么也都画,她跑旱船时,儿子看过后,在家里的地上给画下来了,而且画的不是她一个人,他把那些打鼓的、吹喇叭的,还有敲锣的、看热闹的统统画在了地上。有一回,邻居孙大哥来串门,他看见了邓丕锋画在地上的画儿,孙大哥挺吃惊的,他说:"这个孩子会画画,你们两口子应该好好地培养他吧,将来他会成为一名画家的。"许英莲和邓仁修没当成一回事,想想孙大哥说的话,再加上周老师的家访,他们俩也意识到了,应该有意识地培养孩子。以前,他没有动过工厂里的一张纸,培养儿子画画以后,他经常把工厂里用过的废纸拿回家来,让儿子在上面画画。

邓仁修经常往家里带废纸,周有贤问他,带纸做什么时,邓仁修就说起了儿子学画画的事。周有贤说,画画应该经师拜师才行,不能让孩子照着葫芦画瓢。

说到拜师,邓仁修拍拍脑袋,现成的老师,为什么不拜他呢?老师是谁,老师近在眼前,他就是金先生。新中国成立以后第一届全国美术展览,老先生的画就入选了,可以称得上是一位大画家。邓仁修要让儿子拜金先生为师的事,许英莲也愿意,那么好的老人,不仅可以教孩子画画,而且他的品德,也是值得孩子学习的。

邓仁修带着儿子来到了金先生面前,他向先生说明了来意,金先生抚摸着邓丕锋的头,他说:"我早就说过,这个孩子与众不同,他早晚会有出息的。仁修啊,因为孩子的腿,我真的生你们两口子的气,好好的一个孩子,让他残疾了,多可惜,真让人心痛。"

金先生让邓丕锋画了几笔画,给他瞧瞧。邓丕锋画了几笔,他随心所欲,想起什么就画什么,看得金先生直抿嘴笑。

邓仁修问:"怎么样,金先生,我儿子他将来会像你一样吧?"

金先生说:"你们老邓家有这个传统,你父亲就能写会画,可惜,他画的都是俗东西。丕锋,你以后就到金爷爷这儿,我画画,你就在旁边看。平时,自己要好好学习,好好写字,写好了字,画画才能派上用场。读书是你的主业,课余时间再画画。"

金先生是个开明绅士,他小时候因为腿脚不好,父亲让他多读了两年书,十六岁起,他就在一家印刷厂当伙计。因为勤劳能干,他在工友当中也很有人缘。几年后,因为工厂经营不善,近乎破产。这时候,大伙一致推举金先生当掌柜的,带领大伙一起干下去。金先生凭借着自己的勤恳和智慧,终于让几乎倒闭的印刷厂走出了困境,他也从一个伙计,成了一位有身份的人。事业成功以后,人到中年,也不想再拼搏了,于是,他把自己挣下的产业交给了儿子们经营,他请了一位四川籍的老师,开始学习绘画。也许有着先天的灵性,而且悟性极高,学习了没有多长时间,金先生也画得出一笔好画。他不仅参加了全国美术展览,省里的、市里的展览,他都参加过。他笔下的花卉,时而大写意,时而半工半写,画得活灵活现。为了能画好画,金家大院里面种植的都是一些奇花异草。

邓仁修心思还是用在了吃上面,邓仁修一边偿还姑姑去世时欠下的债,一边还要让孩子们不挨饿,他也绞尽脑汁,费尽了心思。晚上睡觉前,许英莲洗脚的时候,邓仁修发现,妻子的小腿有些粗大,再细看一看,她的腿浮肿了。妻子最近也有了一些变化,她的小腿上突出的血管顽固地盘踞着,这是营业员的职业病,她每天都要站立十几个小时,她还要跑前忙后,一天到晚不闲着,还不到三十岁,她已经患上了静脉曲张这种病症。她的腿又浮肿了,明显就是营养不良造成的。邓仁修很是担心,这样下去,怎么能行?

许英莲却满不在意,商场营业员,哪个腿脚没有这些症候。我又不是千金小姐,真的没那么娇贵。都是从旧社会走过来的人,咱们吃的那些苦,比起今天来,这算得了什么。

为了能弄到吃的东西,邓仁修还是求到了于成才的跟前。于成才也真的有办法,第二天,他就把一包豆腐渣送到了邓仁修的面前。豆腐渣虽然不是什么好东西,但在吃不饱肚子时,豆腐渣也成了稀罕的东西,因为它能掺在粮食里面食用。

邓仁修没少得到人家于成才的好处,他也应该请人家喝顿酒。这个礼拜六下班以后,邓仁修带着于成才走进了家门。于成才带着一瓶酒、一包花生米,还有一包猪头肉。本来今天下班以后,邓仁修要带着儿子到金先生家里去学画的。因为于成才,他不能去了,只能陪着人家喝酒。于成才也真能喝酒,一大杯酒,几口就喝进了肚子里。一会儿,他也就有了醉意,他的舌头有些发直:"邓师傅,师母怎么还没回来?"

邓仁修说:"她是主任,天天下班以后,她走得最晚。咱们喝酒,她一会儿就回来了。"

于成才说:"我听说,全县四大美女,头一位是我师娘,二位是县评剧团的李苹,三是水果公司的李大娘们,四是理发馆的那个日本娘们。四大美女当中最出色的,就是你的夫人,我的师娘了。跟咱说说,有个美人师娘,到底是个什么感觉?"

邓仁修听于成才说的话已经有点下道,他说:"咱们喝得不少了,别再喝了。"

于成才说:"那哪行啊,师母还没回来呢,我还要让师母敬我一杯酒,我还从没有近距离端详过师母呢。今天,我要好好地看一看美女师母。"

正说着话,许英莲迈进了屋里。一进门,她就皱起了眉头,因为一股酒气熏得她几乎打了个趔趄。因为公爹酗酒,她对于酒气有一种反感。进门看见了丈夫与工友在喝酒,她也不好意思说什么,只是说:"你们喝吧,我给孩子们做饭。"

于成才拉着许英莲的手:"师母啊,我朝思暮想,就想着能到邓师傅家喝顿酒。这辈子算是有幸,今天,我梦想成真了。师母真的是个美人,瞧瞧这双手,手也是女人的另一个脸面,还有师母的这双脚,脚可是女人的第二张脸……"

许英莲的脚上穿着一双凉鞋,让于成才说得,她也有些不好意思。她竭力想摆脱于成才,因为第一印象就很不好,她甚至抱怨丈夫,怎么能把这种人叫进家门来喝酒。

于成才说:"不行,我非要师母陪我喝杯酒。"

许英莲说:"我不会喝酒。"

于成才说:"这有什么会不会的?只有想喝不想喝。我给你们家办了那么多的事,师母不应该陪我喝杯酒吗?这个要求苛刻吗?"

许英莲皱着眉头,强忍着喝下了一口酒。

许英莲喝下了这口酒,于成才把瓶子里剩下的酒全部喝进了肚子里。于成才醉了,他倒在了炕上,张牙舞爪了一会儿,他倒在炕上呼呼大睡了起来。

许英莲嗔怪地说丈夫:"瞧瞧你做的好事,你说,他醉成这样,咱们一家人怎么办?让孩子们看到,成何体统?"

邓仁修想搬动于成才一下。无奈,他醉得像头死猪一样,搬也搬不动。没有办法,他只好去找师兄周有贤。周有贤帮着邓仁修,把于成才扶上了自行车,好歹把他弄出了家门。

于成才是喝醉了,其实他并没有烂醉如泥。他就是想在师傅家多待一会儿,他就是想看看生活当中的师母是什么样子,他念念不忘他握过的那只手,虽然不那么细嫩了,可那是一双纤细的美人手。他不会忘记从她身上飘过的那股气息,充满了迷人的芬芳。他喜欢女人身上的气味,并不是所有的女人身上的气味都那么好闻,都那么迷人,美人身上的气味真的与众不同,它能让人迷醉,就像酒一样。

于成才走了以后,许英莲还抱怨丈夫怎么把这种人请到家来。

邓仁修说:"他三番二次要到咱们家来,我都没答应。今天,是他自己来的,他不请自到,还带着酒和下酒菜。我想,他也没少帮助咱们,他到家来,我能不陪他喝点酒吗?"

许英莲说:"我看这个人,是歪嘴子吹风,一溜邪气。你以后离他远一点。眼下形势就是这样,缺吃少喝的,大家都困难,我还是那句话,别人家能过,咱们家也能过。"

许英莲心里也明白,三儿子两周岁了,可他还不会说话,叫一声妈也是那么费力。有一天,送到托儿所的三儿子居然跑回了家里。不会说话,他进门就指着柜子上的饼干盒子,再指了指自己的嘴巴,那意思是告诉大人,他想吃饼干。可盒子里哪有饼干可吃,这把许英莲给难的,她没有办法,只好撩起衣襟,将乳头塞进了儿子的嘴里。明明知道乳房已经分泌不出乳汁了,可她只能用这种方法来糊弄孩子。眼下,这形势越来越严峻,一时半会儿也不可能有所好转。

1959年的春节,许文书带着对象张玉娟从阜新回家过年了。他们是同学,又一起分配到了阜新,在学校读书的时候,他们就有点相好的意思。来到外地工作,虽然不在一个单位,同学感情和友谊一直没有淡化。经别人撮合,他们也就顺理成章,做了情侣。

弟弟有了媳妇,许英莲打心里高兴。送点什么给兄弟媳妇呢?她想起当年结婚时,邓仁修给她买的一块布料,她一直保存着,没舍得做成衣服。那块料子是成仁绸缎庄的货,真正的好料子。因为有饥荒要还,邓仁修和许英莲双手空空,真拿不出什么礼物送给弟弟和弟媳妇。许英莲说:"哪天,我带着玉娟到成衣铺去,给她做件衣服吧。"

邓仁修说:"只能这样,现在咱也拿不出什么像样的东西,送给文书他们。等以后,咱们缓过劲来,再补他们的人情吧。"

闹元宵的时候,百货公司照样要出旱船。今年不像往年,参加跑旱船的姐妹们也是个个无精打采。丁书记知道,这是因为大伙的肚子里空空的,哪里来的力气再跑旱船?他通过副食品公司,搞了一些猪骨头,把骨头熬了汤,再加些萝卜,每人喝上一碗,然后再跑旱船。肚子里有了食物,人的精神也打起来了。这一年,百货公司的旱船败给了皮革厂的花鼓表演。原因很简单,人家皮革厂有从皮子上面刮下来的臭猪肉渣滓,炼成了油,再分给职工吃,他们的肚子里不缺油水,所以,人家打起花鼓来,格外有劲头。

许英莲尽管喝了猪骨头汤,她打起精神跑头船,跑头船的人格外累,人们的眼睛也盯着头船。许英莲坚持了没有多一会儿,她有点眼睛发花,头也发晕。扮演艄公的大刘看出了蹊跷,她小声地问:"英莲,你是不是有点难受?"

许英莲说:"我有点挺不住了……"

大刘塞给了她一块硬糖块,让她含在嘴里,"一定要挺住,一定要把这段曲子跑下来。"

许英莲也给自己加油,嘴里含着这块糖,她咬着牙坚持下来了。

百货公司的旱船表演停了下来,可人家皮革厂的花鼓却一直打个不停。他们把观众的目光吸引了过去,观众们也啧啧称赞,瞧瞧人家皮革厂的姑娘媳妇们,个个丰满动人,她们都是吃臭猪大油吃的。人群当中也有人起哄:"眼馋了是吧,那就娶一个皮革厂的媳妇吧。"

大刘征求许英莲的意见:"要不然,咱们早点结束吧。"

许英莲说:"怎么也要坚持到最后,不能让老百姓失望。"

大刘说:"我是怕你受不了。"

许英莲说:"我没事,你就划桨吧。"

看热闹的人群里有人喊:"让那个跑头船的来一个单人旱船。"一个人喊,众人也跟着起哄:"对,让大美人来一个,我们要看许英莲,她不是劳动模范吗?"

大刘还想说什么,许英莲把旱船的背带挂到了肩膀上,她说:"大刘,就给他们跑一个吧,满足他们的要求。"

许英莲一个人在场子里跑了三圈,直到她再也跑不动了,人们才不再呼喊起哄了。

一直到深夜,表演结束了。许英莲说:"大刘啊,幸亏了你呀,要不然,我真的坚持不下来了。"大刘感叹着:"你也不简单,英莲,以后,别太要强了,这会毁了你的。"

许英莲感慨着:"我来到百货公司,跑旱船已经跑了三年了,跑吧,看热闹的人能起哄,说明我还没老。等跑到我人老珠黄的时候,再也不会有人起哄了。"

## 第十二章

　　1960年的春节，许英莲和邓仁修已经还清了所有欠下的债。过年前，两口子长长地松了口气，用年前发的奖金给每个孩子做了一件新衣服。以前做一套衣服，三四尺布也就足够了。可孩子们长大了，他们需要的布料也多了。布料如此，他们也比以前能吃多了。四个孩子，就像是四头正在成长的壳郎猪，肚子总也填不满。

　　过年前，许顺来的预备党员申请在支部大会上没能通过，原因是新中国成立前他与王华生有关联。审查人员还特地到山东老家去过了，他们回来以后还跟许顺来开玩笑，当年，你真的给八路军筹集药品，你还成了抗日英雄。私下里，他们也责怪许顺来，给一个巡捕收尸，只是那样想过，去了刑场以后，尸体也已经不见了，想收尸，没能收成，过去的事情也没人知道，又是没能做成的事情，说出来以后，给自己增加麻烦，也给组织添麻烦。

　　许顺来也是毫无怨言，有些人，嘴上说得比唱得好听，工作方面也藏奸耍猾，可人家很顺利地通过了支部大会，成了党员，而他真的任劳任怨，出了多少过头力气，可他就是没能通过。支部书记安慰许顺来，有的人可能一辈子要接受组织的考验，就看你能不能经得起考验，不能因为自己没能批准为预备党员，你就泄劲了，那可不行。再好好地表现一段时间，让同志们什么也提不出来，做一名名副其实的共产党员。

　　大年三十晚上，许英莲跟妈说，她不想再生孩子了。

　　王月娥有些不解，女人怎么能不生孩子？再说，夫妻在一起怎么可能不生孩子？

许英莲说，男女在一起可以避孕，在机关工作的女同志，她们因为工作，早就采取了避孕措施，少生孩子。孩子多，负担重，也影响工作。

这一年的困难情况，似乎比上一年更加严重。刚刚开春，地里冒出的曲麻菜已经让人给挖光了。向阳山坡上的野菜也刚刚生长出来，就让人给挖去吃了。那天在班上，老沈悄悄地告诉许英莲，她已经好几个月没来例假了。开始，她以为自己又怀上了孩子，可是，到医院检查才知道，她没有怀孕，而是她闭经了。医生说，因为严重缺乏营养，已经有不少的女同志闭经了。这下可好了，她就是想生孩子，也不可能再生了。

工友们在一起，谈论最多的，就是怎样才能弄到吃的东西，还有什么吃的东西没能开发出来。可如今，橡子面都成了好吃食。山上的橡树尽管不少，可是吃的人多了，橡子已经见不到了，橡树叶子也成了抢手货，橡树给捋成了光杆司令。饥饿也开发人的智商，人们发现，玉米核子可以磨成面粉，掺和到玉米面或者高粱面里吃。高粱穗子也能磨成面，地瓜叶子和地瓜梗子，还有萝卜缨子，都成了难得的好东西。

工友们带饷的饭盒里面，没有纯粮食做的干粮了。中午吃饭的时候，也是于成才最得意的时候。瞧瞧人家吃的馒头，一点谷糠也没有掺和，纯粹的白面蒸出来的。

邓仁修想知道，到什么地方，能换到粮食或者能买到粮食。

有的工友说，只有到海城盘锦一带，能够换到粮食。那个地方不缺粮，只要你带着皮货和布料，或者是金银首饰什么的，就能换到粮食。换粮这件事不能公开，只能在暗地里偷着换，弄不好，让政府的人发现，还会把交易的粮食和东西给没收了。

邓仁修回家说起了换粮这件事，可家里也没有什么值钱的东西，拿什么去换呢？许英莲回娘家跟妈说了，王月娥说："你爹做小买卖的时候，攒下了一些布料。既然布料能换粮食，就换成粮食吧，宁可舍了布料，也别饿坏了孩子。"

许顺来听说要用布料换粮食，他叹了口气，原先，他打算存下这些布料，他想想孩子们长大了，娶媳妇也好，出门子也好，留给他们用。事到如今，人饿得无精打采，只能顾眼前，哪能想得那么长远了。许顺来带着他积攒下来的这些布料，坐夜车来到了海城盘锦一带，跟许多换粮食的人一起，把随身带来的布料换成了粮食。他背着粮食,坐夜车又偷偷地回来了。那年月,换粮食属于投机倒把,是一种犯法行为。他还在接受党组织考验时期,让人发现他换粮食,他的预备党员恐怕又要够呛。

看着那么多的布料换回了那么点粮食,王月娥也心痛。没有办法,周瑜打黄盖,一个愿打,一个愿挨。你不换?你不换拉倒,反正人家饿不着。许顺来亲眼看见有个人用大金镏子,也只换了二十斤苞米。为了吃饱肚子,有一个方法,可以试一试。

许顺来的不少工友,在工厂外面的荒山上开荒种地。只要给生产队看山的社员钱,他睁一只眼,闭一只眼,你开荒种地就是了,只不过不要开得太大,差不多他就不管。

山上坡上的野菜长出来了,人们一窝蜂似的拥到了山坡上,把野菜挖光了。树上的槐树花开了,人们把刚刚绽放的槐树花捋得干干净净。生吃熟吃,吃得人脸像槐树花一样洁白。城里城外槐树多的是,槐树花开得并不少,吃槐树花的人们像铺天盖地的蝗虫。

邓丕铎放了学就跟同学们一起到城外去挖野菜,他已经熟悉很多野菜了,像马齿苋、曲麻菜、车轱辘草、扁豆芽、西天谷、灰菜、苦菜、馇馇丁、山蚂蚱……不少野菜有毒素,用开水煮了以后,再泡半天才能吃。野菜吃得多了,吃进去用不了多久,又会排出来。这也比吃谷糠好,谷糠吃得多了,拉不出屎来。

邓仁修和许英莲没有想到,在这最难熬的日子里,他们竟然又怀上了孩子。邓仁修简直难以相信,他们俩一直采取了避孕措施,怎么又会怀上孩子了呢?因为灾荒,形势严峻,他们俩已经商量好了,不能再要孩子了。这个不该孕育的小生命,怎么悄悄地潜入了妈妈的子宫……许英莲细细地看过了那只他们夫妻一直使用的避孕套,每一次,他们用过后,都要用香皂水清洗干净,再放进粉盒里面,留着下一次再用。那年月,弄到一只避孕套也不容易,不管男人和女人,谁也不好意思到医药商店去购买这种东西,他们很珍惜这只避孕套。

邓仁修与许英莲商量,不要这个孩子。许英莲很为难:"既然他已经来了,说明他该来,我们不能断送孩子的生命。留下他吧,在这艰难日子到来的孩子,他不怕饥饿灾荒。"

因为怀孕缺乏营养,许英莲的小腿浮肿得厉害。这时候雪上加霜,三儿子又患上了肺结核。孩子住院治疗,又要花不少的钱。手头紧,只好向工友们借钱。邓仁修愁得不行,干活也蔫头耷脑。于成才知道邓师傅遇到了难心事,他让师傅下班以后等他一会儿。

下班以后,于成才像是变戏法一样,给了邓仁修几条刀鱼。刀鱼虽然不太新鲜了,那可是稀罕物。邓仁修问:"这是哪儿来的?"

于成才说:"给你,你就拿着,别问这问那,肯定不是偷的。"

没有过多长时间,印刷厂出事了,于成才让公安机关给带走了。开始大伙觉得于成才这人不务正业,他与厂里的几个女工的关系都不正常。谁都以为于成才可能犯的是生活作风问题。三天后,就传出了一个让人震惊的消息,于成才并不是因为男女关系而被捕,他是偷偷地拿了印废了的票证,让人发现了,而被公安局抓了起来。

于成才事件,让整个工厂陷入了恐怖之中,票证可是事关重大,家家户户每个人都与票证有关联,不管什么副食品,没有票证就无法买到。当天下班,工厂大门口就站了保卫科的人,他们检查着每一个下班走出工厂大门的人。以前,邓仁修每天下班,他都会拿几张废纸,给儿子画画用。可是今天,因为于成才的事件,邓仁修没有拿废纸。他有点兔死狐悲的感觉,因为于成才这个人对他还不错,他很大方,有了东西也不吝啬,而是愿意与大伙一块儿分享。

没有多久,于成才给释放了。工厂给了他一个留厂察看,以观察后做处分。关了几天拘留所,于成才的脸色煞白,像个罪犯一样。处分总比逮捕好,领导的解释是,于成才有罪,只是罪不够法办的。

有一天,跟前没有人的时候,于成才悄悄地告诉邓仁修,要不是他父亲与县里的领导关系坚硬如铁,他这次死定了。开始他没有意识到,不就是拿了几张印废了的票证吗,能有多么严重?可进去了,他才知道,专政机关有多么的可怕。警察也没打他,只是给他戴上了背手铐子。

邓仁修没听说过,什么是戴背铐子?

于成才现身说法:"背铐子就是两只手背到背后,一只手在上,一只手在下,开始还能忍受,可过不多久,那铁手铐子便向肉里陷,一直能陷到骨头。你就是生着钢筋铁骨,你也化成了一摊稀泥软蛋。哥们如果出不来,这辈子也就废了。这种刑罚叫'苏秦背剑'。"

邓仁修说:"这对你也是个教训,以后可别再干了。"

于成才小声告诉他:"我送给你的刀鱼,也是用废票证买的。"

邓仁修听了,头皮像扎进了冰水里头,一会儿工夫,头皮便让冰水炸发了麻。

于成才说:"不过,邓师傅你放心,我于成才可不是孬种,尽管我受了那么多的苦头,可我只承认一点点,我不是疯狗,我也没咬任何人,我把罪都揽到了自己头上。如果我说了别人,牵扯到了很多人,那罪名可就大了。一定要记住,坦白从严,抗拒从宽。"

于成才事件发生过后,印刷厂也受到了上级的批评。从此以后,工厂也加强了管理,进出工厂,制度十分严格,尤其是带着什么东西进厂出厂,都要向门卫出示,并接受检查。同时,工厂也改变了方式,把印废了的票证全部毁掉,这样,就不会再发生废票证流失。

许英莲把怀孕的事情告诉了大刘,大刘挺高兴的,她说:"这回,你如果生了男孩儿,我就把孩子抱走,我把我家的五姑娘送给你们家。"

许英莲说:"我要生了女孩子呢?"

大刘说:"那我就没办法了,我这辈子就不会有儿子了……英莲,你说这生男生女,到底怨男人,还是怪女方?"

许英莲也说不好:"生男生女,决定权在老天爷手里,不是人能说了算。"

大刘说:"我们家那口子怨我,我就怪他,你种下了什么种子,地里就会出什么苗。反正为了生儿子,我们俩想了很多办法,也用了很多偏方,不瞒你说,为了这事,我到庙上去拜过神,也请大仙算过,到头来,都不灵验。想生男孩,偏偏生的就是丫头片子。"

许英莲的肚子越来越大了,她的反应也越来越明显,小腿浮肿得厉害。连鞋都穿不进去。看她这个样子,邓仁修也劝她休息两天。许英莲说,鞋袜部人手本来就少,我休息了,商店还开门不开门了。我还没休息,有人就说风凉话,说我怀孕,就是为了那五十六天产假。人堆里面什么样的人都有,想不到有人能说出这种话来。就是赌这口气,我也不能休息。

看着许英莲天天忙碌,邓仁修的心里又急又痛。这天在班上,周有贤找到了邓仁修,他说:"你嫂子也病了,她不是小腿浮肿,她是全身浮肿,医生让她住院,说是严重缺乏营养,肝也有病。因为没有钱,这院也住不成了。你兜里有钱,就借我几个,开饷的时候,我还你。"

邓仁修把口袋里的钱全部掏了出来,给了师兄。

这一天,正在捡字排版的邓仁修脑子里闪过了一个念头,也许是受到了于成才的启发,他把几个小小的铅字模装进了口袋。下班以后,他揣着铅字模很顺利地走出了工厂大门。回到家里以后,等到家人都睡下了,邓仁修把铅字模拿了出来,他很快就做了一个小小的版式,凭借着他的高超技术,他没有费什么劲头,就印制出了一张购买票证。他把这张票证放在灯光下面,认真地看了又看,一点破绽也看不出来。接下来,他又印了第二张、第三张……

第二天下班之后,邓仁修带着他印制的票证,忐忑不安地走进了副食品商店。走到了凭票证购买专柜前,抖动的手拿出了他印制的票证。

卖货的营业员看了一眼,就把凭票供应的刀鱼卖给了邓仁修。等到走出了商店大门时,邓仁修才长长地吐出了一口气,可他的心依然怦怦地跳动着。这是真的吗?没错,是真的,他看了看袋子里面的刀鱼,想想前些年,海里的刀鱼滚成了球,一条条大刀鱼像条扁担似的,吃起来有多香啊。这两年,闹天灾,地荒了,海也荒了,这刀鱼长得好似高粱叶子一样。不管怎么说,毕竟是刀鱼。当天晚上,邓仁修用刀鱼炖了一锅萝卜干儿。

住在对门的老孙婆子闻着飘出来的刀鱼味,她说:"从前,刀鱼炖萝卜干儿是咱们的家常便饭,可如今,刀鱼也要凭票供应,过年过节才吃得到。这年头……"

邓仁修盛了一碗刀鱼,送给了老孙婆子,他说:"婶子,这是我买的刀鱼,你尝尝吧。"

老孙婆子说:"刀鱼这么金贵,我们怎么好吃你家的东西?"

邓仁修说:"远亲不如近邻,近邻不如对门。一口吃的东西,有什么不好意思。"

吃晚饭时,因为有刀鱼吃,孩子们高兴得跳了起来。

许英莲问:"不过年,也不过节的,你怎么舍得买起鱼来了?"

邓仁修说:"也不一定非要过年过节才吃鱼,需要的时候,就应该吃鱼。"

邓仁修是个挺细致的人,他送一张票证给岳母王月娥,让她也能吃到鱼。这年头,人人都吃不饱肚子,人人缺乏营养。王月娥用票证买了刀鱼,她没舍得吃,而是腌了起来。邓仁修又去买过两次鱼,他像王月娥那样,把刀鱼给腌了起来,留着许英莲生孩子的时候,再拿出来吃。他把腌鱼的小坛放进了后院的煤屋子的墙角处,坛口压上了一块重重的石头。邓仁修自己吃鱼的时候,他没有忘记师兄周有贤,他悄悄地给了师兄一张票证:"买点鱼给嫂子吃吧,加强一点营养,对她的病情有利。"

这年头,谁肯把票证送给别人。周有贤一边看着票证,一边寻思着。他有八个孩子,他们家可是工厂最困难的家庭。他们家的票证早就花光了,邓仁修哪里来的票证?他翻来覆去地看着票证,什么破绽也看不出来。不过,他断定,这票证肯定不会是政府发的,肯定是邓仁修做了什么手脚弄到手的。他深谙师弟的技术,他想不用机器印出这样的票证,可以说不费吹灰之力。周有贤家吃过了刀鱼,他也偷偷地把铅字模带回了家里,他也在家里印制票证,票证也印制出来了,虽然不如师弟印得那样逼真,如果不留意,也看不出什么破绽。

那年月,所有人都把食物看得很重很重,一个人经常能到商店里来买副食品,真的让人羡慕。同时,也引来了人们的猜疑,他似乎有花不完的票证,他哪里来的那么多的票证?

有一天,周有贤又买了十斤刀鱼,在商店里,在副食品柜台前,当他大大方方地拿出票证的时候,引来众多羡慕的目光,他的内心深处的自豪感也油然而生。当然,周有贤每一次使用票证时,那个营业员把票证拿在手里,左看右看,就是想看出什么破绽来。周有贤拿着刀鱼,走出了商店,营业员拿起了另外一张票证,认真地对照,他终于看出来了,这个经常来买东西的人使用的票证有问题。于是,营业员拿着这两张不同的票证找领导反映这个情况。领导也很重视,让他不要声张,等到那个人再来买东西的时候,悄悄地跟着他,看看他到底居住在哪儿,他是哪个单位的人。

许英莲在家里收拾东西的时候,她发现,家里腌有刀鱼。等到邓仁修下班,她问起了这件事:"那刀鱼是怎么来的?咱们家怎么会有刀鱼?"

邓仁修支支吾吾地说是周有贤给他的。

许英莲不相信:"周师兄家里生活那么困难,他怎么可能会送刀鱼给你?"

邓仁修说:"这你不要管,这是我们男人的事。"

许英莲想起了前不久发生的于成才事件,她说:"他爸,灾荒年,家家都不好过。我说过,这日子别人家能过,咱们家也能过。不要因为一口吃的犯错误,真不值得。"

邓仁修说:"这你放心,我是有毒的不吃,犯法的不做。"

许英莲也不好再追责丈夫,她知道,他一心想着让她和孩子能吃点有营养的东西。他是一片好心,这些年夫妻,她也了解,邓仁修的胆子小,他爱这个家,不可能因为一口吃的东西铤而走险。

1960年的冬天,寒冷异常。许英莲盘算着,1961年的2月,肚子里的孩子就应该出生了。生孩子的时候,正是春节前后。她也想好了,生下这个孩子,她就去做绝育手术。不能再生孩子了,孩子多了,真的影响工作。

王月娥那天也冒风冒雪到商场来找许英莲,她告诉女儿:"今年过年,你爹要回老家卖房子。因为本家的一个侄子要结婚,想买下许顺来老家的房子。"本来不是到了山穷水尽的地步,一般人家不会卖房子的。可是,老家的房子没有人住,会越来越破,于是,他们两口子也做出了决定,把房子给卖了吧。再说买的也不是别人,是自己的本家侄子。

## 第十三章

　　在这个寒冷的冬日,周有贤又去商店买东西,他对于刀鱼已经不感兴趣了,他想把手里的票证变成现金。商店门口有人等着用钱买票证,他就把手里的鱼票卖给了需要票的人。周有贤的举动让商店的人盯上了,他一直被人跟踪到了家里。其实上一次到商店买刀鱼,他已经有所警觉,营业员看他的眼神,已经表现出了对他的怀疑。他忍耐了一段时间,不过,他没有忍耐得住。他虽然没进商店,他与购买票证的人交易时,早就被人发现了。

　　营业员不仅查明了周有贤的住处,他还向邻居们打听到了,这个周有贤是印刷厂的工人。当天晚上,几个便衣警察走进了周有贤的家里,把他给带走了,并在他的家里搜出了不少并没有来得及使用的票证。作为罪证,假票证也让警察给带走了。

　　第二天上班以后,于成才跑进车间大声喊着:"邓师傅,张厂长让你去他的办公室!"

　　邓仁修摘下了手套,走进了厂长办公室。

　　张厂长的屋里坐了两个陌生人,看见邓仁修走进来,他们俩便站了起来。张厂长介绍说:"这两位同志是经侦科的,他们想让你到公安局去一趟,想跟你了解一些情况。"

　　邓仁修的脑子里闪过了一丝不祥的预兆,他说:"了解什么情况?不能在这里说吗?"

　　公安局的同志说:"在这里说不方便,走吧,老老实实地跟我们走。我们不给你戴手铐子,给你在工友们面前留点面子。走吧……"

那一瞬间,邓仁修的脑子里面一片空白,他也不知怎样走出了厂长的办公室,他也不知是怎样迈动双腿的,他彻底蒙了,脑子一片空白。等走到工厂大门外的吉普车跟前的时候,他突然想起了什么,他说:"能不能告诉我爱人,我跟你们走了……"

公安局的人说:"用不着了,我们会通知你爱人的。"

邓仁修走进了一个他从来也没有来过的地方,公安局的拘留室。屋子里没有窗户,只有铁栅栏,铁栅栏里面放着一把椅子,椅子的扶手上安着一副手铐。他就坐在这把椅子上面,他不知在上面坐了多久,也没人理会他。他一个人在屋子里面胡思乱想,事到如今,肯定是票证的事情败露了。他一直小心谨慎,而且使用有度,并没有露出什么破绽。如果出事,肯定就是师兄露了馅。一会儿,警察一定会问他,他该怎么回答……屋子里的灯光很亮,亮得有些扎眼。因为手表让警察给摘去了,他也不知道几点,不知天黑还是天亮。

就在邓仁修昏昏沉沉之时,带他来公安局的警察走了进来,在他的对面坐下了。打开了笔录本……"叫什么名字?"

邓仁修说:"我叫邓仁修。"

接下来,出生年月日、民族籍贯、性别成分、工作单位、政治面貌,一连串的例行公事地发问,邓仁修一一如实回答。

"知道我们为什么把你带到这儿来吗?"

邓仁修说:"我知道……"

"那你就把你所作所为老老实实地交代出来吧。"

邓仁修说:"我给了我师兄周有贤一张副食品票证……"

"一张?"

邓仁修说:"是的,是一张,因为师兄家里生活困难,嫂子也生病了,我给了他一张……"

"这票证,你是从哪里得到的?"

邓仁修语塞了,他一时没有回答上来。

警察说:"我们调查过了,你没有前科,属于初犯,只要你老实交代,坦白从宽这个政策相信你也明白,我们也不多说。你的情况我们已经全部掌握了,我们也知道,你一贯表现不错,你爱人也是咱们县里的劳模。只要你坦白交代了,我们会考虑对你的宽大处理。"

豆粒大的汗珠子唰唰地从邓仁修的额头上滴落了下来……

邓仁修给公安局的同志带走了,商场的孙经理接到了领导的指示,急匆匆来到许英莲的面前,他说:"丁书记让我通知你,让你马上回家,公安局的同志已经到你家去了。"

许英莲也有些发蒙,公安局的同志到我们家,发生了什么事情……她拖着笨重的双腿,赶回家的时候,公安局来的两个人亮出了身份,他们同时也亮出了一张搜查证。"许英莲同志,你丈夫涉嫌经济犯罪,已经被公安机关拘留了,我们来你们家搜查,是执行公务,希望你能理解,你是一名党员,也希望你能配合我们工作。"

许英莲一下子仿佛掉进了万丈深渊,如果不是扶着炕沿,她几乎一头栽倒。

警察很有经验,炕上所有的被褥、柜子里所有的衣物统统翻了出来,一一检查,他们细细地摸索着被子的边和角,如果摸到了什么异物,他们便拆开线,细细查看。柜子里的一只皮夹子,里面放着他们夫妇的工资和家里所有的票证,他们拿出了那张票证时,要列入赃物。许英莲说:"这是我们从街道居委会领到的供应票证……"

警察依然把票证收了起来,他们不能认定是真是假,要带回去查验。

一个警察从后院的煤屋里搜出了一只坛子,里面装着咸刀鱼。有多重?大约十斤。

屋里的棚给捅漏了,地面有可疑的地方也挖掘开了。两间屋子,能查验的地方,全部细细地查验过了。警察把一张清单递到许英莲面前:"许英莲同志,请你在上面签字吧。"

许英莲颤抖着,在搜查清单上面签下了自己的名字。

警察带着赃物走了,许英莲一下子坐在了地上,她双手掩面,哭了起来。因为从小到大,她没有经历过这样的事情,她没有想到会发生这样的事情,她也不知丈夫究竟犯下了多大的罪过,她什么也不知道,她的家却让人给抄了……

天色渐渐地暗了下来,大刘走了进来,她从地上把许英莲扶了起来,她安慰道:"别难过了,想想肚子里的孩子吧……"

许英莲说:"事情发生得太突然,我一点思想准备也没有。早晨上班的时候,还好好的,他还对我说,再到医院去做最后一次检查,看一看胎位正不正。没到晌午,就出事了……"

大刘问:"英莲,你一点预感也没有?"

许英莲摇了摇头:"什么预感也没有,真的是祸从天降啊,我都不知如何是好……"

大刘说:"咱们商场里外已经传扬开了,她们知道咱们俩好,有些话并不当着我的面说,我听到的说法,说邓仁修手艺高超,他能印副食品购买证,他还印了人民币。说警察在你们家已经搜查出了成堆的票证和人民币。吃的东西整整拉走了一卡车……"

许英莲说:"人嘴两扇皮,让她们说去吧。直到现在,我还是晕头转向,警察只是说,他是经济犯罪,到底犯的什么罪,我真的不知道。我就感觉,天要塌下来了。"

大刘说:"天塌不下来,不管邓仁修做了什么事,你一定要挺住。咬紧牙关挺住。"

1960年的年底,到1961年初,应该是三年自然灾害最为艰难的日子。在这艰难的日子,一家之主的邓仁修进了拘留所。许英莲即将分娩。女儿和大儿子放学的时候,遭到了同学们的围攻,男同学挥舞着拳头,砸向他们的头。女同学往他们俩的身上吐唾沫。"真的不要脸,你爸爸在家里偷偷地印鱼票,同学们家都吃不上鱼,可你们家的鱼吃不完。"

岳母王月娥家也没能幸免,因为家被抄了,她的精神有点失常,她的眼睛发直,神经已经有些错乱,嘴里念念有词,说的都是一些颠三倒四的话。老邻居也都知道老许家的为人处世,一家都是安分守己过日子的老实人,大家也没想到她女婿会做出这样的事情。那年月,能弄到食物,那是天大的本事,如果触犯到了法律底线,那是最大最大的罪过。一时间,许英莲从天上掉到了地上,她们全家也都成了十恶不赦的罪犯。王月娥一边哭泣,一边数落,"邓仁修啊,你做的好事,为一口吃的东西,我的家让人给抄了……邓仁修,你不该把不是好道来的副食品票证给你的丈母娘呀,你就是给,也应该事先告诉我,这票证是从哪里来的,而不是让我蒙在鼓里。这下可好了,丢人丢到了全城人的面前,让我以后怎么能走出家门,怎么能在人面前抬得起头来啊!"

平时相处不错的邻居们也说起了闲话:"怪不得老许家的日子过得比大家都好,原来有个会印鱼票的女婿。"王月娥有口难辩,有苦难诉,大家说什么,她也只能听什么。

许顺来在工厂里也遭到了工友们的嘲讽:"你女婿也是个好生了得的人物,他是工匠,他在家里就能印鱼票。听说他还能印人民币,你就帮着女婿印钱得了,还上什么班呀。"女婿家的突然变故,让许顺来也想不通。熬到下班,他走进家门,看到抄得乱七八糟的家,他的心情也很沉重,他安慰了妻子一番:"事情已经出了,就得担着。事到如今,也不要抱怨了。也不能因为这件事,日子不过了。收拾收拾,咱们做饭吃吧。"

王月娥扎上了围裙,她要做饭了,丈夫在外面干了一天的重活,他饿着肚子来到家里,她要做饭给丈夫吃。许顺来动手收拾屋子,屋里屋外所有的东西都翻过了,连老家的来信,也都一封不落地检查过了,就差掘地三尺了。

许英莲领着孩子回到了姥姥家。孩子们像受到了惊吓的小动物,围坐在一起,大眼瞪小眼,大气也不敢出。许顺来问许英莲:"这事,是邓仁修背着你干的?"

许英莲说:"他背着我干的,如果知道他干这事,我绝对不会答应的。全国都在度灾荒,真没想到,他能做这事,他竟然敢做这事。"

许顺来说:"你不知情,我放心了。你如果知道他干的这些事,而没有制止,或者知情不举,你也逃不了干系,也逃不了罪责。"

许英莲捂着脸,哭了起来:"爹,闺女知道什么能干,什么不能做。邓仁修没听我的话,他倒是一片好心,可他这片好心,毁的是我们大家,毁了他自己……"

许顺来说:"是祸跑不了,是灾躲不过。事到如今,我们得承担。英莲就要生孩子了,要把孩子平平安安地生下来。不要担心,我和你妈头拱地也要帮着你把孩子拉扯大。老天爷饿不死瞎眼的麻雀,老天爷也不会把人往绝路上逼。"

全家人陷入危难之时,邓仁修也在接受审讯。

警察问:"你到底给了周有贤多少张票证?"

邓仁修说:"我给过他一回票证,我还给过他一回刀鱼。就这些,没有第三回。"

警察说:"我再跟你说一遍,我们的政策就是,坦白从宽,抗拒从严。只要你能老实交代,党和政府会给你出路的。如果顽抗到底,想侥幸过关,那你可是走到绝路上了。"

邓仁修信誓旦旦:"如果我有半句假话,你们枪毙我,我也罪有应得。"

警察互相交换了一下眼色,他们停止了审讯,他们走上前去,打开了邓仁修戴的背手铐。他的手腕子几乎没有了知觉,整条手臂没有血色,也没有体温。坚硬而冰冷的手铐几乎陷进了他的骨头里面。警察阴冷地说:"站起来。"

邓仁修站了起来。

警察说:"坐下。"

邓仁修刚要坐下时,一个警察一脚踢翻了椅子,他坐空了,一屁股坐到了水泥地上,摔了一个仰面朝天,屁股磕得生疼。他咬着牙站立起来,立正站在警察的面前。因为审讯没有达到他们想要的结果,今天也太晚了,只能把他关进监牢里。他们押着邓仁修走过了一条长长的通廊,来到了一间关押重刑犯的牢房,把邓仁修推了进去。因为审讯室里点着二百瓦的大灯泡,牢房里点着十五瓦的小灯泡,进来好一会儿,邓仁修才渐渐地看清了牢房里的人。十几双邪恶的眼睛都紧紧地盯量着他,一个声音从墙角传了过来:"你,犯了什么事?"

邓仁修没听懂:"什么犯了什么事?"

面前的一个人解释说:"老大问你,你是强奸,还是掏包?"

邓仁修真不知道自己属于一个什么罪名,开始时有些晕头转向,进来这一段时间,他也产生了许多不着边际的想法。他没有觉得自己犯了什么罪,于成才惹了那么大的祸,把偷出去的票证送给了很多女同志,并且以此与人家发生关系,他都能放出去,相信他说清楚了自己的事,他也很快就回家了。于是,他说:"我没犯什么事。"

牢房里的人都笑了:"这么说,你是个好人了?"

邓仁修说:"是,我是个好人。"

那个被叫作老大的人从墙角走到了前面,他个头不高,年岁也不小了,他不知在这里关押了多久,他的脸上好像是一块生了锈的铁板。他的眼睛冒着绿光,他使了个眼色,几个犯人围拢过去,他们伸出的手就像是魔爪一样,搜着邓仁修的身。进来时,他身上所有的东西统统让警察给收走了,犯人们什么也没有搜到。

很快到了熄灯的时间,邓仁修的家属还没来得及给他送被褥,他只能穿着单薄的衣服瑟缩在门口。这也是牢房里的规矩,新来的,必须要睡在门口,守着拉屎拉尿的木桶。邓仁修哪里能睡得着,他没有吃饭,眼睛饿得发蓝,肚子里没食物,身上更加感觉到寒冷。他紧紧地抱着双肩,听着从地铺上传来的此起彼伏的声声喘息……

不知过了多久,当他昏昏沉沉地合上眼睛时,一阵剧痛,让他大叫了一声惊醒了。

值班的狱警走了过来:"发生了什么事情?"

有老犯刚刚将一根锋利的铁钉子之类的器物扎到了邓仁修的后背上。他感觉到了,一股血水流了出来。他刚要向警察说刚刚发生的事情,他知道睡在自己身边的这些人是邪恶之人,他们是什么事情都能干得出来的。于是,他强忍着说:"没事,刚刚,做了一个噩梦。"

警察骂了一句,深更半夜的,抽什么风。

这一夜,邓仁修几乎没有合眼,第二天一大早吃早饭的时候,警察提来了一只木桶,木桶里装着疙瘩汤之类饭食。牢房里的人们等着老大吃完了,老二才能吃,老二吃过了轮到了老三,这样依次排序下去,等最后一个轮到了邓仁修的时候,木桶里只剩下了一点点稀汤。邓仁修用手指将桶底下的那点残汤剩饭刮得干干净净。

第二天的审讯照常进行,焦点就是邓仁修与周有贤是不是同犯,他到底印制了多少票证。还有一个问题,他的妻子许英莲,到底知情不知情,有没有参与其中。

邓仁修还是重复着昨天的那句话,他只给过周有贤一次票证,送过他一次刀鱼。至于印了多少张票证,他可以保证,没有超过十张。他也知道这不是好事,所以,适可而止。至于许英莲,她毫不知情,他瞒着自己的妻子,她绝对不知情,更没有参与其中。

又一天的审讯结束了,邓仁修又要给押回牢房了。一想起那间充满了邪恶的牢房,邓仁修的头皮就像浸入了冰水里面。

熄灯以后,邓仁修还是在胡思乱想。不知过了多久,他才昏昏沉沉地合上了眼睛。可就在这时候,同昨天晚上一样,一阵剧烈的刺痛,让他禁不住大叫了一声。不知是谁,在黑暗中将一根钉子扎进了他的脊梁。

值班的警察走了过来,看了邓仁修一眼:"又是你,你到底怎么回事?又是做噩梦了?再闹出声来,影响到了别人,我关你的禁闭。"

邓仁修本想说出事情的真相,话到了嘴边,他又咽了回去,他知道,他就是说了,也毫无用处,没有人能查出是谁扎了他的脊梁。于是,他只能忍气吞声。白天在强光下面接受审讯,晚上又要受到一伙恶魔的折磨,邓仁修崩溃了,他向警察承认了,周有贤所有的票证都是他给的,给了他多少,他已经记不清了。这一下,邓仁修的案子终于能够定案了,那两个办案子的警察松了一口气。"早说呀,早说你还能弄个宽大处理。你是在走投无路的情况下交代的,你等着接受法律的制裁吧。"一直坚持说自己无罪,票证是师弟邓仁修给的周有贤,他的话也得到了验证,公安机关也做出了决定,决定释放周有贤。因为他并不是印制票证的人,他们家的孩子多,老婆也有病,释放他,并不等于他一点问题也没有,公安机关免于刑事处分,他的工作单位可以对他进行厂纪处分。就这样,关押了一段时间的周有贤让公安机关释放了,而邓仁修则成了真正的替罪羊。

## 第十四章

　　1961年不知不觉地来临了，1960年底，到1961年初，应该是最为艰难的一段时光。偏偏在这个时候，许英莲到了预产期。这些天，她一直坚持着上班。同事们对这突如其来的事情，说不好究竟是什么心情。除了大刘，同事对她的态度来了个一百八十度的大转弯，她们似乎有一种被她欺骗的感觉，原来，表面上她是大家的楷模，是一个人人学习的榜样，没有想到，别人都在挨饿，而她们家过着有吃不完的刀鱼的幸福生活。

　　这天，许英莲接到了一个通知，下班以后，到县文化馆剧场参加一个重要会议。许英莲临产的征兆越来越明显了，她的腿浮肿得已经很严重了，她向丁书记请假，丁书记看她的样子，也就答应给她假："不去就不去吧，等到大家开会回来给你传达一下会议内容就行了。"

　　谁也没有想到，这是一次全县打击经济领域犯罪的大会，在这次大会上，宣判了十几个经济犯罪的罪犯，邓仁修也在其中，因为搅乱经济秩序罪，并且拒不认罪，他被从重处罚。判处十年有期徒刑。

　　大会会场设在大剧场里面，会场内的宣判，会场外面聚集着很多人在收听现场广播喇叭。等到宣判邓仁修的时候，有人问："邓仁修是谁？"有人回答："说邓仁修也许知道的人并不多，可说起邓仁修的老婆，你一定认识，就是不认识，你也听说过。他老婆就是咱们金河城里的大美人，她就是百货公司旱船队跑头船的那个大美女。"

　　许英莲带着四个孩子在家里，对于外面发生的事情一无所知。大刘参加了大会,可她也没来告诉许英莲,邓仁修给逮捕了。隐瞒的时间长一点吧,许英莲的妊娠反应那么严重,大刘怕她受不了这个刺激。

　　第二天一大早,许英莲家的门外聚集了很多孩子,他们看见邓仁修的孩子们从家里走出来上学,一边朝他们扔石头泥块,一边朝着他们吐唾沫,齐声叫骂,贪污犯,印鱼票,贪污犯,印鱼票……从孩子的叫骂声中,许英莲知道了昨天晚上,邓仁修已经定罪。她镇定了一下,没有退回屋里,而是朝着商场走去了。她告诫自己,越是在这个时候,越是要挺住。不管邓仁修犯了什么罪,她是清白的,她的孩子们是无辜的。她走在上班的路上,已经能够感觉到,平时那些与她打招呼的人远远地躲开了她,并在她的背后指指点点。她丈夫昨天晚上给判刑了,她却像没事的人一样。真的了不起,还敢走出家门,还敢上班去。

　　快要走到商场时,许英莲遇到了大刘。大刘把昨天晚上宣判大会的情况告诉了许英莲。她说:"幸亏你没去,如果你去了,面对着那种的场面,你可怎么办……"

　　许英莲已经有些木然,她喃喃自语:"怎么会这样,怎么会是这样……"

　　商场开始营业,顾客比平时多出很多,人们拥进商场,并不是要买什么东西,他们是来瞧热闹的。那年月,小城里出了一个罪犯,也是挺稀奇的事情。特别是在灾荒年,人人吃不饱肚子,对于食品的期望,是生活中生命中的重中之重。邓仁修好生了得,在家里就能印出鱼票来,在旧时代,做假币是砍头之罪,还是社会主义好,这个人犯了重罪,才判了十年刑,应该枪毙他才对。人们到商场里来,是想看一看罪犯的妻子,人人都说邓仁修的老婆长得美丽,不认识许英莲的人来想开开眼,一个罪犯的老婆有多么美丽动人。许英莲想到了问题的严重性,可她没有想到会这样严重。面对着许多前来看她的人,她只能把头低下,喋喋不休的嘲笑和责难一股脑地朝她砸下来,她恨不能找个地缝钻进去,甚至想死……

　　没有等到许英莲去找丁书记,丁书记已经打发人到商场把许英莲叫到了办公室。

　　丁书记说:"我没想到你能上班……"

　　许英莲说:"丁书记,我是咬着牙来上班的,我现在也不知该怎么做……"

　　丁书记说:"越是这时候,越不能倒下。你能这样想,我就放心了。英莲同志,我想问你,邓仁修私印票证这件事,你事先到底知道不知道?"

许英莲说:"丁书记,我以一名共产党员的名义向你保证,邓仁修做的事,我不知情。如果我知情,我会阻止他,不会让他走到今天这个地步,把我们好好的一个家给毁掉了。"

丁书记说:"这就好,英莲同志,我相信你……恐怕以后,你会面临着很多很大的压力,我希望你能正确面对,你现在有孕在身,你更要挺住。"

许英莲强忍着眼泪,没有让它流下来,而是咽到了肚子里。她说:"谢谢你,丁书记。"

人在危难之际,能得到人的宽慰,许英莲那颗几乎凉透了的心似乎有了些许暖意。这时候,肚子里的胎儿也动了几下,似乎也在提醒她,别忘了,还有我呢,我快要出生了,你不要太伤心了。许英莲也用未出生的孩子激励自己,挺住,一定要挺住……

邓仁修被逮捕之后,因为爸爸出事,孩子们也未能幸免。同学们都疏远了他们。放学以后,周老师把邓丕铎留了下来。周老师把他叫到了跟前,她说:"你家的事,老师知道了。老师本来想去看看你妈妈,可是,老师也去不了啦。你回家以后,替我安慰你的妈妈,多帮妈妈分担家里的事情,让她放宽心……"第二天,周老师就离开了学校,她因为丈夫的政治问题,全家下放到更远的农村去接受监督改造了。周老师走了,她甚至没有告诉她的学生们,她要到哪里去。因为学生们太小了,他们还不懂事。

许英莲要分娩了,一直为她接生的产婆没有让她在家里生孩子,因为她的身体状况太差了,在家里生会有危险的。还是到医院去吧,大人和孩子都会平安。许英莲计算的预产期,这个孩子本来是在春节过后才生,可是,她要提前来到了人世。许英莲与邓仁修本来不想在这个灾荒年月再怀孩子,可尽管他们采取了措施,可孩子还是不期而至了。这个不该出生的孩子出生了,作为母亲的许英莲却一点奶水也没有。孩子饿得哇哇哭,哭到后来,竟然哭不出来了。王月娥急坏了,她东奔西走,找到了赵经刚,赵经刚找到了他在西门外种菜的亲戚,他家里养了一只奶羊,赵经刚跟他商议,能不能匀出一点羊奶,给这个刚出生的孩子。人家答应了,但是,要自己去他家拿。王月娥是个小脚女人,她不可能走那么远的路去给孩子拿奶。邓佩玉是个女孩子,因为养羊的人家天天傍晚才能挤奶,冬天昼短夜长,天早早就黑下来了,女孩子出城到西门外,也不安全,拿奶的重任只能落到了邓丕铎的头上。为了刚刚出生的小妹妹能有奶吃,邓丕铎也愿意去拿奶。人家把挤好的羊奶放在锅台后面,一只装满了羊奶的瓶子,他去了之后取上羊奶就往回走。

妈妈给小女儿取了一个名字,她没有在女儿的名字前面加上一个"佩"字,而是叫她立平,意思就是平平安安,别再出什么意外之事。

邓丕铎第一次去拿羊奶,很顺利。第二次去拿羊奶,也很顺利地把羊奶拿到了手,可他在回家的路上,没有等到他走出菜地,一群乡下的孩子堵住了他的去路。邓丕铎与这些孩子素不相识,更无过节。他们把邓丕铎推来搡去取乐,推得他东倒西歪,站也站不稳。他把羊奶瓶子紧紧地抱在怀里,生怕掉到地上摔碎了。越怕什么,越是发生什么,羊奶瓶子掉到了地上摔碎了,羊奶洒了。邓丕铎趴在地上哭了,他知道,小妹妹没有奶吃了,她会饿肚子的。奶瓶子打碎了,妈妈也没有责怪孩子,女儿没有吃的,她只好用开水冲了淀粉,然后放了一点糖来喂孩子。立平尝了一口,哇哇地哭了起来,妈妈一直抱着她,好宝宝别再哭了。立平却一直哭到嗓子快哑了,她也没有力气哭了,她才不再哭了。孩子不哭了,许英莲却怎么也止不住眼泪,她的眼睛呆呆地望着窗外,接下来,她不知道会发生什么,她和孩子们怎样生活下去。这一家人的境遇,王月娥看在眼里,更急在心上,她天天侍候闺女的月子,也时时劝导闺女:"坐月子是女人一辈子的大事,你总是哭,总是悲伤,满月以后,你会落下病的。"许英莲也只有在妈面前才能感到宽慰。她说:"妈呀,孩子没有吃的,怎么办哪?"

王月娥这时才知道,那户人家的奶羊不知让谁偷去了,奶羊没有了,也就没有了羊奶,孩子也就没有吃的了,"再给孩子想办法弄吃的吧,妈……"

想什么办法……王月娥什么办法也想不出来了,想让大人孩子活下去,眼前只能把孩子送人了。无别的路可走。如果孩子不送人,大人孩子都活不下去。

许英莲听了,摇了摇头:"把孩子送人,我做不到,当妈的怎么能把孩子送人呢?"

王月娥说:"哪个当妈的愿意把自己身上掉下来的肉送人,可是,孩子在你手里,没有吃的,她活不下去。与其活不下去,倒不如给孩子找一条活路才是。一个刚满月的孩子,没有奶水,有吃的也行,可咱们有什么吃的,吃糠咽菜都吃不饱。你心里应该明白……"

许英莲还是摇头拒绝了:"不管怎样,我都不能把孩子送人。我狠不下这个心……"

大刘来看许英莲,看到眼前这情景,她也劝说着:"英莲哪,不到万不得已,哪个当妈的能把孩子送人,不是到了万不得已的时候了吗?你妈说得对,再拖延下去,你的立平恐怕活不了多久。瞧瞧孩子瘦得,皮包骨头,连哭声都像小猫似的。给孩子一条生路吧……"

许英莲也不说话,只是不停地哭。王月娥已经替自己的小外孙女寻找合适的收养她的人家了。通过了亲戚,亲戚的亲戚,到底找到了一户人家。这户人家夫妻都过了四十岁,一直没有孩子。男人在乡下的供销社当炊事员,女的是社员。两口子为人正派,勤俭持家,日子过得不那么艰难。他们一直想抱养一个孩子,本来想抱养一个男孩儿,可男孩儿总是抱不着,这回,他们想通了,抱养一个女孩子也挺好。

王月娥跟他们夫妻见了面,也约好了时间。人家两口子也有个要求,那就是抱孩子时,孩子的妈妈不能在跟前。因为他们夫妇也不愿意看到母子分离的场景。王月娥也答应了。

抱孩子那天,正是立平出生第四十一天。王月娥让大刘把许英莲叫到外面,等到人家把孩子抱走了,再让她回来。务必务必,一定要安抚住英莲。

那天一大早,许英莲给小女儿换上了一身干净衣服,把立平紧紧地抱在怀里,让孩子吸她的奶头……她哭泣着:"立平呀,不是妈狠心,妈实在养活不了你了。到别人家去吧,到了人家,你能吃饱肚子,你能活下去。等到你长大了,你知道了是妈妈把你送给了别人,你怪妈妈也好,不怪妈妈也好,妈都对不起你。真的对不起,我的女儿……"

邓立平好像懂事一样,她不哭也不闹,等到许英莲放下孩子,大刘把许英莲给拖到门外时,邓立平才大声地哭了起来。许英莲想返身回来,大刘狠狠地拉住了她的手:"咬咬牙,狠狠心吧,许英莲,你这个当妈的给孩子放一条生路吧。"

大刘死活把许英莲拉走了,邓立平哭得上气不接下气。哥哥和姐姐学着妈妈用开水给她冲了一碗淀粉,一口接一口地喂给她吃。

邓立平吃了几口,那个抱孩子的女人走进了屋里,她也没有别的多余动作,也没说话,只是看了孩子一眼,就把孩子抱了起来,然后把二十块钱塞到了孩子睡过的小枕头底下,转过身,跨出了门槛儿,头也不回地走了。

已经懂事的邓佩玉和邓丕铎紧紧地跟在那个抱孩子女人的身后,他们想拉住了她,想夺回小妹妹,可是,姥姥先把两个孩子给拉住了。邓佩玉和邓丕铎都哭了,在心里喊了一声小立平,总有一天,我们会把你给找回来的。

王月娥也伤心至极,她长吁短叹,等到立平长大了,懂事了,她自己会回来的……

不大一会儿,许英莲一头撞进了屋里,扑到了小女儿刚刚睡过的小褥子上面,号啕大哭起来:"哎呀妈呀,这是活生生地从我的心头割肉啊,难受死我了!老天爷,这是怎么了?……"

王月娥让许英莲放声痛哭,她把两个大外孙叫到了门外,一再叮嘱:"你们俩记住了,这几天,你们要时时盯着你妈,她到哪里,你们就跟着她到哪里。"

两个大外孙懂姥姥的意思,这是妈妈最伤心、最悲痛的时候,她也许会做出什么意外的举动。没有了小妹妹,不能再没有妈妈。他们俩都点头答应了姥姥。

王月娥又劝说了女儿一回:"我这个当妈的嘴幸亏是肉长的,如果是铁打的,也快要磨光了。不管怎么说,我还是要劝你,你就是看在这些孩子的分儿上,你也不能再伤心了。孩子们要靠着你抚养,你不做饭给他们吃,他们就要饿肚子。谁劝你也没用,还得你自己劝自己。你说怎么办,丢下孩子们不管,他们大眼瞪小眼地看着你,你说你还能钻在牛角尖里不出来?……英莲啊,妈也不能总陪着你。你不能倒下去,你倒下了,孩子们指望谁呢?"

许英莲说:"妈,我想得开,你也不要总惦记着我。为了孩子,我也要活下去。"

姥姥的叮嘱,邓佩玉和邓丕铎牢牢记着,不管什么时候,他们俩总有一个跟随在妈妈的身边。到了晚上睡觉的时候,姐弟俩也不敢合上眼睛,他们害怕妈妈会做出意外举动,最不想看到的就是妈妈投河了,或者上吊了,扔下他们不管了。夜已经深了,许英莲还坐在被子里,她的眼睛望着黑黑的夜色,不时地发出一两声哽咽或者抽泣。邓佩玉已经熬不住了,她不知什么时候合上了眼睛。可邓丕铎装着睡着了,他眯着眼睛,看着黑暗中的妈妈。家里的那台钟,每隔上半个钟头就会报时一下。他知道,这时候,已经过了十二点了。可妈妈还没有睡觉。他已经有些困倦了,几次合上了眼皮,可又睁开了。他看见了,妈妈轻轻地走下了炕,摸索着走到了书桌前,拉开了抽屉,从里面掏出了一只香烟盒,那是家里招待客人时的香烟。妈妈抽出了一支香烟,点着火,她吸了一口。因为是第一次抽烟,她禁不住轻声地咳嗽了两声。但是,她的情绪似乎有些平稳了,不再哭泣了。她没有把一支香烟吸完,把半截香烟掐灭,然后重新放回了香烟盒里。接下来发生了什么,邓丕铎什么也不知道了。他睁开眼睛时,妈妈已经把早饭做好了,一锅稀稀的玉米面粥,盛在碗里,端到了孩子们面前。孩子们松了一口气,妈妈她没有发生什么事情,她的面容有些憔悴,也很疲惫的样子。

该上学去了,邓丕铎一直没有背上书包。

许英莲说:"再不到学校去,你要迟到了。"

邓丕铎说:"妈,我不想上学了。"

许英莲说:"你怎么能不上学呢,旷课可不行。"

邓丕铎说:"姥姥她嘱咐过我,让我跟着你……"

许英莲苦涩地笑了一下:"妈不会的,妈要把你们抚养大。上学去吧,听妈的话。"

邓丕铎这才背上书包,上学去了。到了学校,在课堂上,他也是心神不宁,他心里总是惦记着妈妈,精神老是溜号。放了学,他就往家跑。跑进家门,看见了妈妈,他才长长地吐了口气。孩子的举动,许英莲心知肚明,她感到很欣慰,因为孩子大了,他们懂事了。

五十六天产假很快休过了,英莲就要上班了。接下来,她和孩子的日子怎么过,一直纠结在她的心头。王月娥也跟许顺来商量:"闺女家出了这么大的事,光凭着闺女一个人怎么扛?咱们当爹当妈的能看着不管吗?"

邓仁修出事,对许顺来的影响也很大,近十年勤奋工作所构筑的威信,一夜间竟荡然无存。工友们嘲笑他,是不是吃了女婿的刀鱼,才有力气这样干活。他也不解释,谁让咱女婿不争气,做出了这样犯法的事情。老伴提出要帮闺女分担点艰难困苦,他也愿意,因为当初是他一心一意地促成了闺女这桩姻缘。他眼里的女婿,是个靠得住的人。谁能想到,这个靠得住的人竟然做出了靠不住的事情。

## 第十五章

在许英莲没上班之前,百货公司的一些人就开始蠢蠢欲动了。于过兰已经找过丁书记几次了:"许英莲丈夫判刑了,这件事情,许英莲逃不了干系,她肯定是个知情者。他们夫妻天天在一间屋子里住着,吃着同一口锅里的饭菜,睡在一个被窝里,想想看,夫妻之间,有什么能瞒得过的?邓仁修犯法的事情,许英莲肯定是个知情者。知情不报,作为一名共产党员,意味着什么……"

丁书记了解邓仁修的案情:"这件事,许英莲确实不知情。公安局的卷宗我看过。"

于过兰不相信:"她怎么可能不知情,她如果不知情,我愿意把脑袋扭下来当球踢。不要相信卷宗,不要相信口供。邓仁修是丢卒保车,他牺牲了自己保住了妻子的荣誉、身份和地位。丁书记,我不明白,你为什么总是替许英莲当挡箭牌。你是不是也怜香惜玉……"

丁书记不高兴了:"支部书记对自己的同志,都是一碗水端平。当初,你积极工作,我也培养了你。英莲同志是人家街道培养出来的,培养一个同志也不容易。你说说看,咱们全体同志都能像你和英莲那样有思想,能够努力工作,咱们早就是共产主义了。所以,我的原则就是让所有的同志们都积极工作,努力上进,人人都成了模范先进分子,那才好呢。"

于过兰说:"那才不好呢,咱们不是刚刚学过了'九评'吗,赫鲁晓夫要搞全民党,人人成了共产党员,不仅不能发展成共产主义,反倒会把我们共产党变成修正主义党。"

许英莲上班的第一天,她就参加了支部生活会。这个会是专门为她开的,丈夫犯了罪,作为妻子,她不可能没有责任。因为休产假,已经拖延了五十六天,到了许英莲面对自己的问题和错误的时候了。这些天,许英莲的脑子一直陷于痛苦与迷惘之中。走上工作岗位,跟工友们在一起,也许心情会好一些。上班第一天,虽然有人冷嘲热讽,鞋袜部同志们还都挺热情的。说的也都是安慰她的话,让她的心里感到了些许温暖。下班后的支部生活会,让她刚刚得到了抚慰的心一下子又掉进了冰水里面。

于过兰主持着支部生活会,她也是开门见山,一针见血:"这个支部生活会,就是专门为许英莲同志开的,让她讲一讲自己的错误。同志们都知道,她的丈夫犯了罪,轰动了金河城。在他犯罪的过程,她扮演了一个什么角色?"

许英莲脑子里乱成了一团,她也理不出头绪,好一会儿,她才说:"我的丈夫犯了罪,作为妻子,我也有责任。我和他在一起生活,生活中的点点滴滴,我应该看在眼里。邓仁修这次犯罪,说没有觉察,那不现实,我也有所察觉。在给公安局的同志做笔录的时候,我也如实对他们说过了。他买副食品回家后,我发现,我们家里的副食品购买票证没有动过。为这事,我问过他,他说是师兄给的,也就把我给搪塞过去了……因为妊娠反应,他看我浮肿,身体状况不好……说心里话,我不止一次地对他说过,困难不是咱们一家,而是家家都吃不饱,人人都有难处。别人能过,咱们也能过。没想到,邓仁修把我的话当成了耳旁风。"

于过兰说:"许英莲,这么说你是知情的了?"

许英莲说:"我说过了,我只是有所察觉,对于生活的一些细节,我也是个马马虎虎的人,也就没当成一回事。如果我知情,我不会让自己的丈夫犯这么大的错……不,犯这样的罪。值得吗,他一个人毁了不要紧,我和孩子们也毁了……你说,我要知情,我能眼睁睁地看着他被戴上手铐,公审判刑,关进监狱吗?"

于过兰说:"如果没有给发现,邓仁修还会在暗地里干着见不得人的勾当。许英莲,你一点也没有认识到自己的错误的严重性,你还是为自己辩解,甚至有点为你丈夫开脱罪责。你是共产党员吗?我看你披着马列主义的外衣,打着红旗反红旗,你就是一个修正主义分子。什么有所察觉,其实有所察觉就是知情,而且知情不报,给我们党,给我们社会,给我们的人民带来了多大的损失?"

丁书记说:"别的同志也发发言,谈谈想法。一个同志犯了错误,咱们要帮助她,让她认识到自己的错误,不能把自己的同志一棍子给打死。毛主席说过,要惩前毖后,治病救人。"

大刘发言了:"能听得出来,英莲同志说的是心里话。我同意丁书记的说法,不能把自己的同志一棍子给打死。对待邓仁修犯的罪行,公安局也有结论,如果英莲同志是同谋犯罪,公安局也不会放过她,也会把她给抓进监狱。如果英莲同志真的发现了丈夫在背地里做的那些犯法事情,我相信,她会向组织上揭发的。"

于过兰说:"大刘,我知道你和许英莲感情好,咱们这是组织生活会,不是一般的会议。我希望你能放下个人的感情,要用党性,用组织原则来对待这个会议。"

大刘说:"你嘴大,你说的就是党性原则,别人说的都是个人感情。岂有此理……"

看看时间不早了,丁书记说:"英莲同志回去写一份思想汇报,回头交给我。对于自己的丈夫犯下的罪行,你即使没有责任,作为妻子,你要有个认识。前一段时间,因为你休产假,才拖到了今天。毛主席说过,有则改之,无则加勉,多开展批评和自我批评。"

在回家的路上,许英莲问大刘:"五十多天没上班,在会上,从于过兰嘴里冒出来的,怎么净是新名词,我都有些听不懂,她是从哪儿学来的?"

大刘说:"于过兰就是一个投机分子,那些新名词都是从收音机里听来的。我看会上那架势,于过兰可抓到了你的把柄,她是一心一意地想把你整垮。回去以后,你认真地写个思想汇报给丁书记,咱们可以向组织检讨认错,不能栽在于过兰这样的小人手里。"

大刘说得没错,于过兰就是想借这个时机,把许英莲彻底整垮,她就是想将许英莲开除出党,把她身上所有的光环统统抹去。

当天晚上,许英莲就写思想汇报,把事情的前前后后,自己的思想认识写了出来。对待丈夫私下里印制假票证,她一点也没有察觉,那是不可能的。她只是相信了丈夫的话,没有追问到底。她也恨自己,为什么粗心大意,如果早一点制止他犯罪,也许不会发生今天这样的悲剧。

在农场干活的小葛回到城里,她也悄悄地看望了许英莲,她想安慰许英莲,没有过不去的火焰山。没有办法,事情摊到你头上,你就得顶着。

许英莲突然想起了什么:"你家老徐不是说了苏联的坏话,才打成'国际反革命'的吗?如今看来,他是有预见性的。你可以到有关部门反映,老徐的问题会不会得到解决?"

小葛摇了摇头:"我去找过了,人家说,不可能因为苏联成了修正主义,就会把你丈夫的罪行一笔勾销。他反革命在先,而苏联变修在后。如果苏联变修在前,他就不可能是反革命的。英莲,拉扯着孩子们慢慢熬吧,等到孩子们长大了,就会好了。我这两年怎么过来的,你也看到了。家家都有本难念的经,人人都有难心事。熬吧,总有熬出头的日子。"

许英莲拉着小葛的手:"谢谢你,葛姐……在这时候,你能来看我,我真的很感激。"

小葛说:"我更要谢谢你,当初要不是你安慰我,帮助我,我可能挺不过来。人在困难的时候伸出手拉他一把,会让人记着一辈子的……"

在接下来召开的支部生活会上,许英莲将自己的检查在会上读了一遍。参加会议的党员们觉得许英莲说得挺真诚,检查也算深刻。犯罪的是她丈夫,也不是她本人,如果她本人真的参与了犯罪,公安机关也不可能放过许英莲。杀人不过头点地,再说了,如果不是遇到了灾荒年,副食品也不会凭票供应。如果没有票证,也不会有人打票证的主意。为了一口吃的,得饶人处且饶人。丁书记也有这样的想法,他也想好了,给许英莲一个党内警告处分,让她在以后的生活和工作中吸取教训,改正错误。毕竟是新中国培养的党员,许英莲她也确实是个好同志。

可是,于过兰偏偏不这样认为。她觉得许英莲没有说出自己灵魂深处的错误,不能因为公安机关没有追究她的罪行,给她一个党内警告处分。这个处分,就像家长对犯了错误的孩子说,记住了,下次不能再犯了,再犯可要打屁股了。这样轻描淡写的处分,怎么可能抚平人们心中的愤恨和不满。

于过兰直接找到了商业局党委书记马有财,把许英莲的问题反映给了他。

听了于过兰反映的情况,马有财问了一句:"老丁是个胆小怕事的人,他跟这个许英莲会有什么扯不清的关系吗?"

于过兰说:"咱不能胡说,但是,丁书记对许英莲偏爱有加,却是不争的事实。姓丁的老婆是个半大的解放脚,又是一脸的麻子,看见了漂亮女人,他的面部肌肉就会发抖。抖得嘴歪眼斜……"

马有财笑了起来:"真的假的,什么话到了你们女人嘴里,话变了味儿,人也变了形。这样吧,正好局里也要调整干部,老丁也属于调整之列。你既然这样烦他,我给你们百货公司再调换一个支部书记,怎么样?"

于过兰说:"可别是走了一个孙行者,又来了一只猴。"

三天后,丁书记果然调走了,他调到屠宰场当支部书记,而调到百货公司任职的支部书记,正是屠宰场的支部书记刘国良。刘国良来到百货公司要做的事情,首先要熟悉情况。因为在屠宰场,他是跟猪马牛羊打交道。单位的女工不多,个个都是膀大腰圆,力大如牛,他面对的都是鲁莽屠夫。到了新单位,环境变了,人也变了,金河城里的美女们全都在百货商场里面,从此以后,他也要注意自己的形象了。刘国良要做的第二件事,那就是许英莲的处分问题。来百货商场之前,他知道许英莲这个人,县里鼎鼎有名的美女劳动模范、优秀共产党员。谁能想得到,一个红得发紫的人竟然成了罪犯的妻子,沦落到了天天要在生活会上检查检讨犯了错误的人。老丁临走的时候,交代工作时,也特地提到了许英莲的问题。他也谈到了自己的想法,许英莲虽然有责任,但不能将自己的同志一棍子打死。刘国良问丁书记:"你的意见,给许英莲一个什么样的处分?"丁书记说:"我的意见,给她一个党内警告处分足矣。"

刘国良上任以后,于过兰最关心的就是怎样处分许英莲。

刘国良说:"我和老丁的意见一样,给许英莲一个党内警告处分。"

于过兰顿时就跳了起来:"那可不行,党内警告处分,你们也太轻描淡写了。"

刘国良说:"你是支部委员,也是党小组长,你说,应该给许英莲一个什么处分?"

于过兰说:"要我说,应该开除许英莲的党籍。"

刘国良摇了摇头:"开除一名党员的党籍,不是简单的事情,也不是你我能说了算的,要我们上一级党委决定。再说,许英莲的错误也不够开除党籍的。你与许英莲之间,到底有着什么样的深仇大恨?你对她如此这般恨之入骨?"

于过兰说:"我就是恨她,恨得我能咬下她身上的一块肉来,才解我的心头之恨。"

刘国良笑了:"杀人不过头点地,何况这也不是什么杀父之仇、夺妻之恨。"

于过兰哼一声:"你和老丁一样,都是有色心而无色胆之人。不,你比老丁强,你有……"

刘国良虽然是个屠夫,可他一点也不粗野,他的性情和善,待人亲切,脾气也温柔,不事张扬。都说三个女人一台戏,他能把十几个女工笼络一起工作,而且不发生矛盾,大家平安相处,一团和气。他不仅对待女工这样,对待男同志也是如此。所以,从来也没有人说刘书记有什么"二乌眼"。调刘国良来百货公司,商业局的马书记可特地叮嘱过他,百货公司是个美女如云的地方,只要别犯生活作风问题,你就能干出成绩来。

刘国良第一次看见许英莲,是在鞋袜部商场。没有人介绍,他一眼就认出了站在柜台后面的那个女同志就是许英莲,她虽然面容有些消瘦,神色也很憔悴,眼窝甚至有些乌青,但她依然与众不同,她乌青的眉眼更有病态之美。她的鼻子挺直,嘴巴小巧而且棱角分明。她的身材也好,真的是亭亭玉立。怪不得说她是县城四大美女之一,名不虚传。

商场的孙经理给他们介绍:"这位是许英莲同志,是咱们鞋袜部的主任。这位是刘书记,刚刚调到咱们公司的刘国良,刘国良书记。"

刘国良向许英莲点了点头,说了一声:"你好,辛苦了。"

许英莲也朝着刘国良颔首示意:"你好,刘书记。"

刘国良本来想找许英莲谈一次话,因为她有优秀党员的称号,也有那么多头衔,怎么着,也应该与她谈一次话。后来,他打消了这个念头。没有别的原因,眼下正是敏感时期,他怕于过兰起什么疑心。到了新单位,刘国良参加了第一次支部生活会,此时,已经进入了对许英莲的处分问题的讨论。

于过兰坚持自己的意见,开除许英莲的党籍。

大刘第一个反对:"一人做事一人当,我们共产党不兴一人犯罪,株连九族。许英莲同志有责任,仍属于人民内部矛盾,要开除人家的党籍,不如把她枪毙算了。"

跟于过兰关系密切的那几个党员他们已经事先沟通好了,一致表决要开除许英莲的党籍。然而大多数参加会议的党员都不同意开除她的党籍。刘国良说:"开除一个同志的党籍,除非她反党,背叛党,或者是犯了罪,犯了特别重大的错误。以许英莲目前的错误,我们要将许英莲开除党籍,报到上级党委,上级党委也不会同意我们的支部意见。所以,我们要慎重对待一个同志的政治生命。我们也要善待自己的同志。"

于过兰退让了一步,他们坚持要给许英莲一个留党察看处分。其实这个处分也有些过重,刘国良也同意这个处分。如果丁书记没有调走,他不会给许英莲这样的处分。对于许英莲的错误,支部生活会已经开过了好多次,很多参加会议的人也有些倦怠了。许英莲本人也没有任何异议,支部大会也就通过了留党察看这个处分决定。

通过对许英莲的处分,刘国良也了解了一些情况。许英莲虽然长得漂亮,可关于她的风言风语却没有。能看得出来,她的思想单纯,生活作风也正派。是个好女人,也是个好同志。于过兰可不是这样,她有心机,心术也不正。她就是要把许英莲这个比她优秀一大截的女人打倒在地上,能把她推到井里去,然后再扔下几块大石头才好。

刚刚来到了百货公司当支部书记的刘国良并没有在屠宰场说一不二的感觉,相反,他有点受到了胁迫的感觉。因为于过兰并没有因为处分了许英莲而完事,她非要撤了许英莲的鞋袜部主任,并且把她调到了文具部去当营业员。刘国良按照她的意思做了,她似乎还没有解心头之恨。他本以为女人之间的妒忌只是背后咬牙切齿,只有男人之间的妒忌才会拼得你死我活。他真没想到女人的嫉妒之心一点也不比男人逊色,甚至不给对方生存的机会。

第十五章

## 第十六章

许英莲鞋袜部主任给撤掉了,被调到文具部当营业员。文具部地处南街一间店面,光顾文具店的人大都是学生,还有机关团体的人。因为顾客简单,工作并不忙碌。好心的同事们明面不敢靠近许英莲,暗地里都叮嘱她,不管受到什么处分,一定不要趴下。大风大浪会过去的,要坚持住,坚持就是胜利。对于同志们的关心,许英莲很感激,如果大家都像于过兰那样,她必死无疑。同志们还是有正义感的,尽管家庭遭遇了那么大的变故,除了于过兰那伙人,大家都相信她是无辜的。她也让好心人放心,她不会就此倒下,因为她的孩子们需要她。到文具部工作后,她明显地感觉到了,工作压力不那么大。

这天下班后,大刘跑来找许英莲,向她透露了一个信息,城里人现在可以到乡下去开荒搞小秋收,也可以开荒搞小块园地。大刘和她丈夫已经在郊外物色到了一块荒地,他们俩正打算开出这块荒地。老人有话,春天捅一棍,秋天吃一顿。往上数三代,中国人老祖宗都是种地的农民,种庄稼是天性,也不用学。

许英莲兴冲冲地跟妈说起了开荒种地的事,说开就开,要抓紧时机。王月娥带着两个大外孙来到了北山的背阴处,选了一块长着野草的荒地,举起镢头刨了起来。孩子小,也没干过这样的活儿,王月娥就做样子给他们看,要用力往地下刨,把野草和荆棘刨掉,捡拾地里的石头。一会儿工夫,孩子的手上就磨出了血泡。血泡破了,外孙女痛得流眼泪了。

王月娥说:"痛上两天,等到磨出了老茧子,再也不会磨出血泡了。姥姥带着你们开荒种地,为的是你们有饭吃,不饿肚子。"

大外孙倒不怕手上的血泡,挤干了血泡里面的血水,他依然抡起镢头,用力刨着生地。把地下的生土翻了上来。一会儿血泡的皮磨掉了,露出了鲜嫩的肉,他也不害怕,把皮揭掉,用力握着镢头把柄。一阵钻心剧痛,他咬着牙一声也不吭地忍住了。

许英莲下班了,她带着二儿子也来到了北山后。一进到荒地里,她就拿起镢头开始刨地。对于干活,她不陌生,只是多年不干这样的活儿了,她也有些生疏。妈妈带头,孩子们跟在身后,妈妈鼓励孩子们,开出荒地,种上玉米和地瓜,到了秋天,我们就会有很多吃的东西了,再也不会饿肚子了。

二儿子邓丕宏在一旁叫喊着:"妈,我饿,我肚子饿得咕咕叫……"

许英莲说:"你给我们唱支歌,你的肚子就不会饿了。今天,你学会了什么歌儿?"

二儿子扯开了喉咙唱了起来:"美丽的哈瓦那,那里有我的家。明媚的阳光照新屋,门前开红花。爸爸爱我像宝贝,邻居夸我好娃娃。可是我从来没有见亲爱的妈妈……"

二儿子的歌声触动了许英莲的心弦,她低下头,悄悄地抹去了眼角的泪水。一个好端端的家,再也不完整了……天色暗了下来。许英莲和王月娥带着孩子们回家了。孩子们都愿意到姥姥家,姥姥也喜欢外孙们跟着她走。她让大外孙跟着妈妈,跟妈妈做伴。

许英莲带着大儿子回到家里,两个人烫了脚,吃了点西天谷做的疙瘩汤。躺在炕上,娘儿俩紧紧地挨着,许英莲把枕头下面的那本书刚刚得到的陶承写的《我的一家》拿了出来,读给儿子听。陶承一家,从父亲到儿子,都是地下党。为了党的事业,他们已经牺牲了几位亲人,而陶承本人,她开始不是革命者,因为受到了革命者的影响,她也加入了革命队伍当中。妈妈给儿子读书,儿子认真地听。妈妈读累了,儿子没有听够,他央求妈妈再读一段,许英莲说:"睡吧,明天你要上学,妈妈要上班。听话,明天妈再给你读。"

儿子瞪着两只大眼睛,妈:"我睡不着……"

许英莲问:"是不是肚子饿了?"

儿子点点头:"是……"

许英莲心里像是针扎的一样,她把儿子紧紧地搂在怀里,她说:"你就想想

《我的一家》里面的那些革命者,陶承的大儿子那么年轻,就让国民党反动派给杀害了。比起掉脑袋,饿肚子还是好些吧。"

儿子不知什么时候进入了梦乡,可许英莲却一直没有合上眼睛。等到儿子睡着了,她轻轻地爬起身来,坐在那里,两眼呆呆地望着窗外,痴痴发怔。丈夫出事的那段日子,她不止一次地想到了死。她都挺过来了,小女儿让人抱走的那一刻,她的心真的碎了。没有想到,如此惨痛的一幕,发生在了自己的身上……

从远处传来了雄鸡司晨的啼叫声。许英莲困倦极了,眼睛却睁得大大的,圆圆的。没有排解的办法,她爬起身来,悄悄地拉开了抽屉,拿出了剩下的那半盒香烟,抽出了一支,点着火,吸了起来。几口香烟吸进了肺腑,她那颗紊乱的心渐渐地平稳了,头脑里的思路也清晰了……参加工作以来,她没有担任过什么重要的职务,她所担任的,都是最基层的负责人,所以,她总是忙忙碌碌,总也不得闲。这一回处分过后,她的鞋袜部主任的职务给撤了,虽然她背着留党察看的处分,肩膀上的责任和担子却轻松了不少。从前,往家里用的心思太少了,家里家外都是邓仁修来做,结果,让他做出事来了。平心而论,要论责任,是她没有尽到妻子的责任,把过日子的难处统统地推到了丈夫一个人的头上。结婚以后。她为工作付出得多,为家庭生活付出得少。东方露出了一丝灰白光亮时,许英莲打定了主意,她要跟组织上说一下,她想带着孩子,到劳改工厂去看望一下孩子的爸爸。

那些日子,许英莲白天上班,下班以后,她就带着两个大孩子到山上去开荒。荒地开出来了,孤儿寡母能开出多大的地块,好像有三分地的样子。因为播种的季节早已过了,只能种点萝卜,还有麦子。等到明年开春时节,再种地瓜苞米什么的。

天气渐渐凉了下来,许英莲想到丈夫劳改的监狱去看望他。因为自己还在受处分期间,她的行为和去向得让党组织了解。于是,许英莲把自己的想法跟刘书记说了,刘国良很爽快就答应了,人之常情的事情,作为妻子,早就应该去看看丈夫。渐渐走出阴影的许英莲因为连日劳累,她似乎清瘦了不少。眼圈的那层阴影浓重了一些,似乎多了些忧郁之美。一个女人,带着几个孩子,还惦记着服刑的丈夫,这让刘国良对她多了几分好感。世上有许英莲这样善良柔情的女人,也有于过兰这样的女人。调到百货公司以后,他这个共产党的支部书记似乎给架空了一样,身前身后似乎总有一双或者很多双眼睛在盯着他。百货公司的于过兰,她是不是书记的书记。刘国良不得不小心,谨小慎微地过日子。

每到半年,单位有一个惯例,那就是困难家庭的生活救济。许英莲从来也没想过生活救济的事情,从前,都是她为别人忙碌救济金的事情。可今天,大刘她们提出来了,许英莲一个月三十六块五毛钱工资。她有四个孩子,她们家的人均月收入不足八块钱,属于救济范围之内。

只要涉及许英莲,于过兰总会出头打个横炮。她不同意给许英莲救济:"他们家占了国家太多的便宜,我们吃糠咽菜,吃代食品,她们家吃刀鱼,怎么可能救济她呢?"

对于救济金,许英莲没有替自己说话。没有救济,她也带着孩子们没饿死。提起救济金,既然有人拿它说事,她索性不要了,她也不让大刘她们替她去据理力争。

大刘说:"够救济,为什么不要?咱们把各个困难户情况摆到桌面上,让大家评议。"

争来争去,这件事争到了党支部。刘国良真有些气不过,打嗝放屁的事也拿到支部会上讨论,这有什么可讨论的,就按政策办,够政策规定标准的,就发救济金。

发救济金那天,又有人提出来了,有人到文具部去给许英莲送了两个倭瓜,她都没用眼皮夹,给人打发走了,她家里并不缺衣少食,生活并不困难。

刘国良向文具部的负责人孙真诚了解了一下情况,孙真诚告诉刘书记,有一天,确实有个人拿了两个倭瓜来找许英莲。她没有收下倭瓜,并不是因为她家生活不困难,而是送倭瓜的那个人不地道,许英莲没有收下他的东西。那个人不止一次来给许英莲送东西,她都没有收。吃人家的嘴短,拿人家的手短。作为一个丈夫不在家的女同志,许英莲这样做是对的。刘国良听了,也连连点头称是,鸡毛蒜皮,也拿着当令箭。

于过兰依然不依不饶:"许英莲是个罪犯的家属,她不应该享受国家的救济金。"

刘国良真的有些不耐烦了:"咱们是百货公司,是个国家正式单位,不是街道家庭妇女,共产党哪条政策规定,不准救济犯罪人的家属?他们生活不下去了,难道我们党和政府能眼睁睁地看着他们活活地饿死不成。我们是新社会,不是旧中国。"

于过兰觉得,刘国良的天平朝着许英莲倾斜了。丁书记在的时候,他对许英莲也不错。如今,许英莲成了落地的凤凰,可她还是能得到别人的庇护。对于刘国良其人,她也有所耳闻,狗改不了吃屎,是个喜欢长头发的男人,见了许英莲这样楚楚动人的美女,刘国良恐怕早就六神无主了。许英莲在于过兰的眼里,她不可能守身如玉。她自己也是女人,她知道,女人最经受不住的就是寂寞,女人也最经受不住男人的诱惑。许英莲带着孩子,与丈夫分离了半年了,她真的能守身如玉?她也替许英莲算了一下年龄,她还不到三十岁,正如人们所说的那样,是如狼似虎的时候,她能忍受得了吗?

于过兰特地接近了许英莲的邻居,一个老孙太太,一个老金婆子,她要两个守家在地的老女人盯着许英莲,看看哪些人跟她接触,都有什么人到她家里来。她也经常给两个老女人一点小恩小惠,一块布头、一轴线什么的,两个老女人也给她买通好了,经常向她汇报许英莲的点滴生活细节。老金婆子向于过兰说过了一件事,她与许英莲住着对面房,有天早晨,她隐隐约约地闻到了股烟味,不知是不是哪个抽烟的男人进了许英莲的屋子?可就是没见着人影。

于过兰不相信许英莲会是个守得住身子的贞洁烈女。她吩咐两个老女人别放松监视,要提高警惕,眼睛一眨也不眨地盯着许英莲的一举一动。许英莲阴险狡猾,会蒙蔽人。

许英莲要带着孩子们去看望服刑的邓仁修。听说去看望爸爸,女儿不愿意去。她先是装病,肚子痛,孩子的伎俩糊弄不过大人的眼睛,被识破后,邓佩玉坚决不肯跟妈妈去看望爸爸。没有别的理由,她就是不想见那个人,她甚至已经不再叫爸爸了。

姥姥也劝外孙女:"他再不好,他是你爸爸。去看看他吧,他想你和弟弟们。去吧……"

邓佩玉小辫子一甩,就是不肯去:"邓仁修是坏人,不是我爸爸,我爸爸已经死了。"

许英莲也没有再勉强孩子,女儿性子倔强:"她不去就不去吧,我带着老大和老二去。他们身高都过一米了,至少也要打半票,孩子都去了,车票钱我也花不起了。"

临去之前,王月娥把家里的全麦粉拿了出来。掺上谷糠,加了一点糖精,烙成了火烧,让许英莲带给邓仁修。她让女儿捎话给女婿,让他在里面好好地改造,争取早点出来,你们一家也好团圆。

邓仁修劳动改造的地方在南关岭,是一个水泥厂,里面的工人全是劳改分子,还有劳改释放就业的。但是,管理还是相当的严格。许英莲凭着邓仁修寄来的接见证,才带着孩子按照日期,走进了隔离区。这里平时是不许家属与劳改犯见面的,星期天才是接待日。来这里会见的人很多,来见犯人的,大都带着东西,除了穿的用的,大都是吃的。几乎大同小异,吃的东西大都是烙饼,烙饼的水分少,不容易发霉。

一会儿,邓仁修被一个管教带了进来。许英莲带着两个儿子坐在桌子前跟邓仁修见面了。邓仁修还是那样瘦小,他的脸色有些苍白,还有点浮肿。看见了他,许英莲把脸扭到了一边,邓仁修把两个儿子搂到了怀里。两个儿子似乎并不那么情愿,他们一动也不动,眼睛也不看着父亲。因为父亲身上穿了一件土色的更生布衣服,上面印着很多个"劳改"。抬头看一看,凡是进到接见室里的犯人,身上穿的都是这种衣服,而且都印满了"劳改"二字。

为了打破尴尬,邓仁修问:"你们在家里,听妈妈的话了吗?"

许英莲的心里有一种说不出的委屈,她忍不住啜泣了起来。

监视他们的管教插了一句:"抓紧时间,今天人多,你们只有半个钟头的时间。"

邓仁修问:"英莲,你和孩子还好吧?"

许英莲说:"你不要惦记着我和孩子……你怎么样?"

邓仁修说:"我还好,来到工厂以后,干了没有几天重活,政府就让我当了统计员。我出事以后,我的那些师兄弟,还有我的那些朋友,他们没去咱家看看你和孩子啊?"

许英莲苦笑了一下:"除了自己的爹妈,谁都害怕跟咱们家沾边。在大街上遇见了从前的熟人,面对面遇到了,人家装着不认识。我谁也不怪罪,只怪咱们自己。"

警察提醒了一句,时间快要到了。

这时候,许英莲才想起来,她给丈夫带来的东西。除了几件换洗的衣服,还有那几个掺了谷糠的烙饼。邓仁修没敢接妻子递给他的东西,他把东西推到了管教面前。管教翻了翻包里的东西,看看没有什么违禁物品,才把东西交给了邓仁修。接过东西的邓仁修拿出了两个烙饼,塞到了管教手里,警察半推半就也就收下了。

邓仁修想拉起许英莲的手,许英莲没有伸手给他,她心里憋的那些话,一句也没能说出来。邓仁修说:"英莲,世上没有过不去的坎儿,带着孩子好好地过日子……"

许英莲说,你别惦记我和孩子,你在这里好好劳动改造,争取早点回家,我和孩子们等着你。现在,家家日子都不好过,人人都各顾各,慢慢熬吧,总能熬出头的。

许英莲神魂不定她带着孩子走到了公路边上,天已经响午了,要下午一点,才会有一趟从大连开过来的公共汽车。哥哥带着弟弟在草地里捉大蚂蚁,用嘴吸着蚂蚁屁股,蚂蚁屁股会分泌出一股酸酸的汁液,刺得舌头麻酥酥的。许英莲也试着捉了一只蚂蚁,她尝到了那股酸味。忽然,她看见二儿子的背带上面别着一只烙饼,这一定是分手时,邓仁修趁着她没注意,把烙饼别到了孩子的背带上。

许英莲正在为中午没东西给孩子吃发愁,这时候,她把烙饼一掰两半,分给了两个儿子。大儿子没有把烙饼放进嘴里,他把烙饼又掰下了一块,递到了她面前:"妈,你也吃。"

懂事的孩子不想让妈妈饿肚子。这孩子从小就知道孝顺。她接过了大儿子递给她的烙饼,放进嘴里咀嚼着,她也咀嚼不出烙饼是什么滋味……今天跟丈夫见面,她几次话到了嘴边,又咽了回去,她没有说起将小女儿立平送人的事情,这事以后再告诉他吧。

二儿子吃完了烙饼,他对妈妈说:"妈,一会儿车来了,上车的时候,到了栏杆那儿,我蹲着走,个头就不会超过一米一,连半票也不用买了。"

许英莲问:"这是谁教给你的?"

二儿子说:"幼儿园的小朋友们看电影,坐汽车都是这么干的。谁都会……"

许英莲说:"这样不好,这样做是贪小便宜,欺骗了公家,其实对自己也不好。半票也就是一毛钱,妈给你打半票,咱们不贪这小便宜,贪小便宜吃大亏。小孩子从小就要学好,从小偷针,长大偷金。妈妈从小不管教你们,娇惯你们,惯子如杀子,你们听懂了吗?"

## 第十七章

　　许英莲拖拉着孩子,度过了三年自然灾害最为艰难的日子。

　　山上的槐树花开了,漫山遍野弥漫着一股香甜味道。人们蜂拥而至捋槐树花,槐树花比野菜好吃,许英莲想采集一些。白天上班,没有空闲,只能等到下班以后。

　　放学以后,邓丕铎早早地回到了家里等着妈妈下班。许英莲回到家里,娘儿俩扛着筐子就上山了。走到山下路口时,那儿已经设上了卡子。因为上山捋槐树花的人太多了,不少人把大树枝子都折断了,毁坏了槐树林,路口才设了卡子。好在那个看守卡子的人一下子认出了许英莲,他从前在街道做过事。许英莲说,我和孩子想捋点槐树花,不会毁坏树木的。

　　看卡子的人叮嘱许英莲,你捋槐树花填饱肚子可以,但是,千万不要动树木。

　　山坡上,到处是拉倒的槐树,一会儿,许英莲和儿子捋下的槐树花就装满了筐子。

　　天色已经暗了下来,许英莲和儿子准备下山了。可她看到那些横七竖八的树枝,心里也犯了嘀咕,这些树枝丢了多可惜。她把几根大树枝捆了起来,掂量了一下,放到大儿子的手上:"你能不能拖得动?"

　　大儿子试了一下,他说:"妈,我能拖得动。"

　　接下来,许英莲又绑扎一捆树枝,自己一手扛筐,一手拖着树枝试了试。因为她有言在先,不能再从前山关卡下山。她要带着儿子从后山,从钓鱼台那座山绕下去,要走很长的一段路。黑蓝色的天幕上已经跳出了几颗眨着眼睛的星星。许英莲看着大儿子……

大儿子似乎明白了妈妈心思,他说:"妈,你走前面,我在后边。"

许英莲还想说什么,她看见儿子手里紧紧地握着一把镰刀。于是,想说的话又咽了回去,她走在了前头,儿子紧随其后。他们娘儿俩走的是一条崎岖小路,平时并没有多少人走,路边长满了荒草和灌木。一会儿,天黑了下来,山野间除了野虫的鸣叫,没有别的声音。他们娘儿俩拖树枝的声音传得很远,哗啦、哗啦的,不时有鸟雀拍打着翅膀惊飞起来。

走到钓鱼台山后时,邓丕铎低声地喊了一声:"妈……"

许英莲也看见了,一条像狗又像狼的动物在野地里拱着什么……钓鱼台是埋死人的乱葬岗子,那个动物只顾了关注刚刚扒出来的尸体,没有注意许英莲和她的儿子。她一声不吭,儿子也一声也不吭,低着头一个劲地往前走,走走走,不要回头看,娘儿俩一口气下山坡,离那个动物越来越远,走上了大官道时,许英莲松了一口气,悬着的心才落了地。

回到家里,撂下了手里的树枝,许英莲一把把儿子搂在了怀里,久久没有说话。这么远的路,她一直走在前面,在后面给她压阵角的,却是她不到十岁的儿子。儿子手里紧紧地握着那把镰刀,他的手心里全是冷汗,松开手时,手指已经有些僵硬。他一直充当着妈妈的保护神,只是不知道,当危险真的降临时,幼小的他能不能真的保住母亲不受伤害。

看许英莲娘儿俩满载而归,老金婆子也感叹道:"英莲哪,你呀,真的就是小姐的身子丫鬟的命。如果不是亲眼所见,谁能想到你黑灯瞎火地敢从埋死人的山上走下来。"

许英莲说:"走山路的时候,心给紧紧地揪着。来到家了,心开始跳了。想一想,真的有些后怕,在山坡上看见的,那就是一头狼。我从小看见过狼,狼拖着尾巴,眼睛冒着绿光。狼有吃的东西,它才没理我和儿子俩。养儿养女,关键时刻,还是儿子能给我壮胆。"

要睡觉的时候,儿子想起了什么,他从口袋里掏出两颗烟头递给了妈妈。

许英莲怔住了,她张了张嘴,什么也没说出来。她失眠已经有些日子了,天天晚上,夜深人静之时,只有靠着吸两口烟,才能熬过漫漫长夜。苏大姐的丈夫牺牲以后,她偷偷地抽烟消愁。噩梦降临到许英莲的头上,她一下子从顶峰落到了谷底。当年培养她的人杨主任犯了错误回了老家,苏大姐也不知身在何方。苏大姐一定不知道她目前的处境,如果苏大姐知道她的处境,她一定会来看望她的。人在困难之时,多么需要有人能帮她一把,哪怕几句劝慰的话语,也很温暖人心的。可是,除了父母,没有人敢靠近她……

许英莲不知道,大儿子昨天根本没有上学。他口袋里的烟头,就是他在大街上闲逛时拾到的。儿子也没有告诉妈妈他逃学的原因。因为,邓丕铎告诉班主任林老师,他们家生活困难,真的拿不出三块钱的学杂费。

林老师说:"谁家缺钱,你们都不缺钱。你说你家没有钱,让你爸多印几张钞票。"

邓丕铎不想让妈妈为难,他回家以后,也没说过学费的事。林老师说:"不缴学费,你就不要上学了。"他背着书包在大街上闲逛,地上有烟头,他拾起来,留给妈妈晚上吸。

在大街上闲逛时,邓丕铎遇到了那个留着长长头发的精神病患者,他是个大学生,因为家庭出身不好,他热恋的情人跟他分手了,他才成了精神病患者。他的嗓子好极了,他唱的《国际歌》《三套车》,还有《悼念斯大林》,低沉而悲壮,常常唱得邓丕铎眼泪直流。尽管他肚子也吃不饱,可他还把自己的那块饼子分一半给精神病患者吃。

邓丕铎还喜欢跟在城里那位饱学之士毕维藩身后,听他讲故事。城里称毕维藩为"毕大学",他早年读的是南开中学,与周总理是同班同学,他写得一手好字,作诗也好。当年他也要留学法国。家里父母不同意。因为他是单传,毕维藩从此就疯疯癫癫了。

儿子逃学的事情,让许英莲知道了。要在往常,她会狠狠地教训一下儿子,可这一次,她知道了儿子因为缴学费,才没有到学校上课。她把儿子拉到了身旁。她说:"记住了,你妈再穷,也不会不给你学费。只要你好好读书,你读到哪儿,妈就供你读到哪儿。"

邓丕铎拿着妈给他的三块钱,走进教室。学生逃课,老师心里也忐忑不安。看见学生又回来了,林老师的心也放下了。学生把学费交到了老师手里,她把钱接了过来。她说:"你以为钱是给我的?学杂费是交给国家的,我一分钱也得不到。我以为你再也不会到学校来了,有本事你就别来了。到大街上当个二流子,准备将来进牢狱。"

邓丕铎本来想说,我是怕我妈生气才来的,如果不怕我妈生气,我真的不来了。不过,他没说出来。妈妈叮嘱过他,咱们跟别人不一样,别人能说能做的,咱不能。

父亲成了罪犯,孩子们受了父亲连累,遭到了多少奚落、挖苦,甚至打骂。邓仁修的每个孩子都没能幸免,三儿子邓丕钢三岁了,长得瘦瘦的,个子却是高高的。姥姥牵着外孙的手走在大街上,总有人问起孩子几岁了。王月娥说,三岁了。问话的人就会啧啧感叹,到底是吃刀鱼吃的,与挨饿的孩子就是不一样,长得多高呀,所以,孩子你得感谢你那个会印鱼票的爸爸才是。要以王月娥的脾气,她会大力反驳说风凉话的人。可是,这类话语她也听得耳朵里磨出了硬茧。让他们说去吧,你说什么,我听着就是了。

为了能让外孙们吃饱肚子,姥爷许顺来做了一件不光彩的事情。一天下班以后,路过一片地瓜地时,看着附近没有看山的人,他偷偷地扒了几个地瓜。就在他蹑手蹑脚走出地瓜地时,躲藏在暗地的看山人走了出来,把许顺来给抓住了。听许顺来说是陶瓷厂的工人,生产队把电话打到了工厂。那年头,小偷小摸也太多了,这类小偷小摸派出所不立案,只能由单位出面解决。陶瓷厂的支部书记马立本来到了苏家大队,把他们工人带回去自己处理。

苏家大队把地瓜留了下来,把人交给了马立本。许顺来一直低着头,跟在马书记的身后,在回到工厂的路上,马书记说:"老许呀,眼瞅着就要讨论你入党的事了,你怎么能干出这种事来。让我说你什么好,你丢人,我们单位也跟着丢人……"

许顺来一辈子也没有偷过东西,一时糊涂,他竟然让人给逮住了。什么也没得到,他却落下了贼的名声。他狠狠地抽打自己的耳光,面颊已经给打得有些红肿。

马书记说:"回去好好写份检查交给我,也别在大会上检查了。"

许顺来从此再也没有向任何人说起入党积极分子这件事,他没有脸面再提及。相信组织上也不会接受一个小偷党员。为了这事,他在背地里偷偷地哭泣过,如果不是因为闺女一家,不是因为饿得大眼瞪小眼的外孙们,他能去偷人家的地瓜吗?

这一年,也是公民选举人大代表年。如果邓仁修没出事,许英莲还会当县人大代表。时过境迁,她身上背着处分,因为丈夫的影响,她也不可能再次当选了。为这事，刘国良专门找许英莲谈了一次话，把组织上的意思跟她说了。这个代表名额，由许英莲改成了于过兰。许英莲什么意见也没有，组织上怎样安排，她怎样服从。想想当年，她当选了第一届人民代表时的情景，有人给她牵马镫，有人把八宝饭端到了她的面前。她是全县人民的代表之一，行使着人民当家做主的权利。现在，她失去了这个资格，人民再也不会选举她当代表了。用不着组织上跟她解释，而是她要向人民群众道歉，对不起，是我辜负了人民的期望……

美女就是美女，即便是落魄时，也隐含着那股傲人之气。刘国良与许英莲接触不多，他深谙女人的习性，一是金钱，一是权力，在这两样面前，几乎没有哪个女人不屈从就范。许英莲是与众不同，但他相信，她毕竟也是个女人，所以他没有走近这个女人，他知道，只要他走出了那一步，也是他身败名裂的开始。贪杯不醉是英雄，好色不迷真君子。

许英莲走出办公室时，她回过身来，挺真诚地说："刘书记，我一直想谢谢你，一直也没有机会……讨论家庭生活困难救济时，你能主持公道，替我说了不少好话……"

刘国良不以为然："这事啊，我是理所应当的。是，有人抓住你们家孩子爸爸的事不放，可一码归一码，不能因为犯了法，人家应该得到的就不给人家。"

刘国良一直目送着许英莲的背景，她的腰肢随着脚步有节奏地扭动，她的臀部有一种分外的诱惑力。从她工作服下面现出的那一截小腿，匀称而健美。

有一天下班以后，于过兰来向刘国良汇报工作。来到百货公司，遇见于过兰，他有点被绑架的感觉。这个女人愿意指手画脚，愿意说三道四。他了解一些情况，在许英莲没有来到百货公司前，于过兰是公司的一枝花。她的长相也不错，没有许英莲，她能妩媚一阵子。可在许英莲面前，她无论如何也显现不出来。说是汇报工作，说了一会儿工作上的事，她也就说到了单位的同事。于过兰对于商场的女营业员，一一做了品头评足。"有的女人是福星，有的女人却是祸水。有人感慨许英莲是红颜命薄，其实她是一股祸水，哪个男人沾了这股祸水，必定遭殃。"于过兰也自我评价一番，虽然她长得不如许英莲白皙，但是，她那栗子色的皮肤却很紧致。虽然生了几个孩子，年龄也过四十岁了，可她的皮肤却一点也没有松弛，乳房也没有下垂。

一个男人与一个女人单独相处说到男女私事，他们似乎可以无话不说，无事不做了。与于过兰这样的女人有私情,不会败露,因为她就是一个有着很强自我保护意识的女人。他从于过兰的眼睛里已经读出了她心里想着什么,他也不是没有经历的男人,他知道,他可以与这个女人做点什么。事到此时,他也没有必要再掩饰什么。他拉过了于过兰的手,先是抚摸,后又将她的手放到了自己的嘴边,用嘴唇亲吻她的手。于过兰也直接坐到了他的膝盖上,把脸紧紧地贴到了他的面颊上。两个人耳鬓厮磨,开始了接吻。他与她正是年富力强之际,亲吻时,他的手自然而然地伸进了她的衣襟,抚摸着她的乳房。虽然有过哺乳的经历,正如她说的那样,她的乳房并没有下垂,还是挺有弹性。顺着她的平坦小腹,他的手向下延伸……

许英莲从前头上的那些光环转移到了于过兰的头上,她当选了人民代表,再次当选劳动模范、优秀共产党员。同时,她还被提拔到了商场副经理的位置上。同事们发现,从前一直尖酸苛刻的于过兰变了许多,她变得矜持了,说话办事也不再飞扬跋扈。

那天,大刘到文具店来办事,顺便跟许英莲说了一会儿话。先是说家里的事,再说单位的事。说起了于过兰,大刘就气不过。"这下她称心如意了,你头上的光环都戴到了她的头上。她现在狗戴草帽,也不再说别人是修正主义分子,而只有她一个是马列主义者。"

许英莲说:"我天天上班工作,下班回家,就到山上去干点地里的活儿。累得疲乏了,晚上躺到炕上能睡个好觉。我失眠好久了,开荒种地以后,我总算能闭上眼睛睡一小会儿了。"

大刘说:"我真害怕你挺不过来,没想到你还真的挺过来了。"

## 第十八章

　　文具店的工作并不忙碌,许英莲还是改不掉老习惯,她来到文具店不久,就把种种业务摸得很熟。文具店本来最难的就是点库,零零星星,一种笔和橡皮就分多少种型号,清点起来特别麻烦。所以,以前文具店清点库存量,从来也没有账物相符的时候,许英莲来了以后,第二次点库,账物就相符了。一直挨批评的主任孙真诚头一回让商场经理表扬了。

　　孙真诚头一次走到许英莲跟前,他说:"你呀,真不愧是个劳动模范。"

　　许英莲让孙真诚说得有些莫明其妙:"我已经不是劳动模范了,你弄错了吧?……"

　　孙真诚说:"以前,我对女同志总有些偏见,我总是认为,女同志能当先进当劳模,靠的就是脸蛋。通过这回点库,我才有点看清了你的本质。你有一种精神,干活就像个干活的样子。我还以为,你受了处分,被发配到了文具店,你会闹情绪,再也不会积极工作了。真的没想到……"

　　许英莲说:"孙主任,这是我的本职工作,不为别的,至少也要对得起自己挣的那份工资吧。所以,从前我怎么工作,以后,我还要怎么工作。"

　　今天,文具店里来了一位军官,他肩上扛着中尉军衔,人很年轻,身穿军装,人也显得精神。他走到了卖笔的柜台前,让许英莲拿出了几种钢笔,他认真地挑选着。他拿着一支"英雄牌"金笔,有点爱不释手。"英雄牌"金笔要二十几块钱一支,很少有人过问。他喜欢这支笔,可能口袋里的钱不够。许英莲向他推荐,上海生产的"永生牌"的铱金笔,质量也相当不错。最好的铱金笔,也不过三块钱,而且比起金笔,铱金笔更加耐用。

军官蘸着墨水试了一下,书写的效果果然不错,他掏出钱来,买下了这支铱金笔。许英莲帮着他挑选笔的颜色,然后帮他装进了一只精致的笔盒里去。在这个过程,军官的眼睛一直没有离开许英莲,他注视着她的一举一动。直到她忙完了。临走时,他竟然举手给许英莲敬了一个军礼,表示谢意。

这让许英莲始料不及,一旁的小丁告诉许英莲,这个军人经常到文具店里来,只是,今天他来,他身上穿了军装,以前,他都是穿了便装,谁也不知道他是个军人。

许英莲看了看军人试钢笔时在纸上写的那些字,他的字写得非常漂亮,她好像接待过这位顾客。一个军官出现在文具店,也引起了女人们的热议,那年月,女人们都想着找个军官嫁了,女人能嫁军人,很时尚,也很幸运。一杠一星的太小,一杠两星的太少,一杠三星的难找,一杠四星的太老。这个中尉,他一定看上了咱家店里的哪个女性。

哪个女性?小丁直言不讳:"许姐,这个军官好像专门为你而来……"

许英莲愣住了:"小丁,别的事开开玩笑也就罢了,这样的事可是没有乱说的。"

小丁说:"许英姐,我早就有点觉察,他来到咱们文具店,即使不买东西,他也远远地瞄着你。我不是一次看见了,如果我的感觉没错,这个军官还会再度光临咱们文具店。"

过了没有一个星期,那个军官又来到了文具店。这一回,他走进了文具店,径直走到了许英莲的柜台前,他一下子要买四十支"永生牌"铱金笔。

也许事先议论过这个军人,许英莲尽量让自己保持镇静。平时怎样接待顾客,此时,她也是同样对待这个军人。他很年轻,长相也很英俊。

许英莲问:"怎么要这么多的笔?"

军人说:"我们部队要重奖五好战士,要发纪念品。我向首长建议,铱金笔是最好的纪念品。我把我买的那支笔让首长看了,首长看了,试过了,他也很喜欢。首长下了命令,给正营职以上的干部每人发一支,鼓励大家努力学习文化知识。"

许英莲好多天也卖不上这么多的货款,她认真地给铱金笔做了包装。她说:"'英雄牌'金笔能与西方'派克'金笔媲美,但是,价格昂贵,普通人使用不起。可是,铱金笔是经久耐用,一点也不比'英雄牌'的逊色。所以,有人说,铱金笔是新中国钢笔的骄傲。你回去告诉你们首长,用这样的钢笔作为纪念品,也是给新中国的钢笔鼓劲。"

像上次一样,他认真地给许英莲敬了一个军礼。好久,许英莲没有感受到被人尊敬了。一个军人给她敬礼,这让她那颗凉了很久的心温热了起来。

许英莲说:"谢谢你……"

三天过后,许英莲接到了一封来信。平时,除了远在外地的弟弟许文书给她写信,还有在劳改队服刑的邓仁修。她收到的这封信,信封上写着"三〇九七部队"的字样。凭着感觉,许英莲想到了那个买钢笔的年轻军人……她不露声色地把信装进了衣袋。

下班以后,许英莲才拆开信……

英莲姐:

经过了很长时间的思想斗争,我决定,给你写信,不管你接受不接受,我想,你肯定会把信读完的……

我就是那个买钢笔的军人,我关注你已经很久了……我是一个乡下孩子,从小我妈妈就去世了,我父亲给我找了一个后妈,后妈带到我们家三个孩子,再加上我们兄妹,总共七个孩子,日子过得很苦。读完了小学,家里没让我再读初中,因为家里只靠我父亲干活,确实维持不了生活了。没有办法,我十四岁,就当了生产队最年轻的社员。当社员那时候,我也一直没有放弃学习。天天劳动之余,我就在田间地头用树枝写字。十八岁那年,我参军了。

来到部队以后,是我们指导员先发现了我。因为我能写一笔好字,指导员就让我当了连队的通讯员,后来,又让我当了文书。那时候,我就暗暗地发下了誓言,一定要在部队好好干,一定要争取提干。我也只能通过这样的方式改变自己的命运。我的努力没有白费,从文书,我提升到了上士。再从上士,我当了班长。后来,我调到了团部,又调到了师部。今年,我如愿以偿,提升为排级军官。经过半年时间,我提升到了副连职。

也许你不知道,你还在鞋袜部工作时,我就关注你了。恕当兵的直言,看到你第一眼的时候,我就心动了。来到部队这些年,家乡的亲人们,还有部队的战友们，不少人给我提亲介绍对象。我从来也没有动过心。我就想着，要在部队好好干，把自己的青春才华全部奉献出来。可我没想到，我遇到了你……我觉得，你就是我心目当中的那个偶像。英莲姐，你真的是太美了。我说的美，除了你的美貌之外，你的心灵也美……记得有一次，一个疯子遭到了众人的围殴，他闯进了你们卖场。你的同事们都驱赶疯子，而只有你，让疯子留在卖场，免受欺侮。通过这件事，我能看出来你是个多么善良的人。

英莲姐，你不知道，年年春节，我都要挤在人群里面，看你跑旱船。看到出神时，我真就以为你是天上下凡到人间的仙女。记得有一次，那个划船的艄公跟你眉来眼去逗趣，我真有些生气，真想过去跟他理论一番。可到了后来我才发现，那个划船的稍公竟然是女扮男装，我肚子里的气这才消退了。

英莲姐，我没想到，人群当中还会有你这样美丽的女人。我知道，你恐怕已经为人妻，也为人母了。我想，我不会越过道德的规范去做一个军人不应该做的事情。但是，我在自己的感情世界里面享受自己追求的那份感情，是柏拉图式的，也是人性化的。我不会妨碍任何人，我的索求属于我自己。所以，我壮着胆子给你写信，我害怕的并不是被你拒绝，我害怕的是你不能理解。经过再三思想与感情的碰撞，我终于写了这封信。也是三番两次犹豫，才寄了出来。我知道，此时此刻，你一定手捧着这封信，在读一个年轻军人的心。我只想让你能容忍他的存在，只想你能别蔑视他……

英莲姐，我要有你这样一个姐姐，那该有多好！

此致

敬礼

仰慕你的史忠诚

## 第十八章

读完了信，许英莲的心久久没有平静。从前至今，许英莲收到过许多封男人的来信。他们大都是求爱的，表示爱慕之情的，什么样的人都有。男人们似乎有共同的天性，那就是对女性的渴望之情。就像妈说的那样，男人身上生了一根贱骨头。所以，许英莲从来也没有对男人的示爱产生过兴趣。可是，面对着史忠诚的来信,她反复认真读了两遍。这一回,她没有毁掉这封信,而是保留了下来。这个男人信写得好,他那一手字,写得太漂亮了。当年,她听杨主任说过,能写出一手漂亮字迹的人,必定是个心性灵秀的人。

三天过后。史忠诚又给许英莲写来了信……

英莲姐:

自从我把信寄出去之后,我天天等着通讯员能把你的信交到我的手上。我没能等到你的来信。我知道,你也在猜测,你也在彷徨,这个史忠诚,到底是什么意图,他到底是怎样一个人?我毫不掩饰地告诉你,我对你有了一种诉说不清的爱慕之情。我当兵以后,家里就给我定了亲事。那个姑娘是我们邻村的,她很朴实,人也善良。我的妹子都出嫁了,我后妈带过来的都是男孩子,我父亲生病以后,全靠着我的未婚妻照顾。我也对她许过诺言,等到我提升到了营职,我们就结婚。因为提升到了营职,家属就可以随军了。

你也许会发问,既然有这么好的未婚妻,为什么还会对别的女性产生非分之想?并不是非分之想,而是好感。我不想把真实的动机隐藏起来,看到你第一眼时,我几乎惊呆了,我没想到,世界上还会有这样美丽的女人……如果我老家没有未婚妻,如果你还单身,我会不顾一切地去追求你,把我的胸膛剖开,把里面包裹的赤诚之心捧出来,奉献到你的面前。然而,上帝没有给我们这个机会,我知道,你不属于我,但我告诉你,英莲姐,爱是无罪的,也无过错。你可以对任何人都不屑一顾,但你千万不要蔑视爱你的人。遇见了你,我像是中了邪一样,我所付出的努力似乎都是为了你一个人。那段时间,我的进步突飞猛进。我的文章接连在《前进报》上发表,我也多次受到首长的表扬。在竞争那样激烈的关头,我能脱颖而出,不能不说,因为我的心中装着一个你。我就是要努力奋斗,做出样子,至少也要扛着军衔走到你的面前。我做到了……我走到了你的面前,近距离看你时,你比从前的你更加美丽。闻着从你身上飘过来的气息,听着你的柔和嗓音,我竭力地克制着自己……真的有一天,我会像马克思亲吻燕妮那样,自额头吻到你的踵……

许英莲不认得这个"踵"字,她特地查了字典,这才知道,这个"踵"字就是脚的意思,想起来,马克思那样伟大的人物,竟然也对女人柔情万种。

当许英莲又接连收到了史忠诚的来信后,她不能再克制和沉默下去了。她自己也拿不准主意,她把那个军人写来的信拿给了大刘看。

大刘看过了信,她也感叹了一声:"生不逢时呀,难得这样一个多情的风流才子……"

许英莲说:"我也不是第一次遇到这样的追求者,他如果知道我的处境,自知是自讨没趣,也就退缩了。可他却不是这样,他有点不顾一切了。大刘,你说怎么办?"

大刘说:"从前,我们老家也有这样一个小伙子,邻居家小伙子娶了一个媳妇,他看入眼了,患上了单相思,天天饭也不吃,觉也不睡。人一天天地消瘦下去,一直瘦到了皮包骨头。这下把他妈妈吓坏了,四处求医,也没能治好。最后,一个老医生出了一个方子,他说,你就去找那个你儿子看上的新媳妇,让她出面,治一治你儿子的病。没有办法,当妈的只好硬着头皮求到人家儿媳妇,把自己儿子患了相思病的事情跟她说了。那个媳妇听了以后,满口答应,行,我去帮你治一治你儿子的病。当妈的回家以后,告诉儿子,那个媳妇要到咱们家来看你了。儿子听了,也挺高兴。那个新媳妇走进门来的时候,扛了一筐刚摘下来的桃子。走进门来,她把一只桃子递给了患相思病的小伙子。相思病人吃了桃子。新媳妇问他,桃子好吃吗?他说,好吃。那个新媳妇上前一个大耳光,抽得小伙子两眼冒金星。新媳妇说,桃子再好吃,那是人家的,明白吗?这一个耳光抽得,从此,这家儿子的相思病也好了。"

许英莲说:"你的意思……让我也抽这个史忠诚的耳光?"

大刘说:"打军官毕竟不好,我想,军官也是有觉悟的人,咱们可以借鉴一下,通过类似的方式,不要让他对你抱什么幻想。你现在还是背着处分期间,于过兰那些人正鸡蛋里面挑骨头,挑不出你毛病的时候。这事处不好,正中了她们的下怀。找个时间,你约他见面,当面把他写的信退还给他,并且严肃地把你目前的处境告诉他。让他想想你的处境。他还年轻,不能因为女人而毁了前程。如果他是个有头脑的人,相信他会悬崖勒马,就此打住。"

许英莲说:"我见他的时候,最好你能在场。"

大刘说:"行,我去给你壮壮胆儿,也给你当个见证人。"

这些天,史忠诚依然不停地写信寄信。许英莲想好了,不能再待下去了,恐怕再不出面制止,他会不停地写下去。经常接到来信,已经引起了同事们的注意。她必须要与这个史忠诚见上一面了,她找了大刘,已经到了节骨眼上,不能再拖下去了。

星期天,许英莲和大刘俩人来到了三○九七部队的驻地,见到了史忠诚。

面对面地坐下来之后,许英莲把他写给她的信全部拿了出来,她说:"史干事,谢谢你那么高看我。我为什么没有给你回信,因为这信没法回。今天我到你这儿来,一是把信还给你,我要把信给毁了撕了,不礼貌。二是我要告诉你,我有家庭,有丈夫,有孩子,而且有了四个孩子,大女儿都上四年级了。我看你在信上说,你已经有了未婚妻了,而且她是个很贤惠的姑娘。你经过了几年努力,如今已经提干了,这多不容易,你应该珍惜才是。我今天来找你,就是想当面告诉你,别再写信了。传扬出去,对你对我都不好……"

史忠诚一时语塞,他竟然说不出话来了。许英莲把他写的那些信递到了他的手上,他的手居然颤抖了起来。大刘说:"史干事,英莲是我的好姐妹,你在信上说,爱确实是无罪的,可要对目前的英莲来说,什么都是罪过。今天,我也没有什么好相瞒的了。实话告诉你吧,你写信给你的英莲姐,不但不能让她感到幸福快乐,相反,会给她带来不知多大的灾难。"

史忠诚惊诧地问:"为什么呢?"

大刘说:"英莲的丈夫犯了错误,她受到了牵连,目前,她正是背负着处分时期。倘若有个风吹草动,她可能党籍不保。你想想看,这有多么严重。所以,你好自为之,她也好自为之。我和英莲都认为,你是个好人,你有才华,也很浪漫,相信你会有很好的前程。真的,别在这些事情上毁了你的青春,毁了你的前程。史干事,我们走了,所有的事情,到此为止。如果你还一意孤行,就不再是爱了,就会是害,懂吗,你是在害许英莲。"

许英莲和大刘头也不回地走了。

这件事,总算平息了下去。最近一段时间,史忠诚果然没有再来信,他也没有再在文具店现身露面。只要有信寄到文具店,许英莲也不急着收起来,而是故意放在那里,让小丁她们瞧瞧,信是从哪儿寄来的。从前的那些猜测也只是猜测,信件的事情也自消自灭了。

史忠诚这个人的突然出现,虽然没有激起多大波澜,却也让许英莲的心扑通了一阵子。年轻时,她没有经历恋爱这个过程,有人提媒,她也就出嫁了。结婚十二个年头了,没有想到,幸福和睦的家庭发生了一场变故。疲于应对这场变故,她已经有些身心俱疲了。不想再节外生枝,只想能平安过日子,等待着丈夫早点回到家里,一切重新开始。这个横空出世的史忠诚,就当他是很多个心猿意马的男人们当中的一个罢了。不过他与他们不尽相同,他太有才华了,让许英莲很难把他从心里抹去。

## 第十九章

　　三年自然灾害最后一年的秋天,许英莲带着孩子们开出的那块荒地长出了地瓜,还有一些高粱。收了地瓜和高粱,可以马上种上麦子。等到第二年春夏之交,就能吃上打下的麦子磨成的面粉了。收获那天,许顺来特地借了一辆手推车。全家人高高兴兴地把地瓜挖出来,把高粱割倒了,把高粱穗子揪下来。当天中午,王月娥就煮了一大锅地瓜,让孩子们敞开肚皮吃。饿了很久的孩子们总算吃上了一顿饱饭。

　　本来家里喜气洋洋的,没有想到,三儿子突然生病了。到医院检查,三儿子的肺结核病又复发了,肺结核属于传染病,孩子住进了隔离所。治肺结核病的药很贵,几天过后,药费过百元。许英莲到单位互助储蓄会借钱,找同事们借钱,她几乎借遍了同事,可还是不能顶上孩子的药费。小丁提醒许英莲,孩子的药费,到单位可以报销一半。她找到了孙经理。孙经理说,是有这规定。可财务的事我管不了,你直接找刘书记,看能不能报销孩子的药费。

　　刘国良听了许英莲的情况说:"职工家属的医药费,单位可以负担一半。但是,政策规定,只有男职工才能报销家属药费。你是女职工,恐怕不能报销。"

　　许英莲急得快要哭了,她说:"刘书记,我家的情况你知道的,我孩子他爸在服刑劳改,哪里有男职工？政策是死的,人是活的,能不能研究一下,帮帮我,救救我的孩子……"

　　刘国良知道,只要讨论许英莲的事,肯定不会通过。因为有个于过兰,她痛恨许英莲已经到了无法理解的地步。许英莲的孩子哪怕就要死了,她也不会同情她。洋鱼的刺、蝎子的针,狠毒不过妇人心。刘国良目睹了女人之间的嫉恨之心。真的是你死我活。

于过兰参加了县人民代表大会回来以后,刘国良跟她说起了许英莲报销孩子医药费的事。于过兰想也没想,一口便拒绝了。"这是政策,没有什么好讨论的。"

刘国良知道,百货公司的实际权力,已经操控在于过兰的手里,他这个支部书记只是个装饰摆设。县里要组织劳动模范去工人疗养院疗养了,时间一个月。于过兰要去疗养了,刘国良心情放松了下来。平时,有于过兰在,公司哪个女性也不敢靠近刘国良半步。这回她疗养了,刘国良放松了,他看了一下值班表,这个星期天,文具店恰好是许英莲值班。

星期天上午,刘国良走进了文具店的后院,值班室就在商店后院。许英莲借着值班的时间把孩子们的衣服带来了,她挽着袖子,露着胳膊腿,光着脚穿着拖鞋,头发用手帕系在脑后,扎成了一根马尾巴。刘国良一眼就让生活中真实的许英莲感化了、吸引了……

刘书记的突然造访,让许英莲也有些措手不及,从来也没有人走进文具店的值班室,她根本没有想到会有人来,而且是公司领导出现在面前。她显得有些慌乱……

刘国良倒很随和:"是你值班呀?"

许英莲说:"轮到我了,我顺便洗洗孩子们的衣服。"

刘国良说:"你可真是个贤妻良母,孩子的病怎么样了?"

许英莲说:"我父亲回山东老家了,想把老家的房子给卖了,好给孩子治病。"

刘国良叹了口气:"因为政策规定,我也是爱莫能助呀……"

许英莲一直低着头,她不敢看出现在自己面前的男人。她说:"我爹把房子卖掉了,就会有钱了。"

刘国良掏出二十块钱,他说:"英莲同志,这二十块钱,拿去给孩子付药费吧。"

许英莲往后退着:"刘书记,这钱我不能要。真的不能要……"

刘国良上前一步,拉住了许英莲的手,硬要把钱往她的手上塞,他说:"我们都是一个支部的党员,自己的同志有困难,帮助你也是应该的。"

刘国良一直紧紧地抓着许英莲的手不放,许英莲拼命地往回抽自己的手,可她的手让刘国良抓得紧紧的。肌肤的接触,让刘国良已经有些不能自制。他抓着她的手,她的手柔软而有力度,她的手指匀称,顺着她那光滑的手臂,他不仅感触到了她的肌肤,他甚至感受到了她身上散发出来的那股气息,美丽的女人气息……窥测到了她那双美人的脚,他仿佛窥测到了她的全身,他已经有些失去理智了,他想把她抱进怀里,他以为,她一定会就范。他感觉到了,她虽然在挣扎,但是,她哪里挣扎得过他,几百斤重的活猪在他的手里也任他宰割,何况一个手无缚鸡之力的美丽女子……

许英莲声嘶力竭喊了一嗓子:"刘书记,你千万不要这样。你要知道,你真的这样做了,你毁的是我呀。你不知道吗,我还在审查期呀,如果再犯一丁点的错误,我连党籍都保不住了呀。刘书记,我什么都可以不要,但是,我不能不要我的党籍啊……"

许英莲从心底发出的呼喊,让近乎疯狂的刘国良戛然而止了。

许英莲扭过身去,双手捂住了脸,啜泣了起来。刘国良走了,许英莲也不再洗衣服了,她哭了很久……她想起了杨主任,想起了苏大姐,还有丁书记,还有那个史忠诚……

为了给三儿子治病,许顺来回到山东老家,那几间老房子没有卖成,因为闹灾荒,连肚子都顾不过来,老家的人哪里有闲钱买房子。许顺来背了一些地瓜干从老家回来了。

许英莲知道父母为自己已经付出得太多了,她也打定了主意,最后一个办法,那就是卖血。她听人家说了,卖一次血,可以得到十多块钱,多的能得二十来块。

许英莲遇到的难处,大刘回家跟自己的丈夫李成先说了。李成先慨叹着,"卖什么也不能卖血……我们单位有个同事,他爹病了,到二一三医院去就医,病好了出院。没花钱。听你说过,有个军人对许英莲很好。事到如今,能不能通过这个军人,帮许英莲一把。"

丈夫的话给大刘提了个醒,她想到了史忠诚。火烧眉毛,救孩子要紧。大刘背着许英莲,一个人来到了三〇九七部队驻地,找到了史忠诚,把许英莲孩子生病的事跟他说了。

史忠诚听了以后,他说:"大姐,你等我一会儿……"一会儿,一辆吉普车开了过来。史忠诚拉着大刘坐上车,"咱们去接孩子,直接把孩子送到医院。回头,咱们再告诉许英莲。"

大刘也没想到,事情会办得如此顺利。她还是有点心存疑虑:"史忠诚,这事能行吗?"

史忠诚说:"救死扶伤,军队和地方一样,不能眼睁睁地看着孩子生病得不到医治。"

吉普车一直开到了许英莲家,她和大刘把三儿抱到了车上,车子一溜烟地开走了,一会儿工夫,就来到了二一三医院。部队医院平时也不接待地方患者,但特殊情况,特殊对待。邓丕钢很顺利地住进了二一三医院。医生们以为,他是史忠诚的孩子。

在许英莲的心里,她再也不会同史忠诚有什么来往。因为孩子生病,她破坏了自己定下的规矩。等到许英莲知道三儿子住进了二一三医院时,大刘和史忠诚已经把一切都安顿好了。史忠诚让她放心,孩子在这儿会得到很好的治疗,部队医院比地方医院药品齐全,条件也好得多。用不了两周,孩子就会出院。当然,后续治疗也要跟上。

许英莲说:"谢谢你,真的谢谢你……"

史忠诚的脸红了:"英莲姐,不用谢,我能做到的,我都会帮你的。"

在回去的路上,许英莲问大刘:"这下,我欠了史忠诚的人情,关系怎么处?"

大刘说:"男女之间相处,处到最后,就是男女关系。什么兄妹,什么朋友,那都是借口。史忠诚是个情种,风流才子,从他写的那些信上能读得出来,他是为了爱情,可以不顾一切的人。你说,这一次,他帮了你这么大的忙,你和他不会老死不相往来。"

许英莲说:"这正是我担心的……"

大刘说:"天无绝人之路,车到山前必有路,走一步看一步吧。你要早点遇到史忠诚,也许你和他会成为夫妻,偏偏你们没有这个缘分。别多想了,给孩子治病要紧。"

许英莲回到家里,没有瞒着爹妈,把找史忠诚给孩子看病的事情都告诉了他们。

王月娥说："拉扯邓仁修的孩子,压力不能全部压在咱们一家人身上。我去找邓元阶,生病的是他的孙子,他不能看着不管。"

　　许顺来还是想把老家的房子给卖了,没有什么比给孩子治病更大了。"虽然孩子住进了部队医院,但是,咱们不能占这个便宜。房子卖了以后,把钱还给人家。咱们错过了一回,付出的代价太大了,所以,咱们不能再错了。"

　　王月娥打发大外孙去找邓元阶要钱。她叮嘱大外孙,你爷爷不给钱,你就不走。

　　邓丕铎找到爷爷住的地方,邓元阶又喝醉了,他倒在铺上,正呼呼地睡大觉。他摇着爷爷的身子:"爷爷,爷爷,你快醒醒。三弟病了,他住进了医院,花了很多钱,妈妈为给三弟治病,跟别人借了很多钱。你给我妈一点钱吧,让她还债。"

　　邓元阶睁开了醉眼,翻了一个身,嘟囔着说:"钱在鞋壳里,你自己掏去吧。"

　　邓丕铎把手伸进了爷爷穿的毡窝子的鞋壳里面,掏呀掏呀,掏出来的全是块八毛的零钱。"爷爷,这点钱也不够呀。"

　　邓元阶又睡过去了,任凭孙子怎样推他,他就是闭着眼睡大觉。

　　王月娥看着外孙拿回家来的那些零钱,她咬着后牙槽骂了一句:"这个老不死的,连自己的孙子都不管。南死北死,这老东西他怎么不死呢。"

　　许英莲已经不指望任何人帮她还债了,她还没有打消卖血的念头。因为她已经承诺过借钱给她的人,到年底,她一定会把钱还给他们。

　　史忠诚原本想过,再也不给许英莲增添烦恼。没想到因为给许英莲三儿子治病,他与她又走近了。驻军部队与当地政府经常有交流,通过地方的同志,史忠诚也了解到了许英莲的一些情况。他也没想到,自己钟情的这个美丽女人,竟然有着那么悲惨的遭遇。他与她能再次相遇,也许这也是上帝给他的机会,让他走近她,帮助这个无路可走的女人。

　　许英莲第一次卖血,她没有像那些血贩子教给她的那样,抽血前,多喝红糖水,这样对身体的影响会小一些。她想让自己的血水浓一些,质量好一些,这样,血站的人以后才会再买她的血。第一次四百毫升的血抽出后,一阵眩晕,她差点栽倒在地上。她摸到了一条长椅子上,躺了下来,休息了好一会儿。同是卖血的人给她喝了一些葡萄糖水,她才渐渐地好起来。

许英莲第一次卖血的钱,她还给了鞋袜部的老沈,她家孩子多,生活也困难。

老沈接过钱,她说:"英莲,我没急着要你还钱,我家日子再难,也比你强得多,我们两口子挣钱,而你是一个人拉扯孩子……"

许英莲说:"家家都不好过,你能借钱给我,我已经感激不尽了。"

老沈还是有些不放心,她追问:"英莲,你别太要强了,你这钱是哪儿来的?"

许英莲开了一句玩笑:"反正不是偷的,更不是抢的。放心吧沈姐,我爹把山东老家的房子给卖了。爹妈还是惦记着儿女,我没孝敬他们,尽给他们添心思。"

因为抽血,许英莲到底晕倒在了柜台后面。大刘扶起她的时候,她看到许英莲抽血静脉那儿有一块青紫色的瘀血,还有针眼。大刘明白了,许英莲偷着卖血了。她的眼泪哗哗地往下流,她说:"英莲,你再不听劝,我真的跟你绝交了。"

许英莲哀求着:"大刘,这辈子我赖上你了,以后,我再也不卖血了,你千万别跟我绝交。天底下,我只有你一个好姐姐、好朋友。你不理我,我就没有了感情寄托了。"

三儿子痊愈出院了,出院时,医生说,病虽然好了,但是,孩子的肺上会留下一个钙化印记。孩子太小了,要精心照顾他,平时也要加强营养,孩子的体质太虚弱了。

许英莲还要问医生孩子住院的医疗费。医生说,患者是首长家属,你不要多想。

看着许英莲还愣在那里,医生说:"当兵的性命都属于国家,平时治病能要钱吗?"

许英莲为难地说:"可我……可我们不是军人家属……"

医生说:"不管怎样,首长已经交代过了,等一会儿吧,首长会派车来接你们的。"

都说孩子生一回病,更加懂事一回,真的就是这样,三儿子的嘴笨,住院前说话只能一个字一个字地往外蹦。这时他不仅能说很多话了,而且也不再闹人了。

第十九章

许英莲没有等史忠诚,她先带孩子回家,等以后找时间,再向史忠诚致谢。她在留言板上用医生使用的便笺给史忠诚写了张条子,"史干事:我带着孩子回家了,没能当面向你致谢,你救了我的孩子,也救了我。真的无法用语言向你表达我的谢意。"

# 第二十章

大刘要调走了,她要调到副食品公司当妇联主任了。

商业局组织部的人找大刘谈话时,强调了一点,那就是大刘这个人的组织能力强,原则性强。其实大刘也不喜欢百货公司这个单位,不是这个单位不好,而是公司里有那么一两个坏人,搅得你心情不好。走就走吧,人挪活,树挪死。再说,这回她也当了领导,副食品公司也是近水楼台先得月,经常能分到一些与过日子相关的东西,在困难时期,这也是一个诱人的单位。只是,大刘有点舍不得许英莲。她走了,许英莲会更加孤单,会受人欺负。

许英莲也不希望大刘离开,但是,人往高处走,水往低处流。那些坏人越坏,我越要好好地活着,活出个样子给他们瞧瞧。

大刘说:"我怀疑,会不会是于过兰看咱俩关系好,她使调虎离山计,才将我调离?"

许英莲说:"你当了妇联主任,这是组织上重用你。于过兰对我能用上的计谋都用遍了,我照样活着。大刘,你放心,那么艰难的日子我都挺过来了,我还有什么好怕的。"

大刘说:"但是,我要嘱咐你,千万千万不要再卖血了……"

许英莲点点头:"大刘,我听你的。以后,我再也不会卖血了……"

大刘说:"英莲啊,别的我不担心,我担心你呀,以后的生活不会平静……"

许英莲说:"此话怎讲?"

大刘说:"你生得娇美,待人亲,是男人们惦记的那种女人。老话说,不怕贼偷,就怕贼惦记。如果碰上个好色之贼,我想,女人很难摆脱这样的惦记。"

许英莲说:"我明白你的意思,怕我常在河边走,哪能不湿鞋。你放心吧大刘,我不敢说自己洁身自好,但我能保住自己的道德底线,一个女人行为的底线。让生活给我难成这样,我还有那闲心去风花雪月?"

大刘说:"是,眼下你让生活纠缠得顾头顾不了屁股,可是,只要度过了艰难的日子,生活平静下来以后,我相信,你会遇到很多的烦恼。"

把大刘调离,是于过兰的主意。根源还是想整垮许英莲,百货公司除了大刘,没有人敢跟她于过兰抗争。她调走了,许英莲的靠山也倒了。副食品公司那是个什么破单位,天天做酱油,做豆腐,腌咸菜,工作又脏又累,还有那股气味,闻着恶心。

今年第一场小雪洋洋洒洒飘落下来了,许英莲带着王月娥一针一线缝起来的棉衣去看望邓仁修。邓仁修在信上说,他想看看大女儿和三儿子,爸爸想他们。大女儿还是像以前那样,死活不肯到劳改队去。而三儿子刚刚痊愈,天气冷了,带着他出门怕他伤风感冒。许英莲一个人去了劳改队。这一回,她给邓仁修带去了不少吃的。高粱面里掺了些黄米面,放了糖精,烙成了饼。比起上一次,邓仁修的气色好多了。他说,他生得瘦小,粮食定量够吃的。他还担任统计员,不出力气,他的精神状态比起一般的劳改犯要好。

因为已经服刑一段时间了,犯人与亲属会面时,监管得也不是那么严格了。一间会见室里只有一个警察,他也听不过来他们说的都是些什么。

邓仁修告诉许英莲,他前两天做了一个梦,他梦见了有个解放军背着许英莲在野地里跑,他还记得起那个军人的模样,年轻英俊,肩膀上扛着一杠三星的军衔……

许英莲听了心里咯噔一声,随口说了一声,老人有话,诌梦诌梦,都是胡诌八扯。

邓仁修说:"我在这里天天睡不好觉,经常做些稀奇古怪的梦。我和你成了夫妻,可我没能让你过上好日子不说,却让你跟我遭了殃。一想到这些,我的心如刀绞……"

许英莲说:"你能想到这些,你更要好好表现,争取早日出狱,回家团圆。"

冬至那天,许英莲接到了一封信,信是从沈阳寄来的,从来也没见过的地址。她找个没有人的地方,拆开信,一见那熟悉的字迹,她的心头一热,她知道,信是史忠诚写来的……

英莲姐:
　　千万不要怪罪我,我真的忍无可忍了,才写了这封信。那天突然接到了命令,让我到军事院校学习半年。这是首长对我的栽培,来到省城之后,我就想给你写信,可我又想起了你说的话,不想再看见我写的信,于是,我忍耐着,一直忍到了现在。我离开部队时,正是孩子出院的那天,我知道,你会等着我。可我确实不能与你当面道别了。学习结束以后,军区留下我帮忙,我在这里帮他们搞了一些创作。过几天,我就能回到自己的部队。
　　我想告诉你,我升职了,升到了正连职。听到了这件事,英莲姐一定为我高兴。我很惦念你,也惦记着孩子,我相信他会好起来的。寒冷的冬天是有些严酷,可我喜欢冬天,它是一个纯净的季节,它也能让人清静。植物休眠了,动物冬眠了,寒冷的日子,人们也猫冬了。在家里的火炕旁,热乎乎的炕头上,老人们给孩子们讲故事……我喜欢生活就是这样一幅图画,它是那样的祥和,那样的温馨……你知道吗,英莲姐,我想忘记你,可我真的忘不了你。夜深人静、万籁俱寂的时候,我问自己,我是不是爱上了你,一个为人妻,为人母的女人?我不想欺骗自己,我告诉你,英莲姐,我爱上了你……我不想用道德去规范自己的感情,其实我也不应该对你说出来。我一直忍受着,一直折磨着自己,我可以将自己的感情向你倾诉,却不应该对你有任何的索求。心里装进了你以后,有时与地方同志交流的时候,我也打听你的相关情况。当我得知你的处境之后,我更加的同情你,我也想为你分担点什么。也许,我什么也帮不上你,我想对你说,英莲姐,美国作家霍桑说过,过去的,是一个梦;未来的,是一个希望。人,都应该为希望而活着,我们都应该这样……

　　许英莲的眼睛模糊了,她默默地把信装进了衣袋。史忠诚在信上说,如果她愿意,他真的想见她一面。她也想见他,很久没有音信,连孩子出院时,也没能向他致谢。她也渴望着能与他见面。一直没有他的消息,她的心一直忐忑不安。接到了史忠诚写来的信,她的心怦怦跳个不停。

等到孩子们睡下了,等到夜深人静了,许英莲把那封信又拿了出来,认真地读了起来……他在信上说,在省城,他多么渴望能接到她写来的信,哪怕只有几句话也好。后来,他也责问自己,怎么可能奢望她能写信,她并不知道他在哪里,他在做什么……

许英莲终于拿起笔来了……怎样称呼他……她写下了,史干事……

我是个不想欠下人情债的人。可是,因为孩子生病,我是不得已,也幸亏遇见了好心的你,我才渡过了这个难关,我的儿子才获得了一条生路。我知道,这笔人情债是无法用金钱来偿还的。我也想好了,我一定会报答你的……

许英莲知道,史忠诚已经回到了部队。今年春节,他也要回到老家去探亲。按他的真实地址,她把信给寄了出去。在信上,她叮嘱他,还是不要回信。实在想回信,就在信封写上她弟弟许文书的地址。她是很理性的,她知道,史忠诚的前途无量,是个很有作为的人。不能因为自己,而毁了他的前程。想到这儿,她把写好的信撕掉了,重新再写,这一回,她不再说回信写上弟弟的地址,就是不让他再回信。如果一定要见面,她会去找他的。在最后,她写上了"切记!切记!"并打了两个惊叹号。

许英莲给了大儿子一毛钱,让他买张八分钱邮票,把这封信给邮出去。

邓丕铎手里拿着这一毛钱,他没舍得买邮票。南街上小人书摊开张了,看一本要一分钱,他眼馋坏了。这回,手里终于有了一毛钱,能看十本小人书了。可妈妈的信怎么办呢?他动起了歪脑筋,他把家里接到的来信拿了出来,找出了一封邮戳不是很清晰的信封,用水泡了一会儿,把邮票揭了下来,然后用橡皮轻轻地擦拭着,把邮票上面的黑色油墨擦拭去了。然后,再把邮票贴到了妈妈的信封上,看上去,与新邮票没有什么不一样。

那天,邓丕铎看了十本小人书,还与邻近的一个小朋友偷偷地交换了一本。那个摊主是个狡猾的家伙,本来一本挺厚的小人书,他给分拆成了两本。摊主不让小读者换小人书看,可他却先动了歪脑筋。

没想到,三天以后,那封粘着假邮票的信给退了回来。原来这两年,使用假邮票的人太多了,用橡皮擦拭油墨,邮局的人一下子就看出来了。如今,一些聪明人在信封的邮票上面再涂抹一层透明的糨糊,到了邮局,邮戳盖上去,盖在了透明的糨糊上,这样,邮票就会毫发无损。下次再用,专业人也检查不出来。退信标签上注明的是,邮票是使用过的。

许英莲一股火气冲上了脑门,她从来也没有打过孩子,这一回,她把大儿子狠狠揍了一顿。并不是仅仅因为使用假邮票,这让她想起了造假的丈夫……由此而引发了她的怒气,她真的怒火中烧,她一边揍儿子,一边数落儿子:"你爸爸犯的什么罪,你难道忘记了吗?他不就是贪小便宜,他蹲了监狱不说,把一个好端端的家给毁了。"孩子哭,她也跟着哭。

儿子一边哭,一边哀求:"妈,我再也不敢了。真的,再也不惹你生气了。"

"那一毛钱,你买什么东西吃了?"

"那一毛钱,我看小人书了……"

许英莲的心里也打了一个哆嗦,儿子并没有把这一毛钱买东西吃了,而是看了小人书,打了儿子,也打在了她的心上,她也很是心痛。

最为艰难的1961年过去了,新的一年到来之际,人们又想起了金河城里那些好看的光景,自然想到了百货公司的旱船。如今,扮演艄公的大刘调走了,跑头船的许英莲也倒霉了,这旱船,还跑不跑?刘国良对这些玩意儿没有多少兴趣。

县里下了指令,正是因为有了这些玩意儿,人们才渡过了一个又一个难关。有时候,精神食粮比物质更重要。所以,今年,百货公司的旱船一定要出节目。如果不出,先进单位的考核指标,一定要扣除他们分数。

刘国良把这项工作交给了于过兰,于过兰说:"因为灾荒年,咱们公司也有好几年没有更换服装和表演器材了。你是书记,你得支持一下,我们也好把旱船跑好。"

刘国良说:"我听说,老百姓爱看咱们百货公司的旱船,看的不是旱船,人家看的是许英莲这个人。"

于过兰的火气不打一处来:"闭上你的屁股眼子,是谁这么说的,我看,倒是你这样想的。你这可真的做梦娶媳妇,娶的就是许英莲。你能闻着味儿吗,人家理你吗?你以为你是支部书记,你就能得手,我告诉你,别说她丈夫进了监狱,哪怕是她进了监狱,她也不会理你这个小样。"

刘国良生气了:"真是越说越不像话了。"

于过兰把脸凑了上去:"我就不像话了,你能怎么着?"

刘国良哭笑不得:"是啊,我能怎么着,谁让我管不住自己了呢。"

于过兰眉毛支楞了起来:"跟我好,你后悔了是吧?"

刘国良像只避猫鼠一样:"我敢吗,我连后悔也不敢哪。"

如今的于过兰是挟天子以令诸侯,在百货公司,她成了说一不二的人。今年春节元宵节跑旱船的事,她一手张罗。扮演艄公的大刘走了,再换个真童男子当艄公,而不再是女扮男装。许英莲也提出来了,她不想跑旱船了,这正中于过兰的下怀,不跑就不跑吧,她正在审查期,别让她再犯错误。

年底前,困难救济金二十块钱发下来了。许英莲把这二十块钱还给了孙真诚。

孙真诚没有接钱,他说:"英莲啊,你怎么还还钱给我?你不是已经还给我了吗?"

许英莲一头雾水:"孙主任,我什么时候还钱给你了,你不是糊涂了吧?"

孙真诚拍拍脑袋:"就是上个月,你弟弟把钱寄给我了。这事怪我,怪我忘了告诉你。你等一等……"

孙认真翻了一会儿,他找出了一封信,递给了许英莲。

许英莲一看信封,她什么都明白了。一看那笔字迹,她知道信是史忠诚写的。他怎么知道了她借了人家的钱,他为什么要这样做?他在信上说,我姐姐因为孩子生病,她借了你的钱。感谢你在我姐姐危难之时,给予她的无私帮助。在新年到来之前,我替姐姐把钱还上。顺便说一句,我姐姐她无力还钱,我还你钱的事情,先不要让她知道。我这个当弟弟的替姐姐尽一点责任吧……

许英莲问过了商场几个她借过钱的人,他们也都收到了钱,同时,也收到了信。因为他在信上一再叮嘱的那段话,人家都没主动与许英莲提起。她算了一下,总共有一百几十块钱,全部是史忠诚替她偿还的。这一年里,发生了许多事情,也遇见了史忠诚这个人。许英莲心里乱成了一锅粥,她也不知怎么办才好。

下班以后,许英莲跑到了大刘家,想让她帮着出个主意。

大刘正带着职工们会餐,她一时半会儿还回不来。没有去处,许英莲又跑到了娘家,跟妈说起了这件事。

王月娥听了,她感叹着:"咱们跟他不沾亲带故,他也不是菩萨,他能拿出这么多钱给你还饥荒,他惦记的就是你呀……"

许英莲说:"妈呀,我怎么办哪?"

王月娥说:"怎么办?我也不知道该怎么办。等你爹下班回来,让他拿个主意。唉,这事也真让人为难,为了给老三治病,也是幸亏了人家。"

许顺来下班回来以后,听她们娘儿俩说起了这件事,他也没多想:"一句话,这便宜咱们占不得。姓史的替你还饥荒的事,也不要声张,咱们把钱还给他就算完了。"

王月娥说:"咱们哪里来的钱,那可是一百好几十块钱哪。"

许顺来说:"老家我侄子来信了,咱那几间房子,他下决心买了。趁着过年放假,我回趟老家,把房子处理了,咱用这钱,还上这个军人的人情。"

许英莲说了一声:"爹呀,我……"她说不下去了,她有些哽咽了。

许顺来说:"闺女呀,这个便宜咱们真的占不得,说到底,这也不是便宜。你不把钱还给人家,你说,你拿什么还?你妈她说得对,他不是菩萨,天上也没有掉馅饼的事。他是一门心思,要的就是你这个人。所以,当爹妈的头拱地也要替你把饥荒还上,这份人情,咱不敢欠。"

许英莲低下了头,她不知说什么才好。

王月娥说:"本来今年文书他们两口子想回家过年,可玉娟怀了孩子,出门坐车不方便,他们也就不回来了。你爹今年要回老家卖房子,你和孩子们回家过年吧。"

许英莲说:"出了门子的闺女回家过大年三十,都是挺忌讳的事情。爹,妈,我真让你们操心!"

王月娥把许英莲拉到了外面,她认真地问闺女:"你跟妈说实话,你有没有跟这个军人好上了……"

许英莲说:"妈,我守着天上的星星跟你说,我从来也没有跟他有什么关系,他给我写了那么多的信,我没回过。见面了,连手也没碰一下。他心里怎么想的,我不知道,我也管不着。但是,我有自己的主见,我绝对不会做出对不起你和爹,对不起孩子爸爸的事情。"

王月娥说:"这年头,为了一口吃的,女人的裤腰带也稀松,说解开就解开了。打你主意的男人太多了,我和你爹也为你担心。都说柴米夫妻,酒肉朋友,没有了吃的和烧的,女人就会去靠别的男人。英莲,你能带着孩子们熬过这个关口,你让爹妈也赞成。"

第二天,百货公司也要会餐了。刘国良接到了上级的指示,县里已经发生了好几起会餐时吃东西撑死人的事件。要各个单位会餐的时候注意,千万不要再发生撑死人的事情。

连续三年的瓜菜代饭,连续三年的饥饿,人们的肚子里面空空如也,什么油水也没有,胃肠虽然让那些野菜谷糠撑得很大,但功能却不那么完善了。刘国良定了一个原则,那就是不做黏米饭,把会餐改成了分餐。对于吃的方面,刘国良有经验。杀的那两头猪,浑身净是瘦肉,分给职工吧,每个人摊不上多少肉。不管怎样,三年了,总算能让人吃上顿饱饭了。有鱼有肉,这个春节,大家在一起会餐能让同志们过得兴高采烈。

到了年节之时,都是许英莲心情最不好的时候。她没有在单位参加会餐,而是把她的那份食物带回了家。她的举动正好让刘国良看见了,那一瞬间,他对这个女人也充满了同情。他把自己的那份食物让她带回家里,与孩子们会餐去吧。

许英莲不想要刘国良的东西,可他说了一句:"英莲同志,上次那回事,是我不好。对不起,全当我是在改正自己的错误,给我一次机会……"

看刘国良说得挺诚恳,许英莲接过了他递过来的东西。

妈妈带回了好吃的,孩子们高兴极了。

王月娥也用积攒了一年的豆油炸了一些萝卜丝丸子。把老板鱼干泡软了,也上油锅炸了。她还把煮熟的地瓜皮剥掉,和进了面里,放进油锅炸成了面鱼儿。那天晚上,全家人在一起会餐了。

正要会餐时,大刘走进门来了:"我到你家去了,见你锁着门,我知道,你一定在你娘家。于是,我就来了。"

王月娥让着大刘:"快坐下,一块儿吃吧。"

大刘说:"不啦,我在你这儿吃,家里扔的那一大帮丫头片子没人喂。"

大刘是来送东西的:"没什么好东西,一包豆腐干,还有一包熬猪大油剩下的油渣淬。"她说:"去了副食品公司,经常能分一些吃的,比百货公司强多了。有机会,你也调走,离开那个倒霉单位。"有个于过兰,英莲的日子永远也不会好过。

许英莲说:"看起来,你在新单位挺不错的。"

大刘说:"那当然,咱们没心眼,愿意打抱不平,去了没有多久,就在群众当中建立了威信。跟工人们在一起,有一个好处就是,没有那么多钩心斗角的事。"

许英莲说:"当初,我要没到百货公司,直接进工厂,拜个师傅学个技术,不仅能当工匠,咱也成了工人阶级。"

大刘要走了,许英莲送她的时候,在门外说起了还钱的事。那么多人都收到了许英莲弟弟寄来的钱,她就是想问问英莲,到底是怎么回事。

许英莲说:"那不是我弟弟还的钱,是史忠诚暗中帮助我。你说,这让人心焦不心焦?"

大刘说:"你拉饥荒欠债,是我告诉史忠诚的。对他帮你还钱这件事,不知你怎么想的?"

许英莲说:"我呀,不能再欠他的这份人情,我一定要还给他的。我爹他回老家卖房子了……"

大刘说:"不管卖不卖房子,我断言,这个史忠诚是个不达目的不肯罢休的人。这世上好女人就怕赖汉子磨。我不是说史忠诚人不好,他身上有那股子劲头。事到如今,我这个旁观者也看出来了,你也不再像当初那样,硬邦邦的铁板一块了。"

许英莲低声说:"大刘,你说,我该怎么面对他?"

大刘说:"反正我没有美丽的经验,我要是你,也许我就会以身相许。一个那么优秀的男人,那么有才华的男人,对你充满了无限痴情的男人。如果面对这样的男人,你仍然无动于衷,你也太无情无义了。"

许英莲说:"让我走出那一步,可也太难了,更是太可怕了。"

大刘笑了起来。

许英莲问:"你在笑我吗?"

大刘说,人,只要别太把自己当成一回事,也就不会有那么多的烦心事。

## 第二十一章

　　山东老家的房子,卖了二百块钱。许顺来回来以后,给了许英莲一百五十块钱,让她还给那个史忠诚。在把钱交到她手上时,许顺来说,知道你父亲为什么很在意还钱这件事吗?

　　许英莲说:"爹,我知道。"

　　许顺来说:"爹什么也不多说,一定把钱还给这个军人,要当面锣,对面鼓说清楚。"

　　春节前,许英莲试图找到史忠诚,她到部队去了几次,都没能找到史忠诚。想起了爹说过的话,欠人家的钱,最好要在年前还清,不要拖过了年。于是,她也采用了史忠诚的方法,通过邮局汇款,把钱寄给史忠诚。汇款单上附着简短留言,她在上面写道:"谢谢你的帮助,祝全家过年好!"

　　这个春节,许英莲没有去跑旱船。她也没到街上去看光景。只是坐在炕头上,跟爹妈说话。过去的一年,经历了太多的事情,也许一生当中的事情都集中到了这一年里。从上一年的腊月到了今年的正月,她带着孩子们,在爹妈的拉扯之下,度过了最为艰难的日子。还有一件事,许英莲一直没有放下,那就是她送人的小女儿立平。她应该一周岁了,孩子现在怎么样了?当妈妈的真的牵挂,这个来到人世四十一天就让人家给抱走了的小女儿。

　　说起这个孩子,王月娥说,她也向牵线搭桥的那个远房亲戚打听孩子的事情。亲戚告诉她,孩子到了人家,像掉进了福坑里。他们老两口结婚二十年,没能生养,一直想要个孩子,一直也没要成,不是没有遇到,而是人家也不想要来路不明的孩子,或者是门风不好人家的孩子。老许家的闺女生的孩子,不是被逼无奈,他们夫妇也抱不成这个孩子。你说,他们能亏待了这个孩子吗?

许英莲说,等有机会,她想去看一看孩子。

王月娥说:"那可不行,人家养父母忌讳的就是这件事。事情泄露了,人家养父母付出的心血不是白费了?所以,咱们不能干这事。"

这个春节,孩子们过得挺愉快。遗憾的是舅舅没有回来,他们没能得到玩具。

大年初一,许英莲打发孩子们去给爷爷拜年,并让他回家吃饺子。临出门的时候,许英莲嘱咐孩子们,见了爷爷,一定要给爷爷磕头,问爷爷过年好。

邓元阶还在炕上睡着,孙子们就进屋给他拜年了。

"爷爷过年好!"连他最喜欢的小孙子也会拜年了,他跟着哥哥姐姐跪下给他磕头。

邓元阶爬起身来,从炕席底下摸出了零钱,一个孙子五毛钱压岁钱,分给了他们。

二孙子说:"爷爷,我妈让你回家吃饺子。"

邓元阶说:"告诉你妈,我就不回了,晌午,我还要去喝酒。"

孩子们在回家的路上,姐姐邓佩玉想把弟弟们手里的钱要到她的手里,她替他们保管着。大弟弟不肯给她,他还要买自己喜欢的毛笔,凭什么把钱给她。二弟弟也不肯把钱给姐姐,他也自己留着。只有三弟弟手里的五毛钱让姐姐给哄去了。

两个哥哥嘲笑三弟弟,真的是个三傻瓜。那时候,一毛钱在孩子们手里都是很多的钱,何况五毛钱。平时爷爷虽然不管他们,可过年的时候,爷爷总是能给他们压岁钱。

二弟弟说:"要是天天过年,可就好了。"

大弟弟说:"想得美,你没听姥姥说吗,李自成进北京,他就问部下,天下什么事情最好?部下说,过年最好。于是,李自成就下命令,天天过年。结果,十八天过了十八个年,李自成也就滚出了北京城。"

大年初三这天,许英莲做梦也没有想到,苏大姐突然出现在了她的面前。苏大姐走进门来的那一瞬间,她几乎愣住了:"大姐,真的是大姐吗?真的是你吗,大姐?……"

苏大姐笑吟吟地：" 怎么不是我，我就是你的苏大姐呀。这才几年时间，你连大姐都忘记了？"

许英莲扑了上去，一把抱住了苏大姐。

苏大姐说："英莲，过年好。"

许英莲说："大姐过年好……这些年，你到哪里去了？怎么连个音信也没有？我也到处打听你，可谁也不知道你到底到哪里去了。"

苏大姐告诉许英莲，这些年，她的处境也不好，只比杨清风好一些，她也是个右倾分子，只不过她没有戴上帽子，没有失去人身自由。这两年，她一直在为自己的哥哥申诉。她哥哥曾经参加过秋收起义，跟着毛主席上了井冈山，在反围剿当中，他被说成是机会主义分子，没有牺牲在战场上，而是倒在了自己同志的枪口下。为了哥哥的冤屈，新中国成立以后，她就一直为哥哥申诉。哥哥已经牺牲多年了，她也不是替哥哥要什么待遇，她就是要组织上还哥哥一个清白。当年，跟哥哥一起闹革命的同志们大都牺牲了，活着的，很难找到了。她是通过老乡，找到了一位在罗马尼亚大使馆当武官的人，他是哥哥的战友，他替哥哥写了证明材料，哥哥的冤屈才算洗清了。最后，得到了组织上的认可，哥哥也被认定了烈士的名分。

许英莲与苏大姐一边包着饺子，一边讲述着她这几年的遭遇。邓仁修犯了罪进了监狱，她带着孩子总算熬过了最艰难的日子。

苏大姐哪里知道这两年发生的事情。那天晚上，许英莲往炉子里辑煤，她和苏大姐坐在炕头上，用被子盖着腿，两个人说呀说呀，直到孩子们都睡着了，直到深夜，她们还没有说完。

苏大姐紧紧握着许英莲的手，她说："我和杨主任都没看错你，你是个好同志。一个好同志并不是要他有多么的积极，口头上说得有多么的漂亮，而是要看他生着什么样的心，有着什么样的人性。我们有的同志，嘴上说的是马列主义，而在背地，在骨子里，却是那样的肮脏。我哥哥有个战友，明明他们是老乡，又是一起参加革命的。哥哥的冤屈，他心知肚明，可要他证明哥哥的那段历史，他总是语无伦次，不肯道出历史的真相。其实到头来，大家才明白，他就是贪天功为己有。他怎么可能会是马列主义者，他是小人，也是机会主义者。"

除了邓仁修的事，许英莲还向苏大姐说起了单位的一些事情。说起了让她走出街道，参加工作，她当初选择到工厂去当工人就好了，就不会有那么多的烦恼了。

苏大姐说:"哪个单位都一样,都有左中右,都有好人坏人。世界上没有无缘无故的爱,也没有无缘无故的恨,在街道工作时,不也有人忌妒你吗?你这样的人尖子,到了哪儿都会是男人们追逐的目标,也是女人们忌妒的靶子。"

说着说着,许英莲说起了史忠诚这个出现在她生活当中的军人。

苏大姐一声不吭地听着许英莲的讲述,许英莲也把他们认识的经过和她自己的切身感受一五一十地倾诉了出来。

苏大姐说:"我能听得出来,你对这个军人已经产生了好感。"

许英莲说:"开始,我还有点自欺欺人。事情发展到了今天,我也扪心自问,责任到底在谁……"

苏大姐说:"这是责任的问题吗?这不是责任,而是感情。你和他,这是另一种方式的爱。"

许英莲感叹着:"邓仁修出事以后,不少男人打我的主意,想占我的便宜。男人们的意图我看得懂,我没有为哪个男人动过心思,一个原则,不理睬他们。可是,当我的感情面临着危机时,当我的处境面临着危机时,史忠诚出现在我的面前,向我伸出了援助之手。感动之时,我也在思忖,我得不出答案,总是用道德来约束自己。我也想了很多,是不是我没有经过恋爱这个过程……"

苏大姐说:"当年你要嫁人,我和杨主任私下里也谈论过,那时的你才十七岁,是一个不谙世事的姑娘,懂什么呀,就要为人妻,为人母。男女婚姻之事,别人也不好说什么。如果是今天,我不可能让你那么小的年龄就嫁人。嫁鸡随鸡,嫁狗随狗,嫁人决定女人一生的命运。"

许英莲说:"大姐,你为什么没有再婚?"

苏大姐笑了一下:"我对婚姻已经产生了一种莫名其妙的恐惧,我和我那口子是在革命战争年代结为夫妻的,我跟他没有感情,组织让我们结合,我也就服从了组织。我与他成亲的那天晚上,我害怕他的那种粗野,我用双手死死地保护着自己,可他恨不能将我给捆绑起来,我感受到的并不是爱情的美好……恰恰那天晚上,敌人发动了袭击,枪炮声打破了我们的新婚之夜。我们在慌乱中急忙撤退了。所以,直至今天,我对于男女之间的情爱从来没有过向往,而只有恐惧。老马牺牲了,我悲痛,悲伤,也很悲凉,直到今天……"

话题又转到了史忠诚身上,苏大姐说:"你和他的事情,刚刚开始,不可能结束。在现实生活当中,最能毁掉一个人的,就是男女感情。我虽然没有见过史忠诚,但我敢断言,他是个多情的风流才子。这种人,为了感情,他什么都做得出来,甚至不惜以生命为代价。遇到了这种人,也许会幸福无比,也许就是灾难。你考虑考虑,他是一个前程无限远大的年轻军人,而且未婚。你是四个孩子的妈妈,是另外一个男人的妻子。他不可能跟你结婚吧,你更不可能跟他成家,所以,你父亲说得对,一定要切断他的那根心弦,让他彻底断了念头。千万不要扯丝挂缕,到最后,倒霉的、受伤害的必定是你。大姐也告诫你,因为你的心太善良了。再出问题,恐怕要比目前严重得多。"

许英莲说:"大姐,他是不会死心的,如果他再出现在我的面前,我该怎么办?"

苏大姐说:"你想怎么办?"

许英莲说:"按我爹说的,让他断了念想。"

苏大姐说:"我敢断言,你呀,做不到。该说的,大姐已经说了。能不能做到,那是你的事。英莲啊,如果你是个有心机的人,大姐用不着如此嘱咐你。真的……"

远处已经传来了公鸡打鸣的啼叫声。

苏大姐说:"英莲睡吧,明天你要上班呢。"

许英莲说:"我一点也不想睡,我想跟大姐说话,心里装的那些话还没说完呢……邓仁修出事后的那段时间,我刚刚生过孩子,上班要工作,下班要开会,会上我要做检查,要接受组织上的处分。有点空闲时间,我还要上山开荒,弄吃的,让孩子们能吃饱肚子。去年这一年,我虽然身心俱疲,可我咬着牙挺过来了。大姐担心我挺不过史忠诚这一关,请大姐放心,我绝对不会栽倒在男女私情上面。"

第二天,许英莲上班了,苏大姐带着孩子们上街了。她问孩子们:"你们想要什么?"孩子们都说,想要个玩具。苏大姐给孩子们每人买了一个玩具,还带着孩子们来到了文具店,给孩子们买了本和笔。带着孩子回家后,她让孩子们去玩耍,她坐下来写信。信是写给许英莲的。

英莲:

  大姐要走了,离开你之前,大姐还有些话想对你说,没有时间了,只好写在纸上,让你读吧。

英莲,大姐一直把你当成了自己的亲妹妹,对你也是无话不说。你是个好人,是个好女人。其实我和老杨当初培养你的时候,只是怀着一种朴素的阶级感情,我俩认定了你,也相信你以后会为党的事业奉献你的一生。对于你,我们问心无愧。你也没有辜负我们,你也确实像我们想的那样,渐渐地成长起来了。我们没有想到,培养你的人犯了错误,先是老杨,然后又是我。我比老杨强多了,因为我丈夫部队的首长对我一直挺关注,我才没有像老杨那样背运。那时候,我只想,我和老杨是这个世界最倒霉的人,革命了好多年,竟然走到了党的对立面。我只想到我们的不幸,我们没有想到,你比我们还要不幸……没想到你挺过来了。你在最艰难的时候,我没能帮上你什么。在来你这儿之前,我到老杨老家去了,他的处境更加悲惨。当年的八路军武工队长,现在成了罪人。而他的家人,在同一个村子的乡亲们面前却抬不起头来,他们一家过着最贫困的生活,那凄惨的景象,让人不忍目睹。临走的时候,我把身上的钱留给了他们一家。来到你这儿,我没想到,你的遭遇也让我感到意外。这是怎么了,老天爷真的瞎了眼?

英莲,大姐能给你的不是物质,大姐只能留给你几句话,干部不当就不当吧,也许在你的人生当中,你的政治前途已经结束了。在政治方面,我不担心你会犯什么错误。但是,大姐放心不下的是,你在感情方面,恐怕会面临着困扰。有的困扰恐怕你也不能摆脱。大姐知道,有些事情,可以叮嘱。但有的事情,叮嘱无济于事。在生活当中,谁也不会想到会发生什么事情。很多没想到的事情确实发生了,怎么办,只能面对,不能回避。我有一种预感,在史忠诚的问题上,你恐怕就不能摆脱。做事要当机立断,不能优柔寡断。有的话,说到容易,做到难哪……大姐走了,有时机,大姐还会来看你的。英莲,一定要好好地活下去,珍惜生命,我用鼓励老杨的话再鼓励你,相信自己,相信明天,更要相信组织。什么都不重要,而只有生命才是最重要的……

保重自己!我会给你写信的。

苏大姐走了,许英莲把她留下的信读了一遍又一遍。接下来,她不知道会发生什么,不管发生了什么,她一定会按大姐的叮嘱去做。

再过两个月,许英莲留党察看的处分就到期了。在这期间,她很努力,同志们也看在眼里,到期她会解除处分,恢复正常的组织生活。

许英莲怎么也没有想到,一件突如其来的事情发生了——从部队传来的消息,史忠诚要与老家的妻子解除婚约,他不想结婚了。未婚妻找到了部队首长,他们准备结婚的钱,他也不知给弄到了哪里。对这件事,部队首长也很重视,史忠诚正是重点培养的对象,他本来是个品行兼优的年轻有为的干部,怎么会在这么短的时间内就变质了呢?对于此事,史忠诚什么话也不说,钱他确实给花光了,但是,他没有挥霍。他把钱借给了一个有困难需要帮助的人。到底借给了谁?他也不肯说。直到政治部刘主任亲自跟他谈话,史忠诚才说出了许英莲的名字。

政治部主任名叫刘俊杰,为了落实一些情况,他来到了许英莲的单位百货公司。

听说部队的首长来调查了解许英莲的相关情况,于过兰的耳朵一下子就支棱了起来。她亲自出面,接待了刘主任。

刘主任问于过兰,许英莲是怎样一个同志,能不能先给我们介绍一下。

于过兰说:"许英莲是共产党员,原先是鞋袜部主任,还是县里的劳动模范。去年,她丈夫邓仁修因为犯扰乱经济秩序罪,被政法机关判刑。许英莲也因此受了处分,是留党察看处分。你们了解她的情况,能不能跟我透露一下,到底因为什么?"

刘俊杰问:"许英莲家庭生活是不是非常困难?"

于过兰说:"这年头,谁家的日子也不好过。"

刘俊杰说:"你能不能把许英莲同志找来,我当面向她核实一些情况。"

于过兰打发人把许英莲叫到了商场办公室。

看见一位肩膀上扛着两杠两星的军人为她而来,她心里咯噔一声,不知接下来即将发生的事情。军官示意她坐下,看到他的态度并不严肃,许英莲的心稍稍放松了下来。

刘俊杰示意于过兰回避一下。于过兰心有不满,什么事情,还要组织上回避。她又不得不回避,但她明白,此事与许英莲相关,而且并非小事。

刘俊杰对于许英莲第一感觉很好,这是一位美丽善良的女性。难怪史忠诚肯为这个女人花钱,宁肯得罪自己的未婚妻。他问:"你认识史忠诚?"

"我认识。"

刘俊杰说:"你为孩子治病,花了不少钱?"

"是,是花了不少钱。"

刘俊杰说:"有人替你还了这笔钱,是吗?"

许英莲如实地回答:"是这样的,开始我并不知道是谁替我还钱,后来,我知道了是史干事替我还了钱。我父母也知道了。为了还上史干事的人情,过年前,我父亲特地回了山东老家,把房子卖了,让我务必把钱还给史干事。我找不到史干事,只好通过邮局,把钱寄给了史干事……"说着,许英莲把邮局汇款单的存根拿了出来。

刘俊杰边听边点头,开始,他还疑惑重重。经过当事人解释,一切也昭然若揭了。史干事是在帮助人做好事,被帮助的人家领了情,也还了钱。可没弄明白的是,史忠诚收到了钱,就不会发生结婚的钱不翼而飞的事情。刘俊杰把许英莲的汇款单认真地看了一下,记住了单子上的号码。

许英莲问:"首长,到底发生了什么事情?"

刘俊杰笑了一下:"没什么,有些事情需要落实一下。史忠诚是部队重点培养的对象,部队首长也过问,一定要把这件事弄清楚。"

许英莲也给刘俊杰留下了很好的印象,他能感觉得到,这个女人内心挺忧虑的。但她挺敢于担当的,她一再询问,是不是因为她,史干事受了牵连?她对刘俊杰说:孩子有病那会儿,她真的走投无路,才找到了史干事帮忙。

刘俊杰说:"孩子治病的事,你不要在意,军民一家人嘛,再说孩子也是革命事业的接班人,谁也不能眼睁睁地看着孩子有病不能救治。放心吧,史干事不会因为这事犯错误的。"

通过这次调查,部队领导也知道,许英莲确实将钱汇到了部队,但是有人动了汇款单的手脚。这笔钱没了去向,史忠诚当然向家里说不清楚。通过这次调查了解,这件事与人家许英莲没有关系,可以断定,如果不是部队负责收发的人做了手脚,就是负责邮寄的人动了手脚。果然不出所料,经过调查,负责投递的邮递员,他看到了这么多钱,于是,动起了歪脑筋。

那年月,三十块钱就可以到公安机关立案,这个邮递员不仅被开除了公职,他也被公安机关拘留了。

本来一件波澜不惊的事情,过去了,也就平息了。可在于过兰心里却是不能平静的,她想不明白,遭受了那么大挫折和打击的许英莲,竟然与部队军人有了瓜葛。她的孩子生病住院能在二一三医院,甚至有军官不惜为她花掉结婚的钱。事后,她问起了文具店的小丁,有没有看见过是个什么样的军官跟许英莲拉拉扯扯。

小丁记得,那个军官挺年轻的,也很英俊。

于过兰心里真的不舒服,她从来也没放松过对许英莲的监督,她在审查期,所有的党员都有权力监督她。她遇见小丁,也询问有没有发现许英莲的蛛丝马迹?

小丁和文具店其他的人都说,没看出什么蛛丝马迹。

许英莲真的不简单,她能瞒天过海,惊动了部队的最高首长,而百货公司的人却还蒙在鼓里。她是个给她一点热量,她就能发光的女人。于过兰向刘国良建议,让许英莲到农场去劳动一段时期。刘国良也同意了,他是从个人利益方面考虑,虽然有点舍家撇业,农场还是有些实惠。许英莲家庭生活困难,到那儿工作,对她和孩子有好处。

天天一大早,许英莲与别的同志们一道,坐上开往农场的卡车,去往三十里外的公司农场干活。到了晚上,再坐车回来。

许英莲从小在山东老家种过地,她对干农活并不陌生。乡下的空气清新,视野也开阔,到处是一片野草的清香,一片大庄稼的清香,让人的心情也随之好了起来。走到哪里,许英莲都能弯下腰,下狠力气干活。农场的同志们都说,许英莲看表面娇气十足,可是,看人家干活的样子,真不愧是劳动模范。

许英莲说:"我已经不再是劳动模范了,别再提起往事了。"

休息的时候,许英莲跟着别人到山坡上去采野蘑菇。松树下生的松伞蘑菇,还有鸡腿蘑菇,都是味道最鲜美的野蘑菇,一会儿工夫,就能采上半筐。每个周末的中午,农场都会改善生活,就是做一顿好饭,不是蒸上一锅白面馒头,就是菜里面有肉,或者炖小杂半鱼。改善生活的时候,许英莲总是吃掉一半,剩下的一半,她捎回家来,给孩子们吃。

以前,教大儿子的那位林老师一直对孩子不好。可是,大儿子的学习成绩一直在班里最好,回回考试,他总是能考第一名。实验小学是重点学校,学生的学习成绩,直接与老师的教育水平相关。邓丕铎比别的孩子高出一截,让她也渐渐地转变了对这个孩子的态度。第一批加入少先队的学生中就有邓丕铎的名字。林老师告诉他,回家管妈妈要三毛三分钱,要三寸布票,买红领巾,孩子知道了自己要入队了,高兴得不知如何是好。

放学以后,邓丕铎来到了妈妈从农场回来下车的地方,他要把加入少先队的事告诉妈妈,让妈妈也能高兴一下。

今天恰好是周六,农场改善生活,妈妈带回了一个大馒头,不是妈妈省下的,而是农场的那个做饭的大师傅偷偷塞给妈妈的。大师傅看许英莲每回改善生活总是舍不得吃,他就多给了她一个馒头。回到家里,她给儿子做了她采摘的鸡腿蘑菇。吃饭的时候,许英莲还盛了一碗蘑菇,给了对门老金婆子家,让她也尝尝野蘑菇的味道。

等到秋季开学,邓丕铎上三年级了,许英莲的处分也到期了。支部会开过后,同志们一致认为,在审查期间,许英莲表现很好,应该解除对她的处分,让她重新恢复组织生活。

恢复组织生活不久,正赶上农场评先进生产者,大家把选票都投给了许英莲。

许英莲也有些难为情,她来农场时间不长,又是刚刚解除了处分,不应该评先进。先进的名额应该给别的同志。同志们还是坚持评她当先进,在农场劳动,风吹日晒,许英莲的脸色变得黑红,身子骨也壮实了,头发剪得短短的,与耳朵一样齐,捋着袖子,挽着裤腿,真的像生产队里的妇女队长。

等到农场把先进生产者的名单报到了公司,于过兰一看就火冒三丈,才刚刚解除处分,她能评先进吗?农场这帮人是什么觉悟,什么政治水平,怎么学习的党章?

刘国良发表了个人意见,既然群众评许英莲当先进,那就应该尊重群众的意见。不能不符合你个人的意愿,你就横挑鼻子竖挑眼。别责怪群众觉悟低,首先我们要有觉悟。

经过一年多的接触,许英莲也感化了刘国良,他对她有过心怀叵测,可这个女同志确实是个好人。她默默地吞下了他曾经对她的莽撞非礼,人家从来也没有对任何人说起。在群众当中,虽然许英莲有威信,但她有一个冤家对头。于过兰与许英莲相比,一个心狠手辣,一个心地善良,许英莲就像一只生活在一条毒蛇面前的小白鼠,时时刻刻面临着生命的威胁。一旦让那个女人抓住了什么把柄,毒蛇会很容易将小白鼠吞掉。

刘国良跟许英莲谈话时,说起了想让她调离的想法。

许英莲也受够了于过兰的围追堵截,能摆脱这个女人,她也是巴不得的。既然支部书记主动提出来的,她当然愿意。她跟刘书记说,她想到工厂,当工人,哪怕去当环卫工人,她都愿意。

刘国良想把许英莲调到商业局管辖的食品厂去。他说:"英莲同志,我真的是为了你好,才调你走的……"

许英莲说:"刘书记,我也想换个工作环境,你能替我想到,我感谢还来不及呢。"

刘国良说:"等办好了手续,我给你开个欢送会。"

许英莲说:"欢送会就不用开了,我悄悄地走人就好。"

刘国良有些愧疚地说:"英莲同志,你真的没记恨我?"

"刘书记,我没有记恨你。"

刘国良说:"英莲同志,你是个好人。"

许英莲也开了一句玩笑:"好人未必有好命。"

想当年,许英莲红极一时,许多同志们不高兴。如今,于过兰凌驾于众人之上,也有很多人不高兴。生活的变故,让她明白了不少事理。听说她要调到新的工作单位,大刘也特地来向她表示祝贺。"能走就走吧,人挪活,树挪死。早点离开百货公司,你恐怕早就过上舒心的日子了。"

# 第二十二章

许英莲要调走了,同志们想开个欢送会。她没有答应:"又不是要去天涯海角,就在一个县城里,低头不见抬头见,欢送会开过了,意味着再也不能回到百货公司来看你们了。"大家还是想表达一下感情。买件礼物吧,买什么呢?恰好鞋袜部来了一批新式女皮鞋,许英莲一直没有穿过皮鞋,大伙凑钱,给她买了双皮鞋。就这样,一双半高跟的女式皮鞋作为礼物送到了许英莲的手上。送鞋子的寓意也很好,意思让她在人生路上走得更顺更好。

许英莲手里捧着皮鞋,感动得眼泪流了下来,其实,她也舍不得走,她对百货公司也有感情。如果不是她前后左右的路都让人给堵死了,她想在哪儿跌倒了,在哪儿重新再爬起来。正如刘国良说的,她在这儿永远也爬不起来了,因为有于过兰这个女人,她不仅是许英莲的梦魇,她也是许英莲一辈子的冤家对头。老话说得好,惹不起,咱躲得起。走吧,走得远远的。眼不见,心不烦。

许英莲第二天就来到食品厂报到。劳资股的老纪同志把她带到了关厂长的办公室。

关厂长站起身来,与许英莲握手:"欢迎欢迎,英莲同志。你来到了我们食品厂,给我们添彩了,倒是委屈你了。不知我们这小庙能不能供得起你这尊大神。"

许英莲说:"瞧你说的,能到你们厂,也是我的荣幸。真的感谢关厂长能接受我。给我安排工作吧。"

关厂长说:"也好,早点进入角色,早点熟悉工作环境,也早点跟工人师傅打成一片。"

关厂长让老纪把一车间主任赵大年找来。一会儿,赵大年走进厂长的办公室。关厂长说:"我给你们介绍一下,这位,是新来的许英莲同志,他是赵大年,车间主任。"

赵大年一眼就认出了许英莲:"这还用得着介绍,这不是咱们县城的四大美女吗?"

许英莲一下子闹了一个大红脸。

关厂长说:"大老粗,说话注意点。人家英莲同志是党员,还当过县里的劳模呢。"

许英莲说:"那都是过去,来到咱们工厂,我就想当工人,从学徒工当起。"

赵大年带着许英莲走进了车间,一车间是食品厂第一道生产工序,配制各种原料的地方。车间里弥漫着一股香喷喷的气味,什么白糖、面粉还有香料,三年自然灾害过后,食品行业最先兴旺发达。工人们对跟随在赵大年身后的许英莲真挺好奇。有人认得这个闻名县城的美丽女人,也有人听说过。今天,真人走到了工人们面前,而且从今往后要在一起工作,大家都交头接耳地议论着。这个美女劳模怎么到咱们工厂了,这不是成了落毛的凤凰了吗?说是落毛的凤凰不如鸡,瞧瞧人家这身条,鼻子是鼻子,眼睛是眼睛,真不愧是美女呀。听说她犯了什么错误,是下放到咱们车间干活来了……

许英莲专心致志地听赵大年给她介绍车间一道道生产工序,哪里称重,哪里配料,搅拌车间里的工人们身上穿着白工作服,头上戴着帽子,因为做的是食品,工作环境十分干净。老纪把一套崭新的工作服递到了许英莲面前,她穿上了工作服,浑身上下一套洁白,转眼间,她也成了一名工人。把所有的工序看过之后,也到了晌午休息吃饭的时间。

工人们凑到了一张大案台跟前,把自己从家里带来的饭盒打开,亮出自己的饭菜。许英莲头一天上班,她也没有带饭,女工们拉着她坐下来,把各自的饭菜纷纷地递到了她面前。"吃吧,饭菜不好,大伙都是你吃我的,我也尝尝你的。大家是工友,不分你我。"

坐在许英莲对面的那个姑娘叫梁小清,今年才十五岁,个头小,精神头很足。另一个高个子姑娘名叫王金玉,生得浓眉大眼,梳着大辫子。还有一个郭凤平,她们三个姑娘都看过许英莲跑旱船。今天,跟大美人成了工友,她们也喜欢得不行。梁小清一口一个许姐地叫着,叫得赵大年心烦。"你呀,没大没小,要称呼人家许师傅。"

许英莲连忙解释:"我刚来,怎么能当师傅,叫许姐好,我喜欢她们这样叫。"

赵大年说:"小梁子,人家许师傅都能给你当婆婆了。"

梁小清说:"那好啊,我愿意给许姐当儿媳妇。许姐一点架子也没有,我喜欢你。"

许英莲说:"我有什么架子好端的,都是两个肩膀扛着一颗脑袋,谁也不比谁高,谁也不比谁差。我初来乍到的,以后,希望你们能多多关照我,帮助我,你们大家都是我师傅。"

过后,赵大年对许英莲说:"你来了就好了,车间里就咱们俩是党员,以后,你管女工,我管男工。工厂里有生产线,工人们也朴实无华,没有那么多的心眼。时间长了,你就能感受到,你跟工人们交心,他们也跟你交心。咱们车间要三班倒,你刚来,家里有孩子,你就先上白班吧。夜班由我来管。"

下班时,关厂长特地在工厂大门旁等着许英莲。许英莲与工友们走过来,关厂长问:"怎么样?进入角色了吗?"

许英莲说:"第一天,还不敢说能上岗,师傅们对我很好,让我感动。"

关厂长说:"咱们食品厂虽然比不了机械工厂,技术性不强,可责任心要强。以后,你把各个车间各道生产工序都要熟悉一下。我要跟你说的是,抽时间把组织关系转过来。你调到我们厂真好,我们支部党员队伍扩大了。"

许英莲很快完成了从营业员到工人的转变,她也很快进入了角色。第二天上班,梁小清和王金玉就等在街头,等着跟她一起走。一路上,她们有说有笑,走进了工厂。换上工作服,第一件事就是洗手,手一定要清洗干净,再戴上口罩和防护帽子。制作核桃酥,不仅要放核桃仁,还要加猪大油。做蛋糕要加鸡蛋,大量的鸡蛋,度过了饥饿岁月,人们需要糕点,全县只有一个食品厂,开动了全部生产能力,也供应不过市场的需求。女性对于做吃的有着先天的本能,许英莲很快就学会了不少糕点制作技术,她想好了,有空给孩子们做些点心。下一次,她去看望邓仁修的时候,一定给他做点糕点带上。

相处了一段时间,工友们很快都知道了许英莲的处境,让她欣慰的是,没有人因为此事看不起她,反而都同情她。赵大年就说,因为天灾,吃不饱肚子,

第二十二章

才使得人犯了错误。就像爱学习的人偷书一样,为什么偷书不算偷呢?肚子饿了偷吃的也一样。

工友们能同情她,理解她,这让许英莲感到很温暖。有时候包装剩下的饼干渣子要分给职工,大家也不争,都让给了许英莲。因为她刚刚进厂,还没尝到饼干渣子的味道,分给她吧,许英莲心怀感激。三年了,孩子们没有吃到饼干,也许孩子们已经忘记了饼干的味道。

那天下班,梁小清和王金玉一直陪着许英莲回到了家。两个姑娘进门就帮着许英莲收拾家,帮着做家务。邓丕铎放学回家了,王金玉逗梁小清:"你瞧,你的小丈夫回来了。"

梁小清真的走上前去帮着邓丕铎拿书包:"你放学了?肚子饿不饿?"

梁小清想摸一下他的脑袋,邓丕铎甩开了她的手。他拿出笔,趴在炕上,照着一本小人书,画了起来。梁小清在一边看着,他画得还真不错,她忍不住说了一声:"明天,我给你带纸,带小人书来,我们家有很多的小人书。"

邓丕铎这下来了精神:"你家有很多小人书,这是真的?"

不等梁小清说话,王金玉接上了话茬,她说:"她是你媳妇,她不会骗你这个小女婿的。"

第二天,梁小清不仅带来了小人书,还带来了工厂的包装纸,大张的包装纸,能画很大的画。这让邓丕铎非常高兴,很久没用大纸画画了,爸爸出事以后,就再也没有大纸了。

梁小清喜欢邓丕铎,不是因为他生得眉眼清秀,而是因为他的腿有残疾。善良的姑娘很容易萌生恻隐之心。梁小清偷偷地拿出了一块蛋糕,塞给了邓丕铎。看见了蛋糕,他本能地把手背到了背后,他没有接蛋糕,吃惊地看着梁小清。

王金玉也让他接着:"这是你媳妇给你的,你就吃吧。"

许英莲走过来,她说:"因为一口吃的,家里发生了这么大的变故。只要他们有一点贪小便宜的举动,我都会狠狠地教训他们,让他们牢牢地记着,刻骨铭心地记着……小梁,以后,不能再拿厂子里的东西了,这真的不好。"

梁小清说:"行,以后我再也不拿了,不过,这块蛋糕已经拿回来了,让孩子吃了吧。"

许英莲没吭声,她默许了。梁小清把邓丕铎拉到了里屋,让他吃下这块蛋糕。她真的喜欢这个男孩子,他腿有残疾,让人疼惜。孩子心灵手巧,画画得真好。王金玉开玩笑:"梁小清,你不会真想做许师傅的儿媳妇吧?"梁小清认真地说:"如今不兴童养媳了,如果政府允许,我愿意当许姐的童养媳。"许英莲说:"你快拉倒吧,他还尿炕呢。"

许英莲对儿子很严厉。记得有一次,大儿子用高粱秸子做手工。她没有想到,孩子竟然做了一个棺材,还有全套的抬棺材的杠子。许英莲看到了,她一下子就联想到了做纸匠的公爹,公爹从事的行业就是给死人扎制车马、童男童女纸人、聚宝盆、摇钱树。儿子虽然是玩耍,可她却认定是公爹的遗风,她气不打一处来,狠狠地揍了儿子一顿,你学什么不好,学这些下九流的破烂玩意儿。

儿子记住了妈妈的那一顿狠揍,他一直没想明白,妈妈为什么下手这样狠,妈妈害怕他不务正业,像他的爷爷。他记住了妈妈对他的教训,从此再也不敢做这些东西了。

许英莲进工厂以后,与车间里的女工们很快就打成了一片。姐妹们都把许英莲当成了大姐。美丽的大姐也成了她们崇拜的偶像,原先女工们在一起传瞎话,背地里说三道四。许英莲把女工们团结在一起,除了开会之外,姐妹们在一起时常交交心,说说各自的心里话。女工们把她当大姐,男工们也愿意与她相处。许英莲不仅长得美丽,她的心地也善良,愿意帮助别人、同情别人。工友们之间遇到了什么事情,她也能一碗水端平了处理。

开始上班时,赵大年让许英莲上白班。因为生产任务紧,大家都在三班倒,她也主动提出上夜班了。第一天晚上十点钟,下了夜班之后,许英莲与梁小清她们刚刚走到离食品厂不远的屠宰场,忽然,从屠宰场大门里蹿出了两条大狗,疯狂地冲着她们扑了过来。女工们吓坏了,一边尖叫,一边撒腿就跑。许英莲小时候养过狗,她知道狗的习性,在这时候,千万不能跑,你越跑,越能激起狗的凶性。她大声呼喊起来:"站住,别跑,原地给我站住。"

人能跑过狗吗?可狗就要扑上来了,人能站得住吗?

就在这千钧一发之际,她们车间的大徐骑着自行车赶到了。他用自行车前轮撞翻了一条狗,他也摔倒在地上,他爬起身来,抄起了一根棒子,朝着狗横扫过去。这时候,屠宰场的门卫急忙赶了过来,喊住了狗,女工们才脱了险境。

大徐对屠宰场的门卫说:"怎么搞的,狗咬了人,吓坏了人,你们可要负责。"

门卫挺抱歉的:"天天都拴着狗,没想到,今天忘了这事,让狗跑出了大门。幸好没伤着人,真伤着了人,事情可闹大了。对不起,真对不起。"

几个女工吓得不轻,王金玉竟然尿了裤子。梁小清说:"大徐,下夜班你送我们回家吧。"

大徐说:"下了夜班,我一个一个把你们送回家,天也亮了,我能送得起吗?"

大徐说得也在理,第二天上班后,许英莲与赵大年商量,能不能派个男工,下夜班以后,送女工回家。食品厂不在城里,而在城外,城外挺空旷的,还有庄稼地,女工走夜路,不仅要提防狗,还要提防坏人。赵大年也觉得上夜班的女工需要关照,下班顺路,让男工们送一下,倒也不麻烦。可是,夜班的女工多,不能一个一个地把她们送回家。

许英莲有了一个主意,她可以带着几个女工回家,等到天亮以后,再让她们回家。

赵大年说:"这样也行,可是你孩子多,住的屋子也不大,能行吗?"

许英莲说:"只有大儿子跟我住,那三个孩子住姥姥家。"

姑娘们也愿意与许英莲在一起,这个问题就算解决了。负责送她们回家的男工,就是大徐。其实大家也心知肚明,大徐对王金玉有那个意思,王金玉却不愿意搭理他。

许英莲私底下问过王金玉:"为什么不愿意理大徐子,他是个不错的小伙子。"

王金玉说了自己的心事,她不想找一个普通工人,她想嫁一个现役军人。她还问过许英莲,有没有认识的军人,帮帮忙给介绍一个。官大官小不要紧,只要是军人就行。

许英莲想起了史忠诚,不过她没说出来,而是摇了摇头。

天天午夜,下了夜班以后,许英莲和姑娘们有说有笑地走在回家的路上,大徐子跟随在她们身后,推着自行车,连句话也插不上。有时候,许英莲抽个空子问上他几句话,才让他并没有多么尴尬。

王金玉是个眼光高的姑娘,她早早地给自己定下了目标,不是军人,她绝对不会理睬。工友们私下里也议论,王金玉觉得自己长得美,其实她的长相也很一般。许英莲没到咱们食品厂,她算得上是食品厂的一枝花,许英莲来到之后,别看人家是四个孩子的妈妈了,人家那才称得上美女,而王金玉只是年轻,只能算是个有姿色的姑娘。

许英莲也听到了这些议论,她不想让人家议论这些事,影响团结,可人嘴也封不住,大家挺同情大徐,都说王金玉是墙头上拉屎——眼儿高。听到这些议论,王金玉感到很是委屈,找对象是她的自由,别人凭什么指手画脚、品头论足。

许英莲跟赵大年汇报过这件事,不能因为这些鸡毛蒜皮的事情,影响到团结,甚至影响到生产。赵大年在会上强调了几次,婚姻自由,不要用个人的心,去度别人之腹。事后,赵大年对许英莲说:"有没有合适的,给大徐子介绍一个吧,你看他,有点走火入魔了。"

许英莲自己的心还操不过来,哪有心事给别人介绍对象。回到娘家,她跟妈说起了这件事。王月娥说:"正好,你赵大爷家的老闺女没有对象,你给撮合一下,他们有缘分,就能成为夫妻。没有缘分就拉倒,谁也伤不着谁。"

赵大爷赵经刚家的老闺女赵丽娜,长相一般,但很耐人看。人家在金州纺织厂当挡车工,国营大厂女职工。许英莲跟大徐子说起了这个姑娘,大徐子有点不想见面。

许英莲说:"还是见一见好,没见面,你怎么知道人家姑娘比不上王金玉?"

没想到,大徐子与赵丽娜见面了以后,他俩真的是一见钟情。她个头没有王金玉高,可人家姑娘生得小巧玲珑,是极容易让男人怜悯的那类女人。大徐子一眼相中了赵丽娜,有了熊掌,一下子把鱼给丢掉了。当大徐子像个跟屁虫似的,王金玉倒挺趾高气扬,是个高傲的姑娘;当人家不再理睬她了,她也没了傲气。人家大徐子有了心仪的姑娘,也不再热心接送女工们上下班了。有空闲,人家与自己心爱的姑娘在一起。

大徐重色轻工友,不再接送女工上下夜班,赵大年亲自出面,接送女工们上班下班。大徐也是一门心思与赵丽娜好上了,挺高的大小伙子,生着小肚鸡肠。自打有了对象,对于食品厂的姑娘们,他也不用眼皮夹她们了。食品厂的姑娘也一肚子气,都怪许姐给大徐介绍了对象,让他打光棍才解恨。

## 第二十三章

邓丕铎上四年级了,新来的班主任名叫孙淑贤,是从师范院校刚刚毕业的学生。她个头矮矮的,鼻子尖尖的向上翘起,嘴巴是个"地包天",还生着两颗小虎牙,天生的娃娃脸,学生们一点也不怕她。孙老师给学生们上课,邓丕铎在课桌下面给孙老师画了一幅速写。没想到,他专心致志地画,孙老师不知什么时候,走到了他的身后。孙老师拿起画,看了一看,又还给了他,还说了一句:"画得不错,挺像我的。不过,你忘了,这不是美术课,而是语文课。下课以后,你到教导处找我。"

邓丕铎可是吓坏了,下课以后,他提心吊胆地走进了教导处。他以为孙老师会狠狠地批评他一顿,没有想到,孙老师问他:"喜欢画画吗?"

邓丕铎说:"喜欢。"

孙老师说:"我让你当美术课代表,你愿意吗?"

邓丕铎没想到,孙老师没有批评他,反而让他当上美术课代表,他有点不敢信自己的耳朵,是不是听错了?孙老师又问了他一句,他这才回答:"我愿意……"

实验小学每个年级都有一个班级,只收县里的干部子女。学校让最好的教师教这个干部子女班,这个班同学的学习成绩也比普通班级同学的学习成绩好。邓丕铎他们是普通班,都是平民百姓的子女,无论哪方面都比不过人家干部子女班。有一天,上周会课,孙老师让同学们谈一谈自己将来的理想。

男同学们大都要当解放军,女同学不是当医生、当老师,就是当工人。轮到了邓丕铎发言,他站立起来,大声地说:"我长大了,要当作家。"

孙老师听了,为之一振,她说:"同学们,我不是说当工人当农民不好,但是,一个人从小要有理想,咱们班只有邓丕铎一个同学长大了要成名成家。老师听了,很高兴。以后,希望你能努力学习,只有努力学习,才能实现自己的理想。"

下课以后,孙老师问邓丕铎:"你不是喜欢画画吗,为什么又要当作家了?"

邓丕铎说:"我听说,作家写一个字,能得到五分钱稿费。以后,我要写书挣钱。"

孙老师说:"写书就是为了挣钱?你怎么有这样的想法?"

邓丕铎说:"孙老师,我们家太穷了,我妈妈手里经常没有钱。有一回家里要交电灯费,只要五毛钱,我妈竟然拿不出来……等我长大了,我要挣很多钱,让妈妈花也花不完。"

学校那时候有个小图书室,放寒暑假时,对学生们开放。每个班要派一名学生到小图书室当小管理员,孙老师就让邓丕铎当了小管理员。到小图书室来读书的学生并不多,邓丕铎闲着没事,他倒成了一名阅读者。他什么书都看,《苦菜花》《红旗谱》《小砍刀的故事》《小金马的故事》《杨连第》《卓娅与舒拉》……他什么书都看,看完了以后,他能记得住,还能给同学们讲。在以后的周会课,孙老师也不再备课了,上课时,就让邓丕铎站到讲台前,给同学们讲故事。

有的老师问孙教师:"你知道不知道,邓丕铎的爸爸是个犯罪分子?"

孙老师说:"那我不知道,我只知道,我的学生,他不是犯罪分子。"

通过阅读,邓丕铎的语文水平有了很大的提高,尤其是作文,他的作文写得比同学们高出一截,在全年级,也名列前茅。上语文课时,老师会把写得好的作文作为范文,到各个班级读给同学们听。以前,读的总是干部子女写的作文,而孙老师读的范文,就是邓丕铎写的作文。

开家长会的时候,孙老师当着很多家长,把邓丕铎的作文,还有他画的画,拿给家长们看。"这是我们班一个身体有残疾的同学写的画的,将来,我相信他会有作为的。"

家长会结束了,孙老师还特地留下许英莲多说了几句话:"有这样一个孩子,应该多鼓励他,多给他机会,让他充满着自信,最终,实现他的理想。你好好地看一看他画的画,有多么出色。"许英莲以为,孩子就是画着玩的,并没有认真。当老师拿出了孩子画的画,她才大吃一惊。她想好了,等到带着儿子去探望邓仁修的时候,就把儿子画的画也带去,让他也高兴一回。在他不在家的日子里,孩子们不仅长大了,也进步了。

许英莲在车间里劳动了一段时间,身体也健壮了,吃得下饭了,能睡得着觉了。她能跟工人们打成一片,以前工友们之间总有些小矛盾,许英莲就是一个和事佬,有她在,大家一团和气。二车间有个未婚的中年男职工,叫文昌盛。平时,他遇见了女同志,总是低着头,不敢正眼瞧人家,总是用眼角的余光去窥测人家。遇见了许英莲,他更是低下头,甚至连余光也不敢。工友们都说文昌盛是个怪人,谁也没有在意他。

有一天上夜班,许英莲正在厕所解手,忽然外面响起了一阵喊声、一阵脚步声,几个男职工抓住了一个偷窥女工上厕所的贼。这个贼不是别人,正是那个文昌盛。以前,女厕所也发生过这样的事情,只是一直也没有抓到这个偷窥的贼。这一回,偷窥的贼落网了,而且谁也没有想到会是见了女同志脸红的文昌盛。

保卫科的人也来了,他们正要与派出所联系,看看他这种行为算不算犯罪。

就在人人一片喊打声中,许英莲开口说话了,她没有让保卫科的人把文昌盛送进派出所:"这件事,文昌盛做得不地道。可是,如果把他送进了派出所,也许性质就变了,不判刑也要拘留。他家里还有年迈的父亲母亲,他给抓进去了,老人谁来照料?"

许英莲的一席话,说得大伙都有点心软了。她接着往下说,对于厕所的卫生条件,她也跟领导上说起过,领导也答应了,一定要把厕所重新改建。一直拖到了今天,也没能兑现。如果厕所的条件变好,也许就不会发生这样的事情了。

保卫科的同志提醒:"许英莲,他偷窥的人可是你呀。"

许英莲说:"没错,是我。他做出了这样的事,他要向我道歉,也要向领导做检查。"

文昌盛扑通给许英莲跪下了:"许姐,我错了,我不是人,你救救我吧,我再也不敢了……"

许英莲动了恻隐之心,她对保卫科的人说:"放过他吧,一念之差的罪过,也没有造成什么伤害,让他有个教训就行了。真的把他给抓进公安局,他这辈子就算完了。"

保卫科的人说:"只要你不追究,我们当然也就不立案了。不过,你也太菩萨心肠了。"

开始,大伙对这个文昌盛都很气愤,事情发展到了这一步,大伙对许英莲的举动感到意外,再想想看,许英莲不去追究文昌盛,也给了他一个改正的机会。事后,许英莲狠狠地教训了文昌盛:"你做出这样的事情,让人恶心不恶心,让人笑话不笑话?"

文昌盛想跟许英莲说,其实许多男工们经常议论的一个话题,主角就是许英莲,他对于许英莲有一种神秘感,越是神秘,越是让人想入非非,结果,他做出了这样下作的事情。

许英莲不想追究文昌盛的罪,离他远一点就是了。

许英莲带着大儿子去探望邓仁修的时候,带去了她亲手做的糕点。许英莲让大儿子把他画的画拿出来给爸爸看一看。

邓仁修看了儿子的画,他的眼睛瞪得大大的,真没想到儿子竟然能画出这样的画来。

邓仁修在劳改工厂度日如年,他依然咬着牙坚持。有的狱友已经刑满释放了,可大多数的人都选择在里面就业。劳改释放分子走向社会很难就业。好人都找不到工作,何况他们这些人。他坚信,他有一手过硬的技术,出狱后,不会找不到工作。夫妻俩也说到了孩子的爷爷邓元阶,他年岁大了,身体很不好,已经住过两次院了。邓仁修跟许英莲说:"我爹只有我一个儿子,我在牢里不能为他尽孝,你经常去看看他吧。"

许英莲说:"在我和孩子们最艰难的时候,他这个当爷爷的竟然视而不见,让我寒心,让孩子们也寒心。他这人,除了喝酒,还赌钱,什么人能禁得起这样折腾。"

邓仁修说:"人老了,他也糊涂了。不管怎么说,还是去看看他吧,他毕竟是我爹呀!"

邓仁修入狱,对邓元阶也是沉重的打击。这两年,他年纪大了,身体状况越来越差,他不仅不收敛,反倒破罐子破摔,日日杯深酒满,天天醉生梦死。他时时盼望儿子能从监狱里出来,可望眼欲穿也不见儿子回来,他从失望走到了绝望,终于有一天,他告别了这个世界。临终前,他也给自己做了一个总结,他这辈子没有亏待过自己,但他亏待的是自己的儿孙,在生活最为艰难的时候,他也没有关照过自己的孙男嫡女。下辈子吧,下辈子他会把这辈子欠下的债都弥补上。邓元阶死了,许英莲带着孩子为他入殓,为他下葬。孩子们对爷爷已经很陌生了,许英莲说:"一定要记住,他是你们的爷爷,没有他,也就不会有你们。作为晚辈,要记住长辈的恩情,不能记恨自己的长辈。"

许英莲不想让自己的生活再起什么波澜,走进工厂的生产车间,穿上了工作服,戴上了大口罩,扛着一袋子四十斤重的面粉,称重搅拌,开始时吃力,可咬牙坚持下来,四十斤重的面粉在她手里似乎也没有了重量。工作之余,工友们抖出自己听来的笑话,讲出来,让大家也跟着笑一笑。跟工人们在一起,没有谁高谁低,大家都一样,完成工作指标,保质保量,八个小时,铃声一响,脱下工作服,一起到澡堂子里洗一洗,洗掉身上的汗渍,洗掉身上的疲劳。从前,她什么事都要做得比别人好,事事处处也要表现得比别人高出一截。似乎她应该做好,做不好就有点对不起自己头上的这些荣誉。许英莲来到一车间后,车间环境变了,人也变了,工友们感觉许英莲人长得漂亮,性情温和也随和,大家都愿意簇拥在她的周围,喜欢以她为中心。许英莲在街道工作过,在百货公司也工作过,她有影响力,也有感召力,关键在于她与人为善,不与人争什么高下。许英莲的表现,领导也看在眼里。

有一天,关厂长把许英莲找到了办公室。县里有指示,要把食品生产质量提升上去。从前,金河县有个日昌糕点,早在清代同治年间就很有些名气,三年自然灾害之前,还有日昌糕点的招牌。如今,日昌糕点已经不复存在了。县里的意思是尽快恢复这些老字号。传统食品不能断代,要继续发扬光大。厂里还有几位能做日昌糕点的老师傅,工厂决定,把这几个老师傅再组织起来,专门制作日昌糕点,像马粪蛋糕、萨其马、驴打滚,重新上市,重新与群众见面。厂领导也考虑了,让许英莲作为组长,领导组织几位老师傅完成这个任务。

许英莲有些为难:"我才到食品厂几天,刚刚才熟悉工作,怎么能领导老师傅,完成这样重大的任务,还是请有经验的人来做这件事,我真的不行。"

关厂长说:"我会看人,选择你,没有错。你有一个优点,那就是有亲和力。

凡是身怀绝技的老师傅,他们都有个性,不听摆弄。见了我这个厂长,他们也是爱理不理的。你把他们给组织起来,把这些快要失传的老技艺给挖掘出来。"

许英莲说:"关厂长,你饶了我吧,什么任务我都敢答应,这个任务,我不敢接受。"

关厂长说:"英莲同志,你可是共产党员,组织让你完成这个任务,你能打退堂鼓吗?告诉你,这不是我一个人的决定,这是咱们厂党支部决定的。"

许英莲说:"既然厂长这样说,我无话可说,下级服从上级,我只有执行。"

车间的工友们听说许英莲要到日昌糕点制作组去了,大家都有点舍不得她走。小梁拉着她的手,眼泪都流下来了。许英莲给大家解释,大家还在一个工厂,天天也能见面,只是调换了一个工作岗位罢了。

几位制作日昌糕点的老师傅,年龄最小的也有五十多岁了。新中国成立前,日昌糕点兴隆了一阵子。新中国成立以后,工农兵成了主流,也就不再提倡什么高精尖食品,这种糕点也渐渐地衰落了。三年自然灾害过后,已经没有人再提起日昌糕点了。恢复生产也并不难,只要有原料,只要有设备,食品加工设备也不复杂,只要掌握了制作工艺,生产日昌糕点不难。

几位老师傅都是从旧社会过来的人,身上自然而然地保留了一些陈旧的老传统和老习俗。他们有过一段时间的辉煌,可他们面对更多的是不被重视。本来他们已经不再有什么奢望,把自己的技术带进棺材里,这辈子就算终结了。没想到又要发扬光大老传统,他们是英雄有了用武之地。

许英莲给他们领来了劳保茶,工作之前,把茶水先给他们沏上了。几位老师傅对许英莲的印象都不赖,虽然没有接触,通过她对待文昌盛那件事,他们在背地里都点头称赞,这个女人够格。如果她当时哭天号地,好像受到了多大的侮辱,那文昌盛必定会让派出所的人给带走,给当成了流氓分子。男人发贱,会一时头脑发热,做出让人匪夷所思的举动。此时,如果不是遇见一个通情达理的人,他恐怕难逃牢狱之灾。

老师傅也是识趣之人,既然领导让他们把身上的绝技发挥出来,也是给他们一个机会。这是难得的机会,他们几个也愿意施展才能。其中有一位肖师傅,他也是一车间的工人,在车间干活时,因为年龄大了,年轻工人都不愿意搭理他。而人家许英莲不是这样,见面总是不笑不说话,说明人家是个懂礼貌的人。许英莲不会制作糕点,在她的组织领导之下,没有花费多长时间,日昌糕点就加工出来了。把第一批样品拿给一些老师傅们品尝,大家也觉得,是当年日昌糕点的味道。

那年月,糕点的包装还是延续旧社会传下来的,用黄麻纸包装,只是在纸包上面蒙上一张大红纸帖子,红帖子上面写着商家的字号,然后用麻绳捆扎十字花。经过了三年自然灾害,这样的包装也省略了,大红帖子上面的字也没有了,甚至连红纸帖也不见了。

日昌糕点恢复了,关厂长专门召开了一个会,商量着怎样再将日昌糕点推向市场。

从前,日昌糕点在南街有一个专门的营销店铺,应该把这个店铺恢复起来,专门经营日昌糕点。把同治年间的那块大牌匾再高高地悬挂起来,公认的老字号、老招牌,一定会兴旺发达起来。在会上做了一个决定,在金河城重新打出日昌糕点老字号招牌这个任务,也交由许英莲来完成。理由很简单,她一直在百货公司工作,她先后在鞋袜部和文具店工作过,有经营经验,所以,此事非她莫属。

此时的许英莲已经不再愿意抛头露面了,当工人在车间里干活挺好的,虽然出点力气,但是,不累心,心气还挺顺。当初,就是为了摆脱那些烦心事,她才选择了当工人。这才当了多久的工人,又要让她重操旧业,她真的满心不愿意。在会上,让她表态,她也没有表态。她不愿意再涉足商业,更不愿意再抛头露面。

会后,关厂长专门找许英莲谈了一次话。他说:"英莲同志,我知道,你在百货公司工作那段日子,经受了人生最为艰难的时光,也遇到了一些挫折,而且受了处分。你的人生挫折都发生在百货公司,正是如此,你才选择了调离,来到了咱们食品厂。我对你怎么样?工友们对你怎么样?没有人歧视你,工友们都高看你一眼。你也没有辜负自己,到哪个岗位工作,都能把工作做好。正是因为这样,组织上才将经营日昌糕点的重任交给了你。我知道,你心里有个疙瘩。英莲同志,不能因为心里的这个疙瘩,而让我们的事业遭受损失。"

许英莲说:"关厂长,我没有你说的那么好。我好不容易才从人生困境当中挣扎出来,已经身心俱疲。来到工厂,我心情舒畅。我别无他求,只想干好本职工作,把孩子带大。"

关厂长说:"英莲同志,你呀,你只想到了你自己,而没有想到国家、社会,还有我们食品厂。接连的运动,接连的天灾人祸,我们国家已经精疲力竭了。县里找到我,希望咱们食品厂能够恢复老字号,恢复传统食品。我也明白了领导的意图,社会各行各业,急需恢复的是信心,是风尚,是精神。英莲同志,我们都是党员,我们能做到的,就是把自己身上的光和热全部发挥出来,以无愧于党员的称号。英莲同志,如果你不是党员,我绝对不会强求于你。支部委员们反复认真地考虑到几个人,只有你懂得商业,干过商业。所以,你必须出山,这是你必须完成的任务,不能因为个人的原因,而耽搁了党的事业。"

关厂长说出了这样的话,许英莲还能说什么。服从,只有服从。

三年自然灾害刚刚过去,一个人们熟悉的老字号招牌要在古城最繁华的南街上重新开业了。许英莲成了这家店铺的负责人,她一点也高兴不起来。说是三年自然灾害,其实何止是三年,新中国成立以后,无休止的运动,已经让整个社会疲惫不堪了。做出恢复老字号的这位县领导是明智的,以此来提振人们的精神和希望,没有什么花费,却能潜移默化地让人民群众品尝生活,回顾往事,想想从前,过年过节,谁家能得到一份日昌糕点的馈赠,那真的是最高的礼遇。品尝到了美好,也许就会忘记昨日的苦涩。

下班以后,许英莲特地去找大刘,把她要去经营日昌糕点的事情告诉了大刘。

大刘说:"你到食品厂还不到半年,怎么样,你想当工人都当不成,你呀,天生就不是当工人的材料。你想清静清静,怎么可能让你清静。事已至此,你别无选择。去吧,也许这又会是你的一次机会,重新崛起的机会。"

许英莲说:"百货公司的商场卖场都在南街,食品厂的这个店铺也在南街,在南街上,我也不知跑过多少次旱船。再回到这条街上,我真是百感交集。"

## 第二十四章

日昌开业前,很多准备工作要做好。从前,日昌糕点的包装,是一张大红帖子上面印着"日昌糕点"四个老宋体黑字。店铺开张了,老师傅们都提及这张大红字帖。别小看了这张大红纸,那可是同治年间留下的老字号的真迹。公私合营以后,那字模子丢失了,再也找不到了。如果能找到字模子,再印到大红纸上面,咱们日昌糕点的包装就很有古意,很有风采。

也有老师傅提议,金河县城能写能画的人不少,能不能找这些高人再给咱们写一幅。

许英莲想起了金平三先生,她便一口应承了下来,这件事,包在我身上。当天晚上,许英莲走进了金平三的家门。她把手里提着的那包日昌糕点放到了金平三的面前。

许英莲说:"我今天登门拜访金先生,是请您为我们日昌糕点写几个字。"

金平三说:"别的事我能答应你,英莲,这件事,我不敢答应。我本人出身不好,戴着帽子,加上蒋介石要反攻大陆,街道上的人来警告过我了,我不能乱写乱画。"

许英莲真的有些不理解:"为什么呀,又不是写反动标语,讲什么成分和出身呀?"

金平三苦涩地笑了一下:"英莲,能写我能不给你写吗?写字这事,你到展览馆去找那些能写会画的人,他们都会给你写的。"

许英莲坐了一会儿,她要告辞了。往门外走的时候,金平三把那包糕点还到了许英莲的手里:"去求别人,也要带点礼物,你总不能空着手去吧。"

许英莲没有接过糕点,她说:"我来看看你老人家,给你带点礼物也是理所应当的,你怎么能不收下呢?再说,我和邓仁修欠了你多少人情呀,吃包糕点也是应该的。"

金平三叹了口气:"闺女呀,我知道你受的那些苦,能挺过来,实属不易啊……"

许英莲说:"苦,是人吃的,罪也是人遭的。没有吃不了的苦,只有享不了的福。"

从金平三家出来,许英莲去了展览馆。展览馆有邓仁修的一个同学,他就是曹达鹏,新中国成立初期,他还当过县里的文化科长。他能写能画,是一个好生了得的才子。曹达鹏1957年被打成了右派,他早就不是文化科长了,如今在展览馆里当了一名美工。

许英莲找到曹达鹏,说明了来意,没想到,曹达鹏的表情与金平三一样,他也摇头拒绝了。写写别的什么还可以,写大庭广众之下的牌匾或包装物上的字,那可真的要经过审查。

看着许英莲为难的样子,曹达鹏说:"三天,三天之后,我把你要的字给送过去。"

三天后,曹达鹏把写着日昌糕点的纸送到了许英莲的手里。许英莲打开纸,一眼看到了"日昌糕点"那四个字时,她几乎尖叫了起来,"哎呀,写得太好了,真的太好了!"

许英莲不懂书法,那字是用老颜体书写的,有古意,更苍劲,她心里想的,日昌糕点应该写成这个样子,没想到,写字的人真就把字写成了这个样子。这是谁写的?

曹达鹏卖了个关子,他说:"你们迟早要见面的,见面时,你不就知道写字的人是谁了吗?"

许英莲做梦也没有想到,写字的人竟然是史忠诚……为了准备店铺开业,许英莲带着几个工人收拾门面与里面的柜台。天已经黑下来了,许英莲让大家回家了,她把店铺里面的废纸扫进了麻袋里,把电灯开关关闭了,正要锁上门离开的时候,一个人出现在她的身后,回头一看,她怎么也没有想到,会是史忠诚站立在她的背后。他叫了一声:"英莲姐……"

许英莲也睁大眼睛,她惊诧万分:"史忠诚? 是你……"

史忠诚说:"是我,英莲姐,你好吗?"

许英莲重新拉开门,两个人走进了店铺。曹达鹏跟许英莲说过,她要见的那个写红帖子上面字的人,今天可能会来见她。一直等到了晚上,也没见那个人来。她没想到会是史忠诚为她写的字,也没想到就在她要关门的时候,他出现了……许英莲已经为那个写红帖子上面字的人准备了两包糕点,作为答谢他的礼物。所有的没想到在这一瞬间出现了,她竟然有些不知所措。史忠诚上前一步,一下子把许英莲的手握住了:"英莲姐,我一直找机会见你,我徘徊在文具店的门前,徜徉在你可能出现的路口,可你消逝了,我想,我再也见不到你了……"

许英莲说:"我也想见你,因为我欠你的实在太多了。你为了帮我和孩子,付出得太多了,让我有些于心不忍,我不知道,我们再见面,还会发生什么……正好有个机会,领导要把我调进工厂去当工人,我也愿意,我愿意与世隔绝,在一个车间里,当一名普通工人。可没想到,这个普通工人我也当不成了……"

史忠诚说:"英莲姐,这是上帝给我们的机会,这是属于我们的缘分。"

一个人,欠下了另一个人的债,不管是经济债,还是人情债,她想躲,是躲不过去的。两座山碰不到一块儿,活在世上的两个人总是要见面的。

史忠诚说:"英莲姐,我不想欺骗我自己,我要告诉你,你一直装在我心里,我一直想把你忘记,可我做不到,直到今日,我真正爱着的人,就是英莲姐。"

许英莲直直地凝视着史忠诚,凝重的泪水缓缓地流了下来。她说:"可是,我不配,老天爷注定不会让我们在一起,我和你,真的不能再见面……"

史忠诚说:"老天爷不让我们在一起,难道我们就俯首屈从,听任命运的摆布,难道我们就没有爱的权利吗?"

史忠诚把许英莲紧紧地抱在了怀里,他紧紧地抱着她,紧紧地抱了半天,他们没说一句话,空气仿佛凝固了,时光也似乎僵滞了。他和她的心同时跳动着,相同的节奏跳动着……他抚摸着她的头发,抚摸着她的脊梁……

许英莲把灯关上了。店铺里面一片黑暗。两个人耳鬓厮磨着,他与她的呼吸也急促了起来,他的嘴一下子寻找到了她的唇,他把她紧紧地噙住了,他们疯狂地接起吻来了……

不知吻了多久,他的手开始不驯服了,渐渐地顺着她的衣襟探了进去……

她的手抓住了那只不驯服的手,她想用手阻止他的手。可他的手却显得那样的固执,不肯服从。她的手也是那样无力,僵持了好一会儿,她的手似乎给抽掉了神经,软绵绵地松开了……他吻她的头发,吻她的眉毛,吻她的眼睛,吻她的鼻子和嘴巴,吻她的脖子,吻她的肩膀……他曾经不止一次地梦想不止一次地憧憬,他要像马克思吻燕妮那样,从头到踵地吻她……上帝终于给了他这次机会,他按照自己的意愿,吻过了她身上的每一寸肌肤……他吻她的胸,她的胸酥软洁白,富有弹性。他也感觉到了,她有些颤抖,应该说是战栗。她的手禁不住抚住他的头,让他紧紧地贴着自己……

　　他已经不能自制。她也控制不住骨子里的欲望,他碰头撒野般地撞进了她的肉体那一刻,她竟然无法遏制自己,不由自主地发出了一声让人心颤的呻吟……

　　一番暴风骤雨过后,史忠诚在许英莲面前跪下了……

　　许英莲将史忠诚的头紧紧地抱在了怀里……

　　史忠诚在向她忏悔:"英莲姐,对不起……"

　　许英莲摇了摇头:"你和我,没有什么对不起。是我愿意的,甚至我还要谢谢你……"

　　史忠诚说:"英莲姐,如果说感谢,我应该感谢你才是。你把这个世界上最美丽的感情与肉体献给了我,我真的死而无憾。"

　　许英莲说:"你给我的,是爱,真正的爱。与你相识了之后,我才感觉到,我的人生最大缺失,就是没有经过恋爱这个过程。我结婚那年,才十七岁,虚岁才十七呀,我懂得什么呀,父母让我出嫁,我也就听从了父母的意愿,十七岁,一个还不懂人事的女孩子嫁给了一个男人,结婚成家了,接下来我就怀孕生孩子,成了孩子的妈妈……大多数的妇女都是这样,我也不例外。我相信我会成为一个好妻子、一个好妈妈,参加工作以后,我身边也有许多追逐我的男人,可我从来也没有对哪个男人动过心,更不要说出轨,做对不起自己丈夫的事情。自从遇见了你,我那颗石头一样的心开始松软了……史忠诚,你为我付出的太多了,你让我心里存着太多的不安,我欠你的太多了,我也一直想报答你。"

　　史忠诚紧紧地抱着许英莲,他说:"我相信第一感觉,我相信一见钟情。自从见到了你,你便走进了我的心扉。其实,你一直说我对你的帮助,那都是上帝的安排。是上帝让我为你做事,既然你爱着这个女人,就应该为她做点什么。在没有遇见你之前,我不知道世界上还有你这样的美丽女人。别说为你做点什么事情,哪怕让我为你去牺牲生命,我也在所不惜……"

许英莲捂住了他的嘴巴,别说这样不吉利的话。

史忠诚说:"英莲姐,你用不着对我一直心怀谢意,如果我们的感情要用感谢来表述的话,这就不会是真正的爱情。英莲姐,能得到你的爱,我真的死而无憾。在爱情面前,道德显得无能为力。正是因为这可恨的道德,让你苦了这么久,也让我受尽了折磨。"

许英莲苦涩地笑了一下:"爱情也会让人走向罪恶的泥潭。我知道,我今天的举动已经无法自制,冒犯了我的丈夫,也冒犯了你的未婚妻,甚至冒犯了组织纪律,还有党性原则……"

一个男人与一个女人刚刚还是忘乎所以,沉浸在情感的风暴之中。当他们冷静下来,他们面对的却是现实。史忠诚说:"英莲姐,我忘了告诉你,我结婚了……"

许英莲问:"你的妻子是?"

史忠诚说:"我的妻子不是从前乡下的那个姑娘了,是另外一个人,我们军区首长的女儿。我们在一个创作培训班上相识的,她对我一往情深,并且疯狂地爱上了我。为了能得到我的爱,她不知通过了什么手段,说服了我的那位未婚妻,让她放弃了我们的婚约,我和她才结合了……后来我才知道,她给了我未婚妻家不少的条件,把我未婚妻的弟弟送去当兵,还给她不少钱。以前,我一直认为自己挺清高的,其实,我也是个趋炎附势的小人。"

许英莲说:"虽然不曾相识,但我相信,你的妻子,她一定是个非常了不起的人。"

史忠诚说:"是,为了能达到妻荣夫贵,我也由连职在一年多的时间里提升到了副团。我已经不在三〇九七部队了,我调到了军分区工作。做一个闲职,专门从事文学艺术创作。"

许英莲问:"你们有孩子了吗?"

史忠诚说:"没有,我也不在意有孩子没有孩子,没有孩子反倒更清闲。"

许英莲说:"史忠诚,你听姐一句话,我们俩今天做的事情,已经是冒天下之大不韪。做过了,也就做过了,以后,再也不能这样做了。我毕竟是四个孩子的妈妈,毕竟年龄也比你大。你们还年轻,尤其是你,前途无量,不能因为男女一时性情,毁了自己的前程。"

史忠诚说:"英莲姐,让我忘记你,你知道有多难吗?"

许英莲说:"世上没有不透风的墙,别以为在这间屋子里只有我和你,人在做,天在看。我们俩到此为止,不能再发生第二次了。我和你的事情真败露了,毁掉的是你呀。"

史忠诚说:"人生应该有一次惊心动魄的爱情,为了爱,我不怕。"

许英莲说:"你不怕我怕,为了你,也为了我和孩子,我们俩到此为止。"

史忠诚说:"英莲姐,刚才,你就是为了报答我,是吗……"

"如果用一个女人的肉体能报答你对我的感情,那我再给你一次,甚至十次百次……"

史忠诚和许英莲紧紧地抱在了一起,史忠诚喃喃地念叨着:"我不要你的报答,我只要你的爱。我知道你像我爱你一样地爱着我,只是你紧紧地禁锢着自己,压抑着自己,你用道德死死地桎梏着自己。其实,你的内心并不是这样,你渴望得到爱情,真正的爱情……"

许英莲用手捂住了史忠诚的嘴,没有让他再说下去。她说:"听我一句话,我和你不可能有爱情,也不敢谈爱情。你为我付出了那么多,也让我为你付出一次吧。史忠诚,我们真的到此为止吧。刚才,我们已经胆大妄为了。真的到此为止吧!……"

## 第二十五章

日昌糕点店铺在南街开张了,而且店铺的负责人是许英莲。这让于过兰很有些想不通,一个犯过错误的人,竟然当了门市经理。日昌糕点是老字号,像许英莲这样的人,她有能力,也有亲和力,用不了多久,她又会成为一个红极一时的人物。

坐立不安的于过兰鬼使神差地走进了商业局大门,她自己也不知道,来到局里,她到底要办什么事情。在走廊上,她遇到了丁书记,丁书记调进了局党委,担任副书记。她张口就问:"丁书记,许英莲刚刚解除留党察看处分才多久,她怎么能当日昌店铺的负责人呢?"

丁书记说:"那是他们食品厂支部的决定,局里也不知道这事。许英莲有经营经验,人家让她负责店铺,也是有所考虑的。如果没有别的事情,我要开会去了。"

于过兰说:"我还要跟你说说刘国良的问题……"

丁书记说:"刘国良又怎么啦?你们不是一直配合得挺好吗?"

于过兰说:"俗话说得好,狗改不了吃屎。刘国良到百货公司,开始还挺好。刚刚一年多点,他生活作风的本性就暴露出来了。商场的女营业员,老的少的,胖的瘦的,他统统全杀一扑棱,一个不留,老少通吃。"

丁书记扑哧笑了起来:"真的假的?真像你说的那样,刘国良是个支部书记,还是个流氓分子呢?过兰同志,有些话,不能信口开河,说出去的话要负责任。"

于过兰对刘国良的恨并非是切骨之恨,两个已经发生了男女关系的人,他们之间的一切也随之产生了微妙的变化,强势的一方可以任意对另一方指手画脚,即便有丁点不满意之处,她也可以莫名其妙地大发雷霆。说到底,她真正的敌人,还是许英莲。从局里回来的路上,路过日昌糕点时,她特地走进了店铺里面。从前一个破旧不堪的店铺,经过整修,已经面貌一新,货架和柜台上已经摆上了精美的糕点。走进来,她第一眼看到的就是许英莲。许英莲也不再是从前的许英莲,她的气色红润,肌肤也润泽了,度过了灾荒时光,她似乎容光焕发了,比以前更加年轻,更加美丽,这让于过兰心里莫名其妙又气又恼。

于过兰左瞧瞧,右瞧瞧,她就是在鸡蛋里面挑骨头。什么也没挑出来时,她一眼瞧见了那张大红包装帖子。她赞叹起来:"这四个字写得太漂亮了。英莲哪,是哪位高人写的呀?"

许英莲说:"我请县展览馆的师傅给写的。"

于过兰说:"听我老父亲说,从前,日昌糕点的大红帖子是当年县太爷写的,新写的大红帖子,一点也不比老的差。别的我不会看,字我可会看。这个写字的人,是个好生了得的人。以后,请你帮帮忙,给咱们百货公司也写写标牌和广告牌。"

许英莲嘴上答应着,其实她也戒备于过兰,她是什么人,如今她在百货公司,可以说一不二。一个人可以为所欲为的时候,也会感觉到无聊。有个竞争对手,似乎更能刺激人的中枢神经。眼前的这个女人不在她的控制范围之内,她也不免有些遗憾。她相信,许英莲是个不同寻常的女人,迟早会从她身上找到破绽或者突破口。

那天晚上,史忠诚与许英莲的邂逅,他的心情久久不能平静。一直到凌晨,他也没能合上眼睛,他爬起身来,坐到桌前写起了日记……

>她是天上的那块云彩,
>我想触摸她,
>可我总也触摸不到。
>她是一朵浪花,
>我一直想把她捧到手里,
>可我无论怎样努力,

第二十五章

母亲

洁白的浪花到了我的手里，
便化作了一捧清清的海水。
其实,是我把你想象成了云彩；
把你想象成了浪花。
直至今日,我才知道,
如果我是一条小船,
你就会是我的港湾。
为了不让潮流把我漂走,
你又是我的锚链,
牢牢地把我拴在你的心上。
我从来也没有漂离过你的港湾,
我也从来没有想摆脱你的束缚。
海面上弥漫着淡淡的薄雾,
其实你和我都看见了那座导航的灯塔。
也许,我们顺着那条航道航行下去,
等待着我们的就会是暗礁,就会是险滩,
也许是会吞噬万吨巨轮的风暴。
那一刻,我也不知从哪里迸发出来的力量,
喊出了一声铮铮强音符,我再也忍受不了这样的煎熬。
我怎么也没有想到,你是那样的驯服,那样的温顺……
海洋化作了一片绿地,
天上的白云化作了可爱的小羊羔。
我惊喜万分,原来,是你化作了羊羔。
而幸运的我,却成了一个稚气的牧童……
我知道你为什么颤抖,
前方的沟壑深处,
隐藏着一条饥饿的狼。
牧童告诉羊羔,
你不要害怕,
饿狼真的蹿出来时,

我会用我的血肉之躯,
喂饱它那贪婪的肚肠
……

左红宇一直在解读丈夫史忠诚的日记,这些写成了诗的日记似乎在追忆一段爱情,记录着他与一个美丽女人的故事。史忠诚是一个浪漫的人,他写的日记,简直就是诗歌,拿出去就能发表。她也曾试着把史忠诚的日记抄成一首诗,寄给了她在军内刊物当编辑的战友。没过多久,那首诗歌便发表了出来。朋友在来信中半真半假地告诫,你真的要小心了,能写出这样诗歌的人,他应该是一个浪漫的人。左红宇也很留意史忠诚,她发现,他是一个对待生活很严谨的人,并非随随便便的那种人,她也明白,在他的心里,肯定装着一个女人,他一直深深地爱着这个女人,可以说是用生命呵护着这个女人。通过很长一段时间的观察,她没有发现这个女人是谁,她在哪儿。但她可以肯定,这个女人并不在史忠诚的身边。她在哪儿?左红宇想到了史忠诚服役过的三〇九七部队,这支部队新中国成立以后一直驻扎在金河县,金河县是史忠诚的第二故乡,史忠诚真正爱着的那个人,会不会就是金河县人?

部队文工团到海防前线慰问演出之时,路过金河县城,左红宇和几个女文工团员逛了古老的小城。走在南街上,左红宇无意询问一个路人,这儿有什么风味特产?

那人跟她说,金河的特产,除了海鲜,就是日昌糕点。驴打滚、萨其马,还有马粪蛋糕。

左红宇有了买点土特产带回去的想法。别的女文工团员也想买点糕点,她们走进了日昌糕点店铺。迎上前来接待她们的,正是微笑着的许英莲。

在看见许英莲的那一瞬间,左红宇的心里打了一个激灵,面前的这位女店员,虽然年龄大了一些,可她的形容姣好,比起她们几个风华正艳的女文工团员们,更有气质和气度。都说男人喜欢看女人,其实见了美丽的女人,女人们也愿意瞅上几眼。

左红宇买了两包萨其马,一包驴打滚。女店员的态度和蔼可亲,说话如同细风轻拂杨柳。她的纤纤细指飞快地拨打着算盘珠子:"两斤萨其马两块八毛八,一斤驴打滚五毛三分,总共三块四毛一分,你给我五块钱,我找你一块五毛九分。"

　　许英莲手脚麻利做完了这一切,她把这三斤糕点飞快地包装了起来,用麻绳捆扎好了,递给左红宇的那一瞬间,她一眼看见了大红帖子,那上面的四个黑色老颜体"日昌糕点"四个字,让左红宇怔住了,她一眼认出了,这四个字,是丈夫史忠诚亲笔手书的。

　　旁边的一个小团员说:"这大红帖子真好看,看上去,就会让人想到从前。"

　　左红宇随口问了一句:"这是谁写的?"

　　许英莲一下子想到了史忠诚,她的脸微微有些发红,一种羞涩感悄然升起……

　　正在店铺里的关厂长看到这边人多热闹,他便走了过来,接上了话茬:"从前,这大红帖子是县太爷写的,今天你们看到的,是咱们请了一位书法高人写的。"

　　不知是谁插了一句:"写字的人应该留下姓名题款才是。"

　　关厂长说:"那是旧社会,现在不兴这个了。"

　　事情就这样过去了,许英莲与左红宇不仅打了照面,她们还做了一回生意买卖,对过话。事情过去了,许英莲也就忘记了。可左红宇却深深地记住了许英莲,从她美丽的面容,能感觉到她内心的细微与善良,也能体验到她性格的温柔与万种风情。一个女人记住另一个女人,绝对不会因为她的面容美丽,才产生记忆,在左红宇的心底深层,她隐隐约约地有一种预感,她曾经走进的那家店铺,她见过的那个女人,所以挥之不去,那是上帝对她的一种暗示,这是一个有故事、有内容的女人,而且是与她有关联的女人。

　　走进家门,左红宇故意把日昌糕点放在一个显眼的位置。

　　史忠诚果然看见了日昌糕点,他问:"你到金河去了?"

　　左红宇说:"我们团路过金河县,想起你在那儿服过役,于是,就给你带回了两包糕点,让你回味回味那儿的风情和风味。"

　　史忠诚没有回应,他不知在想什么。左红宇说:"大红帖子上面的字,是你写的吧?"

　　史忠诚说:"是展览馆的同志找到我,我就给他们写了。在金河的时候,展览馆的同志经常给我们部队帮忙,我和他们的关系也很好。请我写四个字,小事一桩。"

左红宇说:"为了表达对你的敬意,我特地买回了金河县的特产,日昌糕点,也巧了,我看到大红帖子上面的字,我就感觉到似曾相识。果然不出所料,是出自我丈夫的手笔。"

史忠诚也开了一句玩笑:"哪有妻子表扬丈夫的,王婆子卖瓜,自卖自夸。"

当天晚上,左红宇与史忠诚说起了她在金河城里遇到的那个美丽的女店员:"从小到大,我可是一直在美女堆里长大的,新中国成立前的咱没见过,解放初期,部队文工团全是美丽的姑娘,我什么样的美丽女人都见过,但那个女店员是我们文工团美女们公认的美女。就连她说话的声音,她包扎糕点的手,也是那样的美丽。"

史忠诚知道,左红宇是在试探他,他闭着眼睛,装作困倦的样子。

左红宇说:"我在赞美一个女性,你为什么充耳不闻呢?她就是美,我说她美,我们团员们也说她美,都说女人眼里没有美丽的女人,但是,那个女人真美。"

史忠诚不再说什么,他想睡觉了,其实他一点睡意也没有。

左红宇与史忠诚结婚并没有多久,可他们之间的夫妻生活却不像新婚夫妇。左红宇渴望被爱抚,爱抚似乎是一个男人对一个女人的尊重和珍惜,真正的爱其实需要欣赏,彼此欣赏的那种交流是非常高级的,那是真正的精神享受。男人的手,应该是一丝风,拂掠过水面上微微泛起的涟漪,摩擦着青青的野草坡,当他抚摸过细腻肌肤的时候,她已经舒展开了像水母一样柔软的身体……她喋喋不休地反复讲述着那个美丽的女人,似乎拨动了他心灵深处的那根心弦,他用他的唇,像水蛭一样紧致而有节奏地亲吻着她,由表及里地亲吻,翻来覆去地亲吻,……直吻得她骨子里蹿出了一阵阵热流,一个浪头比一个浪头更加汹涌澎湃,一直到达了顶峰高潮……史忠诚把左红宇当成了心底暗藏的那个她,一股情绪在怂恿,一股力量也在鼓动着他,他紧紧地抱着她,是她……他向她的腠理钻去,他向她的骨子里钻去,他向她的敏感部位撞击而去……左红宇再也控制不住自己,一股强烈的快感从她的脊椎骨一直冲到了脑门之上,她忍不住发出了一声嘶哑的呻吟……她伏在他的怀里,一直等到他的心跳渐渐地平息下来。她已经流出了眼泪,她喃喃地向他诉说:"你知道吗,我渴望的就是你能这样对我……"

　　他却轻轻地发出了一声喘息……她轻轻地摇晃了一下他的身子,他动了一下,伸出一条胳膊,把她抱在了怀里,从他的嘴里,模糊地发出了一声呼唤:"莲……"

　　莲,是谁?

## 第二十六章

　　许英莲在南街露面了,她又成了一个新亮点。以前,在街道结识的那些姐妹,还有老大妈们,她们也纷纷跑到店铺来看许英莲,手头宽裕的,买点马粪蛋糕,没钱的,也要买点萨其马和驴打滚。总之,吃糠咽菜的日子总算熬过去了。

　　这天下班以后,厂里的老纪急急忙忙地来到了店铺。她让大家先不要急着回家,她要给大家传达一个文件,挺重要的一个文件。县里根据上级的批示精神,结合当地的实际情况,是一个要给广大职工涨工资的文件。新中国成立以后多少年了,许英莲她们参加工作多少年了,这才头一次遇到涨工资。大家都坐了下来,静静地听文件精神。参加工作够一定年限的,所有职工普调一级工资。此外,贡献大的、技术工作工人可以百分之二十再调一级工资。

　　像梁小清、王金玉她们刚刚进厂的小工人不在涨工资之列,许英莲应该涨一级工资,这样,她就能挣到四十一块五毛钱了,她和孩子五个人再也用不着吃救济饭了。

　　第二天正好是工厂女工洗澡,许英莲带着梁小清和王金玉她们几个提前离开了店铺,到工厂澡堂子洗澡。梁小清的乳房刚刚发育,像两只青涩的桃子。而王金玉的乳房比一般的女孩子大,并且有点下垂,像是布袋奶子。

　　王金玉说:"英莲姐,我听说,姑娘的奶子让男人摸过了,就会像布袋子一样,软不拉沓的。我从来也没敢让人碰到,可我的奶子生成了这样。以后找对象嫁人,人家会不会说,我让别的男人摸过呀?"

　　许英莲说:"嘴巴长在他的鼻子底下,他愿意说,就让他说,反正咱们身正不怕影子歪。女人也不是千人一面,在山东老家,我有一个二大娘,她就生着布袋奶子。那时候女人生的孩子也多,干活也要背着孩子。有一天,我到二大娘家去,二大娘正在擀面条,后背上背着的那个孩子饿了要吃奶,二大娘把奶子往背后一扔,让孩子吃奶去吧。"

梁小清说:"许姐,你的奶子长得真好,哺乳四个孩子,你的乳房一点也没下垂。"

王金玉感叹了一句:"这都是老天爷给的,女人的乳房生不好,就是瞎牛眼、烂桃子。像许姐,她就是天生的美人坯子,真让人羡慕。"

许英莲说:"我老啦,没有资格谈论美丽。你们有朝气。"

梁小清顽皮地说:"许姐,你告诉我们,男人和女人怎样才能生孩子?"

许英莲说:"死丫头,等到你和你男人在一起过日子,你就知道怎样生孩子了。"

王金玉说:"小时候,我问过我妈,我是从哪里来的?我妈说,你是你爹从山上挖出来,装进筐里扛回家来的。"

梁小清说:"我妈也是这样跟我说的,属狗的,是从狗窝里抱回家的,属鸡的,就是从鸡窝里抱回家的。还有属羊的,属马的,属牛的,属猪的,都是从圈里抱回家的。"

王金玉说:"我听说过。男人和女人只要亲了嘴,女人的肚子就会怀上孩子。有那敏感的女人,只要让男人碰了身子,哪怕是握一下手,也会怀上孩子。"

姑娘们的一席话,许英莲听了也忍不住笑了起来:"你们也别听大人们的吓唬,你们父母害怕你们在外让不怀好意的男人们欺负和欺骗,才这样说的。男人和女人的感情是世界上最美好情感,你们没谈过恋爱,相信你们读过书,听过故事,梁山伯,祝英台,还有七仙女下凡,孟姜女哭长城,这些故事都在告诉我们一个道理,那就是美好的爱情。人活在这个世界是最美好的事情,不是吃好的,穿好的,有钱花,而是追求自己美好的理想信仰,追求自己的美好爱情。"

许英莲和女工们在一起的时候,说话最少的,就是郭凤平。她出生于农村,虽然生得有些粗糙,不显山露水,但她是哑巴吃饺子,肚子里有数。姑娘们向许英莲讨教的那些事,她心里一清二楚,她们问的那些话,让人听了会笑掉大牙。她早就知道,男人是天,女人是地;男人是阳,女人是阴,男女结合在一起,女人才能生孩子。郭凤平愿意与许英莲在一起,因为她是个相貌丑陋的姑娘,与美丽漂亮的人在一起,虽然对比落差很大,但她还是愿意享受那份欣赏别人美貌的感觉。许英莲不是平庸之辈,她身上蕴藏着许多优秀的品质,她并非要学习人家身上的优秀品质,而是要借助已经在她身边形成的一股力量,来达到自己的目的。说起相貌和肤色,郭凤平挺自卑的,其实许英莲鼓励过她,她的美丽虽然不在脸上,但她的身材线条却是最美的。她阔肩细腰宽臀,近乎于西方女性的身体线条。那年月,正流行苏联电影,电影里的那些女明星的身材与她有相似之处。那时候,工厂里的工人师傅们经常说,人以群分,什么样的人找什么样的人,许英莲美丽漂亮,她身边的小姐妹们不是杨贵妃,就是貂蝉。她们几个小姐妹心里也充满了自豪感。郭凤平也有了自豪感。

郭凤平与几个小姐妹们不相同的是,她还是工厂团支部的宣传委员。有一次,局团委开会时,她遇到了于过兰。于过兰听说她是从食品厂来的,就向她打听起了许英莲的一些事。她也跟于过兰说了一些情况。于过兰没说许英莲好,也没说她坏,但能看得出来,她是很在意许师傅的。于过兰说了这样一句话:"这个女人可不简单。你们共青团员要擦亮眼睛,站稳阶级立场,不能被她美丽的外表蒙住了眼睛。千万要记住,有一种毒蛇是美女变成的。"

郭凤平近距离接触许英莲,她也想摸清许英莲到底是怎样一个女人。在与许英莲接触的这一段时间,她也感觉到了,许英莲是个思想与感情都很丰富的女性。无论在哪方面,她都很人性化。所以,很多人愿意认可她,接近她,她也很有些威信。

食品厂这回涨工资,许英莲涨到了四十一块五毛钱。她和四个孩子,五个人平均每个人刚刚超过了八块钱,比起以前,日子好过多了。工厂还有百分之二十的指标,因为她刚进厂,她对于那百分之二十的指标从来也没有奢望过。根据摸底和上级文件精神,这百分之二十,要无记名投票。经过第一轮的摸底,许英莲得票数也名列前茅。对于出现的摸底结果,也有人心存不满,许英莲进工厂还不到一年时间,对于工厂的贡献有多大,她就能再涨一级工资?真说不过去。

关厂长对此事也有些想法,咱们厂部摸底,工人们是怎么知道的?他把负责劳动工资的老纪叫进了办公室,进门他就直截了当地问:"是不是你向工人们透露了这次摸底的结果？"

老纪说："世上哪有不透风的墙，车间工人们也私下里互相串通议论，人人心里都有杆秤，自己估摸着，也估摸出来了。这事不是我透露的，真的不是。"

以关厂长的想法，他愿意让许英莲涨这一级工资，虽然她进厂时间短，但是，贡献却不小，至少她带着工人师傅把老字号恢复起来了，而且还把店铺开张了，这不都是贡献吗？许英莲刚进厂时，在他的心里，他也对她心存疑惑，她是不是属于那种花瓶式的先进人物，凭借着一张脸蛋，而不是靠着真正的实力。通过这一段时间工作，他得出了结论，人家许英莲是个货真价实的先进模范。通过接触，关厂长对许英莲也产生了好感。他的中层领导，如果多几个许英莲，恐怕食品厂还会往前迈进一大步。

关厂长走出生产车间时，恰恰遇到了刚刚走出浴池的许英莲和她的小姐妹们。她们一个个容光焕发，如同出水的芙蓉花一样。关厂长开了一句玩笑，瞧让日昌糕点把你们滋润的，一个个油红似白，都成了奶油小姐。

在厂长面前，姐妹们叽叽喳喳的像一群小鸟，捂着嘴笑弯了腰。

关厂长说："英莲同志，你到我办公室来一趟。"

走进厂长办公室，关厂长给许英莲倒了一杯水。他说："英莲，我找你，没有什么事情，我想跟你说说涨工资的事。这回摸底，你也知道了，你名列前茅。我也跟你说实话，我也想让你有机会，得一个名额。有人提出，你进厂时间短，不应该在这百分之二十之列……"

许英莲说："能涨一级工资，我已经很高兴了。对这百分之二十，我真的没有多想。人家说得在理，我刚到工厂来，工作了也没多长时间，贡献也没多大，我没想过那百分之二十的名额。"

"英莲同志，我听说你家生活挺艰难的……"

许英莲说："是，我四个孩子，全靠我一个人的工资。在百货公司时，单位一直给我救济补助。同志们和组织上，对我真是关照。那百分之二十的名额，不要考虑我。真的。"

关厂长挺感动的，他原以为许英莲不会放弃。万万没有想到，人家主动提出来了，放弃这个名额。许英莲提出，那几个制作日昌糕点的老师傅，他们工资偏低，应该把名额给他们。

关厂长说："在商业局开会的时候，我遇到了你们百货公司的刘书记，说起你时,他还有点愧疚,对你的处分,有点偏重。处分已经过去了,不要再提了,与涨工资没有关系。英莲同志,我看出来了,你是个真正公心大于私心的人,你能说出把名额让给那些老师傅,让我感动。你可能不知道,那几个身怀绝技的老师傅,他们有技术却没有威信,没能得到几票。真要按文件上的规定,他们恐怕很难进入百分之二十。"

"这对老师傅们有些不公平,以后,再搞什么品种创新,还要依靠他们。"

关厂长说:"所以,我想听听你的意见。有什么,你就说什么。"

许英莲说:"那几位老师傅身怀绝技,他们都是从旧社会过来的人,他们身上不可能没有旧习气。所以,很多人看不惯他们。公私合营以后,工人同工同酬,他们的工资也不算高。关厂长,无记名投票涨工资,这几个老师傅恐怕很难入选。你呀,给上级打个报告,说明情况,再给咱们厂几个指标,给他们涨工资,这对于年轻工人学技术,也会有促进作用。"

关厂长连连点头:"我努力争取一下吧,对于你,我也想过了,也不要推辞,这不是我给你的,是工人们给你的,属于你的,你也不要推辞,过于推辞,就显得有些虚伪。该要的,咱真不能放弃。进厂时间短怎么了,你的贡献不比谁小。老师傅的事,我向局里争取。你的事,我可以做主。"

许英莲还要说什么,关厂长没让她说。这是一个好女人,食品厂的女工多,来这个厂工作,关厂长也告诫过自己,可以犯别的错误,但不能犯男女关系错误。许英莲是个有工作能力的女性,他分派的任务,她完成得都很好,他对这个女人也是刮目相看。

天色不早了,许英莲要回去了。

关厂长送许英莲出门的时候,一股淡淡的浴后女人的体香不经意地飘进了关厂长的鼻息。一阵眩晕,他几乎打了个趔趄。不能不承认身体紧紧包裹的那个魔鬼钻了出来……

许英莲回过身来:"我走了,你留步吧,厂长。"

关厂长朝许英莲伸过手去,许英莲也把手递给了他……本来只是礼节性的告别,他握住了她的手。一时间,他竟然忘记了松开她的手。许英莲没有抽回自己的手,她静静地等待着他能松开她的手,尽管短短的一瞬间,她觉得如果抽回了她的手,似乎对对方有不屑之意。关厂长幡然醒悟时,已经晚了片刻,他自己也感到有些尴尬。

许英莲走了,关厂长一直注视着那个美丽的背影。他有些悔意,也有所感知,许英莲是个善解人意的女人,她有度量能包容,但她绝对不是个可以冒犯的女人……

在一个单位,什么工作最难做?一个分房子,一个是涨工资。这回工厂普调工资,没有什么问题。在那百分之二十的指标上,关厂长找到了局里,也争取了一两个名额。加上许英莲和另外一个老党员的大度谦让,几个老师傅总算是榜上有名。你想所有的事情都做得让每个人满意,那是不可能的。大多数人满意,这就算是成功。

元旦来临之际,关厂长已经有了打算,他通过副食品公司,还有屠宰场,搞了一些吃的。找到酒厂的厂长,弄了一些混合酒。在元旦前一天晚上,搞一个全厂工人大会餐。今年食品厂加足马力生产,超额完成了任务不说,而且将老字号也端了出来,让食品生产上了台阶,受到了县里的表彰。活是工人们干出来的,荣誉却是归属于领导。劳苦了一年,到了年终岁尾,弄点酒菜,让工人们乐一乐,吃一点喝一点,也不为过。

为了这次会餐,工人们也做了准备。没到会餐时间,车间里面已经洋溢着一股喜庆气氛。从食堂那边,已经飘过了鱼肉香味。关厂长把局里的丁书记,还有几个部门的领导也请来了。厂部还特意通知各个车间,有上级领导出席,要注意仪表形象,不要说粗话,要文明行事。许英莲和几个店员也提前关门,几个姑娘们梳洗打扮了一番,换下身上的衣服,换上漂亮的衣服。会餐现场,将是姑娘们展示亮点的地方。王金玉喊道:"许姐,你也换换衣服吧。"

许英莲说:"我跟着凑什么热闹,你们换,抓紧时间。"

这时,响起了敲门声。许英莲走过去拉开门,她不禁怔住了,门口站的人,正是史忠诚。看她惊讶得张着嘴说不出话来,史忠诚笑着说:"怎么,不认识啦?"

许英莲哦了一声,惊愕了好一会儿,才说出话来:"怎么会是你呀,你怎么来了?"

史忠诚说:"我也是路过,店铺已经关门了,我想试一试,谁想,你们把自己关在里面。"

姑娘们拥到了门口,她们以为是工厂来人催她们了,看见了一个肩膀上扛着二杠一星的军官与许英莲说话,她们又像潮水一样退下了。瞪大眼睛,注视着这位不速之客。

许英莲说:"你进来坐坐吧。"

史忠诚说:"不进去了,车子还等着呢。我想给你寄个贺年卡,又不知地址。正好路过这里,我把贺年卡给你吧。史忠诚把一张贺年卡递给了许英莲,他说,英莲姐,新年好……"

"部队正在拉练,正巧路过金州,我也没想到,我和你还能见上一面。英莲姐,我走了。"

史忠诚走了,许英莲一直望着他走进了吉普车,直到车子开到了拐弯处,不见了踪影。

姑娘们一下子把许英莲围住了,七嘴八舌地嚷了起来:"许姐,你认识这么英俊的军官,你怎么说,你不认识部队上的人呢?""许姐,他叫什么名字?二杠一星,是少校,应该是正团职。许姐,这个军官找你做什么……"

许英莲说:"我的一个在部队工作的远房兄弟,托他给我捎来了一张贺年卡。"

王金玉把贺年卡抢到了手里,她说:"我们能不能看一看?"

许英莲不想让她们看,因为她也不知道史忠诚在贺年卡上写了些什么,一旦写了表达情感的话,让她们看了有多不好。许英莲坚持着没有让王金玉打开贺年卡,把贺年卡要到了自己的手里。打开了贺年卡,那上面写着:

英莲姐:在新的一年到来之际,祝你身体健康,精神愉快,工作顺利。史忠诚。

看过之后,许英莲的心才放了下来,她把贺年卡扔给了王金玉她们,姑娘们又哄闹了起来。一旁的郭凤平一直没有上前去凑热闹,她什么也没有做,但眼前的一切她都看在眼里。她看得清清楚楚,许英莲看过了贺年卡,发现没有什么可以怕人的内容之后,她才将贺年卡大白于众人面前。这时,许英莲也看到了角落里的郭凤平,她主动跟她打招呼:"你怎么不换衣服?"

郭凤平说:"咱们是农村来的乡巴佬,穿什么衣服也不好看。"

许英莲拿出了自己的衣服:"你换上许姐的衣服,你生着好身材,穿什么衣服都好看。"

郭凤平也知道,换衣服只是一个台阶,如果她执意不换衣服,那就是她不肯给许英莲面子。事情明摆着的,许英莲心是虚的,她能糊弄那些不谙世事的

第二十六章

195

姑娘，却瞒不过她的眼睛。她从许英莲手里接过了衣服，她说："许姐，你呀，这是逼着老妈子当王母娘娘。"

许英莲说："看不出呀，平时，你不言不语的，一开口说话，就俏皮话连天。"

梁小清说："闷度人，太度心，不言不语好整个事儿。"

本来郭凤平想发作一下，我整什么事儿啦……话都到了嘴边了，她给咽了回去。

食品厂会餐，把商业局的领导请来了，大刘作为关系单位的领导，她也来参加会餐。丁书记跟许英莲很长时间没有见面，见面后，丁书记也挺感慨的："总算挺过来了，英莲同志，你是好样的，走到哪个单位，你都是好样的。关厂长把你主动推辞涨工资的事情向局里说了，我们也挺受教育。邓仁修出事以后，不少人说我用人有问题。说你金玉其外，败絮其内。你也争气，你用行动证明了自己。"

大刘也插嘴说："其实也就一两个人在那儿搅和，一块臭肉毁了一锅汤。于过兰如果没有她表哥，她真的就是大连湾的粪撮子——什么都不是。"

丁书记说："大刘，你给我解释一下，你的这个疙瘩话什么意思？"

大刘说："我给你解释一下，大连湾那儿有一个大姑娘，她生活作风不好，乱搞男女关系。大姑娘怀孕了，十月怀胎，她生下了这个孩子。可她不想要这个孩子，怎么办？第二天一大早，大姑娘把孩子装进了粪撮子里，想把孩子扔到野地里去。可是没想到，在路上，大姑娘遇见了一个熟人，那人问，你的粪撮子里装的什么东西，大姑娘回答，什么都不是。从此，就传出了这个疙瘩话，歇后语。大连湾的粪撮子——什么都不是。"

丁书记听了，哈哈大笑了起来。周围的人也哈哈大笑起来。

会餐开始了，大伙喝的混合酒都是用酒精勾兑而成的，度数小，但是，喝多了照样醉人。工人们在一起会餐，大伙开心极了，酒就成了大伙的兴奋剂。几杯酒喝下肚子，人们的兴奋点也给点燃了。几个跟着许英莲一起制作日昌糕点的老师傅过来给许英莲敬酒。许英莲很尊重这几位老师傅，他们虽然有些个性，但他们很正直，她把老师傅敬的酒给喝了下去。

大徐子领着男工们也来敬酒，许英莲本来对酒就反感，她推辞着不喝。可大徐子他们也不依不饶："平时，我们也没有机会接触许姐，许姐是公认的大美人,我们想接近也接近不了。今天会餐,厂长也说了,会餐的时候,没有上下级之分,工人阶级一律平等。你能与老师傅们喝,是不是瞧不起我们青年男工们。"

许英莲没有办法,她只好又把酒喝了下去。

这时候,丁书记端着酒杯走到了许英莲的面前,他说:"英莲同志,我们在一起工作,从来也没喝过酒,什么也不说了,什么也都在酒里。今天,我敬你一杯……"

这杯酒,许英莲不能不喝。她也感到自己胸中燃烧起了一团熊熊大火,烧得她面颊已经热辣辣的。她已经感觉到了天旋地转,她悄悄地对大刘说:"大刘啊,你快点扶我走。"

大刘刚要扶起许英莲往门外走,关厂长走过来了,非要与许英莲喝一杯酒。

大刘替许英莲打着圆场:"她已经喝多了,不能再喝了。"

大刘架着许英莲,把她架到了食堂门外。让冬天夜晚的凉风一吹,许英莲一会儿也清醒了。她说:"为了我,你连餐桌上的菜都没有吃。"

大刘说:"吃不吃对我来说并不重要。再喝下去,你非让那些男人们给喝醉了不可。生得俊美有什么好处。走到哪儿,你瞧瞧,有给我敬酒的吗?可那些男人们轮番上阵,给你许大美人敬酒,你真了不起呀,来者不拒,能不喝多吗?"

许英莲说了一句酒话:"酒不醉人人自醉,色不迷人人自迷。"

许英莲把贺年卡递给了大刘:"今天傍晚,他来了……打开门时,他,史忠诚就站在我对面,那一刻,我都蒙了……"这时候,许英莲的醉意渐渐地消逝了,头脑也清晰了。她说:"大刘,这辈子我就做了那一件错事……一时心血来潮,我和他做了不该做的事情……"

大刘说:"你是女人,你不是个普通女人,是个男人们惦记的女人。俗话说,不怕贼偷就怕贼惦记。对一个女人来说,不怕男人惦记,就怕坏男人惦记。我一直没告诉你,我们公司有个副经理,叫高有福,他知道你我是好姐妹,遇见我,他总是向我打探你的一些事情,还有你家里的一些情况。其实不少人对你并不仅好奇,而是在琢磨你。"

许英莲说:"人人在人背后都议论人,人人也被人议论。我根本就不认得这个姓高的,让他好奇去吧,让他打听去吧,他是他,我是我。"

大刘本来想告诉许英莲,这个高有福对她的了解,对她们家的了解,已经远远胜出了她。比方说许英莲的娘家舅舅家,还有她的叔叔,甚至远房亲戚,他也不知通过什么途径,似乎了如指掌。她大刘真的是为了许英莲好,才跟她说起这些推心置腹的话。俗话说,忠言逆耳,一点也不假,好话说多了,也会让受听者产生逆反心理。话说到了此处,就此打住。反正她也不止一次地提醒过许英莲,只不过这一次,她见许英莲在日昌糕点店铺开张以后有点飘飘然,她说得有点重。

许英莲似乎也觉察到了什么,她说:"大刘,你怎么不说话了?"

大刘回了一句:"我是不是说得太多了。"

## 第二十七章

20世纪60年代初期,少校算是不小的军官了。凭感觉,许英莲与这个军官很熟悉。元旦过后,有一天,郭凤平把许英莲拉到了一个无人的角落,她欲言又止,有点难为情的样子。许英莲问:"凤平呀,有什么话,你就跟许姐直说。"

郭凤平这才说:"我想请许姐帮个忙,能不能在部队,给我介绍一个军人对象?"

许英莲没有想到平时不显山也不露水的郭凤平居然向她提出了这样一个请求,她问道:"凤平,你是不是看见有部队的同志找我,你以为我认识部队上的人?"

郭凤平说:"许姐,家里人一直催着我赶快找对象。我不想找工人,我就想找个军人,也不管官大官小,只要他是军人就行。我对谁也没说起过,小梁、金玉如果知道了,她们会笑话我的。"

许英莲说:"前些日子,金玉也求过我,让我给她在部队上介绍一个对象,一直到今天,也没能找到。如今,想嫁给军人的大姑娘遍地都是,一时半会儿不那么好找。我跟部队的人也不是很熟,那天来找我的军人,他是给我捎别人的一个贺年卡。如果以后有合适的,我一定帮你。"

郭凤平点了点头,她知道,许英莲将她的请求给推辞了。

三天后,正巧马师傅托许英莲给自己的儿子介绍一个对象,马师傅的儿子在重机厂工作,正儿八经的国营大厂,人家是个电焊工,有技术。许英莲想到了郭凤平。没有想到,当她跟郭凤平说起这件事的时候,郭凤平一口回绝了。许英莲不软不硬地碰了一个钉子,她问:"为什么呀?马师傅的儿子我见过了,又高又壮,长相不错,还有技术。"

郭凤平有点不好意思,她说:"以后,儿媳妇要跟老公公在一个厂子干活,多不好。"

从那以后,许英莲再也没有给郭凤平介绍过对象。小姐妹们知道了这件事,她们在私下里也议论,郭凤平不知天高地厚,她是海猫子不知天鼓响,不知自己几斤几两。瞧瞧她长得什么模样,她也想找军官,兵蛋子都不稀罕娶她。

听到小姐妹们的这些议论,郭凤平心里也很生气,如果不是许姐说出去的,小姐妹们怎么会知道自己想找军人这件事情。

那天也巧,郭凤平正好到百货商店买东西,刚进商场,她就遇到了于过兰。于过兰主动跟她打招呼,郭凤平想起于过兰让郭凤平当她眼线耳目的事情。没等到她问起,郭凤平就把元旦前夜,食品厂会餐时,一个军官来到店铺给许英莲送贺年卡这件事告诉了于过兰。

这件事听起来没有什么价值,细品品,很有意味。于过兰不气恼,反倒十分高兴。两个人唠了一会儿家常,于过兰问郭凤平:"你想不想找个军人?"

郭凤平竭力掩饰着内心的欣喜,她不好意思地低下了头。于过兰扑哧笑了,越是模样不济的姑娘,可心气却很高,就郭凤平那模样,她能看上军人,可军人能看上她吗?理是这么一个理儿,但她不能这样直白地说出来。人最怕的就是伤害自尊心。她满口答应:"行,只要我遇到了合适的军人,我头一个会想到你的。"

在军区大院,左副政委的女儿左红宇发现了丈夫史忠诚写给一个名叫英莲姐的信……

……心潮在我的胸中激荡,一次比一次更加猛烈地撞击着我的心扉。我知道我一直渴望着那个时刻的到来,可我没有想到,我们会相遇在那样一个场合。当我把你揽进了怀里,天地僵硬了,空气凝固了,时光停止了,只有你和我。我紧紧地抱着你,我不知要对你说什么,你是我心目之中的美神,我只是斗胆地在梦境中拥有过你,你永远是那尊神圣不可冒犯的偶像。可我怎么也没有想到,你走下了神坛,你从星际,你从云端走到了人间,走到了我的面前……当我跪倒在你的石榴裙下时,你轻轻地抱起了我的头颅……此时此刻,我仿佛看见了母亲,看见了姐姐。我看到了圣母,我遇见了马利亚……我多么想得到你的关怀,我多么希望能得到你的爱抚……你什么都给了我,你是那样的无私,你把你的一切毫无保留地袒露在我的面前,并且把这个世界上最宝贵的灵与肉奉献给了我……那一刻,我知道自己是这个世界上最幸福而又最不幸的人,我不止一次地问自己,这是真的吗,美丽的憧憬真的化为了现实。当我触摸到你那雪一样洁白圣洁的肌肤时,你微微颤抖着,我以为受宠若惊的只是我,没想到,你也如同一位处子。是,你就是一个处子,你永远都是一位美丽圣洁而又善良的处子……那一刻,我甚至想嘶喊一声,得到了你的爱,可我拿什么奉献给你呢……我什么都做不到,我只有鲜活的生命,只有一份纯真的感情,但我愿意为你奉献我的生命……

左红宇手里拿着这封没有寄出的信,冷冷地盯着史忠诚:"你还有什么好说的……"

史忠诚说:"我没有什么好说的,一切的一切,所有的罪过都是我犯下的……"

左红宇说:"告诉我,她是谁? 她叫什么名字?"

史忠诚深深地低下了头,紧紧地闭着嘴巴。

左红宇说:"不要以为你是智者,不要把别人看成傻瓜,更不要以为只有你懂得浪漫。我告诉你,你不说,我也知道她是谁,我与她已经神交很久了,甚至见过面了……"

史忠诚从来都感觉自己聪明过人,才华超群,可他真就没有想到,在他书写情意绵绵的日记和书信的时候,身边那双窥测的眼睛一刻也不放松地盯着他……

左红宇说:"你是不是以为我在敲山震虎……我告诉你吧,她叫许英莲,她是食品厂的一个职工,她是四个孩子的母亲,她的丈夫还蹲在监狱里劳动改造。她是一名共产党员,受过留党察看的处分,但她也曾经辉煌过,她不是一般的女性……史忠诚,你跟我说实话,你要我怎样来对待这件事?"

史忠诚屈服了:"红宇,这件事从头至尾全是我一个人的错,与那个许英莲无关。你要惩罚,无论你怎样惩罚,我都接受,无条件接受。但我要对你说,这事,真的与她无关……"

左红宇以为,史忠诚会把所有的责任推到那个女人的头上,她没有想到,史忠诚全都揽在了自己的身上。她说:"史忠诚,我问你,你是不是将我当成了许英莲的替代品?"

史忠诚低下了头,他真的无言以对……

左红宇说:"你表明一个态度吧,在我与许英莲之间,你必须要做出一个选择,要么我们离婚,你与那个许英莲结合。要么,我再原谅你一回,替你保守一回秘密,我们俩还是夫妻,但是,你必须与那个许英莲一刀两断。只要你做到了,我可以既往不咎。"

史忠诚说:"红宇,我从未背叛过你,只有一次,真的只有这一次……"

左红宇几乎咆哮了起来:"只有一次,你知道吗,你在感情上背叛了我多少次,这比起行为上的背叛更为可怕。我得到的是什么,我得到的仅仅是空空的男人躯壳,一个臭皮囊,在你的身子底下,我变成了另外一个女人。你说,你有多么的可恨……"

史忠诚说:"红宇,请你相信我,许英莲是个好女人,我们之间的关系并没有发展到那种程度。仅有的那一次,也是我一时冲动,无法遏制自己,几乎是强行地与她……相信我,一切都是我不好,你可以不放过我,但你真的不要不放过她。"

左红宇说:"谁让我那样崇拜你,那样欣赏你。我相信你的话,我也不忍心毁掉你的前程。你给我写一份保证书,保证以后再也不与那个名叫许英莲的有夫之妇来往,更不能在日记里提起她,让我们的生活里面再出现她。写吧,你不是能写吗,你给我严肃认真地写。"

万般无奈,史忠诚提笔写下了保证书:

红宇:

　　请你原谅我,不是原谅,而是宽恕、饶恕,几年前,我就认识了许英莲,我被她的美貌深深地迷住了。那时候,虽然我没有结婚,但我已经对她产生了邪念。所以,我时时地关照着她,直到她的家庭生活发生了变故,直到她的孩子生病住院。我向她伸出了援助之手,从那以后,我得到了她的好感,让我有机会走近了她。在这期间,我与她什么也没有发生过,她是一个好女人,她真的很不幸,让人同情。这么长时间,我一直渴望着能与她亲近一次,我也终于得到了一次这样的机会……我错了,红宇,饶恕我,也饶恕她。我保证,以后再也不会发生类似的事情了。如果再发生此类事情,我愿意接受党纪军纪的处罚,也心甘情愿地接受你的惩罚……

左红宇默默地收起了丈夫写下的保证书。她是在军人家庭长大的女人,她的性格也铮铮刚硬。此时此刻,她什么也不说,两行眼泪从她眼眶中缓缓地流了下来。她的全身都在颤抖,她没有想到会发生这样的事情,她只感到委屈……左红宇知道,史忠诚的事情让组织上知道了,他的前程也就完结了。不管他有怎样的才华,也不管他有怎样的前程,什么都毁掉了。什么都毁掉了,她活着还有什么意义呢……她也经常听到战友们的议论,平庸的男人才会坚守爱情。像史忠诚这样的风流才子,他与生俱来就是一个不会安分的人。即便表面上他安分了,可他的思想、他的情感能安分吗?史忠诚的忏悔也让她的心软了下来。

左红宇想起了他的诗句,"从头至踵地吻你……",你就这样吻我一次……说完,她闭上了眼睛,平躺在床上,舒展开了身子,静静地等待着她心目中的白马王子从她的额头吻起……

史忠诚如同赎罪一样,在完成他许下的诺言,他要从头到踵吻一个女人,那是吻他的妻子,而不是他最心爱的女人。在他的心里,妻子就应该是那个与他天天厮守在一起的女人,她为他做饭洗衣服,为她生孩子,抚养孩子,为他孝敬老人。而生命当中的另一个女人,则是能给他情感满足的那个人。她可以存在于天国里,也可以出现在他的梦境里,然而,他遇到的这个女人却是真实活在他的生活当中。她不是虚无缥缈的,她是真实存在的。他为她忍受的灵与肉的折磨,已经有些痛不欲生、死去活来。正是因为他的过失,恐怕他心目中的那尊偶像就要面临着灭顶之灾……史忠诚吻遍了左红宇的全身……他满足了她所有的欲望……伏在他怀里的时候,她喃喃地念叨着:"你不想说点什么吗?"

史忠诚也情不自禁地说了一句:"红宇,恳求你,放过她吧……"

左红宇不禁抽搐了一下:"你先放过,我也就放过了。我知道,她是个好女人。"

史忠诚紧紧地把左红宇抱在了怀里。他深情地吻她,直到吻得她快要窒息了。

左红宇怎么可能放过许英莲,她一直无法从她的心里抹去那个美丽女人的影子。史忠诚出轨的行为,她默默地装在自己的心里,对谁也没有说起。因为没有泄露,她必须要为承受付出代价。她总是郁闷,她总是缺乏满足感。他和她应该有一个孩子,如果有一个孩子,也许会好一些。

不久,史忠诚要到北京参加一个大型革命史诗的创作,左红宇把史忠诚送到了火车站。她有点舍不得让刚刚修复了感情伤痕的丈夫离开自己,想到这儿,她的眼泪忍不住流了下来。这一段时间,左红宇的感情有点脆弱,遇到事情,喜欢流泪了。

史忠诚安慰左红宇:"说是一年时间,又不是封闭创作,这期间,我想你了,你想我了,你到北京,我回省城,或者我们俩找一个城市幽会,这样多浪漫……"

左红宇叮嘱道:"忠诚,你要给我写信,写长长的信,写像诗一样的信……"

史忠诚答应了左红宇,七天后,左红宇果然接到了从北京寄来的信……

> 我不知是否还有颜面对你诉说,
> 在此之前,我一直认为自己总是高高在上
> 此时此刻,我才明白,
> 人们诅咒的那个小人,连我也曾经鄙视的小人
> 竟然就是我自己。
> 我出卖了肉体,出卖了灵魂,甚至也出卖了你……
> 用不着拷问灵魂,哪怕询问良心一句,
> 我对得起她吗?
> 良心抽了我一个耳光,
> 奥斯特洛夫斯基说了,只为自己活着,那是禽兽的本能,而只为一个人活着,那也是动物的私心。
> 我是禽兽,甚至不如动物。

连上帝也不愿意再听我的忏悔，
仁慈的上帝扔下了一句冰冷的话语，
你就是被烈火焚毁，
也烧不掉这无耻的罪恶，
因为你欺辱的是一个无辜的良家妇女……

左红宇读懂了，史忠诚写的是一首诗，是一首忏悔的诗，但并不是向她忏悔，而是向那个女人。写给那个女人的诗怎么会落到她的手里，一定是他一时疏忽，把写给两个女人的信，阴差阳错，装错了信封分别寄到了两个不同女人的手里。

要在平时，遇到此种事情，她肯定会气得晕死过去。读完了信，她静静地坐在那儿，脑子虽然很乱，但思路一点也不混乱。这封信在她的手里，另外一封信必定在那个女人的手里。经过再三思量，左红宇决定，她要再到金河县去一趟，她要直面那个女人，把史忠诚写给她的信要回来，把属于那个女人的信再还给那个女人。其实，想要惩罚史忠诚，她只需把他写下的保证书，还有他写给那个女人的信交给组织，等待他的就是党纪、军纪的处分。她不想这样做，如果这样做，她的脸面也不光彩。她也不想一个人忍受着这样的折磨，她也要让那个女人受到惩罚和折磨，不能让她沐浴在爱河之中。

左红宇从省城来到了金河县城，因为来过这里，她很快就找到了南街上的店铺。肩膀上扛着一杠三星上尉军衔的女军官走进了店铺，一下子引来了众人的目光。左红宇一眼认出了许英莲，她走到了她面前。许英莲抬起头来，她微笑着面对这位女军官说："你想要点什么？"

左红宇伸出了一只手……许英莲莫明其妙："你要什么？"

左红宇说："我管你要信，一封从北京寄来的信。"

许英莲真的闹糊涂了："什么信，什么北京来的信，我从来也没收到过信。"

真的是这样，她没有收到什么信，包括她弟弟、她的丈夫，都没往店铺寄过信。他们都不知道店铺的地址，他们把信寄到了家里。

从表情上，左红宇也看得出来，这个许英莲并没有说谎，也许真就是她想错了，人家真就没有收到什么信件，或者说史忠诚从来没给她写过信，更没寄过信。真的是她有点冒失。她显得难堪极了,幸好没有再说什么难听的话,幸好也没有什么过激的举动。她连连地解释:"是我搞误会了,是我弄错了。对不起,我找错人了……"左红宇像小偷一样,急忙跑出了店铺。

店铺里的人都晕头转向,一头雾水。年轻漂亮的女军官进来一通折腾,搞的什么名堂。谁都蒙在鼓里,只有一个人明白,那就是郭凤平。两天前,她把一封从北京中国人民解放军总政治部寄来的信悄悄地装进了口袋,因为这封信是寄给许英莲的,她将这封信交到了于过兰的手里。接到这封信,于过兰也没敢轻举妄动,她找到了局纪检委的女书记周国花,她们是情同姐妹的好友,她们俩拆开了信。什么信,简直就是一首肉麻的情诗。

于过兰咬牙切齿地说:"我早就说过嘛,许英莲就是一条披着马列主义外衣,而实质就是修正主义本质的狐狸。看看吧,狐狸尾巴总是要露出来的。"

周国花把信看了两遍,她看出来了,这信不是写给许英莲的,而是写给一个名叫红宇的女人。"这个红宇是写信的人的妻子,丈夫向她说些脉脉含情的话。你可好,冒冒失失地,把人家的信给拆开了。"

于过兰说:"你思考一下,信封上为什么写着许英莲的名字?这说明,信与她一定有关。人们都说许英莲不是个平庸之辈,我也承认,她不是个简单女子。我相信,她是个有故事的女人。女人有故事,那就肯定有趣。不信咱们骑驴看唱本,走着瞧。"

一个女军官来找许英莲要信,一切都昭然若揭了。听到郭凤平说那个女军人到店铺来过,刚刚离开。于过兰顿时精神抖擞,一路小跑赶到了火车站,人群当中一身军装的左红宇分外引人注目,于过兰把她堵截了回来。她把这个女军官带到了局里,她和周国花一起,把她们截获并隐匿下来的那封信拿了出来,让左红宇看。

左红宇比她们明白,这里到底是怎么一回事。事情发展到了这个地步,她已经隐隐约约地感到她这个妻子在窥测自己的丈夫,而这两个女人,她们以组织的名义,在窥测那个名叫许英莲的女人。她生在军人家庭,从小在军营里长大,十五岁就当了女兵,她的思想简单、感情纯洁,到了此时,她才意识到了社会与军营的差别,社会太复杂了,人也太复杂了。

于过兰滔滔不绝地向左红宇说明情况:"这个许英莲刚刚解除了留党察看处分,她的丈夫是个十恶不赦的罪犯。而她呢,她又在打一个人民解放军军官的主意……"

左红宇没有等她们说完,就站立起来,从她们手里把信拿到了自己手里,毅然决然地朝门外走去。走出商业局,她径直来到了火车站。火车已经开走了,她只有再等一班。

于过兰和周国花把郭凤平打发走了,关于截留信件的事情,只要拿信的人郭凤平不说,也不会有人追究。郭凤平不会说的,因为是她窃取的信件。追究责任,她首当其冲。周国花和于过兰俩商量着接下来要做的事情。周国花跟许英莲在县里开会的时候认识的,她对许英莲没有好感原因只有一个,许英莲漂亮,而她太丑陋了。她长着一张大饼子脸,脸上还都撒满了雀斑。她这个女干部当得,没有人愿意看她。这也成全了她,她干出成绩干不出成绩都没人理会。三年自然灾害,小偷小摸的多了,犯生活作风错误的少了。这几年,纪检委轻松极了。于过兰妒忌许英莲,两个各方面条件都优越的女人同在一个单位,她们之间产生妒忌是难免的。没想到,她们已经分开了,这个于过兰对许英莲还是耿耿于怀。

于过兰给周国花出了主意,让她把许英莲找到局里来谈话,就拿这次军人信件说事。人家军官家属已经找上门来了,让她交代,到底跟那个写信的军人有没有男女关系。

周国花笑出声来了,她说:"人家许英莲如果要问你,你说我与那个军官有男女关系,捉贼要赃,捉奸要双,你抓着人家什么证据了,你敢这样问人家?"

于过兰说:"如果他们没有男女关系,那个男人能写出那样的信来吗?"

周国花说:"信是信,证据是证据。这就像一个男人给一个女人写情书一样,能说明什么,只能说明他对那个女人有感情,或者说产生了恋情。我说于过兰,妒忌心真的是杀人的刀啊。瞧瞧把你给恨的,你为什么如此这般痛恨许英莲?"

于过兰说:"别说看见她,哪怕听到她的名字,我的牙根就恨得发痒。恨不能上去咬她一口。周大姐,咱们俩好了这么多年,你就帮我出一出这口气呗。这也不是我一个人的气,我听别人说,许英莲常常为自己的容貌骄傲,常常嘲讽相貌丑陋的女人。我亲耳听她说过,找一万个丑女人,遍地都是。而找一个真正的美女,却是大海里捞针。所以,我恨得她牙根发痒。国花大姐,只要你帮我出了这口气,我给你做一件带毛绒里子的缎子小棉袄。"

周国花说:"长着漂亮脸蛋好看不好吃,她许英莲有什么值得骄傲的? 真的要整起来,她怎么可能是我们俩的对手。你说吧,让许英莲是个什么下场才好?"

于过兰说:"这个许英莲看上去就是个资本家的姨太太,唱戏的戏子,国民党女特务,这样的人怎么可能是共产党员,她是怎么混进党内的? 就是因为有些不要脸的男领导,看见漂亮的女人就挪不动脚步。国花姐,把许英莲开除出党,共产党不能要这种女人。"

周国花说:"这样的处分有点过重。你当初费尽心机,也没把她开除出党吧?"

于过兰说:"你想想,她能勾引解放军的军官,就是破坏军婚的罪名。男人破坏军婚就得进牢狱,女人破坏军婚也一样罪名,不进监狱,就开除她的党籍。按我的意思,把她关进牢狱,这个世界才会安宁。此事宜早不宜迟。"

做了多年纪检工作的周国花也想探探许英莲到底是怎样一个人。第二天,周国花就把许英莲约到商业局纪委谈话。当许英莲脚步轻盈地走进她的办公室时,虽然有过接触,但是她头一次这样近距离地观察这个女人。她确实很漂亮,与这个女人相比,她周国花就是一个二假汉子。

周国花与许英莲唠了一会儿家常,谈了一会儿工作。周国花善于在谈话中让对方不知不觉切入正题,并陷入她的圈套。她说:"英莲同志,我们早就认识,只是接触太少。与普通人不同的是,你和我都是党员。既然都是在组织的人,我也就有什么说什么了……你呢,也有什么说什么……我也就不拐弯抹角了,英莲,你认识一个名叫史忠诚的人吗?"

许英莲的心头猛地一震:"史忠诚,我认识啊,他怎么了? 周书记……"

周国花说:"你和他是怎么认识的?"

许英莲说:"认识他,这个说起来,话就长了……"许英莲从在文具店工作时说起,把她是怎样认识的史忠诚一五一十地从头到尾讲述了一遍。

周国花她一边听,一边在笔记本上记着什么:"你和史忠诚是什么关系?"

许英莲说:"我和他……应该是朋友关系吧。"

周国花说:"什么朋友? 男女朋友还是什么朋友,能再说的具体一点吗?"

许英莲说:"周书记,还要具体什么? 应该说的,我都说了,我不知道再说什么。"

周国花放下了手里的笔,她说:"英莲同志,咱们就打开天窗说亮话,昨天,史忠诚的爱人,也是一位军人,她找到了商业局,是我接待她的……"

许英莲的心一下子给揪紧了,她的脑子也乱成了一锅粥,她真的不知道究竟发生了什么:"周书记,到底发生了什么事情?"

周国花说话的口气有些变了味道,她说:"到底发生了什么事情了?应该问你自己,而不是你问我。你说吧,你和史忠诚到底怎么了?"

周国花是做什么的?她做了好多年的纪检工作,她有经验,也有技巧。她早就看出来了,许英莲虽然是几个孩子的母亲,可她的心理年龄,也就是尚未成熟的女孩子。她还没有对她敲山震虎,只是搂草打兔子,许英莲就有些惴惴不安了。周国花继续说:"咱们都是女同志,咱俩的关系也不错,如果不是史忠诚的妻子找到了咱们商业局,找到了我,我也不愿意接手管这事。如果我能给你压下来,我绝对会给你保守秘密的。可是,英莲呀,当兵的都是扛枪挎刀出身,他们虎里虎气的,做事也是直来直去,真的得理不饶人哪……"

许英莲说:"周书记,史忠诚的妻子到局里来,到底因为什么事情?"

周国花说:"那我就有什么说什么了……史忠诚因为男女生活作风问题,被相关部门审查了。你知道他的妻子为什么会找到咱们局里吗?"

许英莲的心理一下子崩溃了:"我不知道……"

周国花说:"你应该知道……我问你,史忠诚的妻子为什么会找到咱们商业局?史忠诚是个才子,他把他对你的感情,还有你们俩的感情,全都写下来了……史忠诚还是个挺信守感情的人,直到组织上要处分他了,他也没说出同他保持关系的这个女人是谁……"

许英莲已经坍塌了……

周国花说:"于是,史忠诚的妻子找到了组织上,好像她也到你们店铺去过了,她原本想跟你推心置腹地谈一谈,可她怕见到了情敌,她控制不住自己的情绪,你们再发生什么不愉快。于是,她就找到了局里……"

许英莲说:"周书记,有话你就说吧……"

周国花说:"我虽然没见过史忠诚这个人,我认为,他还是个男人。可惜了这个才子,他是部队上难得的人才,能写能画,挺了不起的一个人。他的妻子也是有所考虑,不能因为感情问题,而毁掉这样一个军人。他也是党和部队上培养多年,走到今天,也不容易。只要你能承认,你和他之间的关系,责任完全在于你,也许能保住史忠诚党籍,保住军籍……"

许英莲已经坐不住了……

周国花说:"你我都是女人,按说,男人做了出轨的事情,作为妻子,恨不能不跟他过下去了。可史忠诚的妻子还能跑来找你,跑来找组织,她也是不想毁掉了这个人。"

许英莲喃喃地说:"周书记,我能为他做点什么?"

周国花说:"你要为史忠诚做的,说简单也简单,说复杂也复杂。只要你把责任承担下来,说你们之间的男女关系,责任完全在于你,史忠诚就能保住党籍,保住军籍。"

许英莲连想也没想,她答应了:"行,我愿意承担责任,责任也真就是完全在我身上。"

周国花目的达到了,她似笑非笑地冲着许英莲点了点头,她的意思是多重的,她用嘴皮子,就把一个美丽的女人给搞定了。她把几张稿纸和一支笔推到了许英莲的面前:"你写一份材料,把你和史忠诚的来往,你和他之间发生的关系、过程和细节全部写下来,一式两份,一份交给部队,另一份,保存在我这儿。写吧,实事求是地写。"

许英莲顺从地写了起来,她把她与史忠诚前后交往的过程,记叙了一遍,把他们之间仅仅发生的那次关系,也白纸黑字写了下来。周国花看了,她不满意:"写这种材料,要写详细过程,比方说,你和他是谁先主动的,主动接吻,主动抚摸对方,在这个过程,你和他都说了些什么话,都要一五一十地向组织交代清楚,不能有丁点保留。"

许英莲说:"这让人多不好意思……"

周国花说:"你们好意思做,却不好意思写。必须写,现在咱们在商业局,等到了司法机关,性质可就全变了。"

许英莲像一只被毒蛇禁锢的小鸟,她脑子里只想着能保住史忠诚,她把一切的责任一切的罪过统统揽到了自己的身上。为了生活,为了孩子,她才主动拜倒在史忠诚的面前……

当许英莲把写好的材料交给了周国花,她看到了,面前的这位纪委书记的脸上浮现出一丝不屑一顾的似笑非笑的神情。她自己怎样走出的商业局,怎样回到了家里,她也稀里糊涂。

## 第二十八章

食品厂的支部书记李明君从局里回来以后,先与关厂长沟通,把许英莲与那个军官之间的关系告诉了关厂长。

关厂长还有些不相信:"英莲同志能做出这种事吗?"

李书记说:"事实摆在这儿,板上钉钉的事。你我也都是过来的人了,像许英莲这样的女同志,长得漂亮,性格也温柔,身前身后有不少追求者。说句不好听的话,好女经不住赖汉子磨,何况史忠诚是部队有名的才子,许英莲的男人劳动改造,一个年轻美丽的的女人守活寡,她能守得住吗?即使她守得住,那些个男人能守得住吗?"

关厂长说:"许英莲来到食品厂工作,没听说她的风言风语呀,反倒很快树立了自己的威信。这一回,英莲同志的错误是不是挺严重的,她是不是要受处分?"

李书记说:"处分是肯定的,她刚刚解除处分还不到一年,对她的处分肯定不会轻了。"

关厂长说:"这下可毁了英莲同志。"

李书记说:"那也没办法,在原则问题上,谁也帮不了她。我先跟你通通气,让你先了解一下情况。具体怎样处理,我们开过支部会,再上报局党委吧。"

关厂长叹了口气:"唉,可惜了……"

这两天,许英莲一直在想史忠诚的事,她写了材料,他还会不会受处分。

只要能保住他不受处分,她的名誉受到了损失,她也豁出去了。可她万万没有想到,食品厂支部会上,她又一次成了主角。既然已经向组织上承认了,责任完全在于她,她也没有什么好隐瞒的了,在会上,她如实地向党员同志们讲述了她与史忠诚认识的过程、交往的过程。她就是为了感恩,感谢他为她付出的一切。一时糊涂,没有把握住自己,就犯了错误……

好在食品厂没有于过兰式的人物,同志们也挺同情许英莲的,一个女人,要不是拉扯着孩子,她不会做这样的事情。但是,共产党员不是一般的群众,生活作风也是重大的错误。会上,同志们展开了批评与自我批评。对许英莲就是惩前毖后,治病救人。

许英莲痛苦万分,泪流满面:"丢人哪,我这是怎么了……"

散会以后,李书记示意赵大年,去送一送许英莲。他看出来了,这个女同志有着极强的自尊心,男女关系的败露,对于一个要面子的女人来说,可能要付出生命的代价。他让赵大年送一送许英莲,他怕她一时想不开,做出什么意外之举。

一路走着,赵大年也规劝许英莲:"丑事家家有,哪个人敢说自己一身清白。但是,不露才是高手。你和他,两个人的事,只要咬住牙,就是一个不承认,谁也没辙。英莲呀,你一个女人,你怎么能去袒护男人呢?你傻不傻呀……"

许英莲说:"丢人就丢到底吧,只要史忠诚别受到处分就行。我不能对不起他……"

赵大年说:"你呀,表面上聪明,其实,你才是个傻瓜。你不想想,那个军人再不济,他也是个军人,是个男人,他应该担当,应该承受。真不应该是女人去担当。"

许英莲说:"脚上的泡是自己碾出来的,这是我自己愿意的。"

赵大年说:"弄不好,恐怕你难过这一关。"

支部会上,同志们都想给许英莲一个留党察看处分。厂支部的意见报到了局里,纪委这一关就没通过。周国花的态度很明确:"党的纪律,不是儿戏,更不能送人情。犯到了哪一条,就按照哪一条处分。一个男人搞了军人家属,他是破坏军婚罪,要蹲监狱的;一个女共产党员同军人乱搞男女关系,仅仅一个留党察看,能交代过去吗?何况她本身刚刚解除留党察看处分。局里的意见,必须开除许英莲的党籍,没有什么好说的。"

听到这个处分决定,许英莲顿时昏了过去。

从支部书记李明君到每一个党员,大家都不想看到这一幕。许英莲来到食品厂,她的所作所为,同志们都看在眼里。因为男女感情这点事,结束一个同志的政治生命,大家都感到痛惜。许英莲不是乱搞男女关系,她与那个军人之间有着真正的感情,因为感情所至,才发生了那一次不应该发生的关系。这一次关系,毁掉了一个多好的女人。她毁了不要紧,她身上支撑的是一个家庭,还有几个孩子……

许英莲已经崩溃了,她呼天天不应,叫地地不灵。唯一没有离开她的人,只有大刘。

大刘也万般无奈,她说:"你到局里去找丁书记,他是党委副书记,他说话也有力度。"

许英莲摇头拒绝了:"这样的事情,我怎么好意思张开嘴。丁书记会怎么看我……"

大刘说:"难道你就心甘情愿地接受这样的处分?丁书记通情达理,也许他会拉你一把。"

许英莲硬着头皮,找到了丁书记。丁书记说:"英莲啊,听说了你的事,按纪委的意见,本来对你是要双开的,开除你的党籍,也要开除你的公职。是我出面替你说话,真要开除了许英莲的厂籍,她和孩子们怎么生活?连罪犯我们都给活路,难道我们要把一个女人逼到绝路上去吗?这样才保住了你的公职,英莲呀,我已经无能为力了。"

看到许英莲一脸的绝望,大刘的心也提到了嗓子眼。她千叮咛,万嘱咐:"英莲啊,我知道你心里想什么,你可千万千万别犯糊涂,想不开的时候,你就想你的四个孩子,不,五个孩子,还有一个你一直挂念的小女儿立平。"

许英莲真的很平静:"大刘,你放心吧,我做了糊涂事,不能再糊涂了。我有孩子,我还有爹妈,为了他们,我也不会想不开。"

偌大一个县城,竟然没有许英莲能去的地方。她拖着沉重的脚步走进了娘家门。进门后,她就给爹妈跪下了,眼泪哗哗地流了下来……

王月娥叫了起来:"闺女,这是怎么了?有话站起来,跟你爹和我慢慢说。"

许英莲把她做的这些事情告诉了爹妈……她说:"爹,妈,我没想到,我出门子这么多年,我不但没有孝敬你们,反而给你们添了那么多的心事。爹、妈,我真的对不起你们……"

许顺来说:"人这一辈子,有些事情能躲得过去,有些事情,你躲也躲不过去。事情既然已经发生了,该你承担的,你必须要承担起来。不管怎么样,这日子还要过下去。你是爹妈的闺女,我和你妈不能看着不管你和孩子们……"

夜深了,许顺来和王月娥两口子一直没能睡着,他们俩还说着闺女的事。王月娥说:"咱们闺女,从小到大没过得好,倒霉的事,一桩接着一桩。英莲她怎么会是这样一个命啊……"

许顺来说:"英莲小时候,有人在我面前说,你家闺女是个美人坯子。真的是红颜祸水呀,老话没错,丑夫人才是家中宝。"

王月娥说:"咱们家是平常百姓家,可咱们家的门风正,几辈子了,从来也没有出过男人采花盗柳、女人偷人养汉的丑事。英莲她接二连三出事,她是怎么了?……"

许顺来说:"按我的脾气,出了这等丢人的事,我不打她,也要责骂她一顿。可我没骂闺女一声。咱家闺女不容易,她拉扯着孩子,要挣钱养活孩子们,还要好好工作。闺女是个要强的人,身边还有惦记她的男人们。"

王月娥说:"邓仁修摊上事时,真不如让英莲改嫁走道。"

许顺来说:"你想哪儿去了,咱们女婿还在,你怎么能想到改嫁走道的主意。没想到咱们闺女这个党员也丢了……我担心的是,唾沫星子能淹死人,她和孩子们怎么过下去。"

一变俱变,受到处分以后,围拢在许英莲身边的小姐妹们也不见了,工友们几乎都转变了对许英莲的印象。"咱们把她当成了正人君子,谁承想,她也是个当面一套背后一套的伪君子。"只有梁小清还像从前一样,不离她的身前身后,许姐长许姐短的,生怕她上火生病。

许英莲仰天长叹:"我呀,这是自作自受啊……"

梁小清说:"许姐,如果能换个工作单位,你就调走吧,别在这儿了。"

许英莲说:"人有脸,树有皮,我也不想再干下去了,可我有孩子,我能到哪儿去呢?"

偏偏此时,许英莲接到了邓仁修的来信。没有想到,连在劳改工厂里的丈夫也知道了她出轨的事情。他在信上这样写道："……英莲，听说了这件事，我不怪你，都是我不好，假如我没有犯罪，我们夫妻还过正常的日子，无论如何你也不会做出这样的事情。我相信你的人品，你肯定遇到了难处，才不得已为之。好事不出门，坏事居然传到了劳改队。我倒是担心，你能挺得过眼前的风波吗？……我的申诉报告打上去了，如同石沉大海，一点回音也没有。英莲，如果你不想等我回去了，你就选择你的所爱吧，你有这个自由，我也不阻拦你，我也没有资格阻拦你……"

许英莲因为生活作风问题，被开除了党籍，已经传遍了金河县城大街小巷。她在前边走，后面有人戳她的脊梁骨："她就是那个美女劳模许英莲，她头上的光环就是靠着出卖肉体换来的。"熟悉她的人迎面走来，也把头一扭，装作不认识，擦肩而过。有的人还会朝她的脊梁吐口唾沫。许英莲名噪一时，人人关注，相互口口传递，县城人可以不知道县长是谁，但绝对不可以不知道许英莲是谁。

一时间，金河县城风生水起，许英莲身前身后全是耻笑嗔怪的眼睛。为了躲避人们的眼睛，许英莲早早地上班，却很晚才往家走。

大刘下班以后，她连家也没回，直接找到了大刘。看见了大刘，许英莲委屈得眼泪流了下来："大刘，你不来，我也会去找你的。大刘，我可怎么办哪……"

大刘说："我听说，你和史忠诚的事，是你自己交代的？"

许英莲说："我要不说，部队会处分史忠诚的。所以，我把责任揽下来了。"

大刘说："你死吧，我不拦你。瞧瞧你做的这些事，我也糊涂了，你许英莲到底是聪明人，还是傻瓜。我听说，你那检查材料写得，就像犯人坦白交代的罪状一样。你有精神病呀？"

许英莲说："是周书记让我那样写的……"

大刘说："她们想让你死，你为什么不去死呀？去死呀，死了她们也就不会再难为你了。"

许英莲委屈得呜呜直哭。大刘的心还是软了下来。她搂着许英莲的肩膀："别哭啦，哭干了眼泪，你也哭不倒长城。前年，是百货公司的人看你的笑话，如今，可是全城里的人看你的笑话。今天，我还要告诉你一个坏消息，你的事恐怕没有这么简单……"

许英莲疑惑不解："我的党籍都没有了,他们还要把我怎么样?"

大刘从公司副经理高有福那儿听说,许英莲保不住党籍,恐怕也保不住公职了。不是传闻,是事实。商业局党委做出开除许英莲党籍的决定,同时也决定开除许英莲的公职。许英莲成了一个被双开除的人,这让食品厂李明君书记和关厂长都没有想到。李明君特地找到周国花："开除党籍已经是非常严厉的处分了,再开除她的公职,她以后的生活怎么办?"

周国花冷冷地说："谁也没有办法,党的纪律有一条,那就是对于生活作风腐化堕落分子,不仅要开除党籍也要给予行政处分,那就是开除公职。"

李明君说："开除了公职,许英莲和孩子怎么生活?这个问题,你们有没有想过?"

周国花说,既然你们替她想得那么周到,即使开除了许英莲的公职,你们可以让她在你们食品厂继续当临时工,继续工作。

李明君和关厂长也觉得不可思议,杀人也不过头点地,这件事,做得有点太绝了。

学校的老师找到了许英莲,让她马上到医院去,她的女儿邓佩玉正在医院急诊室。许英莲也不知孩子怎么了,她急急忙忙赶到了医院。急诊室里,只见邓佩玉的头上包着洁白的纱布,殷红的血水渗透出了纱布。许英莲扑到女儿跟前,看见她,女儿毅然将头扭了过去。

许英莲惊呼着："佩玉,你这是怎么了?"

邓佩玉紧紧地闭着嘴巴,面朝着墙壁,一声也不吭。

老师说："在下午自习课上,邓佩玉不知听到了同学们议论什么,接下来,她便与同学发生了争吵。吵着吵着,她一头撞到了墙上……这孩子,气性可真大,同学之间吵几句嘴,她就采取这种方式。幸好我在课堂上,学生受伤了,当教师的可负不起这个责任。"

从女儿的表情上能看得出来,许英莲懂了女儿为什么要撞墙。她一定听到了同学们议论她妈妈的事情……心里的那个难受劲儿,让她也恨不能一头撞到墙上。

在背着女儿回家的路上,许英莲眼前一片茫茫然,她真的不知何去何从。一个人骑着自行车从她身旁疾驶而过,刚过去,那个骑车人又掉转车头,骑了回来。他就是邓仁修的工友于成才。于成才说："这不是师娘吗,孩子怎么了?来,把孩子放到我的车上。"

许英莲没理睬于成才,她背着孩子径直往前走。

于成才喊了起来:"师娘啊,我是小于子,你不认得我啦?"

许英莲本来想斥责一句,扒了你的皮,我认得你的骨头。不过,许英莲还是强忍了下去,她看也不看这个男人。这是一个坏男人,邓仁修进了监狱以后,他也不知多少次闯进她的家门,他死皮赖脸,想讨好她。好多次的纠缠,都被许英莲骂出门去。

于成才把自行车横在了许英莲的面前:"师娘,你那么要强做什么?"

许英莲冷冷地说:"你离我远点。谁敢冒犯我,我就死给谁看!"

于成才夹着尾巴溜之大吉。许英莲已经想好了,她一定要解开女儿心头的这个结。这太可怕了,小小的年纪,听到了不好听的话,她竟然能做出这样匪夷所思的举动来。女儿已经读五年级了,下学期就上六年级了。在她的眼皮子底下,女儿已经渐渐地出现了大姑娘的模样,女儿像她一样,长相也很出色。正是因为长得好看,她也生成了一种傲气,听不得不好听的话。

许英莲问:"佩玉,你告诉妈,你为什么要撞墙?"

"妈,你告诉我,你是不是跟那个军人有不正当的男女关系?你是不是因为这事,让工厂开除了党籍不说,而且还被开除了公职?"

沉默了一会儿,许英莲说:"佩玉,你是家里的老大,你也懂事了,妈什么也不再瞒你了,妈什么都告诉你……那个军人名叫史忠诚,在你爸出事以后,在咱们家最困难的时候,史忠诚帮了妈一把,比方说帮助妈还债,给你三弟治病,一来二去,妈对他也产生了感情……妈不瞒你,史忠诚对妈一往情深,可妈有你爸,妈不能接受他的感情。可禁不住时间久了,禁不住他一直追求着妈……妈十七岁就跟你爸结婚了,一个十七岁的姑娘懂什么呀,第二年就生下了你,妈没有恋爱过,也不懂得社会和人生。如果你爸他没有犯罪,没有进监狱,他能挺过灾荒年的困难,咱们一家人有多么的幸福啊。可偏偏他做了不该做的事情,他进了监狱,把这个家,把你们,还有抚养你们的责任,统统推到了妈妈的头上。如果没有你姥姥和姥爷,我们一家人是熬不过灾荒年的……妈做错了事,在那一瞬间,妈什么都忘记了……女人,总是无法摆脱男人的纠缠。这一回,妈给彻底毁掉了,妈对不起你,对不起你们姐弟……"

邓佩玉说："妈,现在我不恨你了,其实,我一直痛恨的是我爸,是他毁了这个家,是他让我们在同学们面前抬不起头来。"

许英莲说："爸妈再有错,孩子们也不应该恨爸和妈。"

邓佩玉说："我们班有个同学,她的爸爸是个右派,她已经与她爸爸划清了界限……妈,跟你说,你三番两次地要带着我去看我爸,我一次也没去,我不想去,我更不想见他。"

许英莲说："可他是你爸呀,每次去看他,他总要说,佩玉怎么没有来。"

邓佩玉说："我可不去,我没有这样的爸。妈,自从他进了监狱,爸爸这个名词对我来说已经很陌生了,我叫爸,都觉得有点拗口。妈,你要嫁给了这个姓史的军人,你和他的关系就是光明正大的了?你也不是犯错误,谁也不能小看我们了。"

许英莲长长地叹了口气,她说："闺女呀,你说的全是傻话。"

"妈,我没有说傻话,而你却是个傻瓜。"

孩子们睡下了,许英莲两眼直直地望着棚顶。那几个一直围在她身边的姑娘如同躲避瘟神一样,躲得远远的。守着好人学好人,守着巫婆跳大神。近朱者赤,近墨者黑,她不能怪姑娘们,而只能怪她自己。出了这件事,关厂长的态度也转变了。口头任命郭凤平当了日昌糕点店铺负责人,而许英莲,他也不闻不问,也不说让她回到工厂当临时工,而是等着她自己选择出路。

当李书记正式通知许英莲,商业局也做出了行政处分决定,不仅开除了她的党籍,她的公职也给开除了。许英莲呆呆地坐在那里,她很木然,什么表情也看不出来。

李书记有些担心,毕竟是女同志,这样的打击也太大了。他说："英莲同……"他想起了她现在已经不再是他的同志了,他接着说下去："许英莲,对于组织的处分,你一定要正确对待。开除你的公职,不是咱们食品厂支部的决定,而是局里直接做出的。你千万要想开呀……"

许英莲冷冷地笑了一声："党籍都给我开除了,开除公职算什么……"

在商业系统,除了大刘,还有一个人一直关注着许英莲。这个人就是高有福,公司的副经理。新中国成立前,高有福是个茶叶商人,比起那些大字号大买卖,他算是小商人。因为经营有道,会做生意,门面不大,挣的钱却不少。他不是个愿意显露财富的人,在南门外置办了三间瓦房,安安静静地过日子。让他一直不如意的是,他和老婆一直没能生孩子。听别人劝,人过中年,他们夫妇收养了一个女儿。说是收养过孩子以后,亲生的孩子就会随之而至。但他们一直也没能盼来他们的亲生儿子。几年过去了,老婆的肚子一直没有动静。不能再等了,他又收养了一个穷苦人家刚刚出生的男孩子,取名高立军。女儿初中毕业,就考进了军医学校。军医学校还没有毕业,正实习时,她就让一个高炮团的副团长看上了。等到她毕业了,就跟那个姓王的副团长结婚了。这位从朝鲜战场上回国的王副团长自从娶了年少的高家小姐,他也是一升再升,一直升到了辽南军分区的副政委。如果当年要划成分,按高有福的实际情况,他应该划个私营业主,私营业主与上中农等同。正是因为有了一个好女婿,他为自己争取到了一个工商业者的成分,属于城市贫民。20世纪50年代,他的那个小店并入了合作商店,后来,又合并到了副食品公司。高有福也想要求进步,他认真地读过《共产党章程》,但他有自己的生活习惯和原则,到共产党员的标准要相距甚远。比方说,他是个讲究人,宁吃飞禽一口,不吃走兽一斤。他不喝自来水,只喝从井里打上来的水。而且不喝白水,要喝就喝茶水。他经营了一辈子茶叶,喝茶对人太有好处了。一年当中,他夏天喝绿茶,绿茶就是正宗的西湖龙井,而且要明前茶,也就是清明节以前采摘的茶叶。到了秋冬季节,他要喝铁观音。穿衣服也是如此,他从来也不穿绫罗绸缎,而只穿棉布衣服。脚上穿的也是千层底布鞋,从来也没穿过皮鞋。来到副食品公司工作时,他就是一名普通职员。可他经营有术,就是比别人会做生意。没过多久,高有福就当上了副食品公司的业务副经理。对于高有福这个人,也有人心存疑义。他在旧社会日子过得一点也不比资本家差,而且活得比资本家还要滋润,这种人,怎么可能是贫民。不仅如此,他还当上了公司副经理。组织上也是认真对待此事,经过调查,高有福没有压迫过劳苦大众,没有剥削过贫下中农,更没有放过高利贷,更没做过打骂欺压老百姓的事情。做小买卖怎么了,难道做小买卖就是资本家不成。这个调查结论让那些持有疑义的人都哑口无言,再也说不出什么了。

去年,高有福的老伴生病去世了。老伴是个能过日子、爱干净的女人。她这辈子没能给丈夫生下一男两女,她心里很愧疚。高有福想过休了妻子,再娶一个能生孩子的女人。之所以一直没有抛弃结发夫妻,那是因为老母亲临终前留下了遗言,不能因为她不能生养,就把她给休了。原来,高有福的妻子任劳任怨伺候瘫痪在炕上的老婆婆二十多年，已经彻底感动了老人，她才留下了这样的遗言。高有福的妻子也确实是个贤惠女人，她在去世之前，把家里所有的衣服都洗得干干净净，而且她在每一件衣服的口袋里面都装进了几毛钱。高有福从来也不给妻子太多的生活费用，就是这不多的费用，她总要节省出几毛钱，积攒起来。丈夫并不需要这点钱，她是想到了儿子。儿子高立军是个孝顺孩子，她生病以后，与她并没有血缘关系的儿子一把屎一把尿地一直伺候她到死。临死时，她告诉儿子，没有钱花的时候，就掏掏柜子里衣服的口袋，那里面有钱，虽然钱不多，可也是零花钱。

　　妻子去世，高有福开始物色自己的下一任妻子。对于女人，他是相当挑剔。在旧社会，花街柳巷，窑子遍地都是时，一年到头四处奔走的他没有沾过妓女。他宁可听戏，也不进窑子。因为挑剔，他没有看上哪个女人。

　　高有福对许英莲的好感由来已久，当年在街头，看许英莲跑旱船，他让许英莲妩媚动人的容貌和舞姿打动了……他一直注视着这个女人，他知道了，她就是那个美女共产党员、美女劳动模范、美女人大代表……她已经是几个孩子的妈妈，她让他敬而远之，只能远远地看着她的表演。

　　几年过去了，没有想到，山不转水转，两座山碰不到一块儿，两个人说不定什么时候就走到了一块。同事大刘经常说起的那个女人，就是那个曾经让他心动的女人。几年光阴，那个风光一时的女人竟然沦落到了此种地步。俗话说得没错，人红大了，就要发紫，发紫以后，就要变黑。谁能想得到，当年一枝高不可攀的牡丹花，如今成了一枝狗尾巴草。

　　开工资那天，劳资科的老纪告诉许英莲："这是给你开的最后一个月工钱，关厂长说了，厂里已经辞退你了，你赶快想办法，再找一个单位干活挣钱吧。"

　　许英莲想找关厂长，也想找丁书记。找他们又有什么用，是乞求再得到一个工作，乞求让同志们开恩？豁出去了，老天爷饿不死瞎眼的家雀，何况一个大活人。她谁也不怪，谁也不恨，要恨就恨自己，走错了一步，可这一步错，步步歪。我倒霉，我的孩子们也跟着我倒霉。她跑到西海头，朝着大海呼喊，老天爷啊，帮帮我吧……辽阔的大海没有任何回声。

　　许英莲不知道，在这个世界上，还会有谁帮她？除了大刘，除了爹妈，没有谁能帮她。她感到自己那样的无助，她的内心充满了委屈。这些年，自己真就是一心一意地干革命。在党的培养下，我渐渐地懂得了很多革命道理，我将我的一切,献身于党,献身于党的事业。党组织对我这个女儿也给予了很大的荣誉,我加入了共产党,成了劳动模范,当了人民代表。人非圣贤,孰能无过。因为没有经受住灾荒年的考验,我的丈夫犯罪,我承认,我也有责任。接下来发生的事情,我不知冒犯了什么,我竟然走到了党的对立面,……丢掉了党籍。我不敢说我做出过多大的贡献,我才三十岁,为党工作的这些年,我不知付出了多少辛勤劳动。我患上了多种疾病,我从来也没有跟组织上说起过,不管病有多重,我从来也没休过病假。我有静脉曲张,小腿上全是突出的血管。可你们有谁看见我工作时间坐在凳子上休息一下……手按在胸窝问自己,我敢说,对于工作,我是无愧的。难道仅仅因为一次失身违背了道德,我真就犯下了不可饶恕的弥天大罪吗?

许英莲呜咽着,眼睛里却没有泪水流出,因为她的眼泪已经快要干涸了。

第二十八章

## 第二十九章

　　许英莲不知呜咽了多久,她浑身上下软绵绵的,一点力气也没有,她昏昏沉沉地似睡非睡……一个手里拎着半个猪头的男人走进了许英莲的家,他就是于成才,他蹑手蹑脚,走到炕前。睡在梦中的许英莲不时地抽搐一下身子,发出一声抽泣。她的眼睛红肿,可她依然那样楚楚动人。于成才抚摸了一下许英莲的头发,想将手伸进她的衣襟。许英莲猛然惊醒了,她猛地抓过一把剪刀,冲着于成才刺了过去。她大声地叫骂着:"你他妈的是个什么东西,在这时候,你还惦记着占便宜。你把我当成了什么?"
　　于成才摆了摆手:"别、别、别,师母,我可是来给你和孩子们送吃的。我知道,你让食品厂开除了。你没有了工资,你和孩子们也就没有吃的了。师母,活人不能让尿给憋死,更不能就在一棵树上吊死。你长得这么漂亮……"
　　许英莲大骂:"我让你胡说八道!"许英莲把剪刀扔过去,差点没扎到于成才。她一把抓过了菜刀,劈头盖脸朝着于成才砍了过去,"你这个流氓,不让你见点血,我就白活了!"
　　于成才躲过了几下,他瞅个空子,逃到了门外。这个女人发疯了,她真的发疯了。
　　于成才逃跑了。许英莲大口大口地喘息着,憋闷在心里的那股火气,总算发泄了一些。她打开了自己的那个烟盒子,那里面装的都是儿子给她捡拾的烟头。平时独自一人时,她就会将烟头里的烟丝卷成一支香烟,然后点着火吸起来。当那股浓烈的烟味进入肺腔的时候,她的情绪会安静下来。随着这弥漫的烟雾,她的思绪开始飞扬起来。她原本想,最艰难的那段日子已经过去了,孩子也一天天长大了,懂事了。来到食品厂工作以后,她真的像换了一个人。一切都会好起来的,她也想过了,她再也不会像从前那样,就想做一个普通工人,在车间一天干八个小时的工作。没有想到,一个日昌糕点,一个店铺,又让她引火上身了。没有想到,这个下场比起1960年的那个冬天更惨,仅仅因为一次偷情,与一个男人,一个她真心喜欢的男人,她付出了惨重的代价,她丢掉了党籍,她的政治生命从此完结了。她现在连起码的工作都丢掉了。别说供孩子们上学读书,孩子们连饭也吃不上了。追悔莫及,一切都晚了。怪谁?她绝对没有怪史忠诚,她只能怪自己。她翻来覆去地问自己,我是个生活作风不好的女人吗?与丈夫以外的另一个男人发生了男女关系,应该就是人们所说的,如今她成了这样的货色,她有什么颜面去抱怨别人,委屈吗?有什么可以委屈的?许英莲猛吸了几口烟,深深地吞进了腹腔……

"妈,我饿了……"四个孩子围在她的跟前,小眼睛可怜巴巴地看着她。

许英莲抹去了眼角的泪珠,她爬起身来:"妈给你们做饭。"

吃过晚饭,女儿帮着许英莲收拾碗筷。女儿说:"妈,明年我就要考中学了。"

女儿长成大姑娘了,她的身体已经开始发育了,已经显现出了女性的特征。要考中学了,看着女儿尚未痊愈的伤口:"她叹了口气,不知不觉,你长成了大姑娘。考吧,不管你考到哪儿,妈都供你读到哪儿,哪怕你考上北大清华。"

女儿说:"我们王老师说了,像咱们家这种情况,想考上中学,恐怕不可能。"

许英莲说:"你们老师说,有什么办法,能让你考上中学?"

女儿说:"妈,你跟他离婚吧……"

许英莲猛然一怔,以为自己听错了:"你说什么?"

女儿大声说:"我说,我让你跟他离婚。"

许英莲糊涂了:"跟谁离婚,跟你爸吗?你这孩子怎么说起胡话来了?"

女儿说:"我没说胡话,妈,你跟他离婚吧。你跟他离了婚,你就跟那个军人结婚。"

许英莲说:"闺女呀,我不能离婚,更不能再结婚。妈的心已经够乱的了,你别再添乱了。"

　　邓仁修出事以后,从女儿的嘴里,许英莲没有听到她叫一声爸,女儿也没有去看望过爸爸。邓佩玉的年龄不大,但她却是个心气极高的女孩子。以前她年龄小,管不了家里的事情,如今,她觉得自己有了话语权。妈妈被双开了,她在同学们面前的面子荡然无存了。想要好起来,就要把旧的扔掉,重新整合这个家。从改换姓氏开始,她不想再姓邓,她要随妈妈的姓,她要姓许。一切才有可能从头开始。

　　心急如焚的大刘一直盼着高有福的回话,可人家一点反馈的消息也没有。这些天,高有福通过司法部门的熟人,了解到了邓仁修的情况。随着经济形势的好转,对于三年自然灾害期间一些重判误判的案件,也改判减刑。邓仁修写的上诉材料到司法部门,当时邓仁修给判了十年徒刑。不久前,刚刚给他减刑为七年。可邓仁修还觉得自己有些冤枉,他还在写上诉材料。高有福问司法局的人,邓仁修有可能再被减刑吗?

　　司法局负责处理申诉的有个人熟悉高有福,他说,这个犯人已经减过一次刑,第二次需要慎重。你为什么对这个犯人如此重视?

　　高有福说:"我也不瞒你,这个人与我们家有点过节。"

　　那人也心照不宣:"放心吧,对于他的申诉,我们局里不予以理睬,不就完了吗?"

　　为了许英莲的工作,大刘也多次追问高经理,他一直没有准确的答复。直到昨天,他才告诉大刘,可以让许英莲到公司来,但要从临时工干起。按天计工,按时计钱,每天一块三毛八分钱。每月按二十五天半计算,她每月可以挣到三十八块二毛四分钱。

　　许英莲没有资格挑拣工作,当大刘把这个消息告诉她的时候,她的嘴角才露出了一丝笑意。每个月三十八块来钱,也不比四十一块五少多少。能找到一个临时工,她已经很知足了。她说:"大刘,关键的时刻,只有你伸出手来拉了我一把,让我怎么谢谢你呀。"

　　大刘说:"咱们姐妹有什么好谢的,要谢,你就谢谢那位高经理吧。我也没想到,他对你的事比我还认真,我觉得他比我还了解你呀。"

　　大刘说得没错,高有福在许英莲身上做了不少的功课,他去过陶瓷厂,了解许顺来的情况,他还去了王月娥家的街道居民委,把许英莲的过去从前了解得一清二楚。甚至连远在外地的许文书两口子的情况也摸得了如指掌。邓仁修出事这几年,一直是许顺来老两口子帮着许英莲。如果没有两位老人,靠许英莲一个人拉扯四个孩子不可能度过那段艰难的时光。那年月,工厂倒闭,城里的闲散人员都动员到农村去安家落户,有的单位经营不下去了,全部职工都下放到了农村。能得到一个工作岗位,那是多么不容易的一件事。

对于高有福,许英莲跟大刘商量,肯定要谢谢他,但是怎样谢他呢?

大刘说:"人家不需要我们扛小筐送的那点小恩小惠。"

许英莲说:"我家有一床老虎毯子,是参加县里的劳模会得到的奖励。多少年了,我一直没舍得用,灾害年,都快要饿死了,我也没舍得卖了。把老虎毯子送给他吧,你看行不行?"

大刘替许英莲把老虎毯子拿到了高有福的面前。高有福问:"这是什么意思?"

大刘说:"你给了许英莲和孩子们一条活路,这是人家的一点心意。"

高有福说:"这我可不能收。说到谢,我应该谢你才对。没有你,我能认识许英莲吗?……"

大刘说:"许英莲,她现在是落地的凤凰不如鸡呀。你能在此时给她一个工作岗位,让她和孩子有口饭吃,她感谢你还感谢不及呢。真的,人在平时,你帮不帮他,都无所谓;在落难时,你能拉他一把,那真是积德造福呀。这点心意,你收下吧,高经理,算我求你啦。"

高有福把老虎毯子往大刘面前一推:"行,这床毯子我收下,但我再把它转送给你。"

大刘是丈二和尚,摸不着头脑了,她说:"给我?怎么能给我呢?"

高有福说:"我已经说过了,没有你,我不会认识许英莲。有你牵线搭桥,我才有幸认识许英莲这个人。收下吧,你是个好心人,墙倒众人推的时候,你能伸手拉她一把,好人一个。"

大刘把老虎毯子送还给了许英莲,她说:"高经理不收礼,我的心也没底了。"

许英莲说:"我的心意也表达了,收不收那是他的事。不过,遇到了这样的好人,也真不容易。我现在是墙倒众人推。他能扶我一把,真的感激不尽。"

大刘说:"准备上班吧,好好工作,跌倒了再爬起来,好好活出个样来,让他们瞧一瞧,许英莲还是许英莲。"

许英莲也明白,她什么都不是了,从今往后,她用肥皂洗脸,用牙粉刷牙,不擦雪花膏,也不穿漂亮衣服。从前跟梁小清、王金玉那些姑娘们在一起的时候,用火钳子夹过的头发也洗直了。从现在起,她就是一个临时工,一个什么苦活累活脏活都要干的临时工。许英莲是个能吃苦肯吃苦的人,她不怕出力干活。她也为自己庆幸,每每到了危难之时,她摔倒在地上,可总有人将她搀扶起来,让她又能找到一条活下去的路。在人生路上,她遇到过不少小人,但也有贵人。把孩子们抚养成人,就是她最大的心愿。

许英莲根本不在意体力劳动,哪怕再苦再累的工作,她也能应付。她也要珍惜这份来之不易的工作,只要干起活来,她从来都不惜力气。副食品公司的工作大都是清洗果菜,包装各种食品,活儿并不算沉重,但是一天八小时经常手不停歇。临时工的钟点不止八个小时,经常要干到十个钟头以上。许英莲的工作态度也引起了别的临时工不高兴,她们说,临时工是什么,临时工就是"卯子工",按钟点算钱的工作。没听说卯子工,卯子工,蹲蹲茅房半点钟。你干得快,你把手头上的活儿干完了,又会分派你去干别的活儿。她们说她们的,许英莲干自己的。不过,她也不像从前,不再与众不同了,大家要怎样,她也尽量与她们保持一致。

许英莲也留意了,她们上厕所的时候,总是结伙成帮的,一去就是半个小时。有时候带班干活的人骂她们,懒驴懒马屎尿多。骂就骂去吧,身上也不会少块肉。临时工们也回敬带班的一句,你管天管地,你能管得着人家拉屎撒尿吗?

生活当中哪里来的那么多的正儿八经,从前,自己活得有多累,可是,干起了临时工,虽然说是苦力,但许英莲一点也没有感觉到苦和累,反倒多了许多工作的乐趣。

有一天,车站运到了一批伊拉克枣。经过临时工们的分拣,伊拉克枣分送到了各个副食品商店。剩下的包装席上,还遗留一些伊拉克枣。临时工们把这些遗留的枣子收集起来,大伙给分了。伊拉克枣价钱挺贵,普通百姓家是买不起的。所以,老天爷也很公平,特地给这些买不起枣子的人留下一些,让大家都尝尝枣子的味道。

分给许英莲时,她的手有些颤抖,她联想起很多……临时工们叫喊了起来,别装大尾巴狼了,快拿着吧,你家没有孩子呀,让孩子们也尝尝,伊拉克枣是什么味道。

许英莲买不起伊拉克枣,孩子们也没吃过伊拉克枣,于是,她收下了分给她的这些进口的奇特枣子。带回家去,给孩子们吃。

伊拉克枣比酸枣更大,比家枣更甜,这种枣子用蜜糖腌渍过。孩子们吃过了枣子,他们天真地将枣核埋进了地里,希望能长出一棵枣树,树上也能结出伊拉克枣来。

混迹于临时工这个群体当中,与她们一起干活,一块儿休息,一块儿吹牛皮侃大山,许英莲真正进入了社会的底层人群当中。干活的时候,经常会发生包装箱子或者袋子破碎的时候,当里面的货物散露出来的时候,如果是白糖、地瓜粉或者土豆粉,凡是吃的和用的东西时,大伙的眼睛立刻会闪现出惊喜的光点来。大伙可以往口袋里,或者往鞋壳里面装些白糖或者淀粉,下班的时候,可以名正言顺地带回家去。有人要问起,她们就会理直气壮地说,这也不是偷的,正常的跑冒滴漏,扔掉也是浪费。毛主席说了,勤俭是传家宝,贪污和浪费是极大的犯罪。如果有人一味地坚持原则,让她们把东西再物归原主或者原处,她们就会把白糖或者淀粉再撒到原来的地上,与泥土混杂在一起。

许英莲有自己的做人原则,她坚持同流不合污,她也不再去批评别人。因为她现在连她们也不如,有什么资格去指责别人批评别人。在这个群体当中,没有谁瞧不起谁,大家都是两个肩膀扛着一个脑袋。嬉笑怒骂,什么玩笑都敢开,什么话也说得出口。这就是下里巴人,人群当中的绝大多数,就是此类人等。

两个月过后,大刘找到了许英莲。公司领导决定,让她到副食品商店去当营业员。

一听要当营业员,许英莲当即就拒绝了。

大刘给许英莲解释,让许英莲当临时工,是对她的考验。经过一段时间的考察,许英莲是个踏实肯干的人。调她到副食品商店当营业员,也是因为她有经验,多年的商场经验。更重要的是,也考虑到了她的转正问题,总不能让她老当临时工吧。进到商店当营业员,就有机会转为正式职工。多好的一件事,别人想得头疼,她当了两月临时工,她的机会就来了。

许英莲有些不相信,大刘说:"高经理亲口对我说的,这能假得了吗?"

许英莲说，都说天上不能掉馅饼，馅饼真就掉下来了。偏偏砸到了她的头上，她真的做梦也想不到的事情。

大刘拧了许英莲一下，千真万确的事情，里里外外都是高经理一手操办的。他马上就要办退休手续了，在他离休之前，他想把你的事情给办妥当。

许英莲说："我与高经理非亲非故，他能接受我来当个临时工，我已经感激不尽了。他退休之前，又帮我做这样一件大事，我真的有些受用不起……"经历了这许多事，许英莲遇事也不得不多问几个为什么。她追问大刘，无利不起早，高经理为什么要这样对我？

大刘说："人家看上你了。"

许英莲说："看上我了？谁看上了我？"

大刘说："高经理看上你了。当然不是高经理看上了你，他是为他的儿子看上你了。"

许英莲很诧异："他儿子？"

大刘说："高经理有个独生子，高中毕业以后，本来是要考大学的。可偏偏他妈妈生了重病，瘫在炕上，需要有人伺候。没有办法，高经理的这个孝顺儿子放弃了学业，他守在妈妈的身旁，一直伺候到妈妈去世。结果，耽搁了学业……"

许英莲笑了起来："这些事跟我挨不着边呀，我是谁？我是邓仁修的老婆，是孩子们的妈妈，他看上我，等于白看。如果因为这个，要调我去当营业员，我真就不敢接受。这营业员，谁愿意当，就让谁当去吧，我不敢当。"

大刘说："只有一个名额，我已经替你答应了，你不当也得当。不要把好心当成驴肝肺。"

许英莲说："论起来，咱们俩比亲姐妹还要亲，你亲眼所见，我吃了一次又一次的亏，我已经吃怕了，真的吃不起了。"

大刘说："人家高经理一辈子做人低调，人家女婿是那么一个大军官，人家张扬了吗？人家炫耀了吗？人家从来也不说。我品过了，高有福这个人有城府，藏而不露。在他离开工作岗位之前，他才把你的事情办妥了。"

副食品商店，在金河城里十字街头，是居民最多，也是城里最繁华最热闹的地段。许英莲已经不愿意抛头露面了。再一次走进商店，许英莲选择了在店后的工作，跟着王师傅学习剔猪骨头。王师傅是县里的老劳动模范，跟许英莲很熟悉。他没想到他们能走到一个单位,听说许英莲要跟着他学习剔猪骨头,他嗨了一声,这不是女人干的活儿,天天油里麻哈的,不出力气,骨头也剔不出来。你呀,还是找个别的活儿干去吧。

许英莲已经厌烦了出人现眼,她愿意躲在后面,干一些别人不愿意干的活儿。

许英莲正式上班以后,高有福也正式退休了。退休的第二天,他就走进了许英莲的娘家门。王月娥不认得这个陌生人,她问:"你找谁呀?"

高有福说:"我姓高,叫高有福,是副食品公司的,跟你闺女在一个单位工作。"

王月娥猛然想起,闺女跟她说起过,这次,闺女当临时工能再次工作,多亏这个姓高的经理。她没想到,这个高经理居然登门拜访。她连忙将高有福请进了屋里。让座倒茶。

王月娥说:"高经理,你今天到我家来,是不是有什么事情?"

高有福倒也直截了当:"我是无事不登三宝殿,今天,我特地登门拜访,就是想跟你说说你闺女和我儿子的事情。"

王月娥一时没弄明白,你儿子,我闺女?他们怎么会有事情?

高有福说:"他婶子,我是想让你把闺女嫁给我儿子。"

王月娥一听,连连摆手:"拉倒吧,快闭上嘴,别说这事,你知道不知道,我闺女是庙上的猪头,有主的人,她的男人叫邓仁修,还在劳改队里服刑,这事,你不能不知道吧。"

高有福说:"我知道这事,他们现在是夫妻,只要离了婚,他们就不再是夫妻了。"

王月娥说:"宁拆一座庙,也不损一桩婚。我闺女和邓仁修是十几年的夫妻,他们也生了四个孩子,不能说离就离吧。你儿子怎么回事,怎么就偏偏看上了一个有夫之妇呢?"

高有福说:"我儿子叫高立军,是个好孩子。因为伺候他妈妈,耽误了学业,也没能考大学。他跟你闺女倒没有什么瓜葛,是我一心想成全这桩婚姻。"

晚上,许顺来下班回到家里。王月娥就跟他说起了今天高经理登门说的这桩事情。

许顺来听了,气上心头,咱们闺女,丈夫待在牢狱里,有人登门提亲,这叫什么事？想也不要想，问也不要问，趁早远点扇子。这户人家的乱事还少吗？不能再添乱了。

过了一阵子，王月娥又说："经这个姓高的一提醒，有些事也不得不让人去寻思。你说，等到邓仁修从监狱释放回来，他还是咱女婿，他还跟咱闺女过日子？"

许顺来说："你能不承认他是咱女婿，还是不承认他是孩子的父亲？"

王月娥说："等到邓仁修回来的那天，街坊邻居会怎样看咱们？我都愁得慌。要工作，他没有工作；要什么，他没有什么，还要咱们闺女养活他……真是愁人。"

许顺来说："这事摊上了，你就得认，你不认也不行。"这个姓高的到底是什么人，他想要干什么？许顺来解放前卖过布，有听说过高有福这么一个人，生意虽然不大，做得不赖。本来是个老死不相往来的人，却偏偏要往一块儿走。许顺来嘱咐妻子："你呀，就把咱们孙子给我看好了，闺女家的事，你少操点心，他们家总是破烂事不断。人家养闺女，长大了，出了门子，父母再也用不着为她操心了。咱家英莲，总是按下葫芦起了瓢。解放前，我找人批过八字，说我这辈子犯缭绕星，一辈子不得安宁。我看，咱们闺女就是那颗缭绕星。"

王月娥不高兴了："当爹的，不能这么说闺女。咱们这辈子为谁活的？咱们不就是为了儿女活的吗？你光说闺女累苦了咱们，儿子和媳妇俩也是把孩子往咱们手里一推，什么也不管。刚满月的孙子，我一口一口把他喂过了两个生日。"

许顺来说："孙子是咱老许家的人，外孙是外姓人，外孙狗，外孙狗，吃饱了就走。"

王月娥说："你指望着得孙子的济呀？我可没把外孙看成是外孙狗。将来，我不指望着儿子和闺女，我就指望着外孙们给我养老送终呢。"

## 第三十章

1964年的这个国庆节,是新中国成立十五周年。因为"三自一包""四大自由",经济形势有了好转,国家也准备隆重庆祝共和国的生日。城里居民每户每人供应一斤肉,凭票供应,一斤肉只要七八毛钱。议价肉一斤也就九毛钱一块钱。随便买,想要多少,就能买到多少。饥饿的人们能吃饱肚子了,脸皮不再浮肿,腿脚也不粗大了。

国庆节前夕,高有福给大刘的五个女儿每人买了一件连衣裙,一双拉带布鞋。这让大刘很感动。她在百货公司工作过,她知道这些商品的价钱,高有福买的都是上海品牌,不是本地产品,要花不少钱。

过了国庆节,高有福找到了大刘,说出了他的心思。他的儿子因为母亲生病,伺候母亲,耽搁了学业,也耽搁了自己的前程。说到底,那时候,他也忙于工作,没有时间照顾老婆,儿子是为了他做出的牺牲。他的儿子是个好儿子,他就想满足儿子的愿望,娶一个美丽贤惠的媳妇,他也就心满意足了。

大刘有些不解,黄花闺女有的是,为什么偏偏盯上了许英莲?她现在是人妻,也是人母,她不能嫁给你儿子。你儿子应该娶一个黄花大闺女而不是许英莲。

虽然说吃人家的嘴短,拿人家的手短,高有福给了大刘一些好处,可大刘还是不愿意当这个说客。她总觉得不是正儿八经地说亲做媒,这桩婚事有缺失。

高有福跟大刘道出了真正原委……儿子高立军是他收养的,收养的时候没有发觉,长大成人的时候才发现,他的儿子没有生育能力。从小到大,他也观察过儿子,高立军对于女性根本不感兴趣。他这个当爹的为儿子着急,也是为许英莲着想,他没有生育能力,他们俩在一起就不会生孩子。他们没有孩子,他就会对前一个丈夫的孩子们好。对于一个有孩子的改嫁女人来说,没有比这更重要的条件了。

大刘提出了一个很直接的问题,那你的儿子付出的代价更大了……

高有福说:"许英莲美丽善良,她真的是个好女人,付出多大的代价也是值得的。"

这个国庆节,大刘也想好了,她要带着许英莲买点礼物,走进高有福的家,一是还人家高经理的人情,二是让她亲自接触一下高立军这个人。她不想当这个说客,这个说客不好当,可又不能薄了高有福的面子。让许英莲自己认定,让她自己拿这个主意。

在去高经理家的路上,大刘说:"英莲,你跟我说实话,邓仁修不在,你一个人守着空房空被窝,有没有感到寂寞?"

许英莲说:"我也是个女人,我能没有吗。可是,一帮孩子要我拉扯,要我养活,更多的时候,我已经让生活给拖累得什么也顾不上了,哪有闲心去想三想四。"

说话间,两个人就来到了高有福的家门口。许英莲的心怦怦地跳了起来,她说:"大刘啊,我有好多年也没有到别人家串门了,生怕我把不吉利的晦气带到了人家。"

大刘说:"你怎么还迷信了,今天,你必须来,难道你欠人家的人情不想还吗?都走到家门口了,不能打退堂鼓。高经理退休了,正是情绪低落的时候,更应该来看看人家。"

高有福的家收拾得很干净,家具陈设也是从前的老物件。他给大刘和许英莲让座,高立军把茶端了上来,放到了茶几上。高有福说:"我这个儿子,也不太会说话,你们别见怪呀。"

大刘说:"你儿子是个多好的人,我们有什么怪可见。"

高有福说:"立军是个好人,不是我这个当爹的夸他,他母亲生病的那两年,从卧在炕上那天起,就是他伺候他妈,一天到晚,给他妈喂饭喂药,擦洗身子,接屎接尿,把他妈伺候得干干净净,走到跟前,也闻不着病人的气息。他妈临死的时候跟我说,她走了,什么也不牵挂,牵挂的只有儿子,儿子没出社会,没有成家……"

这时的高立军早就躲到门外去了,他们家很少有人来,他也不愿意见生人。母亲生病时,正赶上要高考的时候,要论他的学习成绩,考名牌大学不大可能,但要考一般的高等院校,他能考得上。母亲恰恰在这时候生病,他不得不放弃了高考。伺候母亲这两年多来,他几乎与世隔绝了。母亲走了,他精神恍惚了好一阵子,挺茫然的,不知何去何从。父亲也很少与他交流,这让他更加有些自闭。

大刘和许英莲坐了一会儿,听到的全是高有福讲自己的儿子。许英莲也记住了这个年轻人,他中等身材,相貌也挺和善,梳着分头,保持着一个学生模样。他给她的一个印象就是本分,不愿意说话,也不愿意见人。父亲喋喋不休地讲述儿子,似乎向她兜售自己的儿子。这爷儿俩,守着空空荡荡的屋子,确实少了点什么。

许英莲示意大刘,应该离开了。大刘站起身来:"高经理,我和英莲走了。"

高有福说:"都说人走茶凉。如今我退休了,你们俩能来看我,这说明茶还没凉。"

大刘说:"你这话说得,咱们是吃水不忘打井人的人,不是那种过河拆桥的人。"

高有福说:"人这辈子,要做,就做雪里送炭的事,不做锦上添花的事。"

回去的这一路上,两个人谈论的是那个高立军。大刘说:"能看得出来,他是个老实人,他不敢抬头看咱们,脸还红了……这几年,你一个人带着孩子过日子不容易。你有没有想过,邓仁修从监狱里出来后会怎样,劳改犯,没有工作,还要你养活他。你说,你怎么面对?"

许英莲说:"我也不知道……"

大刘又提起了那个改嫁的话题,你刚刚被食品厂辞退的时候,如果不是人家高经理接纳了你,你和孩子真的活不下去了。高经理是个有心人,他早早就瞄上你了,他甚至比我还了解你,他说的那件事,提及的那个人,你可以考虑一下。

许英莲说:"你是说那个高立军?别忘了,他整整小我七岁!"

大刘说:"女人大男人几岁,这在从前也很正常。我感觉女人大男人几岁,恐怕关系更和谐。你与他之间,有姐弟情分,有母子情结。这都不重要,重要的是,他没有生育能力。你们在一起,不会再生孩子,这对你的孩子们来说,是一大幸事,他会把他对孩子的爱倾注到你的孩子身上,这是多好的一件事。"

许英莲说:"别提这事了,我心里很乱!……"

这个国庆节,许英莲注定没过安生。女儿邓佩玉没能考上中学,肯定不是学习成绩的问题,究竟因为什么,她归罪到了父亲的头上。因为落榜,邓佩玉一连哭了几天,她也不肯吃饭,脸也不洗,如果不是因为那个犯罪的父亲,她怎么可能考不上中学。

王月娥和许顺来都疼爱这个外孙女,他们也在千方百计地想办法,正规的中学考不上,县里还有一所工商联办的民办中学,育德中学,那也是一所不错的学校。

邓佩玉听了,把眼泪一抹,她说,不把姓名改了,什么学校我也不去,什么书我也不读。

女儿从前说这事,许英莲以为她只是说孩子话,她没有想到,女儿是认真的。女儿发疯一样冲着她号叫:"妈呀,你早跟那个老邓离婚,我能落得今天这个下场吗?"

许英莲以为自己听错了:"你管你爸叫什么?叫老邓?"

邓佩玉说:"他不是我爸,我没有爸。叫他老邓怎么了,你不也说,是他毁了你一辈子吗?我不能让他毁了我一辈子。我要改姓改名,你们不改,我自己去改。"

邓佩玉拿起了户口本,真的跑到了派出所去改姓名。许英莲要阻拦,她也拦不住。家里只有她一个女孩子,从小由着她的性子,宠坏了。长大了翅膀硬了,她要自己当家做主了。那天在派出所,邓佩玉说要改姓改名,派出所的户籍民警看了看户口本,你要有一个改姓名的理由才行啊。

邓佩玉说:"我要与那个犯罪分子一刀两断,划清界限,不跟他的姓,要随妈妈的姓。"

户籍警察说:"你回去写一个更改姓名的理由,我们审查一下再说。"

为了儿子与许英莲俩能结成姻缘,高有福觉得阻力就来自许顺来。他是一个传统保守的人,他绝对不会同意女儿在自己的丈夫还健在的情况下,与另外一个男人谈婚论嫁。在说服许顺来这个问题上,仅仅靠王月娥婆婆妈妈地念叨,根本不会有多大作用,要有一个能影响许顺来的人出面说话,他同意不同意不要紧,只要他不阻拦,不干涉,这事就好办了。打听了不少人,他打听到了赵经刚这个人,他是许顺来的姑表四哥,多年来,他们的关系一直很好,许顺来对赵经刚也很尊重。高有福与赵经刚认识多年了,只是从来也没有走动过。因为这件事,高有福特地去了赵经刚家。他带了两斤日昌糕点,还带了一把日本东和剃刀。高有福说他胡须不重,基本上用不到这样好的刀子,就送给赵四哥吧。

看见这把刀子,赵经刚喜爱得不行,他一直想有一把东和刀子,一直也没能弄到手。有了这样一把刀子,可以父亲用过了儿子用,孙子接着再用,可以用上五辈人也用不坏。

高有福的突然造访,让赵经刚也感到有些意外。两个人客套了一阵子,高有福就把话题转到了正题。说起了他儿子与许顺来闺女的事。

赵经刚说:"英莲不是个有夫之妇吗,她怎么能跟你儿子再结成夫妻?"

高有福说:"有夫之妇怕什么,有夫之妇离了婚,不就是无夫之妇了吗?"

赵经刚还是有些不解,世上女人多的是,你为什么非要自己的儿子娶许英莲不可?

高有福这才说了儿子不能生育,他想让儿子能有个善良的女人管着,而且女方的儿女也能成为他的儿女,何乐而不为的事情。他说了不少情理之中的话,让赵经刚也有些感动。这事,乍听起来似乎有些难入情理,可细细想想,人家也不是一味地为自己,人家为自己考虑的同时,也顾及了许英莲和孩子。听高有福说得在情在理,赵经刚点头答应了,这事,他与许顺来说一下,别老脑筋不开窍,儿女的事,让他们自己选择,爹妈别当绊脚石。

事后,赵经刚打发儿子把许顺来叫到了自己家里,跟他长谈了一次。

许顺来说:"英莲这闺女,刚出社会时,干得红红火火,又是入党,又当劳模。我以为她是个有头脑的人。可后来发生的这些事情,我才看出,自己的闺女其实是个头脑很简单的人。一个家庭妇女头脑简单了并不可怕,因为她天天围着锅台转。可一个人人关注的大红大紫人物,头脑简单了,那可麻烦了。英莲吃的亏太多了,我就是害怕她吃亏,时时处处帮着她,我把老家的房子给卖了,帮着她还饥荒。可没想到,还是出了偏差。我也不愿意看着闺女带着一帮孩子过日子,也希望她能和美平常地过日子。我不担心别的,我担心的就是这个姓高的儿子,他现在老实,他将来会不会变卦。要知道,他小英莲七岁。男人比女人大几岁行,可男人要比女人小几岁,这事真的不好预料。"

赵经刚说:"看高有福的那个诚心劲,倒也不让人担心。虽然是他们两个年轻男女在一起过日子,当爹的也不会不管不顾。"

许顺来说:"四哥,我从来都听你的,你说,这事怎么办?"

赵经刚说:"我说什么不管用,如果要听我的,那就让儿女自己来定。"

王月娥已经让高有福和大刘轮番洗脑,她已经愿意让闺女改嫁走道,愿意让闺女嫁给那个小许英莲七岁的高立军。有一回,高立军跑到了许英莲的家里。这时的许英莲还没有下班,他跟孩子们疯闹了起来。他身上的孩子气似乎还没有消退,跟孩子们在一起的时候,他竟然成了一个大孩子……走进门来的王月娥看在了眼里,她看得清清楚楚,高立军心地纯净得很。真的当了孩子们的爸爸,他会对孩子们好的……

高有福直接与许英莲谈了一次,天下女人多的是,我为什么对你耿耿于怀,一心想成全你和我儿子的姻缘,因为你是个好人,一个好女人,一个不幸的女人。实话实说,我儿子娶什么样的大姑娘娶不到,而偏偏看上你了。不要以为我们就是想占你的便宜,你嫁过来不会吃亏的。我的女婿,那可是正师职干部,他还能升。我听说你男孩子多,将来有一天,通过我女婿,把孩子们都送到部队去当兵。到那时候,你就是军属,瞧瞧哪个人还敢小看你。

许英莲的心动了,你说的都是真的?

高有福说,那能假得了吗? 立军他为什么没有到部队去,是他妈舍不得他,说是到了部队当兵,要吃不少的苦。也是受旧社会的影响,好男不当兵,好铁不打钉。如今不同了,能当兵,那可是多少男孩子求之不得的事情。再说,我女婿比县太爷都高出一级。你嫁进我家门,这个县城还有谁敢欺负你,还有谁敢小看你?

许英莲想起了自己的不公正遭遇,因为丈夫犯罪,她受了处分。因为那一次感情出轨,她被开除了党籍,甚至连工职也给开除了。她所犯的错误真就要受到这么严重、这么残酷的处罚吗? 她的眼泪,她的嘶叫,统统淹没在了一片唾骂的海洋,她一个弱小女子孤立无援,身前身后全是唾骂的汪洋大海。也许会像高有福说的那样,只要她嫁进了高家的门,她的不公正的对待,都会得到重新处理,包括她的党籍,也有恢复的可能。

许英莲把自己这几年的沦落和不幸统统归罪到了丈夫邓仁修的身上,如果他没有犯罪,她怎么会落到今天这个地步？于是,当她的生活出现了另外一个开端时,她动摇了,她不可能不动摇,受了这么多的牵连,受了这么多的委屈,归根结底,她缺少一个强有力的保护伞,她没有一个强大的政治背景的支撑。听高有福这么一说,她仿佛看到了自己的希望,甚至看到了孩子们的前程。她给邓仁修写信,在信上,她提起了要与他离婚的事。

邓仁修很快便写来了回信,他在信上说,所有的错都是他的错,但是,已经无法挽回了,给妻子和孩子带来了苦难和坎坷,只有他出狱之后,再慢慢地报答她吧。他不希望离婚,他希望能保住这个家,他走出监狱时,至少还有一个可以落脚的地方。如果离婚了,一个家就会彻底破碎了,孩子的心灵也会受到影响。

许英莲与邓仁修毕竟是结发夫妻,她跟他是有感情的,她是憎恨过他,可真正要做到离婚,她真的有些狠不下心来。当自己的父母,还有大刘他们都成了高有福的说客时,她本人还是在彷徨,犹豫……这一天,许英莲在店后正与王师傅一起剔猪骨头,她没有想到,梁小清带着一个人闯了进来。让她万万没有想到的是,跟在梁小清身后的那个人竟然是史忠诚……许英莲手上的剔骨刀掉在了地上,她惊愕地瞪大了眼睛,不知所措。

史忠诚抢上一步,他拉住了许英莲的手:"英莲姐,你遭遇了这么大的事,为什么不告诉我？你让我找得好苦啊,我来过多次,找过许多人,直到遇见了梁小清,我才找到了你。"

许英莲看见了从天而降的史忠诚,她只感到万箭穿心,什么酸甜苦辣,一齐涌上了心头:"你找我干什么？我和你什么都已经结束了,你为什么还要找我？"

史忠诚说:"英莲姐,一切皆因我而起,你所以落到了今天这步田地,罪魁祸首就是我,我是向你谢罪的,也是为弥补我的过失而来的。英莲姐,我已经决定了,我要与左红宇离婚,我要跟你结婚！"

许英莲厉声骂道:"你放屁,我现在是有夫之妇,你想跟我结婚,难道你把我害得还不够惨吗？你给我滚出去,从这里滚出去,别让我再看见你！"过分的激动,让她险些栽倒。

史忠诚向前跨一步,想扶住许英莲:"英莲姐,你这是怎么了?"

许英莲说:"都怪你,我都沦落成了这个样子,你还跑来害我,你给我滚,滚!"许英莲高高地举起了手里的剁骨刀,"再不滚,我就……"

史忠诚声嘶力竭地叫着:"英莲姐,我是史忠诚呀!"

许英莲咬着牙根说:"管你是谁,都给我滚吧,别出现在我的眼前。你再不滚,我就……"

许英莲把剁骨刀对准了自己的脖子。史忠诚绝望地退后了:"英莲姐,我真的不知道,我会给你带来这么大的灾祸呀。我愿意承担所有的罪责,把你给解脱出来……"

在此之前,许英莲一直没有真正下决心与邓仁修离婚。史忠诚的突然现身,让她下定决心,她决定与丈夫离婚,与高立军结婚。她想结束所有的一切,重新开始。

许英莲没有给邓仁修再写信,她直接去了劳改队。这一次,她没有带孩子,只身一个人去的。面对着丈夫,许英莲直截了当说出了离婚的事。

邓仁修说:"我在监狱里已经熬过了第四个年头,目前,我依然在上诉,因为与我相同的犯罪案例,有的已经纠正或者减刑了。困难时期也是特殊时期,有些案子判得过重,我也属于其中。英莲,最艰难的时候我们都熬过来了,能不能再等我一段时间,等我回去,咱们还是一个完整的家庭,孩子们有爸爸,也有妈妈……这些年,我一直在努力改造,争取早日出狱。政府也认可我的表现,我已经减过刑了,不会有多久,我相信我就能出去的。"

许英莲说:"不能再等了,孩子连中学都考不上,佩玉她正在忙着改姓名。我受牵连,孩子们也受到了牵连。这些年,我拉扯着孩子活过来了,我也对得起你了。离婚吧……"

邓仁修什么也不再说了,眼泪缓缓地流了下来……

许英莲说:"女儿和三儿子跟我吧,佩玉是个女孩子,她应该跟着妈妈。丕钢还小,离不开妈妈,我带在身边。老大和老二归你,眼下,我还带着他们俩。如果你没有抚养他们的能力,我就一直抚养他们。他们正读书,还要有人平时管教他们。"

三天后,许英莲向法院递交了离婚申诉书。法院开庭那天,许英莲走上了法庭,通过法律程序,结束了与丈夫邓仁修十五年的婚姻。在审判书上签字的那一刻,许英莲的手发抖了。自己做出的这个抉择究竟是对还是错,她也有些茫然。看着被法警带出门去的丈夫的背影,她的心里隐隐约约滋生了一丝的痛感,眼眶盈满了泪花……坐在旁听席上的大刘心里也酸楚楚的,她走上前搀扶起许英莲的胳膊,走出了法庭。大刘叹了口气:"英莲,咱们姐妹好了这么多年,我一直都在帮你,是吗?"

许英莲说:"当我倒霉的时候,当所有人都离我而去,只有大刘你对我不离不弃。在我最困难的时候,你总能伸出一把手,帮我一把。不管以后怎么样,大刘,我都会把你当成自己的亲姐姐一样看待。"

大刘嗯了一声。说心里话,在许英莲与邓仁修离婚的那一刻,大刘也陷入了茫然之中。她一直是许英莲与高家联姻的始作俑者。当许英莲迈出了关键的一步时,她真的有些忏悔之意。许英莲离婚了,她能幸福吗?她与高有福的儿子结合了,她就能得到幸福吗?看看走在身边的许英莲,大刘随口问了一句:"英莲,你今年三十几了?"

许英莲说:"我今年三十出头了,属鸡的,连这你都忘了呀,咱们还是好姐妹呢。"

大刘感慨了一句:"你有时候,像个孩子的妈妈;有时候,你就像个没长大的女孩子……"说这话时,大刘的心里也隐隐浮现出了一丝悔过之意。女人哪,不到万不得已,不能走离婚改嫁这条路。许英莲接下来要走的路,也不知好走不好走……她想起了丈夫李承先说的话,你们一直拿着高立军没有生育能力当托词,不能生育可能他会对邓仁修的孩子们好,但是,你们有没有想过,许英莲要嫁的这个男人没有性能力,对她来说,是不是有些残酷?是不是不人道?这样的婚姻能维系下去吗?大刘还强词夺理,生存才是第一位的,与生存相比,两口子的性生活应该排在第二位。果真如此吗……想想李承先的话,大刘心里也惴惴不安。

大刘也与许英莲说起了她以后与没有性能力的高立军生活在一起,她将面临怎样的问题。许英莲让大刘放心,这几年,饥肠辘辘让她像只到处觅食的兔子。更为糟糕的是,于过兰、周国花往死里整她,整得她身败名裂不说,她已经身心交瘁。所以,她就梦想以后能有一个靠山,孩子们能有一个好前程。为了孩子,她可以舍弃一切。

## 第三十一章

　　邓佩玉如愿以偿地把姓名给改了,随母亲的姓氏,她改叫许黎,黎明的黎,意思就是新的一天开始了。她的弟弟们也让她将姓名都改了过来。邓丕铎叫许铎,邓丕宏叫许宏,邓丕钢叫许钢。当许黎听说妈已经与邓仁修离婚了,她心里一阵高兴,妈妈终于做出了离婚的决定,从此,她与那个罪犯父亲再也没有任何关系了。接下来,妈妈应该做出第二次婚姻的抉择,她不是与那个史忠诚好过吗,因为这个军人,她受到了严厉的处分,甚至丢了党籍,丢了工作。连滚带爬,她总算熬过来了。她坚信妈妈不是那种生活作风随便的女人,她与那个军人一定存在着真诚的爱情。此时此刻,她和他走到一起,也是顺理成章的事情。可她万万没有想到,妈妈选择的那个男人,竟然比许英莲小七岁,许黎根本不可能接受这个现实,难道吃了这么多的亏,妈妈她还要继续吃亏吗?

　　许黎跑到了姥姥家,她要问姥姥,我妈要嫁给姓高的事,是不是真的?姥姥告诉许黎,你妈她要改嫁,这是真的。

　　许黎说:"我妈她傻了,还是疯了?她怎么能嫁给姓高的,那个男人比她要小七岁呀?"

　　王月娥说:"好闺女,你还小,大人的事情,你不懂。等到你长大了,你就会明白,就会体谅你妈。天要下雨,娘要嫁人,谁也阻挡不了啊。"

　　许黎说:"就是嫁人,也不能嫁给那个姓高的。那个姓高的老头子,我怎么看他,怎么不顺眼,他就像个老流氓一样。"

　　王月娥说:"不能这样说人家,没有人家,你们一家五口哪有饭吃。再说了,你妈嫁的是他的儿子,不关这个老头子的事。"

对于儿子的婚事,高有福想要大张旗鼓地操办一场。许英莲不想操办,因为她是改嫁。单身一人还好说,她还有四个孩子,闹得满城风雨,恐怕会适得其反。高有福不这样看,他的儿子是初婚,当然要大操大办一下。至于四个孩子,结婚那天别让他们露面就行了。再说,改嫁怎么了,咱们光明正大办喜事,又不是偷偷摸摸做坏事。

许英莲要嫁人的事情,她谁也没有告诉,是喜事不假,但她心里却是硌硌辘辘的不舒坦。她也不想惊天动地,只想着悄无声息地把事办了,搬到一块儿住就行了。她想去繁就简,可有些事情,无法凑合过去。比方说,总要有个陪送的娘家人。许英莲希望大刘当她的陪嫁。大刘说,陪嫁的人应该是个年轻未婚的姑娘,我比你大好几岁,怎么能给你陪嫁?

因为自己是二婚,许英莲不想找年轻的大姑娘。正在发愁的时候,梁小清来了。她不知从哪儿得到了许英莲要嫁人的消息,她就赶来了。姐妹们委托她,给许姐凑了礼钱。

看见梁小清,大刘很高兴,小梁,你来得正好,正愁没有人给你许姐当伴娘呢。

许英莲却不想梁小清当伴娘,我是改嫁,不是真正的新娘子,我怕带来的不是喜气。

梁小清却不这样想,她说:"到了什么时候,你都是我的许姐。别人看不起你,我看得起你。在我的心里,你是最好最好的女人。许姐,我给你当伴娘,陪你出嫁。"

许英莲感动得眼泪流了下来:"小梁,谢谢你。姐记着你一辈子……"如今的许英莲,一失足成千古恨。这是她的又一次人生经历的开始,对于这次婚姻,她也充满了期待和希望。

在认识许英莲之前,高立军没有接触过女性。父亲让他娶妻结婚这个决定让他感到突然,自己的婚姻来得太快了一些,他甚至连思想准备也没有。从小到大,他习惯了对父亲的言听计从。他记忆当中非常深刻的一件事,上中学时检查身体,一个医生发现,他的生殖生育有问题,建议事后让家长带着他到医院再做一次检查。父亲带着他又做了一次检查。医生得出了结论,他好像不能生育。父亲还说了一句笑话,以后,也省去了给你说媳妇。过去了这些年,父亲似乎把这件事忘记了,他现在急三火四地给自己操办婚事,他也不知其所以然。父亲忙前忙后给自己找的这个对象,年过三十了,还是个孩子妈妈,这让他接受不了,他回绝了这门婚事。可父亲却不容置疑,把这门婚事强加到了他头上。人怕见面,更怕接触,高立军与许英莲有过几次接触,他发现这个已婚女人那么年轻漂亮。看不出是个孩子的妈妈。他也能感觉得到,许英莲的心地善良,性格温和。渐渐地,他对她滋生了好感。

许英莲对高立军没有任何隐瞒。从她做出嫁给这个男人的决定时,她将自己的心都掏了出来,袒露在他的面前。直到他与许英莲坐在一起,直到他们开始谈话交流,一种挺庄重的责任感油然而生……高立军不会忘记,那天,许英莲和他坐在同一条炕沿上,他们距离很近,他还是头一次近距离地接触女性。从前没有萌动过,而今也没有萌动。不过,他知道这个女人的身世,这个女人挺不幸的,高立军说:"我爹跟我说了,结婚以后,给我找一个工作,挣钱帮你养家养孩子。我身体好,我能干活,我跟我爹说了,什么工作我都能干,我不怕出力。"

许英莲感激万分,她说:"真的苦了你了,以后,我会好好报答你的……"

他们的婚宴是在大院里举行的,院子里摆放了十多张桌子,很多感人情的人都来喝高有福儿子的喜酒,大伙都听说高立军娶了一个美女媳妇,都想开开眼。喜气洋洋之时,感人情的人也看得出来,许英莲脸上的笑容是硬挤出来的,高立军的表情和举止都僵硬。许英莲并没有将自己的头发做成大波浪式披发,而是整整齐齐的短发,为了喜庆,她身上穿着一件红绸对襟褂子,脸上也没涂胭脂,越是淡妆素抹,越能显现美丽的本色,参加婚宴的人们的眼睛几乎都盯在许英莲身上。高有福倒显得异常兴奋,他里里外外招呼客人,给亲朋好友们敬酒,忙得不亦乐乎。

婚宴临近尾声时,高立珍和丈夫王国臣赶回来了。本来他们两口子说可能回不来参加立军和英莲的婚礼了。后来,王副政委的会议提前结束了,他带着妻子坐上吉普车,一路奔波,总算赶上了家里的婚宴。婚宴已经进行到了尾声,肩上扛着两杠三星军衔的王国臣来到现场,客人们跟王副政委很客气。

高立珍从上到下打量了许英莲一眼,她脸面上挂着笑意,完全出于礼貌。对于父亲给弟弟操办的这件婚事,她感觉有些草率,至少没有事先与她沟通。好在她跟这个家、跟弟弟没有多深的感情。她从口袋里掏出了一个装有一百块钱的红包,给了许英莲,一点小意思,我也没有给你们买什么东西,你们自己喜欢什么,自己买去吧。

许英莲说:"谢谢大姐,大姐能来参加我们的婚礼,我很高兴。"

高立珍说:"都说我弟弟娶了一个美人,今日相见,真的名不虚传呀。"

许英莲的脸像红透了的石榴,都说老婆婆难见,其实这个大姑姐比老婆婆还厉害。

客人们纷纷告辞,大刘本来想多待一会儿,高立珍和王国臣的到来,她便要告辞。

高家的女婿倒不在意人情往来的事,他大大咧咧地自己干了好几杯酒,说是来晚了罚自己。高立珍回到家来,除了参加弟弟的婚礼,她还有她的心思。老母亲去世的时候,给她留下了不少的衣料,军人的妻子,她养成了简单而朴素的生活习惯。老母亲留下的那几身皮袄,却是上好的皮子。以前,只有父亲和弟弟在家的时候,她也不担心什么。如今,弟弟结婚了,家里又走进了一个女人,哪有女人不爱财的,她这次回家,把母亲留给她的皮袄带走。临走的时候,高立珍也一再给许英莲解释,这些东西原本是她的东西,所以放在家里,因为当兵的到处换防,居无定所,东西也没处放,这一回,你姐夫调到了军分区,有固定驻地了,我把我的东西拿走,腾出地方,新家也好放你新娘子的东西。

许英莲不是个爱财的人,她也不在意这些事情。她说:"家是你的家,我是净身走进了这个家门,你做什么,不要考虑这些,我无所谓。真的大姐。"

高立珍临走的时候,她叮嘱许英莲:"家里有了女人,我的心也就放下了。你比我弟弟年岁大,你多辛苦一点,好好带着他过日子。有什么事情,你就给姐写信。"

许英莲说:"大姐,你放心吧。我也有个弟弟,可他在外地工作,平时只有我自己。我就想能有个姐姐,这回好了,我有了姐姐了。"

高立珍已经走了,可她似乎想起了什么,转过身来,她说:"就要离开了,今天是你们大喜的日子,有些话,本来我不想说,可我又不得不说。你和立军的婚事,直到你们快要办喜事了,我父亲才告诉我,他说你只是比立军大两岁。大两岁当然不是什么问题,回来以后我才知道,你本来有丈夫,有家庭,还有孩子,你和立军这桩婚姻我认为不仅不和谐,而且是一桩畸形的婚姻。英莲,你我都是女人,我也是把你当成了自家人,才说刚才这番话的。我没有什么恶意，我只是想给你提个醒，既然你们已经走到了一起，尽量维护你们的婚姻，过好日子。一个不成熟的男人如果遇到了一个成熟的女人，一个好女人，男人会渐渐地成熟起来的。我家的家境虽然不错，但我弟弟的命挺苦的。善待他，也是善待你自己。大姐的话虽然不那么入耳，可我说的都是真话实话。希望你能听进去……"

许英莲说："大姐，你的话我记住了。"

所有的人都走了，只剩下了高立军和许英莲。许英莲拉起了高立军的手，两个人走进了他们的新房。歇一歇吧，忙碌了一天了，也真该好好休息一下。

高立军心里扑通扑通地跳，好像塞进了一只小兔子。许英莲打开暖水瓶倒了一盆热水，端到了高立军的面前。在家的时候，她和孩子每天晚上都要烫烫脚，这很解乏。

高立军说："我自己来。要不，你也一起烫烫吧。小时候，我跟我姐姐就经常一起烫脚。"

许英莲毕竟是过来的人了，一对新人在一起，他们应该做什么，应该怎么做，没有人指导他们。他们也会循序渐进地做得严丝合缝。她等待着高立军先有动作，可高立军竭力掩饰着什么，他从来也没有接触过女性。他从来也没有做过这样的事情，他不知道应该怎样对待眼前的这个女人……许英莲想起来了，高立军不是正常的男人，自己为什么嫁给他，不就是他没有这方面的能力，可以不再留下后代吗？当她真正与一个男人，自己的丈夫在一起的时候，她渴望着能得到爱抚，渴望着男女之间的那种激情碰撞。她拉起他的手，放在了自己的胸脯上……他像一头刚刚套上笼头的小牲口，他还不熟悉路径，甚至不会迈步。一切都需要引导，她是一个耐心的骑手，经过再三的调教，他也无法挺立起身子，完成一次夫妻生活。她也终于失去了耐心，疲劳感袭上了心头，她慢慢地闭上了眼睛，渐渐地进入了梦乡……

高立军就像一头掉光了牙齿的猛兽，面对着一具新鲜的猎物，他无从下口。那种愧疚，那种自惭，那种无能，让他真有些无地自容。许英莲已经睡着了，她睡着的模样也是那样的美丽，因为疲劳，她的眼睛四周浮现出了淡淡的眼晕，从她身上散发出来的女人气息，已经让他迷醉了……她毫无保留地袒露在他的面前，而他却无能为力。有些事情经过努力可以做到，有些事情，经过努力也无法达到。高立军从许英莲的身边轻轻地挪开了，他又铺开了一床被子,悄悄地躺下了,两眼直直地望着棚顶,久久没能入睡。直到天明,他才迷迷糊糊地睡着了。黎明时分,好像是妈妈从门外走来了,又像是许英莲,好像妈妈责怪他了,为什么结婚这样的大事不告诉她。睁开眼睛,哪里有妈的身影?

看着稚气尚未完全脱尽的高立军,许英莲心底升起一丝怜悯之情。走到一起的夫妻,男女性爱固然重要,但夫妻恩爱更重要。结婚以后,高立军时常梦见自己的母亲,许英莲也经常安慰他,不要想得太多。

高立军说:"我跟我妈的感情很深。英莲,我这辈子真正接触的女人只有两个,一个是我妈,另一个就是你。我本来是一个被人遗弃的孩子,大冬天,我的生身父母生下我却养不起我,把我扔在了雪地里。我爹他在回家路上看见了已经快要冻死的我,把我抱回了家,这才把我唤醒过来……通过高立军的讲述,高立军不是高有福的亲生儿子。不仅儿子不是亲生的,闺女高立珍也不是亲生的,也是他抱养的。姐弟二人都是高老太太一手喂养大的。"

许英莲说:"以后,我会像你妈那样疼爱你,让你还会感受到母爱……"

高立军说:"英莲,过两天,我就去干活。我已经找到工作了,虽然干的是力工,可一天能挣到一块八毛六分钱,我帮着你养活孩子。这两天,你一定想孩子了,回家看看去吧。"

吃过饭,许英莲想回家看看孩子。这时,高有福从门外走了进来,他说:"刚刚过门,不好回娘家和自己的家。我去过你家了,也看过孩子们了,给他们送去了吃的。孩子们都挺好的,你就放心吧,别牵挂着他们。"

当妈的能不牵挂自己的孩子吗?许英莲嘴上不说,她心里也想,等到上班的时候,她就能回家看看孩子。结婚之前,说得明明白白,她要带两个孩子过来生活,两个大孩子可以让姥姥帮着带。如果净身嫁人,作为孩子的母亲,她太失职了。

说起上班,高有福说,他已经与商店打好了招呼,上班以后,别再干剔骨头的工作了,到卖场当营业员。

好不容易熬过了三天,上班以后,许英莲找个空闲赶回了家。家里的门紧锁着,孩子们上学去了。下班以后,她在娘家与孩子们相遇了。只有三儿子扑到了她的身上,大声地叫喊着,妈呀,你可回来了。另外三个孩子,看见妈妈却呆呆地站在那儿,什么话也不说。

许英莲拉起孩子们的手,你们俩跟妈走吧?

三儿子很高兴,二儿子却甩开了许英莲的手:"去哪儿?是不是要我到后爸家去?"

王月娥说:"怎么跟你妈说话,过去了以后,不能叫后爸。"

二儿子说:"我不叫,我也不去。"

王月娥说:"你不去,姥姥家也不要你,看不把你给饿死。"

二儿子说:"饿死就饿死,饿死我也不去。"

要在往常,孩子不听话,许英莲不会轻易放过他们。眼前,二儿子竟然敢顶撞她,她气鼓鼓的却举不起手来打孩子。在孩子面前,她竟然有些无可奈何,无能为力。

到头来,还是王月娥打着圆场:"孩子不去就不去吧,带丕钢一个过去,你也少操点心。让他们姐弟先在我这儿吧。因为孩子挤作一堆,晚上睡觉都压摞了,你爹他一肚子气,朝我发脾气,说我太偏着你这个闺女了。英莲啊,只要你能过好了,什么都好了。怎么样,高立军他对你好吧?"

许英莲说:"因为我是改嫁,也没法请你和爹去看看。妈,喜事办得挺好……"

往回走的路上,许英莲心里挺惘然的。冤家路窄,偏偏迎面碰到了于成才。本来她想拐进一条小巷子,不想跟他打照面,死乞白赖的于成才拦住了她的去路:"师母啊,听说你又要当新娘,没想到你真的当新娘子啦,恭喜你呀,一个女人一辈子本来只能当一回新娘,坐一回花轿,你到底不一样啊,你坐上了两回花轿,进了两回洞房。"

许英莲骂道:"闭上你的臭嘴,滚一边去,好狗不挡道。"

于成才没有躲开,反倒更走近了一步。他说:"你说我师傅他冤不冤,他为了全家人能吃到鱼,才进了监狱。让我百思不得其解,你已经等了我师傅好几年了,他也快要从监狱里出来了,你怎么突然要改嫁了?你是不是守不住身子了,你是不是良心坏了?直到你再结婚,我才明白了,你是遇到了让你神魂颠倒的男人。他有文化,他年轻,听说比你年轻好几岁,你是要追求青春爱情呀……"

许英莲气得浑身上下打着哆嗦,她已经说不出话来了:"你……"

于成才不依不饶:"你有什么好说的,就凭你嫁了这样一个小男人,就足以证明,从前,你的所作所为,统统都是假的,统统都是装出来的。以前,我一直迷恋你的美貌。我以为你就是古代神话故事里的那个仙女,表面上看,你楚楚动人,其实你也是一肚子花花肠子。"

许英莲拉起三儿子的手,从于成才的身边挤了过去。于成才在后面喊着:"别走呀,听我一点一点地把你的伪装剥去,你呀,就是画皮里的那个鬼。而且是个女吊死鬼。"

许英莲牵着三儿子的手回到新房的时候,高立军已经把饭做好了。他看见媳妇的脸上有泪痕,便问了一句:"怎么了,有人欺负你了?"

许英莲骂了一句:"在路上遇到了一个丧门星,他说了些不三不四的话,把我给气得。"

高立军说:"别生气了,咱们吃饭吧。"

许英莲说:"要不要等爹回来一起吃?"

高立军说:"他回不回来吃,还不一定呢,咱们吃过了,把饭菜放到锅里也凉不了。"

许英莲拉过三儿子,这时她才想起来,让三儿子管高立军叫爸。三儿子本来嘴就拙,出生以后,他从来也没有叫过爸,他不知爸是谁,也不肯叫眼前的这个男人爸。

许英莲有些生气:"你这孩子,你到底叫不叫?"

三儿子无动于衷,紧紧地闭着嘴巴不肯叫。

高立军说:"孩子不大愿意叫,别逼他了。不叫爸,叫我叔也行。我问过别人了,像咱们这种情况的,叫叔的也不少。反正就是一个称呼,没有什么大不了的。"

高立军告诉许英莲,劳动服务队打发人找他来了,告诉他工作的事情已经有着落了。是一个挖输水管线的工程,工程量挺大,一直要干三个月,恐怕要半个月才能回来一次。

许英莲说:"咱们俩结婚才过三天,按说,正是新婚蜜月之时,你要出去干活,而且一去就是半个月……要不然这一回,你别去了,以后有机会再去吧。"

高立军说:"这年头,工作挺难找的。其实,我爹要出面,给我找个工作也不费事。我也不想事事都要靠爹,想自己闯一闯。你白天上班去了,我在家里也待不住。"

吃过晚饭,许英莲忙着给高立军收拾几件干活时穿的衣服。进到这个家门,她还没有开箱子开柜动过人家的东西。看见柜子里叠得整整齐齐的衣服,让她也有些不敢相信,这都是那个去世的老女人留下的。衣服洗得干干净净,散发出樟脑气味。她感叹了一声,你妈她,是个过日子的人。高立军让许英莲把手伸进一件衣服的口袋,她从口袋里面掏出了五毛钱。这是怎么回事?

高立军说:"这都是我妈留下来的。我爹这个人心小,他从来也不把钱交给我妈,他给我妈的,都是一些买柴米油盐的零钱。我妈她除了日常花费,她把剩下的零钱都积攒起来,放进衣服口袋里,她临死的时候告诉我,这是她给我留下的,让我以后好有钱花。"

许英莲感动了:"你妈她,真的是个好母亲。如果她活着,该有多好!"

从刚才高立军的话里,许英莲也能听得出来,儿子对父亲也心怀不满。

这天晚上,这一对新人依然没能合房。许英莲很有些遗憾,你应该得到的,你却无法得到。早就知道有毛病,你有没有医治过?

高立军说:"这种病,说出来挺丢人的,怎么好意思去治。"

许英莲说:"你应当医治,谁也不愿意有病,有什么丢人的。这个病,你一定要治。治好了病,你才能体验到什么是男人。听我的话,一定要认真治,为你好,也是为我好。夫妻生活,也是人生不可缺少的。立军。你不要自卑,我是个女人,对于夫妻生活,我也很渴望。其实你姐姐就是军医,我想,她们医院肯定能治好你的病。"

高立军说:"别让我姐姐知道,怪丢人的。"

## 第三十二章

这天傍晚,许英莲下班以后刚刚走进家门,高有福也跟着走进了家门。他手里提着一串猪的大肠头,放到锅台上,让许英莲用盐豆子好好地搓揉一番,再用水清洗干净,放到锅里,用小火慢慢地煮着。

许英莲原来打算她跟孩子简单吃点晚饭,听听收音机,娘儿俩也就睡下了。没想到高有福会回来,而且带回了吃食。高有福坐在椅子上,戴着老花镜,聚精会神地看着一张报纸,旁边放着一杯茶,那是他自己沏上的。看样子,他要在家里吃晚饭了。许英莲想,好多天了,老公公一直没有回家,没给她添麻烦。他好不容易才回来吃顿晚饭,就好好地让他吃顿饭吧。于是,她也不再心急,慢慢地等上个把时辰,让大肠头熟透。然后烹上料酒,撒上辣椒,炒了一盘大肠头。吃过了大肠头,高有福没有要走的意思,天已经很晚了,看样子,今天晚上,他要留在家里过夜了。

许英莲和三儿子在里屋睡下,高有福就在外屋躺下了。许英莲一直没能合上眼睛,关着灯,在黑暗中她惦记着在工地上干活的丈夫,也牵挂着留在家里的孩子。虽然女儿已经上了中学,可她还是放心不下。已经过了半夜,她还没有睡着。夜真的很静,她听到外屋的公爹早已发出了深沉的酣睡声。甚至她能听得到老鼠顺着墙角跑来跑去的沙沙声。窗外,偶尔也能传来野猫求偶的叫春声。

走进这个家门,许英莲听到邻居说起过高家的一些私密事。高有福的老伴是他的结发夫妻,高有福从年轻的时候就对老婆不好,不仅因为她长得不好看,更是因为她不能生养。他一直想娶个二房,在外面,他房子都预备好了,可他到底没能走出这一步。他还是个政治嗅觉挺敏锐的人,他知道共产党早晚都要坐天下了,而且共产党最恨的就是娶娇妻,花天酒地。姓高的这户人家,四口人,四个心眼。最傻的一个要数高立军。在这个家庭,他什么也没有。邻居们说,谁也没想到,高有福会给自己的儿子娶她这样一个媳妇。他经商一辈子,相信他不会做吃亏的买卖。许英莲根本不会去琢磨别人,她也不想去琢磨别人。

　　许英莲自从被双开了以后,她本想破罐子破摔。因为有了高有福的扶持,有高立军的认同,这个年轻男人并没有在意她的经历,并不在意社会上人们的议论。有这一点,足以让她充满了自信。再活下去,不要灰心丧气。她还有四个孩子,不,五个孩子,还有那个送给别人的小女儿,许英莲告诉过高立军。算一算年龄,小女儿立平也有三岁了,也应该是扎着小辫子到处跑的姑娘了。她无意间吐露了一句话,真的想去看一看自己的小女儿。

　　没有想到,高立军马上随声附和,应该去看看她,只是别惊动了养育你女儿的这户人家。你要去,我会陪着你去。

　　两个人一拍即合,说去就去。许英莲一直精心地保留着抱养立平的那户人家的地址,就在上个星期天,他们俩早早地爬起身来,坐上公共汽车,来到了大魏家公社。下了公共汽车,还要走一段很远的山路,才能到达那个地方。那个小山村住着二十几户人家,许英莲并不知道究竟哪家哪户收养了她的小女儿。她走到一座院子,就往院子里面张望,看看有没有小姑娘从家里跑到院子里玩耍。从东头,到西头,她看遍了所有的人家,都没能看到跑到院子里的小姑娘。只要她的女儿出现在她的面前,她能一眼认出来。就在许英莲走到最后一户人家那里,那个抱走她小女儿的中年女人从门里走了出来,她们打了一个照面,那个女人也一眼认出了许英莲,人家顿时不高兴了,用一种责问的口气说,咱们不是说好了吗,从此以后,绝对不能见孩子、认孩子。几年光景,你想反悔呀。许英莲向她解释,我想孩子想得不行,就想看孩子一眼,没有别的意思。那个女人看她泪水涟涟,心也软了。她答应把孩子从屋里领到院子里,让她趴在墙头上偷偷地看上一眼,然后,马上离开,从此再也不许到这里来。

　　许英莲不愿意再往下想……陪同她一起去的高立军连忙把她给拉走了,

他也忍受不了母女相见的情景。他是月子里给母亲抛弃的,他不知道他的母亲会不会像英莲这样,念念不忘从自己身上掉下来的骨血……

许英莲已经隐隐约约听到远处传来的公鸡司晨的鸣叫,她这才朦胧产生了睡意。黎明之前,天是最黑暗的,也是最沉静的时候。那些乱七八糟的往事已经让她的思维疲劳了,思维也要休息了。她渐渐地合上了眼睛……法庭上的一幕出现了,她不敢看邓仁修的眼睛,似乎正义的一方并不在她这边,其实,法官们也随着邓仁修的话,问了她一句。为什么在邓仁修出事的时候,没有想到过离婚,而是在过了几年之后,你才想起提出离婚的?她说,前几年,孩子还小,孩子的姥姥还能帮助她照顾。可孩子现在长大了,大孩子已经上中学了。孩子大了。吃的穿的花费都更大了,我也应对不起了……她看着邓仁修给法警从旁边的门里带走之后,她才离开法庭的。在邓仁修走出门的一刹那,他回过头来,看了她一眼。那一个眼神,里面包含了难以名状的内容。乞求,失望,怨恨,还有难以名状的莫明其妙。为什么,怎么了,他们在一起度过了多少个日日夜夜,他们有过多少恩恩爱爱,他们的婚姻真就这么脆弱,经不起考验……好像法官松开了把住邓仁修的手,他反过身,朝她走了过来。他跟她说,英莲,一日夫妻百日恩,在你和我分手之前,你和我再恩爱一回吧……她没有勇气拒绝他,她更没有理由拒绝他……他拉着她的手,跑啊跑啊,一直跑出了法院,跑到城外,跑到了一个她从来也没来过的地方,四下里空空荡荡,一点遮掩也没有。邓仁修说,我们有多少天没有在一起过夫妻生活了?她记得很清楚,她说,我们已经有四年多没有在一起,更不要说过夫妻生活了。因为生活的拖累,我已经快把夫妻生活忘记了……邓仁修说,你忘记了,我可没有忘记。我的妻子,你是世界上最美丽的妻子。在我最寂寞的时候,我就想你……他的手抚摸着她的脸庞,抚摸着她的脖子,抚摸着她的肩头,他的手指那么灵巧,不知什么时候,他轻轻地解开了她的内衣纽扣……他的手轻柔地抚摸着她的乳房,她似乎感觉到了一片湿润,是他的嘴唇,像婴儿那样噙住了她的乳头……他的手在褪下她的内裤,她甚至轻轻地欠了欠臀部,让他能顺利地将她的内裤褪下来……一切爱抚的最终目的,就是她的那个最为隐秘的部位为主题,他是她的丈夫,她根本无法拒绝他,她甚至渴望着他的耕耘能渐渐地深入到这儿……当一具肉体进入她的体内时,一阵剧烈的震颤,她幡然地惊醒了……她被一个男人重重地压在了身下,这不是梦,他不是邓仁修,也不是高立军,他是那个道貌岸然的高有福。他死死地压在她的身上,他的嘴死死地堵着她的嘴,她想嘶喊,她竟然也喊不出来。她怎么也没有想到,平时那样谦和的一位长者,这时候居然变成了一头野兽。他死死地压着她,用力地抽动着整个身体。他的嘴里发出了一声接一声的野兽般的低吼……

许英莲翻身坐起的时候,她想到的第一件要做的事情,她不能再活下去了。她拿起一把菜刀,朝着自己的脖子就要砍下去……

高有福抱住了许英莲:"你呀,不能死,为这点事,你能死吗?你好好地看一看……"

三儿子许钢也惊醒了,他光着脚,站在地上,他睡眼蒙眬,不知发生了什么事情。看到妈妈的样子,他吓得哭了起来:"妈呀,你怎么了……"

高有福抱着许英莲,让她安静下来。"英莲,静一静,你打我两下,拧我两下,打也好,骂也好,你出出气,消消气,消了气,我再跟你慢慢说。不过,你要小声点,院里不是咱们一家,四周都是邻居,让他们听见了,又该传你的瞎话了……"

许英莲说:"我是你的儿媳妇,你居然趁着立军不在家,你做出了这样乱伦的事情。你让我怎么跟立军交代,让我怎么有脸活下去?"

高有福说:"英莲,这不是乱伦,真的不是!"

许英莲也不说话,她只是一个劲地流泪,低声呜咽。

高有福说:"我知道你一下子有些难以接受。其实,真正看中你的,不是立军,而是我。你在百货公司的时候,我就知道你,你在整个县城都是响当当的美女,而且红得发紫,我就是想靠近你,也做不到。没有想到,几年过后,你终于遇到了人生的厄运,不仅丢了党籍,甚至丢了工职。我帮助你,我为什么帮助你,我就是对你有好感,我才向你伸出了援助之手。你不得感谢我吗?你得感谢我,没有我,你和孩子就得饿死,就得冻死。你以为长得美丽就会有人同情你吗?不是的,所有人都在看你的笑话,都在期待着你活不下去。我老伴去世以后,我为什么一直没有再续弦,在我的心里,一直装着你。是你给了我机会,让我们走到了一起……"

许英莲没有想到,这个表面上看起来像个谦谦君子的生意人,心里却是那样的阴暗肮脏,她骂了一句:"你这个老流氓!"

高有福一点也不在意:"你骂吧,随你怎么骂,反正你已经从了我了。"

许英莲说："你的行为是强奸，我要报案，要警察把你给抓起来。"

高有福神色不改："你报去吧，你看看公安局到底能不能把我给抓起来。说我强奸你，谁能相信呀，母狗不掉腔，牙狗能上身？"

许英莲用被子把头蒙了起来，她号啕大哭了起来。她怎么也不肯相信，怎么会发生这样的事情。她跳进黄河也洗不清，她满身是嘴也说不清，怎么会这样，是她罪有应得。

高有福一点也不惊慌，所发生的一切，都是他意料之中的，也是按照他的意愿一步一步设计，一步步实现的。他从来也没有想过给儿子娶媳妇的事情，他早早地看上了这个女人，这个女人命不济，他等到她从发红发紫一直到发黑，等到她的家庭发生变故，她也遭遇到了坎坷，他的机会终于到来了。当然，他想明媒正娶许英莲，人们会说他是老驴吃嫩草。许英莲家里的父母和她本人绝对不会答应。他这一辈子，让这样一个美丽的女人与他擦肩而过，那也太让人遗憾了。于是，他打出了儿子的招牌。儿子不能生育，这是事实。仅凭这一男人的缺陷，竟然得到了许英莲还有她母亲和父亲的赞同，他们认为，女儿与这样的男人结合，不会再生孩子，会像亲生父亲一样对她的孩子们。于是，她和她的家人同意了这门婚事。新婚几日过后，高有福终于按捺不住了，他借儿子不在家的机会，做出了让世人不齿的乱伦恶行。在做之前，他已经想好了，即便他做了，许英莲和他的儿子都不会说出去。如果事情大白于天下，丢尽人格与颜面的是他们，而不是他。

高有福也想好了接下来需要应对的事情，知子莫若父，儿子孝顺，他绝对不会与父亲反目为仇。儿子可以作为一面挡箭牌，名义上，他是许英莲的丈夫，是孩子们的继父。而他才要做真正的丈夫。他这一辈子有过不少的女人，他不嗜好烟酒，除了茶叶，他只喜欢女人。得到了许英莲这样的女人，真的心满意足了。他不相信许英莲会翻天覆地大闹一回，世人都知道，许英莲的作风出了问题，丢了党籍，丢了工职，她敢把如此丢人的事情大白于天下？高有福暗自得意，既然要做丢人的事情，就做得骇人听闻骇世惊俗，让人不敢相信，让受害者也哑口无言，他的目的达到了。

许英莲的嗓子已经哭哑了，眼前只有她的三儿子，三儿子也跟着妈妈哭泣，他根本不知道发生了什么事情。东方的天边已经出现了一线灰白光亮，许英莲的眼泪流干了，她不能再啼哭下去，她在想，她要怎么办？她不能一死了之,她要活下去,她就是死,她也带着一身的肮脏。她想到了报案,可她也打消了这个念头。等高立军回来,跟他说出这个夜晚发生的事情,他会做出怎样的举动?这件事,要不要告诉自己的父亲母亲?她才过门几天,就发生了这样的事情,怎样向父母开口,这事说得出口吗?真的快要把她给难死了……

许英莲的眼睛已经哭肿了,她无法面对这个世界,面对她的亲人……她深恶痛绝的是,她已经沦落到了这种地步,这个高有福居然还打她的主意,还往死里迫害于她,最直截了当的办法,那就是杀了这个老流氓。

看到许英莲没有上班,大刘的心里掠过了一丝不祥征兆。她一路小跑,跑到了许英莲的家。闯进门来,眼前的景象让她惊呆了,英莲哪,你这是怎么啦?

许英莲扑进了大刘的怀里,她什么也说不出来,她浑身上下都在抽搐。

大刘拍着许英莲的肩膀,英莲,你哭吧,把心里的委屈都哭出来,别憋在心里。

许英莲想哭,可她已经哭不出来了,眼泪也流干了。大刘紧紧地抱着许英莲,她知道,这个女人刚刚经历了巨大的灾祸,无法想象的灾祸。要不然,许英莲不会是这样。她抱着她,等待着她能平静下来……大刘也想到了,引起这场灾祸的不会是高立军,而一定是高有福。来到副食品公司以后,她也听到了高有福的一些过耳传言。这个人生活作风有问题。他在外面有房子,他经常不回家住而住在外面。因为手头宽裕,他有过不少女人,而且都是年轻漂亮的女人。虽然他做得非常隐匿,可总会有风言风语传出来。他做得更是高明,从来也没有露出过马脚,从来也没有人追究高有福生活作风的错误。民不举,官不纠。因为一切做得缜密,他从来没有在男女关系上栽过跟头。本来,大刘是想跟许英莲说一说她了解的高有福的这些情况。可还是没有将高有福这个人的全部底细告诉给她的最好的姐妹许英莲。因为高有福把他多占的一套公房转到了大刘的名下。因为这套房子长期无人居住,房产部门已经催他交回房子了。高有福也就顺水推舟,送人情把房子转给了大刘。大刘家的五个姑娘都长成了大姑娘,她需要房子,她和丈夫与五个姑娘挤在一铺炕上,的确不方便。高有福能在这个时候转给她一处房子,她真的感恩戴德,他有什么毛病和缺点,她都替他兜住了。她没能将高有福的全部底细告诉许英莲,让大刘的心里隐隐有些愧疚……

许英莲终于把她遭遇的一切告诉了大刘。大刘也说不出话来,她只有紧紧地抱着这个可怜无助的女人。她太不幸了……

许英莲说:"大刘,我该怎么办……"

大刘说:"怎么办?你不能报案,也不能告诉你的父母。英莲,这件事,真就不能张扬。我想过了,事态真要像他说的那样,发展下去,你不仅是最大的受害者,你还是千古罪人。所以,你面前只有一条路可走……"

许英莲两眼可怜巴巴地凝望着大刘。大刘说:"你去找你的大姑姐高立珍,你把这件事告诉她。高有福这个人很有城府,既然要做,他也会前后结果都想过。高立珍在这个家里有话语权,高有福唯一在意的人,是他的这个嫁给军官的女儿。她的丈夫是个有身份的人,她不会希望自己的家发生丢人现眼的事情。她不会不管,不会让她的父亲为所欲为。"

许英莲说:"大刘,高立珍她会不会瞧不起我?这件事,我要不要告诉高立军?"

大刘说:"不管高立珍她瞧得起你瞧不起你,你都要对她说,要她也有担当,不能不管不顾家里的事情。对于高立军,你想瞒,也瞒不过去,你要告诉他,但要选择一个时机,不要在冲动激动的时候说出这件事情。唉,说不出口的事情,他居然能做得出来。这个老流氓,千刀万剐也不解恨。你受到了这么大的伤害,他还往你的伤口上撒咸盐。可恨,可恶……"

许英莲写下了一篇长长的日记,把她遭受的耻辱,把她的感受,全部记录了下来。天底下所有的女人,没有遭受这样的耻辱,没有她遇到的如此灾祸。她不可能让高有福的阴谋得逞,她也不能死,她要为自己洗清身子。虽然跳进黄河也洗不清了,她还是要往河里跳。

许英莲只能在日记上感叹着,我父亲说过,一个女人,既然嫁错了男人,就不能再嫁了,再嫁是错上加错。出一家的门,再进一家的门,对于一个女人来说,不是一件简单的事情……我错了,我没听我父亲的话,事已至此,世上没有后悔的药给我吃呀。在这时候,我多么希望能有人拉我一把,帮我一把……

就在许英莲去找高立珍之前,就在她将此事告诉自己的丈夫高立军之前,高有福已经在她之前,来到了工地找儿子,他一点羞耻感也没有,一点畏惧感也没有,他将那天黎明时分他与许英莲发生的事情全部告诉了儿子。

高立军木然地听着,他一点反应也没有,无论是气愤,还是悲伤。他静静地听着父亲把他的所作所为讲完了,也听完了父亲接下来的打算……

高有福说:"立军哪,你有没有想过,你父亲为什么让你娶一个有夫之妇,况且她还带着四个孩子。你有没有想过,你应该有你美好的婚姻,有你幸福美满的家庭?我这个当父亲的都替你想过,你也是相貌堂堂一表人才,而且心地善良,为人老实本分,你找什么样的大姑娘找不到?"

高立军再也忍不住了:"爹,既然你什么都明白,那你为什么非要让我娶这个许英莲?让我跟她结婚成家?"

高有福说:"我直接抛头露面娶许英莲为妻,她不可能答应。儿子,爹为什么一心一意地让你娶她为妻,爹就是想利用你当挡箭牌。表面上,你跟她是夫妻,而实际上真正的夫妻是我和许英莲。如果我直接娶了许英莲,我怕对你姐夫的影响不好。"

高立军的心在颤抖,浑身都在发抖,他说:"爹,你这样做,你能对得起我,还是能对得起我妈?我看你更对不起人家许英莲。"

高有福说:"做出这样的事情,我有点不是人。管他对得起对不起,立军呀,你是我从小从雪地里抱回来的,我不抱你,你就冻死在雪地里了。我抱你回家,给你捡回了一条小命。我不敢说对你恩重如山,可你妈对你真的恩重如山。我这辈子,有些对不住你妈,可你妈她也对不起我,这辈子,我和她夫妻一场,她没能给我生个一男两女,一个男人,无后为大,我本来可以休了你妈,再续一房老婆,因为她跟着我吃苦受累,也不容易,我不忍心扔下她不管。就算我对不起你妈,你妈她也不会怪罪于我的。再说许英莲,在她最艰难的时候,是我拉了她一把,是我给了她和她的孩子们一口饭吃。你以为她吃了很大的亏,受了天大的委屈是吗?她应该感谢我,应该向我报恩。她从了我,再给我生个亲生骨肉,她不应该吗?"

高立军说:"爹,你不应该告诉我这件事,你应该跟英莲亮明你的思想,如果她愿意你这样做,我什么怨言也没有。你和她,愿意怎么着,就怎么着。拿我当挡箭牌也好,当我当遮羞布也好,甚至把我当成了绿头乌龟,都无所谓,只是我再也不想回到那个家了。"

高有福说:"你不回家那可不行。你必须回家,而且要像个丈夫。要不然,你当什么挡箭牌,当什么遮羞布?"

许英莲在去找高立珍之前,她也做了最坏的打算,她写好了一封遗书。如果高立珍对此事不管不问,那她真就绝望了。既然绝望了,她就只有死路一条了,还活着做什么？一个女人,遭遇了这样的耻辱,她还活着,有什么意义？

高立珍看到了奔波了百十里路,前来找她的许英莲,她虽然不知道究竟发生了什么事情,看着一脸憔悴,一脸绝望无助的许英莲,她的心里顿时明白了,家里发生的事情一定不会小了。许英莲用嘶哑的嗓子将那天黎明时发生的事情,以及高有福说出的那些话,如实地讲给了高立珍听。她说:"大姐,这事我连爹妈都不能说,我丢人,她们也跟着我丢人,我是走投无路了,我才前来找你的。姐,你说我该怎么办？……"

高立珍想了片刻,她知道,父亲品行也不是一天两天才形成的,母亲活着的时候,也跟她说起过父亲在外面的风流事。一辈子了,让他改正,那是不可能的。对于弟弟的婚姻大事,她早就有预感,本来就是一桩畸形的婚姻,回家参加婚礼的时候,她意识到了,却没能想到父亲竟然打的是这样的主意。卑鄙无耻。但他毕竟是自己的父亲。怎么办,不能败露,只能弥补。她一直不知道自己的弟弟无性功能这件事,她也想出了一个主意……

高立珍说:"立军知道这件事吗？"

许英莲说:"我还没来得及告诉他,我先来你这儿了。"

高立珍说:"英莲,我这就跟你一起回去,把立军接到医院来。我想过了,只要把立军的病给医治好了,你们俩还是夫妻,你和他从家里搬出来,你不是有房子有住的地方吗,你们俩过你们的日子,别跟那个老糊涂了的父亲在一起。我想,一切都会过去的。"

许英莲说:"姐,你说,立军的病能治好吗？"

高立珍说:"能治好,有药物,也有理疗的方法。只是我一直不知道立军有这毛病。家里人也没有说起过。如果我知道立军他有这个病,我早就给他医治了。英莲,你说的这件事,你就打掉牙,咽到肚子里吧。真的,我想过了,不能因这件事,刚刚结婚又要离婚是吧。只要把立军的病给治好了,夫妻之间不是你们想的那样,没有性生活的夫妻也不会维持多久。我与你一起回去,把立军带到医院来住院治疗。"

高立珍有点不明白,许英莲对于婚姻的理解,简直就是孩子的思维,性是维系婚姻重要的因素,怎么可能因为没有生育能力,才结合在一起。因为高立军不能再生育,便对前一任丈夫的孩子们好,多么朴素简单的想法。这样的念头能应对漫长的岁月吗？

许英莲的手心已经沁出了汗水,把手里握着的那封写好的遗书也湿透了。此时此刻,她的手松开了,高立珍毕竟是个女人,她能同情自己,这让许英莲得到了些许安慰。虽然心里蒙受着巨大的耻辱,可她像在风雨天遇到了一处可以避雨的屋檐,总算有人给了她一块遮羞的破布,她遇到了一个能够帮助她的人。

父亲做的这件事非常丢人,如果许英莲一时冲动,真的报了案,人丢大了,她们也跟着蒙耻。高玉珍不能不管这事。回到家里,她很严肃地跟父亲谈了一次话。你是从旧社会过来的人,可你也工作了多年,如今是什么时代,什么社会,不要以为不犯政治错误,你就可以犯生活作风的错误。我母亲活着的时候,你不检点,母亲能够容忍你。你再也不能想做什么就做什么了。没错,你有一个军官女婿,你要做的是给他增光添彩,而不是仗势欺人。这事如果传出去,在社会上会造成多不好的影响。甚至直接影响到我们……

高有福并不以为然,他说:"让他们笑话去吧,我既然做了,我还怕他们笑话。"

高立珍瞪眼拍桌子,她厉声说:"爹,我现在还叫你爹,你真的不听劝,真的做出了伤风败俗的事,我这个闺女不会认你这个爹,我没有你这样的爹,你能丢得起人,我丢不起。到那时候,我不认你这个爹,我相信英莲和立军也不会认你。不信你就试试。"

高立珍真的恼怒了,许英莲见她的时候,她一个耳光接一个耳光地抽自己,这个女人的话深深地刺痛了她的心,我真的是厚着脸皮活在世上。还有什么比这更丢人的事情。

高有福在自己女儿面前终于软了下来。他知道,女儿是个心肠很硬的女人,她是说到做到的那种人。

高立军这样被遗弃的孩子有一种先天的封闭,不愿意把自己的心事袒露出来。高立珍决定把弟弟接到部队医院。她要医治好弟弟的病症,不能让弟弟痛苦一辈子,一辈子不能做男人。

高立珍也责怪许英莲:"我真的不明白,你明明知道我弟弟有病,你怎么还要和他结婚?你这不是害惨了他吗?"

许英莲说:"我能跟他走到一起,就是因为他没有这个功能。他要是正常的男人,我能嫁给他吗?谁知道,幕后操纵的黑手,竟然是你父亲。姐,这件事,如果你不出面,我只有死路一条。我说的是真话,我怎么面对我的父母,怎么面对我的孩子们,怎么面对社会……我能活下去吗?"

高立珍说:"英莲,就当这件事没有发生过,立军的病治好了,回来以后,你们就按我说的,你们搬出去,别再跟他在一起过日子了。"

为了能治好弟弟的病,高立珍调动了她所能做到的一切,从北京调来了好药,用上了最好的仪器。经过一段时间的治疗和理疗,高立军有了明显的好转。在治疗期间,高立珍有空就过来跟弟弟说话。他们姐弟俩这么多年,从来也没说过这么多的话。

高立珍说:"你跟姐说实话,你到底爱不爱这个许英莲?"

高立军说:"其实,我并没有想结婚的事,是爹让我跟许英莲结婚的。接触她以后,只觉得她漂亮,人的心眼也不坏。以前,我和她没有感情,也不懂什么是感情。在一起的这些天,我觉得她挺可怜的,是个挺不幸的女人……"

高立珍又问了弟弟一句:"你知道自己的身世吗?"

高立军微微颔首,他知道,他什么都知道。还在学校念书的时候,他就知道了自己不是高有福的亲生儿子。有一年过端午节,一个中年女人提着一篮子粽子在学校的大门口堵着他。他走出教室,那个女人说,孩子,我是你的亲生母亲哪,当年,因为家里太穷了,实在养不活你了,才把你给扔了。你爹把你扔到了雪地里,他说,让你冻死算了,活在世上,活得受罪,不如死了算了,谁让你生在咱们穷人家呢?高立军没有敢接过那个女人手里的粽子,他连惊带吓,一口气跑回了家,把他在学校门口遇到的事告诉了妈。妈说,那是个疯女人,说不定是个坏女人,千万别信她的话……事后,为了摆脱这个女人,高有福给儿子转学了。从那时起,高立军就隐隐约约地感觉到了,他不是高家的儿子。后来,因为母亲生病,需要输血,儿子竟然与母亲的血型不相同。他把这件事深藏心底,对谁也不说起。

高立珍心里一阵隐隐作痛,如果高立军是高有福的亲生儿子,当父亲的还会做出这样伦理丧尽的事吗?她还想嘱咐弟弟几句话,可话到了嘴边,她又给咽了回去,她的弟弟,还不算一个成熟的男人,如果许英莲是个好女人,她会将他调教成为一个好男人的。

高立珍临离开家的时候,她也警告高有福,不要再为所欲为,她的丈夫还有升迁的空间,不要因为家庭琐事和丑闻,影响到了自己丈夫的前程:"你能活得这样滋润,也全仰仗了这个军官女婿。好之自为之吧,别好日子过腻烦了,做出一些不齿的事来。影响到自己不要紧,可影响到了别人,那可就不好了。此事到此为止。"

## 第三十三章

一场噩梦发生过后,许英莲再也不想回到那个让她作呕的家,她回到了自己的家,她的丈夫高立军也随着她走进了这个家。没想到女儿许黎堵在了门口,她厉声说道:"你知道不知道,你是改嫁走道的女人,是别人的老婆,这里不是你的家,你不能再回到这里。"

许英莲不想把事情闹得满城风雨,她小声小气地对女儿说:"妈知道,可妈就是想回来住几天……"任凭她磨破了嘴,女儿就是不肯让步。

许英莲进退两难时,王月娥赶来了。她拉走了外孙女,让闺女有个安身的地方。回头,王月娥问起了许英莲:"这才一个月不到,你怎么就搬离了自己的家?"许英莲也不敢跟自己妈说真话,她支支吾吾地说:"妈,家里有个老公公,我有点不习惯,我带着孩子清静惯了,我还是回来住吧。"王月娥说:"你闺女说得不是没有道理,你改嫁了,真就不能再回来住。你的家姓高,而这个家是邓仁修的。"

许英莲说:"妈,可我也没有地方去呀……"

看见女儿眼泪流了下来,王月娥也隐约感觉到了女儿似乎有什么隐情。她追问:"你跟妈说实话,到底发生了什么事情?"

许英莲不想说出真实内情。

王月娥凭着女性的敏感,她紧紧地追问,到底发生了什么事情。

受到了莫大的伤害和委屈的许英莲再也忍不住了,她扑进了母亲的怀里,失声痛哭了起来:"妈,我真的不想活了呀……"

王月娥听了女儿的哭诉,她的眼泪也流了下来。她说:"妈也是一时糊涂,听信了高有福的话,才同意你改嫁。谁知道,竟然是这头老驴在打你的主意,我把自己的闺女往火坑里面推呀!"

母女俩抱头痛哭。许英莲说:"妈,这事,别告诉我爹了。"

王月娥说:"你不告诉他,你爹早晚也会知道。当初,你爹他就不同意你改嫁,也不同意你嫁给高立军。还是你爹看得准,想得远。可那时候,我就鬼迷心窍了,非要你改嫁。这事,妈也有分儿,妈对不起你。"

妈也是为了我好,谁能跑到前头瞧一瞧,他挖下陷阱,让咱们往里面跳。

一股火气,直冲到了头顶。王月娥一头栽倒在地上。妈呀,许英莲呼喊着,从地上扶起了王月娥。王月娥苏醒过来了,她说:"妈的气性大,一股火冲到了头顶,妈真的咽不下这口气呀。"

许英莲说:"千错万错,都是我的错……"

在许顺来的面前,许英莲给他跪下了。"爹,闺女对不起你,闺女给你丢人了。要打要罚,闺女任爹处置……"

许顺来也叹了口气:"这些事,是你做的,爹也不饶你。可是,这些事也怨不得你呀……爹妈也没经得起姓高的花言巧语,他说的比唱的好听,骗了我们全家。姓高的表面上是个正人君子,其实骨子里却隐藏着害人的邪念……"如果高有福在现场,许顺来真能把他给掐死。他恨死他了,他恨不能生吞活剥了他。许顺来对许英莲说:"你记住了,你跟高立军好好过日子,不能再出闪失了。如果再出什么意外,我和你妈真的活不下去了。"

事后,王月娥跟许顺来说:"英莲是咱的亲生闺女,咱不能不管。出了这事,也不全怪英莲。当爹当妈的也有责任。关键的时候,没能给闺女出个好主意,如果当初就是不同意闺女改嫁,也不会发生今天这样的事情。"

许顺来感叹着:"事到如今,说什么都晚了。咱们家闺女让人惦记上了,而且让心术不正的坏人惦记上了,躲都躲不过去。以后,还得多帮帮他们母子吧。"

高立军觉得,自己一直是个任人摆布的棋子。姐姐带他到部队的医院医治病症,他也是个傀儡,姐姐说什么,他就听什么。有位著名的医生就做出过诊断,他说,这个患者的病症,除了部分器质的原因。其实,症结所在是心理的原因。疏导与引导比药物治疗更为重要。当他的治疗有了效果时,医生说:

"你根本就没有病,是这儿有病……"医生指着他的心窝,"这儿的病好了,你也就好了。回去吧,回去与你的媳妇一起享受美好的人生吧。"他的人生美好吗?他一直生活在一只牢笼里面,他也一直为他的父亲所桎梏。他没有行动的自由,甚至也没有思想的自由,因为他不敢胡思乱想。在治疗期间,在与姐姐对话间,他明白,这一回之所以煞费苦心为他治病,目的就在于以此来对付他的父亲。父亲在他的面前没有丝毫的愧疚,他理直气壮地告诉了高立军他的打算。父亲也知道他不能说出他邪恶的念头,而是要用高立军来做挡箭牌。那一刻,他何止是茫然,他甚至有些绝望。他的病症医治好了,可他的心病却并没有痊愈。

高立军回到家来,他与许英莲决定从家里搬出来,回到她从前的那个家里生活,这让高立军的心轻松了一些。这样做,离开父亲,似乎摆脱了那个阴影。回家的那天晚上,许英莲擀了面条。俗话说,面条长,能把家人的心缠在一起。许英莲和高立军觉得都有那么多的话要诉说。可又不知从何说起,挺难启齿的。

许英莲说:"这次你住院治病,不知花了多少钱?"

高立军说:"我问过我姐了,她没说花了多少钱。她说,不管花多少钱,都由她来负担。"

许英莲说:"你姐对你真好,我们以后好好报答她吧。"

高立军说:"那位主治医生嘱咐我姐,让你多多与我交流,对我的病有好处。医生说了,其实我的病也没有那么严重。医生听说你比我年龄大,他还让我告诉你,在过夫妻生活之前,丈夫对妻子的爱抚很重要,而妻子对丈夫的爱抚更重要……"说完这话,高立军的脸竟然微微有些发红。许英莲听了这话,脸色也微微发红。身为人妻之后,她与许许多多的人妻一样,从来都是被动地接受男人,而不是主动地爱抚男人。看着尚未成熟的高立军,看他有些羞涩,有些不知所措,她心里涌起的不仅是怜悯,她心怀忏悔之意,她感觉有些亏欠他的。他一直生活在父亲的阴影里面,也笼罩在他自我的心理压力下面。她头一次主动伸出手,解开了他的上衣纽扣……

高立军一把抱住了许英莲:"英莲,谢谢你,让我有了一个新的家……"

许英莲摇了摇头,她什么也没说。她伸出手,抚摸了一下他的脸庞……

高立军在医院里度过了一个月的时间,他天天思念自己的妻子。见到了妻子,他的心早就怦怦跳个不停了。他有什么病,他什么病也没有。在治疗期间,医生给他更多的是教导和指导,药物与理疗只是辅助治疗。从前,他没有谈过恋爱,甚至没有接触女孩子。与许英莲结婚,他面对的是一个偶像般的女性,在他面前,她不仅是姐姐,她还像母亲。这种畸形之恋让他的心从来也没有舒展过。走进这个家,走到妻子的面前,什么都挺温馨,什么阴影也不存在……他吻她,她也接着他的吻。他从她的嘴里吸出了一条柔软而缠绵的舌,他用力地啜吮着,恨不能由此将她的心也给吸出来……吻她的时候,他的手已经解开了她的衣服,他没有冲动,而是循序渐进地,像是抚摸婴儿那样抚摸着她的肌肤……他稀里糊涂地结婚,他也稀里糊涂地对待女人。今天再重新审视女人,他感觉面前的这位女人真的是太美了,她几乎完美无缺,连从她身上散发出来的气息,也让人迷醉,让人神魂颠倒……

　　许英莲没有想到,她怀上了身孕。改嫁的初衷,很重要的一个基本条件,就是对方不能再生孩子。既然为了孩子才改的嫁,她就不能再怀孕生孩子。一阵妊娠反应过后,许英莲心里涌上来的不是惊喜,而是一阵恐惧和茫然。她毕竟是有生活经验的女人,她知道,肚子里怀的这个孩子不是别人的,而正是她憎恶的高有福埋下的孽种。越是不想发生的事情,越是发生了,她也不知如何是好,甚至束手无策。老天对她总是有施展不尽的花招,总是让她犯难。这不仅仅是一道生活的难题,它包含的内容太凶险阴暗了。

　　生活好不容易趋于平静,可这平静又给打破了。

　　一盘香喷喷的猪下水出锅了,本来香气扑鼻的味道,可许英莲闻起来,却一阵又一阵地恶心,她忍不住呕吐了起来。已经有过数次怀孕经验的她意识到自己怀孕了。怀孕对于女人来说本来是一件让人高兴的事情,可是,她的心却让一只手给揪紧了。与高立军结婚以后,因为他没有性能力,她根本就没有考虑过生育的问题。自己怀上的这个孩子必定是高有福的。她脑子里闪过的第一个念头就是不能保留这个孩子。一次邪恶的乱伦,竟然留下了种子。

　　恰好大刘到商店办事,许英莲把自己怀了身孕的事情跟她说了。

　　大刘说:"这事高立军知道吗?"

　　许英莲说:"高立军不知道。"

　　大刘说:"他不知道就好办了,到医院去,把胎儿打掉,一切都风平浪静了。"

许英莲说:"可我不想瞒着高立军,不跟他说出真相,我就对不起他。"

大刘说:"我可警告你,男人们在钱财上,在别的问题上都能大度,可唯独在夫妻关系上,个个都是小心眼儿。你可要想好了。"

许英莲说:"我想好了,我不能瞒他。妻子有事瞒着丈夫,那就是不忠啊。"

再次回到工地的高立军心情也不错,他在这儿还遇到了他中学时的同学胡小湖,胡小湖的家庭出身不好,他没能考上大学,他连正式工作也没有找到,只好来工地做力工。胡小湖也听说了高立军娶了一个孩子妈妈,她就是城里的那个美人许英莲。高立军以为胡小湖会笑话他,娶了一个比自己大七岁的女人。

胡小湖不但没有嘲笑他,反而还感叹了起来:"一个女人能长得出众,那是上帝给的,是她的造化。世上女人多的是,可真正的美女才有几个。不管她年龄多大,也不要管她有没有生过孩子,要我说,能守着许英莲这样的美女,哪怕天天能看上一眼,心里也舒服。"

高立军说:"我还以为你会嘲笑我呢。"

胡小湖说:"我羡慕还来不及呢!怎么会嘲笑?好好待她吧,这也是你的福分。"

力工们坐在野草地上休息的时候,突然一只刺猬从灌木丛中跑了出来。这一下,力工们像是受到了刺激,一下子跳了起来,一齐围上前捉这只刺猬。一会儿,刺猬给捉到了,有一个会摆弄刺猬的力工把刺猬皮剥了下来,把肉放到火上烧烤了起来。一会儿,香气扑鼻的刺猬肉烤熟了,大伙都尝了尝刺猬肉。那肉可真香,高立军没舍得吃,他留下了一块,想带回家去,给英莲尝一尝。

许英莲看见高立军递到她面前的刺猬肉,一股香气飘进了她的鼻腔,一阵恶心,她的眉头一皱差点呕吐了起来。

高立军有些纳闷:"你哪儿不舒服?"

许英莲看着高立军满心高兴的样子,她不想扫他的兴,她说:"我有点反胃。"

高立军说:"刺猬肉可香了。据说,狐狸最喜欢吃的就是刺猬肉。连老虎狮子那样的猛兽都吃不了刺猬,因为它身上的刺又尖又硬,扎上会犯毒。只有狐狸能吃掉刺猬,狐狸尾巴下面有臊腺,它会放臊味儿,闻到这股臊味儿,刺猬就会蜷缩起身子。这时,狐狸就会把刺猬翻过身来,刺猬的后背上有刺,可肚子却是光光的。狐狸一下子就把刺猬的五脏六腑掏出来吃了。"谈话间,高立军还透露出一股稚气,许英莲不忍心这时候告诉丈夫自己怀孕的事情。

许英莲与儿子从家里搬走另立炉灶之后,高有福只有通过大刘来了解儿子和儿媳妇的情况。他知道女人都贪小便宜,只要给大刘一点小恩小惠,她就会把许英莲的近况告诉他。高有福有些事情做得有点缺德,可他缺德也缺在自己家里,对于外人,他从来也没有伤害过谁。闲来无事的高有福也经常找大刘,大刘也觉得欠着他不少人情。高立军和许英莲那边有什么事情,她也跟他透露。

许英莲怀孕了。这件事要不要告诉高立军,她还在犹豫。不过,她不想瞒着高立军,即使要打胎,她也要告诉自己的丈夫。许英莲还没来得及把怀孕的事情告诉高立军,大刘倒先把这事透露给了高有福。

听到许英莲怀孕的事。高有福一股热血冲到了脑门上。走到门外,让凉风一吹,他的头脑立刻清醒了许多,他不能去找许英莲,本来她不想打掉胎儿,如果去找她并且惹怒了她,也许一气之下,她就会把肚子里的孩子给打掉。这个孩子一定要保住,这可是他的骨血。一辈子了,他六十岁了,整整一个甲子,没有留下一个亲生骨肉,那是他一生当中最为遗憾的事。不行,说什么也要保住这个孩子。他也没有犹豫,骑上自行车,行了二十多里路,赶到大魏家儿子干活的工地。来到工地,高有福把儿子叫到一旁。高立军也有点纳闷,什么急事,父亲竟然来到了工地找自己。

高有福的神色严肃,他说:"立军,爹跟你说件事。"

高立军说:"有什么大事,不能等到我回家再说吗?你还跑到了工地,多老远哪……"

"这事啊,十万火急。你知道不知道,你媳妇怀孕了?"

高立军有些晕头转向,他真的什么都不知道。

高有福说:"我告诉你实情。英莲她怀了身孕。咱们家的那点丑事,也是秃头上的虱子,明摆在那儿。爹想跟你说,一定要留下这个孩子。你明白爹的心思,爹就想留下个骨血。如今这个骨血就在你媳妇的肚子里,你媳妇想要打掉这个孩子,你千万千万不能让她打掉这个孩子……"

"什么怀孕,我半点也不知道。英莲也没有跟我说过。"

"她哪里会好意思说?她就想着偷偷地把孩子给打掉。立军哪,不能让她这么做,只要你能保住这个孩子,给我留下根苗,爹把家里的一切都给你,什么房子院子,什么箱子和柜子都给你。你姐姐什么也不会要,她也不稀罕,爹全都给你。"

"这事,你听谁说的?"

"大刘亲口告诉我的,这不会有错。"

高立军说:"爹,你不告诉我,我也不会对这个孩子做出什么意想不到的事情。偏偏你对我说了实情。我觉得这比让我戴绿帽子,更让我难以接受。"

高有福说:"瞧瞧你那点出息,你我是父子,老婆是什么,老婆不过是身上穿的衣服,衣服穿破了,穿旧了,脱下来扔掉。世上什么都缺,唯独不缺的就是女人。我就不相信你娶了一个许英莲,生了几个孩子的妈妈,你就心甘情愿地与她过一辈子。好汉占九妻,男人这辈子缺了女人,白在世上走一遭。"

高立军什么也没说,他转身回到了工地,拼命干起活来。

这天赶工程进度,收工已经很晚了,高立军连脸也没洗,他就要往家赶。

工友们还取笑他:"高立军真的成了劳动模范了,白天挖管道,晚上还要打炮。是放心不下家里的俊媳妇,看起来,丑夫人才是家中宝呀。"

高立军也顾不上回敬他们,他骑上自行车,天很黑了,才赶回了家。

许英莲以为高立军不会回来了,她和孩子吃了饭,已经准备睡下了。突然闯进家门的高立军让许英莲有些惊讶:"你怎么回来了?你吃饭了吗?"

高立军的脸色很难看,他的眼睛直直地盯着许英莲,嘴唇哆嗦着:"你跟我说实话,你是不是怀孕了?"

许英莲像是给猛击了一下,她说:"是,我正想着对你说……"

高立军说:"我不先问你,你不会先告诉我了,是吗?"

许英莲摇了摇头:"不。不是的,我想好了,什么也不会瞒你。真的立军,等你回来,我就想告诉你,我怀孕的这件事。我已经想好了,我准备到医院去,打掉这个孩子。"

高立军的声音很低沉,他说:"我不许你打掉这个孩子,我要你留下这个孩子。"

许英莲弄不明白高立军的意思,她提醒他:"他,他不是你我的孩子……"

第三十三章

高立军说:"我不管他是谁的孩子,反正我不许你伤害他,把他生下来。"

许英莲惊诧极了,她没想到高立军会变成这个样子。她一边给他准备饭菜,一边思索,自己怀孕这件事,她连爹妈都没告诉,只有大刘一个人知道,高立军怎么会知道了这事?难道是大刘透露给了高有福?她又给否认了,这辈子,大刘是她唯一的好朋友,她不会出卖自己,不会把自己这样的隐私透露给别人……许英莲把饭菜端到了高立军面前,她也在他面前坐下了。她问:"你要不要喝口酒,解解乏?"

高立军点了点头……他想缓和一下刚才的气氛。许英莲端过了酒杯,他趁热拉住了她的手,他说了一声:"一切过去了,就当什么也没有发生。留下他吧,就当他是我的孩子,是我们的孩子。这件事传扬出去,丢人的不仅是你,也是我,咱们全家人哪有什么脸面可言……"

许英莲说:"只要你能接受,我什么都能忍受,我听你的,一切听你的,只要你愿意……"

干了一天力气活的高立军疲劳极了,喝了酒,借着醉意,他想早一点进入梦乡去。可他辗转反侧,难以入睡。索性爬起身来,把许英莲也拉了起来。一下子扯掉了她身上的内衣内裤,他像捕捉猎物的猛兽一样,扑倒了许英莲,他死死地压着她,几乎强行地进入了她的身体……许英莲企图阻止他的鲁莽,对于一个喝了酒的男人,她在他的面前,显得那样微不足道也力不从心。

许英莲轻声地乞求着:"能轻一些吗?你弄疼我了……"

高立军全身的血管里面充满了酒精,一股浓烈的酒劲怂恿,他的理性也迷醉了……他想忘记那莫须有的耻辱,偏偏他想忘记的时候,耻辱留下的种子萌发了新的耻辱。

许英莲无意间说了一句:"轻一点,他刚刚在我的身子做胎,随时都能流产……"

高立军听到这话,他起了疑问,不是说不想要这个孩子的吗?怎么让我轻柔一些,别惊扰了胎儿。女人是不是生来就言行不一啊……女人永远是母性大于妻性……高立军读过鲁迅著作,鲁迅先生一语道破过女人的本性,女人的母性是第一位的,为了母性,妻性是被逼出来的。他不相信许英莲想过要打掉孩子,一个女人怀了身孕,除了她的母亲,她还会告诉谁?只有孩子的父亲。也许,她对高有福说了怀孕的事,高有福才去了工地……

一大早,高立军爬起身来,他想早早地赶回工地。他已经爬起身来了,转念一想,又躺倒在炕上。他不想去工地了,不想骑二十里地的自行车,他再也不想抡大镐头刨土挖石方了,更不想挣那一天一块八毛六分钱。他躺在被窝里面,闭着眼睛装睡觉。

许英莲喊了他几次:"再不走,你就要迟到了。"

高立军答应了一声:"我不想去了,我想休息两天。"

许英莲也没再说什么,她说:"那你休息吧,我要上班去了。饭在锅里,你起来以后,自己吃吧。"

待在家里,也是挺寂寞的。人不可能耐得住寂寞,高立军是个能耐得住寂寞的人,可寂寞了没有两个钟头,他也耐不住了。他有些后悔,应该到工地去干活。可念头刚刚冒出来,又让他给打消了,他不是逃避劳动,他采取的是一种方式,一种报复的方式。报复什么人,他也没有具体目标。家里待不住,高立军就走到了街上。别看他一个大男人,他还没有正八儿经地逛过街。街上人来人往挺热闹的,不少人围着一个头发和胡须都很长的精神病患者。高立军认得他。他也是高中生,比高立军高两级,他的学习成绩很好,因为家庭出身不好,没能考上大学,他的女朋友也离开了他,于是,他就疯了。围观的人把吃的东西扔到这个神精病患者面前,让他吃。精神病患者吃饱了,就给大家唱《国际歌》,唱《悼念斯大林》。他的嗓子真好,真正的男中音,他一边唱,一边流泪,让高立军看得很是心酸,他真的疯了吗?他那个可恨的女朋友家里很穷。他们一直在一个班里读书,在初中的时候,他们已经成为好朋友,他们已经恋爱了。读高中的时候,女朋友家里太穷了,不能再供她读书了,是他伸出援助之手,资助她读过了高中,他们也约定好了,将来一起考大学,大学毕业以后,他们就结婚。谁能想到,到头来,女朋友考上了大学,而他却名落孙山。并不是因他的学习成绩不好,而是因为他的家庭出身不好,大学没有录取他。女朋友忘恩负义,离他而去。他无法承受这沉重的打击,他疯了,流落街头,天天夜深人静之时,人们就能听到低沉的男中音,唱起了"起来,饥寒交迫的奴隶,起来,全世界受苦的人……"。

所有的围观者都同情这个精神病患者,他也同情。人群中有人咒骂那个女人,她丧尽了天良,将来让她倒骑木驴下油锅。

高立军想掏几个钱给这个校友,可他的口袋里面空空如也。他想怜悯别人也怜悯不成,只好悻悻地离开了。离开时,大刘看见了高立军。看他神情有些恍惚,没有干活而在遛大街,她为许英莲担心的同时,她的良心也遭受责问。应该告诉高有福,他儿子不干活遛大街,给他找个正儿八经的工作吧,就算为了许英莲肚子里的孩子,帮帮你的儿子。

　　结婚之前,高立军傻傻的,不谙世事。他是稀里糊涂地结婚,稀里糊涂地当了丈夫,也稀里糊涂地就要当父亲了。天地间真的没有比人再复杂的事物了,别人越活越明事理,可他越活越糊涂。

## 第三十四章

1964年,邓仁修这一次的申诉终于得到了批复,从十年徒刑,减为七年,后来,司法部门又做出了批示,当时量刑过重,应予以立即释放。

司法局的同志把释放通知书交到邓仁修手里的时候,他百感交集,泪如雨下。

当法官问他,今后有什么打算,邓仁修摇了摇头,有什么打算,工作丢了,老婆也改嫁了,孩子改了姓氏,家也不复存在了,还能有什么打算。这些年,劳改队就是他的家,他也不想离开劳改队了,他要留在这儿,在这儿就业,干活挣钱,养活自己。

法官也点头赞成:"留下来就业吧,回去以后,就业会很难的。留在劳改队,你们都属于犯过罪的人,谁也不会嘲笑谁,回到社会上,人们的歧视和白眼你也接受不了。"

这几年,邓仁修有过反思,他也认清了不少人。从前,他帮助过不少人,可他帮助过的那些人,在他出事以后,都躲得远远的,除了一个名叫潘和玉的工友,没有一个人到劳改队看望他。在他最寂寞的时候,他多么渴望能有朋友,能有亲人去看他一眼,跟他说说话。可是,没有人理会他,没有……他的师兄周有贤、李河深,还有他的工友,接到了他的信,甚至没有给他回过信。他的心已经彻底凉透了,走出劳改队,他也想回金河看一看。他知道自己的身份,他知道所有人会向他投来什么样的目光,但他还是应该回去一次。

邓仁修最想见的人是谁?当然是他的孩子们,虽然他们已经更改了姓氏,他们经常在信上怪罪自己,甚至挖苦,他都能接受,因为他们是孩子,他们还不懂得生活,不懂得社会。他不会与孩子们计较的。

回到金河县那天,邓仁修走进了他的工友潘和玉的家。他们曾经是好工友。邓仁修入狱以后,别人不去看他,潘和玉经常去看望他。患难才见真情,所以,邓仁修就走进了他的家门。

那天,正好是星期天,潘和玉和妻子正在家里休息。当邓仁修走进门来时,潘和玉两口子惊呆了,他们没想到,邓仁修会出现在他们面前。他们夫妻叫了起来:"邓师傅,是你?!"

邓仁修说:"是我,我提前释放了,我没有别的地方可去,不请自来,你们不介意吧?"

潘和玉说:"介意什么?瞧你说的!快进来,快进来。"潘和玉给邓仁修让了座,他们俩说话,他的妻子急忙到街上买菜,他们准备给邓仁修接风。

邓仁修说:"其实,我都没有脸回来,我也真不想回来。可我还是回来了,至少我要到坟上去看看我的老爹吧,他走的时候,我没能给他扛灵幡,我没能尽到儿子的责任,我欠我爹的,我要去看看他。我还要看看孩子们,虽然他们与我脱离了关系,可他们骨子里流淌的还是我的骨血。我还应该看看我的岳父岳母,如果没有他们,我的孩子们也活不到今天。"

潘和玉也连连点头:"你说得对,应该去看看他们。"

潘和玉的妻子已经做好了饭菜,她一边收拾桌子一边插嘴说:"你呀,也应该见一见许英莲。这两年,她付出的代价太惨重了。一日夫妻百日恩,应该心存感激之情才是。"

邓仁修摇了摇头,没有说话。

潘和玉夫妻一直劝说:"你们毕竟夫妻一场,而且她为你生养了四个孩子……"

邓仁修纠正道:"不,应该是五个孩子,我的最小的小女儿,让她送给了别人。"

"那也是没有办法。倘若有办法,哪个当妈的也不愿意把孩子送给别人。在那种情况下,两口子过日子都挺难的,何况她一个女人,独自带着好几个孩子,她也真的不容易。"

邓仁修说:"我见她,只会给她带来麻烦,而不会给她带来幸运。"

潘和玉说:"先吃饭,吃过饭再说其他的事情。"

邓仁修端起酒杯,不禁潸然泪下。他说:"我现在真的是家破人未亡,妻离子散哪……"

潘和玉安慰道:"别难过了,你出来了,这就是天大的好事。邓师傅,你头脑聪明,又有技术,我相信,从头再来,你还是个好样的。"

吃过饭,潘和玉说:"邓师傅,你呀,还是应该去看看你的岳父和岳母。想当年,他们对你有恩,对孩子也有养育之恩。你回来了,不去看看他们二位老人,是不是有些失礼?"

邓仁修觉得潘和玉说得在理,他也确实想看一看孩子们。他又洗了一把脸,提上潘和玉妻子帮他买的二斤日昌糕点,壮着胆子,硬着头皮,走进了王月娥的家门……

潘和玉的妻子上街买菜的时候,恰好遇到了王月娥,她把邓仁修回来的事情告诉了王月娥。王月娥的心里也有准备,她知道,外孙们的父亲会来看她的。

见面时,邓仁修给王月娥鞠躬,叫了一声:"妈……"

王月娥鼻子有些发酸,她说:"回来了就好,回来了就好,你呀,应该来家吃饭,应该把这儿当成你的家呀。孩子们还要等一会儿才能放学,他们都好好的。"王月娥把这几年发生的事情一五一十地讲述给邓仁修。把许英莲近来的情况也告诉了邓仁修。"事到如今,也只有认命吧。命该如此,你不认也得认。你大女儿虽然上了中学,可她依然是个不懂事的孩子。孩子有什么礼数不到的地方,当爹的也只能往自己的肚子里咽。"

邓仁修说:"我要谢谢你和爹,为了他们,爹和妈付出了很多的心血。以后,我一定会好好地孝敬爹妈……"时间一秒一秒逝去,邓仁修盼着孩子回到他的面前。一直等到傍晚,放学了,孩子们蹦蹦跳跳地跑进了家门。爸爸对他们来说已经很陌生了,冷不丁地看见了邓仁修,他们都怔住了,瞪大了眼睛,惊讶极了。

王月娥说:"你们爸爸回来了,愣着干什么?快叫爸呀!"

孩子们都闭上了嘴巴,不肯叫爸。王月娥催促他们叫爸,孩子像不认识他们的爸爸。邓仁修显得难堪极了,他说:"不叫就不叫吧,他们一下子还接受不了,慢慢地,他们会叫的。"

这时候,许黎一跺脚,指着邓仁修的鼻子大声说:"邓仁修,你给我从这里滚出去……"

所有的人都惊呆了,邓仁修没有想到,自己的女儿会这样对待自己。王月娥也没想到,外孙女会这样骂她的爸爸。王月娥呵斥道:"这个不懂事的死丫头,都让我给你惯坏了,你怎么能这样对你的爸爸?你也太少教养了。是谁生养了你们?是谁养大了你们?"

许黎根本不听姥姥的话,她依然歇斯底里地发泄着:"是党和毛主席把我们养大的。邓仁修,你滚不滚,你不滚,我走。"话音未落,许黎把门一摔,跑了出去。紧接着,孩子们也跟着跑了出去。许铎的腿脚不便,王月娥拉住了他的手:"铎儿啊,你听姥姥的话,别跟他们一样……"

许铎看得出来,姥姥为难极了,他要再像姐姐和弟弟那样,姥姥会悲痛欲绝,会气死的。于是,他听姥姥的话,没有离去。

邓仁修的眼眶里面已经泪水盈盈,他拉起了儿子的手:"孩子,爸错了,爸对不起你们。就业以后,爸一定努力工作,挣钱供你们读书。你们长大了,应该懂事了,要听姥姥的话,帮着姥姥干活。妈,我虽然释放了,可我还没有正式就业。我现在连个家也没有,没有能力抚养孩子。还得让你和爹受累。等我安顿好了,等我有家以后,我再带他们走。"

王月娥说:"孩子们跟着我,从小到大,多少年了。你能带他们走,你就带他们走。不管走不走,他们都是我的外孙。"

邓仁修挺感动的:"妈,那就还要辛苦你。妈,我想带丕铎到街上走走。"

邓仁修拉着儿子的手,一路来到了南街文具店,他要给儿子买点什么。他的口袋里面只有一块五毛钱,因为要留下三毛钱坐车回到劳改队,他可以给儿子买一样东西。他问儿子:"你想要什么东西?爸给你买。"

许铎想起了九毛钱一盒的"马头牌"水彩颜料,十二色,盼了好多年了,他曾经跟舅舅要过,舅舅给他寄来了一块钱,这买颜料的一块钱让妈妈也用在了生活上。那时候,家里的生活太艰难了,所以,尽管妈妈把他买水彩颜料的钱给剥夺了,可他却不怨妈妈。这一回,爸爸问他想要什么的时候,他指着柜台里的"马头牌"水彩画颜料说:"我就想要一盒水彩颜料。"

邓仁修掏出了一块钱:"爸给你买一盒,记住了,要好好画画,长大了,一定要当一名画家,要当徐悲鸿那样的大画家。"

文具店的小丁先是认出了许英莲的儿子,她又认出了邓仁修。大家交头接耳地议论着,这个男人就是许英莲的前夫,一晃几年过去了,他从监狱里出来了。他知道不知道,许英莲已经改嫁了,又组成了新的家庭?别人的议论邓仁修也都听到了,他耳朵里塞得满满的,心里也塞得满满的。一失足成千古恨,如今再悔恨,也悔之晚矣。

从文具店走出来,邓仁修问儿子:"你妈她、她现在生活得怎么样……"

许铎看着父亲,欲言又止,她给他们找了继父,他们都不愿意跟那个继父在一起。看到孩子有些为难,邓仁修也不再询问了。他只有叮嘱儿子:"要好好学习,要努力画画,只有这样,你才有前途。因为你的腿脚有残疾,不比一般的孩子,要努力努力再努力才是出路。"

时间不早了,离最后一班公共汽车发车时间近在咫尺。邓仁修说:"铎儿,我走了……"

许铎看着爸上了车,他想喊他一声爸,可他几经努力,也没喊出来。公共汽车开动了,隔着车窗玻璃,他向爸招了招手,算是道别。

邓仁修大声喊着:"记住爸的话,你只有努力学习,将来才会有出息,才有自己的生活出路。铎儿,爸走了……"

邓仁修释放回来的事情,在姥姥和孩子们的心里引起了不小的波澜。许顺来下班回家,王月娥告诉他,今天,邓仁修到家里来看孩子了。

听了老伴的话,许顺来半天没说话。

吃饭的时候,许黎发现了那盒水彩颜料。当她得知,这是邓仁修给弟弟买的时,姐姐说:"你一点立场也没有,咱们不再姓邓,咱们已经与邓仁修划清了界限,你还接受他给你买的东西,简直就是个叛徒。"

王月娥责怪了许黎一句:"你是姐,你能不能不为点小事就跟弟弟们吵架?"

许黎一点也不退让,她说:"一盒颜料就把他给收买了,他的立场到哪里去了?他的觉悟到哪里去了?他不是个叛徒,他又是什么呢?"

王月娥说:"佩玉,你连姥姥的话也不听了吗?你是姐姐,你要让着弟弟。"

许黎说:"我谁也不让,他们要让着我才行。我是姐姐,我就是要管着他们。"

这个外孙女也有点飞扬跋扈,想想白天她对待邓仁修的那个态度,根本不把自己的生身父亲看在眼里,而且根本不听姥姥的话,她眼里还有姥姥吗?想到这儿,王月娥说:"你这个死丫头,是谁把你抚养大的?小小年纪就甩头拨弄角的,哪还像个闺女家的!"

许黎把头一昂,她说:"我说过了,是党和毛主席把我们抚养大的。"

外孙女的这句话,顶了王月娥一个跟头,她已经说过一遍了,她顺嘴又说出来,噎得自己什么也说不上来。别说王月娥听了受不了刺激,连许顺来也听不下去了。

许顺来是个挺内敛的人,不知怎么着,他突然发怒来了,他大声地吼了起来:"都是让饱饭给你们撑的,你们住在谁家,吃谁的、喝谁的、穿谁的,你们知道不知道?我和你姥姥,一直就跟着你们吃苦受累,你们长大了,可你们却不懂事,还有心思吵嘴打架。你们知道不知道,全县城没有你们这样的人家。再不知好歹,都给我滚出去。我和姥姥不要你们了,谁愿意养活你们,你们找他去吧。"

王月娥劝阻丈夫:"这丫头,都是让我给惯坏了,咱别跟孩子一般见识。"

许顺来矛头一转,指向了王月娥:"还有你,你就是一个多事之人,天天为闺女操心,什么都要替人家做主。当初,让英莲跟邓仁修离婚,我就不同意,邓仁修不是死了,他活着,男人活着,女人能改嫁吗?你们一意孤行,说姓高的这好那好,非要拆散这个家,如今可好,邓仁修回来了,这还是家吗?简直就是一个破烂摊子。我为他们,出了多少力,受了多少委屈。我要了一辈子强,到头来自己跌到板凳后面去了……还有什么好说的。"

听到了丈夫的数落,一股急火攻心,王月娥一头栽倒了。许顺来见状,连忙扶起了老伴,和外孙们一道推着她赶到了医院。赶到医院时,王月娥也清醒过来了。医生给她量了血压,发现血压很高。医生说,她是突然间遇到了什么事情刺激了她,她的血压在短时间内迅速升高,才造成的昏厥。医生给王月娥开了降压药,并叮嘱许顺来,以后,尽量少刺激病人,高血压很多人不拿它当病,其实高血压病非常危险,脑出血中风,后果很严重,救治不及时,就会死人。

许顺来对外孙们说:"你们都听见了,你姥姥身体有病。她的病都是因为你们才得的。以后,你们不要惹姥姥生气上火,要帮着姥姥多干活要听姥姥的话。"

外孙们答应了姥爷："我们再也不吵嘴打架了……"外孙们也知道,如果没有姥姥,他们真的就是无家可归的孩子。这几年,姥姥担当了妈妈的角色,让他们没有感到孤单。孩子们也很后悔,不应该争吵,不应该惹姥姥和姥爷生气。

高立军一连几天没有到工地去干活,胡小湖以为他又找到了新的工作,才不到工地来了。人家的姐夫是军官,父亲又当过经理,家底子厚实,也用不着来干挖土石方这样的苦力活。星期天休息时,胡小湖回到了城里,他先是理发洗澡,把自己拾掇了一番。快到中午了,肚子也饿了,他走进了一家饭馆,想吃碗面条。刚一坐下,便听到了有人喊他。扭头一看,正是高立军。高立军走过来,把胡小湖拉到了自己的桌子上。他一个人在这里喝酒,已经喝得有些醉意。胡小湖没有想到,几天没见,高立军竟然拎上了小酒壶。他说："高立军,你活得也太滋润了,娶了个美女媳妇不说,小酒壶也拎上了,你真的掉进了蜜罐子。"

高立军给胡小湖倒了一杯酒,他说："来吧,先干一杯。"

胡小湖说："我真的不会喝酒,我也没喝过酒。你喝吧,我不喝。"

高立军说："男子汉大丈夫,不喝酒,不抽烟,白在世上走。开始我也不会,现在你瞧瞧,吃、喝、抽,我什么都会了。香烟和美酒,就是让人醉生梦死的。"

胡小湖满腹疑问："高立军,你媳妇也太宠着你了。让你天天下馆子,日日朝朝小圃花开。你一个人跑到这儿来喝酒,我不相信你潇洒浪漫,你一定有什么心事……"

高立军指着胡小湖的鼻子,嘴里咕噜着："喝不喝你?你不喝,你不够朋友……"

高立军又干了一杯酒,他没有多大酒量,他的舌头已经有些僵硬,他说:"我不要他们管,我也不管别人,老子今朝的酒今朝醉,不管明日是和非。"

胡小湖看出来了,高立军已经喝醉了,再喝下去,会出洋相。于是,他扶起了已经浑身软绵绵的高立军："走吧,别再喝了,你家住哪儿?我送你回家去。"

高立军手舞足蹈地："酒喝在了人的肚子里,没有喝进驴的肚子里,我什么都知道,别以为我什么都不知道,拿我当傀儡,拿我当挡箭牌,你们瞎了狗眼……"

胡小湖搀扶着高立军,回到了家里。许英莲见状,连忙把高立军扶到炕上躺下,她对胡小湖说:"谢谢你呀,把他送回家来。是你跟他一起喝的酒?"

胡小湖说:"我是在馆子里遇到的,我们没在一起喝酒,我们是同学,也在一起干活。对了,高立军他这是怎么了?从前,他是烟酒不沾的。"

许英莲说:"我也不知道他怎么会成这个样子……"

胡小湖说:"多劝劝他吧,高立军是个老实人。人怕劝,车怕垫,别身在福中不知福。"

这几天,高立军活也不干,什么也不干,天天到处闲逛,饿了就去喝酒,没有钱了就跑去找许英莲要。她把钱已经全给他了,可他还是跟她要。没有办法,许英莲已经跟同事们借钱了,已经借过好几个人的钱了。可高立军还是无休止地跟她要钱。要钱做什么,要钱去喝酒,去买烟抽。她心里明白,高立军是用这种方式,向她示威。她的内心痛苦万分,她甚至狠狠地捶打了一下肚子,这个孽种,偏偏不该他到来的时候,他到来了……平时,有些心里话,她可以跟妈倾诉一下,可大儿子今天上学路过商店的时候,告诉她:"姥姥生病了,医生说姥姥病得很重,去看看姥姥吧。"

借着中午吃饭的时候,许英莲跑去了娘家,去看了母亲。王月娥还是忙忙碌碌,一时一刻也不闲着,不像个病人。看见闺女走进门来,她才放下了手里的活计。娘儿俩面对面地坐着,妈看着闺女,闺女望着妈:"妈呀,你生病了,为什么不告诉我?"

"这算什么病?这两天也没看见你,你怎么样?立军怎么样?你们俩过得好吗?"

王月娥能感觉得到,英莲的心里装着什么事,想跟妈说,又说不出来。王月娥说:"英莲啊,你瞒不了妈,你是我闺女,我是你的亲妈,娘儿俩心里有根弦牵着,只要有个风吹草动,都能感觉得到。告诉妈,是不是立军他反了性子,惹你生气了?"

许英莲说:"妈,真的没有,我和他过得好好的……"许英莲打定了主意,无论自己受了多大的委屈,都不能告诉她。妈的病挺重,跟她说话的时候,鼻子里就流出血来了。

许英莲吓坏了:"妈呀,我送你上医院吧。"

王月娥说:"没事,血管里的血多了,说流就流出来了。昨天,是对门你于大爷,他看见我流鼻血,就用一块土坷垃塞进了我的耳朵眼里,血水就止住了。上什么医院,再过一会儿,要做饭了,你爹,还有孩子们回来要吃饭呢。"

许英莲心里难过极了,她说:"妈呀,都是我给你添的乱,让你操心上火才生病的。"

王月娥说:"你是我闺女,你说我能不闻不问自己的闺女？有谁欺负了我的闺女,我豁出去这条老命,也非跟他拼了不可。"

许英莲原先想用自己的温情,用自己的柔情感化高立军。她没有想到,高立军这个人表面看上去挺老实的,其实他的内心闭锁。因为自己的身世,他一直生活在父亲的阴影之下,对于父亲,他一直心存敬畏,父亲让他做什么,他从来也没有回绝过。小时候,邻居家惹不起高有福,但敢在背地里对高立军下手,无论他在外面受到了什么样的欺负,回到家里,他从来也不说,都闷在自己的心里。他自己本身就是一个矛盾体,逆来顺受习惯了,他没有想到,还会娶到许英莲。这个女人情愿嫁给他,因为他是丧失了男性功能的人,如果不是高立珍一心想要化解这个复杂无比的家庭矛盾,高立军永远都不会是一个男人。功能的恢复似乎让高立军找到了自信,一个男人不可能不寻求自己的尊严。他已经丧失了太多太多的尊严,他必定要给丧失的尊严重新定位。她已经不再是偶像,她让他蒙受了太多的耻辱。一切的一切始作俑者,不是别人,而正是高有福,一个真正凌驾于高立军之上的人。他永远也不敢冒犯的这个人,却敢冒犯她,甚至占有他美丽的妻子……

高立军从醉酒的状态清醒过来了,一直守在他身边的许英莲把一杯水递到了他的面前。高立军接过水,一口气喝了下去。倒头蒙上被子,又要睡大觉。

许英莲说:"今天你必须说清楚,你为什么要喝那么多的酒？"

高立军用沉默来对抗许英莲,如果说话了,他就有了与她沟通的通道,他什么也不说,让她自己寻思去吧,让她百思不得其解,让她憋闷得难受才好。

许英莲苦口婆心地劝说着:"少喝一点酒,我不反对。可是你逢喝必醉,而且醉酒之后耍酒疯,你说的那些话,你做出的那些举动,不像高立军,而像换了另外一个陌生人。"酒能让人变得可怕,由酒精操控自己的行为,后果不堪设想。对待从前的高立军,她可以采用忍让的方式。可她发现,仅仅依赖忍让作用似乎微乎其微,高立军在迅速地滑落,应该说是堕落,他由一个学生,转瞬之

第三十四章

279

间堕落成了一个酒徒醉鬼二流子。再这样下去,他不知会堕落到什么地步,他现在是自己的丈夫,不能一再迁就,一味地忍让。她不能眼睁睁地看着一个挺好的人堕落成坏人。

高立军不说话,许英莲有话说,她想起了小时候爹讲的《三字经》,《三字经》里说,蚁筑巢,蜂酿蜜,人不学,不如物。"你一个大男人,什么也不干,游手好闲,就是二流子。"

高立军故意要气气许英莲,他说:"我就是什么也不干,我就觉得这样游手好闲好,喝酒能让我醉生梦死,我为什么不喝酒?难道不喝酒就是正人君子了吗?所谓的正人君子表面上道貌岸然,其实一肚子男盗女娼。"

高立军的言行让许英莲吃惊,昨日一个好端端的人,今天就变成了魔鬼。她不相信这是她心目中的高立军,她总认为他是一个需要她关心呵护的大男孩子,她万万没想到一夜间这个大男孩子变成了野性复发的猛兽。她不能再一味地退让,再退让,她必定会让这头野兽吞噬。男人怎么会是这样?转瞬之间,他的心变了、性格变了,甚至连灵魂也变了。他在步步紧逼她,她也无路可以退让了,她必须要跟他说清楚事理,要让他明白家庭生活夫妻生活的道理。可是,高立军胡搅蛮缠,什么也听不进去,只会伸出手要钱,他要喝酒,他要抽烟,他还要跟街头混子们玩耍。他的无理要求遭到了许英莲的拒绝。她说:"你一个大男人自己不挣钱,天天跟自己的老婆要钱,你寒碜不寒碜?我妈生病了,而且病得很重,我要带着我妈去看病,我不能给你钱。想花钱,自己挣去。"

## 第三十五章

许英莲不想再与高立军纠缠了,自己的母亲生病了,她必须要带着母亲去医院认真地做一次检查。不能在县城医院,要到大连医学院附属医院,找专家教授,给母亲好好地看看病。

王月娥不听闺女的劝说,她不肯去看病,"人一年到头吃五谷杂粮,哪有不生病的。别有点小毛病就大惊小怪的。你妈经得起折腾,没有生过什么大病。你还带着身子,你照顾好自己就行了,别惦记着我。那天,跟你爹生气,我的气性也大,一股子火,把鼻子顶出血来了。其实没有什么,养一养,过几天也就好了。"

过了几天,王月娥的病情也真的没再出现反复。看着母亲一如既往地操持着家务,干起活来依然手脚麻利,许英莲的心也放了下来。肚子里的婴儿一天天地长大了,许英莲能感觉得出来,这个孩子一时也不肯安静下来,他总是在动,不停地动,以往怀孕的经验告诉她,肚子里的肯定是个男孩儿。到了预产期,许英莲果然生下了一个男孩儿。听着孩子扯开大嗓门啼哭,许英莲的心里充满了一种幸福感。生下孩子的那一刻,当孩子寻找她的乳头的那一刻,做母亲的幸福感是最让人愉悦的。她将孩子紧紧地抱在怀里,用自己的体温去温暖着孩子的身体,用自己的肌肤摩擦着孩子的肌肤。

王月娥给女儿熬了鱼汤,煮了鸡蛋,做好了午饭。吃过了午饭,她又要回去了,家里一大摊子,还要做晚饭,就不能留在这儿伺候月子了。许英莲也让妈回去,家里确实离不开她。母亲的身体不好,也经不起折腾了。想到这儿,许英莲心里酸酸的。

王月娥说:"英莲,你好好歇息。坐月子是女人一辈子的大事,能不干的活儿,你千万别干,等妈来给你干。等你满了月,再干也不迟。"王月娥千叮咛,万嘱咐,她才放心地走了。

许英莲生孩子,高立军的态度是不冷不热。说不出什么感觉,这个来到人世的孩子对他来说不知意味着什么。能在外面躲一躲,他就在外面躲一躲。他与许英莲进入了一种冷战,他不想承担父亲的义务,他更不想当这个父亲。

分娩过后,大刘来看望许英莲。她给许英莲带来了红糖,带来了红皮鸡蛋。她把一个装着钱的信封给了许英莲。许英莲明白这钱是谁给的,她摇了摇头,没有接过来。她问大刘:"是不是你,告诉他我怀孕的事?"

大刘沉默了一会儿,她说:"纸里的火,包不住,我不告诉他,他也会知道。"

许英莲说:"我们俩不是说好了吗,谁也不告诉。这样,我就可以采取措施,不要这个孩子。你告诉了他,我想,我面临的不是烦恼,而是灾祸。高立军在我面前理直气壮,甚至连面也不照,他躲着我,不见这个孩子。我抬不起头来,我理亏,我是十恶不赦的罪人。"

大刘说:"我也没想到,高有福会告诉他儿子。这样的事情,他竟然敢告诉他儿子,这里面的蹊跷我真弄不明白。我没想到事情会是这样,英莲。我可没有恶意,我是一片好心。"

许英莲说:"我没有怪你,这又不是你编造出来的谎言,这也是无法回避的事实,必须要面对。大刘啊,有时我觉得,世上所有的人都比我强,比我好,谁也没有我那么多的事端。没有好事,全都是坏事,至少也是让人心烦意乱的事情。"

大刘说:"别瞎说了,生了孩子就是天大的好事,将来,你多了一个能替你扬眉吐气的儿子,能孝顺你的儿子。我想都想不来的好事,你还得了便宜卖乖。要不,我拿个闺女换你的儿子?"

许英莲无奈地说:"只要他来到了这个世上,他就是我的孩子,我是他的妈妈……"

大刘把钱递到了许英莲面前:"那就把钱留下吧。"

许英莲还是拒绝了:"钱我不能要,我收下了钱,等于原谅了他一样,似乎我是为他生下的孩子。你把钱扔给高有福,你告诉他,以后,千万不要打我和孩子的主意了,别再没有羞臊不要脸了。如果他再敢露面,我就和孩子一起死给他看。"

大刘也无奈地摇了摇头,拿着装钱的信封离开了。

许英莲满月了,孩子也挺可爱。回到家里的高立军也凑上前看了孩子两眼。许英莲让高立军给孩子取个名字,高立军不取,他说他不会取名字。许英莲给孩子取好了名字,高山,姓高名山,以后,她想让孩子像座高山一样。

时间一晃就过了两个月。许英莲早已上班了。为了不给母亲添麻烦,她把高山送进了哺育室。生产过后,她一直惦记着母亲的病。上班没有几天,王月娥的鼻腔里又蹿出了一股鲜血,止也止不住。邻居家的婶子跑到了商店,告诉了许英莲,她母亲生病了。

母亲的病,不能再拖下去了。第二天,许英莲把孩子托付给哺育室的阿姨,请了假,她带着母亲王月娥坐上了公共汽车,来到了大连医学院附属医院。一位女医生接诊了王月娥,为她做了全面的检查。通过 X 光片,医生已经看出来了,王月娥的左上脑位有癌病灶。为了进一步确诊,女医生要在门诊给王月娥做一个小小的活体检术,从她的鼻腔里剪下块小小的细胞组织,进一步确认。等到下午化验的结果出来了,王月娥患的是恶性肿瘤,已经接近晚期。

许英莲如同五雷轰顶,听到母亲患的是这种病症,她几近崩溃。她问:"医生,我妈的病怎样才能治好?"

女医生说:"你母亲的病属于不治之症,回去之后,她愿意做什么,就让她做什么;她喜欢吃什么,就给她吃什么。目前,全世界也没有什么治好癌症的方法。"

许英莲几乎是在哀求:"医生,难道就这样眼睁睁地看着我妈她……"

女医生说:"回去以后,一定不要告诉患者,不要让她本人知道自己得了绝症。让她心情好一点,精神愉快一点,她的生命会延长的。"

从医院出来,许英莲只有强打着精神,强忍着悲痛,她说:"妈呀,你饿了吧?我带着你下馆子吧。"

王月娥说:"别光问我饿不饿,你就不饿吗?下馆子就下馆子,我来花钱。走吧,你找一家大馆子。咱们娘儿俩从来也没下过馆子,今天,咱们也好好地吃一顿。"

许英莲带着母亲走进了群英楼,是一家大馆子。要个什么菜呢?要个软炸里脊,要个甩袖汤,再要一盘三鲜饺子。

菜端到了桌子上,王月娥把口袋里的手绢掏了出来,刚要把软炸里脊包起来。许英莲说:"妈,咱现在不是感人情,讲打包,要的菜,就是给你吃的,你从来也没吃过味道这么好的菜,你吃吧。还有三鲜饺子,全中国都有名气。听说群英楼的大师傅都进过人民大会堂,给毛主席和外国贵宾做过饭呢。"

王月娥感叹着:"多少年了,我都习惯了,有了什么好东西,从来也没有往自己的嘴里填过。都带回家去,有老人,孝敬给老人吃;老人不在,那就给丈夫和孩子们吃。"

许英莲说:"妈,你自己好好地吃一回吧。来,你张嘴,把这块里脊肉吃下去。"

王月娥说:"哎呀,还是把汤喝了吧,汤不好打包。好不容易来一回大连,让你爹和孩子们也尝尝大城市的菜味儿。"

娘儿俩边吃边说,也说到了高家父子。王月娥说:"你不告诉妈,妈也知道,高立军他不干活,在城里大街小巷到处溜达,像条遛屎狗。咱们邻居有人看见了,你不说,邻居都告诉我了。你跟妈说,这小子本来好好的,怎么变成了这副德行?"

许英莲说:"还不是因为我肚子里的这个孩子……本来,我是想告诉他实情的。可高有福在我之前,跟他儿子说了。要论高立军这个人,他不是个坏人。我们俩说得好好的,以后,齐心协力过日子,他才去了工地挖土石方。妈,我真的没想到,那天晚上让高有福得逞了一回,竟然怀上了他的孩子。妈,其实我和大刘都想到了,要把这个不该来到人世的孩子给打掉,可还没来得及,高有福却事先知道了……"

王月娥说:"这就是命,命里注定的东西,你逃也逃不过去。你说大刘这个人,她做了不少好事,她会不会也做对不起你的坏事?真的是人心难测啊!"

许英莲说:"大刘是我的姐妹,也是我唯一的好朋友。在我最为艰难的时候,她一直站在我一边,帮助我,给我出主意。有关怀孕的事情,即便是她透露给高有福的,我也不怪罪她。哪个人没有私心杂念,她对我好比坏多,最难的时候,她守着我,帮过我,我不能忘了她。"

王月娥说:"反正你要小心了,妈嘱咐你,能得罪十个君子,也不能得罪一个小人。一个小人,可能会毁掉你的一辈子。"

娘儿俩来到汽车站时,王月娥已经感到有些力不从心。上汽车时,许英莲好不容易背着母亲上了公共汽车,车上的人看出了王月娥脸色不好,是个病号,怕她受不了颠簸,大伙给她让了一个座位。王月娥体力真有些支撑不住了。一路上,许英莲紧紧地抱着她。一个多钟头,汽车到了金河县城,乘客们帮着许英莲把王月娥搀扶下车。休息一会儿,她也想找个帮忙的人,可车站里都是匆匆旅客,没有她认识的人。就在许英莲焦急万分的时候,一个大小伙子走了过来,他说:"你是婶子,你是英莲姐吧?"

王月娥认出来了:"这是你赵大爷家的老二赵二周吗?几年不见,长破相了。"

赵二周问:"婶子,大姐,你们俩出门了?"

许英莲说:"我带着我妈到大连看病,我妈她坐车累的,回不了家了。"

赵二周说:"你们等着。"片刻间,赵二周拉来了一辆平板车。因为找不到工作,赵二周打了一辆平板人力车,在车站帮着拉货拉客。他让王月娥坐到车上去,让许英莲也坐上去。许英莲不肯,"拉母亲一个人就行了,别再给你添重量了。"走到了家门口,赵二周放下车子,他把王月娥扶到了自己的背上,他背着王月娥走进了家门。

许英莲给赵二周倒了一碗水:"谢谢二周,不是遇到了你,我和妈真回不了家了。"

赵二周说:"自己家的人,举手之劳的事,谢什么的。"

因为许英莲的婚姻接连出事,当过媒人的赵经刚与许顺来两人几乎不再来往,他们心里都有隔阂。从赵二周嘴里得知,赵经刚的身体也不太好。人生路都是走到哪儿看到哪儿,谁也不能跑到前头瞧一瞧。当许英莲把母亲的病情跟父亲说了,难以名状的悲伤涌上了许顺来的心头。他浑身颤抖,嘴唇打着哆嗦。他努力让自己平静下来,可他怎么也平静不下来。妻子是个心地善良的好女人,他和她成家以后,她就为这个家操劳,从闺女出嫁开始,她就呕心沥血,这几年,她操碎了心。

夜深人静时,累了一天的王月娥没睡着,许顺来也睁着大眼……

王月娥说:"英莲她,没告诉你,我得的到底是什么病?"

许顺来说:"你的病,就是鼻炎,鼻炎发展到了严重时,就会头痛,就会流血。再加上你有高血压……"

王月娥说："我浑身上下一点劲儿也没有,头痛起来,像是要炸开一样。鼻炎会这么严重?医生会不会看错了?"

许顺来说："可给你看病的是医学院的教授,人家不会看错,你就是鼻炎。你忘了,我可没忘,在山东老家时,我娘去世了,正是三九寒冬,你哭自己的婆婆,一连哭了三天,直到鼻子哭出血来了,从此,鼻子那儿总是不舒服。因为一个孝字,结果,落下了一个病根,鼻炎也不是小病,用心治,会好起来。"

王月娥说："我得了什么病,我心里最清楚。咱们两口子在一起好几十年了,真有一天,我不能侍候你了,我要先走在你前头了,我只想求你两件事……"

许顺来急了："你怎么不往好地方想,而净往坏处琢磨。英莲告诉你了,我也跟你说了,你的病没事,就是鼻炎,鼻子有病了,牵扯到了脑子。头痛,流鼻血,都由鼻炎引起的。"

王月娥没理会丈夫的话,她继续着自己没说完的话："我要走在了你前头,你不要一个人过日子,给我烧了周年,你再找个伴儿,我知道你不会做饭,吃现成的吃惯了,没有人给你做饭不行。这第二件事,我不在了,你可不能不管闺女,不管我们的外孙。其实,一辈子不管两辈子的事,可真的遇到了,你是外祖父,你不能不管。我的话,你记住了……"

所有的伤感都堵在了许顺来胸口,他欲哭无泪,紧紧地握着王月娥的手……

王月娥倒很平静,她继续说下去："高立军,本来好好的一个年轻人,现在也变了,变得游手好闲,有活儿不干,天天喝酒耍疯,不好好过日子,不能再这样下去,闺女不敢跟咱们说,咱们家只有你才有这个威严。他这样下去,毁了他自己,也毁了咱们闺女。"

许顺来一声也没吭,他心里很是生气,前一个女婿成了罪犯,后一个女婿竟然早早地露出了他的本相。闺女改嫁,他从不同意到点头答应,看起来,走的又是一步错棋。他为什么才知道这些事情,妻子瞒着他,闺女也瞒着他,不想让他知道,不想让他生气。闺女和女婿的事,他真的不能不管。任由发展下去,会是怎样的后果,他不敢想……

整整一夜,许顺来没有合眼。因为大女婿的连累,本来应该入党,他没能入上。因为此事,他也一直没有消沉,不是还想入党,而是他一直怀着悔过的心情对待工作。干了多年的艰苦搅拌工作,领导上也有意调换一下他的班组。许顺来没有同意,他愿意干这又脏又累的活儿。别人干,他还有点不放心。工友们敬佩他,领导也看出来了,许顺来积极肯干不是装出来的,他是真心实意埋头苦干。没能入上党之后,大家认为他还在努力争取。后来经过了几年时间验证,同志们也看出来了,许顺来并不是以入党为目的,他就是诚心诚意地干工作,那种苦干实干的精神感动了工友们,他年年被评为先进生产者。既然他如此表现不是以入党为目的,也就没有人再关心过问他的政治生命。同志们也得了这样的结论,许顺来与生俱来就是干活的命,你不让他干,他还难受。既然他愿意干,那就让他干吧。

第二天一大早,王月娥照样爬起来给丈夫和外孙们做饭。她起来时一看,丈夫和外孙们比她起得要早。她什么都明白了,她脸上浮现出来的却是一丝笑意。

外孙们说:"从今天起,我们天天做饭。姥姥,你好好休息。我们再也不惹你生气了。"

王月娥哎了一声答应了,眼泪却从她的眼角流了下来。

这天一大早,许顺来正要上班时,他发现自己的自行车轮胎瘪了。他拿出打气筒给轮胎打气,刚刚打完,高立军走进门来,他的自行车轮胎也没气了,他也是来找打气筒打气的。他骑自行车外出可不是为了干活,他约好了几个酒友,到郊外去野游。许顺来把打气筒递给女婿时,他也从上到下打量了一下女婿的装束。"你这是个上班干活的样子吗?"

高立军遇到了许顺来,心里就打小鼓:"我和几个朋友约好,到野外去玩一玩。"

许顺来说:"我问你,你现在有什么资格玩?现成的工作你不干,你从哪里来的钱?伸手向你老婆要吗?你一个大男人,天天游手好闲,你好意思吗?"

高立军低着头,也不敢给自行车打气,老老实实地听着岳父大人的教诲。

许顺来说:"人来到了这个世上,从小念书,长大了就要干活。干活挣钱,才有饭吃。今天你就是不来,我也会去找你的,我就是要问问你,你不干活,你想干什么?"

高立军吓得浑身哆嗦了起来,低着头不敢抬起来。

许顺来很少过问闺女的家庭琐事,这一回不同,想起妻子的嘱托,他必须要教训这个不谙世事的女婿,至少也要让他懂得为人之道,为夫之道,为父之道,不能再这样下去,这很严重,继续下去会毁了他,也毁了这个家。这个家已经毁过一次,不能再毁了。

许顺来教训了高立军之后,他也找高有福谈了一次:"儿子工作的问题,你不能不管不顾,让儿子无事可做,牲口要有笼头牵着,人也要有工作岗位绑着。没有规矩哪里来的方圆?养不教,父之过,儿子今天为所欲为,身为父亲,你有责任。"

对许顺来说的这些话,高有福无言以对。许顺来是正人君子,他说的话句句在理。儿子的所作所为,根源就在他身上。他在亲家面前唯唯诺诺,他说他会说教自己的儿子的。

许顺来说:"你想办法,给你儿子找个工作吧。没有工作,他太放纵了。有了工作,他就会像磨道上的驴,得出力干活。如果没有工作,任他放纵下去,这辈子可能真就毁掉了。你身为父亲,儿子不求上进,你有责任。"

高有福也没有理由不答应这件事,女婿王国臣有个部下在供销社任党委书记,他找到了这个党委书记,请他帮忙,给儿子高立军找个工作。一下子找个正式工作,那不现实,从临时工干起,表现好了,可以转为正式职工。没费多大的周折,这位党委书记就给高有福的儿子找到了一份工作,供销社的营业员。城里没有供销社,高立军要当临时工的那个供销社在城外九里庄,上班要骑半个小时的自行车。

那天早晨遭到岳父一顿训斥,高立军心里也有些悔过之意。其实他也不是真心就想堕落下去,他只想撒一撒胸中的郁闷之气,没想到,他撒过了头,他骨子里最邪恶的部分也显现了出来。总不能继续这样下去,他不能当天使,却也不能变成魔鬼。他也想收场,只是找不到一个合适的台阶,让他体面地收场。父亲为他找到工作,这是他回归的开端。

## 第三十六章

　　许英莲一直为母亲的病情而奔波,她四处求医,到处找偏方。有人说吃独角莲对治疗癌症有好处,也有人传给她一个偏方,就是用红皮鸡蛋,将巴豆放进鸡蛋里面,煮熟了,把鸡蛋与巴豆一起吃进去。还有一个偏方,就是用韭菜地里的蚯蚓,拌上白糖,等到蚯蚓溶化到了白糖里,再服用。外孙们也都知道了姥姥的病情,他们不再吵嘴打架,都成了驯服听话的好孩子了。他们帮着家里干活,争着到菜地里去挖蚯蚓、挖韭菜根配偏方。

　　高立军能改邪归正,也与王月娥生病有关。看到了让疾病折磨的王月娥,他也动了恻隐之心。病入膏肓的王月娥规劝高立军:"收回心吧,好好过日子。再折腾下去,毁掉的将是家人,是亲情……"高立军不由得想起了自己的母亲,他一直伺候她到死。没有想到,岳母也患了这种病。想想自己这些天的所作所为,他真的有些悔过之意。他不是个能说会道的人,有了工作,他只想好好工作,来挽回自己的那些过失。

　　许英莲每天上班前去看望母亲一次,等到中午换班吃饭的时候,她还要赶到母亲家去。每一次去,她都感到母亲的病情不断加重。王月娥的病情发展得很快,癌细胞正凶恶地吞噬着她的生命。她的口腔上颚骨已经长出了一个肿块,那就是癌转移的病灶。平时,照顾姥姥的重担落在了许黎的身上,许黎干净利索,病倒在炕上的姥姥让她洗得干干净净,一点病人的气味都没有。只要有人来看望王月娥,她总是要夸奖外孙女一番,没有白疼她,她长大了,知道孝顺了。

许文书也知道了母亲生病的消息,他从阜新匆匆赶回家来。走进家门,看见了病倒在炕上的母亲,他没想到,才分开一年时间,母亲竟然病成了这样。当他得知母亲患的是癌症的时候,他几乎晕死过去。借着到城外给母亲挖草药的工夫,许文书在空无一人的野地里,放声大哭了一场。他从小就是个孝顺孩子,从山东老家来到关东时,为了生活,母亲扛着小筐到街上卖花生,卖苹果。结果,让日本"大金线"给抓进了警察署,说是母亲犯了法,是个"经济犯"。母亲不肯走,"大金线"就用秤杆上的铁钩子挂住母亲的耳环,拖着她走。这时候,许文书给"大金线"跪下了,他请求日本鬼子放了他的妈妈。"大金线"有些好奇,因为大街上的中国孩子只要看见了"大金线",吓得早就跑没了影儿,这个孩子竟然给他跪下了,不为别的,就是请求他放了他的母亲。也不知是不是许文书的举动感动了日本"大金线",让日本警察动了恻隐之心,他没有把王月娥拖进警察局,而真的把她给放了……如今,他长大了,他出社会了,参加工作了,也挣钱了,可他好好孝敬母亲了吗?他没有为母亲尽过孝心。

有空时,许文书就陪着妈说话。王月娥感到很欣慰。小时候,她偏爱儿子。儿子毕业以后,到外地工作,自己结婚成家,从来也没有让当妈的操过心。这辈子生的一儿一女,儿子省心,而闺女却让她操碎了心。

王月娥的病情一天重于一天,老邻居来看望她的时候说:"她吃了那么多的药,也用了很多的偏方,为什么一直不见好,是不是她得的是虚病,而不是实病,实病医院的医生能医治好,可是虚病,医生无能为力,只有大神大仙会有办法医治。听说三十里堡有个得道成仙的神婆,她医治虚病可灵验呢,病人到了她跟前,病魔马上会被驱除。"

许英莲和许文书都不相信鬼神。可王月娥病成了这样,他们一筹莫展之时,也抱着试试看的想法,去了三十里堡,找到了那位神婆。神婆居住的屋子烟雾弥漫,一股庙堂里的香气。他们姐弟刚一进门,神婆便把他们驱赶出门。神婆说他们心不诚,求得方子也不灵。她不会给心不诚的人看病:"快点走吧,别让我心烦意乱。"

旁边有牵线搭桥之人,催促许英莲和许文书,还不快点给蟒仙上盘缠。

所谓的上盘缠,就是送上礼金。许文书赶紧把准备好的五块钱掏了出来,递到了牵线人的手里。此时,那位神婆闭上眼睛开始上神,她浑身抽搐,骨骼嘎巴作响,就像三伏天高粱玉米拔节的声音。她的嘴里念念有词,大碗里的白酒她端起来咕嘟咕嘟地喝,那香烟一口接一口地抽,一碗白酒喝进了肚子里,那位神婆的眼珠子红得都快要冒出血来了。牵线搭桥的人说:"赶快报上你母亲的姓名,生辰八字。"

许英莲把母亲的姓名生辰八字报上去以后,那位神婆打了一个激灵,她说:"你娘家住着深宅大院,住的是人家的房子,是东厢房,这房子里面,没有生过孩子。不是你亲娘冒犯的蟒仙,而是她的女婿。她女婿十五年前打断了蟒仙的脊梁骨,蟒仙在深山里养了十五年的伤病,养好了伤病,蟒仙找不到伤害它的人,伤害它的人关大钢筋混凝土大墙里,蟒仙进不去,它只好将怨气撒在你母亲的身上。我给你一道符,回去以后,等到晚上没人之时,在你家十字路口,将符给烧了,边烧要边念叨,住深山修身养性,出谷口四海扬名。蟒仙不计百姓过,力保平安保太平。一边念叨,一边往回走,不要回头看。"

许英莲千恩万谢,从神婆家里走出来。

许文书说:"纯粹是迷信,我不相信什么蟒仙蛇仙。"

许英莲说:"你可能不知道,我刚结婚时,有一天,正做饭时,从灶台后蹿出了一条三尺多长的大黑蛇。我吓得大叫了一声,邓仁修用铁锹将大黑蛇给铲断了。这个神婆不是胡说八道,确有其事。信神有神在,不信泥土块。管他迷信不迷信,能治好咱妈的病,什么方法咱们都可以试一试。"

无论用什么方法,王月娥的病日渐加重,却不见好转。她已经不能下炕了,只能躺在炕上,人消瘦得只剩下了皮包骨头。她也不能吃饭,只能喝水。如果不能喝水,她的生命也就完结了。

许文书请的假期到了,他要走了。为了给妈治病,他已经花光了积蓄,并且又向同事们借了钱。现在他要离开生病的母亲,回到千里之外的阜新去了。许文书担心,他走了以后,再也见不到母亲了。单位已经来电报催促他回去了,许文书不能再停留,他要回去了。临行前,他把身上的钱都掏了出来,交给了许英莲,他说:"姐,我想在咱妈跟前尽孝也不可能了,单位的工作不可能扔下。姐,你就代我好好地伺候咱妈,需要钱,我会给你寄过来。只要有时间,我肯定会回来看咱妈的。"

许英莲舍不得弟弟离去:"别为妈担心,这儿有我,还有你的外甥们。"

王月娥也催促儿子赶快回去:"别为我耽误了工作。"

许文书走了,王月娥的脸上挂着笑意,儿子的脸上也挤出了笑意,其实,他们母子的心里都在流泪,他们知道,诀别的日期不远了,可他们不可能再见面了。

外孙女许黎担负起了伺候姥姥的重担,她也不到学校去了,比起读书,姥姥更重要。多年来,她把姥姥当成了妈妈,她对于姥姥的爱,已经胜过了对妈妈的。学业算什么,成绩落后了,以后可以再补习。在这个世界上,可以没有任何人,但是,不能没有姥姥。

为了能挤出时间去看望母亲伺候母亲,许英莲把许多工作都往前头赶,能提前做出来的,她就急着给做出来。她已经习惯了,不愿意让别人在工作上挑出她的什么不足。这几天,因为快要到五一节了,买肉的人比平时多了不少。剔骨头的王师傅的老伴偏偏在这个时候去世了,他在家里料理老伴的后事,商店的事情都扔给了许英莲和吴山高俩人。吴山高是从烟酒专柜调过来的,原因就是他喜欢喝酒,趁着人不注意时经常偷坛子里的散酒喝。为此,他才调到了肉食柜台,而且专门让他卖生肉。

前天发生了一件事,出库清单上注明,猪肉是五百斤,等到下班清算时,许英莲他们整整卖出了六百斤肉。吴山高也不隐晦,他很直接地对许英莲说:"错出在他们出库存人的身上,这多出来的肉,咱们俩给分了吧。你母亲有病,需要用钱;我呢,喜欢喝两口,家里的日子总是紧紧巴巴的。把这钱分了,一点毛病也不犯。"

许英莲说:"你怎么能说出这种话来,这是职业道德,全商店的人都隐匿销售款,借着别人过错私分销货款,这商店就得垮台。吴师傅,咱们不能干这事。"

吴山高说:"听你说话,口气怎么像是共产党员似的。你不是让共产党给开除了吗?你还积极什么呀。"

许英莲说:"这不是积极,这是职业道德,也是经商纪律。再说,明知是因错多出的销货款,我们分了,属于分赃,跟犯罪没有什么两样。"

吴山高刚来肉食柜台时,看到许英莲一丝不苟地对待工作,他心里犯嘀咕,是不是她有些装模作样,得了职业病,胳肢窝里夹耗子,夹(假)吱吱(积极)呀。刚来不久,吴山高实在受不了满满一盒子销售款的诱惑,趁人不注意,他偷偷地往套袖里面塞了一把零钱。没有等到下班的时候,许英莲把他叫到了后面的仓库,让他自己摘下套袖,把藏在里面的钱掏出来。吴山高乖乖地把钱掏了出来,交到了许英莲的手上。吴山高得出了结论,许英莲不是假积极,她是真积极。这件事,许英莲对谁也没有说起,吴山高一直提心吊胆,他担心有一天,惹恼了许英莲,她会把他给揭发出来。后来他发现,许英莲根本就不是打小报告的人。她讲原则,但她也讲人性,讲人情。吴山高长吁短叹,他遇到了被开除的真党员。

许英莲来到了副食品商店以后,她保持着始终如一的工作态度。从前,她曾经工作过的街道那些老大妈、老大嫂,她们一直没有忘记许英莲。这一回,她来到了与老百姓生活息息相关的副食品商店,天天来买东西的女人们总是愿意来看一眼许英莲,跟她说说话。许英莲也是热情为她们服务,不管心里有多少事情堵着压着,她的脸上浮现出来的,总是让人感到温馨的笑容。母亲这回生病了,她真的很难露出微笑。也有人知道她母亲生病的消息,纷纷跑来给她送偏方,什么样的偏方都有,试过了许多偏方,大都不管用。

这天中午,许英莲去看望母亲。王月娥让她把箱子打开,里面放的是她早已为自己准备好的送老衣服。她让闺女记住,等到她走的那天,就给她穿上这套衣服。这套衣服,是她亲手缝制的,用的是锦缎料子,穿在身上埋到地下很多年也不会腐烂。

许英莲说:"妈,你怎么又说这些话,你不是说了吗,你不帮我把孩子们拉扯大,你是不会闭上眼睛的。高山还小,还没叫你姥姥呢。"

王月娥说:"眼瞅着,孩子们一个个都长大了,他们也懂事了,能帮着你伺候我了。他们天天在我的眼皮子底下,姥姥、姥姥地叫我,真的要走了,我也能闭上眼睛了。我放心不下的,还是高立军啊……"

许英莲说:"高立军本质不是坏人,有了工作以后,他像变了一个人。你放心吧,谁都有犯浑的时候,知道自己错了,改了就好了。"

高立军挺爱惜自己的这份工作。在供销社,面对的是乡下人。乡下人朴实俭朴,没有那么多的坏心眼。供销社什么都经营,凡是与生活有关的,凡是与种庄稼有关的,供销社都有。在高立军到来之前,供销社只有一个男营业员兼着主任,他姓林,而且他的年龄也大了,一些搬运物资的重活,他根本就吃不消。临时雇了两个女社员,做些杂务工作。高立军将社里所有重活累活一个人统统包下来了。他是高中生,对于平时供销社发生的业务,他无论记账,还是清点物资，做起来一学就会，而且做得头头是道，这让林主任更加满意。中午吃饭，高立军吃的都是从家里带的饭菜。林主任家离供销社很近，家里做了好饭好菜，他就把高立军叫到家里吃顿饭。逢年过节，他还送点自己家的鸡蛋鸭蛋给高立军，让他带回家去。林主任还时常鼓励高立军："你有家庭背景，你的学历也高，人也单纯，比起那两个女营业员，她们俩都是社员出身，以农代工，转不了正式职工。将来，我退休了，你就接我的班，当个供销社的主任，不也挺好的吗？"

那两个女营业员都是社员，组建供销社的时候，因为缺少人手，临时调她们来帮忙的，她们都是大队干部的家属，有些背景，才当了营业员。对于高立军的到来，她们心里也犯开了嘀咕，她们一直盼着能转成正式职工，来了个高中生，她们似乎没有转正希望了。

高立军并没有多少崇高的理想，他还属于被人牵着走的那类人。在学校，他听教师的；在家里，他听父母的。工作了一段时间，他也渐渐地适应了供销社的工作环境和程序。乡下人不比城里人，他们性格粗鲁，而且直接。高立军最喜欢听那些赶车的车老板的对话，他们拉完了活儿，都愿意跑到供销社里坐上一坐，打上二两烧酒，再从自己口袋里掏出一把花生米，一边吃着，一边喝着，这时，便唠起了疙瘩话。乡下人说的那些疙瘩话是城里人听不到的，他们说什么，高立军都觉得新鲜。

有一天，高立军回到家里，他给许英莲讲了一个他从车老板那儿听来的谜语，说出来，让许英莲猜猜看。谜语是，奶奶的眼儿，爷爷的卵儿，一天摆弄好几遍儿。

许英莲登时就翻了脸："你说你天天上班就学会了这些东西，真的不要脸，下流无耻。"

高立军觉得被误解了，他很没面子："这个谜语根本就不是你想象的那样下流，这里面有调侃的意味，奶奶的眼儿是衣服上的扣眼，爷爷的卵儿就是纽扣，人要天天穿衣服脱衣服，怎么会成了下流无耻了？"

许英莲说："反正不是无耻也是无聊，能拿到大庭广众之下说吗？参加工作了，要跟那些进步的同志多接触，少学些歪风邪气。"

高立军还是喜欢车老板们嘴里冒出来的那些故事，他们虽然没有文化，但他们赶着大车到处游走，见得多，听得也多，从他们嘴里蹦出来的故事最生动，高立军没听过。

许英莲天天要看望母亲,她为母亲的病情感到痛心。多少年,母亲一直是她遮风挡雨的大树,这棵大树一旦倒下了,她还有谁可以依靠?

王月娥的病情发展到了后期,疼痛是她最为难熬的一关,往往疼痛一发作,她连死的心情都有。与其遭受这样的痛苦,真的不如死了的好。可偏偏那么多人守着自己,自己只能忍受常人无法忍受的痛苦。到了这个阶段,医院也给病人开了杜冷丁药物止痛。因为是控制药物,每天至多能注射三支针剂。更多的时间,王月娥只能忍受着巨大的痛苦。看着姥姥痛苦万分的样子,外孙们也心痛极了。许铎和许宏想好了,如果能顶替,他们愿意顶替姥姥。

王月娥知道了外孙们的心情,她很感慨,这是老天爷让姥姥受这疙瘩罪,逃脱不掉。行啊,有你们这句话,姥姥就没白疼你们这几个外孙狗。

虽然烧过了符,王月娥的病情仍然在日益加重。许英莲又抽空去了神婆家。见了神婆,她让神婆救救自己的母亲。神婆说:"我的法力不够,你妈这人,心地太善良了。闺女,你记住了,一个人坏事不能做绝,好事也不能做绝。"

许英莲又为母亲寻到了新的偏方,就是捉到活的大蟾蜍,将它的头捣碎,男左女右,糊在病人的手心,能够医治癌症。王月娥已经试过了太多的偏方,此时她已经不再相信任何偏方了。许英莲央求母亲再试一下这个偏方的时候,王月娥说:"你实在要给妈找偏方,最好能找个别再让妈疼痛的偏方。妈实在不能动弹了,如果能动弹,妈不是上吊,也投井了,看着你妈活着受这样的罪,你能忍心吗?"

对门的于大爷传了一个偏方,这个偏方是专门对付疼痛的。偏方也很简单,就是用烧酒擦病人的前后心。得到了这个偏方,许黎用药棉蘸着烧酒给姥姥擦前心口窝和后背。擦着擦着,姥姥渐渐地合上了眼睛,她慢慢地睡着了……外孙女长长地松了口气,姥姥终于睡着了,她应该睡上一个好觉了。多少天了,姥姥一直被病魔折磨着。没想到,这个偏方太灵验了,姥姥终于能睡上一觉了……

王月娥醒来时,已经过了午夜,她看见,外孙们都睡着了,只有丈夫许顺来还守在她的身边。她想握一下他的手,可她连伸出手握一下他的力气也没有了。

许顺来看见妻子醒了,他凑上前去,贴着她的耳朵:"你醒啦,你想做什么?"

王月娥有气无力地说:"等到我不在了,你千万别把这几个孩子给扔了……"

许顺来说:"放心吧,你是姥姥,我是姥爷,你扔不下外孙狗,我也扔不下外孙狗。"

许顺来走到了院子里,他用手巾捂着嘴,呜咽地哭了起来。

许英莲来到母亲身边的时候,王月娥想说,等到我真的不行了的时候,千万不要让那些专门给死人穿衣服的人给她穿送老衣服,她一辈子也没有让别的男人看见过身子,临秋末晚了,她更不能让别的男人给她穿衣服……

王月娥想嘱咐高立军几句话,许英莲想起来,今天晚上,高立军在供销社值班。

刚来供销社时,轮到高立军值班,等到夜幕降临时,四周山野一片寂静,除了从农户家的窗口透出的灯光,到处都是漆黑一团,遇到阴天,真的是伸手不见五指。渐渐地,他也习惯了这样的环境。比起喧闹的城里,农村也有农村的乐趣。熟悉了工作,熟悉了这里的人以后,高立军也成了他们当中的一员。每到他值班的时候,总会有人给他送吃的,也总有人到供销社里来陪着他聊天唠嗑。这天晚上,几个车老板逮了一条野狗,他们将狗勒死,在井水里泡了两天,已经将狗泡得没有了血腥味,这才下到锅里煮。小火煮了两个钟头,狗肉煮好了,他们想晚上到供销社里,一起吃狗肉,一块儿喝酒。

这天晚上,恰好阴历十五,大月亮的,照得四野一片白色,像是下了霜一样。高立军锁好了供销社的院门,跟几个车老板喝起酒来了。吃狗肉,喝烧酒,别有一番滋味。大家一边吃,一边聊天儿。

车老板当中有一个名叫丛宝田的人,他是个中年人,还算不上是老车老板,他可是个非同小可的人物。新中国成立前,他们家是二十里堡一带最有钱的地主,光是苹果园子,就有几百亩。丛宝田小时候,正是他们家最兴盛之时,他父亲送他到日本学校读书,培养他,以后也好让他继承家业。这个丛宝田是个纨绔子弟,他不爱读书,只爱玩耍,而且什么都玩,十五岁,就跟着别人进了窑子玩妓女。渐渐地,吃喝嫖赌他占全了。最要命的就是赌博,输光了手里的钱,他就开始押上家里的地和果树。因为他的胡作非为,他的父亲母亲让他活活气死了。到了新中国快要成立的时候,丛宝田家已经让他彻底给败干净了,什么都卖光了,输光了。他成了一个穷光蛋,为了挣口饭吃,丛宝田当了铁路工人,直到新中国成立。土改时划成分,吊蛋精光的丛宝田理所当然地被划成了贫民。当了铁路工人,他也不安分守己,钱不够花,他去偷盗铁路物资,换了钱去搞男女关系,他给单位开除了,这才死心塌地回乡当了一名农民。

## 第三十七章

高立军赶到岳母家里,孩子的姥姥已经到了弥留之际。

王月娥的眼睛已经昏花了,她看见有人影晃动,却看不清是谁了。

许英莲说:"妈,你不是想见立军吗?他刚下班,他看你来了。"

王月娥积攒了好一会儿力气,她说:"立军啊,妈活不了多久了。别的我不担心,我担心你和英莲俩,以后这日子,能不能过好……我知道,你是个孝顺孩子,当初,把你和英莲撮合到一块儿,也是我的主意,我想啊,你人孝顺,不能生育,跟英莲在一块儿过日子,能够互补……其实,我们想得不对,想得简单了,女人哪,头发长,见识短。我们只想到了眼前,没有想得长远。妈今天跟你见面,恐怕以后再也见不到了。妈想跟你赔个不是,你是男人,男人就要有度量,你别计较从前的那些陈芝麻、烂谷子的事。看着我这张老脸,好好地待我的英莲,好好地待孩子们。你记住,好人必有好报,妈就是在阴曹地府里,也会感谢你的……"

因为嘴里的肿块越来越大,王月娥说的话呜噜呜噜的没有人能听得懂了,连大外孙女也听不清了。高立军知道这是老人在临终的时候,向他发出的恳求。虽然听不清她说了些什么,他能听懂她的心。他向王月娥点着头,并且大声地告诉她:"妈呀,你放心吧,你说的话我都记住了,我会按照你的嘱咐去做。对英莲好,对孩子们好。妈……"

王月娥脸上露出了微微笑意。此时的王月娥一阵清醒,一阵糊涂,时常会做出一些匪夷所思的举动。她身子已经不能动了,可她还是不改自己的性格,她想要做什么，就想做什么。

因为家里有病人，这个家已经忘记了"文化大革命"轰轰烈烈地开始了，大街上锣鼓喧天，口号声震天响。王月娥用眼睛询问外孙女，外面发生了什么事情。外孙女告诉姥姥，外面在搞"文化大革命"，红卫兵们正在造反，破"四旧"，立四新，扫除一切"封资修"的东西。

王月娥此时心里一点也不糊涂，她示意外孙女，把柜子里的几本古书拿了出来，什么《三国演义》《水浒传》《东周列国志》《三侠五义》《隋唐演义》……都是许顺来保存了多年的书籍，她让外孙女拿到外面，扔进火堆里面烧掉了。烧了书，又把家里的一套供器给砸了。想了一想，她又让外孙女把她的送老衣服拿了出来，也让她给扔进火堆里烧了。许黎知道姥姥这时有点糊涂了，她没有听姥姥的吩咐，她把衣服又拿到了另一个地方藏了起来，她告诉姥姥，衣服已经烧掉了。王月娥高兴地点了点头，嘴里嘟囔着："烧了好，都烧了才好……"

许英莲知道，母亲快要不行了，她已经好多天没有吃东西了，她已经什么也吃不进去了，孩子们把葡萄碾碎，挤出水来一点一点地喂进她的嘴里，这么多天，王月娥就是靠着葡萄水维持着生命。她已经枯瘦如骨，仅仅一层皮包裹着她的骨骼。但她身上干干净净，让外孙女给她收拾得一点异味也没有。来看望她的人都夸奖许黎是个好姑娘。"都说外孙狗，吃了就走。可瞧瞧人家王月娥的外孙们，她病倒了，她没有白疼她的外孙们，是外孙们一直伺候她，让她的生命维持了快有一年时间了。"

王月娥还有一个心愿，那就是她希望儿子带着孙子一起回来，给她看上一眼。孩子们告诉她："舅舅舅妈会回来的。他们也会带着你的孙子一起回来看你。"母亲生病期间，许文书回来过几次，请过几次长假照顾母亲。最近，他经常接到家里姐姐和外甥们的来信，告诉他母亲的病情。他知道，母亲最后的日子恐怕就在这几天，他也想回老家看母亲最后一眼。可钱呢？钱在哪儿？妻子告诉他："咱们已经外债累累，哪里还有钱？"许文书已经借不到钱了，没有人肯再借钱给他。他急得火烧火燎，如果回不了家，他就不能看母亲最后一眼。单位运动已经搞起来了，他也请不下假来。

此时的王月娥已经连挣扎的气力也没有了，注射了杜冷丁，她安静了好一会儿。其实药水注射进去之后，又从另外一个针眼里流淌了出来。1966年的

9月11日下午,王月娥的疼痛又发作了,孩子们又给姥姥用烧酒擦拭身子。姥姥瘦骨嶙峋,一不小心,就会搓破她的皮肤。擦拭了一会儿,姥姥渐渐地闭上了眼睛……

许英莲下班以后,她直奔娘家。走进门来,她感到从来也没有如此安静过,屋子里静悄悄的,一点声音也没有,空气中弥漫着一股酒精的气味。孩子们告诉她,姥姥已经睡着了。走到炕前,她看了看母亲的面容,她是在睡觉吗?母亲闭着眼睛,一点表情也没有,她显得那样安详,脸上一丝血色也没有,就是一张蜡黄蜡黄的纸。

许英莲转过身,用手试了试母亲的鼻息,没有感觉到一丝的呼吸。再摸摸她的脉搏,没有摸到一下。她的心头一惊,她的母亲,是不是永远地闭上了眼睛?想到这儿,许英莲大叫了一声:"妈呀……"听到妈妈的呼喊,孩子们也扑上前去,大声地呼喊:"姥姥……妈,姥姥她,真的死了吗?"

许英莲点了点头,她想起了母亲的叮嘱,她对孩子们说:"咱们给姥姥换上衣服吧。"

说着,许黎拿出了她藏起来的送老衣服,许英莲和孩子一齐动手,好不容易才把衣服给母亲穿到了身上。她和孩子们一边给王月娥穿衣服,一边痛哭流涕:"妈妈呀,你怎么什么也不说一声,就离开了我们呢……"

人死了,应该抬到地下,不能让她躺在炕上。可许英莲不想把母亲抬到地下,炕上热乎乎的,让她多躺一会儿,多享受一下人间的温暖吧,抬到地下,她会感到冷清的。

这时,天快黑了,三三两两的邻居们也前来吊纸,他们让许英莲用棉花搓了一根灯芯,在母亲的头上点燃了长明灯。

许顺来回到家时,他的妻子已经合上了眼睛。外孙们在姥姥跟前痛哭,他没有落泪,他安慰着孩子们:"别哭了,你们伺候了姥姥那么长时间,她会记着你们的。别难过了。你姥姥不再受罪了,你们也不要被她拖累了……"

半夜时分,所有的人都有点困乏了的时候,谁也没有想到,已经过世的姥姥又渐渐地苏醒过来了。其实王月娥并没有死,她的身体太虚弱了,经不起酒精的熏染,嗅着酒精的气味,她是迷醉过去了。醒过来的王月娥让所有人惊喜不已,孩子们高兴得几乎跳了起来。王月娥看了看身上穿的衣服,她有些不高兴,她似乎知道了刚刚发生了什么,看见了许英莲,她用眼神狠狠地责怪了女儿一眼。姥姥的这个奇迹会不会延续下去呢？会不会因为地狱里的死神不愿意接受姥姥，又将她送到了人间？孩子们天天祈祷，让姥姥起死回生。

愿望是美好的，许铎偷偷地把他写下来的许多美好祝愿烧掉了，那纸片的灰烬扶摇直上，飞到了天上。如果老天爷看到了这些美好的祈祷，老天爷肯定会驱除姥姥身上的病魔，让她好起来，让她和我们在一起过日子。

人的生命力是不可预料的，王月娥顽强地坚持了五天，在这五天里她一直盼望着儿子和孙子的归来。希望他们能在她生命最后的时刻回家来看她一眼，给她送行。然而，儿子到底也没能回来。文书是个孝顺儿子，母亲死到临头，如果不是遇到了极为特殊的事情，他不会不回来的。五天过后，老天爷不肯再给王月娥留时间了，她在1966年的9月16日闭上了眼睛，停止了呼吸，安静地离开了人世。她的女儿和外孙们哭喊着，悲天恸地的哭喊声，声声撕裂了她的心窝，可她已经无法做出任何表示了。她的眼角，缓缓地流出了一缕凝重而又浑厚的眼泪。她的嘴角也慢慢地流出了一缕鲜红的血水。

邻居们都感慨着，她这是盼望着亲人，嘴里才会流血。其实，她已经死过了一次，就是等待着能看到前来看她最后一眼的亲人，一直等到今天，她等不到了，才恋恋不舍地走了，一路朝西去了。

安葬姥姥那天，外孙们在她的坟墓前面，移栽了一棵小槐树。他们对姥姥说："姥姥，我们会经常来看你的，我们就是这棵小树，小树天天会守着你的，你想我们了，你就看一看小树。"许铎在姥姥的坟墓前许下了一个诺言，他说："我现在还小，等到我长大了。我会给姥姥刻一块石碑，立在姥姥坟墓前面。"

在料理王月娥的后事时，许顺来自始至终，他没有掉一滴眼泪。别人伤心哭泣，他总是安慰别人。等到妻子下葬了以后，许顺来把女儿叫到了一旁："你说，你妈是怎么死的？"

"我妈，她，是被我拖累的，她才生病去世的……"

"你说得对，你妈她是因为你，操心上火才得的癌症。看看她遭的那些罪，我的心都要碎了。文书也没能赶回来奔丧，没能给他妈披麻戴孝送殡，我一点也不怪儿子，因为儿子从来也没有拖累我们。我和你妈，这辈子全累在了你的身上。好在你还知道，我以为你不知道呢。"

"爹，我对不起你，也对不起我妈……"

"说什么都晚了，你妈没有了。以后，你只能累你自己了……"

许英莲心里充满了愧疚,母亲因为她这个不省心的闺女,才命断黄泉。从她结婚成家以后,母亲就一直为她受累,她太对不起母亲了,真的对不起,许英莲对孩子们说:"跟妈走吧,跟妈回家,你们住姥姥家的时间太长了。姥姥不在了,你们也该回家了。"

孩子们都不肯走,眼巴巴地看着姥爷。姥爷说的也是气话,还不到六十岁的姥姥,为女儿,为外孙操心费神,她能不生病吗?不管怎样,是这些孩子一直把姥姥伺候到离开人世。许顺来的心还是软了下来:"孩子大了,不愿意跟继父生活在一起,那就留下吧。"

三天后,给姥姥圆坟。烧头七的时候,孩子们跟着姥爷来到了山上,来到了姥姥的坟墓前。他们看到埋葬姥姥那天栽下的树苗已经成活了,高兴极了,连忙给树浇水。给姥姥烧纸的时候,孩子们一个个跪下了,给姥姥磕头。看着稚气未脱的孩子们,许顺来的心软了。许英莲再提起让孩子们跟着她回家时,他说:"他们不愿意回去,就让他们留下吧。"

下山的时候,许顺来让女儿和外孙们先下山,他留下来再待一会儿。山坡上空无一人的时候,许顺来放开喉咙,大哭了一场。他一边哭,一边说:"你说,咱们两口子,这辈子也没少打架。可是,你走了,把我一个人扔下了,你不知道我心里有多难受。你走的时候,我都想着跟你一起走。我知道,你挂着儿子孙子,也挂着闺女和外孙们。你这辈子,净替别人操心了,却苦了自己……"大哭了一场,把心里的话诉说了一番,许顺来的心里还能好受一些。他今年六十岁了,眼瞅着就要退休了。儿子也替他想到了以后的生活怎样安排,儿子想让爹和他们一家一起生活。可许顺来还不想走。他想等到退休以后再说,至少也要等到给老伴烧过了周年,他才能离开生活了四十年的县城。他本来应该有一个挺好的晚年,可老伴先他而去了,把他扔下了,他一个人,孤零零的,他甚至自己可怜起了自己。

"文化大革命"从城里蔓延到了农村,清理阶级队伍,不知是哪个贫下中农检举,丛宝田让贫下中农给揪了出来,说他是个漏划地主,不仅如此,他还是个老牌的流氓分子。贫下中农给他戴上了纸做的高帽,用牵驴的缰绳拴着他的脖子,让他一边走,一边敲响铜锣游街。他敲一下铜锣喊一声,"'文化大革命'好,牛鬼蛇神跑不了……",高立军看了这场景,吓得心里直打拨浪鼓,前几天,他们还在一起吃吃喝喝胡说八道,一夜间,丛宝田就成了专政对象。

林主任看了,朝丛宝田吐了口唾沫,骂了一句:"活该倒霉。"高立军刚到供销社来的时候,林主任对这个年轻人的印象不错。但是,守着好人学好人,守着巫婆跳大神。林主任发现,高立军与丛宝田这些人经常在一起吃吃喝喝。交朋友他不反对,可是,要看交什么样的朋友。人学好不容易,学坏一眨眼就滑下去了。高立军也不是初来乍到时的高立军了,他也变得油腔滑调了,与一些女社员打情骂俏,一些脏话俗话也说得出口了。原来,他同供销社的女营业员白淑花一直保持着距离,这个绰号叫白大腚的中年妇女可不是个简单人物,她知道自己能不能转正,这个高立军就是最大的障碍。有一回,白大腚的女儿马玉桂来供销社送饭时,头回生,二回熟,高立军便与马玉桂搭上了话。马玉桂初中刚毕业,是个回乡知识青年。论年龄,她也就十七八岁的样子,人长得并不漂亮,可她给高立军的第一感觉就是年轻,就是充满了活力。裤子套在腿上,紧绷绷的,健壮的大腿似乎快要把裤子给绷破了。褂子穿在身上,胸脯鼓鼓的,快要把衣服给撑开了。只要马玉桂一出现在供销社,高立军的眼睛就一直在人家的屁股上面打转。白大腚早就看出来了,高立军也不是块好干粮,他跟那些个车老板没有什么两样,邪性得很。

这天中午,马玉桂给白大腚送来的午饭是炖线豆,她招呼高立军一起过来吃线豆。那线豆炖得可真香,一直吃到最后,白大腚才对高立军说:"你知道这线豆炖得香,里面放了什么东西?"高立军哪里知道。白大腚说:"告诉你吧,线豆里面切了一根长虫。"

高立军吓坏了,他跑到了厕所里面呕吐了起来。呕了半天,也没能呕出什么。

白大腚说:"长虫肉可是大补,吃了长虫肉,晚上跟你媳妇干活时,多出力也不觉得累。"

跟白淑花熟悉了,高立军也跟她没大没小了,管她叫丈母娘。他敢叫,白大娘们就敢答应,她也叫他女婿。别人都以为他们这是同事之间开开玩笑,高立军却是假作真时真亦假,真作假时假亦真。回到家里,他翻找母亲给他留下的那些东西。从前,他从来也没理会这些女人用过的东西,这回他用心了,从母亲留下的一个荷包里找到了一对黄金耳环。

第二天,高立军就把黄金耳环悄悄塞到了马玉桂的手里,并叮嘱她,谁也不要告诉,连她亲妈也不要告诉,让她保存好了,以后再戴上它。"知道不知道为什么人们要戴金挂银?"

马玉桂说她不知道。高立军说:"黄金压惊辟邪,身上戴着黄金对人有好处。"

又过了几天,高立军又把母亲留下来的金戒指送给了马玉桂。他还答应她,以后,他还会送她一条象牙项链,全是手工雕刻的珠子,那可值钱了。高立军一直在寻找接近马玉桂的机会,他一直想圆一个梦,他娶的媳妇不是处女,他想知道处女是怎么一回事。他认定了马玉桂是个处女,因为她刚刚初中毕业,还没有来得及处男朋友,更没有搞过对象,她理所当然地是个处女。他的处女情结,出自丛宝田那津津乐道的描述。

好不容易等来了一个机会,白淑花要跟县供销社的人一起坐大车下乡送货,路途遥远,晚上回不来。她让高立军捎话给她的丈夫,她的丈夫晚上要带基干民兵拉练,与驻军部队一起搞演习,也回不了家。高立军以为机会来了,他可以与马玉桂亲近一回了。据丛宝田传授的经验,对于女人,用不着太多的前期准备,同男人一样,女人也喜欢直接。男人不坏,女人不爱很有道理。下班以后,高立军没有回家,他骑着自行车,拐了一个弯,绕下公路,骑到了乡间小路,一会儿,就来到了马玉桂的家。

马玉桂果然一个人在家,她似乎也有预感,高立军会来找她,她也早就做好了准备,梳洗打扮了一番,坐在炕沿上,等着高立军的到来。按她计算的时间,不一会儿,高立军果然出现了。他提心吊胆地、小心翼翼地走进了她的家门。马玉桂还故意藏在门后,等他进门后,她在背后猛地大叫了一声:"不许动,举起手来。"

这一声喊,把高立军吓了一跳,他真的把手举过了头顶。

马玉桂笑弯了腰:"这么点小胆子,还想做坏事?我只是喊了一声,就把你吓成了这样,你做不了坏事。你呀,有贼心,却没有贼胆儿。"

高立军一下子把马玉桂抱了起来:"我要让你瞧瞧,我有没有贼胆。"高立军一边说着一边抱着马玉桂往里屋走,马玉桂假装挣扎着:"你放开我,你放开我。"听到喊声,高立军以为他真的冒犯了姑娘,连忙将马玉桂放下了。他说:"对不起,我一时冲动,我,我……"

马玉桂戳了一下高立军的鼻子:"瞧你这笨样,真话假话都听不出来。"这一个小小的插曲,让高立军高涨的情绪受到了影响,他有点萎靡不振,不敢放肆也不敢造次了。

马玉桂竟然开导起他来了："是我把你引到家里来的,出了事也不会追究你的责任,而人们嘲笑的是我,明白吗,是我。"

高立军说："可你是个纯洁的姑娘啊,我是个有妇之夫,我只是一心想得到一回处女的初夜权,因为我不知道处女是怎么一回事。答应我……"

姑娘抱着高立军的头："我早就看出了你的意图,我也明白你的意思,你对我那么好,我答应你,可我不明白,处女对于一个男人来说,真就那么重要吗?"

高立军说："对于别人我不知道,对于我,真的很重要。一个男人应该得到一个女人的第一次初夜,像丛老板说的那样,男人没得到女人的忠贞,等于白活了一场……"

许多天来,高立军处心积虑煞费苦心要做的这件事,他也终于做成了。就在他得逞的那一瞬间,他的内心深处竟然滋生了一丝失意、悔意。这些天,他赔上了黄金首饰,用了那么多的心思,接近一个他认定的处女,阴谋得逞了,他觉得他只是满足了一种好奇,仅仅是一次与一个陌生女人发生关系的过程,而不存在什么惊喜和幸福。这是高立军第一次与妻子以外的另一个女人发生了性关系,他心里一直很害怕,怕的是事情败露,怕的是马玉桂怀上孩子。究竟处女给人以何等的美妙之处,他并没有任何体验。在手忙脚乱的过程中,没有享受,也没有体验,更谈不上品味。

高立军与白玉桂发生了性关系之后,从第二天起,高立军就开始回避马玉桂,偏偏马玉桂来供销社的次数比以前更多了。马家在当地是坐地户,九里大队至少有三分之一的人家姓马,他们都是一家本族。没过几天,白淑花不来供销社上班了,接替她上班的竟然是马玉桂,她要把这个工作岗位留给女儿。越是怕什么越是来什么,高立军越不想见到马玉桂,偏偏人家来到了他身旁,天天跟他在一起。两个人打照面的时候,高立军不敢抬头,马玉桂却小声地提醒了他一句："别忘了,你答应过的,要送我一串象牙项链,我一直等着呢。"

高立军支支吾吾地答应着,他感觉出来了,这个马玉桂年龄不大,城府却比他深多了。甚至比她的母亲白淑花还多了一些老辣,少了女人身上本能的羞腆。她不像个女学生,倒像是情场上的老手。

供销社就这几个人,林主任什么都看在眼里。对于这个高立军,他有点失望,这个读过高中的男人胸无大志不说,而且没有主见。他入乡随俗随大了。

他不仅是个扶不起来的阿斗,恐怕在生活作风上也要栽跟头。林主任本来想在自己退休前将高立军扶上马,再送一程,让他从基层干起,将来也有个前程。其实他已经把这个意图透露给了高立军,可他就是死驴不上道,偏偏要往邪路上走。那就让他走吧,最后栽在邪路上,怪他自己。

这时,县供销社来了指令,要抽调一个人到凉水湾供销社去工作。林主任接到了指令,他也没有犹豫,就把高立军列入了调出的名单。县供销社也想调出高立军,将名额空出来,让给马玉桂。听说自己要调走了,高立军心头好像卸下了一副沉重的枷锁,他感到一阵轻松,终于不再有人纠缠他了,他解脱了。他甚至没来得及告辞,就匆匆地离开了供销社。

高立军跟许英莲说起工作调动的事。从九里庄供销社调到凉水湾供销社,工作性质虽然一样,但凉水湾离县城七十里路,意味着他一个星期只能回来一趟。许英莲想让高立军找一下县供销社的领导,能不能再调换一个工作地方,孩子小,家里也离不开他。

高立军也挺为难,正是因为那个供销社地处偏远,才要调一个男营业员去工作。他还没有转正,这时候跟领导讲条件,有些不合适。许英莲也没有再说什么,有困难自己克服,只要丈夫能转正,有了正当职业,这比什么都重要。

许英莲的工作也做了小小调整,商店领导把她调到了糕点柜台当组长。说句心里话,许英莲一直把自己当成党员,时时处处都是以身作则,只要走上了工作岗位,她立刻就会进入角色,全神贯注地投入工作当中去。认真负责,勤劳肯干。凭这一点,同志们服气。

这天临近中午,王经理把许英莲叫到了办公室。办公室里坐了两个人,他们是从山东来外调的,看见许英莲走进来,他们也站立起来。王经理给他们介绍:"这位就是许英莲同志,老张老徐二位同志从山东来,找你了解一些情况,你们谈吧。老许,有什么情况,如实向人家反映。"

山东来的老张老徐也不拐弯抹角:"你一定了解杨清风这个人吧。"

听到杨清风这个名字,许英莲眼睛一亮,有多少年没有杨清风的消息了。"你们是来调查杨主任的吗?他怎么样,他还好吧?"

"还好,还好,你们很熟悉,是吗?"

许英莲说:"我跟杨清风可是太熟悉了,从山东到关东,他一直是我的领导。"

"你能不能跟我们详细地说一说杨清风在反右运动当中,他究竟替哪个反动分子鸣冤叫屈,他跟那个人之间到底是什么关系?"

许英莲说:"杨主任犯错误的时候,我已经离开街道好几年了。具体情况,我真的不了解。不过,我相信杨主任是个好同志,好干部,他怎么会成了右倾分子呢?"

"人不会是一成不变的,人总是不停在变,有的往好的方向变,有的是往坏的方向变。杨清风是个老革命,可他从山东来到东北之后,他的世界观也发生了很大的变化。我们可以提醒你,他在街道工作期间,50年代初,他包庇了一个名叫朱和之的人。据说,他与这个朱和之的女儿有男女关系,他才走上了犯错误的道路。"

许英莲说:"这些情况你们是从哪里得到的?我可从来也没听说杨主任有这些传闻。我在街道工作过,家庭妇女爱传瞎话,人言可畏,人言也像刀子一样,能杀人害人。"

老徐似乎挺同情杨清风的,他说:"许同志,你给我们写一份证明材料,就把你了解的杨清风的情况如实地写给我们,不要包含任何个人的感情色彩。"

许英莲说:"好吧,我现在就给你们写。"许英莲拿起笔,埋头写了起来,她把她了解的杨清风在街道工作的情况写成一份材料,并在材料上面按下了自己的手印。把材料交到外调人员手里的时候,她恳求他们:"能不能留下杨清风的通信地址,好多年了,我想给他写封信。"

两个人互相交换了一下意见:"这有些不妥吧。"

许英莲说:"这么多年,一直也没有杨清风的消息,我总想给他写封信,可没地方寄。我父亲回山东老家卖房子的时候,我还让他打听一下杨主任的消息,也没能打听得到。你们就给我他的地址,即使是犯了罪的人,也能跟家人通信。给我他的地址,我请你们下馆子。"

两个外调的让许英莲说笑了,老徐说:"下馆子就不必了,我把他的地址给你。我可把丑话说在前面,杨清风能不能接到你的信,是个未知数。"说着,姓徐的留下了杨清风的地址。

外调的人走了,许英莲百感交集,多少年也没有杨清风的消息,这一回,总算有了他的消息,还有了他的地址,杨主任还活着,当天晚上,她就给他写信,至少也要问候他,问他这些年过得好吗……杨清风的名字突然被提及,许英莲心底的辛酸苦辣全都浮现了出来。如果没有遇到了杨清风,她许英莲就是一个普通村姑乡妹子,长大了为人妻,为人母,天天围着锅台转,一直转到老。遭遇不幸的时候,也不禁感叹,如果没有文化不认字有多好,如果不参加工作,待在家里伺候丈夫和孩子该有多好,哪里来的烦心事,哪里来的痛苦与悲伤。不过,她从来也没有后悔过,她相信脚上的泡是自己走出来的,她谁也不埋怨,她也相信命运。她写道:杨主任:自从你走了以后,我一直牵挂着你,我一直盼着你能给我写信,可我一直也没盼来你的信。整整十年了,你在山东老家过得怎么样?我知道,你肯定吃了很多的苦……

　　许英莲的鼻子一酸,眼泪流了下来。她要把自己这些年里的遭遇都在信上告诉杨主任,她一直写到了深夜,也没有写完。不能再写了,再写下去,今天晚上别睡觉了。明天再写,慢慢地写吧。她发现,写信也是一种倾诉,向自己的好朋友倾诉,向自己的亲人倾诉。这是她平生第一次给她人生引路人写信,她无拘无束,她尽情倾诉,她要有一个倾诉的通道,有一个倾诉的对象。杨主任就是她最好的倾诉对象。

## 第三十八章

"文化大革命"运动正轰轰烈烈地开展起来了,工厂停产,学校停课,商店不能停业,人们要吃要喝要生活,商店关门了,社会就会乱套了。不过,商店的领导已经靠边站了,掌管副食品商店大权的人正是吴山高。他给所有的营业员提出了一个要求,商店开门营业,要突出政治,每个营业员就要在柜台上背诵《毛主席语录》。不许重复,不许老背诵简单的。头一天背诵过了,第二天不许重复。

那年月,不仅营业员们背诵《毛主席语录》,连戴着红袖标的孩子们也走上街头,随便拦下一个骑车人,让他背诵一段《毛主席语录》,如果背诵不上来,就可以让他就地学习,学会了以后再背诵,直到他背诵下来才可以放行。

"文化大革命",人人都是革命对象的岁月,有人已经盯住了高有福,他就是一个地地道道的阶级异己分子。高有福的政治嗅觉十分灵敏,不等燎原之火烧到他的头上,他早就溜之乎也。他跑到了女儿家,住进了军营,有解放军的保护,他就可以高枕无忧了。

红彤彤的那年月,人们的精神很富足,但物质却很贫乏。人们的眼睛总是盯着商业领域,总以为做商业的人很有些实惠。革命运动不仅属于政治,也与经济相关。商业领域开始了"一打三反"运动。"一打"就是打击反革命,"三反"反的是贪污、浪费和盗窃。第一期的毛泽东思想学习班,参加人员应该是有经济问题的营业员。这些人员,要革命群众认定。怎么认定,不能写大字报,咱们就写小字报揭发,黑名单上都有谁的名字,吴山高要一个一个地过目。

小字报上有许英莲的名字。看着这个名字,吴山高拿起笔来,画掉了她的名字。他明白,写这个名字的那个人,肯定不会出于公心,而完全是出自于忌妒之心。吴山高与许英莲一起工作过,凭着他对她的了解,他认定,许英莲是一个好营业员,一个好女人。

商业局系统也组建了革命造反司令部,当司令的人正是于过兰。每当运动出现时,她总会出现在风口浪尖上。她革命劲头一点也不逊色于年轻的红卫兵,她率领造反派先是打倒刘国良,后又夺了商业局的大权,把握全局的领导大权。"一打三反"运动开始时,她想到了许英莲,她所在的副食品商店,有没有把这个披着马列主义外衣的美女蛇关进毛泽东思想学习班?

有造反派司令的指示,吴山高也把许英莲关进了学习班。凡是进到学习班的人,不是贪污分子,就是多吃多占的人。参加学习班的人都纷纷交代自己做过的事情,小拿小摸,多吃多占,学习班也不打不骂,只有一个方式,那就是写交代材料,一本稿纸放在你跟前,白天晚上,不让你休息;脱产参加学习班,本身就是要在灵魂深处爆发革命,所以,你写也得写,不写也得写。直熬得人们往自己身上揽罪过,不敢说自己是贪污分子,那就是多吃多占,人民内部矛盾,把多吃多占的那部分变成倒赃款退给商店,问题也就解决了。

通过学习班,吴山高认定了一个真理,那就是常在河边走,哪能不湿鞋。既然人人多吃多占,那就人人都得给国家倒赃,每个人都要写检查材料,交代自己多吃多占了多少。

吴山高没想到,许英莲交上来的交代材料上,是这样写的:敬爱的党组织,商店领导:关于自己在工作当中,利用职业的方便条件,多吃多占的问题,我可以无愧地向你们说,我没有任何多吃多占的行为,也不存在这样的想法。你们可以调查,如果调查出来,我有这方面的行为,我接受你们的任何处理,送我进监狱,我也毫无怨言……

吴山高把许英莲叫到了办公室,他说:"我看了你写的材料,你敢保证,你在肉食组没吃过公家的一块猪头肉?你在糕点柜台,你敢说你没吃过半块饼干?"

许英莲说:"我敢保证,我没有吃过公家的一口肉、半块饼干。"

吴山高说:"咱们副食品商店,只有你一个人说,你没有多吃多占。许英莲,我真的有点不相信,世界上还有你这样的人?我想知道,你这么做,到底因为什么?"

许英莲说:"没有经历过的人,他永远也不会懂得……我跟你说,1960年的那个教训对于我来说,实在太惨痛了。同样的错误只能犯一次,不能犯第二次。不管你相信不相信,我许英莲可以襟怀坦荡地告诉你,我没有吃过公家一块猪肉,也没有吃过公家半块饼干。"

别人可以不相信,但是,吴山高相信。因为他们共过事,因为他做过不光彩的事情,只有她知晓。而她却从来也没对任何人说起过。所以,吴山高面对许英莲的时候,他心里总有点空虚,甚至是胆怯。他对这个女人,有一种敬畏。

于过兰看了副食品商店报上来的材料。那么多的多吃多占的人名当中,没有出现许英莲的名字,难道她身上就没有饽饽掉下的渣子?

吴山高说:"经过革命群众广泛揭发和革命指挥部同志们的分析,许英莲确实没有多吃多占的私心杂念。还就真的没有饽饽掉下的渣子。"

于过兰冷笑着:"怎么可能,常在河边走,怎么可能不湿鞋。许英莲最善于披着马列主义外衣,干着修正主义的勾当。对待这样的人物,触及灵魂也许不起作用,可以触及她的皮肉。教育如果是万能的,还要监狱做什么?"

吴山高是块滚刀肉,于过兰虽然是个女流之辈,她有心计,而且内心阴暗狠毒。她唆使吴山高对许英莲触及皮肉。他表面上也只能答应,把于过兰搪塞过去再说。许英莲有孕在身,他以这个为借口,不是保护,而是暂时先回避一下。轰轰烈烈的革命运动远比吴山高想得来势凶猛,社会各个阶层,各个角落都成了红彤彤的运动场,人人都成了运动场上的运动员。新中国成立以来,于过兰从来都是整别人的好手,可她万万没想到,运动前期先得势不算得势,就在她夺了商业局的领导权,成了全局造反司令后没有多久,另一个造反派就向她发起了攻击。他们查找档案,查出了于过兰有个叔叔在日伪时期,给日本人当过翻译官。一贯属于手电筒照别人的于过兰这下也成了革命的对象,她连自己都不能保全,也顾不上整治别人,自己也成了挨整的对象。在此之前,她安排好了文攻武卫的打手,等到批斗许英莲的时候,使用弹簧鞭专门打许英莲的脸,打得她破了相,看看哪个男人还敢惦记着她。不等她阴谋得逞,她自己也成了阶下囚。

"文化大革命"风起云涌之时,许英莲又生下一个男孩。这个孩子的出生,给高立军带来了好运,他由临时工转为了供销社的正式职工。得到孩子出生的消息,他从乡下赶回家来,带回了老母鸡,还有鳝鱼等一些营养补品。许英莲情不自禁地想起了母亲,她生的每一个孩子,都是母亲伺候她坐月子。如今,妈不在了,也没有人伺候月子了。

高立军说:"妈不在了,不是有我吗?我请了一个礼拜的假期,我要好好地伺候你。"

许英莲没答应:"你刚刚转正,就请长假,还是要把工作做好。三天过后,能下地了,我自己能照顾自己。又不是头一回生孩子,你就放心吧。走之前,给儿子取个名字吧。"

高立军给儿子取名叫高海。他工作的地方是凉水湾,面临着大海。

高立军临走时,许英莲千叮咛、万嘱咐,到了新单位,先要熟悉业务,把一笔笔往来账目算清楚。也要与单位的同志们搞好团结,不能任性。初来乍到的年轻人,不怕出力干活。

高立军让许英莲一百个放心,一千个放心,他会努力工作,争取当个先进工作者。

姥姥去世后的第一个春节,真就没有了年味。孩子们都郁郁寡欢,高兴不起来。孩子们的父亲就业的第三水泥厂,过年放假,工友们也都回家过年了。工厂宿舍只剩下邓仁修,听说岳母王月娥撒手西去,他心里也悲伤了好一阵子,无处可去,就自己一个人过年。看到这情景,值班的老狱警林政府挺同情他的。他特地从家里多带了些饺子,年三十的晚上与邓仁修一起吃饺子。他还带了烧酒,两个人对着喝了起来。

邓仁修算起来,他在狱里整整待了四年,出狱已经两年多了,有七个春节,他没有与家人在一起过年。想起这些,他挺感慨的。林政府挺有人情味,他说,狱里面关的不一定都是坏人,邓仁修就不是坏人,三年挨饿,他就是因为一口吃的,才被关进了监狱。大年三十,烧酒下肚,引起了他的思绪,他现在无家可归,有亲人却不能投奔。林政府说:"老邓啊,你应该找个女人成个家了,别老惦记着你原先的那个家。你原来的老婆改嫁走道了,你不能总是一个人生活。人生很短暂,一晃,上了年纪,再想成家,恐怕已经老了,没有意义了。"

邓仁修说:"有人给我提过亲,我也动过再婚的念头。可是,想起我的孩子们,我又打消了念头。他们的妈妈已经改嫁了,我要再婚,孩子们到他妈妈那儿,是后爹;到我这儿,是继母,我已经错过一回了,我不想再错,不想让孩子们再抱怨我。我就想多挣些钱,安一个像模像样的家,给孩子们一个温暖的归宿。"

林政府说:"我听说,你很简朴,从来也不跟工友们打平伙,积攒了不少的钱。"

邓仁修说:"这你也知道?"

林政府说:"当警察的,什么都知道。来,老邓,多喝点,酒是好东西,喝多了睡觉不做梦,一觉睡到大天亮。"

邓仁修一饮而尽:"谢谢林政府,我不与工友们打平伙,我跟你打平伙,改天,我请你。"

邓仁修心里挂念孩子,喝了很多酒,可他难以合眼,不知道孩子们此时此刻在做什么。

姥姥去世后的第一个春节,再也吃不到姥姥炸的面鱼、姥姥包的饺子。孩子们心里难受,许顺来心里也难受。

正月十五,许铎跟两个弟弟商量着,他们要到坟上去,去给姥姥送灯。正月十五是灯节,死去的亡魂更需要光亮。姥姥活着的时候,她会用小萝卜做耗子灯。他们不会做灯,只能用蜡烛当灯用。他们要到山上去给姥姥送灯,邻居家的两个小伙伴也要一起去。去送灯的时候,还要给姥姥烧点香和纸。到了下半晌,许铎带着几个孩子便去了五里外的钓鱼台山坡上,姥姥的坟墓前。这时候,天色已经有些暗了,山坡上已经亮起了不少的灯火。等到他们上山的时候,来送灯的人们已经纷纷朝山下走了,他们来得有点晚。于是,他们赶紧把灯给姥姥点上,为了不让风吹灭灯火,他们还找了一块石头,挡在坟墓口。

正月里,天黑得很早。许铎带着弟弟们下山的时候,天已经黑了下来。他们深一脚、浅一脚地往山下走。弟弟们看到了别人家的坟墓亮着蜡烛,他们把人家的蜡烛弄灭了,拾起了蜡烛装进了筐里。一会儿工夫,他们拾到了很多的蜡烛,他们高兴坏了,等到明年,他们就用这些蜡烛做一盏大灯。

许铎和弟弟们回到家里,他们把从坟墓前偷偷拿回来的蜡烛都点亮了,放在屋子里的各个角落。屋子里给照得铮明瓦亮。如果姥爷看到,他一定会高兴的。

可孩子们万万没想到,姥爷走进了屋里,看见了屋子里面全是点亮的蜡烛,姥爷什么都明白了,他抡起一巴掌,狠狠地揍了带头上山的许铎。许铎委

第三十八章

屈地哭了起来,他说:"我们上山去给姥姥送灯,这有什么错?"

姥爷说:"你们这些孩子胆子也太大了,钓鱼台是乱葬岗子,到处都是坟墓。以前有盗墓的,晚上就掉进了棺材腐朽了的空坟墓里,活活地被困死在里面。你们这些孩子,真不知天高地厚。再说,送灯归送灯,你们不能拿别人的蜡烛,还敢点在家里,这是给死人照明的,怎么能亮在活人的屋子里。赶快给吹灭了。"

孩子们这才意识到惹了祸,他们纷纷上前吹灭蜡烛。许顺来也有些后悔,不该打外孙们,至少他们有这份孝心,能想到给姥姥上坟去送灯,他们没有忘记姥姥。等到将来有一天,他们也会这样对待他的……外孙们是他跟老伴抚养大的,外孙们和他有感情,是他和老伴生活的一部分,也是他们生命的一部分,别人不能伤害他们,他更不能伤害孩子们。他也暗暗地下了决心,以后,无论怎样,他也不能再打他们一巴掌。

春节过后,有工友给邓仁修介绍了一个女人。这个女人犯的是投机倒把罪,释放没有多久,人长得不错,有人送她绰号——牢狱西施。

邓仁修说:"那个女的我见过,她长得不错,可比起我老婆许英莲差得太远了。"

狱友说:"此一时,彼一时,如今你老婆已经睡在了别人被窝里,你别总惦记着人家。"

邓仁修说:"我不是惦记着她,我只是做个比较。从前的孩子他妈已经改嫁他人了,我再娶个后老婆,我的孩子们怎么办?有一个后爹,再有一个后妈,他们是什么心情?"

邓仁修真的不想再娶,孩子的姥姥去世了,孩子的姥爷年岁也大了。将来,他必须要给孩子一个庇护所。前些年他没能尽到做父亲的责任,在以后的岁月,他要让孩子们感受到父爱,他要给孩子们一个家。

几年时间,邓仁修从每个月四十五块二毛钱的工资里节省下了几百块钱。一起就业的那些个狱友很是羡慕,邓仁修真了不起,硬是省吃俭用,从嘴里省出了这么多的钱。邓仁修也不以为然,这阵子再苦,也比当劳改犯时幸福。

这么多的劳改释放分子聚集在一起,也是一股邪恶的暗流。一旦发作起来,那也十分可怕。尽管他们释放了,可领导他们干活的看守和狱警,时时不能放松警惕。

"文化大革命"开始以后,就业的劳改犯们也参与运动,他们也要积极学习"红宝书",但是不准他们组织战斗队,参与社会上的革命组织和活动。想当年,邓仁修能把一百多条"监狱守则"背诵得一字不落,现如今,他能流畅地背诵"老三篇"。"老三篇"谁都会背,可"老五篇"就没有几个能背诵得下来,而邓仁修却能背诵下来。要知道毛主席写的《实践论》和《矛盾论》理论性有多深,文章有多长,就凭这一点,说明邓仁修的脑子灵,记性好。

有一天干活时,林队长把邓仁修叫到了一旁,他想管他借点钱,他老家是农村的,家里盖房子,房子要上梁了,却没钱买料雇瓦匠。他知道邓仁修有积蓄,能不能先借笔钱应应急,到了年底,等到生产队分红了,就把钱还给他。

邓仁修不愿意借给别人钱,他这些钱真的来之不易。借钱时什么都好,等到还钱,节外生枝的事情就来了。看到邓仁修有些犯难,林政府说,他可以付给他利息,一百块钱,到了年底还他一百二十块。

邓仁修并不是看重利息,姓林的一直监管着他,如今虽然出狱了,在他的心头,一直存有姓林的阴影。既然他已经张开嘴说要借钱,不借给他也不好。邓仁修没有驳姓林的面子,答应借钱给他。同时邓仁修也说了,他也不要什么利息,好借好还就行了。

钱借到了手以后,姓林的对邓仁修果然态度不一样了。请个假,办个事,他也处处给予他照顾和方便。这天,"天天读"过后,林队长也根据上级指示,布置了一个任务,那就是让就业的劳改犯们互相检举揭发,看看他们以前有哪些罪恶没有被政府发现,还有没有新犯下的罪行。如果不愿意当面说,可以私下里通过检举箱,还可以给队长写条子,可以留下自己的姓名,也可以无记名。

林队长天天都能收到不少的条子。他太了解这些犯过罪的人了,他们总想着把所有的人都关进监狱,他们才会高兴。有一张条子,让林队长注意了起来,条子上检举的是邓仁修,说他晚上偷偷地听收音机,收音机里唱的不是革命样板戏,肯定不是,肯定是"封资修"的京剧,才子佳人那一套东西。想到了邓仁修借钱给自己,再说,听听京剧,也不算什么大事。

过了两天,林队长又接到了一张条子,条子上面依然是揭发邓仁修听京剧的事。这一回,揭发得深刻了一些,有分析的成分,如今,"封资修"的东西已经打倒了,我们的广播和报纸已经不能再看到听到这些帝王将相的东西,而只有台湾的电台,才广播梅兰芳、马连良……

林队长这才认真地看着条子,他想认出这是哪个人写给他的。林队长当了那么多年的警察,他虽然不是火眼金睛,但也认定了是谁写的条子。写条子的人名叫刘田方,曾经是个小学教师,因为猥亵女学生,他被判刑七年。对于这一类的犯人,林队长最为不齿。这种人心理阴暗,他在背后总在搞小动作。

　　林队长找到了刘田方,并把他写的条子拿了出来:"这是你写的?"

　　刘田方脸一下子红了,他不得不承认,这条子是他写的。

　　林队长说:"据我所知,你跟邓仁修俩关系不错,为什么要揭发他?"

　　刘田方说:"毛主席说,谁是我们的朋友,谁是我们的敌人,这个问题是革命的首要问题。我跟邓仁修虽然关系不错,那只是个人之间的感情。如果牵扯到了政治,牵扯到了原则,那我可是立场鲜明,决不含糊。"

　　林队长问:"那你是怎么发现邓仁修偷听唱京剧的?"

　　刘田方说:"邓仁修有一台半导体收音机,是上海出的,质量挺好的。晚上,他躲在被窝里偷着听,声音很小,因为我与他睡的铺紧挨着,所以我能听到。"

　　刘田方有文化,邓仁修对他一直不错,他们相处得也不错。刘田方找过邓仁修借钱,邓仁修也借给他了。后来,刘田方接二连三地借钱,邓仁修不肯再借给他了。上次借的钱没有还,还要再借,这可不行。俗话说,好借好还,再借不难。邓仁修不借钱,刘田方心里很不舒服。邓仁修没有借钱给刘田方也有原因,按说,刘田方入狱以后老婆也离婚了,他就业以后,单身一人。跟邓仁修一样,挣的工资应该积攒下来,以后也好有自己的安排,可刘田方这人恶习不改,他与住在附近的一个女人勾搭上了,他挣的那点工资都填进了那个填不满的窟窿。邓仁修也劝过刘田方,想女人了,就正儿八经地找个老婆成个家。这样名不正言不顺地胡乱搞,搞到头,伤了身体也赔了钱,于是,邓仁修也不肯借钱给他了。俗话说,能得罪十个君子,也不得罪一个小人。就因为邓仁修不借钱给他,刘田方就怀恨在心,一直借着向上反映情况的机会,向林队长打邓仁修的小报告,告他的黑状。

　　林队长当了一辈子狱警,没有什么大作为,但实惠真不少。1960年,全中国人民都在挨饿,他没有缺过吃的。用他自己的话说,他端的是共产党的饭碗,吃的却是犯人的饭。

　　到了年底,因为今年的收成不好,老家那边传过话来,今年不仅没能分到红利,反倒欠下了集体一笔钱,欠那个劳改犯的一百块钱能不能拖些日子再偿还。

林队长找到了邓仁修,挺有点不好意思的:"我说今年年底就把借你的钱还上,可老家那边没有钱还,能不能再拖些日子,再还钱给你。"

邓仁修说:"我也不急着用钱,什么时候还都行。"

林队长挺感动,为了表达感谢之意,他随口问了一句:"老邓,你喜欢听京剧?"

邓仁修愣了一下,他说:"我小时候就喜欢听戏。"

林队长说:"以后听戏要注意一点。"他想给邓仁修提个醒,以后要留意。

在监狱这几年,他提心吊胆了这么多年,总算熬出了头。如今他是自由身了,他唯一喜好就是听京剧。广播电台里面全是两报一刊社论,全是革命样板戏,从中央到地方,听到的也都是这些内容。偶尔一次调台,他调出了一个电台,他听到了梅兰芳,听到了马连良,听到了四大名旦、四大老生,传统京剧名角的唱腔他能听到了。可后来他也知道了,这个广播电台是中国台湾的。那时候,中国台湾的广播电台是敌台,邓仁修有些害怕,听了几回之后,他的胆子也渐渐地大了起来。有一回,有人听到了他在听收音机,便问他听的什么节目。他说,听的是样板戏。很多人并不懂京剧,反正一个腔一个调,他们也听不出来。邓仁修是个聪明人,可聪明人往往被聪明所误。林队长本来是给他提个醒,让他以后听收音机注意一点,他是应该注意的,可他心里也暗暗得意,因为借钱的原因,林队长也时时能表现出对他的关照。

这时,林队长又向邓仁修提出,能不能再借他一笔钱,他家里有急用。

邓仁修不想再往外借钱了,因为他的女儿和大儿子已经读初中了,眼瞅着就要出社会了,对于他们的成长,他这个当父亲的并没有尽到抚养义务,他现在能做的,就是给他们积攒下一笔钱,将来也好尽尽父亲的职责。人有千个好万个好,一个不好也就什么都不好了。邓仁修没有借钱,姓林的被驳了面子,他勉强地笑了一笑,强装出来的笑比哭还难看。

1968年,正是"文化大革命"清理阶级队伍到了绝不让一个阶级敌人漏网的时候。运动搞得既轰轰烈烈,又扎扎实实。劳改就业分子也是重点清理对象,即使不是阶级敌人,能把他们没有交代出来的罪行挖掘出来,也算是深入清理了犯罪。

在深入挖掘犯罪行为的大会上，刘田方公开站出来揭发指认邓仁修偷听敌台。邓仁修脑袋嗡的一声，他顿时都蒙了，没有想到，刘田方会做出这个举动。就在邓仁修还没反应过来的时候，已经有几个人冲上前去，扭住了他的胳膊，把他押到了台上。口号声此起彼伏，"阶级敌人不投降，我们就叫他灭亡。""坦白从宽，抗拒从严！""狡猾抵赖，死路一条！"

　　邓仁修只觉得天旋地转，他真的晕头转向了。瘦瘦小小的邓仁修像一只小鸡崽一样，革命劳改犯们像老鹰一样，叼起他来，把他关押进了禁闭室。

## 第三十九章

  凉水湾供销社有三个营业员，都是女性，主任叫卜爱静，是坐地户，供销社成立那天起，她就在这儿当营业员，一直干到现在。另外两个女营业员都是年轻女性，高立军的到来，多了一个男性，给供销社增添了壮劳力，也增添了色彩。都说三个女人一台戏，其实三个女人在一起工作，毫无趣味可言。高立军的到来，反倒增加了乐趣。他人长得不赖，脾气不坏，又是高中生，很快就与她们三个打成了一片。那个脸盘大一些的女营业员叫卜美华，脸盘小一点的叫曹丽华。她们都是当地人，卜美华和曹丽华都结婚了，丈夫都是出海打鱼的渔民。海边的女人，性格也像男人，粗犷大方，不拘小节，有什么就说什么。

  到了礼拜六的下午，她们也催着高立军早早回家，回家照顾老婆和孩子。临走的时候，她们还送他一些海鲜。其中有两条鳝鱼，"鳝鱼发奶，熬汤给孩子妈妈喝，奶水棒极了"。

  高立军回到家以后，天已经不早了。许英莲正在做饭，她知道丈夫今天会回来的，丈夫刚刚走进门，许英莲说："你快点到公司的托儿所去，去把高山给接回家来。"

  有小儿子的拖累，许英莲也顾不上托儿所里的四儿子高山。平时，不是让他的哥哥们去接他，就是托邻居和同事帮忙接孩子。今天，丈夫回来了，正好让他去接高山回家。

  可是，等到高立军来到托儿所的时候，高山已经让人给接走了。

  高立军问："谁把孩子给接走了？"

阿姨说："来了一个老头儿,他把高山给接走了。会不会是孩子的爷爷?"

高立军听了,脑袋嗡的一声,他一下子就想到了高有福……刚刚回家时的喜悦登时也消失了,他拖着沉重的脚步回到了家里。看着他一个人走进门来,许英莲问:"孩子呢?"

高立军说:"阿姨说,孩子让一个老头给接走了。"

许英莲险些栽倒在地上,她立刻想到了高有福……她推着丈夫:"你快去找他,不能让他把孩子领走,你把孩子给我给找回来。"

高立军心里也涌满了愤懑,日子刚刚平静下来。高有福不知从什么地方又冒了出来。他一回来,立刻就让别人不得安生。高立军骑上自行车,他来到了自己的家,敲门后,开门的是一个陌生人。他看着这个陌生人,陌生人也奇怪地看着他。陌生人问他:"你找谁?"

高立军问:"你是谁?你怎么会在我们家里?"

陌生人说:"你是谁?我怎么不能在我的家里?莫明其妙……"

高立军还没弄明白的时候,陌生人明白了,他说:"你还不知道吧,你父亲把房子卖给我了。"

高立军心里一阵茫然,已经有一段时间,父亲没有出现在他的生活里了,他的心也渐渐地平静了下来。可没有想到,他出现了,并且带走了高山。妻子让他来接儿子,说明妻子也不知道高有福会卖房子。他为什么要卖房子?他安的什么心?高立军很茫然,他在街上转悠了一会儿,什么办法也没想出来,也不知如何应对,只好回到了家里。

刚进门,许英莲就问:"高山呢?你怎么自己回来了?"

高立军说:"让他……高有福给接走了。"

许英莲说:"谁让他接走孩子的?"

高立军也没有好气地说:"你问我,我问谁去?我怎么知道他为什么要接走孩子……"

许英莲放下了怀里的高海,她要去找高有福要回孩子。他想要做什么,他接走孩子是什么意思。她必须要找到他,找回孩子……许英莲怒气难平走到门口的那一刻,她怔住了,呆呆地愣在了那儿,因为眼前站的那个小男孩儿正是高山。他手里拿着糖果,笑嘻嘻地看着妈妈,还朝着她举起了手里的糖果。

许英莲说:"你到哪儿去了,你怎么能随随便便跟着别人走呢?"

高立军走上前去,从儿子的手里夺过了糖果,丢到了地上,并且用脚踩了几下。

高山大声地哭叫了起来:"这是爷爷给我买的,这是爷爷给我买的……"

许英莲嗔怪地瞅了高立军一眼,她抱起了高山:"你怎么像个孩子似的,没出息。"

高立军也说不出是什么心情,他发作也不是,安慰他们也不是,他索性什么也不说,躺到了炕上,自己生闷气,兴冲冲地回到家里,遇到的却如此让人扫兴。高有福接走孩子,还把房子给卖了,竟然没有跟他这个儿子商量,他到底想要干什么?

许英莲把小儿子高海放到了炕上,她解下了围裙:"不行,我要去找他,我要告诉他,不能再做这样的事情,不能再随随便便到托儿所去接孩子。不行,我非找他不可……"

高立军想拦住许英莲,可他没有拉她,反而采取了置之不理的态度,随她去吧,让她自己知道了高有福卖房子的事情,比他亲口说出来的好。

等到许英莲回到家里的时候,天已经很晚了。许英莲神情恍惚地走进了家门,高山摇着她的手说:"妈妈,我饿了……"许英莲像没听到一样。炕上的小儿子也哇哇直哭,她也像没听见一样。她走到丈夫跟前,她说:"你知道,你父亲把房子卖掉的事吗?"

高立军说:"我也是刚刚才知道的。"

许英莲说:"你们爷儿俩没有商量过?"

高立军说:"我要知道他卖房子,天打五雷轰,让我死无葬身之处。"

许英莲喃喃地:"没有这样做事的人,他怎么能做出这样的事情来……立军哪,你要知道,这个家不是你的,甚至也不是我的,我与邓仁修已经离婚了,这个家属于他和孩子们的。你的父亲把房子给卖掉了,他这不是把我们往绝路上逼吗?他怎么能做出这种事来。"

高立军也怒火中烧,他大声地吼道:"你问我,我问谁去?"

许英莲已经气昏了头:"高有福现在在哪里,我必须要找到他,我要跟他讲讲这个理,我要问问他,想要干什么?这两年,他一直没让我们安生过。"

高立军说:"英莲,你生气发脾气,一点作用也没有。房子已经卖了,也不能再赎回来了。我说过,我真的不知道这件事,我父亲背着我们,不仅卖的是房子,他连我们俩也给卖掉了。他想要干什么,我不知道,真的不知道……"

这天晚上,许英莲很是困惑,她不知道触犯了什么,她有苦说不出,那滋味比苦还要难以名状。这些人为的生活障碍,简直就像一块大石头堵在她的心头上,压得她喘不过气来。

高立军一脸的茫然、失望,甚至有些绝望,这样的生活并不是他想要的,他越不希望遇到这样的事情,却偏偏遇到了。他感到走投无路,他很无助,甚至无地自容。

高立军走出了屋子,看着满天的星星,他萌生了一个念头,他想回到他工作的地方,回到供销社去,而且连夜回去,多在家里待一刻钟,就会多一些烦恼。如果他不回来,也许就不会发生这么些事。眼不见,心也不烦,他要回去了。天这么晚了,回凉水湾的班车也没有了,他推出了自行车,他要骑自行车回凉水湾去。无计可行,只有回避。

高立军骑着自行车出了县城,整整骑行了三个钟头,他才回到凉水湾。天,黑得像口锅扣在地上,乡村公路没有路灯,漆黑一团,伸手不见五指。他深一脚浅一脚凭着感觉摸索着走到了供销社,他摔了几个跟头,好在没伤着。供销社的门前亮着一盏灯,又累又乏的高立军总算松了口气。他想敲门,可举起的手又放下了,今天晚上不知是谁值班,是她们三个女人当中的一个,已经过了半夜,他此时敲门,打扰人家。即使他敲开了门,他一个男的,又是深更半夜,会很难堪的。高立军在门前倚着墙角蹲了下来,刚才骑车子的时候,身上发热,一直出着汗。这时汗已经消了,海面吹来的海风冰冰凉,他这才觉得身上发冷,夜晚的海风夹带着寒意,肚子咕咕作响,没吃晚饭,骑了三个钟头的自行车,他又累又饿,心里的那股怨气更加浓烈。父亲、妻子,还有儿子,他夹在这中间,他成了替罪羊、窝囊废。越想越气,竟然连一丝的困倦之意也没有。

直到天亮时分,东方的海面上先泛出了微微的红光,太阳快要冒出来的时候,卜美华从里面拉开了门,门外蹲着的高立军让她大吃一惊,她以为是个坏人,可再一看,原来是高立军蹲在门前。卜美华问:"你怎么在这儿?你什么时候回来的?"

高立军苦笑了一下,他什么也没说,他什么也说不出来。卜美华这才知道,高立军就在供销社的门前蹲了一夜。她戳了一下他的脑门:"你说你,你傻不傻呀,你敲门哪,你怎么跟我还客客气气的。你还没有吃饭吧?"

高立军此时变得像个孩子,他说:"从昨天晚上,我就没吃。"

卜美华说:"你等着。"她三步两步跑回家里,擀了面条,放了虾仁和鸡蛋,装进了饭盒,急急忙忙赶到供销社。她推开门走进来时,她发现,高立军趴在值班员睡的那张小铺上睡着了。

高有福又回来了,他刚一出现,就引起了不小的波澜。让许英莲恼怒的是,他把房子给卖了不仅没有愧疚之心,反而恬不知耻地说,他那几个退休金哪里够他消遣的。所以,他要卖了房子,过好下半辈子。在女儿高立珍那儿,他处处要听从女儿的,他没有自由。回到属于自己的地盘,他才快乐。

高有福的行径,让许英莲火冒三丈,她几乎丧失了理智,她大声地咆哮了起来:"你把孩子带到哪儿去了,你凭什么带走我的孩子,你想要做什么?"

高有福说:"高山是你的孩子,可他也是我的孩子啊。难道我连亲近一下孩子的权利也没有吗?你为什么要发这么大的脾气?"

许英莲说:"你,就是想毁掉这个家,不让我们过安生的日子。"

高有福说:"我想和你们在一起过日子,是你们不想跟我在一起过日子。"

许英莲厉声说:"你给我滚,滚出去,以后,不许你迈进这个家门,更不许你碰我的孩子。滚,快滚,我真的不想再看到你。"许英莲气得浑身发抖,她咬破了自己的嘴唇,鲜血从她的嘴角缓缓地流了下来。她说:"以后,再也不要让我看到你。"

1968年的夏天,邓仁修也遭遇到了他人生最为艰难的时候。因为偷听敌台,在清理阶级队伍的关口,他成了就业的劳改犯人中的典型人物。偷听敌台,多么可怕的罪名。邓仁修替自己申辩,他没有偷听敌台,他听的是梅兰芳,还有马连良。他听的是京剧。

邓仁修的工友,大都是犯过罪的人,犯人最懂得怎样对待劳改犯,他们把邓仁修的双手倒背,让他的大头朝下,用手掌砍他的脖子,让他承认,他偷听的就是国民党的广播,收听的是《美国之音》,还有苏修的塔斯社。邓仁修知道浑身上下全长了嘴,也说不明白他的罪名。他抬起头来,用乞求的眼睛看着林队长。希望他能在生死攸关时刻,替他说句公道话。林队长把脸扭向一侧,他害怕心软下来,故意不看邓仁修。

对于邓仁修拒不认罪,工友们也义愤填膺,他们叫着:"林队长,伟大领袖毛主席教导我们说,教育不是万能的。对于邓仁修这类人,就不能再这样温良恭俭让下去了。"

　　林队长悻悻地离开了,他不愿意看到接下来发生的场面。尽管毛主席说,要文斗,不要武斗。要触及灵魂,不要触及皮肉。革命运动当中,一切过激的行动都是革命行动。邓仁修让工友们打得皮开肉绽。他们边打边问,你有没有偷听敌台?邓仁修屈打成招,他承认了,他收听的就是敌台,广播的内容他没听,他听的是梅兰芳和马连良唱的京剧。

　　批斗会总算结束了,邓仁修问刘田方:"在借钱的这件事上,我是有点小心眼,没舍得借钱给你。但刘田方,你真不该因为这点小事,而毁了我呀。"

　　刘田方说:"邓师傅,现在说什么都晚了,我如果跟林队长说,你没有听敌台,我这不是谎报军情,欺骗政府吗?我做坏人也要做到底了,没有办法呀邓师傅,只能跟你说声对不起了。对敌人仁慈,就是对自己的残忍。"

　　邓仁修说:"刘田方,你是读过书的人,真没想到,你竟然如此卑鄙下流。"

　　刘田方说:"在咱们这个地方,在咱们这个群体当中,谁又不卑鄙下流呢?"

　　接下来会发生什么,邓仁修已经不去多想了。想起了在山东老家,因为生得瘦小,屯子里的猫狗都欺负他。为了对付猫狗,他用竹筒制作了一把弓弩,采用猴皮筋当弓弦。拉开弓弦,安上弓箭,弓箭头是根铁钉,他磨得锋利无比。射出去的弓箭能深深地扎进猫狗皮肉。猫狗们痛得嗷嗷叫,夹着尾巴逃跑了。从此,猫狗看见邓仁修,再也不敢张开嘴咬他了。后来,他当了小伙计,师兄们都欺负他。他什么都不在意,一心一意地学技术。几年时间,他的技术出众,他挣的工资比师兄们都高。再后来,他娶的媳妇是个美女,比师兄们的老婆都要俊美。他本来也想通过自己的努力,让自己的家庭自己的亲人生活得更加美好。可恨那三年自然灾害,可恨他一失足成千古恨,他从一名技术工人,沦落成了罪人。他没有前途,不但没有前途,反而给他的亲人们带来灾难。他觉得,他的人生已经走到了尽头,虽然他才四十一岁,正值壮年之际,当他冒出这个念头的时候,他没有替自己感到惋惜。他已经毁过一次了,没有想到,就业以后,他竟然又要成为罪犯了。上一次,他属于经济犯罪,而这一次,因为偷听敌台成了罪犯,他就属于政治犯罪,可以打成反革命。如果真的成了反革命,他毁了不要紧,孩子们也毁掉了,孩子们前途也没有了。

　　此时此刻,邓仁修想起邓家前辈们说过的那句让他铭记在心的话,邓氏家

324

族,长子没有活过四十一岁的。并非邓家的男人不长寿,而是长子迈不过四十一岁这道坎。他今年四十一岁,也许,他到了人生的这个坎上,他迈不过去,是啊,他的爷爷是长子,他的大伯是长子,他的叔辈大哥是长子,他见到过的邓家长子,都没有活过四十一岁。他虽然弟兄一人,他也算是长子,今年恰好也是四十一岁。人生的酸甜苦辣都尝试过了,他真的应该告别这个世界而到那个世界去了。也许那儿才是他的归宿,那儿再也不会有这些烦恼。真的,他也真的活够了,没有信心也没有兴趣再活下去。

1968 的 7 月 21 日,这天早晨,邓仁修起得很早,他来到了洗漱间,从头到脚,把自己洗得干干净净。他把自己没有穿过的工作服找了出来,在工作服的里面,他穿上了一套崭新的衬衣和衬裤,袜子也是新的。这双袜子是许英莲来探望他的时候,给他买的。困难时期,袜子的质量很不好,但他很珍惜。想起了许英莲,自己的结发妻子,她与自己离婚了,与别的男人成家了,虽然他怨恨过许英莲,可他也原谅了她,他没有任何理由不原谅她……吃早饭的时候,邓仁修的食欲也很好,他喝了一碗稀粥,吃了一个窝窝头。平时,早饭他只吃些咸菜下饭。可今天早晨,邓仁修买了一只咸鸭蛋。他要吃饱,他要吃得好,从这个世界到那个世界,要走挺长一段路程。吃饱了才有力气,吃饱了才不会成为一个饿死鬼。人间与阴间都一样,人和鬼嘲笑的都是吃不上饭的人。所以,饿死鬼是地狱里面最让人鬼瞧不起的鬼。所以,他要体面、扬眉吐气地上路。

上班的时间到了,邓仁修遇见了林队长,以前,遇见了林队长,他总要跟他打个招呼,或者是一声问候,今天早晨他仰着头从林队长的身边走过去了,什么表情也没有,什么话也没说,甚至没瞧林队长一眼。林队长有点奇怪,心里直纳闷,邓仁修今天怎么了?

在路上,邓仁修也遇到了刘田方,他没有理睬他,他毁就毁在了这个小人的手里。其实害人也是害自己,虽然他邓仁修如今成了批斗的对象,可不少人在私下里诅咒刘田方是卑鄙小人。因为朋友没能借钱给他,他竟然出卖朋友,而且这种出卖是要人命的。

在路上,邓仁修遇见了不少的工友,因为他现在正是清理的对象,斗争的对象,没有人理他,他也不理别人。这时与别人纠缠,会把别人的灵魂也勾到那个世界。于是,他昂着头,眼睛向上,谁也不看,径直向前走着。如果此时左顾右盼,他的决心会动摇的。

邓仁修开始攀登楼梯了,旋转楼梯可以一直上到水泥塔的顶端,足足有三十米高。以前,他寂寞的时候,他愿意跑到塔顶上,举目四望,从这里能看到很远的地方,他一直想从这里望见自己的家,可他遥望了半天,也没有望见自己的家。远处的云彩朝他飘过来了,云雾之中,他好像看见了他的父亲,他也看见了王月娥,他们也看见了他,但他们的脸上没有任何表情,他也看见了他的母亲……云雾渐渐地化成了洁白的纱幔,飘到了他的眼前,他伸出手去,想抓住这长长的纱幔,他也抓住了,他的耳畔响起了一阵从来也没有听到过的音乐,那不是京胡的声音,也许,那就是天籁之音……

邓仁修放开了喉咙,不知是歌唱,还是呐喊,他纵身一扑,扑向了那洁白的纱幔……

人们把邓仁修送到了医院,其实谁都明白,即使送到了医院,他也不会活过来的。三十米高的水泥塔,即使是块石头,也会摔成碎块。何况人的骨肉。

医生告诉林队长,人送到医院的时候,已经死亡了。

当天的下午,林队长赶到了金州,他通过派出所,通过街道居委会,终于找到了邓仁修的孩子们。这时,许铎刚刚从城外的山上回来,他给自己喂养的小兔子打青草,也给他刚刚买到的小鸭子挖了野菜。居委会委员白大娘们把许铎找到了居委会,林队长与邓仁修的孩子见面了。林队长问:"你叫什么名字?你多大了?"

许铎说:"我叫许铎,我今年十六岁了。"

林队长说:"孩子,你爸爸邓仁修今天早晨从水泥塔上跳下来了,没有抢救过来,他已经去世了。你是邓仁修的亲生儿子,你跟我走,到火化场去看你爸爸最后一眼。"

许铎说:"邓仁修不是我爸,我没有爸。"

林队长说:"邓仁修是你的生身父亲,你是他的亲生儿子,你怎么可能没有父亲,没有父亲,也就不会有你呀。跟我走吧,孩子,去看你爸爸最后一眼。"

许铎固执地说:"我不去,我没有爸,就是没有爸,邓仁修死了,他与我无关。"

一向讲政治的白大娘们也插嘴说:"铎儿,邓仁修再怎么不好,他也是你们的生身父亲。父亲死了,做儿女的怎么着也要去看他一眼,去送自己的爹爹上路。"

许铎说:"我说不去就是不去,谁也不要说了。谁愿意去,谁就去吧,反正我不去。邓仁修姓邓,我已经了随了母亲的姓了,我姓许,我叫许铎。"

林队长翻来覆去做了许铎很多工作,从人性,从人道,从工作各方面考虑,父亲是最亲的亲人,他死了,虽然他是自杀的,儿子也应该到现场去看父亲一眼,然后安葬死者。可这个孩子死也不肯答应。林队长与白大娘们商量,看看有没有别的办法,能说服这个孩子,去看他爸爸最后一眼。白大娘们想起了许英莲,去找孩子的妈妈,也许,当妈的能说服儿子。

白大娘们把许英莲拉到了居委会,这一路上,她也把邓仁修跳楼自杀的事情告诉了许英莲。听到这个晴天霹雳一样的消息,许英莲的脑子里一片空白,她丧魂落魄一般,哪里还顾得上劝说儿子。见到了儿子,许英莲拉着儿子的手:"铎儿呀,去看看你爸爸吧。妈妈去不了,也没资格去,你哭爸爸的时候,哪怕带妈妈也哭上几声,说上一声对不起⋯⋯"

许铎把头扭到了一边,他依然固执地说:"谁的话我也不听,你们谁说也没用,我就是不去,因为他不是我爸。他姓邓,我姓许。"

许英莲几乎要给儿子跪下了:"铎儿呀,你平时那么听妈的话,今天怎么不听了。去吧,铎儿呀,你不去,你爸他能合上眼睛吗?"

许铎已经铁了心了,任凭他们怎么说他就是不肯去。他低着头,闭着眼睛,一声也不吭。林队长也无可奈何地摇了摇头,他拿出了纸和笔:"既然你不肯去,你给我写份材料吧,证明你不去认父亲的原因。我回去以后,也好有个交代。"

许铎在纸上写下了:"我叫许铎,早在1964年,我们姐弟就与邓仁修脱离了父子关系,划清了界限。邓仁修的死,与我们无关⋯⋯"

如果那个姓林的人说一句,让许英莲能到现场去的话,许英莲会去的,毕竟她与邓仁修夫妻一场,去送他最后一程,也在情在理。然而,人家并没有把她当成邓仁修的亲人。一再劝导孩子,而没有理会她。她心里真的如同刀绞一般,她怎么也不会想到,邓仁修竟然会选择走这样一条不归路。孩子小,他们还没有意识到,他们的生身父亲死了,正是她当年与邓仁修离了婚,孩子们也与他脱离了父子关系。说是脱离了关系,可亲情能脱离得了吗?

林队长已经做到了仁至义尽,他见实在说服不了孩子们,他收起了许铎写的那份材料,回到单位交差去了。当天晚上,单位就把邓仁修的尸体给火化了,并作为无人认领的尸体,骨灰也给处理了。把邓仁修留下来的遗物,也保管到了仓库里面。在邓仁修的日记本里,夹着林队长两次借钱时写下的欠条,他把欠条揣进了上衣口袋。

许英莲下班以后,她一个人来到了西海头,面对着大海,她哭泣了好一会儿。她说:"孩子没有去给你送行,别怨孩子们,他们还小,不懂事,也怨我,是我影响了他们,他们才与你那么陌生。你一路走好吧,在那个世界,保佑你的孩子们。让他们能健康成长,长大成人。你看到他们长大成人的那一天,你也会高兴的……"

许顺来晚上下班回来以后,他听说了邓仁修的不幸消息,他沉默了好一会儿,什么话也没说,坐在墙角两眼直勾勾地出神发呆。那天晚上,谁也没说话,谁也没吃饭。

第二天一大早,许铎发现他养的那只小鸭子莫明其妙地死了。他把小鸭子捧在手里,放声大哭了起来。那悲痛的哭声,如丧考妣,惊天动地,不知是为小鸭子哭泣,还是因为什么而哭泣……许铎很是后悔,他应该去给父亲送行,十六岁了,也不是小孩子了,父亲离开家的时候,他已经有记忆了,而且他也与父亲经常通信。可为什么到了生死离别的关头,他却退却了,竟然没有勇气去给生身父亲送行……他恨自己无能,他恨自己无情。因为有个罪犯父亲,他也成狗崽子,他不能当红卫兵,什么活动都不能参加。他被歧视,受打击,受尽了人间的白眼。

1968年的9月,许顺来退休了。他劳累了一生,儿子许文书给他来信,让他到阜新去居住一段时间。他的孙子也要上学了,家里需要有个老人。许顺来看了儿子的来信,他想了好半天,他才决定到儿子那儿去住上一段时间。收拾好了行装,许顺来把外孙们叫到了一起,他们毕竟是孩子,要好好地叮嘱他们一番才能放下心来。

金秋十月,许黎跟千千万万知识青年一样,要上山下乡了。女儿要走的那天,要在文化馆广场上举行一个隆重的欢送仪式。许英莲本来要给女儿送行的,可许黎不肯让妈妈到现场去给她送行。许英莲明白女儿的意思,女儿是怕别人知道了她的妈妈是许英莲,这会给她带来负面影响。她也体谅女儿,在与女儿话别的时候,能嘱咐到的,她都嘱咐到了:"到了乡下,别太出风头。别出过头的力气。来例假的时候,一定要跟妇女队长请假,告诉她,你来月经了。

月经期女孩子最容易得病。还有,下乡以后,别跟男孩子走得太近,千万不能在农村搞对象。搞到最后,吃亏的都是女人。"该嘱咐的,许英莲都嘱咐到了。她也挺相信自己的女儿,她是个咬钢嚼铁的主儿,要强好胜。女儿长成了大姑娘,女儿的脸盘上,带着她年轻时的模样。到了广阔天地,女儿的命运会像她那样吗?她相信,她的女儿不会像她那样。她在心里默默地为女儿祈祷,她希望她的孩子们再也不要像她那样。她愿意吃尽所有的苦头,而换来孩子们的幸运。

姐姐许黎要走了,临走前,她把弟弟们叫到了跟前,她说:"姥姥不在了,姐也要下乡了,咱们姥爷去了舅舅那儿,你们在家里,千万不要跟坏孩子在一起玩,要学好,要走正道。咱们没有父亲了,妈也改嫁了,如果你再学坏了,咱们家可真就完了。"

姐弟难舍难分,许黎走的时候,没有回头,她的眼角噙着泪水。

## 第四十章

　　轰轰烈烈的"文化大革命"清理过了阶级队伍,斗争的矛头直指走资派。商业局的领导们纷纷给打倒在地上,再踏上千万只脚,让他们永世不得翻身。荡涤一切污泥浊水的运动已经深入了社会各个角落,几乎每一个人都要过一遍筛子。前夫邓仁修的自杀身亡,让许英莲感到震惊,也十分悲伤。毕竟她与他是结发夫妻,她与他的夫妻情没有恩断义绝。她觉得应该自责,如果他们的婚姻没有变化,邓仁修绝对不会走绝路。一条鲜活的生命终结了,许英莲觉得罪责就在自己身上。夜深人静之时,许英莲面向西南,丈夫生命终结的方位,她跪下了,眼泪纵横,她向他深深地赎罪……

　　商业系统的职工,必须人人进毛泽东思想学习班,要扒开心灵,敞开灵魂,向毛主席交红心,把自己思想深处的私心杂念,把自己背着毛主席做过的点点滴滴见不得人的事情统统大白于天下。商业系统不同于别的单位,营业员面对的都是与吃喝穿戴息息相关的物质,而且还有钱币、票证,在没有人监管的情况下,你到底侵占了多少公家的物质和人民币。在学习班上,必须要写出交代材料。

　　许英莲认真地反省着自己来到副食品商店以后,她到底占了多少公家的便宜。说句心里话,除了给孩子买过碎饼干,每一次少交二两粮票。剔骨头的时候,她买的猪骨头上面能多附带一些肉以外,她没有占过公家的便宜。再说得深刻一点,几年来,她一直用共产党员的标准要求自己。虽然组织开除了她的党籍,她依然把自己当成了党员。她坚信,总有一天,组织会为她恢复名誉。

不能因为一时的感情冲动,而毁掉了自己的一生。

学习班上悬挂着一幅大标语,上面写着毛主席的语录:"要斗私批修"。毛主席的话说得多么深刻,生活在这个世界的人们,哪个人都有私心,她许英莲也有私心。但是,因为邓仁修的事件,让她一生都铭记心头。教训太惨痛了,她不能忘记,并且要牢记。遇到有利可图的机会,她总是提醒自己,告诫自己,千万不要再犯错误。莫伸手,伸手必被捉。

因为小儿子要吃奶,吴山高对许英莲也是网开一面。他认定许英莲是个好女人,也是个好同志。在工作当中,她总能起到正面作用,在群众当中也有威信。在顾客当中,也有影响,副食品商店的名声一半靠许英莲支撑着。

吴山高当了商店革命委员会主任,他是一步登天,他膨胀,也很狂妄。坐在这个位置上,他想得到什么,就能得到什么。吴山高嗜酒,为了体现革命化,商店柜台上好烟好酒统统下架,存放到仓库。只要他想喝酒,打开仓库就能喝酒,想喝什么酒,就能喝到什么酒,而且不用花钱,到了清点库存时,当作损耗,也就处理了。酒色是相关联的,好酒的人也同样好色,吴山高也不例外。副食品商店里几乎都是女营业员。要论长相,许英莲的确是个美女。但是,她毕竟已过中年,而且是多个孩子的妈妈。外人不知,吴山高与许英莲共过事,他深有体会,许英莲很矜持,很自重,从来也没有听过她与哪个男同志打情骂俏。吴山高坐在革委会主任交椅上,多少女同志向他示好暗送秋波。对于异性,吴山高有自己的原则,他不与有夫之妇纠缠不清,他这样想的,也这样做的。造反得势以后,对于商店里的女营业员们,他看上了哪个,不费吹灰之力,就能把她搞到手。平心而论,对许英莲,他没动过心思。因为有过接触,他从心里挺敬重许英莲这个女人。打个比方,对许英莲这样的女人动邪念歪心,那是想跟圣母菩萨睡觉。背过所有人的眼睛,吴山高也感叹,全商店只有一个真正的女共产党,竟然让人给开除了。

有一天,金河县召开了万人大会,造反派们聚集到了五一广场,声讨反党集团的罪行,庆祝毛主席革命路线的伟大胜利。主持声讨大会的人就是于成才。

于成才如今已经不再是印刷厂的普通工人了,他摇身一变成了全县造反派的总司令。大会结束以后,各个造反组织的头目要开一个碰头会。于成才见到了吴山高,他一下子想起了许英莲。他问:"你们单位那个许英莲现在怎

第四十章

331

么样了?"

吴山高说:"她能怎么样?她没怎么样。"

于成才说:"咱们县有四大美女,除了许英莲没有游街,那三个大美女统统游了街,剃了阴阳头。你是不是充当了许英莲的保护伞,是不是对她有了什么个人的私心呀?"

吴山高说:"游街不游街,革命群众说了算。她没什么错误,凭什么游人家的街呀。"

于成才说:"你好像成了许英莲的保皇派,你和她,是不是那个了……"

吴山高说:"我就不明白,不少人遇见我,总是说起许英莲。你说,许英莲再漂亮,那也是当年,时过境迁了,她现在也是人老珠黄,徐娘半老。我才不去招惹老娘们,她们都是有夫之妇,弄不好,成了第三者插足,破坏人家的家庭生活。毛主席说过,不要吃别人嚼过的馍。"

于成才说:"我见过许英莲当年的风采,也确定对她动过心思。直到今天,我心里放不下这个娘儿们。怎么说呢,她是我心目中的偶像吧。"

吴山高说:"于司令,你现在是革命的带头人。我这辈子做梦也没想到,自己能当上司令,真是咱们家祖坟上冒青烟了。所以,我时时告诫自己,不能在小阴沟里翻船。"

于成才说:"这是时代给我们的一次机会。如果没有'文化大革命',你我永远都是普通的小人物,在单位有班组长管束着你,回到家里,你也只能搂着老婆睡觉,你吃的是大饼子大白菜。一辈子这样活下来,一直到死,也不会有几个人知道你是谁。人到中年了,机会来了,眼下,正是全县夺权之时,等到我们把权夺到手,我就是县长、县委书记。你呢,就是县商业局长,咱们都弄个师长旅长干干。"

县委县政府的领导们统统被关进了牛棚,商业局的领导们也遭到了批斗游街。整个县城运动搞得轰轰烈烈,商业局的领导班子瘫痪了,于过兰又采取了夺权行动。她现在成了百货公司造反派的头头。百货公司那么大一点天地,哪里是英雄用武之地,百货公司的运动搞得轰轰烈烈,她也带领着造反战士杀向了社会。商业局群龙无首,她这个排头兵要当商业局的领导。这时的大刘也当上了副食品公司造反派头头,大刘他们是毛泽东思想派的,而于过兰他们却是毛泽东主义派的。她所以称毛泽东主义,她认为毛泽东思想早晚都会像马克思主义一样,发展下去,肯定就会成为毛泽东主义。思想只是一个体系,而主义将成为永恒的真理。为了不让商业局的领导大权落入于过兰的手里,大刘他们发起了进攻。开始只是口头上的,后来动了拳脚。再后了,双方舞动起了棍棒,再后来,动起了刀枪,争斗发展到了武斗。

金河县城全乱了套,"文化大革命"刚刚开始的时候,大鸣大放大字报,还有大辩论。县城文化馆的广场上天天晚上都有大辩论,那时候,金河县有一个响当当的人物,他叫马杰锋,他生着极聪明的头脑,也有极强的口才,站在台上,他可以滔滔不绝地阐述"文化大革命"的理念,阐述毛主席的革命理论,他呼吁革命群众像秋收起义那样,拿起镰刀斧头,既要破坏一个旧世界,也要建立一个新世界。马杰锋蛊惑了多少革命群众,谁也不知道,只知道人们让他给煽动得蠢蠢欲动,忘乎所以,什么都砸,什么都烧,县城许多书香门第把自己家里的藏书也拿出来投入了火堆。城里城外十几座著名的庙宇也没有幸免,拆庙砸神像。有人说,公安局也不管一管这些无法无天的造反派吗,可他们却连公检法也给砸了。

突然一天晚上,当人们再来到文化馆广场时,马杰锋不见了,他去了哪里?谁也不得而知。过了几天,传出了一个让人震惊的消息,马杰锋给逮捕了,关进了哪个监狱,也没有人知道。是谁抓的马杰锋,后来传出了风声,是解放军抓起了马杰锋,这个世界乱到了最后,就像脓包一样,总要鼓出头来。县城让解放军军管了,各个政府机关也军管了。运动还在继续,有了军事管制,社会才不会混乱。

又到了周六,高立军惦记着回家。卜爱静叮嘱了他两句话:"两口子没有不吵嘴打架的,两口子也不记隔夜的仇,你媳妇生孩子不久,不要惹她生气上火,你是男人,男子汉大丈夫要有度量,宰相肚里能撑船嘛,别跟媳妇一般见识。"

有些话,高立军也不好都说出来,卜主任说什么,他就听什么。卜主任说,家家都有本难念的经,他家这本经太难念了。高立军来到了那个简易的公共汽车站点时,从县城开过来的车还没到,他和几个知识青年模样的乘客就等候在那里。发车的时间已经过了半个钟头了,汽车还没有到来。乡下的公共汽车就这样,从来没有正点过,正点倒不正常了。他也不急,坐到了地上,想他的心事……如果能调动,他想调到离县城近一点的供销社工作。

一会儿,一个人从公社机关里跑了过来。他向等车的人喊道:"你们别等车了,来的路上,车子坏在了半道,你们就是等一个晚上,车子也来不了啦。"

知识青年骂骂咧咧,来不了也不早通知一声,这么晚了,咱们想回青年点,还要走十几里的山路。高立军也挺懊恼,没有办法,他只好回到供销社去,骑自行车回家。

今天晚上,是曹丽华值班,看见了高立军垂头丧气地回到了供销社,她有些莫明其妙:"你不是回家了吗?怎么又回来了?"

高立军说:"公共汽车坏了,我只能骑自行车回家了。"

曹丽华说:"七十多里地,你骑自行车,骑到半夜才能到家。要我说,你就住下吧,等到明天,再坐公共汽车回家吧。"

高立军说:"明天回家,我只能在家半天时间,就得往回赶,还不如不回去呢。"

高立军推出了自己的自行车。一个星期没骑车子,轮胎已经没气了。

曹丽华有点幸灾乐祸,她说:"怎么样,不是我要你留下来,而是老天爷不让你走。"

高立军也只好作罢,不是他不想走,而是老天爷不让他走。曹丽华这时也勤快了起来,这一夜,她用不着担惊受怕了,因为有人陪她做伴了。她手脚麻利,一会儿做好了几个菜,从柜台上取下了一瓶酒。高立军说:"随便动柜台上的货物,这不好吧?"

曹丽华说:"这有什么不好的,明天把酒钱给补上不就完了吗?"

曹丽华是在海边长大的女人,是个直性子。高立军能留下来,她真的挺高兴。高立军的酒量不大,曹丽华挺有酒量,从开始喝酒,她的嘴就没有闲下来,滔滔不绝地说她的那些事。他们家守着海边住着,她的对象原先是海防团的战士。他在这儿当兵的时候,有一次民兵训练,她认识了她的对象。两个人从那时起就产生了爱慕之意,只是部队上有规定,战士不准谈恋爱。这个战士复员以后,他马上回到凉水湾,娶了她当媳妇。从此,他把家也安在了这儿,他也成了这里的渔民。他们结婚几年了,一直没有孩子。曹丽华的性格开朗,没有孩子她也不急。有人说起孩子的事,她半真半假地说,她这块地是好地,所以没长出庄稼,因为没有种子种到地下,怎么可能长出庄稼。于是,大伙也明白,生不出孩子不怨曹丽华,而是她丈夫的原因。没有孩子更好,没有累赘,更清闲。正是因为没有孩子的拖累,曹丽华才有幸到供销社工作。

一个男人和一个女人,平时在一起工作,没有这样近距离接触。这天晚上,老天爷给了他们一个机会,让他们在一起吃饭喝酒,平时不能说的话此时此刻也都说出来了,说话涉及的内容挺深的。一瓶酒喝了下去,高立军也有了醉意。曹丽华给他的印象就是健壮,身体健壮。守着海边,鱼鳖虾蟹是家常便饭,她从小就吃这些东西,她的身体能不好吗?曹丽华生着大脸盘、大腚盘,还生着一对大奶子。大骨骼,大块头。人生得高大,给人的感觉就是憨厚,可信度高。

吃饱了,也喝足了。已经过了半夜,该睡觉了,高立军想到仓库里去睡,仓库里有麻袋包,他可以睡在麻袋包上面。曹丽华说:"别到仓库了,仓库里多潮呀。我睡床铺,你就睡在木货柜上面。一个晚上,怎么也凑合过去了。"

高立军还是想去仓库,曹丽华还是没有让他去。

两个人睡下了,他们也没有关灯,在灯光下面,他们能保持着清醒或者是距离。高立军一点睡意也没有,曹丽华也是如此,他闭着眼睛,她也闭着眼睛,他们都在胡思乱想,想的什么,也理不出个头绪。已经过了午夜,他们俩依然没有进入梦乡。时钟当地敲了一下,应该是下半夜一点钟了,可他们俩还在饱受折磨。倒是曹丽华先忍受不下去了,她呼地把身上的被子掀掉了,腾地坐了起来,大声地叫了起来:"高立军,你有没有睡着?"

高立军一直假装睡觉,此时也装不下去了,他也坐了起来。

曹丽华走到高立军的面前,她说:"立军呀,我问你一句话,你讨不讨厌我?"

高立军说:"我从来也没有讨厌过你,我对你印象挺好的。"

曹丽华说:"这就好,我男人的渔船在海上漂着,你媳妇在七十里外的家里,现在我们俩在这间屋子里,你说我们还装什么装,不就是一个男人和一个女人在一起睡觉吗?来,高立军,你下来,你钻到我的被窝里,我先脱衣服,论责任,是我先勾引的你……"说着,曹丽华果然把身上的内衣捋了下来,露出了她健美的躯体,并把他拉进了自己的怀里……

从来还没有遇见如此主动的女人,高立军的胆子也大了起来。他搂抱她的时候,她也搂抱着他,他吻她的时候,她也吻他。男人和女人的亲昵,他也看出来了,她不是什么情场的老手,因为她的一招一式都十分生疏,她是故意装成了老练的样子。都是结过婚的人,也没有过多的缠绵和掩饰。高立军推开了曹丽华的身体,他想进入她的身体的时候,他发现她显得更加生疏,似乎没有夫妻生活的经验。这一点也不像她平时大马长枪的性格,敢说敢做的泼辣渔家女人,再仔细一看,她竟然是个处女,一个纯洁的处女……

高立军惊呆了,他怎么也没有想到,一个结婚多年的女人竟然保持着完整的身子。怪不得她一直没能怀上孩子,原来她从来就没有同她的丈夫发生过真正的性关系。她自以为自己很行,其实,她根本就没有开化过。高立军抑制着心中的激动,他在这个女同事的身上,寻求到了他期待已久的渴望,得来竟然全不费工夫,他想起了丛宝田说过的招数,他耐心而细致地开垦着这块纯真的处女地……

而曹丽华此时此刻才明白,原来自己的丈夫根本就没有性功能,他上了渔船,出远海去打鱼,多少天也不回家,他一直躲避着她……

曹丽华就像一只不知天鼓响的海猫子一样,自以为得意地生活了这么多年,无意之中,让高立军把她从愚昧之中启蒙了。原来,男人和女人在一起会是这样的美好,这般的神魂颠倒。眼前的这个男人在她心目中的形象也一下子变了,不知是敬畏,还是感激,她紧紧地握着高立军的手,死死地贴靠在他的胸前,身心都与这个男人贴到了一块儿……

供销社主任卜爱静的性子粗糙,她一直也没有发现供销社这三女一男之间的关系已经发生了微妙的变化,而高立军与曹丽华之间发生了什么,卜美华却看出了蹊跷。平时,卜美华对高立军也有点那个意思,可她一直没有机会,她也一直没走出这一步,让曹丽华抢了先机,她的心里不免滋生了些醋意。她一直在关注供销社里这一男一女的动向。

周四这天,恰好供销要到县供销社去拉化肥,家里除了留下曹丽华守摊,二卜和高立军一块跟车到县城去拉货。想起了十多天没有回家看看,高立军也不免挂念许英莲和刚满月不久的孩子。在车上,高立军说,装好了化肥,他想回家看看。

卜爱静也给了高立军假,她跟司机说好了,吃过了午饭,他们就发车。

高立军回到家时,门上挂着大铁锁,许英莲和孩子都不见了。他连忙跑到了副食品商店,许英莲正站在柜台前卖货。因为不少营业员到学习班学习了,商店里的人手不够用,没有办法,只能动员正在休产假的许英莲上班了。孩子送到了哺育室,隔两个钟头,她要去给孩子哺乳一次。看见了高立军,许英莲也挺惊喜："又没到周六,你怎么回来了?"

高立军说："我跟着车回来拉化肥,抽空来看看你和孩子。上个礼拜天,公共汽车坏在了半道,家也没回成。孩子挺好吧?"

许英莲说："没有人看,只能送到哺育室了。你怎么样?"

高立军说："我挺好的,就是放心不下你和孩子。"不知怎么着,因为背着老婆做了那种事,高立军心里觉得挺亏欠老婆的,一丝忏悔之意油然生起。

许英莲知道高立军回来一次也不容易,她请了假,到哺育室抱了孩子拉着高立军一起回家了,她不能让回一趟家的男人连饭也吃不上,就急匆匆地回去了。她要给丈夫做一顿饭吃,让他吃饱了再走。家里只有剩饭剩菜,许英莲只好挽起袖子给他擀面条。

躺在一边的儿子也饿了,哇哇地哭着要吃奶,许英莲放下了擀面杖,抱起了儿子,撩起衣襟给孩子喂奶。她对高立军说："你自己把面条切一切,下到锅里吧。"

高立军按她的吩咐,把面条切了,下到了锅里煮了,盛了两碗,自己吃一碗,给许英莲也留下了一碗。他说："你一个人带着孩子,还要做饭,要不然,我想办法调回来算了。"

许英莲说："说得简单,哪有那么容易的事?你把工作干好,别想其他的。我在家里和孩子们没事,就是多出点力,苦点累点少睡点觉,比起从前,要好多了。"

许英莲越是这样说,高立军的心里越是发虚。男女之间怕就怕天天见面。他与曹丽华有了第一回,就想着第二回。尤其是曹丽华,她胸中的那股烈火已经燃烧起来了,如今变成了熊熊大火,已经有些控制不住了。前天晚上,高立军已经睡下了,有人敲供销社的门。高立军爬起来一看,不是别人,正是曹丽华。她在家里一个人睡不着觉,走了两里山路,摸着黑一个人来到了供销社。没有别的,她就是想看看高立军,想跟他说上几句话。

高立军想起了九里供销社林主任说的那句话,一个人学好不容易,想学坏,都用不着学,一秃噜就下道了。自从那天晚上,他与这个女人发生了男女关系,他们之间的关系一下子发生了根本性的变化,似乎他与她再也不存在隔阂了,他们可以无话不说,无事不做。前天,他们俩一起到一户五保户家里去送油盐酱醋一些生活用品,路过一片苞米地时,曹丽华拉起高立军的手,钻进

第四十章

了青纱帐。曹丽华说:"让你到我家去,你说怕邻居看见;我要到供销社值班室,你也害怕被人发现。咱们俩在苞米地里,没有人看见,来吧……"像初次一样,曹丽华主动地把衣服脱了下来。高立军真有些胆战心惊,但他拗不过曹丽华,他还是头一次在野地里与女人野合。他找各种理由:"人都说,男女不好在阳光下做事,甚至在灯光下做事都不吉利,你看咱们俩在野地里……"曹丽华说:"那我不管,我什么都不怕,你怕什么。"两个人急匆匆地做完收场之后,曹丽华说:"人都说,色胆包天,我瞧你色胆如鼠。身为一个女人,我什么都不怕,你一个大男人,你怕什么?"

吃过了饭,许英莲急着上班,高立军也急着去坐车回到凉水湾。许英莲刚要抱起孩子,高立军想帮着她抱孩子,她说:"哪有大老爷们抱孩子的,再说,别瞧这么丁点一个小东西,你还真不会抱孩子。"临分手时,许英莲挺愧疚地说:"你回一趟家,也没让你好好吃顿饭,就匆匆地走了。等到星期天吧,你回来了,我给你包饺子。"

许英莲越是温柔,高立军的心里越是愧疚。可是,回到了凉水湾,见到了曹丽华,他的心一下子又给揪紧了。如果这个女人仅仅就是为了男女一响欢欲,他倒也省下心来了。偏偏曹丽华不是放纵随意的女人,当她得知了自己的婚姻是一场被愚昧戏弄了的闹剧时,她下定了决心,要与丈夫离婚,坚决要求离婚。没有感情的婚姻是不道德的,那么没有性爱的婚姻更是没有人性的。曹丽华已经想好了,等到丈夫出海回来,她就与丈夫离婚。

高立军感觉自己惹了一场祸,贪图一晌贪欢,没有把握住自己。这下可好,曹丽华已经明确表态,离婚以后,她谁也不许配,非高立军不嫁。高立军说:"我有老婆,也有孩子,我怎么能把老婆孩子给扔了,再跟你结婚,我哪敢这么做。"

曹丽华说:"管你敢不敢,反正我敢。我铁了心了,我只要给你当媳妇。"

平时,供销社都是高立军值班,因为他是男性,因为平时他也回不了家。只有到了周六周日,才轮到她们三个女性营业员。高立军不希望晚上有人来,因为柜台里外都是货物,都是生活用品,凉水湾是海防前线,天天晚上都有边防战士和民兵巡逻。民兵有时巡逻晚了,经常到供销社来找点吃的喝的,所以,难得在供销做一次坏事。自从他和曹丽华之间的男女禁戒破开了,他不仅不能自拔,而且已经堕落到了污泥沼泽之中。高立军也悔恨过,也给自己找过借口,也许,这是老天爷对他畸形婚姻的补偿,他不会放过这来之不易的机会。

## 第四十一章

　　对于高立军的婚外移情别恋,许英莲没有丝毫的觉察。她不喜欢把人往坏处想,她身上的压力太大了,哺育孩子,还要把工作干好。她更不想生活当中再出现什么闪失,对于她和这个家庭,再也禁不起折腾了。眼下的运动,让人人都是泥菩萨过河,自身难保。社会很乱,单位也乱哄哄的,人心惶惶,人人都提心吊胆地过日子。要过日子,就离不开吃喝拉撒睡,副食品商店是人们必定光顾的地方。运动搞得轰轰烈烈,生活物质却十分匮乏。进点鲜鱼蔬菜,人们争先恐后地抢购。许英莲总是不惜体力,喊破了嗓子维持秩序,让顾客们排好队,按人头定量购买,尽量让大伙都买到东西。也有好心人私下里劝说许英莲,你不是经理,也不是党员了,你何必头拱地地卖命呢?许英莲也不会耍滑藏奸,就想做些服务。

　　不管是同事,还是顾客,谁有难处,都愿意跟许英莲说。只要她口袋里有钱,她都会掏出来,帮助需要帮助的人们。有时候,她的口袋比脸干净,她会感慨,我就是没有……言外之意,只要她有,她会掏出来帮助别人。我就是没有……这句话,许英莲早就说起了,很多人都不会忘记,只要她口袋里有,她会毫不吝惜地掏出来。

　　这天晚上,听过了《新闻联播》,许英莲抱着小儿子高海,哄着四儿子高山早早地睡下了。刚刚要进入梦乡的蒙眬之中,许英莲好像听到有人敲窗户。开始以为自己听错了,再仔细一听,果然有人敲窗户。她爬起身来,撩开窗帘一角,外面站着一个人,她问了一句:"谁?"

那个黑影回答:"英莲,是我……"

许英莲心头一惊,她听出来了,是苏大姐。她连忙披上了衣服,点亮灯,急忙打开门,把苏大姐迎进了屋里。只见苏大姐失魂落魄的样子,脸上脏兮兮的,衣服破了也脏得不像样子。苏大姐的突然到来,让许英莲惊喜不已,她扑上前去,把苏大姐紧紧地抱在了怀里:"大姐,你也不打个招呼,说来就来了……你没吃饭吧?我给你做。"

苏大姐说:"如果有现成的,对付一口就行了。"

许英莲急着给苏大姐热饭时,苏大姐跟她说了自己的情况……上次见面之后,苏大姐调到了辽南地委工作。后来,她又调到了新金县司法局工作。"文化大革命"开始以后,她靠边站了不说,还一直是批斗的靶子,也许得罪了什么人,一直有人盯着她,直到把她关进了牛棚,不少干部已经解放了,可她一直没有解放。过不几天,他们想把她送进劳改农场。没有办法,她想尽办法逃了出来。她是今天上午逃出来的,她无处可去,找不到一个可以信赖的人,她想到了许英莲,也只有她可以信赖,于是,她步行了八十多里地,从新金县翻山越岭走到了金河县,整整走了十多个钟头。说话间,苏大姐瘫倒成了一团。

许英莲把热好的饭菜端到了苏大姐面前,她挺歉疚的,都是剩饭,让大姐凑合一下。

苏大姐哪里顾得上挑剔,她说:"幸亏我是从战争年代走过来的,有走路行军的底子,要不然,我逃不出那些整人的人的手掌。"

许英莲烧了热水,她想让苏大姐洗一洗。苏大姐洗了洗脸,洗了洗脚,简单地擦了擦身子。她说:"英莲,我在你这儿住上两天,等过了风头,我再离开。"

许英莲说:"大姐,你哪儿也别去了,就住在我家。"

苏大姐说:"我不能在这儿停留得时间长了,你帮我买张到山东的船票,我到山东去。"

许英莲说:"到山东去,到杨主任那儿?"

苏大姐说:"杨主任恐怕也身陷囹圄,不能找他。我家老马有个战友,是济南军区副政委。我只有到他那儿去,只有部队才是我的保护伞。"

这天晚上,许英莲和苏大姐说了很多话,也说到了她和高立军组成家庭之后,遇到的一些矛盾。至于这个家庭深层的那些事情,许英莲没有跟苏大姐说。她记着父亲的一句教诲,家丑不可外扬,那些丑陋的事情本来就说不出口,索性也就不说了。

第二天,许英莲就忙着给苏大姐买船票。大连到山东的船票,金河县客运站也代理,那年头,船票也不是想买就能买到手的,需要单位革委会的介绍信才行。到哪里能弄到买船票的介绍信呢?许英莲思来想去,找到革命委员会主任吴山高,让他给开介绍信。

苏大姐说得对,眼下是全国山河一片红,没有一片阴暗角落。街道的那些小脚老太太竟和家庭妇女像打了鸡血一样,精神头十足,她们天天盯着谁家来了什么人,有外人来,或者发现了陌生人,她们都会向街道革委会报告。一个大院里住着那么多的邻居,老太太有好几个,大眼瞪小眼,不久苏大姐会暴露的。于是,尽早把船票买到手,让苏大姐早点到山东去,到她丈夫战友的部队去,她才会安全。

吴山高听说许英莲要开介绍信,他问:"谁要到山东去?"

许英莲说:"我爹想到山东去,多年也没回去,他想回老家看看。"

吴山高说:"让你父亲的工作单位开一张介绍信不就完了吗,他又不是咱们单位的人。"

许英莲说:"我父亲的单位有十多里地,去一趟也不容易。吴主任,不就是一张介绍信吗,而且是买船票的,又不是干别的。你就做点好事吧。"

许英莲给吴山高的印象,这个女同志不会说谎。他把介绍信给开了,许英莲松了一口气。买船票的时候,她才知道,大连到山东龙口,每周才有一个班轮,到烟台,每周二四六三天有班轮。人家问许英莲,要买哪天的班轮。许英莲问过了苏大姐,龙口的船票不能买,要买就买到烟台的。到了烟台,下船之后,有直达的火车和汽车到济南。于是,她给苏大姐买下了一张到烟台的船票。苏大姐拿到了船票,她心里一阵欣喜,到了山东,找到了丈夫的战友,她才会安全。心里踏实了,苏大姐的心情也好多了。临离开许英莲家的这天晚上,苏大姐有些愧疚地说:"英莲,我这次来,给你添麻烦了。"

许英莲说:"你是姐,怎么能说给妹子添麻烦了,咱们姐妹客气什么呀。"

苏大姐说:"我的工资早就停发了,我的口袋里没有一分钱,吃你的,住你的,还要你给买船票,你也很困难,我真的有些过意不去。"

许英莲说:"这都是应该的,真的大姐,能为你做点什么事情,我心里很高兴。"

苏大姐以为这次"文化大革命",会像历次运动一样,没有她什么事情。因为丈夫的背景,一位将军的遗孀是让人尊敬的。她怎么也想不明白,为什么这次运动,一直有人盯住她不放过。她为什么冒死逃了出来,她不逃出来,她也会死在关押她的那个人鬼不知的地方。她不能死,她要弄明白其中到底是怎么一回事。

临行前,苏大姐拉着许英莲的手说:"记住了英莲,不管发生了什么事情,一定记住一句话,那就是好好地活着。"

苏大姐要走了,许英莲真的是恋恋不舍。苏大姐说:"生活不会总是这样,社会也不会总这样,总有一天,平静祥和会重新是人们生活的主题。大姐走了,英莲,你保重……"

这两天,许英莲经历了生死离别。而远在凉水湾的高立军也经历了难以言表的肮脏事……老人有话,想要人不知,除非己莫为。在小小的供销社,在仅有的四个人中间,高立军与曹丽华的男女关系,想掩饰,能掩饰得了吗?女人的神经分外敏感,已婚的女人尤为敏感。最先发现高立军与曹丽华两人关系不正常的人是卜美华。她就把她的发现告诉了卜爱静,卜爱静开始没当回事,稍一留意这一对男女的举止言行就知道卜美华没有看错,高立军与曹丽华黏黏糊糊的,已经有点难舍难分了。曹丽华胆子越来越大,有一天晚上,直接住在供销社,与高立军厮混了一夜。三个女人,让曹丽华占了先手,卜美华心里有点醋意,而卜爱静则是憎恶。在她管的这一亩三分地上,发生了这种事,让她感到恶心。眼下是仅凭着感觉,没有证据。捉贼有赃,捉奸要双,她让卜美华留点意。运动开展以后,卜爱静也总是受到县供销社的批评,说她们没有阶级立场和觉悟。这一回,总算抓到了道德败坏分子。

这两天,高立军和曹丽华似乎有所察觉,他们俩没有凑在一起。用卜爱静的话说,是他们俩的神经绷紧了,才使得这一对狗男女嗅到了什么,他们才收敛了一些。继续盯紧他们,是狐狸总会露出尾巴。卜爱静毕竟是过来的女人,她没有错判,相隔几日,高立军耐不住了,曹丽华更熬不住了。快要下班的时候,二人擦肩而过时,虽然没有说话,他们俩的眼睛对望了一下,短短的那一瞬,她用眼神告诉他,今天晚上,她会到供销社来的;他也用眼神告诉她,他知道了,他会等她的。他们俩的眼神,没能逃过两个姓卜的女人眼睛。卜爱静也把她预感到的事情,跟民兵们说了。民兵们对反攻大陆的美蒋特务不感兴趣,对流氓搞破鞋却很感兴趣。当天晚上,他们巡逻了一遍之后,就在供销社附近埋伏下来,等待那个女人的出现。过了九点钟,舍不得点灯熬油的乡下人家大多关了灯,而是供销社门前却亮着灯。又过了一会儿,远处传来了几声狗叫。耐心地等待了一会儿,一阵沙沙的脚步声传进了民兵们的耳鼓。果然不出所料,曹丽华手里的手电筒时不时地打开,照一下脚下的路。她快步如飞,一会儿,一个轻盈的身影就来到了供销社的门前。她没有敲门,门却从里面拉开了,她闪身进了门。民兵连长站起身来,要带着民兵冲进供销社。卜爱静说:"你们现在进去,只会扑空。人家会有很多理由搪塞你,你会暴露了自己,也惊动了他们。重要的是,你拿不到证据。"

半个钟头过去了,卜爱静示意,此时此刻可以行动了。因为事先做了准备,卜美华把后门的插销提前从里面拔掉了,尽管门上有锁,但门已经锁不住了。民兵们没有敲门,他们直接从后门冲进了屋里,从被窝里把高立军和曹丽华抓到了现形。他们赤条条的一丝不挂,应和了中国人捉奸的信条。

民兵们比逮到了美蒋特务还要高兴,大家手舞足蹈地庆贺着。卜爱静也兴奋不已,明天,她就向县供销社革委会报告凉水湾发生的事情。高立军头低到了腿裆里,曹丽华却豁出去了,她说:"这事不怪高立军,是我跑到供销社来的,高立军是无辜的。我一个人顶罪。"

高立军听到跟自己相好的女子能说出这样感人肺腑的话,他也不能装熊蛋包,他也挺身而出,他说:"这事,不怨曹丽华,是我勾引的她。她是个良家妇女,而我不是个好东西。"

在文化生活极度贫乏的年月,这种伤风败俗之事成了人们娱乐的噱头。高立军和曹丽华被贫下中农们游街奚落过后,卜爱静把这一对狗男女交到县供销社处理。

负责全县群众专政的于成才查询高立军这个人,是什么出身,什么背景。高立军家庭出身和背景都没有问题。社会关系也不错。他的老婆就是大名鼎鼎的许英莲。有人感叹,娶了这样一个美女,他还到外面搞妇女,真是身在福中不知福呀。

听到许英莲这个名字,于成才来了兴趣:"对于高立军这个流氓分子,咱们要触及他的灵魂,而不能触及他的皮肉。"他让喽啰们开来了一辆大"解放",

第四十一章

343

把高立军押到了车上,在他的脖子上挂上两只从垃圾箱里捡来的破鞋,挂了一只镐头,还有一块砖头。合起来叫砖(专)镐(搞)破鞋。车上安装了高音喇叭,一边呼喊着口号,开动了车子,顺着城里的大街小巷,缓缓前行。一边行进,一边呼喊:"高立军是大流氓,打倒高立军!打倒大流氓!……"

车子开到了副食品商店门前,于成才让司机把车子停了下来,就在这儿,向广大革命群众宣读高立军的流氓犯罪过程。于成才向人群大声说:"同志们,知道这个流氓的老婆是谁吗?我告诉同志们,高立军的老婆就是这个商店里的营业员,是大名鼎鼎的大美女许英莲。"

那年月,不仅是乡下人对流氓破鞋感兴趣,城里人也同样感兴趣。听到流氓老婆在商店里当营业员,人们如同潮水一样涌进了商店,商店里面挤满了人,他们都是来看许英莲的。看看男人犯了罪,女人是什么表情。许英莲几乎要栽倒了,她在柜台里面的一个角落里蹲下了身子,她双手紧紧地捂着脸,她浑身上下瑟瑟发抖,脸色一片灰白。

癫狂的人们喊着:"站起来,许英莲!站起来,许英莲!让革命群众瞧瞧你……"

许英莲死的心都有,在人们的呼喊声中,她也不得不站立起身子,但她抬不起头来,怎么能抬得起头来?眼泪把她的衣襟都湿透了……

工友们拉了许英莲一把,悄声对她说:"快到后面去吧,别在这儿待着啦!"

许英莲刚要拔脚走开,人们呼喊了起来:"想要逃避运动,办不到。把头抬起来,让革命群众瞧瞧你的脸蛋。抬起来,大家瞧瞧,流氓的老婆美不美……"

于成才站在远处,看着许英莲的表情举止,他就希望看到她崩溃,看她无地自容,让羞愧感折磨死她才好。他看见许英莲一直没有离开,她坚守在柜台前,流着眼泪,把包装好的食品卖给顾客。这个女人不简单,她居然能顶着如此之大的压力。如果换成另外一个女人,她会立刻倒地毙命。他看不清她是否颤抖,但他看见了,她竭力克制,没有离开柜台。有人说:"于司令,已经过了十二点,革命群众已经散去了,咱们走不走?"

于成才这才发现,刚才还是人满为患,热闹看久了,也失去了兴趣,人群早已散尽。

大"解放"轰轰隆隆地开走了,许英莲再也支撑不住了,她瘫倒在柜台后面。好心的同事把她搀扶起来并劝导她。丑事家家有,不露才是高手。许英莲知道,同事们怕她想不开,她能想得开,事情降临到了自己的头上,她只能以眼泪应对。谁承想,丈夫竟然做出了这样让世人不齿的事情。胸中的那团火已经将全身的血液都烧得滚烫,血液已经沸腾了。如果不是努力克制着,她的全身都会燃烧起熊熊的烈焰。想起高立军自从结婚以来的种种行为,许英莲已经悔之晚矣。没有想到,性功能恢复了以后的高立军居然成了另外一个人,他才到新单位工作了几天,竟然成了全县城人人皆知的大流氓。一怒之下,许英莲想到了离婚。同事们劝说许英莲,一边捶胸顿足地诅咒高立军:"他是个流氓,英莲,跟他离婚吧!……"

小儿子的哭声捶打着许英莲的心房,许英莲揉着乳房,想挤出些奶水喂儿子吃。儿子把含进嘴里的乳头又吐了出来,妈妈哪里有奶水,她已经一天水米未进,分泌不出奶水了……

下班后,大刘来了。白天发生的事,她听说了。大刘咬牙切齿地说:"想不到高立军是这样一个流氓,娶了这样的贤妻,他还能做这种事,哪里有夫妻情分,杀了他都不解恨。英莲,我是始作俑者,我有罪,为了弥补我的罪过,你跟高立军离婚吧。"

许英莲说:"这个婚,我不能离……"

大刘瞪大了眼睛:"英莲,为什么不能离?难道你跟高立军还能生活下去吗?"

许英莲说:"生活不下去也不能离,我和他,有孩子,有家,有许多盘根错节的事情。离婚看起来挺解气的,离婚带来的后果更棘手。我已经错了一次了,我不能再错第二次。"

大刘也沉默了,她的内心也很沉重,因为是她一手策划了许英莲与高立军的婚姻。

## 第四十二章

　　祸不单行,高立军流氓风波刚刚过后,许英莲也面临着一场灾难……
　　相关方面的人经过一番调查,苏玉凤是在许英莲的帮助之下,逃离了辽南,逃到了济南,投奔了丈夫的战友。抓不到苏玉凤,他们把矛头对准了许英莲,只有拿许英莲出气了。
　　得到这个消息,于成才喜形于色。上次将高立军游街游到许英莲工作的商店,想羞辱死她,谁承想,竟然没能达到目的。他认定所有女人都迈不过这样的关口,她居然挺过来了。这一回,许英莲不但让人抓到了小辫子,还让人抓住了尾巴。相关方面的人要把她带到新金县审查处理,于成才没同意,把她留了下来。真正要抓的苏玉凤没有抓到,许英莲不过是个替罪羊。问起那个姓苏的到底是什么性质的罪行,谁也说不清楚,他们只知道这是从上头传下来的,似乎苏玉凤与某个领导有瓜葛。他们一起参加过1931年的一二·九学生运动。借着这次学生运动,苏玉凤的那位同学从此扶摇直上,平步青云。可知道底细的,只有苏玉凤。苏玉凤一直工作在基层,而她的那位同学已经成了一个呼风唤雨的人物。于成才对这些事情不感兴趣,只对许英莲感兴趣。他把她关进了群众专政指挥部。也只有在"文化大革命"时期才会出现这样的执法权力机构。有人说,进到群众专政指挥部,是站着进来,爬着出去。
　　面对着被关进指挥部的许英莲,于成才以为这个女人会拜倒在他的面前,乞求他能释放她。如果说打这个美丽女人的坏主意,于成才是头一个。他为这个女人也没少下功夫,可就是没能得手。他这人想干什么,总能干成,偏偏许英莲就没乖乖就范。这一回,机会来了。

于成才说:"我也是看在你是我师娘这个面子上,才敬你的。别人敬你,你应该领情才对。不要越敬你,你越歪歪腔。抱着驴腔亲嘴,香臭不知。到头来,敬酒不吃吃罚酒。"

许英莲不说话,也不理睬于成才。于成才好歹也是总司令,在县城里也是能呼风唤雨的人物。他也不理睬许英莲。他知道许英莲有吃奶的孩子,看看咱们到底谁能耗过谁。

当天色渐渐地黯然下来的时候,许英莲有点着急了,她整整一个下午没有给高海喂奶了,孩子这时一定饿坏了。于是,她用力撞门,大声地喊着:"放我出去,我要回家去给孩子喂奶。放我出去……"喊了好一会儿,也没人理睬她。她以为看守她的人都去吃饭了,一会儿就会有人回来。可等了好半天,天色已经完全黑了下来,也没有人到这儿来。她哪里知道,于成才已经做了安排,把这里的人都打发走了。许英莲的喊声,于成才也听到了。不过,他暗暗在心里发笑,怎么样?你能挺多长时间?这才一下午,你就挺不住了,还敢跟我唱对台戏?打错了算盘,再憋你一会儿,不信阶级敌人不投降。

于成才喝了一杯热茶之后,慢条斯理地走到了关许英莲的房间:"怎么样?想出去了?"许英莲说:"凭什么把我关进来?你放我出去,我要出去。"

于成才说:"我放你出去?我敢放你出去吗?不是我吓唬你,许英莲,你这次错误犯大了,你的案子是上面直接查下来的。没想到吧,那个姓苏的冒犯了中央大人物,中央直接抓这个人,你却帮助她逃跑。什么性质?反革命,现行反革命。"

许英莲说:"你让我回去,给孩子喂口奶,我再回来,任你们治罪,你给我戴什么帽子都行。孩子太小了,再这样下去,孩子会饿坏的。真的,小于啊,师母求你了!……"

于成才说:"这就对了嘛,老天爷刮风下雨咱们不知道,可谁的官大官小,咱们知道。走到我的屋檐下,你不低头行吗?许英莲,你到底服不服?"

许英莲低下了头,她小声地说:"我服……你让我给孩子喂奶……"

于成才大声地责问:"你是心服,还是口服?"

许英莲说:"只要你让我给孩子喂奶,我口服心也服。"

于成才说:"我让你给孩子喂奶,但是,我要你什么,你就为我做什么。如果你敢耍我,我要了你的命,我也要了你孩子的命。不要以为我不敢,告诉你我什么都做得出来。"

许英莲说:"行,让我给孩子喂奶吧,只要别饿坏我的孩子,我什么都答应你。"

于成才说:"放你出去是不可能的,我就讲一回革命的人道主义,我派人到你家去,把吃奶的孩子抱到这里来,让你给孩子喂奶。"

于成才派人抱孩子去了,他走近了许英莲:"师母你傻不傻,漂亮的脸蛋能给你换来多少众人想要而无法得到的东西。你是手捧金碗要饭吃,比起年轻的大姑娘更有韵味……趁着现在没人,你也满足我一下吧……"

许英莲向后退了一步:"你我说好了,等我给孩子喂过奶……"

于成才说:"行,不差那一会儿,都说你聪明,我看你就是死脑筋,就是不开窍。"

许英莲说:"你告诉我,苏大姐她到底犯了什么错误,到底因为什么而抓她。"

于成才说:"实话实说,我不知道,除了上面的人,别人谁也不知道。"

高海已经饿得奄奄一息了,哭泣声如同刚出生的小猫咪。听说要把他抱到群众专政指挥部,让妈妈给他喂奶,许铎抱起了这个同母异父的小弟弟,去了指挥部。许铎把高海抱到许英莲面前的时候,孩子已经饿得哭不出声音来了。许英莲急忙接过孩子,解开衣襟,将奶头塞进了小儿子的嘴里。小儿子的嘴嚅动了,吸吮母亲的乳汁了……

许英莲给儿子哺乳的时候,于成才那双邪恶的眼睛一直紧紧地盯着她那雪白的乳房。许英莲只好背过身子,回避着邪恶的目光。

妈妈身陷囹圄之中,还要在别人的监视之下给小弟弟哺乳,许铎恨死了这个于成才。他一直守在跟前,一直想着怎样才能帮助妈妈……那一刻,他脑子里灵光一现,想到了学校的军代表吕主任。吕主任是部队派驻学校的军宣队长,一个不到三十岁的年轻军官,他对学生们从来也不瞪眼扒皮,对那些调皮学生也是这样,不说难听的话,更不体罚学生。不像工宣队的那几个师傅,总板着一副阶级斗争面孔。学生们都喜欢军宣队,而不喜欢工宣队。许铎想起了吕主任,他想去找他,他觉得军宣队能管得着于成才这样的人。如今,公检法也都军管了,连学校也有了军宣队,于成才这类人还能无法无天,天老爷老大,他就是老二。他冒出一个单纯而幼稚的念头,眼下,也只有解放军能管得住于成才这类人。想到这儿,许铎拖着一条残腿到学校去了,走近吕主任住的屋子。伸手想敲门的时候,他迟疑了……

一个声音从背后传来:"这位同学,你是找我的吗?"许铎回头一看,身后站着的,正是吕主任。他来学校当军宣队,还一直坚持军事训练,刚刚跑步回来,遇到了站在门外的许铎。

许铎真像抓住了救命的稻草,他说:"吕主任,你救救我妈妈吧……"

吕主任说:"别着急。发生了什么事?慢慢说。"

许铎把妈妈的遭遇说了一遍,吕主任认真听着,可从他的脸上,也能看得出来,他也很无奈。这就是运动,整个社会都是如此,他能把于成才怎样?不过,他没有让学生失望,他只是一个小小的军宣队员,他真的管不了社会上于成才这类运动场上的干将。如果许铎说的事情属实,他建议许铎到县革委会去。"县革委会已经是支左的部队首长掌握着政权,掌握着运动的大方向。你去找他们,他们不会让一些不法分子为所欲为。"吕主任还说出了一位首长的名字,"她叫左红宇,是一位女性首长,相信她会帮助你的。快去吧……"

走到县革委会的大门前,门卫拦住了许铎。已经管不了那么多的许铎指名道姓要见左主任,门卫问了一句:"你和左主任是亲戚?"许铎随口嗯了一声。门卫也就把他放进去了。

大楼里面,左主任正在开会,秘书让许铎等一会儿。

等待左主任时,许铎闭上眼睛,一直默默地祈祷,希望这位左主任能发发慈悲,把他妈妈救出于成才的魔掌……会议终于结束了。左主任走出会议室时,秘书告诉她,一个中学生在等你……许铎看见这位身着军装的女人,他知道,这就是他要见的人,他壮着胆子,迎着左红宇的目光走上前去,叫了一声:"左主任……"

左主任问:"你是谁?是你找我?"

许铎必须要在最短的时间内把话说透彻:"是我,我是为我妈而来的,我妈叫许英莲……"

听到许英莲这个名字,左红宇心头一震,她认真地看了看许铎,他的脸庞透着母亲的秀气。她问了一句:"你妈是做什么工作的?"许铎说:"我妈她是个营业员。"

左红宇可以确认,眼前这个大男孩就是许英莲的儿子。她把许铎领进自己的办公室。许铎说出了母亲许英莲的处境,她让群众专政指挥部的人给关押起来了。"我妈正在给小弟弟喂奶,刚满月的小弟弟快要饿死了,刚刚才抱过去给小弟弟喂了一口奶水。阿姨,你救救我妈吧!于成才是个坏人,他会往死里迫害我妈的。"

左红宇没想到,会是许英莲的儿子因为她身遭不幸,找到了自己的头上。是无意,还是故意?她问:"你怎么会想到来找我呢?是谁让你来找我的呢?"

许铎没有说到学校的吕主任,他说:"是我自己,因为只有解放军才能对付那些坏人。"

左红宇问:"你知道不知道,这个于成才为什么关押你的妈妈?"

许铎说:"好像是我妈妈她给苏阿姨买了船票,帮助她去了山东……别的我真不知道……"

左红宇拿起电话,接到了群众专政指挥部。询问关押的许英莲,到底因为什么才关押一个给婴儿哺乳的女人。具体什么情况,群众专政指挥部也说不好,只说许英莲帮助了一个叛徒特务逃出了群众专政的法网。这个人叫苏玉凤,是混进共产党内的机会主义分子。

一旁侧耳细听的许铎说:"左阿姨,这个苏玉凤是我妈的老领导,她的丈夫是个军人,在解放战争中牺牲了,如果他活着,应该是一位将军……"

左红宇就决定帮助这个前来找她的中学生。她把秘书叫了进来,让他派人到于成才关押人的地方,把遭到迫害的那个女同志给解救出来:"不管许英莲罪行有多大,哺乳期的女人都不应该关押。让群众专政指挥部立即放人。"

一切安排妥当了,左红宇坐在许铎的对面,她询问了他很多事情:"你母亲改嫁的那个人是谁?她现在生活得幸福吗?你还应该告诉我,你怎么想起找我的……"

许铎把左红宇想知道的事情都回答了,他对这位解放军阿姨充满了感激之情。正如吕主任所料,她果然出手相助。他把母亲的事情、家里的事情,统统告诉了这个女解放军:"解放军都是好人,你帮助了我妈。首长,谢谢你,我妈也会谢你的,我不知说什么才好了……"

左红宇说:"这都是应该的。事情过去了,也就过去了,用不着谢,你回去吧。"

左红宇把刚刚走到门外的许铎叫住了,她叮嘱道:"这件事,你要保密。你知道的,支左的解放军不插手这些事情,所以,你对谁也不要说起,对你们家的人也不要说。"

对于许英莲这个女人,左红宇并没有释怀,而一直耿耿于怀。在丈夫的心里,一直有这个女人的存在。许英莲的再婚,让左红宇松了一口气。她一直在为这事纠结着,她也知道,史忠诚比她还要痛苦,忍受着来自心灵和感情的折磨。风流才子也许都是这样,他们的青春期如同持续不退的高潮。因为史忠诚的创作成绩斐然,他被调到了总政治部,专门从事文艺创作。他们两地生活,有时候,很长时间也难得见上一面。她本来也可以调到北京去,可她没有去,有恩爱之情的夫妻在一起生活会有幸福感,也会有乐趣。像他们这样,表面上相敬如宾,举案齐眉,可在各自的心里,都有一块阴影,倒不如相隔一地,偶尔见上一面,大家挺客气的,也会产生新鲜感。相隔两地,通过书信,互相问候一声,也就足够了。她的困惑与痛苦来自情感,而许英莲遭受的却是来自生活的压力。不再多想了,以后,等到再提及此事时,她也可以坦坦荡荡地说,虽然许英莲是她的情敌,情敌遭到了不幸时,她没有落井下石,而是在生死攸关的时候,她伸出手拯救了这个情敌一把……

一个星期天,左红宇换上了一身便装,想逛逛街。因为运动,商店里的商品也是寥寥无几。走进副食品商店,里面的营业员们立刻背诵《毛主席语录》:"……我们都是来自五湖四海,为了一个共同的革命目标走到一起来了。我们的同志,要互相关心,互相爱护,互相帮助……"

柜台里的那些有特色的糕点已经没有了,摆在上面的,都是粗粮细作的饼干。她一边看着商品,一边寻找让她一直耿耿于怀的女人。形容憔悴的许英莲站在柜台里面,她低着头忙碌着。左红宇走到柜台前,在许英莲面前站住了。许英莲下意识地抬起头来:"同志,你需要点什么?"

左红宇看见,许英莲的眼睛里面布满血丝,许英莲不会记得眼前的这个女人,而左红宇却不能忘记这个女人。左红宇说:"我想买两斤饼干。"

许英莲问:"你要哪一种?"

左红宇说:"我要最好的。"

许英莲说:"最好的就是这种桃子饼干。"

"文革"开始以后,物质匮乏,柜台上能见到的饼干就是桃子饼干,饼干表面抹了一层蛋液，蛋液上又粘了一层白砂糖。许英莲把桃子饼干拿到左红宇面前，让她挑选。她随口说了一句："这怎么会是桃子饼干，应该是真心饼干，我看它不像桃子，倒像人心……"

许英莲也没听出左红宇的话中话，她说："你说像什么，就像什么吧，人心比桃子好。"

左红宇交钱的时候，许英莲看见她付的是全国粮票，随口问了一句："你是军人家属？"

左红宇反问："怎么知道我是军人家属？"

许英莲笑了："只有军人，才使用全国粮票，老百姓用的都是地方粮票。"

左红宇问："全国粮票和地方粮票有什么不同吗？"

许英莲说："全国粮票很稀缺，到北京、上海捎点挂面什么的，没有全国粮票不行。如果要到粮站去取全国粮票，按百分比，还要扣食用油。"

左红宇知道，许英莲没认出她是史忠诚的妻子。这个女人挺让人同情的。如果没有遇到了人生挫折，她不会沦落到今天这个地步。从一些细节上能看得出来，她对待每一个顾客的态度是真诚的，她不是装出来的。左红宇从心底涌起了一丝怜悯的同情心，她把口袋里的几斤全国粮票都掏了出来，展现在许英莲面前："……如果你需要，你可以用辽宁省地方粮票，换我的全国粮票。"

许英莲十分感激，因为孩子小，除了哺乳，补充食物时，没有点细粮是不行的。她想跟这位好心的女顾客多攀谈一会儿。可人家把粮票换给她，转身走出了商店。

下班时，许英莲到哺育室去接小儿子的时候，远远地，她看见丈夫高立军抱着孩子在门口等她。一股无名火气从心底升腾而起，朝他走过去的时候，她也自己安抚自己，他能主动来接孩子，说明他心里还是感到愧疚。她还是强压住火气，走到跟前，她从高立军的手里抱过孩子，扭头就往家走。高立军紧紧地跟随在她的身后快步走着。许英莲想发作，可她竭力地克制着，克制着。所有的事情，所有要发泄的话，回到家里再说。走进家门时，许英莲本想把门关上，高立军紧走了两步，用手把住了门框，让许英莲无法把门关上。

许英莲板着脸："你还有脸回来？"

高立军低着头，小心翼翼地说："我不回家，我能到哪儿？……英莲，我错了，我对不起你！……"

许英莲把头扭到了一边,她悔恨交加,哭泣起来,她的眼泪已经流干了,真的流干了,已经没有泪水能流出来。她的嗓子嘶哑,她哽咽着、数落着:"我最害怕的是什么?我最害怕的就是咱们家再出现丢人的事情。我越害怕什么,越发生什么,这下可好,你才到凉水湾工作几天,竟然搞上了妇女。你能对得起谁?对得起我,还是对得起你的儿子?……我刚出满月,一边上班,还要照顾这个家。我从来也没有在你面前说一声苦,说一声累,我把苦和累都包揽在自己的身上,一个人支撑着这个家。这下可好,你丢人不要紧,让全县城人都盯着我。我、我真想死了拉倒。"

高立军说:"我真的流氓成性,我也不会给放回家。"

跟高立军好的这个曹丽华,性格泼辣,遇事也不绕道走。她和高立军的事情让人抓了现形,她没有把罪责都推到高立军的头上。她坦荡地承认,是她主动勾引的高立军,为了能保住高立军,曹丽华也多次来到县里,找到关押高立军的地方,恳请群众专政指挥部,放了高立军,把她关进去。一个女人要豁出去了,男人也不如她。谁也没想到曹丽华竟然是这样一个性情中人,她死活不顾,真的兑现了一日夫妻百日恩的那种情分。既然不是强奸,玩弄妇女算是道德败坏。高有福也托人找关系,高立军这才恢复了自由。

许英莲知道,自己不能再与这个男人分开了,臭是一窝,烂是一块,不宽恕他又能怎样?许英莲严肃地说:"你保证,从今往后,再也不犯这样的错误。"

高立军在许英莲的面前跪下来,他信誓旦旦:"再犯一次,天打五雷轰,让我不得好死。"

第四十二章

## 第四十三章

1970年秋天,许铎他们这批中学生也要上山下乡。与1968年不同的是,这一届的毕业生有一小部分要进工厂当工人。动荡的年代,只有极少数的年轻人能走进解放军这所革命的大学校,极少数的中学生能走进工厂当工人。而大多数的年轻人被下放到农村,成了接受贫下中农再教育的知识青年。他们是青年,但他们没有知识。在学校的几年里,他们停课闹革命,走出校门,他们面临的是大有作为的广阔天地。为了能向党和毛主席表红心,同学们都在写决心书,扎根农村六十年,要在知识青年用武之地大有作为。

许铎没有奢望能进工厂,他也想跟同学们一起到农村去。从工宣队那里得到了回应,因为身体有残疾,贫下中农代表不接受许铎。几个与许铎要好的同学给他出主意:"贫下中农不同意,可以去找五七战士,他们也许会同情你的。"就在许铎和同学们想办法到农村去的时候,一个同学来找许铎,他说:"吕主任让你到办公室去一趟。"

在吕主任办公室,许铎没有想到,两年前的那个姓林的队长再一次出现在他面前,他竟然找到了学校。两年时间了,林队长还是为了他父亲邓仁修而来的。林队长看见了许铎,他也感慨:"两年了,你长成了大小伙子。你还记得我吗?我找你,是为你父亲的事来的……"

许铎说:"我早就说过了,我跟邓仁修没有任何关系,我与他已经脱离了父子关系,我姓许,他姓邓,材料我早在两年前就给你写过了,你还来找我干吗呀?"

林队长说:"孩子,我懂你的心事。不管你怎么说,脱离了关系也好,改了姓名也罢,你是邓仁修的儿子。不管是从情理上,还是从法理上,你们的血缘关系不可能改变……"

吕主任说:"许铎同学,我一直认为你是个懂事的好学生,你对待这件事情的态度,我理解你。但是,林同志大老远地来了好几趟,他不为别的,他想让你把你父亲留下来的遗物带回去。已经两年时间了,不能再拖下去了。"

林队长接过了话:"当时急于处理你父亲的后事,没能保留下他的骨灰,这事欠妥。对于他留下来的遗物,时间久了,也要按照无人认领的物品处理,那就是归公。其实邓仁修不是没有儿女,你们就是他的儿女,你们应该把自己父亲的遗物认领回来,这没有什么,而且是组织上让你们去的。我们仁至义尽了,你们再不去,我也没有办法了。"

吕主任说:"许铎同学,去吧,去把父亲的遗物认领回来。你呀,总归是个孩子。等到你长大了,你会明白林队长的一片苦心。去吧,在毕业之前,把父亲的遗物领回来。"

许铎没有再坚持不去,他的好同学马正声和刘家鸣陪着他一起去了第三水泥厂。林队长打开仓库,把一只柳条箱取了出来,柳条箱是锁着的,粘着封条,没有打开过。另外有一个人造革的旅行包,包里放着亡者的书信证件,还有日常生活用品和存折之类的东西。林队长让许铎一一看了,并让他在清单上面签了字,这才郑重地把所有东西交给许铎。他说:"你放心地带着这些东西回家吧,凡是他用过的穿过的,已经按咱们老习俗都烧掉了。"

林队长派一个人,帮着许铎把东西送到车站。他找来的这个人正是刘田方,听说是邓仁修的儿子,刘田方本想往后退缩不想靠前,因为林队长亲自指派,他不能不去。在去车站这一路上,刘田方低着头,欲言又止,想说什么,却也说不出来。林队长让他来做邓仁修最后的一件事,真是高明,他就是将邓仁修推向地狱的那个恶人。在邓仁修的儿子面前,他无地自容抬不起头来,尾随在许铎的身后。他想说什么,始终没能说出来。

邓仁修留下来的遗物,有做衣服的布料,也有被面。全都是崭新的。他留下了一个存有一百一十块钱的存折,还有四十多块钱现金。其实遗物里面应该有林队长写下的借条。如今遗物里没有借条。邓仁修已经不在人世了,没人知道借条的事情。

贫下中农代表和五七战士们到学校来带领知识青年到农村去了,同学们还是为了能让许铎跟大家一起到广阔天地去,拿着许铎画的画找到五七战士。那位五七战士人挺好的,他看了许铎的画,画幅虽然不大,但他画得真不错。五七战士毕竟是城里下放到农村的干部,无论文化水平还是修养,都比贫下中农高一头。这样的知青到了乡下,也会有作为的,于是,他带着许铎来到了贫下中农代表跟前,贫下中农代表就是生产队长。五七战士怕他不接收许铎,还特地跟他说:"咱们乡下缺的就是这样能写能画的人,让他写写画画,能帮助咱们搞好大批判。"贫下中农代表看见了许铎,从上到下打量了一眼,他摇了摇头:"这样的知青我们不能接收,农村不需要写写画画,到了农村就是干活,一年到头挑拉抬扛。他能挑拉抬扛吗?他不能。他留在城里,做点他能做的事情,像当个裁缝、修个破鞋什么的,他能挣口饭吃。到了农村,挣不到工分。让他留在城里吧,好歹能活下去。"

许铎明白,自己的命运不属于自己,他想当知青都当不上,留在城里,他成了因病留城的学生。同学们要到农村去了,大家都怀着兴奋不已的心情。就要告别自己的学生时代了,就要走出校门走向广阔天地。大家都很珍惜这一时刻。在县城文化馆广场上,许铎与同学们分手了。装满知青的卡车开动的时候,许铎的眼睛湿润了。他背过了身子,不想让别人看见。同学们走了,广场上一片空空荡荡。留下的是一片狼藉,一片孤独和寂静。许铎的心里一片茫然……

吕主任走到他跟前,拍拍他的肩膀,他说:"他们身体好,你的脑子好,在什么地方工作不要紧,关键要看你有没有雄心壮志。我相信,你是个要强的学生。不管在哪儿,你都不会碌碌无为的。"

高立军与妇女乱搞男女关系,他应该被辞退。在县供销社革委会支左的军代表与高有福有些交情,军代表是高有福女婿的部下,军代表不同意辞退高立军,因为责任在女方,让他继续回到凉水湾供销社显然不合适,八里村供销社缺人,军代表就把高立军安排到那里工作。

军代表安排高立军工作,也是冒了风险。他去报到的前一天,军代表特地嘱咐过高立军,再犯生活作风错误,没有人会再帮助他。军代表也与八里村供销社主任兰盛大打过招呼:"这个高立军如果再犯男女关系问题,你不用通过县供销社,可以直接把他开除。"

从新中国成立时起,兰盛大就在这个供销社当主任,他当了二十多年的主任,没有离开过八里村供销社。对于这个高立军的到来,没有用秤称,他就知道这是一个没有城府,经不起事的狗屁男人,因为从高立军的眼睛里面读不到半点内容。甚至也用不着分析,凡是做事露出了尾巴、露出了马脚,都是"大连湾的粪撮子,管什么也不是"。高立军的到来,兰盛大挺高兴的,多了一个干活的劳动力。上班第一天,兰盛大就安排他剔猪骨头。剔骨头的活儿又脏又累,冷不丁剔猪骨头,高立军手里握着刀子,不知从哪儿下刀子。兰盛大耻笑高立军,这个世界,除了搞妇女,什么事物都要经过学习才能掌握。

　　听说丈夫不会剔骨头,许英莲手把着手教给他,剔出前后腿的大骨头之后,要将肋骨一根一根地剔出来,最后再从后脊梁骨切入,贴着肋骨,一刀一刀地切下去,这样才会使得骨头上面的肉更少,出肉率更高。许英莲剔骨技术很好。她认真地教给高立军剔骨头的技术,就是想让他尽快地适应工作。高立军也想好好工作,按时上班,到点下班。那年月,早请示,晚汇报,中间就是天天读,雷打不动,读书读报,读"毛著"。上面怎么要求,供销社就怎么做。

　　时间不长,高立军由一个生手,成了剔骨头的高手。八里村供销社的人都是年过半百的人,他们也容易相处。平静的日子没有过多久,一天下班以后,高立军刚要骑上自行车,有人拉住了自行车的后座。回头一看,拉他的人不是别人,正是曹丽华。他顿时一阵心跳,脸也燃烧起火来了,热乎乎的。他有些不知所措。曹丽华说:"高立军,你知道不知道,你是怎样让群众专政指挥部放的?你知道不知道你的今天是怎样来的?"

　　高立军支支吾吾的,他也说不出个所以然来。

　　曹丽华说:"是我豁出脸皮,告诉人家,是我主动勾引的你,才导致你下水的,犯了生活作风错误。我卖了自己,换来了你的自由。你获得自由了,总得跟我说声谢谢吧?……"

　　高立军面对的是一个敢做敢当的女人。他们俩东窗事发后,与别的女人不同,这个女人不但没有把罪责往他身上推,反倒把所有的过错揽到了自己的身上。女人最重要的是什么?不就是名声吗?为了高立军,她甚至舍出了自己的名声。为什么她要这样做?是高立军撞开了她的懵懂之门。事后,她甚至为自己的无知而偷偷地笑过。她告诉高立军,几天前,她已经与她丈夫离婚了,手续也办妥了。"……我找你来,就是想跟你结婚……"

高立军的脑袋嗡的一声,几乎炸开了。刚刚才平息下来的风波,难道又要蹿起浪头。他说:"我是有老婆孩子的人,不能跟你结婚,真的不能。"

曹丽华倒是直白:"有老婆孩子怕什么,你可以离婚嘛。我们结婚了,谁敢再抓我们。"

高立军摇了摇头:"不行,我不能跟许英莲离婚,我和她,有孩子了……"

曹丽华也没有往绝路上逼高立军,她可以给他时间:"相信你会找到充分的理由离婚。我要让你明白,我可以选择的男人很多,为什么非要在你这棵树上吊死?道理很简单,因为我爱你。你以为我是一个随随便便的女人吗?高立军,你是我第一个献身的人,你是我的启蒙者,我爱你,真心爱你,你千万不要辜负我,如果你辜负了我,我会死在你面前的……"

许铎生性要强,他不怕出力干活,他愿意上山下乡插队落户。他想离开这个家,开始另一种生活。命运偏偏不给他这个机会,在城里逗留的那两天,他惆怅,他惘然,他不知道自己以后的路在何方。他从城里走到了城外,沿着一条乡间土路漫无边际地走着,走着走着,他听到了大海的潮声,不知不觉中,他来到了西海头。这里是河套入海口。这里有一片海岸防风林,入海口也是一片湿地,湿地上面生长着成片的碱蓬草,生长着一片芦草。许铎看见,有一个比自己小的男孩子弯着身子在割草。他跟这个男孩子搭讪,男孩子告诉他,割下来的芦草不是烧火,而是卖给生产队的奶牛场。一斤能卖到七厘钱。听到这个消息,许铎很高兴,第二天,他带着镰刀和绳子来到了入海口,来到了芦草地,开始了他谋生的第一步。

许铎不停地割草,他一直割了一上午,才停下手来休息。看着自己割下的这些芦草,可以捆成一大捆,足足有一百多斤。按那个男孩子的说法,一百斤的芦草,他能卖到七毛钱。这将是他人生挣到的第一笔钱,自食其力的生活也开始了。

这时候,许铎觉得自己也饿了,肚子开始咕咕地叫,他这才想起来,自己来得着急,没有带吃的来。举目四望,四下除了草木,一边是海水,一边是河水,除了天上的海岛、草丛里的野虫,什么也看不到。不远的一块沙地上,种着青麻,黑色的青麻籽粒可以充饥。他剥下了几个青麻果,吃里面的籽粒。可是,青麻籽太小了,吃多少也觉得没有吃东西。吃过了青麻籽粒,许铎把割下来的芦草捆了起来,他想把一百斤重的芦草扛到奶牛场去,他可以扛起这些草,可他每迈出一步,他那条残疾的右腿很难支撑起草的重量。没有办法,许铎只好在地上拖着这捆草,艰难地来到了奶牛场。奶牛场的大门紧闭,里面也看不到几头奶牛。直到太阳过了午,奶牛场里才走出一个人。许铎喊他:"开一下门,我是给你们送草的。"

那人走了过来,但他并没有把门打开,反问:"送什么草?"

"你们不是收购芦草喂奶牛吗?"

那人用鼻子笑了一下:"人都养活不了,奶牛也养不下去了。这年头,谁能喝得起牛奶?谁又敢喝牛奶?你瞧瞧,这养牛场里都长满了野草,还用得着收外面的草?"

许铎的心一下子凉到了冰点,那人说得对,真的有这样的好事,也不会轮到他来做。一天的汗水白流了,失望归失望,许铎找到了一个让他挺神往的地方,这里是河套的入海口。平时,这里很少有人光顾,一片广阔的海滩,一边是海水,一边是河水,一片芦草地,一片湿地,还有一片防风林,一大片红的、绿的、紫的、黄的碱蓬草。这么好的一块净土,竟然很少有人来到这儿……许铎像是发现了新大陆一样,他以后可以到这里来,这成片的碱蓬草,有的已经生长了好几年,像灌木一样,割下来晒干后,可以成为最好的柴火。

几天没有看到大儿子,许英莲也担心大儿子。傍晚时分,许英莲见到了刚刚从入海口回来的大儿子,她问:"这几天,你到哪儿去了?妈真的很担心你。"

许铎说:"我割草去了,我找到了一个能割到很多草的地方。"

许英莲问:"你割的草呢?"

许铎说:"我把草晒在入海口那儿了,等到晒干以后,我再把草背回家来。"

许英莲就怕儿子遇到坏人,她怕儿子走上歪门邪道:"铎儿,你长大了,但在妈的眼里,你永远都是孩子,不管怎样,妈都不会不管你。"

许铎想自食其力,不想成为妈的负担,不想再给妈添心事。自己找到了入海口,吃过早饭,许铎带上镰刀和绳子,又揣上了一块饼子,走出家门,走向属于自己的那块领地,河套入海口。他已经在那里立下了足,他割下了碱蓬草已经晒干了,等到有一天,他可以把草背回家来当柴烧了。一路走着,许铎一路哼着歌儿。走到了河套入海口,他发现有一个人,躺在那堆晒干的碱蓬草上睡

第四十三章

觉。许铎手里的镰刀握紧了,睡觉的人也醒了。他看了看许铎,一点也没有惊慌,翻身坐了起来,反而问了他一句:"这是你的草吧?"

许铎说:"是。你是谁?"

那人说:"我是看海的。没想到,这地方除了我,还能遇见你。"

不远的地上,有一堆奄奄一息的灰烬,那个人走过去,把灰烬扒开,从里面扒出了几个地瓜,还有一个烧成了硬块的泥土团。他一边吹着地瓜表面的灰,一边拍打着,把一个地瓜扔给了许铎。他说:"吃吧,见面分一半,这是海头上的规矩。"还有个泥团,里面包裹的是一条梭鱼。从气味上就能闻得出来,鱼很新鲜,像是从海里刚打上来的。

那人说:"梭鱼是生在河里而长在海里的鱼,到了产卵季节,它们会游回河套产卵,再回到大海。大海退潮了,这条梭鱼没来得及游回海里,搁浅在河床上,让我给逮到了。"

在入海口出现的这个人是胡小湖。哥俩因为家庭出身不好,靠着干临时工生活。他单身,他的哥哥也单身。不久前,在工地上打石头放炮的哥哥在排除没爆炸的哑炮时,哑炮突然响了,炸起的碎石头击中了哥哥的后脑,哥哥一头栽倒在地上,不省人事。送到医院时,哥哥已经停止了呼吸,离他而去。当工程一方询问胡小湖有什么要求的时候,他说出了哥哥的一个最大心愿,能不能把压在他们哥俩头上的这顶帽子给摘掉。因为这顶帽子,他们哥俩不能升学,不能娶媳妇。哥哥因公死亡,给了他一个机会,他可以向相关部门提出这个请求,也是他哥哥的心愿。那个相关部门的领导也答应了胡小湖的恳求,当处理了哥哥的后事之后,那位相关部门的领导突然改变了主意,他说:"他已经将胡家兄弟的请求报告上去了,可是,上级领导不同意,世界上什么都可以改变,而不能改变的就是一个人的家庭出身。如果你的哥哥他头上戴着别的什么帽子,马上可以给他摘掉。而家庭出身,那是万万不可以改变的。"胡小湖不知从哪里来的胆量,他挥起拳头砸向那个说话不算话戏弄了他们兄弟俩的领导脸上。接下来,胡小湖成了被群众专政指挥部追捕的逃犯。他无处可去,逃到了很少有人光顾的入海口。没有想到,在这个地方,他遇到了一个刚刚走出校门的知青。

因为一个地瓜一条鱼,许铎一下子与胡小湖拉近了距离。他告诉胡小湖,他是因为腿有残疾,贫下中农不肯接受他,他才留在了城里,无事可做,他到了入海口,割点草吧,给家里省下了柴火钱。看到那堆已经晒干的碱蓬草,胡小湖说:"碱蓬草刚刚发芽的时候,可以当菜吃。碱蓬草长高了,什么用也没有,连烧火也没人用它。因为碱蓬草燃烧起来的时候,会发出噼里啪啦的声音,那声音就是屈死的冤魂在说话。古时候,这里是杀人的刑场。新中国成立以后,这里也是法场。你的胆子挺大的,你有没有看到,这里空空荡荡,哪里有人敢到这里来?"

在空空荡荡的入海口,许铎与胡小湖有一见如故之感。胡小湖读了很多书,知道很多事情。他滔滔不绝地给许铎讲他的那些故事。连他暗恋一个姑娘,以至于姑娘另嫁他人、他失恋了以后的心情,也讲给许铎听。许铎也把自己家里发生的事情讲给胡小湖听。胡小湖是许铎偶然相遇的陌生人,但他们之间却没有陌生感。可惜,他们俩相识仅仅一天,一天过后,那个胡小湖再也没有出现。第二天,在入海口的草地上,因为胡小湖不见了,许铎甚至没有了割草的心情,他一直等待着胡小湖的出现。然而,他再也没有出现过。许铎失望、失落,又陷入了孤独之中。

天气渐渐凉了,这天许英莲来找儿子,因为冬天到了,她给儿子送来了她亲手做的棉裤。记得母亲死的第一年,她也亲手给儿子做了一条棉裤。她知道,孩子的姥姥活着的时候,总是在儿子棉裤的右裤筒里缝上一块兔皮。没有想到,她把兔皮缝到了左腿上,她真的是一时粗心,而儿子却感慨万分,妈妈不如姥姥,忙碌的妈妈忘记了孩子究竟残在了哪条腿,而姥姥从来也不会忘记。从那以后,许英莲分外留意。今年,她用了新棉花做成了这条棉裤,而且把兔皮缝在了右腿筒子里。

曹丽华与丈夫离婚后,她净身出户,在距离高立军工作的供销社不远处租了一间小屋子,她就在那里安身立命。一个女人能说到做到,顶着巨大的舆论压力敢爱敢恨,让高立军感受到了巨大的压力。他本来想躲着曹丽华,这个女人将他盯得死死的,他躲都躲不过去。曹丽华已经把饭做好了,煮了面条,蒸了黏米饭。她把这两样东西端上了桌子。曹丽华说:"今天算咱们俩温锅,新房里的第一顿饭,面条和黏米饭吃起来有什么感受?"

高立军翻了翻眼皮:"什么感觉?没有什么感觉。没有饺子好吃。"

曹丽华说:"这面条长,能把咱们俩长久地缠在一起,这糯米饭黏,能把咱们俩粘在一起。温锅吃饺子可不好,饺子是滚蛋的意思,而这两样饭才是长久的意思。是不是这样?"

　　高立军点头称是,他昏头昏脑,没有定力,做事犹豫不决。男女之情,违背人情常理的男欢女爱,过了就过了,就像偷腥吃的馋猫,吃过之后,嘴巴一抹,无须承担什么,只有快乐而没有烦恼。而高立军呢,蜂蜜倒是吃着了,他也捅到了马蜂窝,曹丽华像那成群的蜂子一样在后面追赶他,让他一时也不能松弛下来。此时的曹丽华不是马蜂子,而是一个手持钢刀的刽子手,她用刀尖威逼着他,让他在她和许英莲之间做出抉择……

　　回到家来,看着妻子清瘦的脸庞,高立军的心也抽搐了一下。他已经能明显地看出许英莲的老相。她能不衰老吗?高山刚刚断奶,又要哺育刚生下来的高海,还有她那四个儿女。大女儿在乡下,大儿子刚刚走出校门。二儿子、三儿子都在读中学。家里家外,工作单位,她一天到晚操劳得屁滚尿流。当年的美女日复一日,年复一年,就这样衰老了。高立军心里没有怜悯之意,他一点睡意也没有,望着棚顶,想他的心事。曹丽华让他离婚,他也想离婚的事,他在想离婚的结果,她能不能忍受这突如其来的家庭变故?他要找到一个好借口……此时的高立军已经非彼时的高立军,他说起谎来脸一点也不红,心更不跳。他的所作所为,如果用道德去衡量,他越轨了;如果用人性诠释,他似乎并没有错。他没有恋爱,当作一个挡箭牌直接进入了家庭生活。而许英莲嫁给他的一个用意,焦点就是为了孩子。他试图说服过自己,但他说服不了。人生一世,他不能虚度。从他父亲开始,大家都把他当成了替罪的羔羊。出现在他生活里的曹丽华为他献出了童贞,给他真正的爱,他内心的天平开始向曹丽华倾斜。许英莲的牺牲方式纯属母性,而曹丽华的牺牲却是为了爱情。但是,许英莲毕竟养育了他的孩子,他一时还狠不下心来提出离婚的事。

　　快要下班时,兰盛大把卖剩下的猪骨头分成几份,分给同志们,他说:"这事,我做主了,大伙心里记着点,别到时候出了问题,我炒豆大伙吃,砸锅却成了我一个人的事。"

　　大伙还开了一会玩笑,有人偷毛驴,有人偷拴毛驴的桩子。结果,偷桩子的人给抓住了,扭送到县太爷面前。偷桩子的人冤枉极了,他偷的是拴驴的桩子呀。县太爷说:"即使你偷的是桩子,那你也活该倒霉。偷金子也是偷,偷针也是偷,一律按偷窃罪处置。"

　　兰盛大指着大伙说:"不管偷毛驴还是偷桩子,都是我干的,你们可别昧良心。"兰盛大一直用小恩小惠的方式笼络人心,他把供销社里几个人团结得紧紧的。

高立军拿着这几斤猪骨头,走到曹丽华的那间小屋子。曹丽华还没有回来,他在门前徘徊了一会儿,天色渐渐地黯然下来,不能再等了,他给她留下了一张条子,上面写着:"我等了你很久,没能等到你回家,我只好先走了……"

高立军回家很晚,好在他手里提着几斤猪骨头,对许英莲也有了一个交代。

许英莲问了一句:"你们开会,还是点库?"

高立军说:"今天点库,清点过后,兰盛大发了慈悲,给大伙分了点骨头。"

许英莲说:"你把大腿骨给砸开吧,这样,骨头里的骨髓就能煮出来,汤才会更有营养。"

夫妻俩睡下时,许英莲说:"告诉你一件事……我又怀孕了,我不想再要孩子了。我想跟你商量,能不能不要这个孩子……我们俩的工资不高,我们的孩子不少了,再要生下这个孩子,我们的负担会更加沉重。这两年让孩子拖累得,日子紧巴巴的,工作也干不好……"

高立军一直没有吭声。许英莲有些担心:"我不想要这个孩子,你是不是不高兴?"

高立军说:"噢,不是,我没有不高兴。你想得有道理,我们再要这个孩子,我们生活不会好,孩子也不会幸福。我担心你的身体。女人坐小月子比起正常生孩子还伤害身体。"

许英莲说:"人工流产,肯定对身体有伤害,也只有这样了。看见你带着猪骨头回家,我心里还纳闷,你是不是有什么预感,知道了我怀孕的事情,特地带骨头回来给我滋养身体。"

高立军含糊其词:"也许是吧,你要做人工流产,要不要我请假陪你到医院去?"

许英莲说:"我自己去就是了,别耽误你的时间了,总请假也不好。你有机会托人买点树干,或者说破石板瓦什么的,咱们几家邻居都在院子里盖了小房子。咱也盖一个吧。孩子们长大了,跟爸爸和妈妈睡在一铺炕上,也不方便。"

高立军说:"我们供销社在乡下,跟农村人要点砖瓦石块,他们也会砌猪圈套大墙。再托人买几根木杆子当檩子用,别人家能盖小房子,咱们也能盖。"

第二天一大早,高立军连早饭都没顾得上吃,匆匆忙忙上班去了。这些天,高立军魂不守舍,许英莲也没有在意这些细节。上班以后,他们商店距离中医院很近,趁着不忙的时候,她去了一趟医院,走进了妇产科门诊。看过化验单,范大夫说:"英莲,你呀,又怀孕了。"

许英莲叹了口气:"越怕什么,越来什么,我真的不想要这个孩子了。"

范大夫说:"不想要孩子,你应该采取点措施才是。"

许英莲说:"采取措施了,我算的是安全期。"

范大夫说:"算安全期这种方法并不是安全可靠的。如果想中止妊娠,也只有人工流产了。"

许英莲说:"范大夫,我不想生这个孩子了,你给我做人工流产吧。"

范大夫说:"人工流产也不能说做就做,得先住院做个全面检查以后,才能给你做,不是你想做就能做的。先办理住院手续吧。"

许英莲犯了难,家里家外一大摊子事,她怎么能住院呢?她央求范大夫能不能在门诊做检查,做了人工流产之后,她不住院,回家休息。

范大夫说:"人工流产也属于手术,术前检查可以在门诊给你做,可是手术之后,你必须要住院观察。凡是手术,都是有风险的。不要拿着身体开玩笑。这个玩笑也开不得。即使你对自己不负责任,作为医生,我也不可能不负责任。手术后,你还要休息两周。"

许英莲正在犯难时,多日没露面的大刘来了。前一段时间,大刘很是炫目耀眼,当过造反司令。运动轰轰烈烈一阵子过后,造反司令部也解散了,她这个司令也黯然失色了。大刘看许英莲的气色不好,神情也挺倦怠。她问:"英莲,你是精神不好,还是身体有点问题?"

许英莲长长地叹了口气:"我也不瞒你,我又怀孕了。"

大刘也看出了许英莲的心事。她又问:"你是不是不想要这个孩子?"

许英莲说:"我不能再生了,再生孩子,日子过得艰难不说,我的身体也垮了。"

许英莲从手术台上下来,护士推她出病房的时候,门外连个等候的人也没有。许英莲的心冰凉了。护士问许英莲:"你们家里人不知道你做手术呀?怎么连个人也不来?"

许英莲只好搪塞,他们都不知道,他们也都有事,他们一会儿就来了。

还是同病房陪护女儿的大婶看着许英莲孤独可怜,她给了许英莲一碗小米枣粥喝,还送了一个鸡蛋给她吃。许英莲的心里一热,她想起了自己的妈妈,如果她活着,她也会守在自己的病床跟前……爹的怪罪不是没有道理,妈就是为她操心过多而早早地去世了……想到这时,眼泪缓缓地溢出了眼眶。大婶说:"闺女,坐小月子跟坐月子一样,不能伤心掉眼泪,这会留下病根的。月子里的病会跟着你一辈子,快把眼泪擦掉,别再伤心难过了。"

这次人工流产,是大刘和梁小清轮流陪护许英莲,才使得她得到了恢复。妻子住院的这几天,高立军只来过医院一次。他是匆匆地来,又匆匆地走,他总是有借口,他学会了撒谎,而且撒谎的手段也越来越高明,每天临近下班的时候,他的脑子里便浮现出了曹丽华的影子。他和她之间的感情经过了考验,她可以牺牲自己而不会出卖男人。他和她的性生活也经过了磨合,那种幸福的美感与快感妙不可言。他和她同年伴岁,他和她才是真正的幸福美满。而他与许英莲的婚姻是他父亲的阴谋,毫无幸福可言。他是在为自己与另外一个女人存在着不正当关系寻找借口,这种生存状态对他当然不公平,他有寻找幸福的自由。

## 第四十四章

高立军与曹丽华耳鬓厮磨,他与她沉浸在幸福欢乐中,经营他们的幸福小家园。他们需要的是钱,他们俩等于另支起一个门户过日子,他们在一起要想过得滋润,过得快乐,想吃点美味,喝点小酒,背后的支撑就是钱。从前高立军每个月的工资要交给妻子,这额外支出的钱,他只有另想办法。自从当了营业员以后,他恪守的一个原则就是,不能动销售款。这是一个营业员最起码应该做到的。几年来,他从未动过一分钱的销售款。在与曹丽华厮混的日子,手头紧张,口袋里比脸干净的高立军动起了销售款的念头。起因是有一天,他看见了一个女营业员的孩子来找她要钱时,女营业员随手把刚刚收到的一块钱塞给了自己的孩子。这是什么行为,这简直就是明目张胆的贪污行为。高立军并没有揭露她,而是记住了她的这个行为。

有一天,煤场的老孙帮着高立军买了半吨煤。那年月,煤是要凭票供应的。人家通过走后门,帮着他买到了煤,这让高立军感激不尽。老孙再来买肉的时候,高立军也不要他的票证,有一次,老孙要割一斤肉,他给人家多割了两斤。这让老孙直竖大拇指:"行,讲义气,真的很够朋友。以后,有什么事情,咱们都要两肋插刀。"

高立军与曹丽华在一起的时候,幸福快乐之余,他也时时受到曹丽华的逼迫,一个话题就是他什么时候离婚,什么时候他们结婚?有关离婚这件事,说难也难,说不难也不难。高立军却说不出口来,他知道,许英莲一个信念就是要死死地守护着这个家庭。她不可能允许别人破坏她的家庭。所以,他不可能直接向她提出离婚这个请求。

曹丽华也看出来了,高立军似乎不想伤害他的妻子。他不伤害他的妻子,难道就可以任意地伤害我吗……曹丽华也滋生了一个念头,高立军说不出口,她能说得出口。她跟高立军的关系也是秃头上的虱子,明摆着的。她可以与许英莲面对面地谈,让她退出与高立军原本不和谐的畸形婚姻,给予高立军自由和幸福。

这天晚上,高立军很晚才回到家里。许英莲已经不再相信他说的话,什么点库,什么值班开会,这些天,他夜不归宿,回来得也很晚。他回来的时候,孩子们已经睡下了,许英莲还在等着他。自知理亏的高立军想打个马虎眼,想搪塞一下糊弄过去。

许英莲说:"我做人工流产,难道你不知道?"

高立军说:"你做人工流产我知道,可你并没有说让我请假,还让我干好工作。"

许英莲说:"高立军,你到底在外面做了些什么?家也不回,孩子也不管。"

高立军说:"我能干什么?我想好好表现,早来晚走,干出成绩来,这不都是你教导我的吗?我真的不知道你今天就做手术,如果知道是今天,我说什么也要带点骨头什么回家,给你补补身子。明天吧,明天我找兰盛大,让他批个条子,买点滋补品回来。"

许英莲说:"高立军,我再问你一句,你跟那个姓曹的女人,是不是藕断丝连着?"

高立军信誓旦旦:"上次那件事过后,我跟曹丽华早就一刀两断了。如果我背着你做了不道德的事,天打五雷轰,让我滚刀山,下油锅,让我下辈子托生猪狗,给你当牛做马。"

一个人敢如此诅咒,也许他没做亏心事。

许英莲在家养身子这几天,左红宇去了副食品商店。三支两军工作结束了,大联合也结束了,各级革命委员会建立起来了,支左工作告一段落。要离开金河县,左红宇想再见一见许英莲,对这个与她生活有着某种关联的女人,左红宇有一种说不出的感情。在金河县支左期间,她也听商业局的人说起过许英莲的情况。褒贬不一,惋惜多于指责。

许英莲在休病假,左红宇在商店里没有见到许英莲,她挺茫然的。走出副食品商店,在南街上,不知不觉,走到了日昌糕点。在这个店面不大的门市,她第一次见到了许英莲。当年,那个女人的风采熠熠,自己的丈夫能为这样一个女人而倾倒,她甚至都能理解和谅解。都说红颜命薄,而许英莲何止是命薄,她是命运多舛,可谓历尽坎坷。借着支左,她也弄明白了不少事情真相。当年,她并没有想整治许英莲,而是那个跑到车站去找她的于过兰。于过兰在"文革"当中借着造反起家,风云人物总是风云人物,运动来了,她这类人是不会甘于寂寞。商业系统组建革委会领导班子的时候,有人建议要将于过兰结合进领导班子。左红宇不同意,中央文件精神很明确,凡是参与"打砸抢"的人,凡是迫害过革命群众的人,都不得结合进领导班子。于过兰就属于这三种人。军代表不同意造反派结合进领导班子,于过兰没能进领导班子。不知为什么,出身于革命军人家庭的左红宇对于女干部之类的人物,有着先天的反感。就要离开这个小城了,她对这个小城有着说不出的茫然,她的感情生活的症结就在这里……

高立军的感情摇摆不定,曹丽华已经无法忍受。一个男人脚踏两只船,把自己的感情一分为二,给了两个女人,这是她忍无可忍的。爱情不是这样的,她不能再这样忍受下去了。

曹丽华打听到了许英莲的家,她要当面跟她摊牌,把话说透,不能再葫芦搅茄子,稀里糊涂下去了。曹丽华走进许英莲的家时,恰好她一个人在家。面对着这个突然出现在自己面前的女人,许英莲惊愕之时,她也意识到了,这位来者不善。

曹丽华说:"如果我没猜错,你就是许英莲吧?"

许英莲说:"我是许英莲,你是谁?"

曹丽华说:"我叫曹丽华……我想,你应该知道这个名字!"

许英莲什么都明白了,她无论如何也没有想到,这个不要脸的女人竟然走进了自己的家门……她冒出了一句:"你,你竟然敢跑到我家来,你想要做什么?"

曹丽华却很淡定:"我来,是想跟你谈谈……"

许英莲说:"我们有什么好谈的?你给你出去,滚出去……"

曹丽华说:"我不出去,我们必须谈谈,我们的事也不能再这样继续下去了,必须要打开天窗说亮话,再这样下去。对你,对我,对高立军都没有好处。所以,必须要谈谈。"

许英莲想把这个不要脸的女人推到门外去。可她的身子也太虚弱了,根本就推不动健壮如牛的曹丽华。曹丽华说:"我叫你一声大姐,我这个人天生不会拐弯抹角,生来就一根直肠子,我说的话虽然不中听,可也全是真事。你是几个孩子的母亲,你跟高立军结合就是悲剧。既然你们生活不和谐,就应该分开,你们各自有各自寻找幸福的自由。"

许英莲说:"你真的是个不要脸的女人。你偷了人家的丈夫,毁了人家的家庭,还能跑到人家面前夸夸其谈。你说的是人话吗,你满嘴喷粪。"

曹丽华也铁了心了,她说:"大姐,你说我喷粪也好,喷屎也罢,反正我也豁出去了,丑话说出来比不说的好。你把高立军让给我吧,真的,是他让我知道了什么是男女之爱,我也是从心里爱上他了,为了他,我愿意赴汤蹈火,上刀山,下火海,我也在所不惜。"

许英莲没有让曹丽华再说下去:"你说得天花乱坠,耗费了那么多的唾沫星子,我也没有力气与你再争执下去了,这不取决于我,一切都取决于高立军,让他来做决定吧。你走吧!……"一阵眩晕,许英莲再也支撑不下去了,她差点摔倒在地上。

曹丽华想上去扶她一把,许英莲躲开了她的手。她说:"你走吧,别碰我。"

许英莲并非容忍高立军在外面乱搞女人,她是不想再毁了这个家。她一直忍着,一直忍到了这个插足的第三者竟然找上门来了。她想好了,所有的忍耐也都有限度。等到高立军回来之后,她要跟他面对面地摊牌,一个家庭不能靠着一个女人来维系。她是要维护这个家,可她也不是无限度地容忍。如果高立军真爱曹丽华,她不会死死地坚守这个男人。

许英莲一直等着高立军能回到家来,可她等来的却又是一个意想不到的消息。供销社来人了,通知许英莲到县供销社仓库去,去给高立军送被褥和简单的洗漱用具。

许英莲问来者:"高立军到底怎么了?"

来人只是说:"高立军进了毛泽东思想学习班,性质是隔离学习封闭检查,这是全县商业系统的统一行动,想必你们副食品商店也有人参加了这样的学习班。"

许英莲因为住院，又在家休息，她尚不知道，这次全县范围的毛泽东思想学习班，其实又是一次打击商业领域的经济犯罪的行动。政工人员经过调查摸底，八里村供销社账目不清，而且账物严重不相符。经过调查了解，几个老营业员把怀疑对象都锁定了高立军。虽然没有什么直接证据，可高立军包养女人，另租房子，起火开灶难道不需要钱吗？高立军就是重点怀疑对象。

许英莲身子虚弱，听到这突如其来的消息，她差点栽倒在地上。上一次，高立军也被关在了这里，那时候，他的罪名是搞破鞋。造反派们拿着他开心取乐的成分多，只要他交代了与女人发生关系的细节，他们就开心，然后就游街喊口号，万民同乐。这一回不同，一个主题就是，经济领域的犯罪，等同于政治运动的延续。打击商业领域的贪污盗窃，等于维护社会主义的经济基础。两个政审人员负责一个被关进来的人，一个主题，交代问题，究竟你贪污多少销售款，究竟占了国家多少便宜。负责高立军案子的人叫姜书声，他从三反五反时就一直做这样的角色，多少贪污分子经过他的手挖了出来。用他的话说，那些个贪污分子是运动场上的老运动员了，而他则是运动场上的裁判员。对付流氓经济犯罪分子，比起政治犯罪分子容易得多。此类人纯粹是稀泥软蛋，他如果嘴硬，稍微动点暴力，他就会坦白交代。姜书声的那个助手王革年轻力壮，武斗那会儿，他还当过文攻武卫的敢死队。他虽然没有什么运动经验，但他的身体好，有力气，也敢下手打人。打人也需要胆量和力量，而且打人也必须会打，打到你疼痛难忍，伤及皮肉，而不会伤及筋骨。

姜书声与高立军一接触，目光相对时，他便知道，这个高立军还是只刚出窝的嫩兔子，又目光空空，脑袋空空。姜书声直接来横的："高立军，交代问题。"

高立军的嘴很硬："我没有问题，你让我交代什么？"

姜书声说："好，我再给你半天时间让你想，想起问题来了，你就交代。"

到了下午三点钟，整整过去了六个钟头。姜书声和王革走进来了，他们看见了，书桌上的稿纸，上面一片空白，一个字也没有写。王革见状，勃然大怒，上前揪住了高立军的衣领，厉声骂道："你是敬酒不吃吃罚酒。越敬你越歪歪腚。"

姜书声拦住了王革，他说："高立军，我再给你一点时间考虑，你到底交代不交代？如果执迷不悟，我们把你移交到公安局，那后果我们可掌控不了啦。"

高立军还是嘴硬："我什么都没有，你们让我交代什么？"

姜书声说："从你的生活作风说起，然后再交代你的贪污行为。现在从你的嘴里说出来的，还算是你坦白交代，可以从宽处理。我再问你最后一句，你是想顽抗到底了吗？"

不等高立军说什么，王革已经抽出了一根绳子，上面蘸上了水，他用绳子抽打着高立军。一下接一下，劈头盖脸。那蘸了水的绳子打在人身上，表面上看不出什么来，却痛在里面，痛在骨头。王革一边打，一边骂。

高立军根本就没有什么意志力，一顿抽打，他抱着头，大声地喊叫："别打了，我交代……"

姜书声把笔和纸扔给了高立军，他说："想要蒙混过关，白日做梦，贪污了多少国家钱财，统统写下来，写得要具体，要有细节，数字越准确越好。你记住了吗？"

高立军缩着脖子，颤颤巍巍："我记住了……"

高立军进了学习班，许英莲在惶恐不安中休过病假。上班第一天，吴山高把许英莲叫进了办公室。姜书声和王革已经坐在办公室里等她了。许英莲走进来的时候，姜书声站了起来，主动伸出手去与她握了握手，打了招呼："英莲同志，你还记得我吗？"

许英莲记得，当年因为小葛丈夫的事情，姜书声到百货公司来过几次。应该从新中国成立以来，这个人一直扮演着整人的角色，几乎在所有的运动之中，他一直在从事这项工作。

姜书声说："英莲同志，我今天来，就是想跟你谈谈高立军的问题。"

许英莲心头一紧："高立军……他怎么样了？他到底做了什么事？"

姜书声一声叹息："英莲同志，你曾经是在组织的人。对你，我也不想有所隐瞒。高立军的问题十分严重……咱们都是老熟人，老同志，今天找你来，也就是因为这层关系……英莲同志，我不是跟你说好听的，看了高立军的交代材料，你也能做出判断。我们可以把他的材料直接上报到公安局，直接可以判他贪污罪。但是，为什么没有简单处理，也考虑了多重因素。高立军的问题，牵扯到家庭，牵扯到很多人和社会关系。我们办案也是有同情心的。今天我们代表组织想跟你当面谈一谈。"

许英莲一片茫然，连话也说不出来了。

姜书声说："事到如今，我们也不想把人一棍子打死，不管他是什么人，我们都要给出路。惩前毖后，治病救人，是党和毛主席的一贯政策。苦海无边，回头是岸。这句话虽然是《红灯记》里鸠山说的，但是，这话却是中国的古话。高立军虽然犯了这么严重的问题，但他的认罪态度很积极，能把他犯的罪行全部交代出来。我们研究过了，只要他能积极倒出贪污的赃款，有一个真诚的退赔姿态，我们不想将人民内部矛盾转化成敌我矛盾。"

许英莲问了一句："高立军，他到底贪污了多少钱？"

姜书声说："多也不多，少也不少，一共三百二十三块钱。"

许英莲的头发几乎全部竖了起来，她说："我从来也没有看见他拿回家来这么多的钱，更没有花过他的钱。他这不是自己往自己身上抹屎吗？他有没有交代，贪污的钱在哪儿？"

姜书声说："我们从来也不会放过一个坏人，更不会冤枉一个好人。我想你应该知道，你的丈夫高立军也许没有把钱拿回家里，没拿回家不等于他没有贪污。你也许听说了，高立军在外面还有一个家，除了你之外，他还养着一个女人。包养女人，需要花钱，而且要花不少的钱。要不然，哪个女人也不会心甘情愿以身相许。我们也想听听你的态度，如果积极倒出赃款，高立军可以争取宽大处理；如果你不想挽救他，那我们就把他交由公安机关处理。"

许英莲说："可我家里，真的拿不出钱来。"

姜书声说："没有钱可以想办法呀。世间一切事物中，人是第一宝贵的。人进去了，什么都完了。只要保住了人，如同书上说的，留得青山在，不怕没柴烧。反正高立军站在火坑边上，拉他一把，他就能回到毛主席的革命路线上来；推他一把，他也就倒在了火坑里。"

许英莲说："你们给我几天时间，我想办法借钱……"

姜书声说："这就对了嘛，你这个当家属的积极给高立军倒出赃款，他也会受感动的。我们为什么没有去找他的那个拐老婆，人家在这个时候能管他吗？而只有自己的结发妻子才不会扔下他不管。相信通过这件事，高立军也会深有感触，会改正错误的。"

其实姜书声他们也一心想捞取自己的政治资本，采取逼供的方法，逼迫学习班的人交代自己的问题。高立军他是个孬种，经不得刑讯逼供，一顿棒子炖肉,他什么都交代了,有的交代,没有的他也胡乱交代。结果,直到姜书声他们政工组的人满意了,他们才停止审问。下一步就是退赔赃款,必须一分钱也不能少,要让贪污分子在政治上得不到便宜,在经济上也不能得到便宜。

许英莲神情恍惚回到家里,她的手里真的一分钱也没有。想拿出三百多块钱,只有借了。这年头,谁的手里也不会有那么多的钱。许英莲知道,同事和朋友,也只能借个三五块钱,大家都没有多少积蓄,谁家的日子过得也不富裕。她给弟弟许文书写了一封信,没有说出真相,而是编造了一个谎言,说三儿生病了,需要手术,能不能借个百十块钱先救救急。

许文书接到了姐姐的信,因为母亲治病时欠下的外债刚刚还清,手里没有多少积蓄。他除了把家里的钱拿了出来,也跟同事们能借多少借了多少。他一共给姐姐寄来了八十块钱。

许英莲思忖再三,她给高立珍大姐写了一封信,她没有任何隐瞒,她把高立军贪污销售款的事情告诉了他的姐姐,让她想办法借点钱给他们。事后,她一定会偿还的。其实许英莲已经感觉到了,高立珍对她和对高立军的态度挺冷淡的,如果不是许英莲主动地跟她搭讪,高立珍从来也不主动与他们联系。她采取的是一种敬而远之的态度对待她和高立军,真的有点老死不相往来的感觉。如果不是高立军出了这么大的事情,她也不会有求于高立珍。还好,高立珍没有置之不理,她寄来了一百块钱,只是在汇款单的附页上面写了一句话,希望这是第一次,也是最后一次……身为姐姐,她也应该出手帮助弟弟。

余下的钱,许英莲无处可借,她去了大刘那儿。大刘听许英莲说到高立军贪污销售款,办案的人是姜书声,她感叹了一句:"高立军这只嫩兔子真的遇到老鹰了。赃款给过你吗?"

许英莲说:"拍着良心,对着太阳说,我没有看到高立军拿回家来的钱。"

大刘说:"不管真贪污,还是冤枉的,高立军真是个熊蛋包,臭狗屎。要我说,你也不要管高立军,让他关进监狱也不错,让他吃点苦头,教训教训他也不是坏事。"

许英莲说:"这可不行,我不能第一个丈夫进了监狱,第二个丈夫还是个罪犯。"

大刘长长地叹了口气:"你遇到的男人,真的不给你争气呀。高立军这么一个熊样,他居然敢在外面包养拐老婆。就凭这一条,也不应该跟他生活下去了。干脆,跟他离婚。"

许英莲苦笑了一下:"我已经离过一次,我能再离一次吗?不管怎样,我要保住这个家。"

大刘说:"既然你有自己的主意,我也不多说什么了。不过,我也跟你说实话,我没有钱借给你,真的英莲,你可不要怪我呀。"

许英莲说:"我怎么能怪你呢?我再想想别的办法。"

大刘突然想起来了:"英莲,我记得你好像说过,邓仁修有一笔存款。"

许英莲说:"是,他是留下了一笔钱,但是,这笔钱是他留下来的,应该归属他的儿女。死人的钱,我不能动。等到孩子们长大了,他们需要用钱的时候,再把钱给用上。"

大刘说:"孩子们现在还用不上这笔钱,你用这笔钱救救急吧。以后,条件好了,再把钱给补上不就完了吗,权当作借用一下。"

邓仁修的遗物,还有他留下的那笔存款,都保存在大儿子的手里。许英莲去找许铎的时候,她的心情很沉重。因为邓仁修的死,许英莲一直深深忏悔着。这一回,因为要替高立军退赔赃款,她不得不冒犯已经过世的亡灵。如果不冒犯,接下来,不知会是怎样的结局。走到大儿子跟前,没等说话,许英莲先哭了,她已经没有眼泪流下来了,只是从嗓子里发出一声声的干号。不是给逼到了绝境,她怎么会走到儿子的面前,怎么会冒犯亡灵?

看到妈妈这个样子,许铎惊讶极了:"妈,发生了什么事情,你怎么了?"

许英莲把高立军的事情告诉了儿子。她说:"铎儿,妈不想让他再进监狱,因为你的爸爸进过监狱,高立军他再进监狱,咱们家背不起二进宫的名声。所以,妈来找你……你把你爸留下来的那笔钱借给妈用一下,等到妈有钱了,妈会把钱还给你们的。"

许铎也没有多想,他把那个存折拿了出来,交到了妈妈的手上。在接过存折的那一刹那,许英莲的心微微地颤抖了,似乎有一个亡魂在冥冥之中责问她:"你有什么权利用我给孩子们留下的钱替你的新欢交退赃款……许英莲,即便我会饶恕你,天理也不会饶恕你,你会受到惩罚的……"许英莲拉着儿子的手说:"铎儿,妈也是没有办法,一点办法也没有了。"

许铎的心也快要碎了,他说:"妈,你拿去用吧。我谁也不会告诉。"

许英莲说:"铎儿,等妈有钱了,一定会把这笔钱给还上的。"

许英莲替高立军退赔了贪污款,高立军也从毛泽东思想学习班里出来了。可是,等待他的却是失去了公职,本来他也没有转正,一个临时工,表现不好可以随时随地辞退,何况他贪污腐化到了如此严重地步。高立军回到家以后,许英莲问他:"你贪污的那些钱在哪里?"

高立军的头低下了,他真的没有贪污销售款,他倒是亲眼看见过营业员动过销售款。他只不过多吃多占了公家的便宜,他们都这样做,为什么偏偏拿我一个人开刀?

许英莲气得几乎晕死过去:"这要问你自己,你问谁?"

高立军社会经验太少了,兰盛大他们把他当成了挡箭牌,运动一来,就把所有的罪责推到了这个替罪的羔羊身上。供销社几年来的亏欠的销售款全部找到了买账的。高立军是个愚蠢透顶的家伙,而他们却成了真正的智者。

事到如今,许英莲还是想感化高立军,她说:"如果不把贪污的赃款退赔上,你恐怕就要进监狱了。看看你做的这些事情,能活活把人给气死。在这个关头,谁能拉你一把,除了你的亲人,除了自己的家人,谁能真心实意地帮你?所以,这个家对你,对我,对咱们的家人都是最重最重的。高立军。你真的不能再犯错了。我再给你一次机会,你好自为之吧。"

高立军低着头,像一只生了瘟病的鸡一样。

许英莲不得不咽下这口气,她坚守着一个原则,不能让这个家毁了。要想保住这个家,她必须付出的就是容忍。她不相信高立军会是一个道德败坏、伦理丧尽的人,她相信他的本质还是好的。自己付出这样的代价,亲人们也做出了这样能感动鬼神的举动,他再不思悔改,那他再也不可救药了。许英莲把人想得太美好了,高立军获得自由以后,在家里仅仅待了两天,他趁着许英莲上班的时候溜出家门,又去了曹丽华租住的那间小屋子。曹丽华对他也不像从前那般殷勤了,她冷眼相对。不为别的,只是这个男人已经没有了工作,属于一个社会混子。而且她听说他贪污了那么多的钱,可她却没有看到钱。当她听到高立军说,是因为想得到坦白从宽的处理时,她对这个狗屁男人产生了厌恶之感。高立军伸过手来,想摸摸她的手时,她给甩开了。

看到女友对自己的态度变了,高立军心里很是委屈。他说:"我刚刚跟老婆发过誓言,再也不做对不起她的事情了。才过了两天,我又想你了,又跑到你这儿来了,你竟然对我爱理不理的。"

曹丽华说:"想让我理你是吗?回家去,把婚给离了,把那三百多块钱拿来。"

高立军站在那儿,就像麦田里的稻草人。

## 第四十五章

许铎渴望工作的事情终于有了音信,从县里安置办公室传来了消息,凡是因病留城和因为家庭生活困难留城的学生都要安排工作。1971年3月2日,许铎和因病留城的学生们来到县安置办公室的门前,等候分配。他们的期望值也不高,到县福利厂当工人就行。没想到,县里把他们这批留城学生全部安排到街道五小工厂。本着广就业、低工资、多安排的原则,根据上级指示,所有人都要安排工作,保证人人有饭吃。

不知谁大声喊了起来:"我们是知识青年,我们要工作,我们不到街道去。"

同学们也随声附和:"我们要工作,我们不到街道去。"

县里的态度十分严厉:"你们以为眼下还是造反有理、打砸抢无法无天的时代吗?不服从分配拉倒,到街道去,这就是国家对你们的安排。好人都顾不过来,何况你们有病、有残疾的人。你们知足吧,到农村插队,被分到贫穷的生产队,一天的工分还挣不到一毛钱。"

现场一片寂静,突然,许铎大声说:"我去,我到街道去干活……"

人人都渴望有个好工作,可是,好工作不属于他,他得不到。他出社会了,不能眼看着妈妈肩膀上的担子那么重而自己却袖手旁观。不能再待业,再待下去他真的成了吃闲饭的废人。这一年多时间,不仅许铎成熟了不少,与他命运相同的知青们也老成了许多。虽然他满心不愿意到街道工厂去工作,但也只有这一条路摆在你的面前,你不走也得走。许铎这样选择,大家也都这样选择。那年月，街道办事处也没有什么正儿八经的工厂，都是安置一些社会闲散人员就业的五小工厂。许铎也不愿意去那儿，但他没有地方可去。谁都能计较，而他不能。

明天就要上班了，许铎告诉妈妈，以后别再惦记着他了，他已经有了工作，他可以挣钱养活自己了。其实在许英莲的心里，她最大的牵挂就是这个右腿有残疾的儿子。可在生活当中，最让她省心的，最懂事的，也是这个儿子。丈夫出事以后，他天天跟随在她的身前身后，他害怕妈妈想不开。吃饭的时候，儿子总是把属于自己的那一份干粮掰下一块给妈妈吃。儿子在不知不觉当中长大了，要参加工作了。看着已经长成大人的儿子，许英莲的鼻子一酸，天天为生活操劳，但为儿子付出得太少了……许英莲抹去眼角的泪水："有工作了好啊，妈要嘱咐你，不管在哪个岗位，一定要努力工作，要求进步。要靠近那些好人，不要与坏人交朋友。记住咱们家里发生的这些事，咱们有毒的不吃，犯法的不做。铎儿，对你，妈放心……"

许铎看着妈头上多了白发，脸上的皱纹也深了："……妈，是不是他，他又欺负你了？"

许英莲摇摇头，她说不出口，她不能告诉儿子，她用自己的前夫邓仁修的钱拯救出来的这个高立军工作丢了不说，他竟然不领许英莲的情，不仅不感觉自己理亏丢人，反倒理直气壮。许英莲无法告诉儿子，高立军无耻已极，虽然她一再躲避，可她又怀孕了……

今天到医院去，范大夫看了许英莲的化验单，她说："英莲，我一再叮嘱你，一定要小心，一定要小心。过夫妻生活的时候，一定要采取措施，不能抱着侥幸心理，要用避孕套，或者说避孕药膏。你才做了人工流产，相隔时间不长，再做人工流产，你的子宫壁会很薄很薄，再刮宫，很可能会把子宫壁刮破的。英莲啊，不在意会付出代价的。"

许英莲是无言以对，她的丈夫在外面有自己的相好，她和他的夫妻生活也并不多。可偶尔要过夫妻生活，高立军却总执意按照自己的意愿，如果违背他的愿意，他就会耍疯，什么难听的话都能说得出来。她跟他说："咱们真的要注意一点了，不能再怀上孩子了。咱们家已经有六个孩子了，生活也因为孩子多而很困难。去年过年的时候，单位要救济我十块钱。可是，因为我买了半斤玻璃窨子里的韭菜，才花了四毛钱，有人就有意见，就向领导反映情况。领导问我时,我说,我买了半斤韭菜是不假,可我就想增加饺子馅的味道。四毛钱,让我难了多久。所以,我下决心,再也不要什么救济。咱们也有约定,不能再生孩子了。"

　　高立军如今是个无立足之地的人,他走进的是许英莲的家门。他娶的这个许英莲也是人家的残汤剩饭,说到孩子,更有难言之隐。畸形的家庭,畸形的生活,一切都是畸形的,他内心深处滋生出来的念头也是畸形的。他的这个畸形念头十分可怕,他可以负责任,也可以什么不管不顾地作践自己。尤其经历了两次人生的变故,他给游过街,他也被关押过,人性的尊严似乎在他的身上荡然无存了。让他去结束一个人的性命,他没有这个胆量,让他去打一个人,他也没有勇气。在他的跟前,离他最近的这个人就是许英莲,他在这个世界上唯一能够强势起来的就是面对许英莲的时候。他可以任意欺凌这个女人,他想发泄的时候,老婆让他采取一点措施,可他不愿意。在妻子苦苦哀求之中,他似乎得到了什么启示,世界上没有比这更隐蔽、更顺其自然的措施了……她应该怀孕,她应该无休止地怀孕。她不是一个美人吗,一个人人向往的美人,妻子的话激发了他潜意识里的灵感,最近一段时间,他因为曹丽华的威逼,他正为找不到与许英莲离婚的理由而忧愁。试想,他能采用暴力的手段结束他与许英莲的婚姻吗?他没有这个胆量,但是,利用打胎而致一个女人于死地,世界上没有比这更阴毒更绝妙的杀人方式了,他要让她在享受着美好性爱的过程当中微笑着告别人世……阴毒,邪恶。他的那位曹丽华一直期待着与他生活在一起,她一直敦促让他离婚,这还用得着离婚吗?一切都悄然无声地结束了……这是他内心深处滋生的一个阴谋。

　　吃过晚饭,高立军逍遥自在地听着收音机。而许英莲却一直在忙碌,一天的家务都要集中到晚上来做,她一直忙碌到很晚,才把家务做完了。她的手脚已经皲裂,她擦了一些凡士林膏,喝口水,服下一片安定片,因为睡眠不好,她需要药物的帮助。因为疲劳,又服用了药片,躺下没多大一会儿,许英莲就睡着了,她劳累了一天,她真的太累了。等到夜很深了,许英莲已经进入了熟睡的阶段。高立军这才关了收音机,脱下衣服钻进被窝里。他试着触摸一下身边的妻子,她一点反应也没有,看来,她真的进入了梦乡。他像贼一样轻轻地缓缓地进入了她的身体……他太熟悉这具身体了,他曾经渴望过,他也背叛过,他头一次带着阴谋与妻子过性生活。他的妻子曾经是多少男人心目中的偶像，多少男人做过她的梦。她属于他，别人只能望洋兴叹。想当年，他的那位性启蒙的老师丛宝田说过，男人向往女人，其实向往的就是一张面孔，而不是身子……

后来，高立军又采用这种方法与许英莲发生关系。许英莲也相信高立军的话，她以为，他采用了措施。可是没有想到，例假的日期过去了一个多星期了，还没有经血来临。过了十天，许英莲已经有了些许的感觉，她又怀了身孕。

在医院做过检查，范医生建议保胎。许英莲哀求她，无论如何还是不能留下这个孩子。

范医生说："英莲，再做下去，不仅危及你的健康，更要危及你的生命了。我可以给你再做一次人工流产，不过，你得把你的丈夫给找来，我当面跟他谈一谈，他是人还是兽。作为男人，要懂得珍惜女人，更要爱护自己的妻子。为了自己一时快乐，让妻子遭罪受苦。英莲，我说的不是骇人听闻，再这样，你真的就毁了……所以，我必须警告你的丈夫，他还是不是个男人？"

许英莲还是想给高立军留下一点面子："男女之间的事情，不能完全怪他，我也有责任。"

许英莲乞求着范医生给她再做最后一次人工流产，在做手术的同时，也给她结扎了吧。这样，就再也不会怀孕了。

范医生感慨万端："英莲，夫妻生活应该是世界上最美好的事情，可你却因此而遭受痛苦，甚至危及了生命。你千万千万不能当成儿戏。让人无法想象，他是你丈夫，还是畜生……"

许英莲无可奈何地摇摇头："夫妻之间的事，怎么能说得出口呢？范大夫，你给我做绝育手术吧，断了我的念头，也断了他的念头……"

许英莲做了绝育手术，高立军的阴谋落空，他发疯发狂，歇斯底里了，他也不管许英莲是不是刚刚做过什么人工流产手术和结扎手术，他就要把她按倒在地上，她拼着一丝气绝悠悠的力气挣扎着，他就是要强奸她。

许英莲绝望地骂了一句："高立军，你就是牲口……"

高山想上前去拉开压在妈妈身上的爸爸。可他太小了，他哪里拉得动他的爸爸。高立军把手一挥，就把他甩到了墙角旮旯。高山爬起身来，他跑出门去，朝着姥姥家跑去，他要去找大哥，他要让大哥来帮助妈妈……此时的大哥已经上班去了，高山跑到了学校，他找到了二哥。二哥正在上课，听说家里的妈妈和高立军正在打架,他牵着高山的手跑回家来了。

进门看见了眼前的那一幕,许宏顿时怒火中烧,他二话没说,抄起了一根擀面杖,狠狠地砸在了高立军的后背上。受到了猛烈一击的高立军扭头一看,是许宏在打他。他刚想要发作时,这时候,院子里的邻居们也走进屋子,隔壁的孙伯伯说:"高立军,我见过两口子打仗的,我跟你嫂子也经常打仗,可我从来也没有见过你这样打仗的。英莲是你的老婆,是孩子的妈妈,你能这样打她吗?她一年到头,一天到晚,这家里家外,我看得清楚,邻居们看得也清楚,许英莲苦苦操持着这个家。身为男人,你感恩还感不过来呢,你竟然下死手打她。我都看不过眼,你这号人真就欠揍,许英莲的儿子不打你,我也要动手揍你。"

高立军自觉得理亏,他灰溜溜地走出了家门。

孩子们长大了,懂事了,能保护妈妈了。转过年,许宏和许钢兄弟俩要一起上山下乡。

离开家的那天,许英莲叮嘱许宏:"你是二哥,到了乡下,你要多保护和照顾老三……"想到这儿,许英莲挺心酸的,三儿子小时候没有得到父爱,又遇到了三年自然灾害。改嫁后,他跟着当妈的也遭到了继父的虐待。当妈的心疼三儿子……

许宏跟妈妈说:"不管是谁,欺负老三,我会跟他拼命。我和三弟离开家了,如果高立军他再敢欺负你,我非打断他的腿不可。"

许英莲叹了口气:"咱们这个家再也经不起折腾了。你们哥俩到了农村,一定要好好表现,争取早点回城。妈的事、家里的事,你们不要挂念,一定要好好干活。记住了吗?"

许宏和许钢说:"记住了,妈,你有事给我们写信。"

看着比自己高出一头的儿子们,许英莲也感到很欣慰。他们小的时候,她天天盼望着,孩子们什么时候能长大。在她的眼皮子底下,他们长大成人了,要出社会了,虽然是到农村插队落户,可毕竟能自食其力了,能自己养活自己了。女儿下乡三年了,大儿子留在了城里,他也当了街道工厂的工人。二儿子、三儿子下乡了。这多少也让许英莲的心里减轻了不少的负担。她的孩子翅膀已经硬了,飞出了这个家庭,许英莲像是完成了一个重大使命。

高山已经读小学,高海今年也要离开幼儿园上学了。等到孩子长大了,她肩膀上的担子可以放下来了……无意间,许英莲从柜台的玻璃反光中看见了自己的影子。她的鬓角已经冒出了灰白的发丝,眼睛下方甚至有了眼袋。岁月不饶人哪,她已经步入了中年,这些年,她是怎么走过来的?回首往事时,她的心里涌了一股凄凉之感……一个女顾客走到柜台前,在许英莲跟前站住了。许英莲正出神发呆,女顾客耐心地等待着她回过神来。当许英莲抬起头来时,她禁不住惊呼起来:"苏大姐,是你呀,真的是你!"

没错,是苏大姐,她已经平反了,并且被结合进司法局的领导班子,再也用不着躲避那些抓她的黑手,她可以正大光明工作了。本来她可以到市里司法部门工作,可她一直割舍不下金河县,放心不下许英莲。她向组织申请,她又回县司法局工作。

许英莲带着苏大姐回到家里。走进家门,许英莲忙着给苏大姐做饭,她一边忙着做饭,一边给苏大姐讲接下来发生的事,还有家里的事。

苏大姐帮着许英莲烧火,她也很是感慨,她说:"英莲,在运动当中你能挺过来,真的不容易。有多少人没有挺过来,采取了自杀的方式结束了人生。我万万没有想到的是,这个高立军竟然是这样一个混蛋。对于这样一个人,接下来你有什么打算。"

许英莲说:"大姐,本来家丑不可外扬,我没拿你当外人,这才把这事跟你说了。我能有什么打算,我和他还有孩子,如今,孩子懂事了,也上学了,我也想好了,能将就,就将就吧,我这辈子就是这样的命,以前我不认命,通过这些事情,我真的认命了。"

苏大姐说:"大姐告诉你,一个犯了生活作风问题的男人,他很难改正。你可要想好了,跟这样的人再生活下去,你要有他旧病复发的思想准备。"

许英莲说:"我想好了,眼下的当务之急,还是让他有个工作。有个工作岗位拴着他,就像戴着笼头的牲口,也许他能收敛一些。找工作这件事,就拜托苏大姐了。"

苏大姐答应了。说起当年逃往山东那件事,许英莲历历在目,到底因为什么,他们到处围追堵截苏大姐?那些个文攻武卫分子,他们一个个凶神恶煞似的……

苏大姐说:"这事说起来话长了……1931年九一八事变爆发,我在燕京中学读书。那一年日本人挑起侵华战争,爱国学生们纷纷走上街头,呼唤四万万民众团结起来,一齐抗击日本侵略者。那一年,我才十七岁,跟着同学们一起写标语,喊口号,发动民众募捐。正年轻的我浑身上下都让一股革命激情激励着,根本就不怕死,什么都不害怕。后来,学生运动遭到反动当局镇压,不少同学被逮捕入狱,我和几个同学逃了出来。几经周折,在地下党的帮助之下,我们都参加了抗日救国的革命队伍。新中国成立以后,有一年,也是十二月九日那天,我在报纸上读到了一篇文章,写的正是纪念一二·九学生运动,写文章的人名叫牧野,我并不认识这个人,可他自称是学生运动的领导人。我清清楚楚地记着,当时,学生运动轰轰烈烈,是地下党组织领导的。后来,学生运动波及全国,造成很大声势,反动当局通过逮捕学生,也想破坏中共地下党。这篇文章,引起了我对当年运动的回忆,我写信到报社,希望能知道这个写文章的人是谁。报社也没有给我回信。我以为,这件事已经过去了。没有想到,"文化大革命"开始以后,我总是遭遇莫明其妙的迫害。直到有一天,我丈夫的一个老部下私下里通知我,让我躲避一下。运动当中,我能躲避到哪里去,只能躲避到部队去。好在我家老马他的战友在济南军区,我就跑到济南去了,一直躲在部队大院里。直到林彪摔死了以后,我才知道,那个笔名叫牧野的人其实是我们的一个同学。他以为参加过一二·九学生运动的人都死绝了,他才敢贪天功为己有。他不是运动的领导者,我对他也没有多少记忆。人就是这样,为了一己私利,竟然什么话都敢说。这种人在'文革'当中自然不甘寂寞,曾经红极一时,也迫害过老干部。他属于投机分子,当然不会有什么好下场……"

许英莲说:"苏大姐,你真的了不起,竟然有这样的光辉经历。"

苏大姐说:"这有什么了不起,你生在那个时代,你也会像我一样。"

谈话间,许英莲和苏大姐不由得提起了杨清风,杨主任现在也不知怎么样了,一晃十五六年过去了,真的很担心他,也真的想去看看他。

苏大姐说:"我相信老杨能挺过来,因为他心底无私无愧,他一定会活着,他会等到平反昭雪那天的到来,所以,他不会想不开,一定会好好地活着。我想,我们会旧地重逢的。"

苏玉凤没有忘记许英莲的嘱托,她给在街道工作的一个下属打了电话。那个同事也很给苏玉凤面子,把高立军安排到了站前的一家小饭店工作。火车站前是人来人往的地方,吃饭的人多,饭店的生意也不错。天天忙忙碌碌,顾不了去想歪门邪道。

许文书出差路过金河县,他特地下车,想看看几年未见的姐姐。冷不丁地见到弟弟,许英莲也意外惊喜。许铎下班以后,知道舅舅回来了,他也高兴坏了。他们姐弟与舅舅许文书很有感情的。爸爸出事以后的那几年里,舅舅几乎充当了父亲的角色。许英莲说:"许铎第一个月开了工资,他每天只能挣到九毛钱,一个月才二十三块钱。可孩子拿到了工资,他跑到商店来,给了我五块钱。其实当妈的知道,孩子腿脚不好,挣个钱不容易,我不能要孩子的钱。可许铎非要我把钱收下。我知道孩子的心意,他是向我表达他的孝道。我把钱收下了,我说,以后再也不要给妈钱,你把钱积攒起来,将来给你成家用。"

许文书也夸奖起许铎来了:"从小知道孝顺。"

许铎在工厂里积极肯干,他也成了共青团培养的对象。团支部书记王秀珍,对许铎的印象也不错。有一天,王秀珍告诉许铎,他已经是共青团的积极分子,就要发展他入团,让他好好表现,要给你们留城学生们当个榜样。许铎听了也很高兴,因为自己的家庭,因为父亲,想当年,他想参加红卫兵都没有资格。如今,他要入团了,他心里别提有多高兴了。

入团政审时,王秀珍来到副食品商店,了解许英莲的情况。说起许英莲,她因为生活作风问题,受过处分,不是一般的处分,她被开除了党籍。开除党籍,这可不是一般的政治问题,属于重大的政治问题。王秀珍是个居民委的干部出身,她还是头一次遇到这样的麻烦事。从副食品商店里出来,王秀珍也一路在想,许铎入团的事究竟该怎样做……许铎加入共青团已经是不可能的了。可是,她把话已经说出去了,许铎也知道了。因为母亲的政治问题,政审没有通过。什么政治问题,因为生活作风被组织开除了党籍,这不是一般的问题,她也不可能因为这事而引火烧身。面对许铎本人,他也不过是个留城学生,就不再跟他说起入团这件事,如果他是个聪明人,也会不了了之,再也不会问起。

许铎一直盼望着入团的消息,可他等了很长时间,再也没有了下文。遇见团支部书记王秀珍,话到嘴边,他又咽了回去。当他得知一块留城的同学们有人已经入团的时候,他什么都明白了,心里很不是滋味。也许是受到的挫折太多了,入团这件事过后,王秀珍有些尴尬,许铎却挺坦然的。不属于你的,永远也不要奢望。

在这样家庭环境长大的孩子,有一股上进不服输的特质。许黎身上,越来

384

越显现出母亲当年的风采和气度。一个美丽的姑娘,身前身后总会有许多崇拜者和追求者。许黎把握一个原则,因为有妈妈的前车之鉴,她决不轻信哪个男人。许铎虽然没能入团,可他的才华渐渐地显现了出来。虽然身体残疾,但他能写会画,而且能写一笔好文章。老师出身的任慧之主任对许铎十分偏爱。为了验证许铎的才能,任慧之特地让许铎为工厂画马恩列斯毛五位伟人像。这个想法遭到了不少人的反对。突出政治的年月,画伟人像是一件严肃的事情,而且出身不好,家庭社会关系不好的人也没有资格画伟人像。新华书店出售伟人画像,我们买回来挂上,完全用不着许铎来画。任慧之跟他们想的不一样,画伟人像,是给自己工厂的工人树立自信,也向社会展示我们工厂,是藏龙卧虎之地。给一个年轻人自信,也许会影响到他一生。逆境中长大的孩子有一种抗争的劲头,在学校读书时,许英莲的儿女或许当不上红卫兵,可他们的学习成绩总是名列前茅。姐姐和哥哥做出了榜样,许宏和许钢也不甘落在后面。生于困难时期的许钢,个子高高的,与同学们在一起,有点鹤立鸡群。他们哥俩来到三十里堡插队落户,许钢的田径成绩突出,他代表公社参加全县的体育运动会。在运动会上,许钢为三十里堡争得了荣誉。回来后,小学校的王校长特地找到许钢,因为学校没有体育老师,他让许钢去当了体育老师。乡下的孩子还真没有见过长得这么高的人,他们都喜欢许钢。许钢体育好,他的数学也好。王校长喜欢数学,他经常在业余时间出些数学题让教师们解。有的数学题数学教师也解不出来,没有想到,体育教师许钢给解出来了。没过多久,辽宁田径队的一位教练来到三十里堡,他专门为许钢而来。在县里的运动会上,他看了许钢的比赛,许钢的三级跳远给他留下了深深的印象。在山后村小学,教练与许钢见面了。他问许钢,想不想当运动员。许钢说,怎么不想。教练说,既然想当,你跟我走吧,到省里去,去参加测试。许钢兴致勃勃地跟着教练去了省城。一个星期过后,许钢回来了,走进宿舍,他扑倒在床上,号啕大哭起来。在省城,许钢的身体测试已经通过了,只是政审没能通过。教练把问题想简单了,没有想到,他的一片好心却让一个刚刚走向社会的年轻人受到了人生的一次重创。出社会以后,他们姐弟都遭遇了人生的挫折和打击。所以能坚挺过来,因为早在1960年,他们已经经历过了。孩子们不甘居人后,这让许英莲感到很欣慰。为了孩子们的前途,她也不是无动于衷,想起当年嫁给高立军时的承诺,可以把她的孩子送到部队去当兵,在婚姻砝码上,这一句承诺分量很重。许英莲拿起笔,几次想给高立珍写信,想恳求她,把她的儿子送进部队这所毛泽东思想大学校。有几次,信已经写好了,可她没有寄出去。不是碍于自尊心,而是害怕过不了政审这一关。

## 第四十六章

　　平静的生活没过多久,许英莲收到了从秦皇岛寄来的一封信。信是高立珍写的,她在信上说,她的父亲高有福跟他们一起生活有一年多了,因为战备,部队一直野营拉练,父亲跟着他们住也多有不便,能不能让父亲回老家生活一段时间……

　　高有福两次出现在许英莲的生活当中,这个人伦丧尽的老男人背着家人卖掉房子,一个人花天酒地将房款挥霍一空,他老了,需要有人照顾,他又想起了替罪羊们。

　　许英莲一直没表态,她不可能让高有福再走进他的家。高立珍也想到了这个问题,她也给高立军写信,希望他能说服许英莲。如果不是因为父亲老了,如果不是部队战备任务紧迫,当姐姐的尽量不给他们再添麻烦。眼下,姐姐遇到了麻烦,希望他们能不能再考虑一下。

　　许英莲依然沉默……那件发生在她和高有福之间的事情,让她刻骨铭心。那次奸污,让她蒙受了巨大的心灵与肉体的创伤。在这个世界上,她最不想看到的人就是高有福。她本想,高有福以后再也不会出现在她的生活里了。没有想到,他又要出现了……

　　许英莲永远也不会想到,高有福惊动了她的父亲许顺来。为了能安度晚年,他找到了许顺来,希望他能出面说服女儿,他不想过漂泊的日子,他想有个安稳的家。深明大义的许顺来给女儿写了一封长信,作为父亲,他希望自己的女儿康宁,过平淡平安的日子,别再节外生枝。高有福想回家,许顺来也思量了很久,不是高有福说服了他,而是他说服了自己,他给女儿写信,也想说服女儿。尽管高有福是个混蛋,但是,他毕竟老了,他无家可归孤苦伶仃时,恐怕也是你的过错。包容吧,宽恕吧,只要生活别再起波澜,你已经吞咽了那么多的苦水,不在意这一滴苦水或者是泪水了。

许英莲没有理由不听从父亲的话语,时间的流逝,可以洗涤旧迹,却洗涤不去记忆。几年不见,高有福见老了。面颊上全是铁锈一样的老人斑,背也弯了,腰也弓了,耳朵也背了,记忆力也大不如从前。看他老眼昏花的样子,许英莲的心也有些酸楚而苦涩的怜悯之感。对于这个曾经对自己心怀不轨的老男人,她也有一个原则,除了照顾他的生活起居,让他别饿着,别冻着,也就尽到了自己的责任。她也跟高立军讲明自己的态度,她完全是站在他的立场上,也是为他考虑的,才同意让高有福又回来生活的。高立军应该知道,许英莲做出了多大的让步和宽容。

这一段时间,高立军因为工作出色,又是高中毕业,再加上苏大姐的面子,街道办事处决定,让高立军担任小饭店的经理,负责小饭店的经营和管理。高立军心里明白,如果不是许英莲的不离不弃,如果不是苏大姐一言九鼎,他也不会有今天。白天上班,小饭馆是他的大家;下班回到家里,这又是他的小家。他对经营小饭馆也动了脑子,在火车站前,人来人往,主打馄饨这种快餐式的面食,有汤有面,还有调馅,有滋也有味儿。高立军用猪骨头熬汤,用瘦猪肉调馅,所用的材料都选择新鲜的,虽然一碗馄饨比别的饭店多卖一两毛钱,但是货真价实,很受顾客的欢迎。这天与往常一样,小饭馆里热热闹闹的,洋溢着浓浓的馄饨香气。高立军走到一张桌前,他怔住了……坐在饭桌前的这个人正是多日没有现身的曹丽华。原本以为,曹丽华已经从他生活视野中消逝了,没有想到,她竟然会在这儿现身。曹丽华说:"才几天没见,就不认识我了。听说你当了经理,你可别是狗戴帽子,人都不是啦。我正好饿了,先给我上碗馄饨再说。"

山不转水转,两个人总是要见面的。高立军说:"不是我不想见你,是你不想见我的。等你吃完了馄饨,有话咱们到外面说去。"

曹丽华说:"就在这儿说嘛,有什么好怕人的……"曹丽华对高立军是有感情的,她想跟高立军在一起,她也做出了很大的牺牲。她不能委身于一个舍不下自己的女人和孩子,也不敢做不敢当的男人,她对高立军近乎绝望了,她才不想与他继续保持那种没有结局的关系。就在曹丽华想重新开始自己的新生活的时候,她看上的男人,人家听说了她的这段往事,也不想再继续跟她保持关系,她陷入生活的茫然之际,无意间,她听人议论起高立军,说他改邪归正,现在当了经理。她今天是特地跑到这儿来的,不光是叙旧,她也想找一下心理的平衡,想着把自己的那些付出弥补回来。

高立军也知道曹丽华的脾气,一碗馄饨也打发不了这个女人。他好说歹说,往曹丽华手里塞了十块钱,总算把这个女人给打发走了,高立军心里不能平静,曹丽华虽然泼辣,可她也是因为自己才沦落到今天这个地步。想起曹丽华给他带来的那些快慰,他也感慨万分。

因为这十块钱,到了月底对账,高立军与饭馆小会计夏红梅账目对不上。为了监督管理,饭馆的账由街道的大会计主管,而夏红梅只相当于出纳员的角色。饭馆的收入不能坐支,支出只能到大会计那儿请示用款。经过一番核对,这个月短了五十多块钱的款。

高立军问夏红梅:"咱们月月都基本对得上账,这个月怎么了?"

夏红梅说:"经理你忘了,你从我这儿支了十块钱。"

高立军说:"我是支了十块钱,可还是短了四十多块钱,你说吧,这到底是怎么回事?"

夏红梅把头低下了,能看得出来,她心里有事,她的眼睛已经有些湿润……夏红梅是个因病留城的学生,她患有哮喘病。分到小饭馆工作,她干不了烟熏火燎的活儿,重活累活都不能干,只能干轻快一点的活儿,饭馆里只有小会计的活儿轻松,她就当了小会计。夏红梅也挺聪明,从来也没记错过账。这一回,因为哮喘病犯了,需要打针,她用饭店的钱给自己买药。她一脸泪水地乞求:"高经理,你能不能发发善心,帮我堵一堵这个窟窿?"

高立军也没有办法堵这个窟窿。夏红梅说:"能不能拖两天再跟大会计对账。这样,我就能用下个月的销售款抵一下这个月亏的钱……"

高立军说:"拖下去也不是万全之策,拖到最后,账目上的窟窿还是堵不上,怎么办?"

夏红梅说:"大月小月赶,一碗馄饨里少一个两个,也就找回来了。"

夏红梅与曹丽华不同,她体弱多病,性情缠绵悱恻,连说话都有气无力,容易让人滋生怜悯之情。经理与小出纳员只有勾结起来,才有机会做假账。因为贪图那几十块钱,高立军与夏红梅越走越近。况且他是个没有生活信仰的男人,一旦有了适合的机会,他心底深处埋藏的那颗邪恶种子就会躁动不安萌发出来。

苏大姐要调到市司法局任职了,离开金河县时,她特地去看了许英莲。岁月悠悠,沧海变桑田,岁月真的不饶人。一眨眼,人生大半辈子过去了。运动还没有结束,遭无辜迫害致死的同志有不少,好在她们活下来了。她叮嘱许英莲,一定要好好地活着,活着就是胜利,就是光明,不论遇到了什么艰难险阻,都要义无反顾地活下去。对人来说,活着就是真理。

许英莲说:"人间的酸甜苦辣,世界上最难咽的苦水我也吞下去了。孩子们长大,我也快熬到头了,大姐,我曾经想到过死,可我又一想,我没有错,我为什么要死。我要活着,活下去,一定要等到那一天:有人代表党组织对我说,英莲同志,我们错怪你了……"

这个家庭所有的成员都在进步,高立军却依然在堕落。能担任一个小饭馆的经理,本来生活给了他机遇,可是饱暖生淫欲。夏红梅就很轻易地把他给拉下了水,因为他需要钱,需要摆平不依不饶的曹丽华。曹丽华看得透彻,高立军不可能为她负责任,一个女人不可以把自己的终身托付给这样一个男人,她咬住他不放,因为从他的身上除了能得到欲望的满足,也能得到经济上的好处。靠工资过日子的年月,想弄到钱,高立军只有与夏红梅越走越近,两个人几乎没费什么周折,便宽衣解带,发生了男女关系。世上没有不透风的墙,没过多久,风言风语便传了出来。是狐狸总会露出尾巴,是脓包总要鼓破流出脓水。

许英莲却还蒙在鼓里,除了照顾家务,又多了一个病恹恹的高有福。换季时节,高有福的哮喘病又犯了,吃药不管用,许英莲借用商店的平板车,拉着高有福到医院去输液。幸好高山放学回来了,他帮着妈妈把爷爷推到了医院。在急诊室,输上了消炎液以后,高有福的哮喘才渐渐地平息了下来。许英莲叫过高山:"你去告诉你爸爸,爷爷病情很重,让他快来吧。"

到处游荡过后,高有福重回故里,没想到许英莲能接纳他,并且照顾他。高有福内心十分愧疚。本来住在女儿家里,可以安度晚年的,女儿家的生活条件有多好,可他还是没有管住自己心里的那个魔鬼,对那个从乡下来的小保姆动手动脚,对小女兵也想入非非。身为人父,他彻底惹怒了女儿,女儿找借口,把他打发回了老家。如今他也是病入膏肓,不久于人世。他是罪有应得。走到了鬼门关前,他想跟儿子说几句话……他告诉儿子,他是个生意人,他不是个好人,这辈子总是在算计别人。他做的那些事伤天害理。许英莲是个好女人,愧对她,就是愧对良心。

在医院的走廊上,许英莲遇见了范医生。范医生问:"英莲,你是来看病的?"

许英莲说:"孩子的爷爷病了,我送他来看病的。"

范医生说:"你的脸色也不好,你也顺便看看吧,咱们医院刚刚从农村调进了一个五七战士,他以前是医学院教授,正儿八经的专家,让他给你看一看。"

许英莲推辞着:"我没感觉哪里不舒服。"

范医生说:"搂草打兔子,顺便当捎带。我带你去,不要光想着别人,而忽视了自己。"

王教授给许英莲听了听胸音,又拍了胸片,县医院条件有限,他建议许英莲到市内大医院去确诊一下,他认为,许英莲的肺部有点问题,她应该去看一下。

许英莲没想张扬,可孩子们还是知道了医生怀疑妈妈身体有病。孩子们央求妈妈到大连去检查一下,确诊到底哪儿有问题。开始许英莲不想去,后来,她也听从了孩子们的建议。去大连的车上,许铎说:"妈,你的心里别有什么负担,检查一下好,咱们心里有数。"

许英莲笑了:"你以为我会有什么负担吗?我什么负担也没有。跟你们到大连来,我并不是完全为看病,我也想到大城市来看一看,有好多年没有来大连了……"

来到了大连市医院,不仅拍片化验,还做了切片检查。结果出来了,一切正常。她的肺部是有个阴影,那个阴影是多年前的一个钙化痕迹,不是病灶。儿子们的心一下子放下来了。

许英莲笑了:"你们也不想想,妈经历了多少事,妈都一步一步走过来了,而且没有生过病,更没有住过院。如今,你们长大了,咱们家也越来越好了,妈能生病倒下吗?"

儿子们建议,去吃喜面吧。许英莲说,妈请你们吃喜面。

从大连回来后,副食品商店的人也知道了,许英莲平安无事,大家也很高兴。许英莲如今不是党员,也不是干部,但她在群众当中依然很有威信。她始终不渝地坚持着一个原则,她要做一个好人。不管谁遇到了困难和麻烦,第一个站出来的,总是许英莲。哪个同志有个大事小情,她总是把口袋里的钱一分不留地全部掏出来。她总是不遗余力,真诚地帮助她的同事们,同事们也总记着她的那些好处。当同事们夸她的时候,她会说出毛主席的那段著名语录,一个人做点好事并不难,难的是一辈子做好事而不做坏事。许英莲这辈子做的当然并不一定全是好事,但她努力在做。她不仅对同事们这样,对于她的顾客们,她也是热情周到。从前的那些老熟人到副食品商店来,不管买不买东西,他们总愿意跟许英莲唠几句嗑再离开。所以,许英莲的柜台前面的人气很旺盛,一天到晚,她不知要说多少话,才能让她的顾客们满意而去。人们可以做到一天的好人,也可以做到当一个月的好人、一年的好人。但是,要数年坚持下来,那真的不是简单的事情。起初,商店也有不少人并不以为然,多少年一路走来,同事们看在眼里,由衷赞许,许英莲是一个不是劳动模范的劳动模范,不是党员的党员。

这天,梁小清到商店来看许英莲:"你大儿子有没有对象?"

许英莲感慨着,不知不觉,儿女们到了谈婚论嫁的年龄了。许铎腿有残疾,工作单位也不好,谁肯与他处对象?也没听他说起过对象的事。

梁小清说:"英莲姐,你儿媳妇的事,包在我身上了。保证让你当上老婆婆。"

梁小清不是说着玩的,第二天,她就把一个姑娘领到了许英莲的面前。这个姑娘二十出头,身体很健壮,模样很普通。这个姑娘是园艺大队的社员,虽然是社员,收入比城里的工人还多,这个姑娘一年能挣五百多块钱,人家吃菜吃粮都用不着花钱,关键是姑娘的身体好,什么重活都能干。许铎的身体有残疾,人家姑娘不嫌弃,愿意跟他处对象。

许英莲高兴坏了,儿子能娶这样一个媳妇,是件好事。她和梁小清跑到儿子的工厂,把许铎叫出来,说起了要给他介绍对象的事。许铎听了,想都没想就拒绝了。

梁小清没生气,反而笑了,她说:"英莲姐,我再也用不着给你儿子介绍对象了,你也用不着为儿子婚事操心了,我能看得出来,许铎一定有了自己的心上人。"

许英莲说:"不会的,从来也没听他说过。他有对象了,他能不告诉当妈的吗?"

梁小清说:"孩子不一定什么都告诉当妈的……"

梁小清没有猜错,许铎真的与一个姑娘好上了。姑娘名叫徐春荣,也是一名因病留城的学生,他们在一个工厂工作,她是厂里卫生室的卫生员。徐春荣在学校的时候,就是男同学们眼里的校花,她长得好看,白白净净的,眉清目秀,身材也好。她的病情不是那么严重,她能留在城里,一方面她因为血小板减少,一方面也是因为哥哥姐姐都是知青,她才留在城里。突出政治的年月,男女青年保持着距离,男女授受不亲,男女青年也没有机会接触。许铎能与徐春荣接触,也完全因为同情……有一回,工厂运进两火车皮苦土粉,重九十吨。工人装卸,而只有许铎一个人在仓库里面码垛,整整干了一天,许铎从仓库里面出来的时候,他已经成苦土人。虽然戴着防护镜,他的眼睛已经让苦土迷住了,因为眼泪是咸的,细细的苦土已经在眼睛里面凝结成硬块。许铎眼睛已经睁不开了,他摸索着来到了卫生室,徐春荣见状,连忙翻开他的眼皮,用注射器抽取蒸馏水冲洗他的眼睛。可苦土块冲洗不出来,没有办法,徐春荣只好用自己的舌头把眼睛里面的苦土硬块给舔了出来……也许正是这个举动,让两个年轻人产生了感情。他们也渐渐地走到了一起。没有人知道,许铎与徐春荣恋爱了,他们俩小心翼翼,从来也不在人前露出半点破绽。约会选择到城外海边河边,没有人去的地方,两个年轻人随心所欲互相倾诉。

许黎很像母亲,但与母亲最不相同的,她性格刚烈,上进心更强。出色的表现,自然也招来非议,有人拿许黎与当年的许英莲比较,当年的许英莲也是大红大紫,结果如何,她母亲发紫以后变黑了。许黎是在重蹈许英莲的覆辙。听到这些议论,许黎气得浑身颤抖不已。

进入公司以后,不少的知青都向党组织写了入党申请书,许黎也写了入党申请书。根据她的工作表现,她应该成为党的积极分子。可在支部会上讨论时,有人说起许黎家庭社会关系,能不能再考验她一段时间,让她能有一个更深的认识。就这样,许黎没能成为入党的积极分子。许黎经受了不少生活磨难,她也是在挫折中成长起来的,对于这些打击,她应该有着很坚韧的承受能力。可这一次打击,击垮了许黎的自信,击碎了她的生活梦想。从农村回到城里,应该是一个人人生轨迹的确立,这时候再经受打击,一般的人在打击面前都会萎靡不振。许黎这个要强的姑娘一股火气直冲脑门,她生病了,她生得什么病？她就是觉得口渴,她很能喝水,能喝很多水。到医院检查后才知道,她患上了糖尿病。医生说,一定要注意休息,一定要注意饮食,不能生气上火。

许黎生病,她谁也没说,她想好了,一定要保密,不要让人知道她患了糖尿病。从医院回来以后,她一天也没休息,天天坚持在工作岗位上。有时候,渔轮回港,轮班卸鱼,船上也要上冰,总调度室一时也离不开人,许黎有时候在工作岗位上要工作十几个小时,甚至几天不回家。有几次,她在调度台上晕了过去。许黎的表现也感动了同志们,可也有人阴阳怪气,说她心术不正,目的不纯,她一心一意想入党,所以才这样表现。

许黎的相貌酷似妈妈。因为形容姣美,自然引人注目,不少人直接或间接地向她表达爱慕之意,许黎统统拒之门外。与她一起进厂的女青年一个一个地结婚成家了,许黎依然没有对象。女儿没出嫁,总是当妈的一块心病。有热心肠的人经常跑到许英莲跟前,给她的女儿提亲。提了几次,许黎左耳朵听了,右耳朵冒了。很多人以为,许黎孤傲,高不可攀,其实不然,她不想攀高枝。她只想找到一个能靠得住的人。

一天下午,许英莲趁着顾客不多,她开始清理柜台里的余货。正低着头核对账物时,实验小学的王老师走到了柜台前,看许英莲正忙碌,他也没有打扰她,等着她忙完。等到许英莲忙完了手头的活,冷不丁地抬起头,看见了王老师,她真有些抱歉:"对不起,王老师……"

王老师说:"没什么,我也没什么急事……"说了一会儿闲话,王老师其实是有备而来的,他来找许英莲,肩负着一个使命,他想通过许英莲打听一下她的女儿许黎的情况。什么情况,许黎有没有处对象。许英莲说,这姑娘性子倔,在农村青年点,女知青们都搞对象,她不搞。回城参加工作了,已经有几年了,一直没有对象,她一点也不着急。

听到这儿,王老师笑了:"今天来看你,就是专门为你女儿而来的。我想给许黎提门亲事……老师给自己的学生介绍对象,他是慎之又慎。他介绍的不是别人,而是自己的妻弟。王老师妻子姓章,他家是金河城的大户人家。章家的子女除了军人就是教师,王老师的妻弟叫章国荣,排行最小,全家人都关心他的婚事。对象倒是看了不少,可就是没有遇到合适的。王老师是章国荣的四姐夫,他想起了自己教过的学生许黎。他教过那么多的学生,可他很看重许黎。今天他特地来见许黎的妈妈,先询问一下许黎有没有对象。听说许黎还没有处对象,他才说起为自己的学生提亲这件事。说到女儿的婚事,许英莲高兴之余,她也担心,会不会因为她的那些经历,影响到女儿的婚事。

王老师说:"金河城就这么一丁点地盘,谁家不知谁家的事。找对象是要看双方的家庭,可是,买猪也不是买圈,关键要看本人品行如何。我之所以出面做这个媒,因为我了解我的学生,我也知道你的为人,还有你们家的事情。大姐……不,以后,如果许黎和章国荣他们俩真成了对象,我还得改称呼了呢。你回家跟许黎提一下,不管她愿意不愿意,给我这个老师回个话。"

当天晚上,许英莲跟女儿说起了今天王老师找她的事。因为是自己敬重的老师,许黎没有直接表示愿意或者不愿意。很多人以为,许黎是心气很高的姑娘。其实在择偶问题上,她有主见,她不想找一个太聪明、太有才华的男人。与这种男人生活在一起,没有安全感。她想找一个老实本分的人,家庭殷实,门风正派,能跟她白头到老,也就可以了。她相信自己的老师,她也崇拜老师,甚至羡慕王老师。章国荣家是金河城里的大户人家,她也愿意嫁进这个门里。过了两天,王老师又来到许英莲的柜台前。

说起女儿的意见,她问王老师:"你对我们家的情况了解多少?婚姻是一辈子的大事,一定要考虑好了,不能凭着一时心动而定。"

王老师说:"我已经说过了,我们看重的是人,而不是家庭。许黎是我学生,我了解她,我也了解你这个当妈的。放心吧,让他们俩相处看看,如果有缘分,他们能成。如果缘分没到,我们再撮合也难成。"

苍天不会总把一个善良的人泡在苦水里,不会让一个善良的人总是遇见倒霉的事情。女儿许黎,还有大儿子许铎,他们俩的姻缘让许英莲感到万分欣慰……许铎更是幸运的,平生能邂逅徐春荣,用他自己的话说,上帝看他太苦了,身体残疾了不说,他的家庭也破碎了,人生的不幸几乎都集中到了他的头上。于是,上帝动了恻隐之心,发了慈悲,把一个心地善良的姑娘送到了他的面前,帮助他共同承担苦难。许英莲很想见一见大儿子的对象,残疾的儿子一直是她的一块心病,能有姑娘爱上自己的儿子,如果他们俩的爱情能成为婚姻,当妈的这块心病也就根除了。她也有些担心,年轻人搞对象,都是三分钟热血,他们俩会不会也是这样,那个姑娘一时间被爱情冲昏了头脑。许铎把妈妈的这个想法告诉了徐春荣。徐春荣听了,脸红了,心跳了,她挺难为情的。她知道,被对方父母接见,他们俩的恋爱等于进入了正式谈婚论嫁的程序。怎么见面,徐春荣从来也没有经历过。还是许铎想出了见面的办法,他说:"我们俩到妈妈的商店去,装作买东西,你看看我妈,也让我妈见见你,这不就了结了吗?"徐春荣也答应了,因为也找不到比这更好的办法了。

第二天下午,许铎和徐春荣俩来到了副食品商店,徐春荣的心怦怦地跳了起来,她甚至产生了退缩的想法。许铎鼓励徐春荣,已经走到这里,你见到我妈,你就会知道,我妈她美丽善良,是世界上最好的妈妈。以后,你真的成了她的儿媳妇,她会对你好的。

许铎和徐春荣走进商店后,他们俩一起来到了许英莲的柜台前面。当时许英莲正低着头打算盘,并没有看见儿子带着一个姑娘走到了她跟前。等到她意识到有顾客来到柜台前的时候,她抬起头来,看见了儿子,还有儿子身边的那个姑娘。顿时,一股热流贯通全身,她的眼睛也有点湿润了,一个俊美的姑娘站在儿子的身边,她就是儿子说的徐春荣,一个一直对儿子很好的姑娘。她情不自禁地伸出手去,拉住了徐春荣的手,从上到下,端详起了这个美丽端庄的姑娘。她什么也说不出来,只是感叹:"好啊,好……"

下午时分,商店里的顾客少,工作也不忙碌,许英莲的举动引起同事们的关注。有的目光投过来,有的凑了过来。想近距离地看一看许英莲的儿子和那个姑娘。同事们明白,许英莲的儿子把自己的对象带给妈妈过目了。大伙纷纷凑了过来,祝贺祝福的目光都投到了这一对年轻人身上。大伙也发出了感叹:"啧啧,到底是媳妇随婆婆,婆婆是个美女,儿媳妇也是个美人……老许,头一回见面,老婆婆怎么也要给儿媳妇点见面礼呀……"许英莲这才想起来,自己的口袋里只有三两块零钱。大伙纷纷掏口袋,凑了三五十块钱,许英莲把钱塞进了徐春荣的手上,她深情地看着这个美丽的姑娘,她从心里感激这个姑娘。她有那么多的话要问这个姑娘:"你要嫁给许铎,你爹妈愿意吗?你想好了,你和许铎以后怎样过日子了吗?"

徐春荣的脸红了,她说:"别的我也不知道,我就知道我和许铎俩能过好日子……"

许英莲说:"你告诉我,你到底看中了许铎什么?"

徐春荣说:"许铎聪明好学,手也灵巧,他一直憋着一股劲……阿姨,我也喜欢你,小时候,我就喜欢你,去你柜台买东西,看你跑旱船,你长得真好看,我喜欢看你。你的脸上总是挂着微笑,爱笑的人心地一定很善良……"

## 第四十七章

孩子们长大了,女儿有了婆家,大儿子也有了对象,她祝愿她的孩子能走到婚姻的殿堂,祝愿他们能幸福。高兴之余,她也担心,不是担心女儿,而是担心儿子……

高有福的哮喘病越来越重,天天都要打针吃药,但他已经不能爬起身来了。家里家外,事无巨细,他全看在眼里,全靠着许英莲一个人支撑着,还要照顾他这个病人。离死亡越来越近,他的忏悔之心也越来越重。悔恨之时,他也想早点闭上眼睛,省去许英莲的心思,减轻她的负担。儿子高立军天天很晚才回到家里,儿子是个能请神不能安神,遇见事六神无主的货色。他应该是头拉磨的驴,蒙上眼睛,天天在磨道上转圈,才不会惹是生非。好不容易与儿子见上一面,他都好言相劝:"这些年,当爹的对不起英莲,你也对不起她。收收心吧,儿子啊,再浑下去,你和我人都不是啊……"

只要与丈夫见面,许英莲总要叮咛高立军:"千万不要辜负了苏大姐,一定要把工作干好。记住了,咱们家再也禁不起折腾了。孩子们一天天地长大了,你不为别人想,也要为孩子多想想。"

每一回,高立军都信誓旦旦:"放心吧,小饭馆让我给管理得有模有样。街道办事处新来的胡书记,没上任时,他就暗地里来到了我们小饭馆吃馄饨。其实他是微服私访。吃过了馄饨,他伸出了大拇指,说了一句俄语表扬我,哈勒少,哈勒少。"

高立军在许英莲面前,都是拣好听的说给她听。他也摸透了许英莲的脾气,她是个挺好糊弄的女人。只要她听到努力进取、积极向上之类的话,她也会跟着一块高兴,她把人都想成了她那样。高立军早出晚归,也许正像他说的,一心扑在了工作上,勤勤恳恳,努力工作。

高立军已经完全堕落了……如果说他在凉水湾供销社与曹丽华的婚外恋情,还有几分男女真爱成分,而如今的高立军骨子里残留的那点人性荡然无存。他与夏红梅很快就搞到了一起,一个姑娘为什么肯为他献身,她图的是私吞销售款。占女人的便宜,是要付出代价的。与此同时,他也与曹丽华保持着关系,他想在其中找到一种平衡。久而久之,就有风声透露了出来。夏红梅听到风言风语后,她首先想到自己日后要嫁人的事,与一个有妇之夫搞不正当的男女关系,后果可想而知。她想到摆脱。她不想再把小会计当下去了,再当下去,那个窟窿会越来越大,眼下,他和高立军可以拆东墙补西墙。可墙都拆光了,再用什么去弥补。夏红梅思考了很久,她想出一个保全自己的方法,在家装病,多日没有上班。街道书记正愁没有机会往小饭馆里掺沙子,夏红梅病了,必须要有人顶替,于是,胡书记就派来了一个出纳员顶替夏红梅。高立军从来都自以为是,有些飘飘然的他对新来的出纳员也想入非非。人家给了他一个笑脸,他当成了爱情,甚至也想同她保持那层关系。人家笑而不答,没有多久,就把小饭馆的账目搞得一清二楚。胡书记找夏红梅谈话,才开头,夏红梅掩面呜咽起来,把她跟高立军俩的关系说了。无论是做假账私留销售款,还是他们之间发生的不正当关系,夏红梅如泣如诉控诉高立军的那些丑恶行为,胡书记听了很是气愤。两年前,全国掀起了一股打击迫害女知青的运动,夏红梅虽然没下乡,可她是因病留城的知青,明明知道她的身体有病,还与她发生关系,并且有强行的意味。与此同时,他们还有贪污行为。顺藤摸瓜,继续往深里调查,这下可不得了,高立军是个搞男女关系的惯犯。胡书记有经验,只要一个人搞男女关系,他必定贪污,不然,他哪里有资本搞妇女。经过清算核实,再加上高立军本人交代,他贪污了七百多元的销售款。在那个年月,属于重罪。

听到这个消息,许英莲的心犹如被万箭穿戳,她已经感觉不到疼痛……多少年了,她一直在感化着高立军,哪怕是块石头,也应该被感化了。她下了多大的决心,为他的父亲养老治病,可他还有心思风花雪月。胡书记希望许英莲能替高立军退赔贪污款。许英莲苦笑着:"上一次,我把前夫留给孩子们的钱都丧尽天良用在了这个畜生身上。我想,这辈子他不会再犯错了。可是,我错了,他根本就没生人心,他是畜生,他连畜生都不如。逮捕法办,是他罪有应得。"

"文革"后期,判过刑的罪犯都被押到大"解放"卡车上,要在全城游街。主办这次宣判大会的人知道高立军的妻子许英莲就在副食品商店工作,如同前些年一样,他们把车开到了商店外面,高音喇叭一边播放着口号,一边广播高立军的罪行。同几年前的那次游街一样,如潮的人们一边看着车上的罪犯,一边拥进了商店去看罪犯的妻子许英莲。一把刀子已经把许英莲的心搅碎了,她无法躲避,她也不能躲避,好心的同事们把她拉到了后面的仓库,一些人却趁机起哄:"许英莲不出来与群众见面可不行,她花了她男人多少贪污款,公检法应该查一查。""让许英莲出来,让革命群众看看她的本来面目。"一直在卖场维持秩序的刘国良也难以维持,他走进仓库时,与许英莲打了个照面。刘国良说:"老许,千万不要露面,外面聚集了好多人。"

许英莲说:"我还是到柜台吧,躲是躲不过去的……"

刘国良说:"那些人都等着看你的笑话,别出去。"

许英莲擦了擦脸,理了理头发,她从仓库里走到了柜台前。无数双眼睛投到她的身上,眼睛射出的目光内容太丰富了,男人们的艳羡,女人们的忌妒,更多的是落井下石的幸灾乐祸……这些年来,许英莲在工作上的努力,也得到了同志们的公认,许英莲是个好人,也是个不幸的女人。营业员们主动走出柜台,维持商店里的秩序。刘国良高声喊着:"行了,商店不是电影院,更不是说书听戏的场子,你们瞧热闹,别人就无法买东西了。家家都有本难念的经,丑事也家家有,不露才是高手。散啦散啦,算了算了,别把我们的柜台玻璃给挤碎了。同志们该做什么,就做什么去吧,别影响我们营业。"

大"解放"卡车拉着犯人开走了,商店里的人也渐渐地散去了。同事们真的挺佩服许英莲的,上一次的情景,同志们历历在目,她泪如雨下;这一回,她竟然没有掉一滴眼泪。

许英莲苦笑了一下,她哪里还有眼泪。背过人们的眼睛,她的眼泪一直没有流,她的眼泪早已哭干了,再也不会有眼泪流出眼睛了……同事们都劝许英莲:"离婚吧,跟这个禽兽不如的男人离婚吧。跟着高立军,你吃了多少苦,受了多少委屈,大家都看在眼里,你已经仁至义尽了。再不离,你会死的。"

许英莲摇了摇头,她说:"这个婚,我离不了……"

同事们理解不了许英莲的固执,儿女们也无法理解。许黎恳求:"妈,你就跟他离婚吧。上一次,你已经做到仁至义尽了。这一次,你无论如何也别犹豫了。高立军对我们家最大的贡献就是败坏名声。他顶着风臭四十里,我们家也跟着臭不可闻。妈,我们长大了,我要嫁人,弟弟们要娶媳妇,谁家的姑娘会嫁到我们这个家里。妈,你要为儿女们想一想……"

许英莲还是摇头:"你说的这些,妈都明白。可是,现在跟他离婚,妈做不到呀……"

许黎十分不理解:"妈,有什么做不到的?难道你舍不得这个男人?难道你还没有吃够这个男人的苦头吗?你用心良苦,给这个流氓退赔贪污款,他都不思悔改。你在家里侍候他的老父亲,而他在外面花天酒地,流氓成性,你依然还对他抱有幻想,真的让我想不明白。"

在女儿面前,许英莲欲哭无泪,但是,从她的嘴里,她一直没有说出"离婚"二字。

病在炕上的高有福听说儿子被判了十年徒刑,他爬起身来,颤巍巍地拿起笔来,给女儿高立珍写信,念在他们姐弟情分,就寄钱给弟弟退赔赃款,免得他要受牢狱之灾。如果能出面,找找关系,疏通门路,高立军也可能无罪释放。女婿王国臣如今官高权重,办这事易如反掌。

许英莲没有把信寄出去,她把信隐匿了下来。

高立军再次犯事,于过兰疯疯癫癫跑到副食品商店,特地来到柜台前见许英莲,她想亲眼瞧瞧,许英莲有多大的承受力。

看见于过兰,许英莲像对待别的顾客一样接待她。于过兰不是来买东西,她想让许英莲看看她儿子的照片,她的儿子在部队也提干了,她想向许英莲炫耀,她有多么的幸运。美丽的许英莲又遭不幸,她兔死狐悲,猫哭老鼠来了。许英莲可以在任何人面前胆怯退缩,面对于过兰,她也挺直了腰杆,她说:"我儿子也很优秀。"

高有福天天盼着女儿的来信,望穿双眼,就是没能盼到来信。他还不死心,他央求许英莲:"能不能去找你的苏大姐,她在司法局工作,通过她,能不能从轻处罚高立军。"

许英莲断然拒绝了:"他把我对他的宽容当成了纵容,我对你儿子已经做到了仁至义尽。他是屡教不改。他把我当成了他的工具,为所欲为,从不顾及别人的感受。他一人犯罪,给我、我的孩子、我的家,造成了多大的伤害。再姑息迁就他,天理都不容。"

为了让母亲与高立军离婚,许黎找来许铎,写信把乡下二弟和三弟也叫回了城,他们向妈妈提出一个共同的话题,与这个高立军离婚。这个人不配在这个家里再存在下去,他已经无耻到了极点,他把这个家庭的尊严彻底丢尽了。从前,他们是孩子,他们还小,不足以主宰这个家庭。如今,他们长大了,他们能够支配这个家庭。妈啊,离婚吧……

许英莲能理解孩子们,婚是要离的,但不是现在。许英莲始终坚持自己的主意,如果她离婚了,这个家又一次地毁掉了,她的两个小儿子又会失去很多。家再破,家还在。离婚了,再也没有家了……

看见母亲为了一个无耻之徒宁愿守着这个家,而不顾儿女们的感受,许黎下了狠心,她能与父亲脱离关系,她也能与母亲断绝关系。她毅然决然地走出了家门,她打定了主意,从此离开这个家。她的婚期越来越近,她不准备让母亲参加婚礼。

许黎结婚一年后,许铎也要结婚了。他和徐春荣的婚事遭到了众多人的反对,开始时,大家都以为,徐春荣是三分钟激情,十分钟热血沸腾。可谁也没想到,这桩人们认为不可能的婚事竟然变成了现实。所有的亲戚朋友竭力反对徐春荣与许铎的这门亲事,真的无法接受,无法理解,一个多好的大姑娘,怎么可能嫁给一个腿脚有残疾的人。许铎的家境、家庭门风同社会关系,简直糟糕透顶。徐春荣鬼迷了心窍,要不然,她不会做出这样的选择。

徐春荣跟他们解释,如果没有与许铎在一起工作,没有接触,不会知道许铎是个什么样的人……这几年,她和许铎在一个单位,渐渐走近,互相了解,她知道,许铎一直在暗地里默默地读书学习。与同龄人不同,他一直积蓄着力量在做一件事情。虽然许铎没说过,她也没问过,她知道,他在与命运抗争,这是同龄人不具备的才能和优点。她想告诉大家,可谁又能听得进去呢。世人看的是表面风光,他再怎么优秀,也是个残疾,这一对年轻人的亲事难以接受。

在家里人面前,徐春荣也打过退堂鼓,她和许铎精疲力竭了:"要不然,咱们拉倒吧,别再让家里人天天紧逼,也不要让他们说三道四。从此,咱们分开,大路朝天,各走一方。"可是,过了没两天,许铎神情恍惚,徐春荣也挂念着许铎,两个人嘴上说拉倒了,可他们的感情太深了,在心里谁也放不下谁。等到第三天,徐春荣又跑来看望许铎了。许铎拉着徐春荣的手,他说:"春荣,咱们俩结婚吧……"

徐春荣也没有犹豫,她答应了:"我们结婚吧……许铎,我知道你对我好,可我要的不仅仅是你对我好,我要的是你别辜负了我对你的这份苦心……"

许铎说:"春荣,你放心吧,也许我给不了你荣华富贵,可我能让你幸福,能让你扬眉吐气。我们在苦难中碰撞出的爱情火花,一定会燃烧出绚丽多彩的火花。"

正在人造木厂蹲点的金河镇公社政工组长张振华是个有爱心的领导,他得知一对留城知青恋爱的故事,他也很为这个姑娘的举动感动,他也生怕这个名叫许铎的小伙子失去这来之不易的爱情,他为这一对年轻人做了一件好事,通过民政姜助理,为许铎和徐春荣登记办了结婚证书。徐家也是过日子的安分守己的人家,徐春荣的父母为人忠厚善良。见女儿死心塌地认定了许铎这个小伙子,他们也不忍拆散这一对姻缘。许铎真的幸运,他遇见了一个好姑娘,他也遇见了一个能接纳他的家庭。事后,母亲也问过自己的女儿:"究竟因为什么,你死活非要嫁给许铎?"

徐春荣说:"妈,太可怜了。我不可怜他,我都不过意,心都会很痛……"

善良的母亲也养育了善良的女儿,她说:"妈想问问你,你和许铎都不是全民和大集体职工。有朝一日,你们街道小工厂倒闭了,你和他怎么生活呢?"

徐春荣很自信,她说:"许铎能写作,也会画画,工厂真的倒闭了,他画画,我去卖画。"

儿子要结婚了,许英莲真的心花怒放,她喜形于色,乐得合不上嘴。梁小清来看她的时候,她也掩饰不住内心的喜悦。梁小清问:"英莲姐,你撞到喜神了吧?"

许英莲说:"我儿子娶媳妇,真的撞到了喜神。天大的喜事,冲走了所有的坏事。"

许铎和徐春荣结婚,好心人高兴,为他们祝福。嫉恨的人也气不打一处来,邪了门了,这么好的大姑娘,竟然嫁给了一个腿脚不好的人。许铎与徐春荣的结婚仪式简单而热烈,没有拜天地,也没有拜高堂。远道回来参加外孙婚礼的许顺来提议,咱们向毛主席鞠躬敬礼。

婚礼热闹极了，来了很多人，整个大院都放上了桌子，许铎是个有人缘的人，好多人也是不请自来，坐下喝酒的人越来越多，喜庆的气氛也越来越浓。喜庆之时，许顺来也嘱咐外孙，结婚容易，但过日子难。以后，两个人要齐心协力过日子。"记住你们家的那些往事，时时提醒自己，人不可一生无错，但千万不能犯大错。你爸就是一个教训，这个教训太惨痛了。一定要记在心里，以后，遇到酒色财气之类的事情，就想想你的父亲。你父亲如果今天看到你娶了媳妇，婚礼办得红红火火，他该有多高兴……"

许铎和徐春荣的婚礼一直持续到了深夜，那些前来祝贺的人们才意犹未尽地离开了他们的新房。新房里只剩下一对新人，许铎拉着徐春荣的手，深情地对她说："春荣，我谢谢你……"

徐春荣说："我们俩都成了两口子了，还用得着这么客气？"

许铎说："春荣，如果没有你，我一个人还要孤苦伶仃下去。在今天这样一个值得纪念的日子，我对你说，也许我不会给你荣华富贵，但我能让你幸福，能让你扬眉吐气……"

许铎和徐春荣紧紧地抱着，徐春荣说："我什么都不要，我要你争气，给我也争口气。"

## 第四十八章

　　1978 年的秋天,许英莲正埋头忙碌着,因为要点库了,她提前要做些准备。

　　一个满头白发的老人走到了许英莲的面前。她以为来者是个顾客,抬起头来刚要问,你想要点什么时,顿时惊呆了……张开的嘴半天也没有合上,好不容易才说出话来:"是你……杨主任,真的是你吗……"

　　出现在柜台前的老人果然是杨清风,整整二十年,他终于摘掉了头上的帽子,压在他头上的罪名终于得到了平反昭雪。平反以后,他想做的第一件事,就是回到他工作过的地方来,来看看金河城,来看看他的同志们。他从百货公司打听到许英莲的情况,这才找到她。

　　许英莲已经抑制不住自己的感情,她想哭,可她欲哭无泪。这些年,她已经将眼泪流尽了,流干了,已经没有眼泪能哭出来流出来了……她急忙跟领导请了假,把杨清风请进了南街的国营饭店。杨清风感慨着:"我以为,我这辈子再也见不到你了……"

　　组织上还杨清风清白,也给了他经济补偿。二十年,他得到了一大笔补偿款。因为过了退休年龄,给他按正科级办了离休干部手续。他把补偿款都给了妻儿老小,因为这些年来,她们跟着他受牵连,吃尽了苦头。当他问起许英莲这些年过得怎么样的时候,许英莲再也控制不住自己的感情,她又忍不住哭泣起来,可她只能干哭,只能发出干涩的哭泣声……她把杨主任离开以后,发生在她生活当中的那些事情一五一十地诉说了出来……

杨清风静静地听着，听着这个自己亲手培养起来的美丽的女党员、女干部的不幸人生遭遇……他说："英莲，我一直以为你会有一个不错的人生，因为你的美丽，因为你的善良，可我怎么也没有想到，你的处境和遭遇比我还要悲惨。好在你挺过来了，真的不容易啊。在我最难最苦的时候，我一再告诫自己，一定要挺住，一定要活下去，坚持就是胜利。我做到了，你也做到了，我们都做到了……"

许英莲说："杨主任，你做到了，而我没有做到……"

杨清风说："你为什么能这么说呢？"

许英莲说："他们给你定的罪名是政治罪名，而他们给我定的罪名是生活作风败坏，正是因为这样的罪名，我恐怕不能像你那样平反昭雪。说起这些往事，只能伤心，只能伤感。"

杨清风说："难道你就这样认了，认为自己是个罪人吗？我相信，只要你如实地把自己当时的情况反映给组织，组织上会考虑当时的实际情况，因为生活，因为孩子，一时感情冲动，就是触犯了党纪，也不能处分得这么重。我问你一句话，你对党的信念丧失了吗？"

许英莲说："杨主任，你是我入党的介绍人，你向你保证，我一直把自己看成是一名共产党员，时时处处用党员的标准要求自己，不管是工作上，还是在生活上。对党的信念从来也没有动摇过。"

杨清风说："英莲同志，我坚信你的本质，你的品质，一个人不可能不犯错误，看一个人，要全面，要看这个人的本质和品质。我建议你向上级组织部门反映自己的情况，我相信组织部门也会本着实事求是的态度，认真对待你的问题。发生在1958年的案子，组织上都给我一一落实了，我相信你也会得到组织上的公正对待。"

与杨清风二十年后的见面，许英莲深藏在心底的那个念头又重新浮现了出来。回到家里，她忙完了家务，给高有福把药喂了下去，她坐下来，在灯光下，开始写自己的申诉材料。往事历历在目，她的手微微地颤抖了起来……

杨清风这次旧地重游，他想看看往日的老同事、老朋友，也想再看一眼金河城，这个让他的人生受到重大挫折的地方。他知道，这次回来，可能也是他最后一次，不管是古城，还是故人，以后，也许再也见不到他们了。离开了金河城以后，他去了市内，见到了苏玉凤。苏玉凤已经离休了。两个人见面，也抱

第四十八章

头大哭了一场。新中国成立前两个人就在一起工作，一直到1958年。如今已是1976年，他们一大把年纪，他们也无话不说，说起了当年，他们到底没能冲破道德那层网，没有结合到一块儿。也幸好没结合到一块儿，真的结合到了一块儿，也许又是一桩罪名，打倒的不仅是杨清风一个人，苏玉凤也不可能幸免。两个人说到许英莲时，杨清风动了感情，他叮嘱苏玉凤："我们以前考虑自己的事情太少了，一辈子走过来方才明白，我们也做过许多对同志、对家人不负责任的事情。苏玉凤，你虽然离休了，但是，你在这个城市，你在金河县还有些影响。对于英莲同志的事情，你不能不管，一定要管，要管到底。"

苏玉凤说："英莲也是，她从来把难言之隐藏在自己的心里，她从来也不跟我说，在她最艰难的时候，她也不愿意给我增添麻烦。你放心吧，回头，我一定会帮助英莲的。一个人，犯错误也应该犯得明明白白，处理犯错误的同志，也要明明白白，不能稀里糊涂。'文化大革命'这十年，是腥风血雨的十年。人们不应该再糊涂下去了，因为我们付出的代价太惨痛了。"

杨清风要回山东了，临走的时候，他又与许英莲见了一面。他说："闭上眼睛，想想那些往事，就像发生在昨天一样。这次回金河，故地重游，还能再见到你，我真的心满意足了。没有什么要说的了，还是那句话，我们都好好地活着，活着就是胜利，活着我们就能再见面。"

许英莲紧紧地握着杨清风的手："杨主任，你也要好好地活着，高兴的时候，就回金河来，来看看我，来见见这些老同事。看到你，我真高兴……"

杨清风老泪纵横，他说："我想起了'文化大革命'时，有这样两句诗，叫'沉舟侧畔千帆过，病树前头万木春'。是唐朝诗人刘禹锡的诗。说心里话，当时听到这诗句，我真的不明白诗中之意。如今，我懂了，我明白这就是说我的。千帆竞发过去了，我成了一条沉没的船。曾经也是草木繁茂，如今也是一棵病树了。走了，英莲，保重吧……"

送走杨清风，许英莲觉得应该向党组织申诉，当年对她的处分过重。下班以后，许英莲忙完了家务，她坐下来，开始写申诉材料。写到伤心时，她自己也忍不住落泪。已经有好几年流不出眼泪来了，而今她终于有眼泪流出来了。她的眼睛再也不干涩了，有湿润感了，憋闷在心里的那些委屈到底借着泪水流出了眼眶。这辈子唯一的一次错误，就是她与史忠诚发生的那次不该发生的男女关系，唯一的一次，竟然成了她的弥天大罪。因为这个罪过，她整整赎了大半辈子。她觉得有点委屈,不应该开除她的党籍。好多年来,她仍然用一个共产党员的标准要求自己,她再也没有做过任何对不起党的事情。她一边流泪,一边疾书,她把写好材料的十多页稿纸,看了又看,直到没有纰漏,没有错处,才小心翼翼地放进了信封里。等到一个合适的时机,再递交到组织上。

第二天半晌午,大刘走进副食品商店,走到许英莲柜台前面。好在没有多少顾客,许英莲也想跟大刘说说话。大刘说:"英莲哪,我提前办了退休……"

许英莲问:"你到退休年龄了?"

大刘说:"两个女儿在乡下,因为我在'文革'当中的那点事情,孩子们也树立不起威信来,每次回城,总是能遇到麻烦。我退休,让三女儿顶我的班。从明天起,我再也不用上班了,我给自己画了一个句号,这辈子工作的年限终于走到头了。"

许英莲把自己要向党组织申诉的事情跟大刘说了。大刘听了,她淡淡地笑了一下,就是找回党籍,还有什么意义?

许英莲却铁了心要申诉,她要替自己洗清身上的罪名,还自己一个清白。要申诉,就要向商业局党委申诉。

大刘告诉许英莲:"从前的那个马局长兼党委书记已经在'文革'中去世了,如今的商业局党委书记是丁书记,他是咱们的老领导,他了解你,相信他会同情你,会帮助你的。"

许英莲说:"我不想给丁书记添麻烦,我的事情也用不着走后门,我想通过正常程序,向上级党组织申诉我的情况。"

许英莲没有找丁书记,她通过正常渠道,把申诉材料递交到了商业局党委时。从前处理她问题的周国花又重新出来工作了,她在"文革"当中受到了迫害,重新工作,官复原职,还是在做组织工作和纪律检查委员会的工作。许英莲的申诉材料递交到她的手上,她审阅过后,记忆中浮现出那个美丽的女人形象。其实她与这个许英莲一点个人恩怨也没有,她知道,其中的始作俑者就是于过兰。想也不用想,于过兰就是忌妒,就是因为女人之间的忌妒,才从中挑拨唆使,导致了许英莲是今天这个结果。如果在运动中没有受到触动,她也许没有感受。她是亲身经历过,要陷害一个人,通过运动,这是太简单的事情。不过,对于许英莲的申诉,周国花没有忏悔之意,毕竟这是她一手处理的案子,她签上了自己的意见之后,让下面的同志转给许英莲。

没过几天，许英莲就得到了答复，眼下是在拨乱反正，给在运动当中受到了迫害的领导干部平反昭雪，许英莲的问题是生活作风问题，不在拨乱反正平反昭雪之列。

得到这个答复，许英莲心有不甘，首先，她与史忠诚并不是乱搞男女关系，她相信史忠诚的真诚，她也对他怀有感恩之情。她和他即使有错，错在了道德层面上，属于人民内部矛盾，而不应该开除她的党籍。想到这儿，许英莲自己走进了商业局的办公楼，她要亲自出面，找到组织找到办案人员，当面陈述自己的委屈。许英莲没有想到，接待她的是周国花。看到这个更加成熟的老女人，许英莲的心凉了半截。想当年，就是周国花与于过兰一起，整得她丢了党籍，也丢了工作。

周国花似乎想到了许英莲会来找她，她娓娓向许英莲道来："……眼下确实是拨乱反正之时，'文革'当中发生的许多冤假错案应该得到纠正。你的案子确实发生在'文革'之前，不属于要纠正的冤假错案。"

许英莲说："可我觉得，我有错不假，可不应该对我处分得那么重，我就是冤假错案。"

周国花说："你个人感觉不行，说句心里话，你与那个名叫史忠诚的军人发生了不正当男女关系，他的妻子举报了你们的关系，我们当时没有追究你破坏军婚罪，就已经对你网开一面了。不要以为只有男人才会犯破坏军婚罪，你是第三者插足，照样也可以算作破坏军婚罪。难道这还能算是道德层面的错误吗？难道这还能算作是人民内部矛盾吗？"

许英莲又陷入了惘然之中，不少熟人因为运动受到了迫害，如今也纷纷得到了纠正平反，她心里一片茫茫然，难道别人的错误可以平反，而她犯的错误就不可能纠正吗？

就在许英莲为自己的事情纠结之时，高有福的病情加重了。好在高山和高海也大了，他们帮着母亲把爷爷送进了医院，也能帮着母亲照顾爷爷了。经过抢救，高有宝的病情得到了缓解。整整一夜，许英莲也没有休息，她一直守在病房里，一直到天亮。

高山说："妈，要不，打电报告诉姑姑？"

许英莲说："告诉你姑姑什么？告诉她你爷爷病了……"

高山说："我是想让姑姑知道，爷爷一直病着，一直是你在照顾他。可你太劳累了,姑姑她是医生,她照顾爷爷,应该更周到。"

许英莲说:"你姑姑离得太远了,你姑夫的部队还要到处换防,不到万不得已,别惊动他们了。再说,你姑姑和姑夫也照顾了他很多年,如今,也应该轮到我们照顾他了。"

这时候,病情得到了缓解的高有福有气无力地说话了:"英莲哪,别把我送走,我不会拖累你们太久了,我死,也要死在自己的老家,也要葬在南山坡上……"

这些天,许英莲天天要往医院跑,在家里做好了饭菜,给高有福送到病床前。她对这个老男人,内心充满了矛盾,这不是一般的矛盾,可以说是一种折磨,一种说不出苦衷的折磨。出自道义,她不得不接受这个老男人,她在尽一个女人的义务和责任。她弃他不顾,也无可非议,她接受了他并服侍他,她也要一直送他走完人生的这最后一段路程。

在医院里,许英莲遇到了一个人,一个多年前出现在她生活里的那个人,他就是当年三○九七部队的政治部刘主任。如今,刘立功调到了陆军军官学院任职,他是到医院来看望一个住院的朋友,无意间遇到了许英莲。想当年,因为史忠诚的事,他还到百货公司调查过。那时候,刘主任的妻子去世没有多久,他也曾经有过那样的念头,想娶许英莲为妻。事情已经过去了很多年,事过境迁,没想到,两个人遇见。交谈了几句,他们就说起了史忠诚。刘主任以为,许英莲还在恋着旧情,才提起他的。

许英莲把自己纠正平反遇到的麻烦跟刘主任说了。她说:"事到如今,我也不怕丢人,事实就是这样,我跟他不是乱搞男女关系,真的不是,而只是一时感情冲动,突破了道德的底线。纪检部门一再强调,我触犯的是军婚,是史忠诚的妻子向商业局检举控告的我……"

刘主任说:"真的有这种事?"

许英莲说:"在'文革'中,我遇到了难处,我儿子找到了正在咱们县支左的左红宇,是她做的指示,让我摆脱了困境。通过这件事,我不相信史忠诚的妻子,她会控告我,想置我于死地而一辈子不能翻身。"

刘主任说:"你的想法是,只要找到左红宇,你就能洗刷身上的罪名?"

许英莲说:"我想应该是这样的,我付出了那么大的代价,我受到的惩罚够残酷的。我想,左红宇应该原谅我了。"

刘主任说:"我与史忠诚早就失去了联系,但是,我们有很多的战友,也许他们当中有人与他保持着联系。我回去以后,给你打听一下,帮你找一找史忠诚和他的爱人。"

许英莲说:"刘主任,那真的谢谢你了。"

刘主任说:"不要谢,即便找不到史忠诚和左红宇,你也不要放弃替自己洗刷罪名的机会,商业局不能一手遮天,你可以到县里申诉,可以到市里,省里,甚至到中央。"

许英莲说:"我还真没想过上访。"

刘主任说:"商业局再顶着不给你解决,你可以到县里去,上访怎么了,听说县委调来了一位很有魄力的县委书记,他每周都有一个接待日,专门接待上访的群众。"

许英莲说:"如果我的问题再得不到解决,我就会到县委去,去见这位县委书记。"

高有福在病床上挺过了1979年的春节,挺过了正月,他没能再等到夏天的到来,他走完了自己的人生路。高有福生病住院期间,身为人母身为人父的许黎和许铎都来医院看望过这个老男人。包括许宏、许钢兄弟,他们与高山、高海兄弟俩是从一个娘肚子里爬出来的,他们之间的感情亲如手足,但对于这个老男人,孩子们当中除了许铎,谁也不知道给他们家庭制造悲剧的人,就是这个高有福。许铎的感觉难以名状。出自对母亲的尊重,出自对两个小兄弟的感情,他把这个秘密隐藏到心里最深处,永远也不想说出去。

高有福走了,到另外一个世界去了。许英莲带着孩子们把他给安葬了。整个安葬过程,许英莲没有掉一滴眼泪,对高有福,她的心情万分复杂。他死了,她很坦然。

料理完高有福的后事,许英莲又到商业局去,她不想再与周国花耗费口舌,她直接去找党委丁书记,她只有一个愿望,那就是恢复她的党籍,恢复名誉。这么多年,她一直顶着这样一个罪名,这个罪名是不实之词,是强加在她头上的。当年处分她,她也没有接受。

丁书记在"文革"期间也下放到农村,当了五七战士。官复原职以后,他也是满头白发了。已经到了年龄,他也要退休了。有多少老同志、老同事没能熬过来,毙命于运动之中。从前真没有感觉到权力的优越,他是人民的公仆,他要为人民服务。"文革"运动教育和教训了他,他明白了许多道理。其实,许英莲第一次到商业局来,周国花就向他做了汇报,并把处理意见也跟他说了。他对许英莲这个女同志印象一直不坏,许英莲时时事事有些背运。他本人挺同情这个女人,可他却不敢仗义执言,替她说句公道话。有时候,他也觉得这个女人的命太苦了,不帮帮她,良心上都有些说不过去。可是,权衡过后,他还是站在了组织的角度去考虑问题。

丁书记没有想到许英莲会直接闯进他的办公室,直接面对他提起自己的问题。这是他没有预料到的,但他很镇静,热情地让许英莲坐下来说话,他还亲自给她倒水。

许英莲也开门见山,她说:"丁书记,我一直在你的领导之下工作,我是一个什么样的人,我相信你一定了如指掌。我就觉得我冤枉,组织上对我的处分太重了,仅仅因为感情冲动而发生了一次男女关系,不是乱搞男女关系,我不应该被开除党籍,甚至开除我的公职……"

丁书记说:"英莲啊,你今天来找我,是不是为了恢复党籍、恢复名誉?"

许英莲说:"是,我就是给自己找回一个说法。我承认,我犯了生活作风错误,可这个错误不至于开除党籍。要不是为了这个党员的称号,也许我早就不在人世了,我就是想替自己找回这个称号。"

丁书记说:"英莲啊,你的心情我能理解,也希望你能理解我。这件事,事关重大,时间也过去了很久了,不可能一夜之间就能得到解决。你回去吧,回去耐心地等待,给我们一些时间,我们专门研究一下,再给你答复,你看好不好?"

丁书记没说行,也没说不行,许英莲也只能答应,再等些天。她也想好了,如果再过两天得不到答复,她直接就到县委去,说她上访,她就是要上访。

一个星期过去了,依然没有消息。其实在这些天,商业局也研究过许英莲的问题,因为周国花就是当事者,如今要纠正平反,那就是像打她的耳光一样。于是,她成了这个问题的最大反对者。周国花如今也是局领导班子成员,把周国花与许英莲两个放在一个天平上,丁书记自然倾向于同一个单位领导班子成员。研究的结果,统一口径,那就是当年对于这个问题的处理是正确的,而且这个案子也发生在"文革"前,所以,不存在什么平反改正的问题。

许英莲下定了决心,到县委去找郭书记。走进县委大楼,她的心情不禁激动起来,当年,这里就是第七战地医院,她在这里,背着刚刚出生后不久的女儿参与了抢救志愿军伤员的战斗。一眨眼,二十多年过去了,快三十年了,再走进这座大楼时,她是来上访的。当她走进了信访接待室时,接待人员问她有什么事情。

许英莲说:"我是来见县委书记的。"

接待人员说:"县委书记下乡了,你有什么事情,就对我说吧。"

许英莲说:"我是为我的党籍问题而来的。"

接待人员说:"材料带来了吗?"

许英莲把自己写的厚厚的申诉材料递到了接待人员面前。

接待人员接过了材料:"做了登记,你回去听消息吧。"

又是一个星期过去了,许英莲没听到一点消息。她再次走进了县委大楼,走进了接待室。接待人员告诉她,她的问题,已经转交到商业局处理了。

许英莲听了挺生气:"正是因为商业局不给我解决,我才来到了县委。你们再次把材料转交给他们,他们能认真处理吗?他们能认真对待我的问题,我也不会到县委来找你们。"

接待人员说:"你要相信组织,不管哪一级组织,都会认真处理的,不是你想象的那样。"

对于自己恢复党籍这件事,不少人给许英莲出了点子,她自己也想好了主意。一连几天一大早,她就来到县委大楼外面,她在那里看进出大门的工作人员。县委虽然有两台吉普车,可是,没有人坐车上下班,路途近的步行,远的也骑自行车。这几天里,她看准了一个人,他高高的个子,相貌也挺英武,挺干练的,也很精神。许英莲断定,他就是那个县城里的人们议论的县委郭书记。许英莲酝酿许多天的勇气和力量全部使出来了,她大大方方地走到了郭书记面前,喊了一声:"郭书记……"

郭书记停下了脚步,有点惊讶地看着眼前的这个女同志:"你是叫我吗?"

许英莲说:"是,郭书记,我就是专门在这里等你的……"

郭书记问:"你有事吗?你有什么事?"

许英莲说:"'文革'前,我因为一次生活作风事件,被开除了党籍。多年来,我一直觉得,这对我不公平。所以,我要组织上对我的问题再审查一次。"

郭书记那颗悬着的心放了下来,因为这些天找到他面前的,都是要求平反找回补偿的,而这个女同志是为了自己的党籍。郭书记接过了许英莲递过来的材料,他问了一句:"你的姓名和地址都写在上面了吗?"

许英莲说:"都写在上面了,我担心,你还会把我的材料再转交到商业局去……"

郭书记说:"这你不要担心,看过你的材料,我会认真处理,会给你一个满意的答复。"

## 第四十九章

1979年的秋天,许宏和许钢也从乡下抽调回城了,他们哥俩进了国营大厂当了工人。从前的调皮小子,如今都成了大小伙子,许英莲用自己的心血把他们扶养大了,看着他们翅膀硬了,从蹒跚学步,到飞出了家门,飞向了社会,她心里真的是喜滋滋的。等到孩子们都出社会参加工作了,她这个当妈的这一生的奔波就可以画上一个圆满的句号。当然,眼下许英莲最大的心愿就是能恢复党籍。她在期盼着郭书记的答复。

副食品商店评年度先进工作者的时候,许英莲又是全票当选。今年与往年不同,往年只有精神奖励,而今年有了物质奖励,每个先进工作者发给一百元的奖金,许英莲手捧这一百元的奖金,一直缺钱的许英莲并没有把钱揣进自己的口袋,她把奖金存到了互助会,这是同事们之间建立起的一种互相帮助的形式,无论谁家生活遇到了困难,大家可以从互助会里借钱。

许英莲做出这举动,老同志不以为意,因为她就是这样一个人,可新同事却有些不理解,许师傅是不是一心争先进呀。经过几次,新同事也看出来了,许英莲那句口头禅是真的,她的口头禅是,我就是没有。意思就是如果我有了,大家的困难她全帮上了。新同事们也不禁感慨:"都说许师傅从前是响当当的劳动模范,我们不相信,现在,我们相信了。"

选举商业局先进工作者时,许英莲又是全票当选。等到名单报到商业局,周国花又充当了拦路虎的角色,她把许英莲的名字画掉了,引起了副食品商店支部的不满。新上任的支部书记李为群找到商业局,群众选举的先进,局里凭什么给人家拿掉？

周国花反问："你们商店一百多个职工,我不相信只有许英莲她够先进。"

李为群说："我们应该尊重群众,职工选举出来的先进,局里不承认,如果人家选上县劳模,恐怕局里也会给人家拿掉。见过整人的,没见过这样整人的,如今不是'文革',如今在拨乱反正。"

丁书记严肃地批评了周国花,对待一个同志,不能凭个人的感情。经历了"文革",我们应该学会扪心自问,不能再凭着私心去对待同志。

对于先进不先进,许英莲并不惦记,她关心的,还是她的党籍,她的政治生命。

郭书记看过了许英莲写的申诉,他没有草率对待恢复许英莲的党籍问题,他没有简单地把她的材料转交到商业局党委处理,他派专人,到当事者左红宇所在的部队去外调。因为左红宇是这个案子的一个关键焦点,必须要找到她落实一些情况。左红宇已经转业了,到她转业的单位才得知,她已经于去年病逝了。通过单位,外调的同志找到了左红宇的丈夫史忠诚。

史忠诚听说来者是为了落实许英莲问题而来的,他也认真地接待了外调人员。听明白了来意,史忠诚什么也没说,他默默地把左红宇生前写的一份材料给了外调人员。

这是左红宇在谢世前些天写下的。

……我出身于革命军人家庭,我十五岁当兵,我一直有一种先天的优越感。我的一生,没有犯过什么大错误,也没有做过对不起良心的事情。但有一个人,让我的心里一直不安宁,这个人叫许英莲,她是我丈夫钟情的一个女人,对于这个女人,我心里一直很纠结,有一种说不清的感觉。我一直认为,因为这个女人,我们夫妻的感情也受到很大的影响。因为我看见了我丈夫为她写下的动人心魂的诗篇。因为此事,我专程去了那个女人居住的小城……每个人的身上和心里都隐藏着无法克服的弱点,我也是,在这个比我更美丽的女人面前,我有些控制不住自己的感情了。也许因为我的这次情绪失控,那个名叫许英莲的女人会受到极大的伤害。女性的预感是准确的,两年之后,我到金河县支左,我再次遇到了许英莲,果然不出所料,她一边带着哺乳期的孩子,一边还要接受非人的折磨。那

第四十九章

一刻,我的心软了,是我让人把关押的许英莲释放了出来……当我看到有人受苦受难时,尤其是女性受到非人折磨时,我的心都会很痛。坏人做坏事是与生俱来的,而好人做了坏事,也许是一时糊涂,一时的冲动。史忠诚是个好人,许英莲也是个好人。在我生病的日子里,史忠诚为我付出了他的爱,让我感动……在金河县支左的日子里,我也过问过许英莲事情。当商业局的同志告诉我,许英莲是因为与一个军人有男女关系,是那个军人的妻子检举揭发,她才被开除了党籍,后又开除了公职。我的心里一直不安宁,我一直想为她洗清身上的罪名,可我又没有勇气。在我即将告别人世时,我留下这封信,就是想将来有一天,许英莲需要恢复名誉,需要恢复党籍的时候,也许能用得上我这份证人证言。英莲姐,你是无辜的……我也请你原谅我的自私,我相信史忠诚对你的感情是真诚的,而我却一直紧紧地把他拴在自己的身边。原谅我,英莲姐,假如有来生,我相信我和你一定会成为最好的姐妹、最好的朋友……

外调人员把这封信复印件带回了县委,交到郭书记的手里。看到当事者左红宇写的这封遗书,还有什么好说的,事实清清楚楚,郭书记拿起笔来,批了几个大字:"恢复名誉,恢复许英莲同志的党籍,速办!"

许英莲的申诉是县委直接经办的,商业局很是被动。丁书记派专人,向许英莲表示歉意。许英莲不在意这些琐碎之事,恢复了名誉,恢复了党籍,这才是她梦寐以求的事情。商业局党委代表县委,在副食品商店的支部大会上,向许英莲同志宣布了恢复名誉和恢复党籍的决定之后,同志们纷纷向她伸过了祝贺之手。"英莲同志,祝贺你又回到了我们的队伍之中,祝贺你又恢复了组织生活。"

许英莲握着同志们的手,她微笑着频频点头。她说:"其实我从来也没有离开队伍,因为我一直把自己看成是一名共产党员。"

支部大会结束以后,已经日落大海,海平线簇拥着一片火红的浓浓的血色晚霞。许英莲一个人来到了西海头,面对着空无一人的大海,许英莲泪如泉涌,她号啕大哭了起来。大海也呜咽着,回应着一个女人的悲恸哭声……从1961年一直到1981年,整整二十年,许英莲为自己而哭泣,为那些帮助她、为她付出过的亲人而哭泣。她心里装着的那些委屈和酸楚,她经受的那些痛苦和磨难,比这大海之水还要苦涩,比大海还要深。她挺过来了,她的那颗心哪,已经给苦难磨上了一层厚厚的老茧。把所有的苦难都包裹在了里面,而再大的痛苦她也能抵御了。

一个看海人走了过来,看海人以为,这个女人遇到了想不开的事情,她也许等到太阳落进大海时,她会跳进大海。看海人朝着许英莲走过来了,这个看海人正是胡小湖。

胡小湖劝说着双肩还在抽搐的许英莲:"大姐,别想不开了,好死不如赖活着,天就要黑了,快回家去吧,家里的老人和孩子还等着你给他们做饭吃呢。大姐……"

当许英莲抬起头来的时候,胡小湖认出了许英莲。许英莲也认出了胡小湖。她脸上露出了微笑,她说:"谢谢你的好意,从前,遇到了那么多的难心事,我都没有死。今天,我怎么可能会死呢?谢谢你的这番好意……"

恢复党籍之后,许英莲决定提前退休,让小儿子到单位去接班顶替。孩子们都有了工作,只有小儿子待业。她想让儿子接班,有一个工作岗位。她们那一代的老营业员们,也都到了退休年龄,大家站了一辈子柜台,都患有风湿病,静脉曲张。

李为群还想挽留许英莲:"留下吧许姐,同志们还要选你当县劳模呢。"

许英莲笑了:"什么模我也不当了,前些年,我一直操劳,一直忙碌。从今往后,我要为自己活着,为自己忙碌。"

办好了退休手续,许英莲走出自己工作过的副食品商店的那一刻,同事们都纷纷围拢上来,拉着她的手,真的舍不得她离开商店。早已退职经营起自己小买卖的吴山高也在其中,他挤到许英莲的面前,他说:"老许,他们舍不得你,我可舍得你。走吧,回家吧,你太累了,也太苦了,回到家里,好好歇息一下。你的好日子总算盼来了。"

等到小儿子的工作有了着落,高立军的亲生骨肉参加工作之后,许英莲做了一个决定,她与高立军办理了离婚手续。从此,正式结束这一段不和谐的婚姻生活。对于离婚这件事,本来她想跟小儿子说明,妈为什么要与你父亲离婚。想来想去,她没有解释,她也没有必要解释,解释什么,替自己找到一个缘由。该结束的时候,自然也就结束了,她对得起高立军,她不仅把他的父亲养老送终,她也将他的孩子养大成人,小儿子高海上班的第一天,许英莲就做出了这个决定。她是无愧的。对于儿子的抚养,他从来就没尽到一个父亲的责任,有愧的应该是他,高立军应当自责。

许英莲离开副食品商店的第二天,调任到四〇三部队当政委的刘政委找到许英莲,四〇三部队有一个军人服务社,因为缺少经验,服务社管理得不像样子。他知道了许英莲退休的消息,他想让许英莲到军人服务社来工作,继续发挥她的余热。

许英莲想也没想,就答应了刘政委的请求,她愿意继续工作,你想想,一直疾速奔驰的车子,让它突然停下来,它能经受得了吗。人不能闲着,干活也累不死人。关于报酬,许英莲也不在意,那年月讲的是退休补差,只要把少开的工资那部分给补上了,她都不计较。

退休的第三天,许英莲就到军人服务社上班了,穿上白大褂,又当起了营业员。人哪,似乎有个宿命,这辈子老天爷让你干什么,好像一辈子你就摆脱不了。许英莲参加工作时,职业就是站柜台的营业员,一直到现在,退休了,她仍然要当营业员。可她无论在哪儿当营业员,许英莲都是脸上挂着笑容,服务态度最好的,最称职的那个营业员。在军人服务社,没有人愿意卖肉食,因为油腻,而且又脏又累,许英莲就担负起卖肉这个工作。天天一大早,许英莲提前两个钟头就来到军人服务社,她要把今天的猪肉从屠宰场给拉回来。没有车子,她就蹬着三轮车,二三百斤的猪,她一个人就拉回来了,而且要剔除骨头。她一个人搬不动二三百斤带皮带骨整头猪,就喊路过的官兵。没有路过的官兵,她自己动手把半扇整猪给割开,分成几块,再搬到肉案子上去。挽起袖子,她要亲自剔除骨头。她系着一条大围裙,就像个屠宰手一样。

有一天,三儿子许钢下班后,到军人服务社去看妈妈,他看见妈妈退休以后,仍然在劳累忙碌,心里酸楚楚的,眼泪都要冒出来了。儿子跟妈妈说:"妈,你别干了,我们都长大了,你还这样操劳,我心里真不好受。"

许英莲说:"嗨,干活累不死人。再说,妈虽然退休了,妈不能闲着,闲着会生病的。"

许钢萌生了一个念头,妈妈这辈子欠缺的就是钱,在他的记忆之中,他们这一家一直在贫困线上过日子,而今他长大了,他要多挣钱,让妈妈不再劳累,让妈妈能扬眉吐气。许钢决定,他要上船,他要出远洋,争取当上船员,他能挣到双份工资。

军人服务社的营业员们不知道许英莲的底细,看到她如此卖力工作,她们取笑许英莲,许阿姨是不是想当劳动模范。许英莲也不在意这样的玩笑,倒是前来买东西的顾客们不愿意了:"想当年,许英莲就是咱们县里响当当的劳动模范,你们有眼不识金镶玉,许阿姨当劳动模范的时候,你们都没有出生呢。"

四〇三部队的女兵们也都听说了许阿姨的故事,想当年,她是金河县赫赫有名的大美女。如今阿姨虽然年过半百,人老珠黄,可她的脸颊依然残存着当年的美丽风采。大家佩服的不仅仅是许英莲的风韵,而是她的为人,她的敬业精神。顾客同样花钱,人家买的是一个心情,一个态度。所以,老顾客们知道了许英莲在军人服务社又当了卖肉的营业员时,他们拥到军人服务社买东西购物。借机会,都想跟许英莲唠唠家常话。

有一天,一个老邻居问:"英莲哪,你在这儿找补差,他们一个月给你补差多少钱?"

许英莲说:"每个月几十块钱吧。"其实,她每个月的退休补差只有三十多块钱。

老邻居说:"我以为他们每个月至少也给你开个三百、五百的。才几十块钱,你天天像劳动模范一样,难道你要学雷锋?难道你不需要钱?你就没有自己的什么想法?"

当天晚上,许英莲一直没睡着,她想啊想啊,一直想到了半夜。自己这辈子,全都为了工作为了生活而奔忙。老邻居说的自己的想法,不单单是为了钱,而是理想。这辈子没有过什么理想,说起理想,还是与她这辈子的职业有关,她要给自己当一回营业员,站属于自己的柜台。她想通了,她要离开军人服务社了……要离开军人服务社,还有另一重原因,那就是刘政委,这许多年,丧偶的刘政委一直独身。听说许英莲如今也是独身,他又萌动了与她花好月圆的念头。

听说许英莲要离开服务社,刘政委要挽留她:"老许,是不是因为钱的事情?如果因为钱少,可以再多给你增加一部分补差。"

许英莲说:"钱少是一方面,钱多钱少不是主要的问题。我就是想自己开个店,自己当经理。"

刘政委说:"别惦记自己开店,我给你加工资,你说吧,你想加多少?"

许英莲说:"真的不是钱的问题……刘政委,我是五十多岁的人了,大半辈子，我一直在努力工作，一直在工作岗位上，'文化大革命'那么乱，我也没耽误过工作。如今退休了，来到你们军人服务社，还是在你的领导下工作。我被人领导了一辈子，从来也没有过自由。这一回，我想通了，我要自己干，我要自己领导自己。理解吧，刘政委，我要的就是自由。"

刘政委也让许英莲说得哑口无言，他也点头称是，可不是吗，人一辈子，哪里有自由，退休了应该有自己的自由。他看出了许英莲的心事，也没有再挽留许英莲。

离开军人服务社的第二天，许英莲就在城里东街租下了一间门头房，她买了一辆三轮车，简单地装修一下，一间小肉食店就开张了。那年月，个体工商户并不多，许英莲成了第一批的下海弄潮儿。许英莲是金河城起得最早的人，一大早，她就蹬着三轮车出门了，来到城外肉食品批发市场。这里的肉食品都是个体户杀的猪，有的个体户利欲熏心，只想着挣钱，把病死的、老母猪肉也充当好猪肉来出售。许英莲凭着多年卖肉经验，她一眼就能分辨出好猪和坏猪。当她拉着猪肉回到自己的门店时，要自己动手剔除骨头。一切忙碌完了，天色也大亮了。这时候，她才坐下来歇歇脚，喘喘气，再吃口东西喝口水。再过一会儿，顾客们就会纷至沓来。她在小门店里也安放几只凳子，光顾小肉食店的人经常要在她这儿坐上一会儿，跟她聊聊天。不到晌午，案子上的肉就会卖得一干二净。开始，许英莲一天能卖出一头猪，没有几日，她就能卖出两头猪。有人建议她再增加点熟食，她也采纳了，柜台上也摆了各种熟食品，扩大了小肉食店的经营。

1984年9月的一天，四〇三部队的几个姑娘跑到许英莲的小肉食店来了，她们欣喜若狂，拿着一本杂志高声喊着："许阿姨，你的儿子发表小说了。"

许英莲从她们手里接过《鸭绿江》杂志，她看到了，那上面有许铎写的小说《鸽子》，作者简介里面写着："许铎，1952年生于金河县，因患小儿麻痹，右腿残疾……"是她的儿子，许英莲的眼睛湿润了，她知道自己的儿子喜欢写写画画，儿子虽然在一个小工厂工作，但他一直没有放弃，一直都在努力。从小到大，她对儿子的关心也太少了，对于儿子的成长，虽然每次见了面，她总是要叮嘱儿子。儿子却从来也没有让她操过心……

姑娘们说："许阿姨，你真的了不起，培养出这么优秀的一个儿子。"刘政委说："整个小县城，也没有一个人能在省里《鸭绿江》上面发表文学作品的。"

许英莲真的喜不自禁,儿子小时候,金平三先生就说过,从小看大,许铎这孩子将来会有出息的。今天到许英莲小肉食店的人们谈论最多的,就是她儿子写的那篇小说。金河城是文化古城,已经沉寂了好多年,这一回,总算涌现出许铎这样一个作家,而且他偏偏是许英莲的儿子,多少年了,没有人使用这样的溢美之词赞美她的孩子,没有人赞美她的家庭……

天色暗了,许英莲没有像往常那样,一直要到很晚才关上店门。今天,她早早地关上了店门,带上了她留下来的两只猪蹄子,还有一块猪肝,骑上三轮车,直奔儿子家而去。

许铎还没有回家,徐春荣带着儿子举举刚刚走进家门。看见了许英莲,她惊喜地说:"妈,你来了?快进屋里,快坐下。"

许英莲抚摸着孙子的头,感叹了一句:"举举小时候,我没能照看他一天……你们都不知道吧,举举的爸爸发表作品了……"

徐春荣说:"我们都知道了。"

许英莲说:"怎么看不出你们高兴呢?"

徐春荣说:"其实早在1981年,许铎就发表过小说了,只是他不想声张,他一直想有个惊喜。这一篇小说是在省级刊物上面发表的,反响也不错,许铎他很高兴。"

许英莲说:"妈更高兴,给,这是猪蹄,这是猪肝,吃了对眼睛好,今天晚上咱们会餐。"

徐春荣说:"妈,许铎发表了几篇文学作品,县里已经关注他了。县政府县志办本来想调他去写县志,这不,县里要开发金石滩,想调一个能写民间故事的人,许铎就调到旅游局去了。"

许英莲说:"都说祸不单行,福不双降,今天,咱们家好事成双……"她俯下身去,抚摸着孙子的头:"你爸给奶奶,给咱们家争了光。"

## 第五十章

　　许英莲肯出力,善于经营,她的人气人缘是几十年积累起来的。东北坊街道的妇女们还记着,当年她们在一起工作开会,妇女主任就是许英莲。老姐妹们天天要到许英莲的小肉食店里来,就是不买东西,也要坐上一会儿,跟她说说话,唠唠家常。很多年轻人都知道美女许英莲的故事和遭遇,都觉得她挺传奇,愿意到肉食店来,瞧一瞧县城的大美女,也顺便买东西。

　　退了休的许英莲有感召力、影响力,街道办事处也听说了许英莲这个人,也想起用她,让她发挥余热,再为街道做些工作。街道林书记前去拜访许英莲,把来意说明了:"人虽然退休了,但思想不能退休。你的组织关系转到我们街道,以后,我们想请许大姐为街道多做工作。"

　　许英莲答应了:"不过我现在还有心思,有些事情没有做完,还要忙碌一阵子,等到我忙完自己家里的这些事,再为咱们街道尽义务吧。"

　　街道领导哪里知道许英莲的心思,她有六个孩子,两个大孩子已经结婚成家。她还有四个儿子都没有成家。这些年,孩子们跟着她吃不了少的苦,受了不少委屈,她的心愿就是把孩子们的婚事都办得风风光光。从前没有办法,如今改革开放,政策放开了,个人能开店了,能够下海挣钱了,趁着自己的身体还行,还能奔波,她想多挣些钱,补偿她的孩子们。

　　老太太肉食店经营几个月,起早贪黑的许英莲刨开租金,已经有了几千元的盈余。快要过春节了,人们都忙着买肉。许英莲整整忙碌了一个上午,直到下午两点多钟,案子上面的肉卖光了,她才停下手来,歇息一下,将就着吃了口饭。为了能保证鲜肉的质量,小肉店里的温度很低。肉卖光了,许英莲才将火炉生了起来。她坐在火炉跟前,烤着手,盘算着今天的销售款。这时候,一个盲人拄着一根棍子,从小肉食店门前走了过去。这个盲人的影子在许英莲的脑子里闪现一下,她萌生了似曾相识的感觉,她连忙走出门:"喂,算命的,你是哪儿的?"

那个盲人回答:"我是亮甲店的。"

那个盲人转过身来的时候,许英莲认出来了,这个盲人虽然衰老得像个棺材瓢子,可他就是那个当年给自己大儿子算过命的瞎子。这一辈子,许英莲遇见过好多个算命打卦的,算得最准的,就是这个亮甲店的瞎子,因为他说过,许英莲的大儿子只有残疾了,才能养活下去。其实一个能算准人生命运的人是可怕的,是让人敬畏的。她没想到,还会遇见这个盲人。许英莲把这个盲人喊进小肉食店,切下一块熟牛肉给盲人吃,让他坐到了火炉跟前,暖和一下身子。受到款待的瞎子很是欣慰,他说:"这位店主,是不是想算上一卦?"

许英莲想起三十多年前的那件往事,她想再检验这个瞎子一次,看看他到底能不能把人的命运算透。瞎子摸了她的骨相,又问过她的生辰八字。他说:"你这人呀,这辈子天生就是出力的命,别看我吃了你的牛肉,可我实话实说,才是对你负责任。你命不济。命不济归不济,你的心眼好,有人缘。眼下,你心里装着一件事……"

许英莲说:"你说出来我听听,我心里装的什么事?"

盲人说:"二十多年了,你心里一直装着一个孤魂……"

许英莲心里咯噔一声,盲人说的这个孤魂,就是她的前夫邓仁修。这辈子,她什么都不欠,唯一亏欠的,让她内心愧疚的,她对不起的人,就是邓仁修……她说:"师傅,你说我该怎么办?怎样安置心里的这个孤魂?"

盲人说:"二十多年了,他一直在游荡漂泊,死鬼孤魂要有个家,他才会安宁,才不会来骚扰活着的人。"

许英莲说:"谢谢师傅,我明白了。"

盲人说:"你这人呀,一辈子劳碌,出了过头力,影响到了你的寿限,越到了晚年,越要注意自己的身体,要修身养性。"

许英莲说:"我这辈子历经坎坷,什么样的人生结局都无所谓,你能看看我的孩子们吗?"

"把你孩子们的生日时辰报上来。"

许英莲把大儿子许铎的生日时辰报给了算命的盲人。

盲人掐算了一下,他说:"你大儿子的前程不错,不过,他四十岁前后,恐怕要有一个坎儿。过了这个坎了,他就一马平川。"

"怎样才能避过这个坎儿?"

盲人说:"让你的大儿子戴上一块绿宝石,就能化解他人生的这道坎。"

许英莲相信,这个瞎子不是在胡说,好多年前的预言,让他给说中了,她的大儿子果然右腿残疾了,从此以后,大儿子再也没有住过院,甚至没有得过什么病症。这一次,他又说到了大儿子,他也没说错,山东莱阳邓氏家族,家中的长子似乎都没有长寿的。邓元阶的哥哥是家中的长子,他四十一岁那年,英年早逝;邓仁修虽然兄弟一人,可他的本家兄弟当中的长子也是四十一岁那年失足摔死在楼下;还有邓仁修本人,他弟兄一个,也算是长子,他死的那年也正好四十一岁。四十一岁,是邓家长子的一道迈不过去的坎。瞎子的话,让许英莲惊出了一身的冷汗。瞎子说一块绿宝石就能化解大儿子面临的灾难,她牢牢地记在了心上。

当天晚上,许英莲关上店门,急匆匆地赶到了大儿子家。大儿子没有回家,徐春荣把妈让进了屋里。许英莲没有说瞎子算命的事情,她掏出准备上货的两千块钱,塞到了徐春荣的手里……徐春荣怔住了:"妈,你这是要做什么呀?为什么要给我钱呢?"

许英莲说:"你用这些钱,给许铎买一只戒指,要绿宝石的。"

徐春荣一时糊涂了:"怎么冷不丁地想起要买什么戒指呀?妈,这到底是怎么回事呀?"

许英莲说:"你也别多问了,等你买回来妈再告诉你。记住,一定要买最好的绿宝石。"

等到许铎回家,徐春荣跟他说起了买戒指这件事。许铎说:"既然妈让买,那就买吧。"

徐春荣说:"绿宝石是碧玺,有祖母绿,据说价钱很贵的。"

许铎说:"既然是妈的主意,一定有她的用意。要买,咱们就买最好的。"

第二天,他们两口子从大连最有名的珠宝商店买回了一只绿色的碧玺戒指。他们俩特地跑到了妈妈的肉食店,让妈妈过目。看见了儿子手上戴的这枚戒指,许英莲长长地吁了口气,她的心放下了,似乎灾难再也无法靠近她的儿子了。

徐春荣问:"妈呀,戒指买回来了,你跟我们说说,到底因为什么,你非要让我们买戒指呢?你要让我们买,我们自己买就是了,还要你给我们钱?"

许英莲叹了口气:"没别的什么意思,妈就是想让你们好。从前,妈没有能力,现在,妈能挣钱了。妈挣钱是为谁?不是为了你们吗?"

二儿子许宏要结婚了,许英莲要把二儿子的婚事好好地操办一下:"从前,当妈的没有能力。如今,妈有钱有能力。"二儿子在工厂当工段长,很多工友都要来参加婚礼。二儿子算了一下,至少也要有一百来个工友参加他的婚礼。二儿子有些不放心,他说:"妈,如果应付不了这么大的场面,我和玉兰就旅行结婚,省了许多麻烦。"

许英莲不同意:"以前,你们俩旅行结婚,妈也不反对。可是现在,妈就想把你们的喜事好好办一下。有多少工友要来参加你的婚礼,把他们请到家来,妈用好酒好菜招待大伙。"

许英莲二儿子的婚礼从中午一直持续到了晚上,大家尽情地吃呀,喝啊,整个大院都沉浸在了幸福欢乐之中。许英莲跟邻居们说:"你们谁家也不要开火做饭了,统统到我家喝喜酒吃喜面去。"邻居们也很感激,端起酒杯为新人祝愿的同时,他们也没有忘记叮嘱孩子们几句话:"记着你们的妈妈,她真的不容易,以后要好好地孝敬她。"

二儿子的婚礼结束了,客人们都散尽了,许英莲倒在床上歇了好一会儿。她年轻时就落下静脉曲张的病,随着年纪增长,病情一天重于一天。除此以外,她的双膝骨质增生,膝盖里生满了骨刺,走路时她都咬着牙关,忍着剧烈的疼痛。她的膝盖上总是贴着伤湿止痛膏药,贴这种药不能从根本上解决疼痛,只是一种缓解的方式。苦和累,病和痛,她都不当回事。表面上,退了休的许英莲似乎焕发了第二青春,其实多年积累下来的疾病也继续折磨着她。

今年夏天一大早,天刚刚放亮的时候,就下起了雨。那雨下得,如同洪水从天下倾泻下来,比倾盆瓢泼势头更加猛烈。一会儿工夫,城里所有的街道全都成了河流。许英莲像平时一样,准时从家里推出了三轮车,她前一天与人说好了,今天要去上货。可下这么大的雨,她犹豫了片刻,还是骑上了三轮车,顶着哗哗的大雨,朝着批发市场骑去了。因为去的时候骑的是空车,还能蹚过水去,等到把几百斤的猪肉搬到了三轮车上,路上的积水已经漫过了膝盖,深的地方已经淹过了大腿。骑出了没有多远,路过一片低洼地时,她连人带车倒在了水中。幸好有一辆铲车路过这里,司机看见了跌倒在水里的许英莲,他连忙下车,扶起了许英莲,他嗔怪地说:"你这个老太太,做买卖做得,连命都不要了。"

许英莲说:"昨天跟人家说好了,好几家食堂一会儿就会来拿货。我没有货给人家,人家中午好多工作人员要吃饭,我怎么向人家交代?"

司机把许英莲扶进了驾驶室,把她的车子和货物搬进了铲车大斗里面,开着铲车,把她送到了小肉食店。许英莲切下一块猪肉给他,表示对这位司机的谢意。司机不肯收下,他说:"许姨,我不认得你,我可知道你。我妈她总在我面前,说你的那些好。我看你也挺了不起的,你瞧瞧,这大街上,这大雨中,哪里有一个人。唯独遇到的一个人,就是你老太太……"

不管在人前还是人后,能让人说声好,那是许英莲最感欣慰的事情。

有一回,一个从乡下来的屠夫,拉着一头刚刚宰杀的猪来到了许英莲的小肉食店,他把猪肉扛到了案子上,希望许英莲能收下这头猪。

许英莲一看,这是一头老母猪。按规定,母猪肉是不能食用的。乡下人也看出许英莲是个内行,她识别出这是一头母猪。屠夫说:"大姨,只要你能收下这头猪,我可以少要钱,只是三分之一的钱,这样一来,你可以挣到一笔大钱。"

许英莲还是拒绝了:"这种坑人的事我不做,你也不要做。你还年轻,你想挣钱没错,但不能做昧良心的事情。所以,这头猪你还是处理了吧,做了伤天害理的事情,早晚都会有麻烦找上来的,也就是老百姓的那句话,是要遭到报应的。"

送母猪肉的人挺不高兴,什么年头了,还讲马列主义,他扛起猪肉悻悻地走了。

听说许英莲拒收老母猪肉,公安局的李伙食长说:"老许你呀,也真的不开窍,有钱不赚傻了吧。老母猪肉怕什么,一年到头,病死的猪有多少,不都让人吃进肚子里了吗?"

许英莲说:"吃老母猪肉在短时间内不会发生什么病症。可专家说了,它潜伏的患病几率很大,甚至可以诱发免疫系统的疾病。把这样的肉卖给人吃,伤天害理。"

有一次,李伙食长要买一些肉,说是要给犯人们改善伙食。"老许呀,老犯们外出干活挣的钱,领导要给他们增加点油水,你有什么卖不出去的肉,统统卖给我吧。"

许英莲说:"我可以卖给你一些肥一点的肉,因为犯人们平时饭菜里的油水不大,他们可以吃点肥肉。别的肉我可没有,我从来也不经营这类肉。"

李伙食长感叹了一句:"老许呀,你真的是我遇到的活雷锋,不,真正的活菩萨。你说你,老天爷他怎么就瞎了眼,让你这样的好人倒了大半辈子的霉。毛主席说了,挫折和失败教育了我们,让我们变得聪明起来了。经过'文化大革命',很多人都变了,可我觉得你一点也没有变,还是五六十年代的思想,五六十年代的行为方式、处世方式。老许呀,我算服了你了。"

许英莲说:"老话不是说,江山易改,本性难移吗,我改干吗?再说,我能改得了吗?"

李伙食长也点了点头,本质、品质,真的一辈子也改不了。

想当年,在金河县城的东街,这里就是专营肉食的肉架子。如今,许英莲在这个地开起了第一家肉食品个体户。由于生意兴隆,很多人看了眼热,也动了开店经营肉食的心思,不少人纷纷注册,也在东街开起肉食店。多了一家门店,就会多一分竞争。一下子多了许多家,也就多了许多竞争。对面开了一家又一家的肉食店,许英莲没有想得太多,多年的从商经验告诉她,买卖聚成了堆,才能成气候,生意才好做。有顾客登门,想要点猪大肠。许英莲说:"我家没有猪大肠。"顾客要走时,许英莲叫住他,往旁边的门店指了指:"他们家有猪大肠。"

顾客走进了旁边的门店,买到了猪大肠。有人见此不理解,他们忍不住要问,做生意就是要竞争,你可倒好,还把生意往别人家引。

许英莲说:"我干了一辈子的商业,我懂得生意经。不要以为做生意必须要争个你死我活,其实争来争去,伤害的都是买卖人自己。只要大伙平时抱住团,别干互相拆台的事,更不能做损人不利己的事,你好我好大家都好。这样,才能形成气候。只有一家生意好,哪能形成商业气候,即便生意好也不会好多久。"

许英莲说的话、许英莲的做法也渐渐地传到了别人的耳朵里,他们也目睹了许英莲不仅仅是嘴上说说而已,她是说到了,也做到了,让整条街上经营肉食品的人都很感动。

到了年底,工商所要评出一个讲信誉守法经营的工商户,征求意见时,街面上的个体工商户们把票都投给了许英莲。许英莲的意思是让年轻人当:"我还能干几天呀,应该培养年轻人,不管在哪个行当,将来都是年轻人的天下。"

工商所长说:"培养年轻人,这是下一步的事情。咱们工商户在你老太太的带领之下,都能做到零投诉,这在全市也很少见。这个荣誉不大,可也能见证个体户的人心。许阿姨,你就不要推辞了,你就给年轻人做个榜样吧。"

这天下午,许英莲早早地把货销售一空,她骑上三轮车,去了街道居民委。到了居委会党小组,许英莲把自己的党费缴给组织委员。街道林书记看见许英莲来了,拉她坐下来,开了一句玩笑:"我以为你这个老党员一头钻进了钱眼里,忘记交党费了呢。"

许英莲说:"什么都可以忘记,却从未忘记过缴党费。你们看过《党的女儿》这部电影吗?她用生命缴纳了最后一次党费,我一直深深记在心里,我这一生,都要向党的女儿学习。"

组织委员对林书记说:"可别冤枉了许大姐,如果按退休党员规定缴纳党费,人家只需缴一块钱。自从经营小肉店,许大姐每个月都要缴纳十块钱。"

许英莲说:"从前想多缴,手里的钱不多。如今有钱了,向组织多缴点党费,是应该的。"

林书记说:"老许呀,我关心你什么时候到咱们街道来,到咱们社区来。咱们基层党组织需要你,听说你年轻的时候在街道工作过,有经验,我们也真的需要你呀。"

许英莲说:"等到我的心思了结了,我一定会到居委会来,再尽一把义务。"

三儿和四儿子结婚以后,1987年5月,许英莲最小的儿子高海也要结婚了。小儿子的婚事如何办,许英莲也费了一番心思。她骑上三轮车,沿着大街走一趟。这两年发展得真快,从前县城里连一座像样的高楼也没有,而如今,高楼大厦拔地而起,一座建得比一座漂亮气派。许英莲在为儿子寻找办结婚喜宴的酒店,看来看去,她看中了一家名叫金华兴的大酒店。最后一个儿子的婚事,她要在酒店办,要办得热热闹闹,因为这是她最后的一桩心事。

许英莲把自己的这个心愿跟大儿子许铎说了,许铎也赞成,他能理解妈妈为什么要轰轰烈烈地办喜事。许英莲说:"办喜事那天,把你的朋友们都请来,让亲戚朋友们,让街坊邻居们看一看,也让县城的人竖起大拇指,许英莲的儿子办喜事了。"

许铎懂妈的意思,他说:"你放心吧,我的朋友们都会来咱们家喝喜酒的。"这时的许铎已经是知名作家了,无论在工作单位,还是在文学圈子里,他都有不小的影响力。他对朋友们说起母亲的心情和愿望,更多的想法就是能扬眉吐气一回。朋友们也多少了解许铎的家事和身世,写小说的人也都是多愁善感的人,他们善解人意,同情心也最强。大家也达成了共识,许铎家办喜事那天,咱们一定要全部到场,一定要为许铎的美女母亲捧场。

在金华兴的婚宴大厅,鬓角上戴着一朵粉红色小花的许英莲对大伙说:"你们能参加我儿子的婚礼,我已经很感激了。你们的到来,让我很高兴,我谢谢你们,谢谢你们能来给我这个老太太捧场……"

婚礼上,许英莲没有想到的一个宾客走到她的面前,是苏玉凤苏大姐,她端着一杯酒,来敬贺许英莲,她说:"如果不是金河县的一个老同志告诉我,你儿子要结婚的事情,我还真不知道,也不会参加今天的婚礼。英莲啊,我敬你一杯,祝贺你呀。"

许英莲说:"苏大姐,我打电话找不到你,我给你写过信,可也没收到你的回信。我还纳闷,苏大姐这个人,真的从我的视野中消逝了。"

苏大姐说:"离休以后,我参加社会活动少了,我一直在写回忆录。你还记得'文化大革命'时,我一直被追捕迫害的事吗?"

许英莲说:"那可忘不了,咱们俩像地下工作者似的,你好不容易才跑到了山东……"

苏大姐说:"你先招待客人,反正今天我走不了啦,咱们姐俩好好说说话。"

许英莲的小儿子办喜事,副食品商店的同事们都来赶人情。接她班的小儿子在商店当驾驶员,表现也不错,出席婚礼的领导们也一再表扬高海这个年轻人。对于许英莲能给儿子办这样壮观热闹的婚礼,也让他们感慨不已。因为许英莲退休以后,还有不少的老顾客来到商店,进门就找许英莲。这种事延续了好几年,后来的商店领导也感慨,事情虽然不大,可见,许英莲给咱们商店留下了什么。

许英莲听了以后，也连连摆手作罢："好汉不提当年勇，过去的不提了，我现在就是个干个体的老太太，我给儿子办个体面的婚礼，当妈的对得起孩子了，当妈的心也安了。"

天黑了，新人进洞房了。许英莲和苏大姐两个老人静悄悄地坐在屋子里，她们俩手拉着手，你看看我，我也瞧瞧你。许英莲从口袋里掏出了一盒"中华牌"的香烟，这是儿子办喜事时用的香烟，她悄悄地带回一盒来，她也想品尝一下"中华牌"香烟的味道。

许英莲抽出了一支香烟，递给了苏大姐。苏大姐愣了："英莲，你还记得我会吸烟？"

许英莲笑了一下："你不知道吧，我也会吸烟。"

苏大姐说："那时候，我已经好多天没能吸到烟了，还是让你给闻出来了。英莲，你什么时候学会了吸烟？"

许英莲说："1961年，邓仁修出事以后，我天天晚上睡不着觉，我找到他留下的那半盒香烟，开始抽着解闷，吸着吸着，也就多少有点上瘾了。遇到苦闷之事，我就想抽两口解解闷。说烟瘾，我也没有烟瘾，忙不过来的时候，我也忘记了抽烟这件事。"

苏大姐说："英莲啊，我这次见到你，一个感觉，脸色不太好。找个时间，到医院去看一看。不能盼来了好日子，自己的身体却搞垮了。"

许英莲说："脸色不好，可能是忙儿子的婚事累的，也没能睡好觉。我浑身上下一包劲头，没有什么不好的感觉。蹬着三轮车，拉三五百斤重的货，我一点也不吃力。"

苏大姐说："那你也要注意，我们毕竟不年轻了，我们毕竟上了年纪了。年岁不饶人哪，疾病说来就来呀，可不能当成儿戏。"

许英莲说："放心吧，苏大姐，你的回忆录写得怎么样了？"

苏大姐说："我写回忆录，其实就是对自己的人生回忆、反思……'文化大革命'过后，直到拨乱反正，有些事情我搞不明白。想当年，我们都是中学生，我们搞抗日救国学生运动时，凭借纯真爱国热情。我亲身经历的，真正领导学生运动的人，如今不知身在何方。而后来把自己描绘成为一二·九学生运动领袖的人，却是我这个亲身经历者并不熟悉的人。所以，我要写这部回忆录，一定要把事实的真相告诉世人。"

许英莲说:"这会不会给你带来灾难?"

苏大姐说:"'文化大革命'也是很多坏人借助运动整人的好机会,不会再有这样的运动,坏人的阴谋也很难得逞了。英莲,在最危险的时刻,你记着大姐叮嘱你的话吗?"

许英莲点了点头:"我记着,一定要好好地活着,活下去,就是胜利。"

苏大姐说:"好人活着,就是对坏人的震慑,因为活着,就能见证历史,见证善恶。"

两个人还说起杨主任,很长时间没有杨主任的音信,也不知他现在怎么样了?许英莲跟苏大姐约定:"小儿子结婚成家了,我的心事彻底没有了。等大姐写完了回忆录,我和你一起到山东去,咱们去看看杨主任。"

许英莲说:"想起来挺心酸的,我从老家山东来到这里,再也没有回去过……"从山东到关东,一个十来岁的小姑娘,如今已经是花甲老人,她再也没有回到生养她的故乡去。父亲许顺来退休以后,回了一趟山东老家。老家还有他的侄儿侄孙,亲人们都说,叶落归根,你回老家来吧……许顺来说:"回不了啦,我是海南丢啦。家在关东,孙男嫡女们都在关东,死也要死在关东,回不了山东老家了。"许英莲打定了主意,找个时间,她一定要回山东老家去,看看生养她的那块故土,看看老家的人,也看看杨主任……

## 第五十一章

  小儿子高海结婚成家了，许英莲卸下了心头最后的一个负担。她倒想轻松，可她却轻松不下来，依然天天忙碌。这天上午，林书记走进许英莲的小肉食店。这关口，许英莲正忙得连头都抬不起来，也顾不上三叔二大爷。忙过这阵疾风暴雨，抬头看见一直等在那里的林书记，她有些不好意思，拖过一个凳子让林书记坐下。林书记说："许大姐，你的生意可真是兴隆啊。听别人说，我还不大相信，今天亲眼所见，我也服得五体投地呀。"

  许英莲说："过奖了，刚才是今天新鲜肉上架，正赶上家庭主妇们回家做饭，路过这里，想割点肉，这才显得忙碌。平时，没有那么忙，正忙那一阵子时，让你给赶上了。"

  林书记说："咱们可是共产党员，可不能光为了挣钱，对于社会什么都不管不顾了。"

  许英莲说："林书记，街道社区有什么事情，尽管吩咐。"

  林书记说："街道党总支的意见，想让你担任社区的党支部书记，把老党员们组织起来，一边学习，一边搞活动。老同志们退休了，可思想不能退休。"

  许英莲说："支部书记这担子太重了，我可胜任不了，我就当个党小组长吧。"

  林书记说："目前，区委给各个支部一个紧迫的任务，咱们金河县要搞一个城市雕塑，是咱们地区涌现出来的杰出人物。可是，咱们县财政没有这笔钱，怎么办？需要我们广大共产党员捐款。街道总支已经开过会了，号召全街道的共产党员们踊跃捐款。"

许英莲问:"捐款有数额限制吗?"

林书记说:"多少自愿,没有限制,当然越多越好。"

许英莲哪里知道,林书记把一根难啃的骨头抛给了她。退休的老党员们,一肚子的牢骚。平时找他们开会搞活动,他们都爱理不理。到了掏腰包捐款的时候,街道干部们想起来就头疼。挖空心思,也没能想出好办法。不知谁提起了许英莲,林书记灵机一动,她想让许英莲出面,当这个群体里面的小组长。没想到,许英莲这么痛快就答应了,她愿意当这个党小组长。林书记还感慨了一句,到底是老党员,觉悟就是不一样。

接下来捐款,许英莲他们退休党员党小组老党员最多,说到捐款,因为退休金太少,每个人也就能捐出一块两块钱。

许英莲看着手里老党员们捐来的二三十块钱,她心里也不是滋味。没有办法,她掏出三百块钱,算是全体老党员的捐款。街道总支汇总的时候发现,老党员们捐款数额最多。他们写了一个情况反映,反映到了县委。县委也下发了文件,表扬了这个社区党小组。后来,老党员们知道了这件事,他们觉得有点愧对党小组长许英莲,这是人家一个人掏的腰包,而表扬的却是我们,有点不公平。他们找到了街道总支,街道总支也挺为难的,因为县委的文件已经下发了,也无法纠正了。通过这件事,老党员们也挺受感动,对于这个小组长,他们也言听计从。帮助社区做工作,许英莲责无旁贷。可是,让她一心扑在社区,她还有些不甘心。如果再遇到捐款献爱心之类的活动,没有钱,拿什么捐?所以,无论做什么,物质也是一个重要的保证。许英莲想得没错,接下来,救助南方水灾,帮助失学儿童,都是因为有了许英莲的慷慨解囊,社区的党务工作一直受到了县里的表彰。街道授予许英莲先进党小组长,县里授予了她优秀共产党员称号。林书记让许英莲在党员大会上发表获奖感言。许英莲说:"从前,遇到别人有困难,我只能感叹,我就是没有……如今,我有钱了,有能力了,不管是国家还是自己的同志,我都不会舍不得往外掏……"

金河城巴掌大的一块地方,人与人天天低头不见抬头见,那个在历次运动当中充当整人角色的姜书声也早已退休,因为"文革"有整人的行为,他也受了处分。退休以后,他很少参加社区活动。后来,他生病了,病得很重,到最后甚至医治不起,社区组织群众为他捐款,许英莲当然记着姜书声,不过她没有

第五十一章

记旧仇,她也为他捐了款,甚至没有留下她的名字。

　　姜书声还是听说了许英莲为他捐款的事情。弥留之际,他想让孩子把许英莲叫到跟前,跟这个女人说声对不起……他已经说不出话来了,只能用手势表达自己内心的意愿。可儿女们不知道他想干什么。他们把笔和纸摆放在姜书声面前,他颤巍巍地写下了"许英莲"三个字……谁也不明白姜书声想要做什么,其实他想对许英莲说声对不起,他还要对这个善良的女人说一句,人这一辈子,坏事不能做绝,他就是做绝了坏事,才落得如此下场……

　　这一年,从第三水泥厂传来一个消息,他们已经为邓仁修当年的死做了平反批复,他不是畏罪自杀,而重新定性为工伤死亡。说到邓仁修,孩子们心里有诉说不清的复杂感情。许英莲心神不宁,心绪不安。她苦思冥想了一夜,她跟大儿子说:"等到明年的清明节,为你的父亲引魂招灵,让他入土为安吧……"这些天,许英莲的眼皮不停地跳动,心也怦怦跳动,只要一闭上眼睛,邓仁修就会在她的面前出现。他一再追问她,我到底做错了什么事情,你竟然跟我离婚……许英莲睁开眼睛时,那个亡魂却不知了去向。许英莲的心神恍惚,难道他说错了吗?可他知道那时候她的处境吗?她怎么向他解释,她怎样才能解释清楚……天天晚上,她亲自动手,她要给自己的丈夫做一件棉衣,缝一条棉裤,还要再给他做一双棉鞋。她为他选择的都是青布料,斜纹布面,他一辈子喜欢斜纹布,他说过,斜纹布结实。他爱抽烟,但他从不多抽,一盒香烟能抽两三天。他也爱喝点小酒,但从来也不多喝。他喜欢听戏,给他预备几盘录音磁带。能想到的,许英莲都想到了。

　　为邓仁修引魂下葬那天,小小棺木里面放着许英莲亲手为前夫缝制的棉衣棉被,还有鞋子袜子。她对大儿子说:"你现在也是个文化人,你给你的生身父亲写一幅招魂的牌位吧。"在往骨灰盒里放的那一刻,许英莲的手一哆嗦,不知是有意,还是无意,针尖扎破了她的手指,鲜血流淌出来,滴在了棉衣上面。她的心抖动了一下,她在心里默默地念叨了一句:"等到我死的那天,我一定会与你合骨的,那时候,咱们再一起过日子吧。我,对不起你,我把你的孩子们都养大成人了。你的大儿子成了一名作家,给我,给你,给咱们这个家庭也挣来了荣誉。从前的老同事,还有老邻居们,全县城的人都知道你的儿子成了作家,我真的很高兴。大家说是我培养教育了一个好儿子,我对大家说,儿子是老邓家的根儿,他是邓仁修的儿子,儿子老太爷就是秀才,邓仁修儿子的身上有这样的文人血脉和血统……"

清明节这天,天朗气清,惠风和畅。儿子把父亲的亡魂牌位放进了骨灰盒里,就算是给父亲引了魂灵。下葬的时候,儿子把一瓶酒、一盒香烟放在了陪葬的墓穴,让他们不幸的父亲能享受人间的生活。许英莲默默地在心里念叨着,没有别的要对你说了,保佑我们的孩子们吧,让他们能健康幸福地生活,他们也跟着我们受到了牵连,也吃了不少的苦。保佑他们,让他们能幸福,让他们一切都好……

在这个清明节,周有贤的儿女们也为父亲上坟扫墓。

当年发生票证案子,在公安机关审讯时,周有贤曾经发过誓,如果他有半句假话,让他不得好死。当然,公安机关不会相信这种诅咒,但他一口咬死,他购买的票证就是他的师弟邓仁修给的。是他陷害了师弟邓仁修,而邓仁修却没有伤害过他。邓仁修的下场挺惨的,后来,周有贤的心里到底好受不好受,不得而知。邓仁修服刑以后,周有贤的老婆病故。度过灾荒年,有一年腊月,快要过春节了,周有贤的乡下亲戚家杀猪,请他过去吃猪肉。周有贤吃了猪肉,也喝多了酒,晚上出来撒尿时,失足掉进了大粪坑,让大粪给灌死了。不知是不是诅咒的应验,反正他没得好死。

周有贤的大儿子认得许英莲,许英莲却认不出他来。他冲着许英莲叫了一声婶子,许英莲还愣了一下。他说:"婶子,我是周有贤家的老大……"

许英莲哦了一声:"如果你不叫我,我哪里能认得出你来呀。你这是为谁上坟扫墓?"

"我给我爸妈上坟。邓叔他也埋在这儿?"

许英莲说:"活着他们是工友,是师兄弟,死了以后,他们也在一起做伴吧……"

"邓叔出事以后,我爸总念叨,他对不住我邓叔……"

许英莲说:"事情过去了,恩恩怨怨,等到来生来世再论谁对谁错吧……"

许英莲为邓仁修引渡了亡灵之后,她还叮嘱大儿子:"别忘了,等到明年的清明节,一定要给你的爸爸立一块汉白玉的石碑。但,碑上暂时不要刻字,等到妈死的那天,你把妈的骨灰,葬在你爸的坟里。把妈的名字跟你爸的名字刻在一块碑上……"

第二天一大早,大黑山背后刚刚透过了一丝亮色,许英莲就起床了,她洗了一把脸,连饭也顾不上吃,从楼下的仓房里推出了三轮车,她的脚步有些蹒跚,每迈一步,她都要忍受着剧烈的疼痛,膝盖的骨刺越来越严重了,除了贴伤湿止痛膏之外,她不得不吃药来止痛。可等到她骑上了三轮车,谁也看不出她是个已经过了花甲之年的老人。等她把三轮车蹬到了东门外,她才遇到第一个人,扫马路的环卫工人。环卫工人跟她打了一声招呼,她也向环卫工人打了一个招呼。环卫工人说:"你这个老大姐真了不起呀,劳动模范也没有你起得早。"

许英莲说:"你不也一样吗,你起得比我还早。"

环卫工人说:"我们是工作性质决定的,不起早也不行。你这样起早贪黑,你说说,这世界上的钱是不是让你全都挣到家里去了。"

许英莲也幽默了一把:"让你给说着了,我家穷得,全剩下钱了,阴天下雨过后一出太阳,不把钱拿出来晒一晒,钱都发霉长毛了。"

环卫工人感叹:"能摊上你这样一个母亲,真的是做儿女的幸运。"

许英莲说:"我就是闲不住。人老了,更不能闲着,闲着就会闲出毛病来。"

许英莲当了大半辈子营业员,她一直没有离开过柜台。通过卖肉,她也得出了一个结论,如今,人们的生活确实是好了,从前,人们去买猪肉,都想买点肥的,膘子厚一点的,这样油水会大一些,吃起来也香一些。可是,不知不觉当中,人们的这个意识已经潜移默化发生了变化,再到柜台前买肉的时候,人们再也不喜欢肥肉了,反而是瘦肉受欢迎。

一直为许英莲提供货源的那个杀猪的看见了许英莲,他大声招呼着许阿姨,让她快去验货。今天,他杀了三头猪,都是一百四五十斤的猪,而且没有肥肉膘子,清一色的瘦肉。她倒是听说了近年来,随着人民生活的需要,已经培育出了瘦肉型的猪,可没想到,如今的瘦肉型猪已经瘦成了这样。

杀猪的说:"许阿姨,这三头猪差点让别人给抢去,我全卖给你,你快拉走吧。"

三头猪差不多快到五百斤了,许英莲带的钱不够不说,她也头一回拉这么重的货。三轮车骑到上坡的时候,她再也蹬不动了,只好下车,想推着三轮车,走到坡顶。在平地,三轮车好骑,可遇到了上坡,只能拉着三轮车。许英莲预备下了一根带子,她把带子往肩膀上一套,弯下腰来,像老牛拉犁一样,一步一步地往坡上拉。原本以为，今天拉车会很吃力，因为比起平时，今天的货要重很多，车上装了五百多斤的货。她也不知从哪里来的力气，她拉着车子，一步也没有停下来。上坡的时候如果停下来，三轮车就会倒滑坡下去。应了那句话，上坡如同逆水行舟，不进则退。等到许英莲把三轮车拉到了坡顶，她才发现，有一个人在后面一直帮她推着三轮车，她才得以如此顺利地把车子拉到了坡顶上。

许英莲说："幸亏有你帮忙，谢谢你呀。"

那人说："英莲姐，你认不出我了？"

许英莲说："听着声音好熟，你是……"

那人说："我是史忠诚啊，英莲姐……"

许英莲几乎瘫倒在地上，万万也没有想到，相隔了几十年，会在这样一个早晨，遇到了他。她说："史忠诚，真的是你……"

史忠诚说："是我，英莲姐。我退休了，军区干休所在金河县，我又回到了旧地。回来以后，我就打听你的消息。我知道你开了这家肉食店，我也去过你的小店，去了几次，你一直在忙，我想跟你说话，可你忙得连说话的时间也没有，我也就没忍心打扰你。"

许英莲说："所以，你就一大早到这儿来堵我？"

史忠诚说："是，是这样的……英莲姐，一晃多少年过去了，想起那些往事，就像发生在昨天一样。英莲姐，看你这样一个状态，真的让我感到欣慰……"

许英莲说："你看我，就是一个干个体的老太太。"

史忠诚说："不，英莲姐还是从前的英莲姐……"史忠诚的眼睛里面充满了渴望，他凝望着这个他一直苦恋着的女人，她已经满头白发了，他看得出来，她的身子微微颤抖着。

许英莲真的没想到，她这辈子还能遇见这个男人。想当年，这个年轻又英武的军人让她沉浸于爱的激流之中，就是因为那一次爱的迷失，让她吃尽了苦头。她遭遇了从未有过的挫折和打击，他们俩之间的不是爱情，而是罪过。那些仇视她的人把她给捆绑到了耻辱柱上，剥光了她的衣服，让她丢尽了颜面。她的党籍、她的公职，统统地给开除了……这些不堪回首的往事，起因就是眼前的这个男人。假如没有他的出现，她的遭遇不会那样凄惨……她的心绪也渐渐地平复下来。

许英莲一路往前走着,史忠诚一路紧随。他说:"英莲姐,我有很多话要跟你说。"

许英莲叹了口气:"有话要说,也要等到我把这些肉给卖出去了再说。"

史忠诚说:"英莲姐,难道我们之间的感情,竟然比不过这些猪肉的价值?"

许英莲说:"这么多猪肉,不卖出去也没有存放的冷库,时间长了,猪肉就会变质的。"

史忠诚说:"那好吧,今天我就等着你……"

许英莲的眼睛盯着猪肉,其实她的心已经随着追忆的情思飘到了逝去的岁月之中了……一不小心,锋利的刀刃割破了她的手指,鲜红的血流了出来。她打了个哆嗦,用嘴唔吮着流淌出来的血水……好多年了,她拼命地忙碌、拼命地干活,一天里非要把身上最后一点力气耗尽,躺到床上,她闭上眼睛,才能顺利地进入她的梦乡,才能不再追忆那些往事旧事。她以为,过去的真的过去了,可没想到,这个男人又出现在了她的面前。出现了也好,也许是上帝给了她一个机会,让她能明白很多她一直迷惘的往事。

接下来,许英莲与史忠诚进行了一次长时间的交谈。"英莲姐,过去的事情,我不想替自己辩解,但我想请你能理解和谅解。多少年来,我一直为痛苦所折磨着,在我的心里,我一直把你深深地埋藏着,你是我的生命,甚至胜过我自己的生命……""我一生当中,唯一的一次出轨,就是跟你的那一次。我没有经历恋爱,你让我感受到了爱情的美好,可我也给自己带来了灾难。从此以后,我就厄运不断。恐怕你也知道了,我被开除了党籍,甚至开除了公职。我的人生命运从此发生了更大的变故……""我知道,你为了我,吃尽了苦头。我也是思忖再三,才走到了你的面前……赎罪……是赎罪,也是忏悔,我要对你说,英莲姐,我对你的爱是真实的,也是真诚的。请你相信我,除了赎罪和忏悔,我也是来弥补我的罪过的。英莲姐,属于我们的时间不多了,我们要珍惜。答应我,给我一个机会吧。"

许英莲摇了摇头:"……假如当年,邓仁修能咬紧牙关,能勒紧腰带,坚持一下,也许就挺过去了;假如我没有遇到你,没有被你的真诚的爱情所感化,我的人生哪里会有后来的那些人和事?遗憾的是,现实社会没有那么多的假如,每一个人都得接受命运的摆布,如果我能跑到自己人生道路前面去看一看将会发生什么事情,也许,就不会有那么多的不幸了。史忠诚啊,你是个从事写作的笔杆子,你懂得道理比我多,比我深。本来有些话,我隐藏在心里,就不想再抖搂出来说了。既然我们俩又见面了,那我就说给你听听。我想说一个假如,假如你真心爱我,你为什么就不能挺身而出,大声地对整个世界说,我什么都可以不要,什么名誉地位,什么金钱利益,我什么也不要,但我一定要许英莲呢?"

史忠诚把头低下了。

许英莲说:"史忠诚,我不怪你,你舍不得家庭,舍不得你经过努力而得到的位置和级别,你也舍不得左红宇,还有她的家庭背景。你就告诉我,这个世界到底有没有真正的爱情?"

史忠诚说:"英莲姐,我和你,就是真正的爱情,难道你连这个也不相信了吗?"

许英莲说:"史忠诚,掏心窝子跟我说,你爱的是不是我的脸孔,爱的是不是我的身体……"

史忠诚说:"因为在我的生活里面一直存在着一个你,左红宇她一直耿耿于怀。可时间久了,她似乎不再对你我之间的感情耿耿于怀,她甚至相信,这个世界有真正的爱情。因为他从我和你的身上看到了。"

许英莲微微地笑了一下,她说:"我让她失望了,我也让你失望了,我再也不会重温旧情了,我这辈子,因为感情用事而吃尽了苦头。我吃苦头不要紧,也连累了孩子们,连累了父母,好端端的一个家也毁了。别再说了,过去的,已经过去了,我们现在就是老朋友。"

史忠诚说:"英莲姐,我坚信,这么多年,最刻骨铭心的,就是我们俩的爱情。无论你说什么,我都坚信,我们的爱情是纯真的,是无比的宝贵。年轻的时候,我们不能在一起,现在老了,我们为什么不能在一起呢?我可以当你的拐棍,我们俩可以互相照顾呀。"

许英莲说:"你说的话,让我想起了一件事,'文革'时,人们破'四旧',把城里城外的庙都给拆了。'文革'以后,不少地方又要重新建庙。有人说了这样一句话,说拆庙的人愚蠢,建庙的人更愚蠢。如果我们俩再言归于好,再重温旧情,我们俩都成了建庙的人,我们应该问自己,我们为什么还要去建这座庙呢?"

史忠诚沉默了。

许英莲说:"我绝对不能答应你。最苦最难的日子,我熬过来了。有人说,苦尽甘来,可我还是喜欢苦滋味。"

史忠诚的妻子左红宇去世以后,正师职离休的史忠诚也是众多单身女性追逐的目标。有不少人给他介绍对象,他都没有答应,因为在他的心里,一直装着一个许英莲。当他满怀希望向许英莲求婚时,他没想到,许英莲竟然给了他这样一个答复。

史忠诚走了。望着他的背影,许英莲的心却隐隐作痛。她默默地念叨着,对不起,我们保持着现状,比言归于好更值得珍惜。

## 第五十二章

　　与史忠诚相遇的第二天一大早,还是在那条路上,许英莲又遇到了一个人,不是别人,正是与她一辈子相克的于过兰。于过兰大许英莲几岁,看起来却要比许英莲年轻,她精神抖擞,身着白色的运动服在跑步,脚上穿着阿迪达斯运动鞋,鼻梁上架着麦克眼镜,发型做得很时尚,高高向上耸起。许英莲越不想见到的人偏偏遇上了,与于过兰相比,许英莲一身沾满了油渍的工作服,反差很大,她没有躲闪,反倒迎上前去。于过兰看见许英莲,她主动跟许英莲打招呼:"这不是许大美人吗?"

　　许英莲说:"还是你活得潇洒,你如果不开口说话,我还以为我认错人了呢。"

　　于过兰说:"咱们辛苦了一辈子,也应该潇洒一回了。我儿子的事业干得不错,儿子让我出国,让我外出旅游,这两年,我天南海北,跑了不少地方。你呢?"

　　许英莲说:"我没你那福气,退休了,我要天天卖肉。靠那几个退休金,吃救济饭不要紧,还要看别人的脸色。"

　　于过兰说:"我听说你儿子成了作家了,你是作家的母亲,还要操劳呀?"

　　许英莲说:"你也听说了,我儿子是作家。我儿子虽然没有你儿子挣的钱多,咱们县城里的人都知道我儿子。我的儿子能让我这个当母亲的扬眉吐气,整个县城都为他骄傲。我这辈子值了。"

　　于过兰说:"世界上有两种人,一种人是聪明人,一种人是傻瓜。别看你许英莲聪明漂亮,其实你才是个真正的傻瓜。而我呢,虽然长相丑陋,可我这辈子该得到的,不管是荣誉,还是权力,我都得到了……咱们一大把年纪,也没有什么好隐瞒的,你说你后悔不后悔,仅仅跟一个男人浪漫一次,出过一次轨,却让人整了一辈子。"

许英莲说:"是让你整了我一辈子。"

于过兰说:"是,是我整了你一辈子。那时候年轻,看见你我的牙根就发痒,莫明其妙的嫉恨打心底升起,我一心想把你置之死地而后快。没想到,你能挣扎过来,活到今天。"

许英莲说:"我要好好地活着,要让全城的老百姓知道,许英莲到底是个什么样的人。"

于过兰似笑非笑地说:"你不觉得这很可悲吗?想一想也很可笑。幸运的是,我一辈子整人,而没有给人整过;我一辈子享受,从来没有吃过亏。这让我想起了两种同宗不同类的动物,那就是走到天边吃肉的狼,还有走到天边吃屎的狗。咱们俩,我是狼,你是狗,一千年,一万年,本性也不会改变。"

许英莲说:"我愿意当狗,本来你就是狼……"

于过兰精神抖擞地跑走了,看着她远去的背影,许英莲不禁感叹,于过兰大她几岁,她还能跑步,跑起步来,步伐轻盈,一点也不像是老人。而她呢,走路腿都痛,膝盖打弯都困难,哪里能跑步呢。老人有话,好人不长寿,祸害一千年,老天爷知道这么个理儿,却无可奈何,真的是这个世界的悲哀。

第二天早晨,许英莲睁开眼睛时,闹钟已经响过了,因为前天晚上吃了感冒药,睡过了头,没有听见闹钟声。她想爬起身来,可却怎么也爬不起来,浑身上下软绵绵的,一点气力也没有。喘息片刻,她挣扎着爬起身来,给自己倒了一杯水,又找来了感冒药。她身上已经很热了,要吃点退热的和消炎的药才行。她把自己看成是小铁人,同事当年也管她叫小铁人。没想到,从来不感冒的她竟然也会有生病的感觉。她爬起身来,穿上衣服,打开灶火,给自己煮了一碗热面条,她在面条里放了一只鸡蛋,想给自己增加一点营养。等到用筷子挑起面条时,突然一阵恶心,她呕吐了起来,再想吃面条的时候,她却没有了食欲。不行,这面条一定要吃下去。人是铁,饭是钢,一顿不吃饿得慌。她硬是逼着自己吃下了这碗面条。

等到许英莲骑上了三轮车,习习的晨风拂面而来时,她的脑子也清醒了,身体也轻松了。困难像弹簧,看你强不强;你强它就弱,你弱它就强。站柜台时,生病时,她就用这句话鼓励自己。还有毛主席的那条语录,下定决心,不怕牺牲,排除万难,去争取胜利。鼓励了自己一辈子,一直鼓励到现在,她仍然这样鼓励自己。

刚刚打开店门,一个公安局的人走进店里。他自称是公安局纪检的,他来找许英莲,是想向她了解一些情况,希望她能回答他提出的一些问题。

许英莲心里一激灵,除了伙食长老李,她与公安局没有任何瓜葛。不等她多想,来人果然问起李伙食长的事情,有人反映,李伙食长在这家肉食店购买的肉食,都是死猪肉、病猪肉,还有老母猪肉。因为是给老犯们吃的,所以,他采购的都是这样的猪肉。

许英莲说:"老李确实在我们家买肉,但我经营的猪肉,都是通过正规渠道进货,有屠宰证,有检疫证,你可以调查,我没有卖过病猪、死猪和老母猪的肉。"

来人说:"我问你,老李他为什么一直在你家买肉?有人反映,你给回扣,他也吃回扣?"

许英莲一时没找到能洗清老李不实之词的话语,她说:"我干了一辈子商业,我卖肉,他买肉,一手钱,一手货,我提醒过老李,一定要记账,不能记心里账。老李大大咧咧惯了,他记没记账我不知道,反正我这儿有账,一笔一笔记着,好脑筋不如烂笔头,有嘴说不清,跳进黄河也洗不清。你看看吧,都记在这上面,从我跟老李有业务往来开始。"

来人是公安局的纪检书记王卫国,他看着眼前这个卖肉的女人,从记忆中搜寻到了她……那还是"文革"期间,物质很贫乏,买什么东西都要凭票证。有一天,王卫国家来了客人,老婆给了他两张肉票,让他到副食品商店去买一斤肉回家包饺子。那天,在副食品商店卖肉的那个人正是许英莲。站在柜台前的王卫国到处也找不到他的两张肉票,他记得他把钱和肉票一起交给了许英莲。许英莲说,我只收了你的钱,确实没有收你的肉票。王卫国一口咬定,他就是把钱和肉票一起给了许英莲。两个人争辩了半天,许英莲也不想与这个顾客再争下去了,她说,看样子,你家里今天有客人。我把猪肉卖给你,我替你把票证交上,回头,你找到了票证,你再给我送回来。旁边的营业员不同意,那年月,肉票比钱还金贵,他就是找到了票证,他能送回来吗,他还有脸送回来吗？许英莲说,我相信他,我相信他是国家司法机关的工作人员。他不送回来,我家的孩子顶多少吃一顿肉,多大点事情……事后,王卫国无意之中从口袋里找到了那两张肉票,他真的是无地自容。思想也没斗争,赶紧跑到商店,把他的过失给弥补上了。他一个劲地向许英莲道歉,真的是对不起,回想起来,真的惭愧,他的过错硬强加到许英莲头上,真的悔之莫及。

王卫国相信许英莲没说假话,为老李取证之后,平息了风波,也为老李正了名。回到家里,他跟妻子说起了老太太肉食店的许英莲,妻子说:"我们单位的人都到那家小肉食店买肉,老太太人好肉也好,谁都愿意吃她的猪肉。"

除了公安局,干休所也在许英莲的肉食店进货,好多伙食单位也在她店里进货,图的就是许英莲的诚信。这年头什么都在改变,甚至人的品性,人心都在改变,而许英莲还是许英莲,她不刻意去做什么,她随心随性,将她的本性,将她那颗真实而真诚的心掏给了别人。她的生意越来越红火,她也不得不扩大经营。人手不够,从前的老伙友王师傅前来帮忙剔骨头,王师傅是劳动模范,许英莲也当过劳模,性情相投,他们从早忙到晚,因为从未缺斤少两,因为从他们手里卖出的肉都是优质产品,有了声誉,有了信誉,人们纷至沓来,连副食品商店的人也跑到许英莲小店来买肉。后来也出了笑话,偌大一个国营副食品商店,肉食品柜台有二十多个营业员,他们的销售额竟然比不过一个个体户老太太。

副食品商店的孙经理微服私访,没有暴露身份,亲自去了许英莲的肉食店。瞧瞧人家的货物,瞧瞧人家的服务态度,人气不是一天两天能积累起来的,许英莲身上就像有一股磁性,把人们吸引到她的跟前来。一个经营场所,只要有人气,生意必定会红火。副食品商店经理回去以后,他建议营业员到许英莲的小肉食店去参观学习。

一个营业员开玩笑:"许英莲是大名鼎鼎的大美女,大名鼎鼎的劳动模范,咱们谁能比得了她呀。"

孙经理说:"堂堂一个国营大商店,竟然卖不过一个老太太,我的脸都不知往哪儿搁。从前,许英莲是大美女,如今,她成了老太太,人们因为买她的账,才买她的肉。好好向人家学学吧,我看明白了,许英莲美就美在她心里。"

这些天,许英莲一直觉得身上发冷,吃药也不见好转。她往炉子里填了些烧柴,让火烧得旺一些。可炉火已经很旺盛了,她身上还是觉得冷。她离火炉已经很近了,可她仍觉得冷。不少人都让她到医院去看看,不要小看感冒发烧,什么大病都是由感冒引起来的。许英莲执拗地认为,人吃五谷杂粮,哪有不得病的,我这辈子,从来也没有因为感冒发烧休过病假。报纸上也说过了,感冒发烧,只要多喝开水,一周左右,靠着自身的免疫,也就好了。

关门前,范大夫走进肉食店。范大夫也早已退休,许英莲开肉店,她成了肉店里的常客。看了许英莲的脸色,她也有些担心:"英莲啊,你还是去到医院看看吧。你不要到社区卫生所去,我建议你到大医院去,认真地做个全面的检查。"

许英莲嘴上答应,其实她心里没有把感冒发烧重视起来。想起大儿子说过的那句话:"我妈经历了那么深重的苦难,没能压垮她,小小病魔怎么可能降临到我妈妈身上……"

天黑了,街上的行人又多了起来,上下班的人们汇成了人流,这也是一天当中许英莲最为忙碌的时候。今天的肉少,只剩下一点熟食。下班这一阵工夫,熟食也很快卖光了,许英莲收拾了一下东西,她要回家了,她想躺到床上好好休息一下。

关店门的时候,许英莲想起一件事来,明天有个要办喜事的人家,预订一百斤猪肉,她跟旁边的肉店打了招呼:"如果明天我真的爬不起来了,那个要肉的人来找我拿肉的时候,你就把肉卖给他吧。明天一早,你多上点货。无论如何,也别耽误了人家办喜事。"

旁边的业主说:"放心吧,许阿姨,你把你的生意让给了我,我能不认真吗?"

许英莲这才把心放回了肚子里。她是怎么回到家里的,她也不知道,昏昏沉沉的,她竟然能蹬着三轮车,回到自己家。进门后,她一头扑倒在了床上。拖过一条被子,她把头蒙了起来,插上了电褥子,闭上了眼睛,她就想睡觉。她真的是太疲劳了……天天晚上,吃过了晚饭,许英莲生活里的一项重要内容,就是看电视剧。这天晚上,许英莲也顾不上看电视剧了。许英莲似睡非睡,高烧已经让她有些腾云驾雾之感。她飞到了半空中,她脑子里嗡嗡作响,一会儿如同大海涨潮,一会儿又好像千军万马在冲锋陷阵。不知过了多久,她才渐渐地进入了梦乡……好多年也没有露面的母亲出现在她的面前,母亲的腰上扎着一条围裙。母亲的脸阴沉着,一点笑容也没有。母亲的衣服上面打着两块补丁,她的两只手全是裂开的口子。许英莲喊了一声,妈……她朝着母亲跑了过去,可她怎么也跑不到母亲的跟前。伸出手去抓妈一下,她也抓不到。她着急,喊了一声,妈,你别躲着自己的亲闺女呀。一直没有开口说话的母亲这时说话了,妈可不是害怕被你拖累,哪家的父母不是为儿女活着的。妈和你是阴阳两界的人,你别抓妈,妈不能让你抓着,妈让你给抓住了,对你可不好……

许英莲醒了,她很少能记住做过的梦,可这个梦,简直就是刚刚发生过的。仿佛母亲就在她的眼前,她的身边。她的耳畔还回响着母亲说过的话音……数一数,她的母亲王月娥离开这个世界已经快三十年了,弹指一挥间,如今,王月娥的外孙、外孙女们也都是为人父母的人了。许英莲总是叮咛儿女,你们可以忘记妈,但是,你们千万不要忘记你们的姥姥,没有姥姥,我没有今天,你们也没有今天。在咱们家最艰难的时候,是姥姥,是姥爷帮助妈把你们抚养大了……

这是许英莲头一次没能爬起身来,没能第一个出现在县城的大街上。一大早,她醒来的时候,一阵剧烈的咳嗽,一口黏痰咳了上来,痰里面夹带着一股腥味,她低头一看,痰里面带着红红的血丝,她这才下了去医院的决心。当许英莲拍完了 X 光片,医生认真地看了半天,他也没有看出个所以然来,他问了一句:"你有吸烟史吗?"

许英莲心动了一下,她没好意思说,她一直在偷偷地吸烟,她说:"有时候,偶尔吸一支两支的。"

医生说:"我建议你到大医院去做个 CT。请专家认真地看一看,确诊之后才好治疗。"

许英莲的心揪紧了:"大夫,我到底得了什么病?"

医生说:"你肺部的纹理模糊,咱们县医院的 CT 机,拍片子质量不行,我建议你到市里的大医院去。没有别的意思,看过了,医生能确诊。作为患者,你本人也放心了。"

孩子们都很担心许英莲的病情。平时,妈妈像个铁人一样,小病小恙,从来也没在孩子们面前说过。妈能主动到医院,孩子觉得非同小可。儿子们带着妈妈来到大连医学院第一附属医院,按照看病的程序,化验拍片子。CT 片子出来了,主治医生看了一会儿,他也拿不定主意,他建议请黄教授给看一看。黄教授是医院最为著名的专家,看片子几乎百分之百地准确。但是,每天请黄教授看片子的患者也太多了,要等几天,才能看得上片子。

走出诊室,医生把许铎喊了回去,医生说:"你母亲的病情不容乐观,当着患者的面,我不能说,但基本可以断定,你母亲患的是肺癌。最好不要让患者本人知道。接下来我要叮嘱你的,也就是你母亲想吃点什么,想做点什么,尽量满足她……"

许铎几乎瘫倒在地上,他真的不能接受,许铎知道妈妈很在意他和医生的一举一动,甚至背着她说些什么。他装出了若无其事的样子,他手里拿着的是忘记在医生桌子上的化验单。许铎主动说:"我想让医生给你开点药,可医生说,等到黄教授看过了片子再给你开药。妈,我们经常到大连来,你一天忙到晚,来一趟大连也不容易。你说当年你带着姥姥到大连来看病,那么困难的年代,你们娘俩也下馆子。今天,咱们全家人都在,咱们也下顿馆子吧,我请客。"

许英莲感叹着:"当年我带着你姥姥来大连,一晃,快有四十年了。如今,我当了姥姥,也当了奶奶。孙男嫡女一大群,比起你姥姥,我真的很幸运。今天,妈请客。你们找大连最好的馆子,咱们点最好的菜,要最好的酒,妈也要喝酒……"

一家人团团圆圆围坐在餐桌上,表面上有说有笑,其实人人心里都不好受,似乎都隐约感觉到了,母亲的病情不容乐观。面对母亲,大家开着玩笑,吃熊掌吧,可馆子里没有。燕窝鱼翅,厨师说是替代品。只能吃海参鲍鱼了。大鱼大虾都吃够了,乌龟王八又端不上桌,谁能说说咱妈喜欢吃什么菜?

许英莲一辈子喜欢吃的是糖醋黄花鱼。不仅喜欢鱼的味道,更喜欢黄花鱼躬着身形向上跃起的姿态。说说笑笑时,糖醋黄花鱼端上了桌子,许英莲把最好吃的鱼头用筷子搛下来,递到大儿子的面前……一个家庭,没有父亲的岁月,家里来了客人,许英莲从来都让大儿子坐在一家之主的位置上。她爱孩子,但对大儿子,她很严厉,要求也极为严格……儿子们都看着妈妈的举动,妈妈给儿子们解释:"挨饿的 1960 年,我和你们大哥俩人吃大食堂。我们娘儿俩吃饭的时候,你大哥总是掰下一块干粮给我。当妈的知道,孩子没吃饱,灾荒年,谁也吃不饱。儿子把干粮让我吃,当妈的能吃下去吗?看着儿子一瘸一拐地跑走了,当妈的心里悲喜交加,我很欣慰,自己养育了一个孝顺儿子……大哥给你们做出了榜样,你们应该怎样做?"

儿子们纷纷站立起来,给大哥敬酒……儿子们的心情都很沉重,他们不想让母亲看出半点破绽,于是,他们开着玩笑。母亲的心情也好极了,她似乎一点也没有怀疑她的病情。

第二天,许铎赶到大连,他通过一位给黄教授写过报告文学的作家朋友找到了黄教授。黄教授是一位毕生献身于医学事业的教授,她带了好多位研究生,她是市里医学界的权威,她看片子得出的结论,就是百分之百准确。看了许英莲的片子,黄教授当时就说:"这位患者患的是肺癌,而且已经到了晚期。已经不能手术。"

许铎跟黄教授说明来意,他想让黄教授当着母亲的面,确诊说,母亲只是肺部有炎症,没有别的病症,打消母亲的顾虑。

黄教授答应了,她经历了太多这样的情形。许铎递上了他给黄教授带来的礼物。黄教授拒绝了,一辈子了,她从来也没有收过患者家属的礼物,更不要说红包。她什么也不要,她只要一个医生清白名声。她让许铎放心,她会按照做儿女的嘱托,对患者说善意的谎言。

等到儿子们带着许英莲走进了黄教授的办公室,聆听黄教授的确诊时,经历了太多这种场面的她面带和蔼微笑,语速不紧不慢,像是两个老人在唠嗑:"……这位老姐姐呀,什么事也没有,放心吧。你有这么多好儿子,你的幸福晚年才刚刚拉开序幕呢。"

许英莲笑了,儿子们也笑了。

## 第五十三章

孩子们私下商量，在母亲面前，不要说起她的病情，既然已经隐瞒了她，那就一瞒到底，一直到母亲走完她的人生路。从大连看病回来，孩子们再也不让许英莲经营她的肉食店了。

许英莲有些舍不得，她说："妈开小店，并不是想挣多少钱，一个人总得有事做才行。再说，一天到晚，有多少人到妈的小店里去，有时候，人家去店里并不是为买点什么东西。他们就是想跟妈说说话。你们有你们的圈子，我们也有我们的天地。小店生意那么好，人气也那么旺盛，歇业不干了，真的有点可惜。"

许铎说："妈，这次你为什么生的病，你认真想过没有？"

许英莲说："病来如山倒，病去如抽丝，妈哪里知道这病是怎么来的？"

许铎说："妈，我告诉你，你的病就是因为操劳，因为劳累，日积月累才造成的。七十岁的人了，人生七十古来稀，你真的不能像年轻时那样出过头力。妈，你真的老了……"

许英莲最终答应，不再经营小店。不过，她还是感到有些可惜，多好的小店啊，没了它，多少人没地方可去呀。

孩子们劝她，咱们只是暂时歇业，等到你病好，把小店再开张。

孩子们一直在为母亲寻找着治疗方法，什么途径都用上了，他们期待着一位神医的出现，期待着一种神奇的药物出现。只要广告上出现了治疗癌症的家传秘方，或者有了新疗法，孩子们都不遗余力，为母亲去寻找。许铎打电话给舅舅许文书,告诉他母亲生病的消息。许文书特地赶回老家来看望姐姐。姐姐也患了绝症,许文书心里十分难过。

看到弟弟回来了,许英莲也挺高兴。她叫过许铎:"你在金石滩工作这么多年,妈从来也没去过那儿,正好你舅舅回来了,你带着我们一起去那儿看看吧。"

听了母亲的话,许铎心里很愧疚,他在旅游度假区工作十多年,他的妈妈却从来也没去金石滩看一眼。他一年到头不知接待了多少到金石滩参观的人,但他却从来也没有接待自己的母亲。许铎跟接待处的同志们说,他的妈妈要到金石滩来,但他并没有说妈妈有病。

许英莲来到金石滩的那天,她就像个好奇的孩子,认真地看着每一个景点,看到蜡像馆里的人物蜡像时,站在毛主席、朱德、周恩来、刘少奇等蜡像前,她久久不肯离去,许英莲的眼睛里浮现出来的,是深深的敬意。儿子看出了母亲的心愿,他拿出了照相机:"妈,站好了,你跟毛主席合个影吧。"

许英莲可高兴了,她说:"我这辈子,年轻时就有这样一个想法,亲眼见一见毛主席。所以,我努力工作,当上县劳模,我还想当市劳模、当省劳模。等到当上全国劳模,我就能见到毛主席了。可惜呀,妈的这个理想成了泡影。跟毛主席的蜡像合个影吧,也算了却了一个心愿。"

中午饭安排在一个名叫春妮的海味馆。这里的海鲜原汁原味,厨师也都是当地的农民,做出的饭菜虽然不讲究色和形,但是,味道十分鲜美。很多高级首长到这里来视察的时候,也都选择在春妮海味馆用餐。许铎与春妮海味馆很熟,他还给这个饭馆写过对联。听说是许老师的老母亲要来用餐,厨师们也分外卖力气,他们把鱼炖得香喷喷的,把扇贝炒得溜鲜的。刚刚打捞上来的海鲜,有些品种许英莲竟然没有吃过。

为母亲的病,许铎找过黄教授几次。说起母亲的病,黄教授说:"我不是治疗癌症的专家,但是,我可以给你一点建议。不要给你母亲手术治疗,因为你母亲的年龄大了,七十岁的人了,应对一场大手术,恐怕会伤了她的元气。即使手术了,接下来的化疗也是很痛苦的,一般的患者能熬过手术这一关,但在化疗时,死的心都有。所以,采用保守治疗,也是一个选择。采用中医中药,只要能延长她存活的时间,能让她在快乐之中,度过自己人生最后的时光,也算完美。"

许铎说："我听黄大夫的。可是,经常有人来看望我母亲,他们总要问起她的病情,我母亲也时常向我问起她的病情,我怎么回答她才好?"

黄教授说："你就说她患的是肺结核,肺结核还有传染性,这样也就不会有人来打扰她。"

在母亲面前,孩子们都装出若无其事的样子。想尽办法给母亲寻找治疗癌症的偏方和药方。听说驻军部队医院的一位医生有家传秘方,对于治疗癌症很有效果。许铎几经周折,才找到这位医生,花高价从他手里买药。许英莲服用后,感觉挺明显,有了精气神,身上也有劲了。不愧是家传秘方,全家人都高兴得不得了。儿子问："妈,你有什么打算?"

许英莲说："妈能有什么打算?妈什么打算也没有。"

儿子们说："再过些天,就是妈七十岁生日,咱们隆重热烈地给妈过七十大寿。"

许英莲也很高兴,一辈子没把自己的生日当回事,连六十岁大寿,她都没过。这一回,真要好好地过一回生日。"老要张狂少要稳,妈老了,妈也要张狂一回。过生日那天,把你苏阿姨、大刘阿姨,还有小梁阿姨都请来,她们是妈一辈子的好友,像亲人一样。"

大儿子想提起一个人,他想说,请史忠诚也来参加生日宴会。他知道,妈不想再提起这个人,他也尊重妈的想法。

许英莲的七十岁生日宴会就选择在金华兴酒店,大儿子做了一个开场白,他说："儿女们都是从妈身上掉下来的肉,如今我们也为人父母了,我们才有深刻的体验。今天,是我们的妈妈七十岁的华诞,风风雨雨,妈妈她一步一步是怎样走过来的,做儿女们的都看在眼里,也铭记在心里。我们的妈妈,是一位伟大的妈妈,她吃的苦比起天下所有的母亲都多,她所受的委屈也比所有的母亲都多。在不知不觉当中,我们的妈妈一天天地老了。她不知给我们过了多少个生日,可我们,却从来没有给她过生日……"说到这儿,儿女们都动情了,几个儿媳妇流下了眼泪。许铎换了一个话题,他说："我们的妈妈还是一位美丽的妈妈,当有人赞美我的妈妈是一位美女时,我也很骄傲。我记得有一位诗人说过,天下并不缺少美丽的女人,但能找到一位心表如一的美丽女人,并不多见。我们的妈妈就是心表如一的妈妈,让我们为我们的美丽妈妈骄傲吧……"

许英莲抹去泪水:"你们是妈身上掉下来的肉,可你们兄弟姐妹小时候,妈都打过你们。其实打在你们身上,却痛在妈的心上。不知不觉,你们一个个都长大了,也当了爸爸和妈妈,看着孙男嫡女一大群,我这心里呀,别提有多高兴。想当年,妈从山东来的时候,是个不懂事的小姑娘。一个小姑娘养育了一大群孩子。有了你们,妈才知道,当妈的感觉真好……"

吹灭生日蜡烛时,许英莲在心里默默地许了一个愿,她的一个心愿就是让孩子们健康快乐地成长,一代更比一代强。儿女们也许下了心愿,他们许的都是一个心愿,那就是祝愿妈妈能早日康复,希望那个家传秘方,一定能把妈妈的病给治好。

梁小清掏出一只精美的小盒子,盒子里面装着两只白金小耳钉,这是她送给许英莲的生日礼物:"许姐是个美人,我早就看到了,许姐的耳朵上面扎着耳眼,可你从来也没有戴过耳环之类的金银饰品。今天,你就戴上它吧。"

许英莲感叹着:"我小时候,我妈给我扎了耳朵眼,说是长大了,出门子的时候,要戴耳环。我真的从来也没有戴过耳环,谢谢你小梁,你还想着这件事,你真是我的好姐妹……"

在酒桌,孩子们也敬了大刘几杯酒,大刘也高高兴兴地喝下去了,她也有了点醉意。也许是受到了寿宴气氛的感染,大刘的情绪也有些控制不住,她后悔没能给许英莲带礼物来,现场显得挺难堪的。不知怎么着,她联想到了自己的那些不争气的女儿,女儿们嫁的一个个都是平庸之辈,一个也没能给她争口气。她想起了《杨家将》那出戏里,当宋高宗看到了杨业把七个儿子带到了朝廷上时,感叹了一句,杨家的七狼八虎,有其中的一个,也就能保住我大宋的江山社稷。她说:"如果我有一个女儿争气,我也不会活得这么窝囊。"

许英莲劝说着:"大刘,你不能这样说孩子们,哪个孩子不往好处想,可要慢慢来,给他们时间,再说,过普通人的日子有什么不好,我们不都是普通人吗?"

大刘感叹:"英莲呀,你得了癌症,你还这样精神。你说我这个没得癌症的人,倒像得了癌症。我都活够了……"

大刘无意中吐露了母亲的病情,孩子们的心都提到嗓子眼,他们一直瞒着母亲的病情,他们担心地望着母亲,他们害怕母亲受不了这样的刺激。没想到,许英莲只是淡淡地笑了一下:"十多年前,医生就怀疑我患了癌症。我记得到大连医院确认时,铎儿说的那句话,他说,妈呀,天底下最深重的苦难都让你咽进肚子里,你怎么可能生这种病呢……是啊,我死都不怕,我还怕活着。再换过来说,我活着都不怕,我还怕死吗……"说完,她竟然哈哈大笑起来。

许铎走到了妈跟前:"妈,你说得真好,今天是个好日子,我妈过七十大寿,没想到,我妈成了哲学家。来,我敬你一杯,妈,干了……"

因为病情的好转,好多人以为许英莲患的就是肺结核。生病的时候,人们看不到她的身影,这两天,大家又能看到她骑着三轮车,行走在城里的大街上。如果按医生为许英莲设定的存活时间,她早就走进了鬼门关。虽然她明显地消瘦,可她的精神状态还不错。本来,许铎打算等到秋天,再带着母亲到北京去。他看得出来,母亲是在硬撑着,完全靠着精神支撑着自己不要倒下。趁这时机,他们要完成母亲的最后心愿。母亲向往北京,母亲想亲眼看一看毛主席纪念堂里的毛主席,看看天安门,看看人民大会堂,看看万里长城……

孩子们决定,由大儿子和四儿子带着许英莲到北京去。满足母亲坐飞机的愿望,儿子要带着她坐飞机到北京去。2002年8月的一天,天气正热的时候,两个儿子带着许英莲坐上飞往北京的航班,只需一个钟头,他们便从辽东飞到首都北京。儿子提前预订了饭店,他们带着妈妈住进了华侨大饭店,一家五星级的酒店。许英莲第一次住进五星级酒店,第一次享受到五星级服务,第一次品尝西餐早点。

儿子问许英莲:"咱们来到北京城,你都想先看什么地方,咱们也好有个安排。"

许英莲说:"咱们先去看天安门,然后再去毛主席纪念堂,还有长城,还有故宫……"

害怕母亲的体力不支,儿子们事先预备了轮椅,他们想推着妈妈看她想看的景点。没有想到,许英莲竟然没有坐轮椅,她走过金水桥,自己徒步登上了天安门。站在天安门的城楼上,她扶着栏杆,眺望着整个天安门广场,她的眼角有些湿润了……很多年前,她一直有个愿望,那就是能到北京,能登上天安门,能见到毛主席……七十岁了,她来了,她登上了天安门。她也见到毛主席了,可她见到的毛主席却是静静地躺在水晶棺里的毛主席……她是什么滋味,什么心情,她也说不出来,反正泪水止不住地往下流,胸襟都湿透了。

儿子们带着妈妈走进全聚德,这里的烤鸭是正宗的北京烤鸭。来北京,不

第五十三章

吃烤鸭,不吃全聚德的烤鸭,等于没到北京来。许英莲一边吃着烤鸭,她还叮嘱儿子:"别光想着咱们吃烤鸭,记着还有没到北京来的她们。回去时,给你们的媳妇们也带上全聚德的烤鸭。"

为了保持母亲的体力,儿子每天只带母亲去一个地方,尽量少让她走路。在北京的那几天,本来是北京天气最热的季节,可是老天爷真顾他们母子,天气一直阴着,云彩把太阳遮蔽着,气温也没有多高。也许是天气凉爽,也许是兴致所至,许英莲这两天的精神状态好极了,根本不像一个病人。等到儿子们带着妈妈登上八达岭长城时,看到巍然壮观的长城,许英莲嘴角露出了微笑,她嘴里喃喃地念叨着:"不到黄河心不死,不到长城非好汉。今天,你妈我到了长城也登上了长城,我也是好汉了……"

这天晚上,许英莲的心情好,胃口也好,她一边吃,一边重复讲起从前的那些往事:"……1960年,挨饿年,吃大食堂的时候,铎儿总是要把自己的那一份干粮掰下一块分给妈吃。那一年,你大哥才九岁,他也吃不饱,可你大哥知道孝顺,这件事,妈记着一辈子呢。"

大儿子说:"妈,我早都忘记了,你还记着。"

许英莲说:"你能忘了,妈可忘不了。"夜深时,儿子们都睡下了,许英莲把大儿子叫到了跟前,她从包里拿出一摞钱来,塞到了大儿子的手里。许英莲说:"你能带妈来北京,妈就很高兴了。可妈不想让你们花钱,妈知道,来一趟北京要花很多钱,你把这些钱揣起来吧。"

大儿子执意不肯收下母亲的钱,他说:"妈,钱你留着,等到你的病彻底好利索了,你还要到更美丽的地方,更好玩的地方,你还要出国呢。到那时候,你再自己花钱吧。"

返程的飞机飞到辽东半岛上空时,云层很厚,飞机盘旋时,许英莲的眼睛一直紧紧地盯着舷窗外面的云层。她看得那样痴情,那样忘情,一点恐惧感也没有……

飞机着陆的那一刻,许英莲用力握了一下坐在身旁的大儿子的手,她小声地说了一句:"铎儿啊,谢谢你带着妈到北京……妈就是死了,心也安宁了,眼睛也闭上了……"

大儿子的心里一惊,他看着母亲的表情,母亲的脸上平静而祥和,眼睛望着窗外,她的嘴角挂着微笑,好像刚才的话不是她说的,她像刚刚开过一个玩笑一样轻松……

从北京回到家了,许英莲把从北京带回来的土特产分给亲戚朋友,还有街坊邻居们。大家都吃到了她带回来的北京蜜饯和栗洋羹。看到许英莲精神状态这么好,一个不知底细的人惊讶极了,她说:"北京到底是首都,你到北京去了一趟,病也就治好了。"

许英莲哼了一声:"小小一个肺结核,还用得着到北京去治。告诉你吧,到了北京我才知道,我什么病也没有。这辈子没白活,我坐飞机到北京去了,登上了天安门,还见了毛主席……"

而只有大儿子一个人明白,其实妈妈心里像明镜一样,她知道自己得的是什么病,只不过她是不说而已。她尊重自己,她也尊重了她的亲人们。

2003年4月14日,许英莲走到了自己人生的尽头。她永远地闭上了她那双美丽的眼睛,停止了呼吸,不再看这个世界,不再看她的亲人。一个美丽的女人走了,她到另一个世界去了,她给这个世界留下了许多不为人知的故事,充满了悲苦和凄惨的故事永远记在孩子们的心里……

## 最后要说的话

　　妈妈健在的时候,我就想写写我妈妈。古往今来,已经有太多关于母亲的文学作品。可我总觉得,我妈妈是美丽、善良,命运也很悲苦的一个女人。妈妈已经去世多年。我想,妈妈虽然去世了,但是,她的灵魂却不会去世。我选择了非虚构的这种写作形式,我要告诉人们,世界上还有这样一位母亲……

　　小时候,我妈妈在金州城里是家喻户晓的人物,那时候,新中国刚刚建立,妈妈很早就摘掉了文盲的帽子,她积极努力工作,也获得了许多荣誉,当了干部,早早地入党,她是金川县人民代表大会的代表,是劳动模范,还当过人民陪审员。似乎她永远都是先进模范。就连跑旱船妈妈也是那个跑头船的"渔家姑娘"。妈妈的与众不同,就是妈妈的天生丽质,妈妈是大家公认的美人,妈妈生得确实很美。我妈是个美丽的女人,是全县城人都公认的美女。

　　我妈生着一颗美丽的心灵,一副美丽的脸孔,可我妈她却没能得到一个美丽的女人应该得到的幸运。如今的我,已经过了花甲之年。因为有了这样的母亲,我这辈子注定要成为作家。写作者明白,故事不是能编造出来的,编造的故事能读得出瑕疵。我懂事比同龄的孩子早,因为在我的家庭,发生了太多的事情。一个美丽女人的命运发生了变故,我妈开始偷偷地写日记,我也偷偷地看她写的日记。偷看母亲的日记,比起阅读文学名著似乎更容易读到人心和人性。于是,我才敢说,我注定要成为一名作家。与妈妈在一起的日子,她天天晚上要给我读上一段小说,《暴风骤雨》《铁道游击队》《我的一家》等等。天天晚上,她要我用热水洗脚。有时候,我想要懒。妈妈会说,铁道游击队的战士们能行军打仗,他们到了一个地方,做的第一件事,就是用热水烫脚。小时候,我读的书比同龄的孩子们多,看的电影也比他们多。有了这样的母亲,我能不成为作家吗?

妈妈在四〇三部队军人服务社时,官兵们知道了妈妈的儿子是作家,一位名叫李晨阳的政委见到我妈妈,总是要敬一个军礼。李政委会说,老太太了不起,能把儿子培养成作家。一个普通的军礼,让母亲不知高兴了多少日子。母亲是个要面子的人,每年大年三十的晚上,她都要重复我小时候做过的一件事,那就是自己也吃不饱,却将干粮让给母亲吃。她感慨了一辈子,儿子懂得孝敬,最让母亲知足。每每遇到有人夸奖她儿子的时候,都会引发母亲的慨叹,她说,听到别人夸我的孩子,我真的想哭,我哪里顾得上培养儿子,儿子跟着我受苦吃苦,想到这儿,当妈的觉得对不起自己的儿子。

都说苦难是人生的财富,可只有真正地经历了苦难的人,他才会真正感受得到。父亲出事时,我还小,不能主宰家庭,也不能主宰大人的事情。我只能给大人们增加负担。那时候,我最害怕的事情就是母亲改嫁。母亲改嫁,意味着给我们找了一个后爹。母亲做出改嫁的决定,我曾经对母亲很不满。不仅仅是因为她对我父亲的背叛,也意味着她对儿女们不负责任。其实儿女们永远也无法理解母亲,尤其是我的这样一位母亲。长大成人了,我也试图解读自己的母亲,原因有许多,疑惑也有许多,我想这个世界最难读懂的,就是人性本身。甚至我也经常能冒出这样的念头,如果我的母亲她不是一个美丽的女人,她是一个丑陋的女人,一个普通而又庸俗的女人,可以肯定,她没有这么多的烦恼,没有这么多的非议。有谁知道,我妈改嫁真的不是为了她自己,因为那个男人没有生育能力,没有生育能力意味着不会有孩子,不会有自己的骨血,他一定会对我们这些孩子们好。生活真的会按照母亲的愿望发展吗?一个美丽的人,必定有一颗美丽的心灵。这个世界是由男人和女人组成的,也是由好人和坏人组合起来的。好人遇到了坏人,好人一定会感化坏人。好人恰恰遗忘了,正是因为不会感恩,他才是一个坏人;惦记别人,算计别人的人,一定是坏人。不要以为我简单地将人划分为好人与坏人,其实社会中人并不如此简单,当邪恶占据了人性的大部分,他就是坏人;当善良多于邪恶,他必定是个好人。不管怎么说,我这部作品就是诠释人心与人性的。

我从2002年定居大连,偶尔才能回金州。偶尔也能遇到老街坊、老邻居,看到我,他们也想起了我妈妈,他们总是竖起大拇指,徐莲英,大好人,大美人!赞美之余,他们也感叹,红颜命薄,好人不长寿。你能把你妈妈一五一十地写出来,相信,能感动许多人。

我妈一生大部分光阴,一直过着清贫的生活。我记得,我母亲有一句口头禅:"我就是没有……"在我的记忆里,只要母亲的口袋里面有钱,只要有人遇到了困难和麻烦,她都会毫不犹豫地掏出来,而不会掩饰。当看到别人有难而她却帮不上忙时,她急得心急火燎,事后,她总是感慨:"我就是没有……"言外之意,如果她有,她会毫不吝惜掏出来帮助他们……我妈说的是真心话,别人遇到了难处,像是她遇到了难处一样。

后来母亲开办肉食店,她再也不为钱财之事而犯难了,她不知帮助了多少人,资助了多少失学的孩子们……直到她病逝的前一个月,她还没有忘记向组织上缴最后一笔党费。一些事情,我们看在眼里,母亲愿意做什么,喜欢做什么,就让她做去好了。她这辈子,吃尽了天下所有女人没有吃过的苦,受尽了天下所有女人没有受过的苦和累。在我们这个家庭,发生过惊世骇俗的事情。因为这些难以启齿的违背人性、丧尽人伦的龌龊之事,母亲她默默在吞咽自己酿造的血和泪的苦酒。我想,肉体的折磨,也许她经受得起,可那不为人知的折磨,不为人知的卑鄙和肮脏,让我的母亲心灵与肉体所受到的煎熬是非人所能忍受的。我的母亲真的了不起,她竟然能活下来,我知道,我母亲好多次想过死。我写的那些往事,姥姥说过的话,我不能忘记,姥姥让我跟着妈妈,并非我有多么大的劝解力和说服力,长大以后,我也明白当年姥姥的良苦用心,我能出现在妈妈的视野里,我是妈妈的儿子,妈妈即使想死,可她舍得下我吗?她舍不下的是她的孩子们,而不是舍不下她的生命……所以,我的妈妈活下来了,是因为有了我们。

妈妈永远地闭上了那双美丽的眼睛,其实我妈妈她是一个多么热爱生活的人。小时候,我妈妈总愿意给我们唱歌,她会唱很多歌曲。家境虽然贫寒,妈妈却带着我看了好多电影。妈妈对我的管教十分严厉。尤其是我的父亲出事以后,用不着妈妈说,我也知道我的家庭情况,我也知道自己本人的情况。我必须努力,努力做出成绩和成果,才能得到社会的尊重和认可。在小学读书的时候,我就比一般的孩子们懂事。我的学习成绩一直很好,我也比一般的孩子有才能。别的孩子可以依靠家庭,可以依靠父母,而我只能依靠我自己。海明威说,想成为一名作家的先决条件是,他要有一个不幸的童年。我的童年是不幸的,正是因为不幸的童年,才塑造了我的性格、我的人格。没有我的母亲,我也许根本不可能成为一名作家。因为我的母亲,因为我的经历,我才成为一名作家。我有责任有使命,因为我母亲的故事需要我讲给世人听,曾经有这样一个女人,她有多么的美丽,她有多么的不幸。

我真的没有想到,我的母亲她会患上肺癌。我也知道,妈妈也不愿意自己患上这种病。我说过,经历了那么多苦难的妈妈怎么可能患上癌症呢?母亲也相信我说的这句话,她吃了那么多的苦,受了那么多的难,那么多的苦和难都没能让她趴下,她真的会倒在病魔面前?而现实真的残酷无情,它没有给我的母亲一个健康幸福的晚年,它似乎还没有折磨够这个美丽的女人。它的忌妒心太强了,它毁了这个美丽的女人一生,到了晚年,它仍然没有放过她。母亲从北京回来以后,想走下楼梯,骑上三轮车到外面转一转,已经很困难了。母亲消瘦了,明显地消瘦了,头发也白了,每每迈出一步,她的膝盖都产生剧烈的疼痛。她一直以为是骨刺在作怪,其实是癌细胞已经骨转移了,这是癌症当中最痛苦的一种。看到母亲痛苦的表情,我的心都碎了。我恨老天爷,为什么一直不肯放过这个不幸的女人?她到底做错了什么?你折磨了她一生,甚至到了她的晚年,你仍然不肯放过她……

母亲再也无法忍受病魔的折磨时,她拉着我的手,母亲的手一点力量也没有了,我能摸得出来,母亲的指骨上也有了疙瘩,这就是转移到骨头上的癌细胞。母亲连说话的气力也没有了,她喃喃地念叨着:"铎儿啊,你想个办法,让妈早点走吧,妈再也忍受不了啦,妈疼死了……"

我找到朋友,请他们帮忙,给母亲买镇痛药物。最有效的镇痛药就是杜冷丁,医院一次只能给癌症晚期的病人开三支,这对于母亲的剧烈疼痛,简直就是杯水车薪。杜冷丁是严格控制的药物,很多的吸毒者就是依靠杜冷丁来过瘾。疼痛发作的时候,给母亲注射一支杜冷丁,可以缓解一下。渐渐地,缓解的时间也太短了。三支杜冷丁,也只能应付半天的时间。没有办法,我天天要去找朋友,为母亲购买杜冷丁,甚至到黑市上买高价杜冷丁,我不能让她受

第五十四章

苦受难一辈子，到了她告别人世时，竟然还要遭受如此痛苦的折磨。我的朋友们让杜冷丁也折磨得快要发疯了，他们也冲着我大发脾气："你知道不知道，因为杜冷丁，我们也快要让你逼成毒品贩子了。"我知道，我什么都知道，我就是不想让我的母亲她在最后的时刻遭受痛苦。

　　妈妈到了生命最后的关头，我一直守在她的身旁。妈妈让弟弟和弟媳们为她擦拭身子，为她接屎接尿，她一直也不让我动手。当疼痛不再，宁静时分，她会目不转睛地看着我，我却不敢看妈妈，因为我害怕，眼泪会夺眶而出。

　　一个人生命的长短，在她出生的时候，已经注定了。我一直不相信命运，后来，我相信了，每一个人都不可能摆脱自己的命运。命运是不可能改变的，在你人生路上，你遇到的人和事，一切事物的发生，就是命中注定的。

　　母亲走了，我知道她心里是怎么想的，她不愿意让大家知道，她患的是这种人人惧怕的癌症，她本想有一个健康幸福的晚年，对于一个人来说，这并不算是太高的奢望。老天爷连我母亲这个小小的奢望都没能满足她。母亲离开我们十多年了，每一次回金州，遇到金州老熟人，他们都鼓动我，写一写你妈妈，写出来一定会感人的。我一直也没有动笔写我的母亲。只要遇到写母亲题材的书，演母亲为主题的电视剧、电影或者戏剧，我都要看一看。看过后，我心里挺茫然的，我是一名作家，我要写一写我的母亲。我要告诉人们的是一位与众不同的母亲。世界上没有哪位母亲比我的母亲更伟大……从童年开始，我一直保守着这个秘密，一直保守到现在。我相信，九泉之下的妈妈一定不会怪罪我的。因为往事已经不能再损毁她的名誉了，那个践踏人格、践踏人性的时代远去了……到2013年4月14日，是母亲逝世十周年的祭日，按民间的规矩，亲人故去十周年，应该隆重纪念一回，儿女要周全，因为十年过后，逝者的后人可以淡忘这位故去的亲人。岁月可以流逝，我却无法淡忘我的母亲。遗像上的母亲，虽然是在病中拍摄的，但是，母亲不像普通的老太太，她的眼睛，她的嘴角浮现出的是那样美丽的微笑。

　　十年过后，我终于拿起手中的笔，开始书写我的母亲，写她这个美丽的姑娘，怎样成了美丽的人妻、美丽的人母……我没有编造，几乎没有虚构，娓娓讲述妈妈的故事。当我把妈妈的故事写完以后，寄给了时代出版传媒有限公司的温婺老师,不久,便传来了她的回音,他们决定出版我母亲的这部作品。冥冥之中,妈妈她在看着我。当我画上最后一个句号,我轻轻地对她说,妈妈,我爱你……妈妈也对我说,铎儿,妈也爱你……我把妈妈的隐私写成了书,我知道,天国里的妈妈即使不高兴,也不会怪罪自己的儿子。